STEFANIE KASPER
Das Bündnis der Jungfrauen

Buch

Anfang 1525: Erik Graf von Eisenberg und Caroline, Ziehtochter seiner Frau Emma, sind auf dem Weg zu den Peitinger Besitztümern der Familie. Zur Mittagszeit kehren sie in einem Waldgasthof ein, wo sie auf eine Gruppe Bauern treffen. Die Männer sind alkoholisiert und versuchen Caroline zu vergewaltigen. Erik geht dazwischen, und es kommt zu einem Handgemenge. Die Bauern prügeln auf Erik ein, bis dieser leblos liegenbleibt. Dann stürzen sie sich auf Caroline. Kurz bevor die Männer ihr schändliches Werk vollenden können, kommt ein Fremder angeritten, der die Situation sofort erkennt und die Bauern durch gezielte Pfeilschüsse vertreibt. Carolines Retter, der sich als Johannes Lenker vorstellt, reitet mit ihr und dem schwer verwundeten Erik zu Burg Eisenberg. Doch trotz Emmas unermüdlichen Bemühungen stirbt ihr Mann an seinen Verletzungen. Emma ist untröstlich. Johannes erholt sich dagegen rasch von den Hieben, die auch er einstecken musste, und offenbart Caroline, dass er zum sogenannten Allgäuer Haufen gehört, der für die Rechte der Bauern kämpft. Johannes' Schilderungen fesseln und begeistern Caroline, zwischen den beiden entwickelt sich sehr bald eine tiefe Zuneigung, aus der eine leidenschaftliche Liebe wird. Und Caroline muss sich entscheiden, ob sie bei ihrer Ziehmutter Emma bleiben oder Johannes auf seiner Mission begleiten soll.

Autorin

Stefanie Kasper ist Mitte zwanzig. Sie stammt aus Peiting im Bayerischen Oberland und lebt mit ihrem Mann und ihrem Sohn im Ostallgäu. Gleich mit ihrem ersten Roman, »Die Tochter der Seherin«, gelang ihr ein großer Erfolg.

Weitere Informationen zur Autorin unter www.Stefanie-Kasper.de

Von Stefanie Kasper außerdem bei Goldmann lieferbar:

Die Tochter der Seherin. Roman (46581)
Der Eid der Seherin. Roman (46859)

Stefanie Kasper
Das Bündnis der Jungfrauen

Roman

GOLDMANN

Verlagsgruppe Random House FSC-DEU-0100
Das FSC®-zertifizierte Papier *München Super* für dieses Buch
liefert Arctic Paper Mochenwangen GmbH.

1. Auflage
Originalausgabe Dezember 2011
Copyright © 2011
by Wilhelm Goldmann Verlag, München, in der
Verlagsgruppe Random House GmbH
Vermittelt durch die Literatur- und Medienagentur
Ulrich Pöppl, München
Umschlaggestaltung: UNO Werbeagentur München
Umschlagfoto: © Artothek / Ursula Edelmann; © FinePic, München;
© Trevillion Images / JOHN FOLEY
Redaktion: Regine Weisbrod
BH · Herstellung: Str.
Satz: DTP Service Apel, Hannover
Druck und Bindung: GGP Media GmbH, Pößneck
Printed in Germany
ISBN: 978-3-442-47390-8

www.goldmann-verlag.de

In Liebe
für meinen Sohn Sam

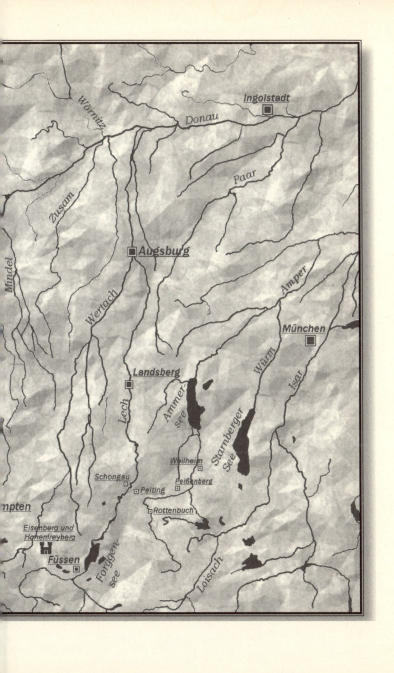

Der Bauer
an seinen durchlauchtigen Tyrannen

Wer bist du, Fürst, dass ohne Scheu
zerrollen mich dein Wagenrad,
zerschlagen darf dein Ross?

Wer bist du, Fürst, dass in mein Fleisch
dein Freund, dein Jagdhund, ungebläut
darf Klau' und Rachen haun?

Wer bist du, dass, durch Saat und Forst,
das Hurra deiner Jagd mich treibt,
entatmet, wie das Wild?

Die Saat, so deine Jagd zertritt,
was Ross und Hund und du verschlingst,
das Brot, du Fürst, ist mein.

Du Fürst hast nicht, bei Egg' und Pflug,
hast nicht den Erntedank durchschwitzt.
Mein, mein ist Fleiß und Brot!

Ha! Du wärst Obrigkeit vor Gott?
Gott spendet Segen aus; du raubst!
Du nicht von Gott, Tyrann!

       Gottfried August Bürger

Prolog

Der Nebel umfing ihren Körper wie eine feuchte zweite Haut, kroch ihr unter die Röcke, biss in ihre Kopfhaut und erkaltete ihr Herz. Man hatte ihr geraten, bei dem nasskalten Wetter unter Deck zu bleiben. Doch wie konnte sie das, da Erik nicht bei ihr war? Sie musste ihn suchen.

Graue Schwaden trieben vor ihr her. Sie hatte Mühe, die Hand vor Augen zu erkennen. Dumpfe Geräusche drangen durch den Nebel. In der Nähe waren die Seeleute zugange. Neben dem rhythmischen Gesang der Wellen, die gegen den Bauch des Dreimasters schlugen, hörte sie ein blechernes Scheppern, dann das schmatzende Geräusch eines in Spülwasser tauchenden Tuches, einen über den Boden gleitenden Besen. Wischte der Schiffsjunge etwa bei diesem Wetter das Deck?

»Erik?« Emma von Eisenberg wisperte den Namen ihres Mannes. Er brauchte sie. Feine Wassertropfen umsprühten ihr Gesicht. Mit roten, rissigen Händen fuhr sie sich über Stirn und Wangen, rieb sich die Augen, war dankbar für die dunklen Haarsträhnen, die ihr die Ohren wärmten, und die Kapuze, die den Kopf ein wenig vor Wind und Feuchtigkeit schützte.

»Endlich! Da oben hat jemand Erbarmen mit uns!«

Emma sah den Matrosen nicht, der freudig die Hand gen Himmel reckte und die ersten Sonnenstrahlen seit Tagen begrüßte. Aber sie hörte seinen Jubel und öffnete die Augen.

Tatsächlich, der Nebel lichtete sich. Emma stand ganz still, während das Schiff sich langsam aus dem Nebel schälte, der Tag sich immer deutlicher abzeichnete und ihre Umgebung an Konturen gewann. Unter ihren Füßen gewahrte sie abgewetzte, *vom Alter gezeichnete Holzplanken, mürbe von der Feuchtigkeit und der unermesslichen Kraft der See.*

»Schwester, habt Ihr fleißig gebetet, damit die Sonne uns wieder scheint, ja?« Der Schiffsjunge kam Besen und Eimer schwenkend auf sie zu und lächelte sie breit an. Seine dunkle Haut erinnerte Emma an fahrende Zigeuner.

Schwester?

»Berchtold, Junge, halt keine Maulaffen feil und lass die Nonne in Frieden! Jetzt, da der Wettergott uns wieder gewogen ist!«

»Ich muss mich sputen, Schwester. Solange der Nebel anhielt, konnte mir Friedrich nicht so genau auf die Finger sehen.« Er eilte in Richtung des Rufenden davon, drehte sich dann aber noch einmal zu ihr um. »Ich bin froh, dass Eure Gebete geholfen haben!«

Emma blickte an sich hinab. Sie trug das dunkle Habit einer Klosterschwester. Minutenlang verharrte sie unsicher auf dem Fleck, ehe sie langsam an die Reling trat. Die Haut unter ihren Nägeln wurde weiß, so fest umklammerte sie die bauchhohe Holzwand, welche die Menschen an Deck vom tosenden Meer trennte. Während sie auf die schäumenden Wellen hinunterblickte, erinnerte sie sich.

Erik war fort. Er war gestorben und hatte sie zurückgelassen.

Doch dann hatte sie das Rufen seiner Seele vernommen und war auf die Reise gegangen, ihm Frieden zu bringen. Emma von Eisenberg krümmte sich wie unter Krämpfen, so groß war der Schmerz des Begreifens.

Die Bilder zerflossen, wurden fortgespült wie Muscheln im Sand bei steigender Flut. Emma erwachte. Zurück blieben Bruchstücke der Erinnerung, die dann und wann vor ihren Augen aufblitzten und ihr ein vages Gefühl grauenhaften Entsetzens einflößten.

1

»Wir haben, Herrgott noch eins, ein Recht auf unsere Weiden!«

»Ein Recht auf unser Wasser!«

»Auf unsere Brücken und Gruben!«

Caroline Gaiß und ihr Begleiter Graf Erik von Eisenberg wandten gleichzeitig den Kopf in Richtung der lautstarken Gesellschaft. Den einfachen Kleidern nach waren die fünf jungen Männer am Nachbartisch arme Bauern. Sie trugen schlampig vernähte Wollhosen, die ihnen nur bis knapp über die Knie reichten und an einigen Stellen bereits zerrissen waren. Caroline empfand jähes Mitleid. Obwohl der Winter bislang gnädig gewesen war und bereits früh den Rückzug angetreten zu haben schien, war es jetzt, Mitte Februar, noch immer empfindlich kalt. Bestimmt hatten die Männer deshalb Schutz in der gemütlichen Stube des Gasthauses gesucht, wo dicke Holzscheite im Kamin knackten und der Alkohol die Glieder wärmte. Der Dialekt der Männer klang fremd in Carolines Ohren. Vielleicht, so vermutete die junge Frau, handelte es sich um entflohene Leibeigene.

»Trunkener Mund verrät des Herzens Grund.« Erik prostete Caroline mit ernster Miene zu. »So ist es eben, nicht wahr, schon immer gewesen.« Er schien nachdenklich, während er trockenes Brot in die vor ihm dampfende Suppe brockte. Anders als die Bauern beschränkte er sich ebenso wie seine Ziehtochter auf süßen Beerenmost und frische Milch. »Man hört in letzter Zeit häufiger, dass die einfachen

Bauern nicht länger bereit sind, mit ihren Forderungen hinter dem Berg zu halten.«

»Sie fordern Gerechtigkeit und haben jedes Recht dazu«, erwiderte Caroline leise, aber bestimmt. Ihr Vater war drüben im Württembergischen der Anführer eines Bauernaufstands gewesen. »Gaispeter« hatten die Leute ihn genannt, bis zu jenem Tag, an dem Vasallen des Grafen von Württemberg ihn grausam getötet und seine damals dreizehnjährige Tochter mit einem Kreuz auf der Stirn gezeichnet hatten. Die junge Frau schauderte bei der Erinnerung an die grässlichen Geschehnisse von damals.

Caroline reiste zusammen mit dem Grafen zu den Peitinger Besitztümern der Familie, da die Gräfin ihrer erkälteten Zwillingstöchter wegen zu Hause auf Burg Eisenberg geblieben war. Sie waren schon in aller Herrgottsfrühe aufgebrochen und rasteten nun um die Mittagsstunde in einem Waldgasthof nordöstlich des Dorfes Roßhaupten.

Während Erik den Marktflecken Peiting besuchen und auf der dazugehörigen, vom Geschlecht der Welfen erbauten Burg nach dem Rechten sehen wollte, würde Caroline sich um die kleineren und größeren Wehwehchen der Peitinger kümmern, um Kranke, Schwangere und Alte. Gräfin Eisenberg hatte sie im kundigen Umgang mit Heilkräutern unterrichtet.

»Genug der Frondienste!«

»Sollen sie selbst zusehen, wie sie ihre Felder bestellen!«

Die Rufe der trunkenen Bauern rissen Caroline aus ihren Gedanken. Die Stimmung in der Gaststube schaukelte sich hoch, so dass der Wirt sich veranlasst sah, seine Gäste zur Ordnung zu rufen. »Um Gottes willen, Herrschaften, so lasst doch das Gegröle und reißt euch zusammen!«

»Bring mehr Bier, Wirt! Wir sind durstig.« Einer der Männer stand ruckartig auf und warf dabei seinen Stuhl um. Mit einer heftigen Bewegung wischte er seinen leeren Krug vom Tisch. »Mehr Bier, sage ich!«

Der schmächtig gebaute Besitzer des Gasthauses blickte hilfesuchend umher, doch außer dem gut gekleideten Herrn und seiner jungen Begleiterin – beide viel zu noble Gestalten für seine einfache Schenke – war niemand anwesend.

»Das gefällt mir nicht.« Graf Eisenberg beugte sich zu Caroline, die ihm lieb war wie eine eigene Tochter. »Geh nach draußen und warte dort auf mich.«

Die junge Frau erhob sich widerspruchslos. Sie vertraute Erik und beurteilte die Lage ähnlich. Selbst im Grunde lammfromme Männer konnten im trunkenen Zustand gefährlich werden. Eilig verließ sie den Gastraum und atmete auf, als die Tür hinter ihr zufiel.

Über dem Türstock war der Zweig eines Ahornbaums angenagelt, um Hexen abzuwehren. Caroline bekreuzigte sich flüchtig, wie ihre verstorbene Mutter es sie einst gelehrt hatte. Selbst wenn sie, was der landläufigen Meinung zuwiderlief, längst nicht mehr an Hexerei glaubte.

Caroline trat zu den Pferden, zwei stolzen Schimmeln, die auf dem kleinen Platz vor dem Gasthaus angebunden waren. Die Tiere scharrten mit den Hufen auf dem harten Boden, der zwar frei von Schnee, aber noch immer gefroren war. Sie klopfte den Schimmeln die Hälse und lauschte auf Geräusche von drinnen. Nichts zu hören. Würde Erik eingreifen müssen? Ob es nötig werden würde, die Bauern zur Ordnung zu rufen? Trotz ihrer wachsenden Besorgnis spürte Caroline, wie ihre Blase drückte. Sie sah sich suchend um und entdeckte den Abtritt, einen windschiefen Bretterverschlag, ein wenig abseits an der Nordseite des Gebäudes. Das Wirtshaus lag günstig für Reisende, direkt an der Straße, dafür allerdings ein gutes Stück entfernt von der nächsten menschlichen Ansiedlung und somit recht einsam. Gleich hinter dem Verschlag begann ein ausgedehntes Waldgebiet. Die junge Frau inspizierte den Abtritt, rümpfte die Nase und beschloss, besser im Gebüsch ihr Geschäft zu verrichten, und verschwand hinter einer Reihe dicht gewachsener Jungtannen. Der Wind fuhr zwischen die Zweige der Bäume und bewegte sie sacht hin und her.

Erik in der Gaststube runzelte die Stirn. Ihm war aufgefallen, wie die wollüstigen Blicke der Trunkenbolde sich beim Hinausgehen auf Carolines wohlproportionierte Gestalt gerichtet hatten.

Der Wirt, der sich unterdessen weigerte, den Männern weiteres Bier zu zapfen, bekam es mit der Angst zu tun und warf dem Grafen flehende, beinahe klägliche Blicke zu. Erik stammte aus Finnland, wo er vor langer Zeit seine erste Frau und ihre gemeinsamen Kinder verloren hatte, ehe er über das Meer nach Bayern gekommen war. Dort hatte ihm das Schicksal an einem bunten Markttag einen rettenden Engel in Form seiner Frau Emma gesandt. Groß und blond, wie er war, konnte der Finne seine nordischen Vorfahren nicht verleugnen. Auch wenn seine Falten sich in den zurückliegenden Jahren in tiefe Furchen verwandelt hatten und sich längst dicke graue Strähnen in sein helles Haar mischten, war er noch immer eine imposante Erscheinung; dafür geschaffen, kleinere und schmächtigere Zeitgenossen das Fürchten zu lehren.

»Brauchst du Hilfe, Wirt?«, fragte er so laut, dass auch die Zecher seine Worte gut verstehen konnten. Der Mann nickte dankbar. Daraufhin warf Erik einige Münzen als Bezahlung auf die Tischplatte, erhob sich langsam und streckte sich zu voller Größe. Fünf Saufköpfe waren eine Herausforderung, der man sich nicht unbedingt alleine stellen sollte, zumal er nicht mehr der Jüngste war. *Pass auf dich auf, versprich mir das!* – die mahnende Stimme seiner Frau Emma klang dem Grafen im Ohr. Er hoffte, dass die Kerle trotz ihres Suffs noch genug Vernunft besaßen, es nicht auf eine Prügelei ankommen zu lassen.

»Meine Herren.« Erik baute sich vor den Bauern auf. Die blauen Augen funkelten. »Der Wirt wünscht, die Zeche zu kassieren. Woher immer ihr stammt – für euch ist es an der Zeit, zu Hause ein ausgiebiges Schläfchen zu halten.«

»Misch dich nicht ein, Großväterchen. Los, verschwinde!«, grölte einer der Männer und ließ ein trunkenes Lachen folgen. Graf Eisenberg schüttelte missbilligend den Kopf und wartete gelassen ab. Aus seinem unbewegten Gesicht war nichts zu lesen. Niemals hätte er sich eingestanden, dass ihm die angespannte Situation ein wenig Vergnügen bereitete. Schließlich war er einst ein Kämpfer in herzoglichen Diensten gewesen und scheute trotz seines Alters nicht davor zurück, die Burschen mit gezielten Fausthieben in die Schranken zu weisen. Wenn es denn sein musste.

»Schaut, wie der dasteht! Hält sich für was Besseres!«

»Und so feine Gewänder trägt der Herr. Hast es wohl auf eine Abreibung abgesehen, du Sohn einer räudigen Hündin.«

»Genau solche elenden Teufel sind es, die uns unser Vieh und unsere Felder wegnehmen! Solche wie der!«

»Ausbeuter!«

»Menschenschinder!«

Erik hörte sich die Beleidigungen eine Weile an, dann packte er den am nächsten sitzenden Mann am Kragen und schleifte ihn kurzerhand zur Tür. »Vergesst nicht zu bezahlen!«, rief er den verdatterten Bauern zu und stieß den Betrunkenen, der sich vergeblich zu wehren versuchte, mit dem Kopf voran in den Staub des Hofs. Der krabbelte auf allen vieren umher, ehe er langsam und schwankend wieder auf die Füße kam.

Das unerwartete Einschreiten des Fremden schien seine Kumpane zu ernüchtern. Ihre Mienen waren grimmig.

Der Wirt, zutiefst beeindruckt vom Mut seines hochgewachsenen Gastes, wagte nicht, sich den Betrunkenen in den Weg zu stellen und sie – des Geldes wegen, das sie ihm schuldeten – am Verlassen des Wirtshauses zu hindern. Die Männer hätten ihm gewiss eine gehörige Tracht Prügel verabreicht. So lautete das Los jedes Wirts, der sein Gasthaus außerhalb einer sicheren Stadt ohne Schutz und Reglement der städtischen Zunftverbände betrieb. Niemand sorgte für Recht und Ordnung, wenn man es nicht selbst tat oder wenn der bullige Rausschmeißer, den man jahrelang beschäftigt hatte, über Nacht plötzlich gestorben war. Hoffentlich würde den Fremden sein selbstloses Eingreifen nicht allzu teuer zu stehen bekommen.

Der Wirt wich den vier Männern aus, die geschlossen nach draußen stürmten, um dem hinausbeförderten Kameraden beizustehen. Mit zusammengekniffenen Augen und klopfendem Herzen beobachtete er, wie sie die Fäuste ballten. Das sah nicht gut aus für den feinen Herrn.

»Himmelherrgott, lasst dieses närrische Verhalten und geht nach Hause!« Erik sah sich von den fünf Trunkenbolden umringt. »Eine Mütze Schlaf, und die Welt sieht wieder ganz anders aus.«

»Das hättest du wohl gern, mit ein paar wohlgesetzten Worten davonzukommen.« Der Mann stieß geräuschvoll auf. Ein ekelerregender Geruch nach Bier und Wurst hing kurz in der Luft. »Packt ihn!«

Graf Eisenberg runzelte die Brauen. In seinem markant geschnittenen Gesicht war keine Furcht, durchaus aber Besorgnis zu lesen.

Der erste Bauer schoss auf ihn zu und bekam seinen linken Unterarm zu fassen. Erik holte mit dem rechten Arm aus und verpasste dem Angreifer einen Fausthieb gegen das Kinn, der ihn taumelnd das Gleichgewicht verlieren ließ.

Einen zweiten Mann erledigte er, indem er in einer fließenden Bewegung dessen Hinterkopf mit beiden Händen umfasste, nach unten drückte und ihm das angezogene Knie ins Gesicht rammte. Die Nase des Mannes brach mit einem knirschenden Laut. Er sank in sich zusammen.

Die übrigen drei Männer brüllten zornig auf und stürzten sich auf Erik. Trotz des Biergenusses waren sie erstaunlich flink. Dem Grafen gelang es, einen der Bauern abzuschütteln, da hatten die beiden anderen seine Arme schon umklammert und hielten sie ihm auf den Rücken gedreht fest.

»Ich sage es noch einmal: Verschwindet! Lasst es …« Ein gezielter Magenschwinger brachte Erik keuchend zum Verstummen. Er schnappte nach Luft. Die Bauern gaben ihm nicht die Zeit, sich von dem ersten Schlag zu erholen. Es folgten weitere Hiebe. Sie prasselten auf Bauch und Brust, und es kostete ihn große Anstrengung, nicht wie ein nasser Sack in sich zusammenzufallen. Auch die beiden zu Boden gegangenen Männer hatten sich wieder hochgerappelt und schlugen auf ihn ein. Durch einen Schleier aus Schmerz nahm er eine Bewegung am Waldrand wahr und sah Caroline zwischen dunklen Tannenstämmen hervortreten. »Nicht, Mädchen, bleib, wo du bist!«, versuchte er sie zu warnen, doch seine erstickte Stimme trug nicht bis zum Waldrand.

Caroline blickte einen Moment lang wie erstarrt auf das Geschehen. Dann rannte sie los. »Ihr Saukerle!«, brüllte sie. Ihre Stimme klang schrill und wütend. »Nehmt eure dreckigen Pfoten von ihm!«

Die Bauern blickten halb erschrocken, halb belustigt auf die junge Frau, die wie eine Furie auf sie zustürmte.

»Deine Hure oder vielleicht das werte Töchterlein?«, raunte einer der Männer Erik zu. Sein schmutziges Lachen und die eindeutige Geste, die er mit den Händen vollführte, hätten den Grafen bange Furcht um Caroline empfinden lassen, wäre er von den Schlägen nicht so benommen gewesen, dass das Geschehen vor seinen Augen verschwamm. Er rang mit den beiden Kerlen, die noch immer seine Arme festhielten, doch es gelang ihm nicht, sich aus ihrem Griff zu befreien. Die Burschen waren in der Überzahl, und sie waren jung und kräftig. Kräftiger als er, wie er sich hilflos eingestehen musste. Erik begann seinen leichtsinnigen Wagemut zu bereuen, als ihm klar wurde, dass er sich überschätzt hatte.

Seine Ziehtochter war indessen herangekommen. Zielsicher schritt sie aus und schlug dem Erstbesten hart ins Gesicht. »Was fällt euch Hundsfotten ein, den Grafen zu belästigen!«

Der Mann legte verdutzt eine Hand an die brennende Wange. »Das wirst du mir büßen, Weib.« Er sprach gefährlich leise. Caroline hob trotz der durch ihre Röcke eingeschränkten Bewegungsfreiheit das Knie und rammte es ihm ins Gemächt.

Die übrigen Männer konnten sich ein spöttisches Lachen nicht verkneifen, als ihr Kumpan sich vor Schmerz krümmte. Die frische Luft sorgte dafür, dass ihre Benommenheit abnahm und ihre Köpfe klarer wurden. Während die einen sich zu fragen begannen, ob es vielleicht vernünftiger wäre, die Sache auf sich beruhen zu lassen, hatte der von Caroline Angegriffene sie bereits gepackt und grob zu Boden geschleudert. »Haltet den Mann gut fest«, befahl er schroff, »während ich dem frechen Weibsbild Manieren beibringe.« Er warf sich halb auf Caroline, die durch sein Gewicht am Boden gehalten wurde, und fingerte am Verschluss seiner Hose. Die junge Frau strampelte wild.

Erik gelang es endlich, sich loszureißen. Doch ehe er Gelegenheit bekam, Atem zu schöpfen und sich nach Caroline umzusehen, wurde er von seinen beiden Häschern erneut in eine heftige Prügelei verwickelt. Er benötigte seine volle Konzentration, um die Fausthiebe abzuwehren, die von überallher auf ihn einkrachten. So entging ihm die Not seines Schützlings.

Caroline kämpfte verbissen gegen den Mann, der von seinen zwei Gefährten lautstark angefeuert wurde. Sie gewahrte, dass der Graf in einen harten Kampf verwickelt war, und wagte deshalb nicht zu schreien, um Erik nicht im entscheidenden Moment abzulenken. Ihre Tritte und Schläge, mit denen sie sich zur Wehr zu setzen suchte, verpufften. Der Kerl schlug ihre zappelnden Arme und Beine zur Seite, als wären sie lästige Fliegen. »Gleich werde ich es dir so richtig besorgen«, kündigte er an. Sein schwerer Körper nahm ihr die Luft zum Atmen.

»Gott hilf«, murmelte sie und versuchte unter dem nach Schweiß und Alkohol stinkenden Bauern einen klaren Kopf zu bewahren. Wenn nur die Furcht sich nicht wie eine klauengekrümmte Hand in ihr Herz gekrallt hätte.

Als sie einen kurzen Blick auf das entblößte Glied ihres Angreifers erhaschte, überraschte sie sich selbst mit ihrer Reaktion. Während der Mann sich noch an ihren Röcken zu schaffen machte, begann sie ihn zu verspotten. »Mein Schlag hat wohl gesessen!«, rief sie in der Hoffnung, ihn zu verunsichern, und beobachtete, wie das Gesicht des Mannes eine tiefrote Färbung annahm.

»Mach schon!«, feuerten die anderen beiden, nun doch bereitwillig jede Vernunft außer Acht lassend, ihren Gefährten an. »Zeig dem Weibsstück, wo der Hammer hängt!« Der Mann rieb hektisch an seinem Glied, doch es tat sich nichts.

»Der kriegt heute keinen mehr hoch.« Mit einem derben Lachen wandten sich die zwei Zuschauer ab. Es reizte sie mehr, sich in die Prügelei mit dem großmäuligen Grafen zu stürzen, der tapfer kämpfte und bereits einen ihrer Gefährten zu Boden gerungen hatte. Blut tropfte aus Eriks Nase und färbte Lippen und Kinn dunkelrot. Einen weiteren Mann hielt er im Schwitzkasten.

Die beiden Bauern verständigten sich mit stummen Gesten. Sauber an der Außenmauer des Wirtshauses aufgereiht standen mehrere leere Holzfässer. Sie nahmen eines davon hoch, näherten sich dem Grafen von hinten und zogen es ihm über den Schädel.

Carolines Lachen war verstummt. Während der Kerl über ihr weiterhin versuchte, sein Glied zum Stehen zu bringen, verfolgte sie mit weit aufgerissenen Augen, wie Erik sich nach dem feigen Angriff mühsam wieder auf die Beine kämpfte. Ungeachtet dessen prügelten die Bauern nun zu viert auf ihn ein. Der Graf schwankte wie ein Halm im Wind. Längst griff er nicht mehr selbst an, sondern versuchte lediglich, die auf ihn einprasselnden Hiebe abzuwehren. Das Gesicht von Eriks Frau Emma stand Caroline plötzlich vor Augen. Sie hatte bei ihrer Abreise von Eisenberg Sorge darauf gelesen. Und Angst.

»Hilfe!« Caroline begann endlich zu schreien. »Hilfe! So helfe doch jemand!« Dabei ahnte sie, dass es hoffnungslos war. Hier war niemand außer dem feigen Wirt und vielleicht noch einer Küchenhilfe. Die würden keinen Finger krummmachen, um sich nicht selbst in Gefahr zu bringen.

»Halt's Maul«, knurrte der Mann, der sich auf sie gestürzt hatte, und legte ihr eine Hand über den Mund, während er mit der anderen nach ihren Brüsten unter dem Kleid grapschte. Sie hörte das ratschende Geräusch von reißendem Stoff. Kurz darauf bemerkte Caroline entsetzt, wie sich zwischen seinen Beinen nun doch etwas regte. Vergeblich versuchte sie, sich unter ihm hervorzurollen. Sein Gewicht hielt sie am Boden. »Hilfe!«, brüllte sie wieder, kaum dass er die Hand einen Augenblick lang von ihrem Mund genommen hatte, und sah im gleichen Moment Erik zu Boden gehen. Er stürzte so unglücklich, dass sein Kopf mit der linken Schläfe hart auf einen faustgroßen Stein schlug, und regte sich nicht mehr. »Erik«, flüsterte sie, und ihre feuchten Augen flackerten.

»Jetzt mach endlich die Beine breit, Täubchen.« Der Mann über ihr hatte ihre Röcke hochgeschoben und drängte ihre Schenkel auseinander. Caroline bäumte sich auf, versuchte sich mit aller Gewalt zur Wehr zu setzen, aber es fehlte ihr an der nötigen Kraft. Sie wandte den Kopf von Eriks reglosem Körper ab und erkannte aus den Augenwinkeln heraus den Wirt, der den Kopf aus der Tür des Gasthauses gestreckt hatte.

»So hilf doch, um Himmels willen!«

Auf ihren Ruf hin zog der Kopf sich eilends zurück und verschwand. Mit ihm war die einzige Chance auf Rettung dahin.

Zwar hatte der Wirt tatsächlich kurz erwogen, sich fortzustehlen und ins nächste Dorf zu laufen. Aber, zu diesem Schluss war er gekommen, bis dahin wäre es für das Leben des Mannes und die Tugend der Frau wohl längst zu spät. Nicht auszudenken zudem, was die besoffenen Kerle mit ihm anstellen würden, sollten sie sein Weglaufen bemerken und ihn einfangen.

Caroline schloss die Augen. Sie hörte auf zu strampeln, ihr Kampfeswillen erlosch. Sie spürte das pochende Glied des Mannes an ihrem Schenkel. Ihr war übel. Wenn es nur schnell gehen würde und die Schufte hinterher verschwanden, damit sie sich um Erik kümmern konnte.

Die Bauern hatten ihr niedergeschlagenes Opfer achtlos liegen gelassen und sich dem unter ihrem Kumpan angstbebenden Frauenkörper zugewandt. Der Kampf und das Blut hatten sie erregt. Sie hatten den hochmütigen Adligen bezwungen. Die ungerecht verteilte Zahl der Kämpfer trübte ihr Triumphgefühl nicht. Mit Genugtuung betrachteten sie das Weib, welches recht ansehnlich war, so dass sie alle noch ihr Vergnügen mit ihm haben wollten.

Die junge Frau wartete darauf, dass es endlich geschehen würde. Blut rauschte ihr in den Ohren, und der abscheuliche Geruch des Mannes nahm ihr den Atem. Zuerst schenkte sie dem rhythmischen Geräusch keine Beachtung. Erst als es lauter wurde, erkannte sie die herannahenden Hufschläge eines Pferdes.

Johannes Lenker hoffte auf eine deftige Brotzeit, als er auf den Hof des Gasthauses zuritt. Momente später, beim Anblick des leblos am Boden liegenden Körpers und der Horde Männer, die ein wehrloses Mädchen bedrängten und offensichtlich im Begriff standen, es zu vergewaltigen, meinte er seinen Augen nicht zu trauen.

Er reagierte ohne Zögern. Noch im Sattel sitzend griff er nach dem gespannten Kurzbogen auf seinem Rücken und dankte Gott dafür, dass er die Waffe schussbereit mit sich trug. Augenblicke später surrte ein Pfeil über das Geschehen hinweg und bohrte sich hinter den Bauern in den frostharten Boden.

»Haltet ein!«, rief Lenker in befehlsgewohntem Ton. Ein weiterer Pfeil schoss durch die Luft und blieb ganz in der Nähe der Männer stecken.

»Scheiße, der kann mit dem Ding umgehen!«

»Mir wird die Sache zu heiß. Lasst uns abhauen!« Die vier Umstehenden nickten einander zu und gaben Fersengeld, sie stürzten in Richtung des Waldes davon. Lediglich der Mann auf Caroline war in seiner Gier blind gegenüber der Gefahr. Er würde seine Beute nicht entkommen lassen. Nicht jetzt, so kurz vor dem Ziel, wo er zwischen ihren Schenkeln lag und ihre krause Schambehaarung an seiner Haut kratzen fühlte.

Lenker, der nicht riskieren wollte, die Frau unter dem

Vergewaltiger zu verletzen, ließ den Bogen fallen, warf sich im Laufschritt auf den Bauern und stieß ihn von seinem Opfer. Caroline verlor keine Zeit. Flink kam sie auf die Beine und stürzte zu Erik. Sein Gesicht war wächsern, das Blut darauf kontrastierte stark mit seiner bleichen Haut und ließ sie das Schlimmste befürchten. Mit den routinierten Griffen einer Heilkundigen fühlte sie ihm den Puls, horchte nach seinem Herzen – und das süße Gefühl grenzenloser Erleichterung durchströmte sie. Er war am Leben.

Lenker unterdessen drosch voller Zorn auf Carolines Angreifer ein und musste seinerseits schmerzhafte Hiebe einstecken. Ein harter Schlag traf ihn am Kinn, und Johannes fühlte, wie sich in seinem Kiefer etwas löste. Er barg den verlorenen Zahn unter seiner Zunge und kämpfte verbissen weiter. Die in aller Eile hochgezogene Hose wurde seinem Widersacher schließlich zum Verhängnis, als sie ihm mitten in einer Bewegung hinunter auf die Knöchel rutschte und ihn zum Stolpern brachte. Ehe Lenker recht begriff, was geschah, war das Mädchen bei ihm und trat mit seinen Stiefeln zornig gegen den liegenden Mann. Der kroch auf allen vieren davon.

Lenker, der ihn nicht entkommen lassen wollte, wurde von Caroline zurückgehalten.

»Bitte, wir müssen uns um den Grafen kümmern. Lasst den Schurken laufen – er ist Eurer Mühe nicht wert.«

Johannes sandte daraufhin dem Fliehenden, der sich hochgekämpft hatte und nun die Beine in die Hand nahm, einen derben Fluch hinterher und trat zu dem am Boden Liegenden.

»Er ist am Leben?«

»Ja, Gott sei es gedankt.« Caroline kniete neben Erik und horchte wieder auf seinen Atem.

»Von einem solchen Pack … lasse ich mich nicht ins Jenseits befördern.« Stöhnend erlangte Erik das Bewusstsein wieder. Seine Lider flatterten, dann öffnete er die Augen. »Caroline, Mädchen ...« Er verschluckte sich und musste husten. »Alles in Ordnung?«

»Mir ist nichts geschehen«, beteuerte sie, und ihr breites Lächeln spiegelte ihre Erleichterung. Johannes betrachtete die Frau, ihre in Unordnung geratenen Kleider, das unter der Reisehaube hervorgerutschte wirre Haar, und fand sie schlichtweg bezaubernd. Wie der am Boden liegende Mann trug sie Gewänder aus gutem Stoff. Ob sie seine Tochter war? Am Anfang hatte er sie für ein Mädchen gehalten, tatsächlich mochte sie zwischen zwanzig und fünfundzwanzig Jahre alt sein. Vielleicht also sein Eheweib? Er bewunderte ihre Ruhe. Die meisten Frauen hätten nach einem solchen Erlebnis vermutlich Sturzbäche an Tränen vergossen. Sie aber kümmerte sich mit ruhiger Hand um den Verletzten. Unweit des Geschehens waren zwei Pferde angebunden, die nervös mit den Hufen scharrten. Aus den Satteltaschen ihres Schimmels holte die Frau einen Verband hervor, den sie ihrem Gefährten mit sicherer Hand anlegte.

Nachdem dies geschehen war, streckte Lenker dem Mann die Hand hin, um ihm aufzuhelfen.

»Lasst mich noch ein wenig liegen, bis das Surren in meinem Kopf nachlässt«, bat Erik.

»Der Boden ist viel zu kalt«, protestierte Caroline. »Wir bringen dich besser hinein.«

»Nein.« Der Graf beharrte darauf, sich an Ort und Stelle auszuruhen, woraufhin Caroline erneut zu den Pferden lief, um wenigstens eine Decke über ihn breiten zu können. »Er holt sich sonst den Tod«, murmelte sie und merkte dann, dass ihr Retter sie beobachtete.

»Danke.« Sie sah ihn an. Seine Augen waren von einem warmen Grün, durchbrochen von braunen Sprenkeln. »Ich weiß gar nicht, wie ich Euch danken soll.«

»Ich bin Johannes.« Er verweilte bei der Betrachtung ihres ausdrucksstarken Gesichts. Sie hatte Grübchen in beiden Wangen. »Johannes Lenker. Ein einfacher Mann nur.« Mit den Händen fuhr er an sich herab und wies sie damit auf seine schlichten Kleider hin. »Wenn ich helfen konnte, dann ist es gut.«

»Ihr sprecht, verzeiht mir, Ihr sprecht seltsam.« Caroline studierte ihn aufmerksam. »Und Ihr blutet aus dem Mund.«

»Ach, das ist nichts.« Gefangen vom Anblick dieser bemerkenswerten Frau hatte Johannes seinen unter der Zunge geborgenen Backenzahn völlig vergessen. Nun spuckte er ihn in seine offene Handfläche und drehte ihn zwischen den Fingern. »Einer weniger.«

»Lasst mich sehen.« Caroline trat zu ihm. »Es kann sein, dass ...« Sie unterbrach sich und wandte sich zu dem Verletzten um. »Geht es, Erik?«, fragte sie besorgt. Dieser bejahte und lehnte es erneut ab, hinein ins Warme gebracht zu werden. Daraufhin dirigierte sie Johannes zu einem Baumstumpf. »Setzt Euch bitte. Ich werde sehen, was sich machen lässt. Mund auf.«

Wenig später hatte Caroline den verlorenen Zahn zurück in seine Kuhle gedrückt. Zwar saß er nicht sehr fest, doch blieb er vorerst an Ort und Stelle. »Kann sein, er wächst wieder an.« Sie lächelte. »Dürfte ich Euch bitten, uns nach Hause zu begleiten? Unsere Reise müssen wir nun ohnehin abbrechen. Graf Eisenberg«, sie wies auf den Liegenden, »braucht die kundige Pflege seiner Frau. Burg Eisenberg liegt kaum mehr als einen halben Tagesritt von hier entfernt.«

Lenker wollte der Frau gerade Antwort geben, da erspähte er durch einen Riss in ihrem Kleid ein sternförmiges Muttermal links oberhalb ihres Nabels. Ein Ruck ging durch seinen Körper, und seine Augen weiteten sich vor Erstaunen.

»Was habt Ihr?« Caroline sah, wie von einem Moment zum anderen die Farbe aus dem Gesicht ihres Retters wich.

»Ich …« Es drängte ihn danach, sie auf den Leberfleck anzusprechen. Doch war dies weder der rechte Ort noch die rechte Zeit. »Ich komme gerne mit Euch.« Johannes Lenker, der in das Dorf Denklingen unterwegs war, nickte. Ein oder zwei verlorene Tage, so sagte er sich, würden seiner Mission nicht schaden. Sicher lag seine Zustimmung nicht daran, dass er die Begegnung, die ihn in Denklingen erwartete, aufschieben wollte. Vielmehr wollte er sich die Gelegenheit nicht entgehen lassen, mehr über Caroline herauszufinden, die ihn zutiefst beeindruckte.

2

Als endlich die dicken Mauern von Burg Eisenberg in Sicht kamen, hatte das Gewitter die drei Reiter beinahe eingeholt. Scharfer Wind brauste ihnen um die Ohren. Trotz der hereinbrechenden Dämmerung war die schwefelgelbe Verfärbung am Himmel deutlich zu erkennen. Sie gelangten gerade noch trockenen Fußes in die Burg. Wenig später fegte der Sturm mit tosender Gewalt über den Landstrich. Es blitzte und donnerte; ein für die Jahreszeit sehr ungewöhnliches Naturschauspiel. Zweige und Äste knickten ab, ganze Bäume fielen der Macht des Unwetters zum Opfer.

Auf Eisenberg kümmerte man sich nicht um den gewaltigen Wolkenbruch. Erik, der sich trotz der pochenden Kopfschmerzen auf dem Pferd gehalten hatte, glitt im Burghof am Ende seiner Kräfte vom Rücken des Schimmels. Der Schwindel übermannte ihn, kaum dass er sich in den Armen seiner Frau geborgen wusste.

Während die Nacht sich über die Burg senkte, behandelte Gräfin Eisenberg den Verletzten im Schein einer Öllampe. Die Wunde selbst, ein feiner Riss in der Kopfhaut, auf dem sich erster Schorf gebildet hatte, war kaum so lang wie ein einzelnes Fingerglied. Die Schwellung darunter war jedoch beträchtlich.

Emma vermengte in ihrem Mörser getrocknete Arnikablüten, Thymian, etwas Fett und lauwarmes Wasser zu einer Salbe, um die Prellung zu behandeln. Schafgarbenkraut und Huflattich kamen hinzu, um einer Entzündung an den Wundrändern vorzubeugen. Die Kräuter verbreiteten einen aromatischen Duft. Nach dem Auftragen der Salbe flößte sie ihrem Mann einen Sud aus Johanniskraut, Lavendel und Baldrian ein, in der Hoffnung, er möge in einen ruhigeren Schlaf sinken. Still saß sie schließlich bei ihm und lauschte dem leiser werdenden Grollen des Gewitters, während die Stunden verstrichen. Es hatte aufgehört zu hageln. Ihre Hände hielten seinen Kopf. Sie konzentrierte sich völlig auf ihr Tun.

Emma hatte in der Vergangenheit unzählige Kranke behandelt, hatte Menschen auf dem Weg zur Genesung begleitet und anderen, die nicht mehr zu retten gewesen waren, das Sterben erleichtert. Wann immer sie ihre Heilkräfte einsetzte, pochte und kribbelte das sternförmige Mal an ihrem Knöchel. In dem Maße, in dem sie sich selbst erschöpfte, gewann ihr Gegenüber an Stärke. Sie gab von ihrer Kraft, spendete die eigene Lebensenergie, um zu lindern und zu heilen.

In dieser Nacht jedoch, in den Stunden, die sie über ihren Mann wachte, war etwas anders. Sie verdrängte es, ihre Muskeln verspannten sich, ihr ganzer Körper wurde steif. Sie wehrte sich mit aller Macht gegen die Einsicht, ihm nicht helfen zu können. Emma hatte dergleichen bei Todgeweihten erlebt. Die Kraft, die sie zu geben hatte, linderte zwar deren Schmerzen, prallte aber zu einem großen Teil an ihnen ab und floss zu ihr selbst zurück. Sie empfand diese Abwehr wie einen unsichtbaren Schutzschild, der nicht zuließ, das Leiden eines Sterbenden unnötig zu verlängern.

So sehr sie sich auch mühte, so sehr sie ihre geballte Energie auf ihn richtete, sie drang nicht zu dem Geliebten durch. Noch sperrte sie sich gegen das Begreifen, während sie lautlos weinte und ihre Lippen sich im flehenden Gebet bewegten.

»Emma?« Einen Augenblick lang hoben sich seine Lider.

Ihre Finger strichen wie zur Antwort sacht über seine Haut.

»Tut mir leid«, murmelte er und döste wieder ein. Der Schlaftrunk tat seine Wirkung.

Am nächsten Morgen war die Luft klar. Die dünne Decke aus weißen Hagelkörnern auf Wiesen, Feldern, Straßen und Wegen taute bereits.

Erik lag in seinem Bett, umringt von Frau und Kindern. Caroline war froh, nach dem Kampf mit den Bauern auf eine rasche Heimkehr gedrängt zu haben. Obwohl sie erst bei Anbruch der Dunkelheit auf der Burg angekommen waren, hatte der Graf dank der Pflege seiner Frau eine halbwegs ruhige Nacht verbracht.

Nun, da helles Morgenlicht in das Schlafgemach strömte, fühlte Erik sich besser. Die Kopfschmerzen waren auf ein erträgliches Maß gesunken. Er tastete nach der Schwellung über der linken Schläfe, die von einem Verband bedeckt war. Die Berührung schmerzte, und er zog die Hand zurück.

»Was machst du nur für Sachen, Vater«, schalt seine Tochter Isabel ihn liebevoll. In Haltung und Aussprache war sie Emma sehr ähnlich.

»Es ist nur eine Beule«, beteuerte Erik seinen Kindern, obwohl er sich schwach fühlte wie ein Neugeborenes.

»Wir lassen dich und Mutter jetzt wieder allein«, erklärte Sofia, deren Nase genau wie die ihrer Zwillingsschwester Isabell von einer hartnäckigen Erkältung gerötet war. Sie warf einen Blick auf die Gräfin. Seit Eriks Heimkehr am Vorabend war die wächserne Blässe nicht aus dem Gesicht ihrer Mutter gewichen. Es war nur natürlich, dass sie sich sorgte, doch wenn man an die unzähligen Gelegenheiten dachte, bei denen Erik in der Vergangenheit mit mehr oder minder schweren Verletzungen zu ihr gekommen war – einem Knochenbruch, einem abgelösten Fingernagel, einem durch den Fuß getretenen Nagel –, schien sie von dieser Beule in ungewohnt hohem Maß aus der Fassung gebracht.

Der Reihe nach küssten die Töchter den Grafen auf die Stirn, zunächst die Zwillinge Isabel und Sofia, dann die dreizehnjährige Johanna. Auch der elfjährige Stefan warf sich Erik an den Hals und umarmte ihn fest.

»Schon gut, mein Großer. Dein alter Vater ist bald wieder auf den Beinen.« Der Graf zauste ihm den Blondschopf. Stefan und die jüngste Tochter Johanna hatten sein nordländisches Aussehen geerbt, das helle Haar und die blauen Augen. Suchend blickte er sich nach der jungen Frau um, welche ihre Zurückhaltung nie gänzlich ablegte und ein wenig abseits an der Wand lehnte. »Caroline? Komm zu mir, Mädchen.« Erik gelang ein Lächeln, woraufhin Caroline zu ihm trat und ihm sanft die Lippen auf die Stirn drückte. Einen Moment lang ruhte ihre Hand an seiner bärtigen Wange.

Auf dem Gang wartete Johannes Lenker. Er war von den Mägden mit einem reichlichen Morgenmahl versorgt worden und hatte kräftig zugelangt. Nun lungerte er schon seit geraumer Zeit vor dem Krankenzimmer herum, um etwas über den Zustand des Grafen zu erfahren – und um Caroline wiederzusehen, von der er sich nach der Ankunft auf der Burg hatte verabschieden müssen. Dabei spielte seine Zunge mit dem wackligen Zahn in seinem Mund. Gedankenverloren sann er über die Möglichkeiten nach, die auf seiner weiteren Reise auf ihn warten mochten. Er dachte an Schenken und Wirtshausstuben. Die Bauern, Knechte und Handwerker würden der Sache nicht abgeneigt sein. Andererseits hatten viele Angst. Wie er auch. Was er tat, war gefährlich.

Endlich öffnete sich die Tür des Krankenzimmers.

»Ihr wollt Euch nach dem Grafen erkundigen?«, fragte Caroline beim Näherkommen, während die vier Grafensprösslinge seine Gegenwart mit einem freundlichen Nicken zur

Kenntnis nahmen und vorübereilten. »Er hat die Nacht gut überstanden. Wie geht es Eurem Zahn?«

»Ich glaube nicht, dass er anwachsen wird.«

»Öffnet bitte den Mund.«

Gehorsam sperrte er den Mund auf und wartete.

Caroline musste ein Lächeln unterdrücken. Er erinnerte sie an ein Vogeljunges mit weit aufgerissenem Schnabel. Sie überlegte kurz, sich auf Zehenspitzen zu stellen oder einen Schemel zu holen, und winkte dann ab. »So wird das nichts. Ihr seid zu groß, und das Licht hier ist auch nicht sonderlich. Kommt mit mir ins Behandlungszimmer. Dort ist es heller, und Ihr könnt Euch setzen. Wenn der Zahn nicht zu retten sein sollte, dann gebe ich Euch wenigstens einen Trunk zum Gurgeln. Wir sollten einer Entzündung des Zahnbetts vorbeugen.«

»Natürlich. Ich folge Euch.« Lenker nickte und fing einen merkwürdigen Blick von Caroline auf. In seinem braunen Haar schimmerten vereinzelt silbergraue Strähnen. Caroline gestand sich trotz ihrer Verwunderung über das Grau bei einem so jungen Mann ein, dass der ungewöhnliche Farbton, der durch die Silbermischung entstand, durchaus anziehend wirkte.

*

»Was hast du, *outo tytöö*?« Erik streichelte den Arm seiner Frau. Sie hatte sich zu ihm aufs Bett gesetzt und kämpfte mit den Tränen. »Schau, mir ist nichts Ernsthaftes zugestoßen«, versuchte er sie zu trösten.

Emma schluchzte auf und, als hätte er etwas Falsches gesagt, weinte jetzt ungehemmt.

Eine Zeit lang betrachtete er sie ratlos. Vielleicht grollte sie ihm wegen seiner Leichtfertigkeit, mit der er sich in die Prügelei mit den angetrunkenen Bauern hatte verwickeln lassen. Ihre Tränen tropften auf seine Haut, und ihm wurde kalt.

»Bitte, rede mit mir, Liebste. Lass mich nicht im Ungewissen«, bat er leise.

Die unverhohlene Verzweiflung, die er daraufhin in ihren Augen las, erschreckte ihn zutiefst und ließ die Schmerzen in seinem Kopf in den Hintergrund treten. »Es ist meinetwegen, oder?« Erik kannte seine Frau, ja, manchmal meinte er, sie besser zu kennen als sich selbst. Für ihr Verhalten konnte es keinen anderen Grund geben als die schiere Furcht um sein Leben. Emma griff nach seiner Hand und umklammerte sie fest. Seine Frau, die Seherin. Die Heilerin.

»Sprich«, flehte er erneut, und endlich redete sie.

»Es fließt nicht. Ich will dir helfen, aber du wehrst mich ab.«

»Ich würde dich niemals …«

»Das bist nicht du. Es ist dein Körper, dein Innerstes, ich weiß es nicht. Meine Kraft dringt nicht zu dir durch.«

»Deshalb weinst du, *outo tytöö*? Schau, die Beule wird heilen. Langsamer, gewiss, ohne deine Fähigkeiten, aber sie wird heilen.« Erik hoffte, die Sorge um ihn hätte sie zu einer heftigeren Reaktion verleitet, als der Situation angemessen war.

»Da ist Blut.« Sie berührte den Verband so sacht, dass er keinen Schmerz fühlte. »Es sammelt sich in deinem Kopf.«

»Du kannst die Blutung nicht aufhalten? Deshalb deine Tränen.« Eriks Augen begannen feucht zu glänzen. Er hatte in der Vergangenheit selten geweint. Vor langer Zeit, vor den rauchenden Trümmern seines einstigen Lebens, hatte sein Kummer sich Bahn gebrochen, ebenso nach dem Verlust des Sohnes.

»Werde ich … muss ich sterben?« Nicht der Gedanke an den eigenen Tod schmerzte ihn am meisten. Es war das Leid im schönen Gesicht seiner Geliebten.

»Ich kann mich täuschen.« Doch in ihrer Stimme lag keine Hoffnung. Sie klang so leer, wie er sich fühlte.

»Hast du es ... vorausgesehen? Warst du deshalb in den letzten Monaten so bedrückt?« Er erinnerte sich, wie sie sich nachts mit einem erschreckten Aufschrei an ihn geklammert hatte, als fürchtete sie, ihn zu verlieren. Im Grunde war es nicht wichtig, aber er wollte es erfahren. Wollte erfahren, wie lange sie schon litt.

»Seit dem letzten Sommer verfolgt mich dieser Traum, der sich mit dem Erwachen am Morgen verflüchtigt. Manchmal kamen mir Bruchstücke davon in den Sinn. Sie machten mir Angst. Ich stand auf dem Deck eines Schiffs. Um mich herum toste das Meer, und ich rief nach dir. Ich fürchtete mich, aber ich konnte mich einfach nicht richtig erinnern. Erst letzte Nacht habe ich begriffen ...«

»Du hast begriffen, dass ich sterben werde«, sprach er das aus, was ihr nicht über die Lippen wollte.

»Es ist meine Schuld!« Seine Worte kosteten Emma den letzten Rest Selbstbeherrschung. »Meine Schuld, verstehst du? Ich und meine verdammten Visionen!« Sie schlug sich wie rasend mit der Faust gegen den Kopf. Ihre Finger rissen an ihren Haaren. »Was bin ich denn, dass ich dir das sagen muss? Eine Hexe, eine Teufelin! Ich habe nicht verdient ...«

»Hör auf.« Er packte sie hart am Handgelenk. »Hör auf damit, verflucht!«

»Du darfst mich nicht verlassen.« Der harsche Klang seiner Stimme hatte sie zur Besinnung gebracht. »Ich versuche es noch einmal.« Sie berührte seinen Verband und konzentrierte sich so sehr, dass sie glaubte, ihr Schädel wolle zerspringen. Das Sternenmal glühte heiß und versengte ihr die Haut. Draußen verdunkelte sich der Himmel. Der Sturm kehrte zurück.

Die Zeit zog sich schier unendlich dahin. Erik wagte

nicht zu sprechen. Alle seine Empfindungen richteten sich auf die zarte, geliebte Frau. Ihr Atem ging schwer.

»Ich schaffe es nicht.« Emma war zutiefst erschöpft und drohte vom Bett zu gleiten. Er hielt sie fest. Der Schmerz in seinem Kopf nahm zu, kaum dass sie die unsichtbare Verbindung zu ihm gelöst hatte.

»Caroline«, flüsterte Emma mit einem Mal und konnte kaum glauben, nicht früher an die junge Frau gedacht zu haben. »Wir müssen unsere Kraft vereinen.«

»Ich fühle es auch. Das Stocken. Die Zurückweisung.« Caroline brachte es kaum über sich, die bange Hoffnung in den Gesichtern der Eheleute zu zerstören. »Lass es uns gemeinsam versuchen.«

Die beiden Frauen konzentrierten sich, und es wurde wärmer im Raum, als sich die unsichtbaren Ströme ihrer Kräfte miteinander verwoben und eins wurden. Erik spürte deutlich den nachlassenden Schmerz, sah die Anstrengung auf ihren Gesichtern, die kleinen Schweißperlen darauf.

Es gelang ihnen nicht. Sie vermochten zu lindern, nicht zu heilen.

»Was ist mit einem Arzt? Vielleicht ...«, begann Caroline.

»Du hast recht. Vielleicht kann ein Medicus helfen«, fiel Emma ein, die auch noch zum abwegigsten Mittel gegriffen hätte, wenn es nur den Hauch einer Chance versprach.

»Ein Arzt kann nichts für mich tun, was ihr nicht längst getan hättet. Ruft die Kinder. Ich möchte sie sehen.« Mit einem Mal verspürte Erik drängende Eile. Er wusste nicht, wie viel Zeit ihm noch blieb, und er wollte nicht gehen, ohne Abschied genommen zu haben.

Caroline erfüllte seinen Wunsch und kehrte wenig später atemlos zurück. Isabel, Sofia, Johanna und Stefan folgten ihr betreten. Die Zwillinge hielten sich an den Händen. Den wenigen von Caroline hastig hervorgestoßenen Worten hatten sie entnommen, dass es schlecht um den Vater stand.

Erik schloss seine Kinder in die Arme, sprach flüsternd von gemeinsamen Erlebnissen, die sie im Gedächtnis behalten sollten, und versicherte sie seiner Liebe zu ihnen. Am Ende war er erschöpft.

Seine Kinder verließen weinend den Raum. Zurück blieb Emma.

»Wie lange noch?«

»Ich weiß es nicht. Nicht lange.« Das blanke Entsetzen hatte sie gepackt.

»Leg dich zu mir. Ich will dich spüren. Dich ganz nah bei mir wissen, wenn es so weit ist.« Seine Stimme war heiser. »Lass es in deinen Armen geschehen, Emma, ich bitte dich.«

Sie schmiegte sich zu ihm unter die Decke und schob die Hand unter sein Hemd. Ihre Finger fuhren durch das krause Haar auf seiner Brust. So weich. Sie spürte sein Herz schlagen. Sein Atem streifte ihre Haut. Wie oft hatten sie so beieinandergelegen in den vergangenen neunzehn Jahren? Sein vertrauter Duft schwebte in der Luft, sie sog ihn tief ein. »Mein Herz wird brechen, wenn du gehst.«

»Nein, *outo tytöö*. Meine tapfere Frau.«

Der finnische Kosename, den er ihr bei ihrer allererste Begegnung gegeben hatte, ließ den Kloß in ihrem Hals anschwellen. *Seltsames Mädchen*.

»Unsere Kinder brauchen dich. Für sie musst du stark sein, Emma.«

»Oh, lieber Gott, könnte ich an deiner Stelle gehen!«, rief sie gepeinigt aus.

»Schon gut.« Er küsste sie innig und streichelte ihr übers Haar. »Ich liebe dich, das weißt du.« Mehr Worte hatte er nicht mehr. Er wollte sie berühren, auskosten, was ihm von ihr blieb. Gerade deshalb, weil er nicht an der Wahrhaftigkeit ihrer Vorhersage zweifeln konnte. Bei zu vielen Gelegenheiten hatte er erlebt, wie sie Schicksale richtig geweissagt hatte. Auf ihn wartete der Tod.

Sie hielten sich schweigend an den Händen, ihre Lippen berührten einander. Draußen tobte der Sturm, heftiger noch als in der Nacht zuvor.

»Emma!« Seine ebenmäßigen Gesichtszüge verschoben sich. Der Schlag ereilte ihn von einem Moment zum anderen. Sein linker Mundwinkel stand grotesk verzerrt nach oben. Seine flackernden Augen hefteten sich auf ihr Gesicht.

»Ich bin bei dir«, flüsterte sie und verfolgte ängstlich das Auf und Ab seiner Brust. Sein großer Körper zuckte in ihren Armen. »Ich liebe dich.«

Unweit der Burg fuhr der Blitz in eine dreihundert Jahre alte Kiefer und verwandelte den Baum in ein loderndes Inferno, ehe der Hagel in Regen überging und das Feuer zischend verlosch.

In dem Moment, als die Kiefer entflammte, starb Erik von Eisenberg. Sein Tod kostete seine Frau beinahe den Verstand. Ihr Innerstes riss entzwei. Der Schmerz wühlte in ihren Eingeweiden, als hätte man sie mit einem Messer erdolcht. Sie schrie und tobte, gebärdete sich wie toll und ließ nicht zu, dass Caroline und die Kinder sich dem Leichnam näherten. Schützend über den Geliebten geworfen lag sie da, hielt ihn fest umklammert und versuchte vergebens, die Wärme seines Körpers festzuhalten. Am Ende war ihr Blick leer.

3

Pater Alexandre, seit vielen Jahren Geistlicher des Dorfes Eisenberg, der zugleich die Seelsorge oben auf den Burgen Eisenberg und Hohenfreyberg übernommen hatte, stand Caroline stirnrunzelnd gegenüber. Die junge Frau glaubte, so etwas wie Missbilligung in seinem verlebten Gesicht zu lesen. Sein Haar war von einem stumpfen Grau, und er roch schlecht aus dem Mund. Ein faulender Zahn vielleicht oder eiterndes Zahnfleisch.

»Graf Eisenberg hat also«, der Pfarrer legte besondere Betonung auf die folgenden Worte, »*nachdem* ihr überfallen worden wart, die Beichte abgelegt?«

»So ist es«, bestätigte Caroline mit aller Überzeugungskraft, die sie aufbringen konnte. »Der Mönch, der sich in jenem Wirtshaus einquartiert hatte, nahm sich des Grafen an, betete mit ihm und befreite ihn in der Beichte von seinen Sünden.«

»Verletzt wie er war, stand ihm der Sinn nach Gebeten?« Der gebürtige Franzose blieb misstrauisch.

»Es war dem Grafen ein inneres Bedürfnis, Herr Pfarrer.« Was für eine Heuchelei. Caroline war nicht sicher, ob Erik den nordischen Göttern seiner Kindheit jemals abgeschworen hatte, geschweige denn, ob er überhaupt getauft gewesen war. Der Graf und die Gräfin hatten nie mit ihr darüber gesprochen. Dem Geistlichen war es genug gewesen, die hohen Herrschaften regelmäßig in der ersten Bankreihe seiner Kirche knien zu sehen. Jetzt, nach dem Tod des Grafen, schien sich das geändert zu haben. Er hatte weder die letzte Ölung erhalten, noch existierte eine Taufurkunde. Caroline hatte Emma nach einem solchen Papier gefragt und alle Mühe gehabt, überhaupt eine Reaktion der Gräfin zu erhalten. Emma hatte nicht geantwortet. Stattdessen waren ihre Finger zärtlich der bemühten Handschrift in Eriks Testament gefolgt – er hatte nicht gerne geschrieben, seine kräftigen Hände waren dafür nicht geschaffen gewesen. Nachdem dies geschehen war, hatte sie Caroline wortlos den letzten Willen des Grafen gereicht und sich wieder in ihrem Turmzimmer eingeschlossen.

Alles, was Caroline in der Hand hatte, war die Lüge, der Graf habe vor seinem Tod die Beichte abgelegt. Weder Emma noch ihre verzweifelten Kinder schienen zu begreifen, was von der Entscheidung des dürren Franzosen abhing. Wenn Pater Alexandre befand, Erik dürfe nicht auf dem Kirchhof begraben werden, würde der Leichnam des Grafen in ungeweihter Erde ruhen müssen. Ein Skandal, der – so er nach außen drang – weite Kreise ziehen konnte, bis hin zur Nichtanerkennung von Eriks Erben als Sohn eines ungläubigen Heiden. Seit Martin Luthers Thesenanschlag 1517 war das ganze Land in Aufruhr, und diejenigen, welche treu dem alten Glauben anhingen, nahmen es damit über die Maßen genau.

»Mit Verlaub, Fräulein Caroline. Ich habe lange über diese pikante Angelegenheit nachgedacht und Stund um Stund zum lieben Herrgott gebetet. Der Graf war ein guter, ein großer Mann, der nach seinem Tode eine solche Debatte nicht verdient hat. Dennoch bin ich gezwungen, so leid es mir tut, mich an das Reglement der heiligen Mutter Kirche zu halten.«

»Was wollt Ihr damit sagen?« Caroline sah ihn scharf an.

Der Franzose drückte die Schultern durch, als fürchte er, unter ihrem Blick zu schrumpfen.

»Nun, ich …«

»Fräulein Caroline!« Johannes Lenker hatte unbemerkt im Türrahmen gestanden und das Gespräch verfolgt. Seinem Dafürhalten nach würde sich der verbohrte Pfaffe in den nächsten Minuten gegen eine Beisetzung Eriks auf dem Kirchhof aussprechen. »Ihr seid Pater Alexandre, ja? Wie gut, dass Ihr der Familie in dieser schweren Stunde Beistand leistet, wie es sich für einen braven Seelsorger gehört.«

»Und Ihr seid ...?«

»Johannes Lenker mein Name. Ich freue mich, Euch kennenzulernen.« Johannes schüttelte dem Pfarrer die Hand. Sein Händedruck war kräftig. »Ich bin Schriftgelehrter, studiert in Bologna und Florenz. Ihr haltet das Testament des Grafen in Händen, Fräulein Caroline? Wärt Ihr so freundlich, es mir ...« Schon griff er nach dem Dokument. Ihre vor Aufregung feuchten Finger hatten gräuliche Spuren auf dem Pergament hinterlassen.

Johannes las interessiert. »Eine erkleckliche Summe, die der Graf der Kirche da vermacht hat, nicht wahr?«, erkundigte er sich schließlich im Plauderton. »Eure Pfarre kann sich glücklich schätzen über einen solchen Gläubigen, der auch im Tode seine Kirchenbrüder und -schwestern nicht vergisst.«

Caroline starrte Lenker verwundert an. In dem Testament, das wusste sie gewiss, war nichts von einer frommen Spende an die Kirche zu lesen. Dann begriff sie.

»Pater Alexandre, Ihr seht verwundert drein. Hatte ich denn das Testament des Grafen Euch gegenüber noch gar nicht erwähnt?«

»Nein, das habt Ihr wohl nicht.« Der Geistliche räusperte sich. »Eine erkleckliche Summe, ja?«

»O ja«, bestätigte Caroline. »Der Graf wusste von dem Wunsch der Gemeinde nach einem neuen Altar zur Lobpreisung des Herrn. Mit dem Geld, das Euch in dem Testament zugedacht wird ... Ich kenne mich nicht gut in Fragen der Finanzen aus ...« Sie gab sich bescheiden. Es war in den Augen der Welt und in denen der Kirche nicht Sache der Weiber, sich mit derlei Dingen zu befassen.

»Für den Altar und einige hübsche Verzierungen obendrein wird es gewiss reichen«, schaltete sich Johannes wiederum ein.

»Hmm, verstehe. Wenn dem so ist ... Der Graf hat gebeichtet, ja? Ihr würdet mich nicht anlügen, Caroline, mein Kind?«

»Niemals«, erwiderte Caroline im Brustton der Überzeugung.

»Ich habe ihm nach seinem Tod die Sakramente gespendet. Es wird demnach schon alles seine Richtigkeit haben. Wollen wir uns nun dem geeigneten Zeitpunkt für die Bestattung zuwenden, meine Liebe? Da die Gräfin weiterhin unpässlich ist, sollten wir nicht länger zaudern.«

Johannes Lenker verabschiedete sich höflich und ließ die beiden allein. Beim Gehen fing er Carolines Blick auf. Die Dankbarkeit darin wärmte sein Herz.

Unten im Dorf wurde gebetet. Die Burgen Eisenberg und Hohenfreyberg, die sich auf den Hügeln darüber dunkel gegen den trüben Himmel abzeichneten, wirkten wie finstere Wächter des Geschehens. Stimmen – junge und alte, helle und tiefe – verbanden sich zu einem ehrfürchtigen Sprechgesang, der aus dem Gotteshaus hinaus ins Freie drang, wo drei Raben auf schiefen Grabsteinen hockten und mit lautem Krächzen in die Klage der Trauernden einstimmten. Ihre schwarzen Federn glänzten matt. Der Regen hatte aufgehört, doch die kahlen Bäume und der braune Boden ließen den Wunsch aufkommen, mit einem wärmenden Krug zu Hause vor dem prasselnden Feuer zu sitzen.

Das hölzerne Kirchlein, das noch bis vor einigen Jahren unscheinbar inmitten des Kirchhofs gestanden hatte, war abgerissen und an seiner Stelle eine steinerne Kirche erbaut worden. Das neue Gotteshaus war nicht groß, wenn man es mit den prunkvollen Bauten verglich, mit denen nahe Städte wie etwa Füssen aufwarten konnten, und doch war der solide Steinbau der ganze Stolz der Dorfbewohner. Nicht selten konnte man den einen oder anderen Dörfler dabei beobachten, wie er nach einem Besuch auf dem Kirchhof an das Gotteshaus herantrat und mit den Fingerknöcheln der linken Hand dreimal gegen das Mauerwerk klopfte. Eine Geste, die Glück bringen sollte, Gesundheit und Wohlstand. Pater Alexandre unternahm nichts gegen diesen Aberglauben. Ihm war lieber, seine Schäfchen klopften gegen die Kirche, als dass sie auf die Idee kamen, dem alten Feenvolk zu huldigen. Dagegen wäre er ganz entschieden vorgegangen.

Im Inneren schmückten drei kunstvolle Bilderzyklen das Gotteshaus. Die Totentanz-Gemälde bedeckten die gesamte rechte Kirchenwand und waren – neben der Auferstehung Christi und der Verlockung durch die Schlange im Paradies – die düsterste der drei Bildreihen. Die Gemälde gemahnten den Betrachter an die Unabwendbarkeit des Schicksals. Der Tod wartete auf jedermann. Dass es aber wie aus heiterem Himmel ausgerechnet den Grafen getroffen hatte – einen Mann, den man im Dorf über die Maßen geschätzt hatte und der sich nicht zu schade gewesen war, beim Bau der Kirche Seite an Seite mit den Männern des Dorfes Hand anzulegen –, das schien ungerecht und grausam.

Caroline kniete gemeinsam mit Eriks Töchtern und seiner Frau Emma in vorderster Reihe. Franziska, die Gräfin von Hohenfreyberg und engste Vertraute Emmas, hatte hinter ihnen Platz genommen. Auf der anderen Seite, durch den schmalen Mittelgang getrennt, beteten die Männer. Marzan, Graf von Hohenfreyberg und Halbbruder Emmas, hielt Stefans Hand. Der Bub schluchzte ungehemmt, genau wie seine Schwestern. Bis zu Stefans Volljährigkeit würde Emma die Sorge um Burg und Güter obliegen, so wollte es Eriks Testament. Außerdem war darin der Wunsch des Grafen zu lesen, Caroline, so sie einmal den Wunsch zu heiraten verspürte, mit einer großzügigen Mitgift auszustatten, wie sie auch die leiblichen Töchter erhalten würden. Seinen Kindern hatte Erik zur Erinnerung je einen persönlichen Gegenstand hinterlassen. Für Sofia gab es das Buch, aus dem er ihr in ihrer Kindheit vorgelesen hatte. Es stammte aus einer Augsburger Druckerei und war mit wunderschönen Holzschnitten illustriert. Isabel erhielt seinen schmucken Sattel, mit dem reiten zu dürfen sie sich seit Jahren sehnlichst gewünscht hatte. Johanna, die im Gegensatz zu ihrem Vater gerne schrieb, bekam sein Tintenfass, Stefan seine Axt, die Erik über Jahrzehnte hinweg überallhin begleitet hatte. Sein restlicher Besitz gehörte ausnahmslos Emma, die wissen würde, was damit anzufangen war. Graf Eisenberg hatte in seinem Testament vorgesorgt. An alles war gedacht.

Während Pater Alexandre mit der gebotenen Andacht durch die Messe führte, hielt Caroline die Finger ineinander verschränkt. Sie weinte nicht. Allein ihr von Zeit zu Zeit bebender Körper verriet, wie sehr sie litt. Über Johannas hellen Kopf hinweg blickte sie zu Emma. Die Gräfin hatte in den vier Tagen seit Eriks Tod nichts gegessen. In den wenigen Stunden, die sie nicht neben dem aufgebahrten Leichnam ihres Mannes verbracht hatte, war sie allein in ihrem Turmzimmer verschwunden. Ihre bleichen Züge wirkten verhärmt. Es schien, als wären Emmas Schönheit und ihr Leuchten zusammen mit Erik gestorben.

Nachdem der Pfarrer die Messe gelesen und die Kirchgänger mit Gottes Segen entlassen hatte, ergossen sich die Trauernden in einem dunklen Strom nach draußen auf den Kirchhof, wo ein frisch ausgehobenes Grab auf den Sarg wartete, der von sechs hochgewachsenen Männern gemessenen Schrittes aus dem Gotteshaus hinaus auf den Kirchhof getragen wurde. Das Loch in der Erde war nicht tief. Mit Mühe und Schweiß hatte man dem winterharten Boden die letzte Ruhestätte des Grafen abgetrotzt. Erik würde im Familiengrab neben Emmas Eltern beigesetzt werden. Irgendwo in der Fremde mochte er eigene Verwandte haben, doch Finnland war fern. Eriks erste Frau und seine beiden Kinder waren dort auf grausame Weise ums Leben gekommen. Seit seinem Weggang hatte er keinen Kontakt mehr in seine Heimat gehabt.

† *AMELIA, GRÄFIN VON EISENBERG* †
† *Geliebte Ehefrau und Mutter* †
† *Entschlafen im Jahre des Herrn 1488* †
† *Angenommen von Gott* †

stand auf dem Grabstein.

† *RICHARD, GRAF VON EISENBERG* †
† *Geliebter Ehemann und Vater* †
† *Heimgegangen im Jahre des Herrn 1506* †
† *Ewige Ruhe schenke ihm, o Herr!* †

war darunter zu lesen. Die älteren Inschriften waren von Moos überwuchert und nicht mehr zu erkennen. Eriks Name hingegen glänzte frisch eingemeißelt auf dem Stein. Plötzlich konnte auch Caroline das Weinen nicht mehr zurückhalten. Sie stellte sich Eriks kräftigen Körper vor, wie er reglos in der hölzernen Kiste lag, die an den Rändern mit einem einfachen Ringmuster versehen war. Es war kein Geheimnis, was mit toten Leibern geschah. Sie zersetzten sich und fielen Würmern und Maden anheim. Caroline spürte das Bedürfnis, den Grafen aus seinem dunklen Gefängnis zu befreien. Den Mann, der ihr ein zweiter Vater geworden war, nachdem die Schergen des Herzogs von Württemberg den zerstückelten Leib ihres eigenen Vaters noch nicht einmal einer Bestattung für würdig befunden hatten. Und doch war es unmöglich, den Lauf der Dinge zu ändern, nachdem sie einmal geschehen waren. Erik war für immer aus dem Leben geschieden. Caroline spürte die Tränen über ihre Wangen rollen und von ihrer Nasenspitze tropfen. Wie gerne hätte sie nach Emmas Hand gefasst, doch die Gräfin wirkte starr und abwesend. Als bekäme sie nichts von dem mit, was geschieht, dachte Caroline. Als wäre auch sie nicht mehr von dieser Welt. Um der Tränen Herr zu werden, wandte sie die Augen von dem offenen Grab und den Sargträgern ab, die mit unbewegten Mienen den hölzernen Kasten mit dem Leichnam hinab ins Erdreich senkten. Von irgendwoher erklang Musik. Zarte Lautenklänge stiegen in den Himmel und gaben dem Grafen das letzte Geleit.

Abseits der Trauernden stand eine dunkle Gestalt. Johannes Lenker bemerkte Carolines Blick und erwiderte ihn ernst. Er hielt eine Laute in den Händen.

Da fühlte sie sich auf unerklärliche Weise getröstet.

Es begann wieder zu regnen. Der Sarg war hinabgesenkt, ein Berg frischer Erde wartete darauf, in das Grab geschaufelt zu werden. Gräfin Eisenberg stand neben der dunklen Öffnung und blickte hinunter. Sie trug keine Haube, wie es der Anstand geboten hätte. Doch niemand nahm Anstoß daran. Regentropfen glitzerten in ihrem dunklen Haar, das Erik geliebt hatte.

Die übrigen Trauernden hielten respektvoll Abstand, selbst die Kinder wagten nicht, ihre reglose Mutter in ihrer Andacht zu stören.

Die Zeit verstrich, und die Menschen wurden unruhig. Verstohlen begannen sie, von einem Bein auf das andere zu treten. Ihre Kleider waren klamm geworden, und sie froren.

Die Zwillinge suchten und fanden Carolines Blick. *Was sollen wir tun?*, stand in ihren Augen zu lesen. Isabel und Sofia waren mit ihren achtzehn Jahren den Kinderschuhen entwachsen, doch die Situation machte sie hilflos. Wie früher erhofften sie sich Beistand von ihrer um einige Jahre älteren Jugendfreundin.

Caroline zögerte. Dann gab sie sich einen Ruck und trat nach vorne. Warum sie in diesem Moment Lenkers Blick in ihrem Rücken zu spüren glaubte, wusste sie nicht.

»Emma?«, fragte sie leise und berührte die Gräfin sacht an der Schulter. Als breche ein Damm, löste sich ein schriller, nicht enden wollender Klagelaut aus Emmas Kehle.

Es waren in diesem Augenblick nicht Regen und Kälte, welche die Anwesenden bis ins Mark frösteln ließen.

4

Am Abend nach der Beerdigung nahm sich Gräfin Emma endlich ihrer Kinder an. Sie streichelte über weiches Haar, strich glänzende Tränen mit den Fingern fort und murmelte Worte des Trostes in Ohren, in denen noch überlaut der Klang der Begräbnisglocke hallte. Erleichtert, weil Emma sich nicht länger in ihrem Turmzimmer einschloss, ging Caroline hinunter in die verlassene Halle, wo sie die im Kamin glimmende Glut mit frischen Holzscheiten nährte. Schon bald spielte der Schein des Feuers auf ihrem nachdenklichen Gesicht, während sie dem knisternden Lied der Flammen lauschte. Draußen war es stockdunkel, mächtige Wolken hatten sich vor den Mond geschoben. Caroline blickte auf und lächelte, als Johannes Lenker sich zu ihr gesellte.

»Mögt Ihr einen Schluck Wein?« Sie bot ihm ihren Becher an. Er trank an der Stelle, an der ihre Lippen gelegen hatten. Obwohl der Todesfall ihn länger auf der Burg hielt als geplant, bedauerte er die verlorene Zeit nicht.

In friedvollem Schweigen saßen sie beieinander, bis es an der Zeit war, das Feuer erneut zu schüren. Johannes bedeutete ihr sitzen zu bleiben und legte frisches Holz nach.

»Ihr seid uns ein Freund gewesen, obwohl Ihr uns kaum kennt«, sagte Caroline, als er sich wieder zu ihr umdrehte. »Habt uns selbstlos vor den trunkenen Bauern gerettet, habt den Pfarrer überlistet und Erik mit Eurem Lautenspiel die letzte Ehre erwiesen. Wie kann ich Euch das je danken, Johannes?«

»Indem Ihr mir Euer Vertrauen schenkt«, schlug er vor, und seine grünen Augen sahen sie offen an.

»Ich bin nicht wie die anderen.« Ihre Bemerkung fiel nicht, um sich selbst zurückzusetzen oder in den Vordergrund zu rücken. Sie stellte es nüchtern fest. »Zurückhaltend nennt man mich, und das ist die Wahrheit. Ich schließe nicht leicht Freundschaft. Und auch, wenn man den Frauen im Allgemeinen ein loses Mundwerk und Freude am Tratsch nachsagt, so bleibe ich doch lieber für mich. Ich bin gerne mit meinen Gedanken alleine.«

»Das hindert Euch nicht, in mir einen Freund zu gewinnen. Oder mögt Ihr meine Gesellschaft nicht? Wollt Ihr lieber allein sein?«

»Nein.« Das Wort kam lauter über ihre Lippen, als sie beabsichtigt hatte.

»Seht Ihr.« Johannes saß nur drei Handbreit von ihr entfernt, doch Caroline fühlte sich wohl in seiner Nähe. Sie mochte seine dunklen Locken mit den silbrigen Strähnen, die ungestüm um seinen Kopf lagen. Weich sahen sie aus, genau wie der kurzgeschorene Bart, der einen Ton heller war als sein Haar, von der Farbe einer reifen Kastanie.

»Erzählt mir von Euch«, schlug sie vor.

Johannes zögerte. »Ich lebe in einem kleinen Dorf drüben im Allgäu. Als junger Bursche habe ich das Handwerk eines Zimmerers erlernt«, begann er schließlich. »Meine Eltern waren einfache Leute. Sie sind beide tot, meine Mutter starb vor einigen Jahren an der Schwindsucht.«

»Dann teilt Ihr mein Schicksal. Auch meine Eltern sind nicht mehr am Leben.« Caroline hatte ihm eigentlich nur zuhören wollen, doch der Wunsch, sich ihm mitzuteilen, brannte ihr mit einem Mal in der Seele. Nie zuvor hatte sie außerhalb ihrer neuen Familie über ihren großen Kummer gesprochen. Vor ihrem inneren Auge sah sie sich selbst, wie sie verloren durch die Lande gezogen war, zeitweise zusammen mit einer Horde Gaukler, bis sie am Stuttgarter Hof, wo sie endlich Rache für den Tod ihres Vaters hatte üben wollen, Emma von Eisenberg begegnet war. Sie hatte bei der Gräfin und ihrem Gemahl Erik ein neues Heim und liebevolle Aufnahme gefunden, und ihr jahrelang schwelender Rachedurst war erloschen. Seither war sie Emmas Schülerin. »Ich bin in Beutelsbach im württembergischen Remstal aufgewachsen. Wir waren fünf Geschwister. Ich erinnere mich an sie alle. Meine Brüder waren älter als ich und neckten mich oft. Manchmal brachten sie mir selbstgeschnitzte Puppen und halfen mir, sie auf einem Bett aus Blättern schlafen zu legen. Ich liebte sie abgöttisch. Dann war da noch unsere Kleinste, Marga, benannt nach unserer Mutter. Ihr Haar war wie gesponnenes Gold, und sie hatte ein feines Grübchen in jeder Wange. Ich kümmerte mich um sie, wenn Mutter zu beschäftigt war, und stellte mir vor, sie wäre mein Kind.«

»Ihr habt sie ebenfalls, diese Grübchen«, bemerkte Johannes. Er wagte nicht, sie zu berühren, doch seine Augen streichelten ihr Gesicht.

»Wir lebten und litten unter der Geißel des Herzogs von Württemberg«, fuhr Caroline fort. Sie blickte Johannes nicht länger an. Ihre Augen waren auf die züngelnden Flammen im Kamin geheftet. »Des Fürsten wegen wurden unsere Lebensbedingungen immer schlechter. Er wollte Krieg führen und brauchte Geld, Geld und noch mehr Geld. Geld, welches er gewissenlos aus seinem Volk herauspresste. Eine neue Steuer folgte der nächsten, und meine Eltern wussten kaum noch, wie sie uns Kinder bei all den erzwungenen Abgaben noch ernähren sollten. Dann kam der Tag, an dem der Herzog beschloss, die Maßeinheit der Gewichte zu ändern. Für das gleiche Geld sollten wir fortan weniger Mehl, weniger Getreide, weniger von allem erhalten.

Mein Vater verlor die Fassung. So hatte ich ihn nie zuvor erlebt. ›Wir fordern ein Gottesurteil!‹, schrie der sonst so ruhige und besonnene Mann, und die Maisonne leuchtete auf seinem verzerrten Antlitz. Alle wandten sich zu ihm um, als er sich die Gewichte schnappte und zum Fluss Rems lief. ›Halt dich fern, Kleine‹, sagte er und schob mich fort. Ich blieb dennoch, sah und hörte seine Revolte mit an. ›Haben die Bauern recht, so sink zu Boden, hat aber der Herzog recht, so steig empor!‹ Die Zuschauer verfolgten gebannt, wie mein Vater die Gewichte in den Fluss schleuderte und diese sofort nach unten sanken.«

Caroline merkte nicht, dass Lenker beim Zuhören so bleich wurde, als wäre ihm eben ein Geist erschienen. »Das Gottesurteil war für die Menschen der Auftakt zu etwas Großem. Sie fassten Mut und formierten sich zum Widerstand gegen den Tyrannen. Unter der Fahne des armen Konrad, des armen Mannes, so nannten sie ihre Bewegung. Mein Vater wurde ihr Anführer.«

Caroline holte tief Luft. Was jetzt kam, hatte ihr Herz gebrochen. »Die Schergen des Herzogs müssen von der Rolle meines Vaters als Rebellenführer erfahren haben. Sie kamen leise, mitten in der Nacht. Mein Vater und ich waren nicht da. Er hatte mich mitgenommen, um die Fallen im Wald zu kontrollieren, die er heimlich aufgestellt hatte. Wir brauchten dringend Fleisch. Als wir zurückkehrten – ich trug stolz den mageren Hasen –, leuchtete unser Haus schon aus der Ferne wie eine übergroße Fackel. Vater lief schreiend los, ich rannte ihm hinterher. Wir kamen zu spät. Meine Mutter und meine Geschwister waren im Schlaf verbrannt …« Caroline stützte die Ellbogen auf die Knie und hielt den Kopf gesenkt. Ihr war übel, ihr Magen drehte sich.

Lenker wartete, bis ihr keuchender Atem ruhiger wurde.

»Ich glaube, ich kenne den Ausgang Eurer Geschichte«, sagte er leise. »Man nannte ihn den Gaispeter, Euren Vater, nicht wahr? Er wurde hingerichtet, nachdem man den Aufstand niedergeschlagen hatte.«

»Ja. Sie töteten viele, Männer wie Frauen, aber niemanden so bestialisch wie den Rädelsführer. Meinen Vater.«

»Der arm Konrad bin ich, heiß ich, bleib ich. Wer nicht will geben ...« Johannes fasste ihre Hand.

»... den bösen Pfenning, der trete mit mir in diesen Ring«, vollendete Caroline den alten Spruch, der während des Aufstands in aller Munde gewesen war – er stammte von ihrem Vater. Sie entzog Lenker ihre Hand, weil sie gewohnt war, Berührungen aus dem Weg zu gehen. Emma und die Ihren wussten um Carolines Scheu und respektierten sie. Die Menschen, die ihr zur zweiten Familie geworden waren, umarmten sie selten – und wenn sie es taten, dann umsichtig und mit Bedacht. Früher, vor all dem Schrecklichen, war das anders gewesen. Sie hatte es geliebt, sich auf dem Schoß ihrer Mutter zusammenzurollen und die von harter Arbeit schwieligen Hände über ihr Haar streichen zu fühlen.

Nach ihrer Erzählung herrschte Schweigen. Während Caroline versuchte, die Trauer um ihre Familie in den versteckten Winkel ihres Herzens zurückzudrängen, überlegte Lenker, ob er sie ins Vertrauen ziehen konnte. Ob er es durfte.

»Glaubt Ihr ...« Johannes räusperte sich. Er hatte eine Entscheidung gefällt. »Glaubt Ihr an die Werte, für die Euer Vater gekämpft hat und für die er gestorben ist, Caroline?«

»Aus tiefster Seele.«

War es dieser Moment, in dem Lenker sich endgültig in sie verliebte?

»Dann will ich Euch etwas aus meinem Leben berichten. Seit dem Aufstand des armen Konrad ist die Welt nicht besser geworden. Noch immer darben die Bauern und die einfachen Leute. Ihrer alten Rechte beraubt, beutet man sie aus, oft raubt man ihnen die letzten Lebensgrundlagen.«

»Ich weiß.« In Carolines Worten lagen Trauer und Schmerz. »Aber, wenn Ihr glaubt, dass ... Johannes, hier ist es nicht so. Der Graf und die Gräfin waren stets anständig und gerecht zu ihren Leuten. Die Menschen haben ihr Auskommen und müssen nicht hungern. Es geht ihnen gut.«

»Das glaube ich Euch, ich weiß, dass es diese Ausnahmen gibt. Darum ging es mir auch gar nicht. Caroline – im ganzen Land brodelt es. Die Bauern beginnen sich erneut zu erheben, sie wollen um ihre Rechte kämpfen. Bauernhaufen, so nennen sie ihre Vereinigungen, und ich bin Mitglied eines solchen Haufens, davon wollte ich Euch erzählen.«

Caroline holte tief Luft, sagte jedoch nichts.

»Jörg Schmid, genannt der Knopf, haben wir zu unserem Anführer gewählt. Unser Ziel ist es, die Wiedereinsetzung der alten Rechte zu erreichen. Wir fordern die Abschaffung der Leibeigenschaft und des leidigen Zehnts, die Freigabe von Jagd und Fischerei, der Frondienst soll auf ein vernünftiges Maß herabgesetzt, gestohlenes Land an uns zurückgegeben werden ... Kurz, wir wollen eine neue Lebensgrundlage schaffen, die nicht länger auf Ausbeutung und immer unsinnigeren Steuerlasten beruht. Wir hoffen auf einen friedlichen Sieg, aber wenn es nötig werden sollte, werden wir ...« Er ließ den Satz unvollendet.

»Werdet Ihr kämpfen. Ich verstehe. Daher also kennt Ihr die Geschichte meines Vaters.«

»Der Gaispeter ist uns Leitfigur und Vorbild. Sein Mut, sein unerschrockener Kampfeswillen, seine Aufrichtigkeit und sein ungebrochener Gerechtigkeitssinn – über all das wird auf unseren Versammlungen häufig gesprochen.«

»Dann trägt sein Wirken Früchte.« Carolines Augen schimmerten. »Dann ist mein Vater nicht umsonst gestorben.«

»Wir wussten nicht, dass eine Tochter des Gaispeters

überlebt hat. Ihr, Caroline, seid mir gewiss nicht zufällig begegnet. Das ist Schicksal. Wir sind auf dem richtigen Weg.«

Beide brauchten eine Weile, um ihre fliegenden Gedanken zu ordnen.

»Mir geht seit dem Tod des Grafen etwas im Kopf herum«, hob Caroline wieder zu sprechen an.

»Nur zu, was ist es?«

»An jenem Tag, ehe die Männer uns angriffen, saßen sie zusammen in dem Gasthaus und tranken. Dem, was sie sagten, stimmte ich im Stillen zu. ›Wir haben ein Recht auf unsere Weiden!‹, riefen sie, ›ein Recht auf unser Wasser, unsere Brücken und Gruben!‹ Es waren die Forderungen von Bauern nach jener Gerechtigkeit, für die auch mein Vater gekämpft hat. Glaubt Ihr, die Männer waren Mitglieder eines Haufens?«

»Mag sein.« Johannes zuckte die Schultern. »Aber das rechtfertigt nicht ihr Tun gegenüber Euch und dem Grafen.«

»Nein, natürlich nicht. Diese Bauern haben sich schändlich an uns vergangen. Ihr Handeln hat Erik den Tod gebracht. Das werde ich niemals vergessen. Aber ich weiß auch, dass die Männer betrunken waren. Vielleicht warteten zu Hause darbende Familien und Kinder mit großen, hungrigen Augen auf sie. Ich habe miterlebt, wie ein Übermaß an Bier selbst den friedfertigsten Mann in ein gewissenloses, rauflustiges Ungeheuer verwandeln kann.«

»Ich glaube, ich weiß, worauf Ihr hinauswollt. Ihr denkt, die Verzweiflung hat diese Bauern erst böse gemacht.«

»Ja, vielleicht. Nach dem Tod meines Vaters war ich selbst von Hass zerfressen. Ich lebte nur für meine Rache an dem grausamen Herzog, der seine Hinrichtung veranlasst hatte. Es zerfraß mich innerlich. Erst nachdem die Gräfin mich aufgenommen hatte, begriff ich, dass ich mir selbst schadete.

Ich schwor mir, niemals wieder eine solch verbitterte Rache in meinem Herzen nisten zu lassen.«

»Eine weise Entscheidung.«

»Ich will sagen, dass ich – falls die Männer tatsächlich aus Verzweiflung gehandelt haben – sie bis zu einem gewissen Grad verstehen und ihnen vielleicht irgendwann einmal vergeben kann«, schloss Caroline und nickte bekräftigend. »Auch wenn ich nie vergessen werde.«

Mit einem Mal stand die Gräfin vor ihnen. Eine hagere Gestalt mit wutlodernden Augen.

»Du. Vergibst. Ihnen.« Emmas Worte glichen einem Zischen. »Du vergibst den Mördern meines Mannes!« Jetzt war es ein Brüllen.

»Nein, Emma«, verteidigte sich Caroline. Verzweiflung überkam sie. Niemals zuvor hatte sie die Gräfin so erlebt. »So meinte ich das nicht. Es ist doch nur ... Wir haben ...«

»Schweig!«, fuhr Emma ihr über den Mund.

»Emma, bitte, hör mich an«, flehte Caroline ihre Mentorin und mütterliche Freundin an.

»Ich will dich nicht mehr sehen, hörst du.« Emmas Flüstern war von unheimlicher Intensität. Sie drehte sich auf dem Absatz um. »Verräterin«, murmelte sie im Weggehen und wiederholte es wieder und wieder, bis ihre schmale Gestalt verschwunden war. »Verräterin, Verräterin, Verräterin ...« Die Worte trafen Caroline wie Schläge ins Gesicht.

Die Wolken hatten sich verzogen, und der Mond stand voll am Himmel. Nur wenige Tage noch, dann würde er sein Rund vollendet haben und seine endlose Wanderung zwischen den Sternen von neuem aufnehmen. Das Licht der glänzenden Himmelsscheibe fiel durch das schmale Fenster in Lenkers Kammer, wo dieser wach im Bett lag. Es musste weit nach Mitternacht sein. Aufgewühlt wie er war, fand

Johannes keinen Schlaf, ruhelos rollte er sich von einer Seite zur anderen.

Er dachte an die Gräfin, die ihm aufrichtig leidtat. Dennoch, ihre harschen Worte gegenüber Caroline hatten ihn entsetzt. Gerne hätte er die junge Frau nach den verletzenden Äußerungen in die Arme genommen und ihr Trost gespendet. Was ihn davon abgehalten hatte, war Caroline selbst, die mit vor der Brust verschränkten Armen dastand und sich in ihr Schneckenhaus zurückzog. Obwohl er sie noch nicht lange kannte, wusste er, dass er sie jetzt nicht berühren durfte. Dann war sie mit einem knappen Nicken gegangen, ohne noch einmal das Wort an ihn zu richten.

Ein leises Klopfen ließ ihn im Bett auffahren. Die Tür wurde einen Spaltbreit geöffnet, und eine weiße Gestalt schlüpfte ins Zimmer. Caroline stellte eine Kerze auf seinem Nachttisch ab.

»Ihr?«, fragte er verwundert, nachdem ihm seine Stimme wieder gehorchen wollte. Sie trug ein hochgeschlossenes bodenlanges Wollnachthemd, unter dem die nackten Füße hervorlugten. Durch den Stoff schimmerten die dunklen Höfe ihrer Brustwarzen. Oder spielte ihm seine Einbildung einen Streich?

»Ich muss Euch etwas sagen. Es war nicht Emma, die heute so grausam zu mir sprach.«

»Sie ist im Moment nicht sie selbst, meint Ihr?«

»Ja.«

»Seid Ihr deshalb gekommen?«

»Nein, Johannes.« Caroline ließ sich in Ermangelung einer anderen Sitzgelegenheit auf die Kante seines Bettes sinken. Er konnte sich der Phantasien nicht erwehren, die sich klammheimlich in seinen Kopf stahlen und ihm Caroline zeigten, wie sie sich ihr Nachthemd über den Kopf zog und zu ihm unter die Decke schlüpfte. Er schlief nackt, wie es seine Gewohnheit war, und als er sich bei ihrem Eintreten aufgesetzt hatte, war ihm die Decke bis auf die Hüften hintergerutscht. Ob sie seinen bloßen Oberkörper bemerkt hatte? Johannes Lenker war neunundzwanzig Jahre alt und nicht unerfahren im Umgang mit Frauen. Es beunruhigte und erschreckte ihn, wie sehr er diese Rebellentochter mit ihren Grübchen und ihrem zurückhaltenden Wesen begehrte.

»Ich möchte Euch meine Dienste anbieten.« Sie sprach mit feierlichem Ernst.

Lenker drängte seine Erregung mit aller Macht zurück. Das hier war zu wichtig, als dass er es durch seine ungebührliche Lust zerstören durfte.

»Nehmt mich mit zu Eurem Haufen«, forderte sie.

»Seid Ihr Euch im Klaren darüber, was Ihr da sagt? Ihr führt ein privilegiertes Leben hier auf dieser Burg. Ihr habt eine neue Familie gefunden. Das alles wollt Ihr aufgeben?«

»Ja.« Sie schien sich ihrer Sache sehr sicher. »Emma will mich nicht mehr sehen, Ihr habt es doch selbst gehört. Und ich bin eine von euch, die Tochter des Gaispeters, vergesst das nicht.«

»Wie könnte ich.« Johannes schalt sich selbst für den brennenden Wunsch, sie mit sich zu nehmen. Erst musste Caroline sich darüber im Klaren sein, was sie tat. Sie durfte keinesfalls aus einer Laune heraus handeln. »Die Gräfin wird sich beruhigen und ihr Handeln bereuen. Ich glaube nicht, dass es wirklich ihr Wunsch ist, Euch fortzuschicken.«

»Mein Vater hatte einen Traum. Einen Traum, für den zu kämpfen ich mich berufen fühle. Heute Abend habt Ihr mir nach all den Jahren eine Möglichkeit dazu eröffnet. Bitte weist mich nicht ab.«

»Wir alle haben beim Eintritt in den Haufen einen Eid geleistet«, erklärte Johannes. »Ich schwöre bei der heiligen Mutter Kirche, dem Herrn Jesus Christus, der Heiligen Jungfrau Maria, allen Engeln im Himmel und bei meinem

Leben, dem Haufen treu zu dienen, keinen Verrat zu dulden und die Gerechtigkeit über alles zu stellen, was mir lieb und teuer ist‹ – so lautet der Schwur. Auch Ihr müsstet ihn ablegen. Wenn es tatsächlich zum Kampf kommen sollte, werden kaum Frauen mit uns ziehen. Die Bäuerinnen werden daheim von ihren Kindern gebraucht. Jemand muss die Felder bestellen, die tägliche Arbeit verrichten. Was Euch betrifft – ein hartes Leben unter Männern würde Euch im Fall eines Krieges erwarten, eine Zeit voller Entbehrungen, Schlafen auf hartem Boden, vielleicht kaum oder gar keine Nahrung. Ganz zu schweigen von den zahllosen Gefahren.«

»Ich werde tun, was nötig ist. Glaubt mir, ich kann Euch von großem Nutzen sein. Die Gräfin hat mich in der Heilkunst unterrichtet, und da gibt es noch etwas, das Ihr wissen müsst. Ich bin eine Seherin, Johannes. Ich vermag in die Zukunft zu blicken.« Caroline ging sehr viel offener mit ihrer Gabe um als Emma, die zeit ihres Lebens große Angst vor den Feuern der Inquisition hatte. Das mochte daran liegen, dass sie selbst im Gegensatz zur Gräfin wenig zu verlieren hatte. Nein, sie empfand keine Furcht.

Caroline fasste Lenkers Schweigen als Misstrauen auf. »Ich lüge nicht«, beteuerte sie.

»Heilige Jungfrau Maria.« Endlich sprach er. »Es ist das Sternenmal. Die alte Legende ist wahr.« Johannes starrte sie an, seine Augen wanderten zu ihrem Bauch, dorthin, wo er durch den Riss in ihrem Kleid das Mal über ihrem Nabel entdeckt hatte. Mit welchen Überraschungen mochte diese Frau noch aufwarten, fragte er sich. Sie hingegen hielt die Augen auf seine unbehaarte Brust geheftet. Sein Brustkorb war breit und mächtig.

»Woher wisst Ihr davon?«, flüsterte sie. Außer Emma, die selbst mit dem Stern gezeichnet war, und deren Familie war ihr nie jemand begegnet, der die geheime Bedeutung des Muttermals kannte.

»Als ich klein war, gab es in dem Dorf, in dem ...« Er brach ab und schüttelte den Kopf. »Ein andermal, Caroline. Wenn Ihr mich begleitet, werden wir viel Zeit haben, miteinander zu reden.« Johannes streckte die Hand nach ihr aus und strich ihr über die Wange. »Berührungen können auch ein Zeichen von Freundschaft sein.« Er sagte es ganz sanft, und seine Fingerspitzen prickelten warm von der Begegnung mit ihrer Haut.

»Ihr schwört, mich mit Euch zu nehmen?«, verlangte sie zu wissen.

»Ich schwöre es.«

»Dann gehe ich jetzt. Gute Nacht, Johannes. Und danke für Euer ...« Caroline wusste nicht recht, wie sie ihren Gefühlen Ausdruck verleihen sollte. Lenker verwirrte sie. Ja, zum ersten Mal in ihrem Leben fühlte sie sich von einem Mann körperlich angezogen. Dabei war sie ganz und gar nicht geschaffen für eine Liebesbeziehung. Zweisamkeit war damit verbunden. Zu viel Intimität. Diese Vorstellung hatte bisher stets wie eine unüberwindbare Mauer vor Caroline gestanden. Noch nie hatte sie versucht, diese zu überwinden.

»Ich danke dir!«, erwiderte Johannes, als er merkte, sie würde nicht weitersprechen. Da tat Caroline Gaiß, die sich schon abgewandt hatte, etwas für sie ganz und gar Ungewöhnliches. Statt schnellen Schrittes zur Tür zu gehen, kniete sie sich zu ihm aufs Bett und drückte ihm ihre Lippen auf den Mund. Kurz und fest. »Ein Zeichen der Freundschaft«, murmelte sie und rannte fort, ehe er nach ihr greifen und sie festhalten konnte.

In ihrer Kammer angekommen, stand Caroline atemlos da und versuchte, die Fassung wiederzugewinnen. Ihr Herz pochte heftig. Sie dachte an Johannes.

Ihre Mauer bröckelte.

5

Bei Sonnenaufgang am Morgen des übernächsten Tages begann Carolines Reise ins Ungewisse. Seit jener verhängnisvollen Nacht hatte sie die Gräfin nicht mehr wiedergesehen. Emma weigerte sich rundheraus, ihr gegenüberzutreten. Alle ihre Ziehgeschwister hatten sich zu dieser frühen Stunde versammelt, um sie zu verabschieden. Auch die Nachbarn waren gekommen. Marzan, Emmas Halbbruder und Graf von Hohenfreyberg, mit seiner Frau Franziska, deren Sohn Martin – der junge Mann war im gleichen Alter wie die Zwillinge – und dem gemeinsamen Sohn Jakob Konstantin. Daneben das Gesinde und Frauen und Männer aus dem Dorf, denen Caroline in schweren Stunden der Krankheit beigestanden hatte.

»Nimm das!« Isabel drückte Caroline einen prallen Beutel in die Hand. Die Münzen waren unter dem Stoff zu ertasten. »Das Pferd, sagt sie, soll deines sein.«

Caroline blickte zu der gesattelten Stute hin. »Sie wird mir niemals verzeihen ...«, flüsterte sie.

»Nein, das darfst du nicht glauben!« Isabel zog sie in die Arme. Ausnahmsweise fühlte Caroline sich von der Umarmung nicht erdrückt, sondern getröstet. »Ich weiß nicht, was zwischen euch vorgefallen ist, aber du kennst meine Mutter. Sie wird dir vergeben.«

»Danke, Isabel.«

»Bist du dir ganz sicher? Willst du tatsächlich fortgehen?« Isabel stand die Sorge ins Gesicht geschrieben. »Du kennst den Mann doch gar nicht, und ganz ohne Begleitung ...«

»Schon gut, Liebes. Ich weiß, was ich tue«, besänftigte Caroline das Mädchen.

»Das hoffe ich. Du lässt uns wissen, wie es dir ergeht, ja?« Nun war auch Sofia, Isabels Zwillingsschwester, zu ihnen getreten.

»Das werde ich«, versprach Caroline, während die Sonne im Osten glutrot in den Himmel stieg.

»Bist du bereit?« Johannes wartete ihr Nicken ab und schwang sich in den Sattel. Sie tat es ihm gleich und sah zurück auf die Menschen, die ihr in den vergangenen Jahren Heimat gewesen waren. Die Zwillinge winkten, in ihrer Mitte stand der Sohn der Gräfin Hohenfreyberg. Martin winkte nicht und versuchte gar nicht erst, seine Missbilligung zu verbergen. Er mochte Caroline und hieß nicht gut, welches Wagnis sie mit dem Aufbruch in die Fremde einging. Wenn Isabel oder Sofia, seine Jugendfreundinnen, mit solch einer Torheit zu ihm gekommen wären, er hätte ihnen den Kopf zurechtgesetzt.

»Du hast es wahrhaftig getan.« Lenker ritt neben Caroline.

»Was meinst du?«

»Du hast alles hinter dir gelassen.«

»Ich habe an Vater gedacht. Er würde meine Entscheidung für richtig halten.«

Seit Carolines Kuss hatten sie einander nicht wieder berührt, waren jedoch zum vertraulichen Du übergegangen.

»Willst du nicht wissen, wohin wir unterwegs sind?« Sie hatte beim Abschied nicht geweint, auch jetzt wirkte sie ruhig und gelassen.

»Zu deinem Haufen natürlich«, erwiderte sie.

»Nein.« Mehr sagte er nicht. Vielleicht, um herauszufinden, wie weit er gehen konnte. War Caroline zu heftigen Reaktionen fähig? Sie war mutig, das hatte sie in der Auseinandersetzung mit den Bauern bewiesen, und sie bewahrte einen klaren Kopf. Und sie war scheu. Einzig der Streit mit der Gräfin hatte ihre scheinbar unerschütterliche Fassade ins Wanken gebracht, auch wenn sie versucht hatte, ihre Gefühle zu verbergen. Bei Eriks Begräbnis waren ihr Tränen über die Wangen gelaufen. Lenker lächelte. Caroline, das große Rätsel. Nun würden sie viel Zeit haben, einander wahrhaft kennenzulernen.

»Nein, sagst du? Wohin dann?«

»Was, wenn ich dich genarrt habe, Frau? Du begleitest mich mutterseelenallein – ich könnte ein Schuft sein.«

»Das bist du nicht.« Caroline überging die neckische Provokation. »Ich kann Menschen einschätzen, glaub mir.«

»Du klingst überzeugt ...«

Sie sagte nichts.

»Na gut, ich bin einer von den anständigen Kerlen, du hast recht. Wir sind unterwegs in das Dorf Denklingen. Dort lebt ein Ritter, der mir einen Gefallen schuldet. Ich werde ihn um Geld für Waffen bitten, ohne dass er erfahren muss, wofür seine Münzen gut sind. Falls es zum Krieg kommt, werden wir jeden Pfennig gebrauchen können.«

»Weshalb schuldet der Ritter dir den Gefallen?«

»Das ist lange her.« Caroline entging nicht, dass er sich vor ihr verschloss. Sie fragte nicht nach. Auch sie hatte ihre Geheimnisse. Deshalb respektierte sie seines umso mehr.

Kein Schild wies die Herberge aus, in der sie die Nacht verbringen wollten. Das Bauernhaus bestand aus einer einzigen großen Stube, in der gekocht, gegessen und geschlafen wurde. Die Wände waren vertäfelt, die engen Fensteröffnungen mit Holzläden verschlossen. Caroline und Johannes waren von einem Dörfler hierher verwiesen worden, wo sich abends die Bauern der Umgebung trafen, um miteinander zu würfeln und zu trinken. Besser hätten sie es nicht treffen können, dachte Johannes.

»Lass uns nach dem Tag im Sattel ein wenig die Beine vertreten«, schlug Johannes Caroline vor.

Ihre Habe – einige wenige Kleidungsstücke zum Wechseln sowie seinen Bogen und seine Laute – hatten sie in einer Ecke der Gaststube verstaut. Das Geld trugen sie am Leib.

Caroline trat an Johannes' Seite hinaus in die Dämmerung.

»Ich möchte dich um etwas bitten.« Lenker zögerte. War es recht von ihm, sie in Gefahr zu bringen?

»Du weißt, weshalb ich dich begleite«, bemerkte sie, als hätte sie seine Gedanken gelesen. »Wenn ich helfen kann, werde ich es tun. Nun rede schon.«

Lenker gab sich einen Ruck und erklärte ihr sein Vorhaben.

»Ich werde dir beistehen. Allerdings nur unter einer Bedingung.«

»Wie lautet sie?«

»Ich möchte morgen alles darüber erfahren, was du über das Sternenmal weißt. Wann und wo du davon gehört hast, weshalb du Kenntnis darüber besitzt, dass ich dieses Mal am Körper trage ... Alles.«

»In Ordnung.« Sie gaben sich die Hand und besiegelten die Abmachung. Viel lieber hätte er sie geküsst. Seit sie ihre Lippen auf seine gedrückt hatte, ging ihm dieser kurze Moment nicht mehr aus dem Sinn.

»Träumst du?« Ihr forschendes Lächeln wärmte sein Herz. »Sehen wir zu, dass wir hineinkommen.«

Während sie aßen, waren nur die Bauersleute anwesend. Erst als die Dämmerung in die Nacht übergegangen war, füllte sich die Stube mit den Dorfbewohnern. Die Männer streiften die Fremden ab und an mit Blicken und würfelten miteinander. Johannes wartete ab, bis sie den ersten Krug

Bier geleert und den Schaum von ihren bärtigen Lippen gewischt hatten. Nicht lange danach begannen sich ihre Zungen zu lösen. Männer untereinander, das wusste Lenker aus Erfahrung, wurden oft erst mit dem Genuss von Alkohol gesprächiger.

Caroline hätte später nicht zu sagen vermocht, wie er es angestellt hatte, jedenfalls saß Johannes schon kurz darauf mitten unter ihnen und plauderte, als wären er und die Bauern seit Jahr und Tag gut Freund. Sie selbst hielt sich, wie abgemacht, vorerst im Hintergrund. Schon bald hörten die Bauern auf, sich nach ihr umzusehen.

»Warum trinkst du nicht, Freund?« Johannes war der gebrochene Blick des Mannes ihm gegenüber aufgefallen.

»Seine Berta ist gestorben«, antwortete jemand an seiner Stelle.

»Sein Weib?«

»Nein, seine Milchkuh.«

»Das saudumme Rindvieh«, knurrte der Betroffene.

Lenker wusste nicht recht, was er sagen sollte. Der Tod einer Kuh war ärgerlich, sicher, aber der Mann wirkte ganz so, als müsste man ihm auf der Stelle das Beileid aussprechen.

Der Bauer neben Johannes nahm es auf sich, den Fremden aufzuklären. »Peters Frau hatte einen Säugling, der lebte von der Kuh.«

»Sie hat wunderschöne, dicke Brüste«, erklärte Peter versonnen und bog die Hände zu Schalen, »aber es kam keine Milch heraus.«

»Normalerweise hätte eines unserer Weiber den Knaben an die Brust gelegt. Aber wie es der Teufel manchmal will – es gab zu diesem Zeitpunkt keine Mutter, die vor kurzem geboren hatte.«

Johannes verstand immer noch nicht. »Es muss doch noch andere Milchtiere in eurem Dorf geben. Ziegen und Kühe.«

»Das denkst du, weil du unseren Herrn nicht kennst. Der fordert bei den Abgaben, die wir ihm zu leisten haben, alle weiblichen Tiere für sich ein. Seit dem Weihnachtsfest mussten wir uns alle das bisschen Milch der guten alten Berta teilen. Es gab sonst keine.«

»Mir ist nur ein Ochse geblieben!«

»Ein Ziegenbock!«

»Mir drei räudige Schafböcke, die kaum Wolle haben!«

Caroline, die aufmerksam zuhörte, wurde blass. Am liebsten hätte sie gefragt, was mit dem Säugling geschehen war, doch sie hielt sich zurück. Sie würde es bald erfahren.

»Ihr habt nichts weiter unternehmen können?« Johannes klang entsetzt.

»Der Kleine ist tot. Mein erster Sohn nach all den Töchtern, die mein Weib zur Welt gebracht hat.« Der Mann nahm nun doch einen Schluck Bier. »Ich war zu unserem Herrn gegangen, hatte ihm vorgetragen, was uns widerfahren war, und ihn angefleht, mir eine seiner Ziegen zu verkaufen. Wir hatten all unser Geld zusammengekratzt. Er weigerte sich rundheraus, dabei lebt er mit seiner Familie auf großem Fuß. Sein Weib hatte ebenfalls vor kurzem einen Knaben zur Welt gebracht. Aber sie nährte ihn nicht selbst, o nein, dafür hatte der Herr eine Amme kommen lassen. Nachdem ...« Peter brach die Stimme.

»Nachdem er nichts erreicht hatte«, fuhr einer seiner Freunde fort, »machte seine Frau sich auf zur Burg, den hungernden Säugling auf dem Arm. Sie rutschte auf Knien vor dem Herrn und flehte ihn an, dass er wenigstens der Amme gestattete, ihren Sohn zu stillen. ›Was schert mich dein Balg‹, ließ er sie wissen und schickte sie fort.«

»Alles hat mit dem Tod unserer Berta angefangen ...«, nahm der Trauernde den Faden wieder auf. »Mein Weib versuchte noch, den Jungen mit Brei zu füttern, während ich mich aufmachte, anderswo eine Ziege oder eine Kuh zu finden. Als ich heimkehrte, hielt ich eine meckernde Ziege am Strick, doch es war zu spät. Das Kind war in der Nacht zuvor gestorben.« Er nahm einen großen Schluck aus seinem Krug. »Seither halte ich es daheim bei meiner Frau nicht mehr aus. Sie schluchzt Tag und Nacht. Entschuldigt mich, ich muss an die frische Luft.« Damit ging er hinaus, ein großer Mann mit gramgebeugten Schultern.

Johannes hielt die Zeit für gekommen, den Bauern einen Krug Bier auszugeben. Als der trauernde Vater zurückkehrte, glänzten seine Augen feucht, doch er hatte sich im Griff. Die Männer tranken ihr Bier und verfluchten ihren Herrn. Wie er sie so reden hörte, wurde Johannes' Hoffnung zur Gewissheit. Hier würde er nicht auf taube Ohren stoßen.

»Meine Freunde!« Er erhob sich. »Heute Abend habt ihr mir euer Leid geklagt und von der Ungerechtigkeit gesprochen, die euch durch euren Herrn widerfährt. Abgaben, die jedes Maß überschreiten, Frondienste, Aussetzung der alten Rechte – ihr alle wisst, wovon ich rede. Ich habe jemanden bei mir, den ich euch vorstellen möchte.«

»Ein Weib, das sehen wir schon«, grinsten die Männer. »Solche haben wir selbst zu Hause sitzen!«

Lenker stimmte in ihr Lachen ein, wurde aber sofort wieder ernst. »Sagt mir, habt ihr vom Gaispeter gehört, jenem Bauernführer, der sich mutig der Obrigkeit entgegenstellte?«

»Der Herr sei mit ihm«, murmelten die Männer im Chor und schlugen mit ihren rauen Händen das Kreuz. »Selbstverständlich haben wir von Peter Gaiß gehört.«

Caroline fühlte stille Freude in sich aufsteigen. Auch hier verehrten sie ihren Vater.

Johannes wollte weitersprechen, doch sie fiel ihm ins Wort, während sie ebenfalls aufstand. »Der Gaispeter war mein Vater!«, verkündete sie laut. »Ich war dabei, als sie seinen Leib zerstückelten. Ich habe es mit angesehen. Zuvor fügten sie mir, da ich ihn nicht loslassen wollte, diese Narbe zu.«

Johannes' Augen wurden weit. Daher also das Kreuz auf ihrer Stirn, das ihm schon bei ihrer ersten Begegnung aufgefallen war und nach dem er nicht zu fragen gewagt hatte.

»Ich begleite diesen Mann hier«, sie wies auf Lenker, »um mich seiner Vereinigung anzuschließen. Bauern und Arbeitern, tapferen Männern und Frauen, welche die Misshandlungen durch die sogenannte Obrigkeit nicht länger dulden wollen. Wir werden aufbegehren!«, rief sie laut. »Wir geben nicht länger klein bei! Und wir werden kämpfen, wenn sie uns keine andere Wahl lassen!«

Ohrenbetäubender Jubel füllte den Raum. Die Männer klatschten in die Hände, stampften mit den Füßen und ließen Caroline hochleben.

Es wurde eine lange Nacht.

Carolines Kopf war wie vernebelt, als die Männer endlich aufbrachen und sie sich neben Lenker zum Schlafen niederlegte. Sie hatte viel zu erzählen gehabt, während Johannes den Bauern die Kontaktmänner genannt hatte, an die sie sich wenden sollten, wenn sie sich dem Haufen anschließen wollten.

Lenker berührte Caroline nicht, aber er meinte, die Wärme ihres Körpers auf seiner Haut zu spüren. Er war grenzenlos stolz auf sie. Eine Tochter, die des Vaters wahrhaft würdig war. Ehe er in den Schlaf hinüberdämmerte, spürte er ihre Finger in seine gleiten. Hand in Hand schliefen sie ein.

Nach dem Erfolg des ersten Abends beschlossen sie, auf Umwegen nach Denklingen zu reiten, um in weiteren Herbergen und Unterkünften Station zu machen. Obwohl Lenker darauf brannte, die Angelegenheit mit dem Ritter von

Denklingen hinter sich zu bringen und dem Knopf, so Gott wollte, das Geld für die Waffen zu übergeben, durfte er sich die Chance nicht entgehen lassen, neue Mitstreiter für den Haufen zu gewinnen.

»Was wir tun, ist gefährlich, nicht wahr?«, erkundigte sich Caroline, nachdem sie am Morgen wieder auf ihren Pferden saßen.

»Aufwiegelei«, nickte Johannes. »Sollte einmal die falsche Person anwesend sein, droht uns gewaltiger Ärger. Hast du Angst?« Er sah hinüber zu Caroline, die selbstsicher im Sattel saß und ihr langes Haar unter der Wollmütze offen flattern ließ. Die Strähnen waren eine glänzende Mischung aus goldenen, braunen und roten Tönen. In natürlichen Wellen flossen sie über die Schultern. Wieder spürte er das Begehren und dachte an ihre Hand in seiner. »Du musst das nicht tun.«

»Ich weiß. Aber ich will es.«

Er hatte keine andere Antwort erwartet.

Gegen Mittag kletterten sie in einen Heustadel, um dort das Essen zu verspeisen, das der Bauer ihnen mit auf den Weg gegeben hatte. Draußen war es noch empfindlich kalt, so dass sie froh waren um die Wärme, die sie inmitten des gelagerten Heus und Strohs fanden. Der Wind heulte um die Scheune, während sie aßen.

Caroline schluckte den letzten Bissen hinunter. »Es ist an der Zeit.«

»Du willst schon weiter?«

»Nein.«

Johannes hatte einen Kloß im Hals. »Was dann?«

»Erzähl mir von dem Sternenmal«, bat sie, und der Kloß verschwand.

»Natürlich, ich halte mein Wort.« Lenker schalt sich einen Narren. Seine törichte Phantasie hatte ihm Bilder vorgegaukelt. Schon wieder. Bilder, wie sie sich im Stroh liebten.

Wie oft wollten diese Wunschträume ihn noch heimsuchen, während sie nichtsahnend neben ihm saß?

Er überlegte einige Augenblicke, ehe er zu sprechen begann.

6

»Es mögen gut zwanzig Jahre vergangen sein, seit ich jener Geschichte, von der ich dir erzählen werde, zum letzten Mal gelauscht habe. Man hat sie mir vor dem Einschlafen vorgelesen – ich kannte sie auswendig, so oft verlangte es mich damals danach, sie zu hören. Im Grunde handelt es sich um eine Niederschrift, die von einem früheren Herrn der Denklinger Burg stammt.«

»Denklingen – dorthin sind wir unterwegs«, warf Caroline ein.

»Genau.« Eine Kerbe bildete sich auf Johannes' Stirn, er dachte angestrengt nach. »Ich werde versuchen, dir die Worte so vorzutragen, wie ich sie in Erinnerung habe.«

In der Nacht nach Heiligdreikönig ritt ich bei Schnee und Eis auf dem Weg von Epfach nach Denklingen. Zuerst bewunderte ich noch die funkelnden Sterne, die hoch oben am Firmament prunkten, doch schon bald verdeckten finstere Wolken den Himmel und ließen mein Pferd und mich in vollkommener Düsternis zurück. Es fällt mir nicht leicht, dieses Eingeständnis zu machen, doch als dichter Nebel aus Tälern und Senken aufzusteigen begann, focht bange Furcht mich an. Ganz in der Nähe hörte ich das Heulen von Wölfen und schalt mich selbst für meinen Leichtsinn, ohne den Schutz bewaffneter Reiter aufgebrochen zu sein. Dann begriff ich, dass ich vom Weg abgekommen war. Das Heulen der nächtlichen Räuber kam näher, und mein braves Pferd scheute ängstlich, bäumte sich auf und warf mich, seinen törichten Reiter, aus dem Sattel. Vergeblich rief ich, am Boden liegend, den Namen meines treuen Gefähr-

ten. *Das Pferd nahm das Beben in meiner Stimme wahr und jagte davon in die Dunkelheit.*

Ich rappelte mich auf. Die Schneewehe, in die ich gefallen war, hatte meine Kleider durchnässt. Ohne Orientierung machte ich mich auf, stapfte durch die finstere Welt, den Griff meines Schwertes so fest umklammert, dass es schmerzte. Bei jedem neuerlichen Wolfsgeheul liefen mir eisige Schauer den Rücken hinab. Zudem spürte ich, wie meine Kräfte erlahmten und mich taumeln ließen. Verbissen kämpfte ich mich weiter, wissend, dass ein Ausruhen inmitten von Schnee und Eis mir den sicheren Tod bringen würde. Kaum noch spürte ich meine Beine. Zitternd vor Kälte und Verzweiflung merkte ich nicht, wie die Jäger der Nacht herannahten. Erst als ich die leuchtenden Augen sah, begriff ich, dass die Wölfe mich umkreist hatten. Ich schlug dreimal hintereinander das Kreuz, fiel auf die Knie und empfahl meine Seele dem Herrn, denn kraftlos, wie ich war, würden die Tiere mir schnell den Garaus machen. Fast glaubte ich schon, die Zähne der Räuber in meinem Fleisch zu spüren und das Knacken meiner Knochen zu hören, da drang ein sanftes Summen an mein Ohr. Im Lichtschein einer Fackel kam eine Gestalt in schwarzem Überwurf heran, von Nebel umwogt, so dass es beinahe schien, als schwebte sie. Ich wunderte mich noch über die Furchtlosigkeit des Fremden, da verwandelte sich das Summen in sanften Gesang, und er schlug seine Kapuze zurück. Es war eine Frau. Die Wölfe hatten sich von mir abgewandt und lauschten der fremden Stimme. Sie machten keine Anstalten anzugreifen, wirkten völlig gebannt.

»Fort mit euch«, rief die Frau, und, tatsächlich, sie nickte den Räubern grüßend zu. Die Wölfe trotteten davon und überließen mich – ihre sichere Beute – meinem Schicksal.

Die Aufregung muss mich übermannt haben, denn ich konnte gerade noch erkennen, wie weitere schwarze Gestalten hinter die Frau traten, dann fiel ich in eine tiefe Ohnmacht.

Beim Erwachen fand ich mich auf einem sauberen Strohsack

wieder. Meine Retterin kniete neben mir, und ihre rechte Hand umschloss meine nackten Zehen. Zu viel Seltsames war mir in dieser Nacht widerfahren, als dass ich mich noch darüber wundern konnte. Mit den Fingern der linken Hand berührte die Fremde ihre Stirn.

»Ihr habt Erfrierungen erlitten«, murmelte sie, doch ich fühlte lediglich ein warmes, angenehmes Kribbeln in den Beinen. »Noch ist es nicht zu spät, Euch zu helfen.«

»Wer seid Ihr, gute Frau?«, fragte ich, sie aber schüttelte abwehrend den Kopf. »Später«, beschied sie mich und hielt weiter meine Zehen umfasst. Als sie mich endlich losließ, wirkte sie erschöpft. Auf ihrer Stirn entdeckte ich ein Muttermal in der Form eines feingezeichneten Sterns. Wahrscheinlich bildete ich es mir ein, aber er schien sacht zu glühen.

»Schlaft jetzt, Herr«, forderte sie mich auf, und augenblicklich glitt ich in einen tiefen Schlummer. Am Morgen fühlte ich mich wohl und erfrischt. Mehrere Frauen kümmerten sich um mich, reichten mir eine kräftigende Mahlzeit, doch diejenige, die das Muttermal auf der Stirn trug, war nicht darunter. »Euer Pferd steht draußen für Euch bereit«, ließen sie mich wissen, und ich konnte mich nicht genug wundern. Ich bedankte mich vielmals, und als ich fragte, wie denn der Name meiner Retterin laute, erwiderten sie: »Herluka, die Epfacher Seherin. Sie lässt Euch grüßen und wünscht Euch alles Gute auf Eurem Weg.«

»Damit sind wir am Ende der Geschichte angelangt. Früher war das meine Lieblingsgeschichte. Man hat sie mir wieder und wieder erzählt.« Johannes lächelte schwach. »Ich muss sagen, sie hat nichts von ihrer Faszination eingebüßt.«

»So wie der Mann es behauptet, sprach diese Herluka mit den Wölfen.« Carolines Puls ging so schnell, dass man die flatternden Schläge an ihrem Hals sehen konnte.

»Vielleicht war es der Schein der Fackel, der die Tiere

vertrieben hat«, vermutete Lenker. »Oder sie kommunizierte wahrhaftig auf irgendeine Art und Weise mit den Wölfen.«

»Ich kenne eine ähnliche Geschichte aus Emmas Jugend.« Caroline erinnerte sich daran, was ihre Lehrmeisterin ihr vor Jahren erzählt hatte. »Franziska, die Gräfin Hohenfreyberg, wurde auf einer Waldlichtung von einem Bären angegriffen. Marzan ging dazwischen und wurde verletzt. Es hätte schlecht um sie gestanden, wäre nicht Emma mutig vorgetreten. Sie blickte der Bärin – laut Emmas Worten war es ein Weibchen – tief in die Augen und schickte sie fort.«

»Das hört sich zu phantastisch an, um wahr zu sein.« Johannes fasste sich an die Stirn. »Nach dem Angriff der Bauern war dein Kleid zerrissen, und ich sah das Sternenmal über deinem Nabel. Ich vermute, Gräfin Eisenberg hat es auch, denn du nennst sie deine Mentorin. Ganz sicher aber trug diese Herluka aus dem Bericht des Denklingers das Mal«, fasste er zusammen.

»Emma begegnete einst einer anderen Seherin. Sofia ist nach dieser alten, lange verstorbenen Frau benannt«, erwiderte Caroline. »Wir hatten angenommen, wir wären die Einzigen.«

»Dann glaubst du, es gibt wahrhaftig einen Zusammenhang zwischen dir und jener Herluka?«

»Wenn ich jemandes Schmerzen lindern will, dann berühre ich mein Muttermal, woraufhin es zu kribbeln beginnt. Genau wie die Seherin aus deiner Erzählung. Ja, Johannes, ich glaube ganz fest, dass es da einen Zusammenhang gibt.«

»Ich kann dir noch mehr über Herluka berichten. Jeder in Denklingen und im Nachbardorf Epfach kennt ihren Namen. Sie soll im zwölften Jahrhundert in Epfach gelebt und gewirkt haben, zusammen mit einer Gruppe heilkundiger Frauen.«

»Trugen alle Frauen das Sternenmal?«

»Das weiß ich nicht, davon ist in der Legende nicht die Rede. Die Frauen halfen den Kranken, die Menschen strömten in Scharen zu ihnen, bis ...«

»Was ist geschehen?«

»Die Dorfbewohner bekamen Angst vor ihrer Macht. Sie verstanden nicht, auf welche Weise die Frauen ihre guten Taten vollbrachten, und manche hielten es für Hexerei. Die Leute hetzten sich gegenseitig auf. Am Ende überwog die Furcht, was Herluka und die Ihren ihnen antun könnten, falls sie sie einmal gegen sich aufbrachten. Vielleicht verdarb das Korn in jenem Jahr, vielleicht suchte ein Fieber die Dörfler heim. Irgendeinen Auslöser wird es gegeben haben. Wir wissen es nicht.«

»Hat man ihnen etwas angetan?« Carolines Herz hüpfte wie ein gefangener Vogel in ihrer Brust auf und ab. »Hat man sie ... umgebracht?«

»Nein, ich glaube nicht. Sie wurden rechtzeitig gewarnt. Wie man munkelt, von dem Herrn der Denklinger Burg. Er war der Mann aus dem Wald, den die Frauen vor den Wölfen gerettet haben.«

»Wie ging es weiter?«

»Ein bewaffneter Fackelzug zog mitten in der Nacht auf Herlukas Grund und Boden. Die Menschen waren so wütend, dass sie vergaßen, was die Frauen an Gutem für sie getan hatten. Viele Weiber und Kinder waren darunter und stießen laute Flüche und Beschimpfungen aus, um sich selbst Mut zu machen. ›Nieder mit den Hexen!‹, riefen sie. ›Tod den Zauberinnen!‹«

»Schrecklich.«

»Ja, aber gottlob gelang Herluka und ihren Frauen rechtzeitig die Flucht – wenn man den mündlichen Überlieferungen Glauben schenken mag, die in Denklingen und Epfach über Generationen hinweg weitergegeben wurden.«

»Ich höre zum ersten Mal von Frauen wie uns.« Caroline fühlte sich seltsam ergriffen. »Emma hat mir nicht erlaubt, Nachforschungen anzustellen. Sie hält unsere Gabe für gefährlich und unterdrückt sie, wann immer sie nur kann.«

»Ihr habt eure Visionen unter Kontrolle?« Noch nie hatte Johannes einer hellsichtigen Frau gegenübergesessen. Wenn er ehrlich war, machten ihm Carolines Fähigkeiten Angst.

»Meistens. Außer, wenn wir schlafen. Durch Emma habe ich erst begriffen, was da tief in mir schlummerte. Sie hat mir beigebracht, damit umzugehen. Aber im Gegensatz zu ihr fürchte ich mich nicht – weil ich davon überzeugt bin, dass es einen Grund gibt, warum mir manche Dinge gezeigt werden. Ich sehe Wendepunkte in der Geschichte, Schlachten und Kriege. Genauso wie das Schicksal einzelner Menschen, die ich nicht kenne. Vergangenes und Zukünftiges.«

»Was passiert mit dir, wenn du diese Visionen hast?« Lenker beobachtete sie sorgenvoll, als fürchte er, ihr könne jeden Moment etwas geschehen.

»Das unterscheidet sich von Mal zu Mal. Manchmal wirke ich abwesend, ein andermal falle ich um, was für die Menschen aussieht wie eine Ohnmacht.« Caroline sprach sehr gelassen über die seltsame Gabe, die ihr Leben beherrschte. »Hexerei, Johannes, das ist der Vorwurf, der im Raum steht. Davor fürchtet sich Emma. Deshalb hält sie es geheim.«

»Du tust das nicht?«

»Bisher schon. Ich wollte die Menschen, die mich aufgenommen haben, nicht in Gefahr bringen. Jetzt ist das anders. Ich bin mein eigener Herr, und es ist mein alleiniges Wagnis.«

»Das solltest du nicht …«

»Ich muss!«, erwiderte sie heftig. »Wenn ich etwas sehen kann, was unsere Sache betrifft, die Bauern und den Aufstand, dann … Ich werde nicht schweigen!«

»Du hast es schon jetzt zu unserer Sache gemacht. Caroline, du machst mich stolz und du verwirrst mich. Ich bin nie jemandem wie dir begegnet.« Lenker rückte näher an sie heran und roch den Kräuterduft ihrer Haare. Er konnte das Flackern in ihren Augen nicht sehen, eine Mischung aus Furcht und Entzücken.

»Oft kommen die Visionen von selbst«, murmelte Caroline, weil sie nicht wusste, wie sie auf seine Annäherung reagieren sollte. »Aus heiterem Himmel. Manchmal passiert es auch, wenn ich bestimmte Gegenstände berühre. Dinge, die mit der Erinnerung eines Menschen behaftet sind. Wie etwa deine Kette.«

Lenker trug einen herzförmigen Flussstein an einem Lederband um den Hals. Er hatte seiner Mutter gehört, die ihn als junges Mädchen gefunden hatte.

»Nicht.« Er wich zurück, als Caroline danach fasste. Doch ihre Finger berührten den Stein bereits.

Die Frau stand da, mit hängenden Schultern, und hielt die Hand ihres neunjährigen Sohnes fest umklammert. Ihre geweiteten Augen wurden von dichten Wimpern umrahmt, ihre Pupillen waren riesengroß. Ungläubigkeit und Entsetzen standen ihr ins Gesicht geschrieben.

»Hast du mich verstanden, Weib?« Der Mann hatte sein halblanges, lockiges Haar im Nacken zusammengebunden. Er schritt vor ihr auf und ab und knetete dabei seine großen Hände. Die Angelegenheit machte ihn nervös. Er wollte es endlich hinter sich bringen.

»Schickt uns nicht fort, Herr«, bat die Frau. »Bitte nicht.«

Ihr Flehen verärgerte ihn, weil es ihn beinahe weich gemacht hätte.

»Wolf...«

»Schweig!«, fuhr er sie an. »Es gibt nichts mehr zu sagen. Ich werde mich vermählen und kann euch hier nicht länger gebrau-

chen. Was würde meine Braut sagen, wenn sie mich bei ihrer Ankunft in den Armen einer Hure vorfände.«

»Ich bin keine Hure.«

Der Knabe an der Hand der Frau sah erschüttert die Tränen, die seiner Mutter über die Wangen liefen. Seiner lieben, sanften Mutter, die alles für den Herrn getan hatte.

»Mit dem Geld kannst du dich und den Jungen versorgen. Erziehe ihn zu einem anständigen Mann. Ihr werdet weder Hunger noch Durst leiden müssen. Und jetzt fort mit euch ... Ich will euch hier nie wieder sehen. Hast du mich verstanden?«

Seine Geliebte antwortete nicht. Ihr Weinen schmerzte ihm in den Ohren. »Ob du mich verstanden hast, verdammt!«

»Wir haben Euch verstanden.« Der Junge presste die Hand seiner Mutter und zog sie mit sich fort. »Komm, Mama, lass uns gehen«, forderte er sie leise auf. »Komm.«

Sie wandten sich ab und ließen Ritter Wolf von Denklingen, die Burg und ihr bisheriges Leben hinter sich. Von diesem Moment an hasste der Knabe den Mann, der sein Vater war.

»Mein Gott, Caroline! Komm zu dir, ich bitte dich!«

Caroline hörte den heulenden Wind, der sie zurück in die Wirklichkeit geleitete. Dann nahm sie Johannes wahr, der sie schüttelte.

»Du hast behauptet, deine Eltern seien beide tot. Dabei hat er euch einfach weggeschickt, deine Mutter und dich.«

Lenker schwieg. Kämpfte gegen die Tränen an, die in ihm aufstiegen.

Die junge Frau neben ihm, die Seherin, die den schlimmsten Moment seines Lebens mit angesehen hatte, blickte in das verstörte Gesicht eines kleinen Jungen. Seine Seele lag vor ihr bloß.

»Du weißt es jetzt?« Seine Stimme klang hoch und gehorchte ihm nicht recht.

»Ja.«

»Wolf von Denklingen ist für mich gestorben.« Johannes' Zähne knirschten. »Ich habe keinen Vater mehr.«

»Du hast es immer für dich behalten, nicht wahr?« Sie konnte seinen Schmerz verstehen. Den Schmerz eines Knaben, der von seinem geliebten Vater verstoßen worden war und dessen Mutter schändlich gelitten hatte.

»Er hat sich um mich gekümmert. Jeder auf der Burg wusste, dass ich sein Sohn war. Er hat mit mir gespielt, mich auf seine Ausritte mitgenommen, mir die Aufzeichnungen des Denklinger Ritters vorgelesen. Bis zu jenem Tag.«

»Komm her.« Caroline barg seinen Kopf an ihrer Brust und wiegte ihn wie ein Kind. »Schhhh, schon gut«, murmelte sie. Johannes Lenker konnte in ihren Armen endlich über das Leid weinen, das ihm zwanzig Jahre zuvor widerfahren war.

»Jahre später hat Wolf von Denklingen uns ausfindig gemacht. Ich weiß nicht, wie ihm das gelungen ist. Es trafen Briefe und Geschenke ein. Er bat meine Mutter inständig, mit mir nach Denklingen zurückzukehren. Flehte sie geradezu an. Seine neue Frau war gestorben. Wahrscheinlich fühlte er sich einsam.« Lenkers Tränen waren getrocknet, und er hatte sich ihrer nicht geschämt. Wann hatte er zuletzt so geschluchzt? Doch wohl als kleiner Bub am Busen seiner Mutter, nachdem man sie beide in die Fremde verbannt hatte.

»Ihr wolltet damals nichts von einer Rückkehr wissen?«

»Meine Mutter war längst zu krank, sie verbrachte ganze Tage und Wochen auf ihrem Lager. Ich weiß nicht, ob sie es sich andernfalls überlegt hätte, ihm zu vergeben. Geliebt hat sie ihn sehr.«

»Dann wird unser Besuch in Denklingen die erste Begegnung mit deinem Vater seit jenem Abschied.«

»Glaube mir, wenn es sich vermeiden ließe ...« Johannes

betrachtete Caroline. Ihre Bluse war feucht von seinen Tränen. Wie schön es gewesen war, von ihr gewiegt zu werden.

»Was hast du sagen wollen?«

»Wenn es sich vermeiden ließe – wenn Wolf von Denklingen mir im Falle eines Wiedersehens nicht viel Geld versprochen hätte –, keine zehn Pferde würden mich dazu bewegen können.«

»Vielleicht hat er sich verändert«, überlegte Caroline. Im Gegensatz zu ihr, so dachte sie, hatte er noch einen Vater.

Johannes antwortete nicht. Er war abgelenkt von ihren feuchtglänzenden Lippen. Wenn sie sprach, spielten die Grübchen auf ihren Wangen. Er beugte sich vor und küsste sie. Es war ein langes und langsames Berühren und Erforschen ihrer Lippen, ganz anders als jener Kuss, den sie auf Burg Eisenberg getauscht hatten. Caroline wich nicht zurück, auch nicht, als er sich mit ihr zusammen auf das Stroh sinken ließ. Ihr leises Stöhnen ermutigte ihn. Er streichelte ihr Haar, während er sie weiter küsste, strich über ihre kleinen Ohren, ihren Hals. Sie roch herrlich frisch, wie das Kräuterbeet, das seine Mutter einst vor dem Haus angelegt hatte.

Lenker hielt die Augen geschlossen, tauchte ein in ihre Nähe und ließ sich mitreißen von dem Feuer, das seit ihrer ersten Begegnung in seinem Inneren loderte. Seine Hände suchten und ertasteten ihren Busen unter dem Stoff. So herrlich groß und fest. Ihre Nippel wurden steif. Johannes umschloss ihre Brüste mit den Händen, drückte und knetete sie und hörte, verloren in seinen Empfindungen, auf zu denken.

»Lass mich.« Caroline setzte sich mit einem Ruck auf und schlang die Arme um ihre Knie.

Lenker verstand die Welt nicht mehr. Er war nicht sehr weit gegangen, hatte noch nicht einmal unter ihr Kleid gefasst. Andere Frauen, mit denen er zusammen gewesen war, hatten spätestens ab diesem Punkt mehr gewollt. Nicht, dass er Caroline mit seinen verflossenen Liebschaften gleichsetzte, aber ... »Es tut mir leid. Ich hatte den Eindruck, es gefiele dir.«

»Ich bin nicht mehr unberührt, wenn es das ist, was du willst«, presste sie mit zusammengebissenen Zähnen hervor. Ihr ganzer Körper strahlte Vorwurf und Abwehr aus. »Es geschah gegen meinen Willen, und ich will nicht darüber sprechen. Niemals.«

»Du wurdest vergewaltigt? Aber die Bauern ... Caroline, ich dachte, ich wäre rechtzeitig gekommen an jenem Tag.«

»Das bist du. Es geschah vor langer Zeit.«

Johannes schwieg betreten.

»Ich bin fürs Alleinsein geschaffen. Das wusstest du. Ich habe es dir gesagt.«

Er spürte ihre wilde Traurigkeit und konnte ihr nicht helfen. Wie sollte er sich ihr nähern, jetzt, nachdem sie ihm das offenbart hatte?

»Lass uns weiterreiten«, bat sie. »Es ist längst Nachmittag, und wir brauchen eine geeignete Unterkunft für die Nacht.«

»Wie du willst.« Lenker horchte nach draußen. Der pfeifende Wind war leiser geworden. Sein ganzes Sein war aufgewühlt, er benötigte Zeit zum Nachdenken. Da hörte er ein leises Geräusch. Es schien ihm vage vertraut. War es zuvor schon da gewesen? Jedenfalls wiederholte es sich. Er stand auf und ging in die Richtung, aus der er es zu hören glaubte.

Caroline verfolgte stumm, wie er über mehrere Strohballen kletterte, immer wieder lauschend innehielt, um dann ganz im Dunkel der Scheune zu verschwinden. Was tat er da?

»Komm her! Komm!«

Flink erhob sie sich und folgte seiner Aufforderung. Das Stroh piekte auf ihrer Haut. Hinten war es düster, weil kaum Tageslicht dorthin drang.

»Johannes?« Er lockte sie doch nicht hierher, um ... Nein, er war ein guter Mann. Sie gab sich einen Ruck und drängte die Furcht zurück.

»Schau.« Lenker kniete auf dem Boden und winkte sie heran. Beim Näherkommen sah sie es auch: Zwei Katzen, eine Mutter und ihr Junges, hatten dort hinten Zuflucht gesucht. Die Katze war abgemagert, die Knochen traten unter dem struppigen Fell deutlich hervor. Lediglich ihre Zitzen waren gerötet und stark angeschwollen. Das Kleine lag maunzend neben ihr.

»Die Mutter ist tot.« Lenkers Stimme klang gedämpft, als wollte er das Andenken der toten Katze würdigen. Caroline war gerührt.

»Aber ihr Junges lebt. Es versucht noch immer, an den Zitzen zu saugen.« Das Katzenkind maunzte herzzerreißend bei dem Versuch, Milch von der Mutter zu bekommen.

»Es wird eingehen. Wahrscheinlich ist es das schwächste Kätzchen aus dem Wurf, und die Geschwister haben sich längst davongemacht.« Nach ihrem Weggang aus Denklingen hatten Mutter und Sohn selbst eine Katze besessen, die sich an kalten Abenden zu Füßen des Jungen zusammengerollt und ihm Trost gespendet hatte.

»Was denkst du, wie alt ist es?«

»Vier oder fünf Wochen vielleicht. Trotzdem scheint es nicht zu begreifen, dass es alleine zurechtkommen muss.«

»Wir nehmen es mit«, entschied Caroline. »Vielleicht können wir es retten.« Sie wartete auf seinen Widerspruch. Die meisten hätten sich von dem Kätzchen einfach abgewandt. So war er eben, der Lauf der Natur. Johannes hingegen lächelte breit. »Was hältst du von Fleck?«

»Fleck?«

»Wenn es mit uns kommen soll, braucht es einen Namen, nicht?«

Sacht hob Caroline das Kleine auf. Wie die Mutter war es sehr dünn, schien aber – so wie es sich wehrte – noch voller Leben zu stecken. Schließlich ergab es sich in sein Schicksal und rollte sich in ihrer Armbeuge zusammen. Seine Pfoten waren weiß, das Näschen feucht und rosa. Der Körper wurde von einem Gemisch aus braunen Tönen in verschiedensten Schattierungen bedeckt. »Fleck, ein guter Name.« Caroline streichelte zärtlich das kleine Tier.

Beim Klettern über die Strohballen streckte Lenker ihr helfend seine Hand hin. Sie ergriff sie ohne Zögern und hielt sie eine Weile länger als nötig. Da schöpfte er Hoffnung für die Zukunft. Er würde Caroline lehren, was es bedeutete, zu lieben. Dann läge es an ihr, zu entscheiden, ob sie ihn wollte.

7

»Teufel noch mal, alter Knabe. Das kannst du doch nicht machen.« Marzan von Hohenfreyberg sprach zu sich selbst, die Anwesenheit seines Besuchers einen Augenblick außer Acht lassend.

»Der Herr wollte nicht, dass Ihr von seinem Zustand erfahrt, Graf Hohenfreyberg.« Der langjährige Angestellte des Kaufmanns Jakob Fugger drehte seine Mütze in den Händen. »Mit meinem Kommen handle ich gegen seinen ausdrücklichen Willen. Aber er verfällt mehr und mehr, vor unseren Augen, und es vergeht kein Tag, an dem er nicht Euren Namen erwähnt. Ihr seid ihm wie ein Sohn gewesen, und ich bin der Meinung, Ihr solltet bei ihm sein.«

»Ihr habt richtig gehandelt, mein Guter, ich danke Euch.«
»Werdet Ihr kommen?«
»Natürlich. Nichts auf der Welt könnte mich davon abhalten.«

Nachdem der Mann gegangen war, dachte Marzan voller Trauer an seinen alten Freund und Mentor Jakob Fugger, bei dem er als Knabe in die Lehre gegangen war und der ihm auch im späteren Leben stets beigestanden hatte. Fugger hatte das Unternehmen seines Vaters geerbt und daraus ein weltbekanntes Imperium mit Sitz in Augsburg gemacht. Er war Handelsherr, Schiffseigner und Geldgeber der Mächtigen. Kaiser, Könige, ja selbst der Papst standen bei ihm in der Kreide.

Marzan sprach mit seiner Frau Franziska und entsandte

einen Boten in sein Augsburger Stadthaus, damit dort alle Vorkehrungen für seine Ankunft getroffen wurden. Er durfte nicht zulassen, dass Fugger sich einfach davonstahl. In den nächsten Wochen und Monaten, solange es nötig war, würde er an seiner Seite sein.

Seine Familie traf bereits die ersten Vorbereitungen für die Reise, da machte der Graf sich auf den Weg hinüber nach Burg Eisenberg. Er rechnete mit Widerspruch bei dem, was er seiner Halbschwester Emma zu sagen hatte.

Gräfin Eisenberg empfing ihn in der Halle. Während des Fußmarsches hatte er halblaut die Gründe vor sich hin gemurmelt, die er ihr nennen wollte. Er begann damit, ihr die Gefahr durch mögliche Bauernrevolten auszumalen, was sie nicht zu beunruhigen schien. Dann kam er auf Fuggers Gesundheitszustand zu sprechen, und sie drückte ihm höflich ihr Bedauern aus – doch er hatte den Eindruck, die Neuigkeit dringe gar nicht wirklich zu ihr durch.

»Ich werde Jakob beistehen, und das bedeutet für mich und meine Familie, dass wir vorübergehend in Augsburg leben werden.« Marzan blickte Emma forschend ins Gesicht. Die Gräfin zeigte keinerlei Reaktion. »Ich zähle dich und deine Kinder zur Familie. Ich finde, ihr solltet uns begleiten.«

»Ja.«

»Hast du mich verstanden, Emma? Wir werden für eine Weile von hier fortgehen.« Er wartete auf ihren Protest, doch es kam keiner.

»In Ordnung, du hast sicher recht. Es wird uns guttun, die Erinnerungen hinter uns zu lassen.«

»Schön, dass du es so siehst.« Die Erleichterung über ihre rasche Zusage wurde ihm durch ihre Emotionslosigkeit verleidet. Die Frau vor ihm war nicht die Emma, die er kannte. »Sprichst du mit den Kindern?«

»Bitte sag du es ihnen. Die Aussicht auf Kurzweil in der

Stadt wird sie freuen.« Damit verließ die Gräfin den Raum. Marzan fuhr sich über die Augen. Neben Jakob war Emma der zweite geliebte Mensch, um den er sich zutiefst sorgte.

Die Nacht war hereingebrochen. Während Emma von Eisenberg wach in ihrem Bett lag, blicklos an die Decke starrte und den Erinnerungen an ihren verstorbenen Mann nachhing, trafen sich unten vor dem Pferdestall zwei dunkle Gestalten.

Die Kälte formte ihren Atem zu weißen Wölkchen, als sie einander in die Arme fielen.

»Da bist du ja. Komm herein.«

Drinnen klopften sie die Hälse der Pferde, die sich schnell beruhigten. Die Tiere waren den Besuch zu nächtlicher Stunde gewohnt.

Martin stellte die Öllampe in sicherer Entfernung zum gelagerten Stroh ab, so dass, selbst wenn sie umfiele, kein Brand entstehen konnte. Dann zog er das Mädchen an sich. Ihre Tränen netzten seine Brust. Seit dem Tod ihres Vaters weinte sie bei jeder ihrer Begegnungen. Sacht wiegte er sie hin und her und wischte das Nass von ihren Wangen.

»Es geht wieder.« Sie schniefte. »Tut mir leid.«

»Täte mir leid, wenn du nicht um Erik weinen würdest. Dein Vater war ein guter Mann.« Martin machte eine Pause. So sehr er Erik geschätzt hatte, so sehr brannte ihm eine Frage unter den Nägeln. »Sag, hast du es schon gehört?«

»Aber ja. Wir werden zusammen in eurem Haus in Augsburg leben. Oh, Martin, welch ein Glück für uns. Ich kann es gar nicht fassen.«

Martin küsste die Geliebte wild und genoss einen der seltenen Momente, in denen er sie so unbeschwert wie früher erleben durfte.

Das Mädchen breitete hinten im Stall die mitgebrachten Decken aus. »Mich friert«, klagte sie, und er beeilte sich, sie zu wärmen. Seit einigen Wochen trafen sie sich heimlich, ihre ganz privaten Zusammenkünfte, von denen niemand etwas ahnte. Noch nicht einmal Isabels Zwillingsschwester Sofia kannte das Geheimnis, obwohl die beiden jungen Frauen sonst alles miteinander teilten.

Sie ließen sich Zeit, die Nacht war lang. Martin bedeckte Isabels Hals mit Küssen und spielte mit seiner Zunge an ihrem Ohr, was sie zum Kichern brachte. Die Tränen versiegten. Während er noch mit den Falten ihres Rockes kämpfte, glitt ihre Hand schon forsch zwischen seine Beine.

»Ich habe dich vermisst«, gurrte sie, dabei war seit ihrem letzten Zusammentreffen nur wenig Zeit vergangen.

»Ich dich auch. Sehr sogar.« Es war zu kalt, sich ganz auszuziehen, deshalb gurtete er lediglich seine Hose auf und schob sich auf sie. Sie empfing ihn heiß und leidenschaftlich. Beide kannten keine Scheu. Sie waren miteinander aufgewachsen, und was einst eine innige Kinderfreundschaft gewesen war, hatte sich mit dem Erwachsenwerden zu einer leidenschaftlichen Beziehung entwickelt. Bisher hielten sie ihre Liebschaft geheim. Mit Eriks Tod schien jede passende Gelegenheit erloschen, ihre Zuneigung füreinander öffentlich zu machen. Wenn sie ehrlich waren, schwiegen sie vielleicht auch deshalb, weil die verstohlenen Begegnungen einen besonderen Reiz hatten.

Nachdem sie sich geliebt hatten, lag Isabel an Martins Brust. Ihre Wangen und ihr Dekolleté waren sanft gerötet, ein Nachhall der erlebten Gefühle.

»Wie geht es deiner Mutter?«, erkundigte sich Martin, während er ihr den Nacken kraulte.

»Nicht gut. Seit der Beerdigung spricht sie wieder und küsst uns vor dem Zubettgehen, aber mehr nicht. Sie wirkt, als wäre sie gar nicht da.«

»Und deine Geschwister?«

»Johanna und Stefan weinen häufig. Sie vermissen Vater und jetzt auch Caroline. Sofia trägt es still und versucht, die Kleineren zu trösten. Manchmal scheint sie so in Gedanken versunken, dass selbst ich nicht an sie herankomme.«

»Was denkst du, wie wird deine Schwester es aufnehmen, wenn sie von uns erfährt?«

»Ich weiß es nicht. Wahrscheinlich wird sie sich freuen. Oder mir böse sein, weil ich es ihr so lange verschwiegen habe. Ich habe zum ersten Mal im Leben ein Geheimnis vor ihr, und manchmal fühlt es sich verkehrt an. Als würden wir uns voneinander entfernen.«

»Ach was, Sofia wird dich verstehen. Ihr seid einander doch nie gram«, lachte Martin, weil die Zwillinge seit jeher ein Herz und eine Seele waren.

»Wenn wir heiraten ... Mein Weggehen wird Sofia nicht gefallen.«

»Du bleibst doch in der Nähe. Hinüber nach Hohenfreyberg ist es nur ein Katzensprung. Schau, ich laufe die Strecke beinahe jede zweite Nacht.«

»Und dafür liebe ich dich.« Isabel packte ihn an den Ohren, um ihn zu sich heranzuziehen. Martin knurrte, und sie tat ihm den Gefallen, sich erschrocken zu geben. »Beiß mich nicht, du wildes Tier«, flehte sie ängstlich und schob gleichzeitig ihr dunkles Haar zur Seite. Sein Mund saugte und knabberte an ihrem Hals.

»Hör auf, ich ergebe mich ja.« Sie ließ sich auf den Rücken fallen und streckte Arme und Beine von sich.

»Eine leckere Beute«, bemerkte Martin.

»Sieht man etwas?«

Er studierte sorgfältig ihren Hals und zuckte mit den Achseln. »Ein paar riesige, dunkelrote Flecken. Wird nicht weiter auffallen.«

»Du!« Sie gab ihm einen Klaps, was er zum Anlass nahm, sie ausgiebig zu kitzeln.

»Was ist, wenn ich ein Kind bekomme?« Isabel wurde wieder ernst.

»Dann sagen wir es den Eltern und heiraten endlich.«

»Den Eltern …« Die junge Frau dachte an ihren Vater, der ihre Vermählung nun nicht mehr erleben würde.

»Nicht traurig sein, meine Kleine. Dein Vater passt auf dich auf, auch wenn du ihn nicht sehen kannst.«

»Wenn ich doch nur Mutters Fähigkeiten hätte. Vielleicht gäbe es eine Möglichkeit …«

»Deine Mutter spricht nicht mit den Toten, Dummerchen, das weißt du genau.«

»Ich weiß. Es ist nur, weil er mir so schrecklich fehlt.«

»Erinnerst du dich daran, dass ihr als kleine Mädchen unbedingt dasselbe Mal wie Emma haben wolltet?«

»Natürlich.« Isabel konnte die Szene vor sich sehen. »Wir haben uns nackig ausgezogen, und du musstest uns überall untersuchen. Das war nicht sehr schicklich.«

»Und gefunden hab ich obendrein nichts.«

Sie grinsten sich an wie zwei Verschwörer. Es war herrlich, gemeinsam aus dem schier unendlichen Fundus an Kindheitserlebnissen zu schöpfen.

»Mutter hält es für einen Segen, dass wir ihre Gabe nicht geerbt haben.«

»Das ist es wahrscheinlich auch. Ich wollte dir noch etwas erzählen. Mein Vater hat mir vorgeschlagen, mich während der Zeit in Augsburg im Handel zu versuchen.«

»Möchtest du das denn?«

»O ja, das Kaufmannsgewerbe interessiert mich sehr. Wenn ich an all die Geschichten meines Vaters denke. Er hat so viel erlebt, während er für Fugger arbeitete.«

»Manchmal vergesse ich, dass Marzan nicht dein richtiger Vater ist. Wahrscheinlich hat er dir diesen Vorschlag gemacht, weil dein Bruder den Grafentitel, Burg und Ländereien erben wird. Damit für dich gesorgt ist.«

»Das glaube ich auch. Und ich bin ihm dankbar dafür. Der Handel lockt mich weit mehr als die Verwaltung der alten Burg und langweiliger Liegenschaften.«

»Dann wirst du einmal ein reicher Kaufherr sein, Liebster. Mindestens so mächtig wie Jakob Fugger selbst.«

»Und du die piekfeine Kaufmannsgattin.« Er schloss sie fest in die Arme, während sie von der gemeinsamen Zukunft träumten. Ehe sie sich im Morgengrauen trennten, liebten sie sich erneut.

Sofia schlief unruhig und erwachte vom Zwitschern eines frühen Vogels. Sie tastete in dem Bett, das sie mit ihrer Schwester teilte, nach Isabel. Es war leer. Sie kannte das schon, Isabel konnte in den letzten Wochen häufig nicht schlafen und stand dann noch einmal auf, um in den leeren Gängen der Burg umherzuwandeln. Sofia wäre das viel zu unheimlich gewesen.

Wenn sie es recht bedachte, wirkte die Schwester nicht erst seit dem Tod des Vaters verändert. Isabel verschloss sich vor ihr, und Sofia suchte und fand Trost in ihrer Phantasie. Sie genoss es, das Bett ganz für sich zu haben, streckte sich wohlig und dachte an ihren Traum. Martin war bei ihr gewesen, und sie hatte ihm ihre Liebe offenbart. Sofias Hände glitten unter ihr Nachthemd, und sie begann, sich zu streicheln. Stellte sich vor, es wären seine Finger, die ihre zarte Haut erkundeten. Wenn sie in Augsburg erst tagein, tagaus zusammenlebten, würde sie ihm endlich ihre Gefühle gestehen. Sofia seufzte und sah sich neben dem Geliebten vor dem Altar stehen. Wie die Mutter und die Geschwister sich über die Neuigkeit freuen würden. Isabel und Johanna würden wunderhübsche Brautjungfern abgeben. Nach all der Traurigkeit, die mit Eriks Tod in den Herzen Einzug gehalten hatte, wäre dies endlich wieder ein Grund zur Freude.

8

Es geschah im Ort Obergünzburg. Auf dem dortigen Marktplatz, von einem Wimpernschlag zum anderen, wurde Caroline bleich. Der Wind, der seit jenem Tag in der Scheune unbeirrt anhielt, pfiff um die Ecken und wirbelte ihr langes Haar auf. Das Kätzchen begann in seinem Korb klagend zu maunzen. Mit dem feinen Gespür, das Tieren oft mehr als den Menschen zu eigen ist, nahm es die Strömungen und Wirbel aus Bildern und Farben wahr, die Caroline umflossen.

»Jesusmaria!« Lenker hatte sich seit ihrer Vision in der Scheune vor dem Augenblick gefürchtet, an dem er sich ihrer unheimlichen Gabe erneut würde stellen müssen.

Endlich war sie wieder bei sich.

»War es das?« Er beäugte sie besorgt. Vorsichtig. »Hattest du eine Vision?«

»Ja.«

Johannes sah aus, als wäre ihm am helllichten Tag ein Geist begegnet.

»Du wusstest es.«

»Es zu wissen ist eine Sache. Es mit anzusehen steht auf einem anderen Blatt«, entgegnete er leise.

»Ich habe es mir nicht ausgesucht.« Sie hatte das Gefühl, sich rechtfertigen zu müssen.

»Es macht mir Angst«, gestand Lenker. »Dein Geist geht auf Reisen, schwebt zwischen Vergangenheit und Zukunft – und ich kann dich nicht erreichen. Was, wenn du einmal nicht zurückkehrst?«

»Das tue ich immer.« Sie lächelte ihn an, und das Spiel ihrer Grübchen besänftigte sein aufgewühltes Gemüt. »Du wirst dich daran gewöhnen.«

»Ich bin nicht sicher, ob ich es wirklich hören will ... Verrätst du mir trotzdem, was du gesehen hast?«

»Natürlich.« Sie nickte. »Eine Frau namens Anna Maria Eglin. Sie wird als letzte Hexe Obergünzburgs auf dem Scheiterhaufen verbrannt werden.« *Ihr Hemd fleckig und zerrissen. Nackte Beine, bedeckt von blutigem Schorf. Gehetzte Augen, Verzweiflung im Angesicht der Hoffnungslosigkeit.*

»Wann?«

»Dereinst.« Caroline schlug das Kreuz. »Ich habe das sichere Gefühl, sie ist noch nicht einmal geboren.«

»Der Herr sei ihrer Seele gnädig«, betete Johannes, keineswegs sicher, ob es rechtens war, Fürbitten für eine Frau zu sprechen, die irgendwann in der Zukunft das Licht der Welt erblicken würde.

Bis auf Carolines Vision in Obergünzburg verlief die Reise friedlich. Zwar wehte weiterhin ein bitterkalter Wind, doch zumindest regnete es nicht, so dass ihnen klamme Kleider erspart blieben. Lenkers Bemühungen in den Schenken und Herbergen waren von Erfolg gekrönt, zumindest fand er allerorts geneigte Zuhörer, spätestens dann, wenn er Caroline und ihre Herkunft ins Spiel brachte.

Beim Altdorfer Tavernenwirt, wo sie nach Obergünzburg Station machten, lernten sie den Rebellen Babstin Knaus kennen. Er nannte einen verkrüppelten großen Zeh sein eigen, den zu präsentieren er keine Scheu zeigte. Vielmehr tat er es mit einem gewissen Stolz. Mehr als einmal hatte ihm dieser Zeh das Überleben gesichert. Er hatte mit ein wenig Phantasie die Form eines nackten weiblichen Torsos. Früher hatte er von jedem, der die Verwachsung sehen wollte – egal ob Mann, Frau oder Kind –, zwei Pfennige verlangt.

Eine stolze Summe, die in manchem städtischen Frauenhaus und ganz bestimmt auf offener Straße ausgereicht hätte, eine pralle Hure zu besteigen. Babstin Knaus hingegen hatte damit seinen leeren Magen gefüllt. Heutzutage war ihm der Hunger zwar nicht fremd, doch fehlte es ihm an Motivation zu derlei Schabernack. Er hatte sich mit Herz und Seele dem Aufstand verschrieben.

Caroline sah Johannes über Babstins Geschichte lächeln, ohne erklären zu können, warum ihre eigenen Züge ernst blieben. Zu späterer Stunde begann Knaus gegen die Herren von Brenzenau zu wettern und sprach dabei von einem Mann namens Paulin Probst, der vor knapp zwei Wochen, unterstützt von achttausend bischöflichen Untertanen, das Oberdorfer Schloss gestürmt und geplündert hatte, ohne das Ende der Verhandlungen auszusitzen.

»Warum hat er nicht abgewartet?«, warf Caroline ein. »Das hätte doch nicht geschadet. Vielleicht hätten sie nachgegeben.«

»Ach«, Babstin Knaus vollführte eine wegwerfende Handbewegung. »Glaubst du das wirklich, Mädel? Es war schon recht so, wie Probst entschieden hat. Anders findet man bei denen da oben kein Gehör.«

Caroline prägte sich seine Worte und den Namen Paulin Probst ein. Während Johannes sich weiter mit Knaus unterhielt, fütterte sie das Kätzchen. Fleck, der sich als kleiner Kater entpuppt hatte, begriff noch nicht, dass seine rosige Zunge durchaus dazu geeignet war, Milch aus einem Schälchen zu schlabbern. So fütterte sie Fleck, indem sie die Finger in die verdünnte Milch tauchte und ihn die Flüssigkeit ablecken ließ. Es war eine aufwendige Prozedur, doch der mutterlose Kater war ihr bereits ans Herz gewachsen. Das Flechtkörbchen, welches sie für ihn erstanden hatte, war mit Stroh ausgelegt und hatte zwei hölzerne Klappdeckel. Wenn sie tagsüber auf den Pferden saßen, stieß Fleck manchmal vorwitzig mit dem Kopf dagegen und lugte heraus. Anstalten fortzulaufen machte er nie. Der Kater schien dankbar für die Menschen, die sich seiner angenommen hatten.

Am nächsten Tag kam das Dorf Denklingen in Sicht. Für den Ritt, der in zwei Tagesetappen gut zu bewältigen gewesen wäre, hatten sie sich sechs Tage Zeit genommen – und bereuten es nicht. Jeder einzelne Mann, der sich aufgrund ihrer Bemühungen dem Haufen anschließen mochte, zählte.
»Wir sind fast da!« Johannes zügelte sein Pferd und wies mit dem Zeigefinger auf ein graues Gemäuer, das auf einer Anhöhe, dem sogenannten Vogelherd, lag. »Dort vorne.« Sein Gesicht war gerötet vom beißenden Wind, seine Miene gelassen. Keiner hätte ermessen können, welches Opfer diese Rückkehr für ihn bedeutete.
Caroline schob ihre Hand in das Körbchen auf ihrem Schoß und streichelte Fleck, um ihre Nervosität zu überspielen. Der Kleine dankte es ihr mit leisem Schnurren und stupste mit dem Kopf gegen ihre Finger. Was mochte geschehen, wenn Vater und Sohn einander nach all den Jahren gegenübertraten?
Sie nahmen die Abzweigung hoch zur Denklinger Burg, die von einer massiven Ringmauer umgeben war. Nachdem sie das Tor passiert hatten, fanden sie sich auf einem kleinen Vorplatz wieder. Das steinerne Wohngebäude war zweistöckig und wirkte weit weniger geräumig als Burg Eisenberg. Ein Stall schloss daran an, erbaut aus dem rötlich braunen Fichtenholz des nahen Forstes. Das Grunzen von Säuen war zu hören.
Lenker hielt die Zähne zusammengebissen und schalt sich selbst einen rückgratlosen Jämmerling, weil er wegen des Bestechungsgeldes hergekommen war, das Wolf von

Denklingen ihm in Aussicht gestellt hatte. Der Gedanke an Knopf und den Haufen brachte ihm allerdings schnell in Erinnerung, wofür er das hier tat.

»Johannes«, wisperte Caroline und nickte leicht in Richtung des Mannes, der soeben in den Hof getreten war. Die dicken Mauern dämpften das Rauschen des Windes, so dass Lenker ihren geflüsterten Hinweis verstehen konnte.

»Nun denn, gehen wir es an.« Er stieg vom Pferd. Langsam, beinahe furchtsam hob er den Kopf.

»Gott zum Gruß.«

Die Hand, die sich ihm entgegenstreckte, war nicht die seines Vaters.

»Gott zum Gruß«, erwiderte Lenker, und das Herz würde ihm schwer. War der Alte bereits tot? Sollte all die Überwindung, die ihn dieser Ritt gekostet hatte, vergebens gewesen sein?

Der Fremde musterte ihn eindringlich. »Ich bin Burkhardt. Und du bist ... Johannes?«, fragte er vorsichtig.

»Der bin ich.«

»Gottlob, endlich!« Burkhardt hatte Lenker an sich gezogen, noch ehe dieser begriff, wie ihm geschah.

Caroline hingegen verstand sehr wohl. Die Ähnlichkeit der Männer war frappierend. Beide hatten dunkles Haar und die charakteristischen Locken, wohl ein Erbteil des Vaters. Auch die Gesichtszüge ähnelten sich.

»Der alte Herr hatte die Hoffnung um ein Haar schon aufgegeben, dich in diesem Leben noch einmal wiederzusehen, nachdem wir ...«

»Was zum Teufel«, unterbrach ihn Johannes schroff, der sich von der Situation überfordert fühlte. »Wer zum Teufel«, korrigierte er sich, »bist du?«

»Dein Bruder. Halbbruder, genau genommen. Und vor Freude ganz aus dem Häuschen, dich kennenzulernen.« Burkhardt störte sich nicht an Lenkers Tonfall. Seine hervorstechendsten Charaktereigenschaften waren Ausgeglichenheit und ein allzeit frohes Gemüt, weshalb es ihm zumeist gelang, den Splitter zu ignorieren, der wie ein Stachel in seinem Fleisch saß.

»Ich bin Caroline Gaiß«, stellte Caroline sich vor, um Johannes Gelegenheit zu geben, sich zu sammeln.

»Hocherfreut.« Johannes' Halbbruder schüttelte auch ihr die Hand und entdeckte dann das Katzenkind, das seine rosa Schnauze aus dem Korb gestreckt hatte.

»Das ist Fleck.« Caroline lächelte. Sie mochte Burkhardt auf Anhieb. Er strahlte Wärme und Herzlichkeit aus.

»Ich bitte euch, begleitet mich hinein. Ich muss Vater auf euren Besuch vorbereiten, damit er mir vor Aufregung nicht vom Stuhl fällt.«

Caroline folgte ihm bereitwillig, froh, dem kalten Wind zu entfliehen. Johannes hingegen trottete seinem Halbbruder hinterher wie ein Verurteilter auf dem Weg zum Schafott.

Die Halle war nicht groß, aber sauber. Frische Binsen lagen auf dem Steinboden, um die Füße während der kalten Monate zu wärmen. Caroline blickte interessiert umher. Kahle Wände, bis auf zwei gewebte Wandteppiche, die Jagdszenen zeigten. Im Kamin brannte ein Feuer, dennoch fehlte – um echte Behaglichkeit zu schaffen – augenscheinlich die Hand einer Frau.

»Setzt euch.« Burkhardt führte sie zu einem schweren Eichentisch, dem man das Alter ansah. Die einstmals feinpolierte Platte war zerkratzt, an mehreren Stellen splitterte das Holz. »Gundula!«, rief er. »Wir haben Gäste! Mein Bruder ist heimgekehrt!«

Die Küche, aus der die Magd eilig herbeigelaufen kam, lag gleich neben der Halle. Gundula hatte bereits beim Eintreten der Gäste neugierig auf die Fremden gespäht und war froh, ihre Neugierde sogleich aus erster Hand befriedigen zu können.

»Da seid Ihr endlich gekommen, junger Herr, wo der alte Herr sich so lange nach Euch verzehrt hat«, plauderte die Magd. »Groß seid Ihr geworden, ich erinnere mich an die Zeit, als Ihr ein Junge wart. Ich lebte damals noch unten im Dorf, daher werdet Ihr mich sicher nicht mehr erkennen.« Sie war im mittleren Alter, hatte einen schmalen Oberkörper und, im Verhältnis dazu, enorm breite Hüften. Und sie liebte Klatsch über alles. »Was für eine Freude, ich kann gar nicht sagen ...« Gundula unterbrach sich. In ihrem Enthusiasmus hatte sie vergessen, die Gäste nach ihren Wünschen zu befragen, wie es ihre Pflicht war. Ihre Wangen röteten sich, und sie beeilte sich umso mehr, das Gewünschte auf den Tisch zu bringen.

»Du hast nichts von Burkhardt gewusst.« Carolines Bemerkung war mehr Feststellung denn Frage. »Sein Mund ist geschnitten wie deiner, und die Locken ...«

»Der Bastard hat einen Halbbruder«, brummte Lenker. »Ich habe es begriffen.«

Daraufhin zog Caroline es vor, schweigend an dem Würzwein zu nippen, den die Magd ihnen auftischte. Das Kätzchen setzte sie sich auf den Schoß, wo es sich zufrieden zusammenrollte. Sie warteten angespannt.

»Junge!« Wolf von Denklingen kam, gefolgt von Burkhardt, langsam und aufrecht die Treppe herab, einen Spazierstock in der Hand. Nur bei genauem Hinsehen erkannte man, dass er das rechte Bein ein wenig nachzog. Seine Locken waren eisengrau, tiefe Furchen durchzogen wie Krater sein Gesicht. »Ich habe jeden Tag zum Herrgott gebetet.«

Johannes erinnerte die Vorfreude auf dem Gesicht des Vaters an seine Kindheit. Mit dem gleichen Ausdruck hatte Wolf von Denklingen ihn vor sich aufs Pferd gehoben, um ihn mit auf die Jagd zu nehmen. Doch den Knaben, der seinen Vater angebetet und vergöttert hatte, gab es nicht mehr.

Die bittere Miene seines Sohnes wischte das Lächeln aus dem Gesicht des Herrn von Denklingen. Er ließ den Arm, den er nach Johannes ausgestreckt hatte, sinken.

»Ich bin gekommen, das Geld einzufordern, das Ihr mir im Fall meiner Heimkehr angeboten habt«, erklärte Lenker. Diese ersten Worte nach all den Jahren machten eines deutlich: Er war nicht gewillt, Frieden zu schließen.

»Natürlich.« Wolf von Denklingen umklammerte den Knauf seines Spazierstocks. »Lasst uns gemeinsam speisen«, er nickte in Carolines Richtung, »und alles besprechen.«

»Ich gebe dir das Geld«, verkündete Johannes' Vater, nachdem Gundula das Essen abgetragen hatte. Die Unterhaltung bei Tisch war stockend verlaufen und weitgehend von Burkhardt und Caroline bestritten worden. »Es soll dein Erbteil sein, wo Burkhardt Burg und Ländereien erhalten wird.«

Lenker musste sich eine scharfe Erwiderung verbeißen. Er war schließlich nur der uneheliche Bastardsohn des Burgherrn, wohingegen sein Halbbruder während Wolfs Ehe gezeugt worden war. Mit der Frau, deretwegen man seine Mutter und ihn verstoßen hatte.

»Unter einer Bedingung.«

»Von Bedingungen war nicht die Rede«, fuhr Johannes auf.

»Eine einzige Bedingung.« Sein Vater ließ sich nicht aus der Ruhe bringen. Zu lange hatte er um die Rückkehr seines Sohnes gebetet, eine letzte Chance, sein schändliches Handeln wiedergutzumachen. »Du bleibst einige Tage hier bei uns. Ich möchte dich neu kennenlernen. Sehen, was aus dir geworden ist. Gib mir diese Gelegenheit, und ich gebe dir das Geld, ohne Fragen zu stellen.«

Johannes sah zu Caroline. Sie nickte unmerklich. »Vergiss nicht, wofür wir kämpfen«, stand in ihren Augen zu lesen.

»Einverstanden.«

Bald nach dem Zubettgehen fielen Caroline die Augen zu, die jagenden Gedanken in ihrem Kopf verblassten, und sie dämmerte hinüber in den Schlaf. Die Mägde der Burg, die sich Kämmerchen und Bett miteinander teilten, waren für die Dauer des Gastbesuchs zu Verwandten ins Dorf gezogen, so dass die junge Frau das breite Lager für sich allein hatte. Johannes teilte sich die Nachtstatt mit seinem Halbbruder. Das Arrangement gefiel ihm nicht, seine zornigen Augen verrieten ihr das deutlich, doch ihm war keine Wahl geblieben. Er wollte und brauchte das Geld seines Vaters.

»Caroline? Schläfst du?« Er kam in ihre Kammer geschlichen, wie sie selbst auf Burg Eisenberg in seine gekommen war. Sie brauchte einige Augenblicke, um sich zurechtzufinden. Sich zu erinnern, wo sie war. Und weshalb.

»Ich schlafe«, murmelte sie, dabei waren ihre Augen geöffnet. Johannes stand in einem langen, weißen Hemd neben dem Bett.

»Was willst du?« Sie hätte nicht zu sagen vermocht, warum sie flüsterte. Obwohl er sie nicht berührte, glaubte sie, seine Hand auf ihrem Körper zu spüren.

»Lass mich bei dir bleiben«, bat er leise. »Ich werde dir nichts tun, Caroline, das verspreche ich. Es ist ... ich kann nach alldem nicht alleine sein.«

Caroline hob die Decke und rutschte zur Seite, um ihm Platz zu machen. Lenker, der ihr in der kurzen Zeit Freund und Vertrauter geworden war, legte sich neben sie. Er war dankbar für ihre Hand, die in seine kroch und ihm Trost schenkte. Selbst zu aufgewühlt, um an Schlaf zu denken, bewachte er ihre Träume und lauschte dem gleichmäßigen Auf und Ab ihres Atems.

9

Unter dem Dach des Herrn von Denklingen war es Sitte, die Mahlzeiten gemeinsam einzunehmen. Lenker dachte während des Speisens darüber nach, wie schwer es gewesen war, Caroline in der vergangenen Nacht nicht zu berühren. Treu seinem Wort hatte er es beim Halten ihrer Hand belassen.

»Johannes hat mir von der Seherin Herluka erzählt.« Wieder verlief das Tischgespräch stockend, Lenker und sein Vater blieben weitgehend stumm, so dass abwechselnd Burkhardt und Caroline das Wort ergriffen und mit einem Reigen der Höflichkeiten das lastende Schweigen zu umschiffen suchten. Sie waren einander sympathisch, so fiel es ihnen leicht.

»Wusstet Ihr, dass ein gewisser Paul von Bernried kurz nach Herlukas Tod die ›Vita beatae Herlucae‹ verfasste? Eine Lebensbeschreibung dieser bemerkenswerten Frau?«

»Eine *lateinische* Lebensbeschreibung«, warf Wolf von Denklingen verächtlich ein. »In der Sprache von Priestern und Chorknaben.«

»Wenn es möglich ist, möchte ich gerne den Ort kennenlernen, an dem sie gelebt hat.« Caroline überging die Bemerkung des Ritters.

»Ich bringe Euch hin«, bot Burkhardt auf der Stelle an. »Ihr werdet feststellen, es ist beinahe, als wäre sie zurückgekehrt.«

»Wie meint Ihr das?« Caroline hatte sich verlassenen Grund und Boden vorgestellt, ein zur Ruine verfallenes

Haus, längst im Begriff, von der Natur zurückerobert zu werden.

»Seit einigen Jahren lebt dort wieder eine Frau. Salome, eine Heilkundige. Sie hat mich im letzten Sommer von einem hartnäckigen Leiden kuriert.« Burkhardt erinnerte sich nur zu gut an das abscheuliche Jucken zwischen den Beinen, dem der Arzt aus der Stadt mit seinen Mittelchen nicht beigekommen war. Er war Salome bis auf den heutigen Tag dankbar für ihre Hilfe, als er sie verzagt und voller Scham aufgesucht hatte.

»Ich komme ebenfalls mit.« Lenker entging nicht der Glanz in Carolines Augen. Die Suche nach dem Mysterium, das ihr Leben beherrschte, hatte begonnen.

»Burkhardt wird auf das junge Fräulein aufpassen, mein Sohn. Für derlei Aufgaben eignet dein Bruder sich gut.« Wolf von Denklingen erhob sich. So früh am Morgen fühlte er sich ausgeruht und konnte auf den Spazierstock verzichten, der wartend neben seinem Stuhl lehnte. »Ich möchte, dass du mich auf die Jagd begleitest, Johannes.«

»Dazu sehe ich keine Veranlassung.« Nach nichts stand ihm weniger der Sinn, als Stunden in der Gesellschaft des verhassten Vaters zu verbringen.

»Die Münzen gegen gemeinsame Zeit«, mahnte der alte Ritter. »Mehr verlange ich nicht.«

Die Männer maßen einander mit Blicken.

»In Ordnung.« Sein Widerwille war Johannes ins Gesicht gemalt. »Ich begleite Euch auf die Jagd.«

Caroline trug Fleck in seinem Körbchen bei sich. Sie hatte ihn nicht zurücklassen wollen. Der kleine Kater schien zu spüren, wann immer sie sich aus seiner Nähe entfernte, und stimmte dann ein herzzerreißendes Klagekonzert an. An diesem Vormittag lag eine Vorahnung des Frühlings in der Luft. Schneeglöckchen spitzten am Wegesrand verheißungsvoll aus der sonnengewärmten Erde. Der sanfte Wind, der Carolines Gesicht umschmeichelte, schien den Duft von blühenden Wiesen und reifendem Korn mit sich zu tragen.

Burkhardt hatte ihr die Wahl gelassen, ob sie reiten oder lieber eine Wanderung unternehmen wollte. Caroline hatte sich für Letzteres entschieden. Nach einer Weile nahm sie Fleck aus seinem Korb und setzte ihn auf den Boden. Es war drollig anzusehen, wie er schnüffelnd und mit bebenden Barthaaren seine Umgebung erkundete. Der Kater entfernte sich nie weiter als wenige Schritte von ihr.

»Ihr scheint meinen Bruder gut zu kennen. Ich möchte Euch nicht hinter seinem Rücken nach ihm aushorchen. Verratet Ihr mir dennoch – was ist er für ein Mensch?«

»Ich kenne Johannes lange nicht so gut, wie Ihr glaubt.« *Zumindest nicht so lange, wie Ihr vermutlich glaubt.* Der letzte Teil des Satzes blieb unausgesprochen. »Seit unserer ersten Begegnung ist er mir ein Freund. Treu, wie man sich einen Freund nur wünschen kann.«

»Das ist wunderbar zu hören.« Burkhardt schenkte ihr sein ansteckendes Lächeln. »Seit ich von meinem großen Bruder erfuhr, rätsele ich, wie er wohl sein mag. Ein guter Mensch? Ein freundlicher Mensch? Ein Mann ähnlich meinem Vater oder völlig anders? Ich bete, irgendwann selbst Gelegenheit zu erhalten, ihn besser kennenzulernen.« Der rätselhafte Ausdruck, der über sein Gesicht huschte, war nicht zu deuten. »Vater hat die Angewohnheit, stundenlang von Johannes zu sprechen. Er muss ein großartiger Junge gewesen sein. Ich glaube, ich kann mich mittlerweile besser in seine Kindheit zurückversetzen als in meine eigene.«

Caroline wünschte Johannes genug Einsicht, dass er Freundschaft und Zuneigung seines jüngeren Bruders, welche dieser ihm so großzügig darbot, nicht zurückwies. Sicher hatte sie sich den neidvollen Klang in Burkhardts letzten Sätzen nur eingebildet. Sie blieb einen Moment stehen, um Fleck zu streicheln, der schnurrend ihre Beine umschmeichelte. »Schon gut, mein Kleiner«, gurrte sie. »Ich bin ja da.«

»Berichtet Ihr mir ein wenig von Salome?«, bat sie ihren Begleiter. »Woher kommt sie und weshalb hat sie sich ausgerechnet dort niedergelassen, wo einst Herluka lebte? Ein Zufall?«

»Das kann ich Euch nicht sagen. Salome ist eine sehr freundliche Frau. Immer heiter. Aber über ihre Vergangenheit ist mir nichts bekannt.«

Die Wanderung dauerte bis in die frühen Mittagsstunden hinein, dann hatten sie einen Hügel erreicht, von dem aus sie sowohl den Ort Epfach als auch den etwas außerhalb gelegenen Grund und Boden der Salome überblicken konnten.

»Ich kann es kaum erwarten.« Caroline hob Fleck auf und setzte ihn zurück in seinen Korb.

Burkhardt lächelte. »Dann kommt mit mir, Caroline. Ich stelle Euch vor.«

Salomes Grundstück war von einem Gatter umgeben, an dessen Streben Rankgewächse emporkletterten, die in wenigen Wochen sicher herrlich blühen würden. Im Vorgarten waren von kundiger Hand Kräuter- und Gemüsebeete angelegt worden. Caroline schlug das Herz höher bei diesem Anblick, der sie an Emma und deren Garten erinnerte.

»Seid mir gegrüßt, Burkhardt von Denklingen. Wen bringt Ihr mir heute?« Die Frau war hochgewachsen, ihre Haut von einem ungewöhnlich dunklen Ton. Die Andeutung eines Schattens lag auf ihrer Oberlippe. Das lange, schwarze Haar hatte sie im Nacken verknotet und sich zusätzlich ein Tuch um den Kopf geschlungen. Ihre dunklen Augen blickten neugierig auf die Besucher.

»Das ist Caroline …«

»Fleck!« Carolines Ruf unterbrach Burkhardts eben begonnene Vorstellung. Der Kater hatte aus dem Korb gelinst und war dann blitzschnell davongesprungen und um die nächste Ecke verschwunden. »Das tut er sonst nie, ich glaube …«

»Schon gut, junge Freundin.« Salome winkte ab. »Ich ahne, wohin Euer Kätzchen verschwunden ist. Folgt mir.«

Rückseitig des hübschen, weißgetünchten Hauses fanden sich weitere Beete. Mittendrin, den Rock völlig verschmutzt, hockte ein Mädchen. Sein Haar war von der Farbe reifen Klatschmohns. Auf dem Schoß des Kindes lag Fleck auf dem Rücken, alle viere von sich gestreckt, und schnurrte wohlig unter den streichelnden Händen.

»Meine Tochter. Sie hat ein Händchen für Tiere. Aber nun will ich mich vorstellen.« Salome ergriff Carolines Hand und schüttelte sie fest, die unterbrochene Begrüßung nachholend. »Ich bin Salome. Die Epfacher Heilerin nennt man mich.«

Caroline begrüßte die Frau freundlich, ehe sie ihr Augenmerk wieder auf Fleck richtete. Der Anblick ließ sie zwischen Lachen und Weinen schwanken. Zwar war der kleine Kater noch nicht lange bei ihr, dennoch war ihr von vornherein klar gewesen, dass sie ihn nicht mitnehmen konnte. Nicht dahin, wohin Johannes und sie unterwegs waren.

»Guten Tag.« Sie näherte sich dem Kind und kniete neben ihm nieder. »Ich sehe, du hast schon Freundschaft mit Fleck geschlossen. Weißt du, er hat seine Mutter verloren und braucht jemanden, der für ihn sorgt. Vielleicht möchtest du noch ein Weilchen auf ihn aufpassen, und wenn du ihn liebgewinnen solltest … kann er vielleicht für immer bei dir bleiben.«

»Er mag mich«, erwiderte die Kleine. Fleck rieb sein Gesicht wie zur Bestätigung an ihrer Hand. »Und ich mag ihn auch.«

Von einem Gefühl der Rührung ergriffen strich Caroline dem Kind das lange, rote Haar aus dem Gesicht – und fuhr zurück, als hätte eine Schlange sie gebissen. Taumelnd ging sie einige Schritte rückwärts, rutschte in der feuchten Erde des Beetes aus und fiel auf die Knie.

»Meine Liebe!« Sofort war Burkhardt an ihrer Seite und half ihr auf. »Ist Euch nicht gut?«

»Kommt, Caroline, begleitet mich ins Haus.« Salome trat herbei. »Seid so gut, Burkhardt, hütet mir das Kind und den Kater, während ich mich mit Eurer Freundin bespreche.«

Drinnen war es dämmrig, durch die schmalen Fensteröffnungen fiel kaum Tageslicht. Caroline empfand die Stube jedoch nicht als düster, vielmehr schien das Haus sie heimelig zu umfangen und war von einer verlockenden Gemütlichkeit. Auf dem festgestampften Lehmboden lagen farbenfrohe Webteppiche. Unterhalb des Rauchfangs hingen Speckschwarten, auf schlichten Brettern entlang der Wände stapelten sich Tiegel und Töpfchen. Von der Decke baumelten duftende Büschel getrockneter Kräuter – man musste sich stellenweise bücken, um nicht mit dem Kopf daran zu stoßen. Über dem Herd dampfte ein wohlriechender Sud. Salome schenkte etwas davon in einen Becher, den sie ihrem Gast in die Hand drückte.

»Trinkt.«

Caroline nippte an dem warmen Kräutersud und genoss das wohlige Gefühl, das sie seit dem Betreten des Hauses wie eine herzliche Umarmung umgab.

»Barbara ist ein liebes Mädchen. Sagt, was an ihr hat Euch so erschreckt?« Salome setzte sich zu Caroline an den Tisch, so dass diese nicht länger zu ihr aufsehen musste.

»Ich …« Was sollte sie der Mutter des Kindes sagen? Bestimmt hatte Salome von Herluka gehört. Ob sie das Muttermal über dem Auge ihrer Tochter mit der alten Legende in Verbindung brachte?

»Ihr könnt offen sprechen.«

»Nein. Ich … Es tut mir leid.« Caroline brachte es nicht über sich, ihr Geheimnis einer wildfremden Frau anzuvertrauen, zumal deren Tochter von diesem ebenso betroffen schien wie sie selbst.

»Eine von uns muss beginnen. Ihr tut es nicht, also wage ich den Schritt. Beten wir zu Gott, dass ich mich nicht irre.« Salome goss sich nun ebenfalls von dem Kräutersud ein und setzte sich wieder. Ihr Gast hatte das leichte Zittern ihrer Hände nicht bemerkt. »Ist es Barbaras Muttermal, dessen Anblick Euch in die Glieder fuhr? So ist es doch, nicht wahr?«

Caroline fehlten die Worte.

»Ihr seid für mich eine Fremde, aber ich bin gewillt, Euch mein Vertrauen zu schenken. Nennt es Intuition. Ich irre mich selten, was die Einschätzung eines Menschen betrifft.« Salome hielt Caroline die geöffnete linke Hand hin. Auf dem Handteller prangte der altvertraute Stern.

»O Gott!«, entfuhr es Caroline. »O Gott, ich hatte immer angenommen, es gäbe außer uns keine …«

»Heißt das, Ihr tragt ebenfalls das Mal?« Salomes dunkle Augen wurden groß und rund.

Die Frauen starrten einander an, aufgewühlt bis ins Mark. Caroline erlangte nur mühsam ihre Fassung zurück.

»Gebt acht, dass niemand hereinkommt.« Sie begann sich zu entkleiden, so weit wie nötig, damit Salome den feingezeichneten Stern oberhalb ihres Nabels sehen konnte.

»Wir müssen reden.« Die Epfacher Heilerin war wie vom Donner gerührt. »Ich schlage vor, du bleibst über Nacht bei uns. Wir bringen dich morgen zurück zur Burg.«

»Ich gebe Burkhardt Bescheid.« Da war kein Zögern in Carolines Worten. Sie ordnete ihre Kleider und dachte an Johannes. Hoffentlich würde er die Nacht ohne sie überstehen und sich keine unnötigen Sorgen machen. Ihr selbst graute ein wenig vor dem Gedanken, sich ohne die vertraute Wärme seiner Hand zur Ruhe begeben zu müssen. Dennoch, die Begegnung mit Salome war ein Geschenk, das sie nicht missachten durfte.

*

Johannes stapfte neben seinem Vater durch den Wald. Seine hängenden Schultern verdeutlichten, wie unwillig er diese Unternehmung angetreten hatte.

Ihre Pferde hatten die Männer in einem Verschlag am Rande der Fuchsbauwiese zurückgelassen – Lenker erinnerte sich noch aus seiner Kindheit an den Ort. Der Denklinger Forst war Teilstück eines ausgedehnten Waldgebiets, das sich im Westen bis an die Grenzen der freien Reichsstadt Kaufbeuren erstreckte. Der Duft der immergrünen Fichtennadeln hing Lenker in der Nase, seit sie den Halbschatten des Waldes betreten hatten. Als Junge hatte er den Forst geliebt, selbst wenn die Jagderlaubnis seines Vaters sich auf einen geringen Teil des Waldes beschränkte.

Wolf von Denklingen hatte seinen Spazierstock zurückgelassen. Anstelle dessen trug er auf dem Rücken einen Jagdbeutel sowie seine Armbrust. Für Johannes gab es nur eine Art zu jagen – mit seinem Bogen. Er hoffte auf einen Rehbock oder gar auf einen fetten Fasan, als sie die Spur eines Keilers entdeckten. Wolf von Denklingen pfiff anerkennend durch die Zähne. Die Baumrinde war an vereinzelten Fichtenstämmen mehr als kniehoch abgewetzt, was auf ein gewaltiges Tier schließen ließ. Bei genauerem Hinsehen stießen sie auf die Abdrücke des Keilers im Waldboden, außerdem auf eine stinkende Losung. Die Fährte war frisch.

»Denkt gar nicht daran«, mahnte Lenker, der die Begeisterung im Gesicht seines Vaters nur schwerlich übersehen konnte. »Ohne Hunde und zu Fuß – das Risiko werden wir nicht eingehen. Ihr wisst selbst, was geschieht, wenn der erste Schuss den Keiler nicht niederstreckt – oder die gewaltige Sau, falls wir uns irren. Das Vieh wird auf uns losgehen, und dann möchte ich nicht in Eurer Haut stecken – mit Eurem lahmen Bein.«

»Dir entgeht nichts, wie?« Wolf von Denklingen seufzte. »Wäre gar nicht nötig gewesen, meinen Stock zurückzulassen.«

»Ich habe zwei gesunde Augen im Kopf. Ihr seid für mich ohne Bedeutung, *Vater*, und könnt Euch deshalb gerne die Mühe sparen, mir etwas vorzugaukeln.«

»Lass uns der Keilerspur wenigstens folgen. Ich möchte sehen, mit welchem Kaliber wir es zu tun haben.«

»Selbst das könnte gefährlich werden.«

»Du bist doch flink auf den Füßen, Junge. Was kümmert es dich, wenn ich nicht davonkomme?«

Lenker knurrte und gab nach.

»Diese Caroline scheint ein gutes Mädchen zu sein.« Johannes' Vater hatte geraume Zeit überlegt, wie er es anfangen sollte. Am Ende war ihm kein Weg als der richtige erschienen, aber es musste sein, wenn er auf irgendeine Art und Weise zu seinem Sohn durchdringen wollte. »Willst du sie zum Weib nehmen?«

»Das geht Euch nichts an.«

»Natürlich. Das geht mich nichts an.«

»Ist sie so offensichtlich? Meine Zuneigung?« Gegen seinen Willen war Lenker neugierig geworden.

»Offensichtlicher könnte es nicht mehr sein, Junge. Wenn du das Geld brauchst, um ihr ein Heim schaffen zu können – ich begrüße das. Es wäre schön, wenn du sesshaft werden würdest und ich ein Großpapa, dessen Enkel zu seinen Füßen spielen.«

»Ihr träumt, Wolf von Denklingen. Glaubt Ihr ernsthaft, ich ließe meine Kinder in Eurer Obhut, damit Ihr sie genauso enttäuschen könnt, wie Ihr einst meine Mutter enttäuscht habt? *Und mich?*«

»Ich war ein Narr, Johannes. Euch fortzuschicken war der größte Fehler meines Lebens. Damals lockten mich die vorteilhafte Eheschließung, das Ansehen und das gute Geld. Ich war blind und taub gegenüber meinen Gefühlen für euch. Aber glaub mir eines – es dauerte nur wenige Tage, bis ich meinen Fehler einzusehen begann. Mein Stolz hielt mich davon ab, nach euch zu schicken. Dazu kam mein Weib – wie hätte ich ihr erklären sollen ... Als ich die Suche endlich begann, war es zu spät. Deine Mutter war krank, du hasstest mich.«

»Macht Euch keine Hoffnung, dass sich daran je etwas ändern wird.« Lenker wandte sich ab. Seine Augen tränten, wahrscheinlich war ihm etwas hineingeraten. Entschlossen blinzelte er die Nässe fort, und da entdeckte er aus den Augenwinkeln heraus den Keiler. Wahrhaftig. Das Tier badete faul in den Sonnenstrahlen, die durch die Wipfel der Bäume fielen.

»Dort vorne.« Er wies mit dem Zeigefinger in die Richtung. »Der Keiler.«

»Ich sehe ihn nicht.«

»Wir gehen ein Stück heran.«

Beide Männer waren schlagartig hochkonzentriert. Vorsichtig pirschten sie sich näher, und nun erkannte auch Wolf von Denklingen den ruhenden Keiler mit seinen gewaltigen Hauern. »Der Wind steht gut.«

Johannes schüttelte leicht den Kopf.

»Ich lasse es auf einen Versuch ankommen. Wer weiß, wie oft im Leben ich noch Gelegenheit bekomme, einen solchen Brummer zu erlegen.«

»Ihr seid närrisch.« Wider Willen selbst vom Jagdfieber gepackt griff Johannes nach seinem Bogen. Vor vielen Jahren hatte er zusammen mit seinem Vater einen Frischling erlegt. Er erinnerte sich an das Gefühl des Triumphs. Doch bei einem solch wuchtigen Tier lag die Sache anders.

»Wir schießen gleichzeitig«, ordnete Wolf von Denklingen an und spannte seine Armbrust. »Auf mein Nicken.«

Die Pfeile surrten durch die Luft.

Der Keiler rührte sich nicht.

»Haben wir ihn?«

»Er hat gezuckt.« Johannes zog sein Jagdmesser aus der Scheide und näherte sich bedacht der Beute. »Ich sehe nach.« Schweiß stand ihm auf der Stirn. Geschosse steckten in den Flanken des Tieres. Sein eigener Pfeil war in der Fettschicht stecken geblieben. Der seines Vaters hingegen war bis ins Herz gedrungen und hatte dem Keiler den Garaus gemacht. Das war meisterliche Arbeit. Lenker zog seine Klinge über die Kehle des Tieres. Es war vorüber, ohne dass ein Unglück geschehen war.

»Hier, mein Sohn!« Wolf von Denklingen warf Johannes einen Strick zu, den er seinem Beutel entnommen hatte. »Lass ihn uns aufhängen, damit er ausbluten kann. Das Vieh wird auf dem Heimweg auch blutleer schwer genug sein.«

»Ihr habt an alles gedacht.« Im Nachhinein konnte Lenker nicht fassen, sich auf das gefährliche Jagdunternehmen eingelassen zu haben. Andererseits – er bedauerte es nicht. »Wahrscheinlich ein im Rangkampf unterlegenes Männchen, das seine Herde verloren hat«, mutmaßte er. »Schwer wie eine Frau. Ich möchte nicht wissen, wie der siegreiche Rivale aussehen mag.«

Sie knoteten den Strick um die Hinterläufe des Keilers und mühten sich hernach geraume Zeit ab, die Beute an einem dicken Ast hochzuziehen. Als es geschafft war, baumelte der Schädel des Keilers eine Handbreit über dem Boden.

»Ausnehmen und verwursten soll ihn Gundula, die versteht sich darauf.«

Johannes blieb still, während das Blut aus der Kehle des erlegten Tieres rann. Der Gedanke, was hätte sein können, stimmte ihn melancholisch. Für kurze Zeit waren Vater und Sohn Jagdgefährten gewesen. Für kurze Zeit hatte er Wolf von Denklingen nicht gehasst. »Blutleerer wird das Vieh nicht mehr«, erklärte er schließlich. »Lasst es uns herunterholen und zur Burg schaffen. Ihr habt Eure Zeit gehabt, und, wie Ihr seht, es hat sich nichts verändert.«

*

Salome und Caroline redeten den ganzen Tag über. Es gab unendlich viel zu sagen. Ein Wunder war geschehen, dass sie aufeinandertrafen – ein Wunder, das die Macht hatte, ihrer beider Leben umzuwälzen.

Burkhardt war ohne Einwände gegangen, einen freundlichen Abschiedsgruß auf den Lippen, wie es seinem Naturell entsprach.

Caroline berichtete ausführlich von Emma, wie diese sich ihrer – der wilden Rebellentochter – einst angenommen hatte, und verschwieg dabei nicht, wie schwer ihr das Herz wurde, wann immer sie an die Auseinandersetzung mit ihrer Ziehmutter und den Abschied von Eisenberg dachte.

Die Frauen tauschten sich über die jeweilige Entdeckung ihrer Fähigkeiten aus. Über Parallelen, die sie im Leben der anderen zu finden glaubten.

»Emma begegnete in ihrer Jugend einer Seherin mit dem Namen Sofia. Die alte Frau behauptete, in jeder Generation wäre nur eine Einzige auserwählt, das Sternenmal zu tragen. Was denkst du?«

»Nach allem, was du mir über Gräfin Eisenberg erzählt hast, muss sie etwa in meinem Alter sein. Demnach kann unmöglich stimmen, was Sofia deiner Emma über die Generationen sagte.«

»Barbara ist nicht meine Tochter«, gestand Salome, als die Sonne untergegangen war und das Kind friedlich schlief, der Kater zusammengerollt neben ihr. »Ich wanderte durch die Lande und verdingte mich hie und da als Heilerin. Es reichte zum Leben, aber ich war nie sicher. Als allein reisende Frau …« Sie winkte ab. »Du kannst es dir vorstellen, bist ja als Mädchen einen ähnlich einsamen Weg gegangen. Irgendwann verschlug es mich hierher, und ich fühlte mich von dem verfallenen Haus – es standen nur noch die Grundmauern – unwiderstehlich angezogen. Ich hörte die Legende von Herluka und beschloss zu bleiben. Die Dörfler nahmen mich nach anfänglicher Zurückhaltung freundlich auf – obwohl ich vom fahrenden Volk abstamme, wie du dir sicherlich schon gedacht hast. Ich glaube, viele von ihnen bereuen, was man Herluka und den Frauen einst angetan hat.«

Caroline hörte aufmerksam zu. Obwohl es spät wurde, verspürte sie nicht den geringsten Anflug von Müdigkeit.

»Ich lebte etwa ein knappes Jahr an diesem Ort, als Barbara zu mir kam. Die Männer des Dorfes haben mir als Gegenleistung für kostenfreie Behandlungen während der Bauzeit geholfen, das Haus wieder aufzubauen. In einer Nacht wurde ich durch ein jammervolles Wimmern geweckt. Ein Schauder lief mir über den Rücken. Es ist recht einsam hier draußen. Zitternd und barfüßig öffnete ich die Tür – und da war sie. Meine Barbara. Ein kleines Würmchen mit rotem Flaum auf dem Kopf und dem Muttermal über der Braue. Was soll ich sagen … Ich habe bis heute nicht erfahren, woher sie kommt und wer ihre Eltern sind. Es ist mir all die Jahre über ein Rätsel geblieben, wer von meinem Geheimnis weiß und dieses kleine Mädchen, das mir – und dir – so ähnlich ist, in meine Obhut gegeben hat.«

»Ich nehme an, du hast nie über dein Mal gesprochen?«

»Nein, niemals.«

»Hattest du je eine Vision, ich meine, hast du Herluka jemals gesehen?«

»Ich habe es versucht, aber es gelingt mir nicht. Genau wie du sehe ich verschiedene Dinge, Menschen und Begebenheiten. Herluka und ihre Frauen waren nie darunter.«

»Es scheint mir ein Segen.« Caroline lächelte nachdenklich. »Unsere Begegnung, deine Barbara ... Es ist, als täte sich plötzlich ein Weg auf, wo zuvor keiner war.«

»Ich habe in den Grundmauern des Hauses etwas gefunden.« Salome erhob sich und öffnete eine Truhe. Beinahe feierlich streckte sie Caroline zwei Gegenstände hin. »Ich glaube, diese Dinge stammen von Herluka. Bisher wagte ich es nie, das Dokument jemandem zu zeigen. Wohl mag ich die Natur kennen und ihre mannigfaltige Heilkraft, doch des Lesens und der lateinischen Namen von Pflanzen und Kräutern bin ich nicht mächtig, deshalb ...«

Auf das Äußerste gespannt entrollte Caroline das alte Dokument und las laut vor:

> *»Du schaust die Herrin,*
> *Prophetin des Lichts.*
> *Bewahrerin des Schatzes,*
> *des ewigen Vermächtnisses.*
>
> *Der Stern zeichnet dich.*
> *Erkorene. Erwählte.*
> *Hüterin des heiligen Mysteriums.«*

Beide Frauen mussten das Gelesene sacken lassen.

»Lies es noch einmal«, bat Salome schließlich.

Caroline wiederholte die Worte auf dem Papier. »Der Stern zeichnet dich«, flüsterte sie ehrfurchtsvoll. »Hüterin des heiligen Mysteriums.«

»Damit ist Herluka gemeint. Was denkst du?«

»Das glaube ich auch. Zeig mir den Stein«, bat Caroline. Salome reichte ihn ihr.

»Oh, er ist ja warm!«

»Es ist ein Stein. Ich bewahre ihn in der Truhe dort auf, du hast selbst gesehen, wie ich ihn herausnahm. Er kann nicht warm sein, und doch ist er es. Ich empfinde es genauso.«

»Die Zeichen darauf«, Caroline betrachtete die eingemeißelten Symbole, »kannst du sie deuten?«

»Ich habe es versucht. Der Stern steht sicherlich für das Sternenmal, das Kreuz für den Glauben, und das Auge könnte …«

»… ein Zeichen für die Visionen sein.«

»Genau. Die welligen Linien, vielleicht weisen sie auf die Heilkraft der Hände hin. Bei den übrigen Symbolen weiß ich nicht weiter.«

»Es sind sieben Zeichen eingraviert.« Caroline wischte sich über die Augen. Es war viel, was an diesem Tag auf sie einstürzte. »Sieben Zeichen auf dem Stein, sieben Zeilen auf dem Pergament, sieben Zacken hat das Mal«, überlegte sie.

»Da besteht ein Zusammenhang, ganz sicher.«

»Lass uns versuchen, mehr herauszufinden«, schlug Caroline vor. »Wir sind jetzt zu zweit. Vielleicht gelingt es uns. Es kann kein Zufall sein, dass wir uns begegnet sind.«

»Da stimme ich dir zu. Ich bin es Barbara schuldig, alles in meiner Macht Stehende dafür zu tun. Wenn es eine Wahrheit hinter all dem gibt, so will ich sie kennen und ihr mitteilen können, wenn sie älter geworden ist. Caroline, meine Schwester im Geiste. Ich bin froh, nicht länger allein zu stehen.«

»Mir geht es genauso. Emma zuliebe habe ich nie etwas unternommen, nie Nachforschungen angestellt. Nun scheint die Zeit gekommen. Johannes erzählte mir von den Aufzeichnungen eines Vorfahren oben auf der Burg.«

»Der Herr von Denklingen«, nickte Salome. »Der Legende nach soll er es gewesen sein, der die Frauen einst vor den aufgebrachten Dörflern warnte.«

»Ich werde mir die Aufzeichnungen ansehen. Vielleicht finde ich einen Hinweis darin, der uns nützlich sein kann.«

»Das ist ein Anfang, meine Liebe. Aber nun genug von alten Mysterien. Es ist schon spät, und ich will nicht versäumen, dich nach dem Mann zu fragen, bei dessen Erwähnung deine Wangen sich röten. Johannes, nicht wahr?«

»Ja.« Caroline wurde warm. Sie konnte es sich selbst nicht erklären. »Weißt du, ich bin nicht geschaffen für eine Beziehung, wie Mann und Frau sie führen …« So begann sie zu erzählen und offenbarte Salome nach und nach all die verwirrenden Gefühle, die sie mit Johannes Lenker verbanden. Je länger Caroline sprach, desto breiter wurde das Lächeln der älteren Frau. Bis galoppierende Pferdehufe das Gespräch abrupt unterbrachen.

10

Marzan wusste nicht weiter. Es war zum Verzweifeln. Emma verbrachte täglich Zeit mit ihren Kindern, verhielt sich ansonsten aber lethargisch und krank wie ein gebrochenes altes Weib, das sich vom Leben nichts mehr weiter als ein Bett zum Sterben erwartete.

Es drängte ihn danach, selbst etwas für Emma zu tun, und so bat er schließlich seine Frau um Rat. Franziska, die als Emmas Busenfreundin und engste Vertraute alles versuchte, ihr zu helfen, empfahl ihrem Mann, die trauernde Witwe zu einem Spaziergang durch die Stadt einzuladen, damit sie unter Menschen käme. Es war beileibe kein einfaches Unterfangen, die Gräfin dazu zu bewegen, das Haus zu verlassen, doch am Ende begleitete sie Marzan. Der frühmorgendliche Nebel hatte sich gelichtet, und der Tag des heiligen Anselm von Nonantola versprach blauen Himmel und Sonnenschein. Emma wirkte im hellen Tageslicht mehr wie ein ausgemergeltes Gespenst denn wie eine Frau aus Fleisch und Blut. Eriks Tod hatte sie ihre Schönheit gekostet und, schlimmer noch, ihr jeden Mut geraubt. Marzan fiel es schwer zu glauben, dass dies das gleiche Mädchen war, mit dem er als junger Mann sein Leben hatte verbringen wollen – ehe sie beide von dem engen Verwandtschaftsgrad erfahren hatten, der sie miteinander verband.

Emma hatte eine Familie, für die es sich zu leben lohnte. Es war an der Zeit, sie daran zu erinnern. Wenn schon nicht um ihrer selbst, so wenigstens um ihrer Kinder willen musste sie ins Leben zurückfinden. Ein Bummel über den Markt in der Nähe des Perlachturms schien ihm das Richtige. Obst und Gemüse, Pflanzen und Kräuter gab es dort zu kaufen. Emma war eine Heilerin, sicherlich würde die angebotene Vielfalt ihren Augen ein wenig von dem Strahlen zurückgeben, das der erlittene Verlust ihr genommen hatte.

Beim Schlendern entlang der reich bestückten Stände kam zum ersten Mal seit Eriks Tod die alte Emma zum Vorschein. Sie bewunderte die Rosinen, Schlehen und Mandeln, kaufte Feigen für ihre Kinder. Sie feilschte mit den Händlern um Minze, Flieder, Liebstöckel und Kümmel, plauderte mit den Weibern über die Qualität von Pfeffermehl und hatte am Ende zwei prall gefüllte Körbe mit Kräutern und getrockneten Pflanzen aus aller Welt erworben. Dazu zwei Gewächse in Übertöpfen, von denen er nicht zu sagen wusste, was es war. Lächelnd bedeutete Marzan seinem Hausknecht, der Gräfin ihre Einkäufe abzunehmen und sie zu seiner wartenden Kutsche zu schaffen.

»Es scheint dir gefallen zu haben, Schwester.« Graf Hohenfreyberg legte Emma kurz die Hand in den Nacken, eine ihnen beiden aus Kindertagen vertraute Geste.

»Ich danke dir für diesen Tag.« Emma hakte sich bei ihm unter. »Für eine Weile habe ich mich wie ein Mensch unter Menschen gefühlt. Es ist schwer, weißt du, schwerer selbst, als ich geglaubt habe. Da sind die Kinder, aber – Gott verzeih mir – sie sind nicht genug. Erik fehlt mir. Er fehlt in jeder Ecke und Nische, er fehlt tief in mir drin, mit jedem Atemzug, den ich tue …« Sie hielt abrupt inne. »Lass uns weitergehen. Ich möchte den schönen Tag nicht verderben.«

Marzan fiel nichts zu sagen ein, außer wie leid es ihm tat, und das reichte bei weitem nicht aus, so viel wusste selbst er, der sich schwertat mit solchen Dingen. So bogen sie schweigend in eine der Gassen ein, die in Richtung des Perlachturms führte. Dorthin hatte Marzan seine Kutsche bestellt. Beide hingen eigenen Erinnerungen nach. Emma entsann sich der Gefangenschaft in einem dunklen, modrigen Augsburger Keller, wohin die Söldner des württembergischen Herzogs sie entführt hatten, weil sie gewagt hatte, der Herzogin Sabina beizustehen. Damals waren Franziska und ihre jüngeren Kinder Stefan und Johanna bei ihr gewesen. Erik hatte sich zu dieser Zeit drüben im Württembergischen aufgehalten und nichts von der Entführung geahnt. So hatte keiner von ihnen gewusst, ob sie jemals wieder Tageslicht sehen würden. Neun Jahre lag dieses schreckliche Erlebnis nun zurück.

Marzans Gedanken wanderten ebenfalls ein gutes Jahrzehnt in die Vergangenheit. Nach seiner wohlbehaltenen Rückkehr aus der Neuen Welt hatte er sich unter dem falschen Namen Marc Frey in Augsburg niedergelassen und in den Armen einer Witwe Trost gesucht. Alles nur, um die aussichtslose Liebe zu vergessen, die ihn an seine Halbschwester band.

»Hast du dich je an diese Trippen gewöhnen können?« Unerwartet stieß Emma die Frage hervor. Sie hatte nach einem Gesprächsstoff gesucht, der nicht ihren verstorbenen Mann zum Thema hatte. Der Marktbesuch hatte sie abgelenkt, doch nun kostete es sie große Anstrengung, einfach so mit Marzan durch die Straßen zu schlendern. Sie wünschte sich zurück ins Haus, wo sie sich ungestört ihrer Trauer hingeben konnte. Stattdessen wackelte sie betont munter mit den Füßen, welche in den ihr verhassten hölzernen Überschuhen steckten. Die Trippen waren notwendig, wollte man sich die Kleider nicht mit dem Unrat verderben, der überall auf den Wegen lag. Die Augsburger Bürger entledigten sich ihrer Abfälle, indem sie sie aus den Fenstern kippten, verfaulende Obst- und Gemüsereste ebenso wie den Inhalt ihrer Nachttöpfe. Der Stadtrat versuchte seit Jahrzehnten vergebens, dagegen vorzugehen. Der Dreck, durch den man in manchen Stadtvierteln knöcheltief watete, lockte Ratten und streunende Köter an. Längst nicht überall waren die Straßen gepflastert, so dass der Schmutz sich ungehindert mit dem Erdreich verbinden konnte, woraus eine stinkende, matschige Brühe entstand.

»Ich mag die Stadt. Ihre Lebendigkeit und ihre Möglichkeiten. Aber daheim auf Hohenfreyberg, wo ich die Trippen nicht brauche und in die Ecke schleudern kann, gefällt es mir doch am besten. An manchen Tagen stinkt es wirklich ekelhaft.« Marzan zog eine Grimasse, was ihm verwunderte Blicke vorübereilender Passanten eintrug. Sein Gesicht war in der Stadt bekannt, er war ein Vertrauter Jakob Fuggers, ein angesehener Handelsherr und mit den meisten Mitgliedern des Stadtrats gut Freund.

Emma lachte auf, und das war ihm die schiefen Blicke der Augsburger wert. Im nächsten Moment verlosch ihre aufblitzende Fröhlichkeit, als hätte man einen Kübel Wasser über ihr ausgeschüttet. Sie begann zu schwanken, die Augen starr auf den Perlachturm geheftet, der nur noch etwa die Länge eines Ackers von ihnen entfernt stand. Seit Eriks Tod hatte sie weder ihr Herz noch ihre Visionen länger unter Kontrolle.

»Emma?« Marzan hielt seine Schwester fest und blickte hinüber zum Turm. Er verstand nicht, was sie dort so fesselte.

Sie war federleicht in seinen Armen und antwortete ihm nicht. Er fluchte selten, aber in diesem Augenblick hätte er es gern getan. Er kannte Emma und wusste, was mit ihr war. Ihr Geist war fort.

Der Perlachturm, den Emma vor sich sah, war jüngeren Baujahrs als jener, vor dem sie eben noch zusammen mit Marzan gestanden hatte. Auf halber Höhe hatte man eine seltsame Konstruktion an der Außenwand befestigt, eine Art Käfig. Vier Männer waren darin gefangen, mit eisernen Fesseln aneinan-

dergekettet. Sie sahen erbärmlich aus, die Wangen waren eingefallen, die Augen lagen in tiefen Höhlen. Arme und Beine waren so dünn, dass sie den Gliedmaßen von Kindern ähnelten. Ein grotesker Anblick.

Der Mund eines Mannes war blutverschmiert. Die Beine eines anderen waren voll blutiger Wunden. Bis gestern noch hatten die Verurteilten täglich miteinander gebetet, den Schmähworten der Passanten mit dem »Salve Regina« getrotzt. Das war nun vorbei, ihre Kraft war geschwunden, verzehrt von Hunger und peinigendem Durst.

Einer der skelettartigen Gefangenen bewegte sich, unendlich langsam und mühevoll, gerade so weit auf den nächsten Mann zu, wie die Fesseln es ihm erlaubten. Der Hunger, so schien es, hatte seinen Geist verwirrt.

»Tu es nicht!«, schrillte eine Frauenstimme von unten.

»Langsam ist es genug mit dem erbärmlichen Schauspiel«, knurrte ein ehrsamer Bürger.

Der Gefangene hörte nicht. Er sah Fleisch vor sich und biss zu.

»Tut mir leid.« Emma blickte Marzan entschuldigend an. Ihre Augen waren wieder klar.

»Geht es?« Er ließ sie erst los, als er sicher sein konnte, dass sie fest auf eigenen Beinen stand. »Ich habe den Leuten bedeutet weiterzugehen … Was hast du gesehen?« Die Neugierde, die er immer im Bezug auf ihre Visionen gespürt hatte, trieb ihn an.

»Seit Eriks Tod ist es, als wäre ein Damm gebrochen. Ich verlasse kaum das Haus, und dennoch quälen mich die Visionen. Es gibt keinen Zusammenhang zwischen den Bildern. Fast so, als wäre der Schleier der Zeit, mit dem wir alle verwoben sind, an einer Stelle zerrissen. Mir ist jede Kontrolle entglitten.« Sie schilderte ihm in knappen Worten das grauenvolle Geschehen am Perlachturm.

»Die Begebenheit ist in den Annalen der Stadt verzeichnet.« Obwohl er mit ihrer Gabe vertraut war, versetzte es Marzan stets aufs Neue in Erstaunen, dass sie fähig war, Vergangenes und manchmal auch Zukünftiges lebendig vor sich zu sehen. »Vier Geistliche, die angeklagt waren, die stumme Sünde wider die Natur getrieben zu haben. Die Stadtväter gingen hart mit ihnen ins Gericht. Sie fanden es wohl an der Zeit, in aller Öffentlichkeit ein Exempel zu statuieren und jene Sünder, die im Verborgenen gleichgeschlechtlichen Umgang miteinander pflegten, dadurch streng zu ermahnen. Die Männer sind dort drinnen gestorben.«

»Es war der letzte Tag, den ich sah. Neun Tage lang hungerten sie, wurden geschmäht und …« Emma sprach nicht weiter. Marzan musste nicht erfahren, wie der Mann seine Zähne in das lebendige Fleisch des Gefährten gegraben hatte. Wie ein Tier, bar jeder Menschlichkeit.

»Wir wollen weiter. Ein Stück um den Turm herum, dort wartet die Kutsche auf uns.« Marzan drängte es jetzt, in sein Stadthaus zu kommen. Emma hatte genug Aufregung für einen Tag gehabt. Was sie ihm über ihre Visionen verraten hatte, machte ihm Sorgen.

Vor dem Portal des Turms flehten invalide Bettler – zumindest gaben sie sich als solche aus – um milde Gaben. Überhaupt ging es lebhafter zu, seit sie auf den Platz vor dem Turm getreten waren. Es herrschte dichtes Menschengedränge. Der Geruch von frischem Brot lag in der Luft und legte sich über den allgegenwärtigen Gestank. Marzan suchte mit den Augen nach seiner Kutsche, während Emma eine junge Frau beobachtete, die zwei kleine Kinder an den Händen führte. Ihre linke Gesichtshälfte und die Nase waren von einem roten Ausschlag und schorfigen Kratzspuren übersät. Die kleinen Punkte sahen nicht bedrohlich aus, juckten aber – wenn sie richtig vermutete – fürchterlich.

Emma glaubte zu wissen, was der Fremden fehlte, und überlegte schon, ihre Hilfe anzubieten, da entdeckte sie Erik. Er stand hinter der Frau, reglos inmitten des munteren Treibens, und sah sie unentwegt an.

»Hilf mir«, sie las die Worte von seinen Lippen ab. »Hilf mir, Liebste.«

Emmas schwarze Pupillen wurden riesengroß. Sie stürzte los, auf ihren Mann zu, der tot war und dennoch mitten in Augsburg auf diesem Platz stand. In ihrer Hast stieß sie die Frau mit dem Ausschlag an und rempelte sie beinahe um.

Marzan starrte seiner Schwester hinterher, die lauthals Eriks Namen schrie. Im ersten Moment war er so erschrocken, dass er sich nicht vom Fleck rühren konnte. Dann nahm er die Beine in die Hand, um die wild Gewordene zur Ordnung zu rufen. Was war geschehen? Hatte Emma den Verstand verloren?

11

Caroline betrachtete Lenkers schlafende Gestalt. Seit jener Nacht, in der er wie der Teufel zu Salomes Haus geritten war, schlief er Abend für Abend neben ihr in der Kammer der Mägde ein. Sie wusste nicht, weshalb sie ihm eine solche Nähe gestattete. Sie tat es einfach. Wie versprochen beschränkte er sich darauf, ihre Hand zu halten. Stattdessen war sie es, die verwegen damit begann, ihn zu berühren, sobald sie sicher sein konnte, dass er tief und fest schlief. Sacht strich sie über seine Locken, spürte den kratzigen Bart an ihren Fingerkuppen und erinnerte sich an das Gefühl seiner Hände auf ihrem Körper. Sie träumte davon, ihn noch einmal zu küssen, und verdammte sich im selben Moment für dieses Verlangen. Niemals, hatte sie sich geschworen, würde sie die Frau eines Mannes sein. In dieser Nacht, als sie sich Stück für Stück näher zu ihm hin schob und schließlich Geborgenheit in seiner Armbeuge fand, wachte er auf. Sie bemerkte es an seinem veränderten Atem und dem krausen Lächeln, das in seinen Mundwinkeln spielte.

»Keine Angst«, flüsterte er, seine Lippen an ihrem Ohr. Dann begannen seine Finger, ihren Nacken und ihren Rücken zu kraulen. Mehr tat er nicht, aber er tat es so lange, bis der Schlaf sie übermannte.

Salome war nicht dafür gewesen, Johannes – einen ihr völlig Fremden – in das Geheimnis einzuweihen. Doch Caroline war es mit dem tiefen Vertrauen, das sie Lenker entgegenbrachte, gelungen, die Epfacher Heilerin zu überzeugen.

Seit dem Tag ihres Kennenlernens war sie häufig zu Salome geritten. Nie ging den Frauen der Gesprächsstoff aus. Oft saß Barbara still bei ihnen, Fleck auf dem Schoß. Insgeheim fragten sie sich, wie viel die Siebenjährige verstand.

Burkhardt und Johannes zeigten Caroline in der kleinen Bibliothek die Aufzeichnungen des Denklinger Ritters. Der Ahnherr der beiden Brüder hatte seinen Alltag in ledergebundenen Büchern festgehalten, Jahr für Jahr. Die Bücher standen in Reih und Glied und zeigten Spuren des Alters und der Abnutzung. Häufig fanden sich Bemerkungen zum Wetter, zu Festen und Heiligentagen. Kleine und große Anschaffungen waren notiert worden, die Mengen gekauften Saatguts und die Ernteeinfuhr.

Obwohl Burkhardt gewohnt freundlich war, herrschte eine angespannte Stimmung zwischen den Brüdern, die sie nicht recht zu deuten wusste. Sie konnte nicht ahnen, dass Burkhardt Johannes ihren Aufenthaltsort in jener Nacht bei Salome verschwiegen hatte und Lenker sie auf eigene Faust hatte finden müssen.

Die Niederschrift lautete genau so, wie Lenker ihr aus dem Gedächtnis erzählt hatte. Zuerst war Caroline enttäuscht, doch dann trumpfte Johannes mit einem späteren Jahrbuch auf. In den regelmäßig geführten Aufzeichnungen hatte er einige Textpassagen entdeckt, die sich auf Herluka bezogen. Sie las begierig:

Der Gedanke an die wundersame Frau aus dem Wald beließ mir weder Rast noch Ruh', so dass ich solcherweise zu dem Entschluss fand, sie aufzusuchen. Frau Herluka willkommte mich freundlich und gewährte mir – obschon zahlreiche Bittsteller ihrer harrten – die Gunst einer Unterredung. Auf meine ersuchende Nachfrage hin, was genau mit den räuberischen Wölfen vor sich gegangen sei, mochte sie mir nichts entgegnen. Dennoch ging ich beflügelt von ihr, überzeugt von der Annahme, diese freundliche Frau mag ein von Gott gesandter Engel sein.

...

An dem heutigen Tag erreichte mich die Bitte, bei Frau Herluka vorstellig zu werden, jenem Weib, dem ich mein Leben verdanke. Ich machte mich unverzüglich auf und fand sie dort, im Kreise ihrer Frauen sitzend. Frau Herluka legte mir ihre Sorge dar, die ich – so wenig es mich verlangt, dies einzugestehen – ermessen kann. Ebendieser Sorge wegen richtete sie ein Ansinnen an mich, der ich der Einzige bin, dem sie neben ihren Frauen zu vertrauen scheint. Das Versprechen, das Frau Herluka mir abnahm, bin ich gewillt zu erfüllen, sollte jemals das eintreten, was wir alle kaum zu denken, geschweige denn vorzubringen wagen. Ich bewundere den Mut dieser Frau. Sie erteilte mir genaue Weisungen, die mich zu meinem beträchtlichen Bedauern argwöhnen lassen, dass diese guten Frauen in großer Furcht ihr Leben fristen. Gott mit ihnen!

...

Es ist so weit. Die Fackeln brennen. Der liebe Herrgott steh ihnen bei!

Carolines Augen flackerten aufgeregt. Sie suchte Johannes' Blick.

Burkhardt hatte Muße, sich wohl zum hundertsten Mal zu fragen, weshalb der alte Herr den Bastard mehr liebte als den Erben. Johannes' Heimkehr ließ wahr werden, was er insgeheim immer befürchtet hatte. Er begriff, dass er im Moment in der Bibliothek fehl am Platze war. Selbst wenn sein Bruder die Beziehung mit Caroline nicht öffentlich machen wollte, so war er doch von der Liebschaft der beiden überzeugt. Wohin sonst, wenn nicht zu Caroline, sollte Lenker in den Nächten gehen, in denen er das gemeinsame Bett verließ?

Ehe er sich zurückzog, griff Burkhardt zielgerichtet nach einem der Jahrbücher und steckte es unbemerkt unter sein Hemd.

»Herluka hat deinem Vorfahr ein Versprechen abgenommen«, erklärte Caroline, sobald Burkhardt die Tür hinter sich geschlossen hatte. »Hier. Lies selbst.« Sie deutete auf die betreffenden Passagen. »Er sollte etwas für sie tun. Einen Gefallen.«

»Was mag es gewesen sein?«

»Lass uns damit Salome aufsuchen. Sie muss es erfahren.«

»Wenn ich dadurch dem Dach meines Vaters eine Weile entfliehen kann …«, murmelte Lenker und fing sich einen strafenden Blick von Caroline ein.

»Er tut wirklich alles, um seinen Fehler wiedergutzumachen«, mahnte sie ihn. »Das siehst du selbst.«

»Alles ist nicht genug«, erklärte Johannes stur und sah den gebrochenen Blick seiner Mutter vor sich. »Wir wollen uns auf den Weg machen.«

Der kurze Frühlingseinbruch war nicht von Dauer gewesen. Es regnete, und die Wege waren matschig.

Nach ihrer Ankunft versorgte Salome ihre Besucher mit Tüchern zum Trockenreiben. »Wärmt euch auf und dann verratet mir, was euch bei diesem Hundewetter vor die Tür getrieben hat.«

Caroline holte die Bücher hervor, die sie zum Schutz vor der Nässe unter ihr Kleid gesteckt hatte. Laut las sie vor, was sie entdeckt hatte.

»Heilige Muttergottes, das ist ja tatsächlich ein Hinweis! Mehr, als ich zu hoffen wagte.« Salome hob die kleine Barbara hoch und tanzte ausgelassen mit ihr durch die Stube. Fleck strich um ihre Beine und versuchte durch lautes Miauen, die Aufmerksamkeit auf sich zu lenken.

»Kannst du mir den Stein geben«, bat Caroline. »Ich möchte etwas versuchen.«

Salome holte den rätselhaften Stein aus der Truhe hervor und reichte ihn der jüngeren Frau. Wieder fühlte er sich warm an in ihrer Hand, beinahe heiß.

»Hier.« Sie gab den Stein weiter an Johannes.

»Interessant.« Lenker studierte aufmerksam die Symbole.

»Spürst du etwas?«

»Nein.«

»Der Stein ist nicht warm?«

»Es ist ein Stein, und er fühlt sich genauso an. Kalt.«

»Wie wir es uns gedacht haben.« Salome erklärte Lenker, was es mit der Fragerei auf sich hatte.

»Wenn ich es nicht besser wüsste, ich müsste annehmen, ihr alle wärt dem Wahnsinn verfallen.« Seine Worte waren nur zum Teil im Scherz gesprochen. Ein anderer Teil von ihm meinte es bitterernst. Er sorgte sich sehr um Caroline und war nicht sicher, ob es ihm gefiel, dass mit Salome und dem Kind zwei weitere Menschen auf den Plan getreten waren, die Carolines Aufmerksamkeit auf das Sternenmal lenkten. Er konnte ihre Faszination verstehen, nichtsdestotrotz machte ihm ihre Gabe weiterhin Angst. Sie hatte begonnen, seinen Vater zu behandeln, und ihm war nicht entgangen, dass der Stock des alten Herrn seither immer öfter nutzlos in der Ecke stehen blieb.

Am Abend verfasste Caroline einen Brief, wobei sie eine umgedrehte Holzkiste als Unterlage verwendete. Sie zog die Abgeschiedenheit ihrer Kammer dem Schreibpult in der Bibliothek vor und nahm die Unbequemlichkeit gerne in Kauf. Der Herr von Denklingen hatte ihr freundlicherweise Feder und Pergament zur Verfügung gestellt. Sie schrieb an Sofia und Isabel und berichtete darin alles, was vorgefallen war.

… Ich bete tagtäglich zum lieben Herrgott, eure Mutter möge mir Vergebung gewähren für das, was zwischen uns vorgefallen ist. Bestellt ihr bitte meine herzlichsten Wünsche und Grüße und zugleich meine tief empfundene Entschuldigung. Emma muss wissen, was mir hier widerfahren ist …

Caroline blickte hoch, als Johannes in seinem weißen Nachthemd zur Tür hereinschlüpfte. Selbst wenn sie es kaum zugegeben hätte, so hatte sie sich in den zurückliegenden Tagen an seine Gegenwart gewöhnt. Sie mochte seine Nähe. Seine Wärme und seinen Geruch.

»Lass mich etwas versuchen.« Er kam näher.

»Was denn?«

»Schließ die Augen.«

»Johannes ...«

»Schhhh, vertrau mir.«

Caroline fühlte seinen Mund federleicht über ihre Lippen streichen. Sein Atem war warm auf ihrer Haut. Ihr Körper prickelte, Schwindel überkam sie. Er küsste sie lange und keusch, ehe seine Zunge ihre Lippen teilte und vorsichtig die warme Höhle ihres Mundes erkundete. Ihr gefiel das Spiel seiner Zunge. Es war neu und fremd. Wie von selbst küsste sie ihn zurück. Ihre Zunge tanzte mit seiner. Gerade als sie zu wünschen begann, der Kuss möge niemals enden, hörte er auf.

Er setzte sich aufs Bett und betrachtete sie. Ihre Wangen waren tiefrot.

»Du mochtest es«, stellte er fest.

»Den Kuss?«

»Ja, den Kuss.«

»Ich mochte ihn«, gab sie zu.

»Darf ich dich etwas fragen?«

»Ich weiß nicht ...« Caroline war keineswegs sicher, ob ihr die Intimität gefiel, die plötzlich in der kleinen Mägdekammer herrschte.

»Wenn ich nachts neben dir liege«, Lenker ließ sie nicht aus den Augen, »hast du dir jemals vorgestellt, wie es wäre, mich zu berühren?«

»Ich berühre dich doch. Ich halte beim Einschlafen deine Hand.« Sie zitterte leicht. »Du bist mein Freund.«

»Weich mir nicht aus«, bat er. »Hast du?«

»Nein ... Ja, habe ich«, gestand sie leise.

»Bitte, wenn es so ist, dann lauf jetzt nicht fort. Warte einfach ab.« Lenker zog sich sein Nachthemd über den Kopf und stand nackt vor ihr. Sie sog erschrocken die Luft ein. »Ich lege mich ins Bett, und ich werde nichts tun, ich halte mein Wort. Wenn du möchtest, komm zu mir und berühre mich, wie du es dir vorgestellt hast.«

»Das kann ich nicht.« Carolines Zittern wuchs sich zu einem heftigen Schüttelfrost aus. Ihr war heiß und kalt zugleich. Ein lodernder Knoten saß in ihrem Magen.

»Ich liege einfach hier und warte ab.« Johannes verschränkte die Arme über dem Kopf und schloss die Augen. Er hatte die Decke nicht über sich gezogen, so dass sie ihn in seiner ganzen Pracht bewundern konnte.

Um ihre Gedanken von dem nackten Mann auf dem Bett abzulenken, beschloss Caroline, ihren Brief zu beenden. Wenn sie ihn nur lange genug ignorierte ... Ihre zuvor klare Schrift war zittrig, und sie brachte nicht viel mehr zustande als herzliche Grüße an all die Lieben auf Eisenberg. Die Zeit verstrich. Lenker regte sich nicht. Ob er eingeschlafen war? Nein, sie hatte genug Zeit neben ihm verbracht, um seinen wachen Atem von seinem gleichmäßig schlafenden unterscheiden zu können.

»Johannes?«, fragte sie zaghaft.

Es kam keine Antwort.

Mit einem gequälten Seufzer ging sie zum Bett und kroch unter die Decke. Schlaf einfach ein, sagte sie sich, schlaf einfach ein. Es gelang ihr nicht. Der Mann neben ihr verharrte bewegungslos. Weil er die Augen weiterhin geschlossen hielt und sie sich dadurch unbeobachtet fühlte, wagte sie, ihn zu betrachten. Er hatte Gänsehaut.

»Du frierst ja«, murmelte sie, und schon strichen ihre Hände über seine Arme. Seine Haut fühlte sich gut an. Sie berührte seine Locken, wie sie es in den vergangenen Nächten heimlich getan hatte. Das Kratzen seines Bartes prickelte in ihren Handflächen. Seine Brust war breit und glatt, nur wenige dunkle Härchen sprossen darauf. Ein schmaler Haarstreifen führte von seinem Nabel hinunter zu dem lockigen Nest zwischen seinen Beinen. Caroline entging nicht, wie seine Männlichkeit sich regte und groß und steif wurde. Ihr Herz setzte einen Schlag lang aus. Aber er hatte versprochen, ihr nichts zu tun. Sie fuhr fort, ihn zu streicheln. Verwundert über den eigenen Mut setzte sie sich auf, um mehr Bewegungsfreiheit zu haben. Dann berührte sie seine Fußsohlen und Zehen, was sein Körper mit einem leichten Zucken quittierte, seine Waden, seine Knie, seine Schenkel, an deren empfindlicher Innenseite sie aufhörte. Johannes entschlüpfte ein leises Stöhnen, ansonsten blieb er stumm. Wie sich das Haar zwischen seinen Beinen anfühlen mochte? Caroline musterte sein Gesicht mit den geschlossenen Augen. Wenn sie nur ganz kurz hinfasste, bemerkte er es vielleicht nicht einmal. Langsam führte sie die Hand zu dem krausen Busch und streifte die Härchen leicht. Es fiel ihr schwer, sein pochendes Glied zu ignorieren. Es machte ihr Angst und löste gleichzeitig Empfindungen in ihr aus, für die sie keine Worte kannte.

Ob es ihm gefallen würde, wenn sie ihn küsste? Ihre Lippen streiften seinen Mundwinkel, wanderten weiter zu seinen Wangen und hinunter zu seinem Hals.

»Ich bin ganz dein«, flüsterte Johannes, und so küsste sie seine Brust und die festen Brustwarzen, die viel kleiner waren als ihre eigenen. Sie fand ihn schön. Begehren regte sich in ihr, ein Aufwallen der Leidenschaft, wie Caroline sie nie kennengelernt hatte. Sie legte den Kopf auf seine Brust und lauschte dem kräftigen Schlag seines Herzens. Da zog Johannes die Decke über sie beide und hielt sie fest in den Armen.

»Gute Nacht, mutige Caroline.« Er drückte ihr einen Kuss auf das Ohr.

Caroline konnte nicht ahnen, wie viel Beherrschung es ihn kostete, ihr so nahe zu sein. Er nackt, sie in ihrem Nachthemd. Johannes hingegen wusste nicht – wagte nicht zu hoffen –, wie groß ihre Enttäuschung war, als die Entdeckungsreise zu Ende ging. Sie konnte es sich selbst nicht erklären.

Am Morgen, Johannes schlief noch, dachte sie an den Symbolstein, um sich von seinem nackten Körper abzulenken. Es schien, als könnten nur die Trägerinnen des Sternenmals die unerklärliche Wärme des Steins fühlen.

»Hast du gut geschlafen?« Lenker öffnete die Augen, und das spitzbübische Leuchten darin bezauberte sie.

Das machtvolle Herannahen einer Vision hingegen traf sie in diesem Moment völlig unvorbereitet. Sollte sie sich dagegen wehren? Konnte sie es?

Das Morgenlicht flimmerte vor ihren Augen. »Johannes, ich sehe etwas«, stieß sie hervor. »Bitte … hab keine Furcht.« Und schon flog ihr Geist davon, hin zu dem Ort, den das Schicksal gewillt war ihr zu zeigen.

Die Äbtissin des Klosters auf dem Rupertsberg hielt sich aufrecht, während sie am Fenster stand, die Hände gedankenverloren vor der Brust gefaltet, den Blick nach draußen in die Ferne gerichtet. In ihrem Studierzimmer war es kühl. Zeitlebens hatte sie Kälte als erquicklich und belebend empfunden. Wärme hingegen machte den Geist träge und schläfrig.

Hildegard von Bingen wandte sich vom Fenster ab. Ihre kerzengerade Haltung konnte die zweiundsiebzig Jahre ihres Lebens nicht verbergen. Selbst das dämmrige Licht in dem Raum reichte aus, die faltige Haut und einen Körper zu enthüllen, auf dem das Alter seine Spuren hinterlassen hatte. Die Nonne nahm die Last ihrer Jahre als gottgegeben hin. Auf ihrem Eichenschreibtisch, zu dem sie sich nun begab, lag ein begonnener Brief an einen befreundeten Abt. Das Pergament trug das Datum des Jahres 1170. In den Regalen an den Wänden standen neben ihren eigenen Schriften und Kompositionen unzählige Bücher, die Themen wie Kräuterkunde, Medizin, Musik und Ethik behandelten. Die Mutter Oberin war eine vielseitig interessierte Frau. Eine Gelehrte. Und sie hatte es weit gebracht, hatte einen machtvollen Weg beschritten, der Frauen ihres Jahrhundert mit wenigen Ausnahmen versperrt blieb. Nicht zuletzt ihre flammenden Predigten auf offener Straße waren ihren Zuhörern unvergessen geblieben.

Äbtissin Hildegard setzte sich an ihren Sekretär. Ein kleiner, ächzender Laut kam über ihre Lippen. Ihre Knochen und Gelenke waren alt und morsch, da half auch ihr gesammeltes Wissen über die Heilkunde nicht mehr viel. Die Nonne, die heute Äbtissin zweier Klöster war, schob den linken Ärmel ihrer Tracht beiseite. Sie hatte Gottes Willen und dem der Jungfrau Maria entsprochen, daran glaubte sie mit aller Inbrunst, indem sie für die Gründung ihrer Frauenklöster gekämpft und am Ende gesiegt hatte. Die Gemeinschaft der gläubigen Schwestern war die rechte Lebensform für sie und ihre Anhängerinnen, das fühlte sie in ihrem Herzen.

Auf der runzligen Haut von Hildegards Handgelenk prangte ein sternförmiges Muttermal, in seiner Gleichmäßigkeit so fein anzusehen, dass die Nonne selbst es in jüngeren Jahren für Teufelswerk gehalten hatte. Eine unbestimmte Kraft ging von dem Stern aus. Warm und stetig und machtvoll. Heute glaubte die Äbtissin nicht mehr an ein Werk Luzifers. Sie wusste, dieses Mal war ein Gottesgeschenk. Es machte sie hellsichtig und half ihr, die Leiden Kranker zu lindern. Wie oft schon hatte sie in ihren Visionen die Allmacht Gottes geschaut, seit sie zum ersten Mal zaghaft mit der Hand über den warm glühenden Stern gestrichen war.

Zeit ihres Lebens war es ihr sehnlicher Wunsch gewesen, mehr über das siebenzackige Zeichen auf ihrem Körper zu erfahren. Doch obwohl sie heute mit den einflussreichsten Männern ihrer Zeit in Kontakt stand – das Geheimnis um das Sternenmal schien von Schweigen umhüllt. Hildegard seufzte. Nun war sie alt. Die Antwort auf ihre Frage würde warten müssen, bis sie vor ihren Schöpfer trat.

12

Acht Schritte bis zu dem Nagel in der Wand, an dem einmal ein Gemälde gehangen haben mochte. Stehen bleiben. Umdrehen. Acht Schritte zurück. Ein poliertes Tischchen mit geschwungenen Beinen. Stehen bleiben. Umdrehen ...

»Ich brauche dich, *outo tytöö*.«

Emma von Eisenberg unterbrach ihre rastlose Wanderung von einer Ecke des Raums in eine andere, als sie in ihrem Kopf den Kosenamen hörte. Da war er wieder. Ihr Mann. Waren die Worte wirklich ausgesprochen worden?

Erik stand nahe beim Fenster und streckte die Arme nach ihr aus. Von draußen klang dumpf der alltägliche Lärm der Straße nach oben in den ersten Stock, wo Emma die Erscheinung bebend anstarrte. Seit jener Begebenheit am Perlachturm, als sie um ein Haar die Frau mit dem Ausschlag umgestoßen hätte, sah sie ihn überall. Seine Gestalt war nicht durchscheinend, wie man sich einen Geist im Volksglauben vorstellte. Stattdessen wirkte er so lebendig, so leibhaftig, dass es ihr schier das Herz brach. Sie hatte versucht, ihn zu berühren, mit ihm zu sprechen. Zu ihrem Leidwesen richtete er stets nur die eine Bitte an sie und verschwand, sobald sie sich ihm näherte.

Sie hatte weder ihren Kindern noch den von Hohenfreybergs offenbart, was ihr widerfuhr. Aus Sorge, die anderen könnten annehmen, sie hätte den Verstand verloren – wenn sie das nicht ohnehin längst glaubten.

Emma von Eisenberg strich sich mit müder Bewegung eine lose Haarsträhne aus dem Gesicht. Ihr dunkles Haar schien seit dem Tod ihres Mannes zu verblassen. Aus vereinzelten silbrigen waren stumpfe graue Strähnen geworden.

Erik forderte sie auf, ihm zu helfen. Seine Seele fand keine Ruhe. »Was soll ich tun, Liebster?«, flüsterte sie und fand in ihrem Herzen das Echo einer Antwort, die sie längst kannte. Sie blickte dorthin, wo er gestanden hatte. Sein Geist war fort, zurückgeblieben war die Verzweiflung. In Emma war ein Entschluss gewachsen und gereift. Sie konnte nicht länger tatenlos bleiben, durfte nicht länger mutlos sein. Eriks Seele lag in ihrer Hand, sie fühlte es deutlich. Es war an ihr, ihm Frieden zu bringen.

Gräfin Eisenberg bat Marzan und Franziska von Hohenfreyberg um ein Gespräch. Sie brauchte die Einwilligung und den Beistand ihres Halbbruders, um ihr Vorhaben in die Tat umzusetzen.

»Emma, Liebes.« Franziska, ihre Freundin seit vielen Jahren, ergriff die Hände der Gräfin. »Können wir dir irgendwie helfen? Wenn du etwas benötigst – du weißt, du brauchst es nur zu sagen.«

»Ich möchte euch tatsächlich um einen großen Gefallen bitten.«

»Was immer es ist ...« Marzan hatte sich an die dunklen Schatten unter Emmas Augen gewöhnt. Sie erinnerten ihn an den sterbenskranken Jakob Fugger, den er tagtäglich aufsuchte. »Eine wahre Plage«, nannte der Alte ihn, und das Leuchten seiner Augen strafte seine Worte im gleichen Atemzug Lügen. Für den Kaufherrn gab es nach Meinung der Ärzte keine Rettung mehr. Er war vom Leben gezeichnet. Der Sand rieselte unaufhaltsam durch sein Stundenglas und verrann. Emma hingegen ... Marzan konnte nur beten, dass sie Eriks Tod überwand. Er hatte darüber nachgedacht, sie zu einem Besuch bei Fugger aufzufordern, und es am Ende nicht gewagt. Was, wenn die Erinnerung an den letzten Einsatz ihrer Heilkräfte – an Eriks Sterbebett – sie in noch tiefere Verzweiflung stürzte?

»Nehmt euch für eine Weile meiner Kinder an«, brachte Emma ihre Bitte vor.

»Was soll das heißen?«, rief Franziska angstvoll aus. »Was meinst du damit?«

»Ich werde verreisen. Seit geraumer Zeit sehe ich meinen Mann. Er ruft nach mir. Erik braucht meine Hilfe.«

»Du kannst nicht dorthin gehen, wo Erik ist, Liebes.« Gräfin Hohenfreyberg fragte sich nicht zum ersten Mal, ob der Geist ihrer lieben Freundin unter dem Tod ihres Mannes gelitten hatte.

»Ich bin bei klarem Verstand«, beteuerte Emma, der nicht entging, welche Art von Sorge sich hinter Franziskas Stirn verbarg. »Erik wünschte sich immer, einmal nach Finnland zurückzukehren, um den Ort aufzusuchen, an dem er seine Liebsten verloren hat. Für ihn ist es zu spät. Ich werde es an seiner Stelle tun.«

»Du willst nach Finnland, verstehen wir dich richtig?«

»So ist es.«

»Hast du überhaupt eine vage Vorstellung davon, wie gefährlich eine solche Reise wäre?« Marzan schüttelte fassungslos den Kopf.

»Wenn sie geht, werde ich sie begleiten.« Franziska, unverbrüchlich in ihrer Treue zu Emma, zögerte nicht.

»Das wirst du nicht. Ihr beide werdet keinen Fuß auf Schiffsplanken setzen.«

»O doch, das werde ich. Ich habe diese Reise gesehen. Mich selbst auf schwankendem Deck. Du wirst es nicht verhindern, Marzan. Es liegt an dir, ob du mir Steine in den Weg legen oder mir helfen willst.«

Emma wandte sich an Franziska. »Was dich betrifft, meine Liebe, so danke ich dir von Herzen für dein Angebot.

Den vor mir liegenden Weg jedoch muss ich alleine beschreiten.«

»Du hast ja den Verstand verloren«, polterte Marzan los, der sich mit Worten der Vernunft nicht länger zu helfen wusste. »Ich sage, du bleibst hier!«

»Ich bleibe nicht.« Emma war ganz ruhig. Endlich wusste sie, was zu tun war. »Erik war auch dein Freund, Marzan«, sagte sie leise. »Vergiss das nicht.«

Franziska kannte Emma gut. Noch vor ihrem Mann begriff sie, dass die Entscheidung längst gefallen war und unumstößlich feststand. »Deine Kinder sind mir lieb wie die eigenen, Emma«, erklärte sie fest. »Unser Heim wird immer auch das ihre sein.« Sie nahm ihre Freundin in die Arme, ungeachtet des lautstarken Fluchens ihres Gatten.

Das Augsburger Haus der Hohenfreybergs war ebenso geräumig wie dünnwandig. Sofia und Isabel hörten Marzans erhobene Stimme, während sie – die ihnen aufgetragene Näharbeit in Händen – über das Stadtleben tratschten.

»Was denkst du, warum er so brüllt?« Sofia legte Nadel und Faden beiseite, trat an eines der drei bleigefassten, buntverglasten Fenster des Handarbeitszimmers und öffnete es. Unten auf der Straße bot sich das gewohnte Bild. Betriebsamkeit und geschäftiges Treiben, wo man hinsah. In einem der Häuser gegenüber waren Handwerker zugange. Der Dachstuhl hatte gebrannt, und nur dem schnellen Eingreifen selbstloser Hände und dem Einsatz zahlloser feuchter Tücher war es zu verdanken, dass kein schlimmeres Unglück geschehen war.

»Martin kommt nach Hause!«, rief Sofia aus, und damit war alles andere, eingeschlossen des tobenden Hausherrn, uninteressant geworden.

»Er macht sich gut im Geschäft«, erwiderte Isabel bedächtig.

»Bestimmt wird er einmal unermesslich reich sein«, mutmaßte Sofia und verließ versonnen ihren Posten am Fenster, nachdem Martin im Inneren des Hauses verschwunden war. »Komm, lass uns ihn begrüßen gehen.«

Nach langen, kräftezehrenden Diskussionen willfahrte Marzan dem Willen seiner Schwester. In Rostock würde demnächst ein Dreimaster vor Anker gehen, der sich im Besitz Jakob Fuggers befand. Das Schiff sollte im Anschluss an seine Reise gründlich gewartet werden. Trotz seines schlechten Befindens hatte Fugger sein selbstgeschaffenes Imperium fest im Griff. Sich seinen Anordnungen zu widersetzen hätten weder seine Angestellten noch seine Neffen und potentiellen Nachfolger gewagt. Im Falle des Dreimasters galt es, morsches und porös gewordenes Holz zu ersetzen, die Glieder der Ankerkette und den Zustand der Segel zu überprüfen, die Masten zu kontrollieren und anderes mehr, ehe er seine Fahrt nach Stockholm antreten konnte. Von diesen Dingen verstand Emma nichts. Ihre Gedanken weilten bei ihrem Mann. Wichtig war nur, dass ihr aufgrund der notwendigen Schiffswartung ausreichend Zeit bleiben würde, nach Rostock zu reisen und an Bord zu gehen. Ihre Hände glitten über den rauen, kratzigen Stoff, ehe sie sich die Kutte überstreifte, welche sie in ihrer Vision gesehen hatte.

Zu ihrer eigenen Sicherheit.

Der Bote des Herrn von Denklingen traf am Tag nach Emmas Aufbruch ein und überbrachte den Zwillingen Carolines Schreiben. Er war über Burg Eisenberg gereist und dort weiter nach Augsburg verwiesen worden.

Die Mädchen hatten sich nur schwer von ihrer Mutter getrennt. Sie verstanden nicht, was Emma antrieb, auch wenn diese mehrmals versucht hatte, den Töchtern ihre Gefühle zu schildern. Noch härter traf es die jüngeren Geschwister Johanna und Stefan, die fürchteten, nach dem Vater nun auch die Mutter zu verlieren. Gottlob war Franziska da, die sich um die Kinder kümmerte, wie Emma selbst es nicht besser vermocht hätte. Gute Freundin, die sie war, hatte Gräfin Hohenfreyberg erkannt, dass Emma in ihrer Verlorenheit nicht die Mutter sein konnte, die sie immer gewesen war und nach ihrer weiten Reise hoffentlich wieder sein würde.

»Lass uns Martin suchen und den Brief mit ihm zusammen lesen«, schlug Sofia vor, die jede Gelegenheit nutzte, in der Nähe ihres Angebeteten zu sein. »Es wird ihn interessieren, wie es Caroline ergangen ist.«

»Das tun wir.« Isabel, die im Gegensatz zu ihrer Schwester in der Tat etwas zu verbergen hatte, ging wesentlich bedachter vor.

Martin blickte von den vor ihm ausgebreiteten Unterlagen hoch, als die jungen Frauen eintraten. Sein Vater hatte ihm ein eigenes Arbeitszimmer eingerichtet, und er ging völlig in seinem Tun auf. Er schien der geborene Kaufmann.

»Sieh mal!« Sofia wedelte mit dem Schreiben. »Von Caroline.«

»Nun lies schon!«, forderte Isabel ungeduldig.

»Sie ist an einem Ort namens Denklingen. Bei Herrn Lenkers Vater.«

»Und weiter?«

Sofia studierte die Zeilen, die zum Ende hin immer zittriger wurden. »Lest selbst. Mein Herz pocht zu stark.«

Nacheinander überflogen Isabel und Martin das Geschriebene.

»Herr im Himmel.« Martin war fassungslos. »Und das gerade jetzt, wo eure Mutter abgereist ist.«

»Wenn sie davon gewusst hätte …«

»… wäre sie vielleicht gar nicht erst fortgegangen.«

Die Mädchen sahen einander an.

»Mutige Caroline. Sie hat keine Angst vor Geheimnissen.« Isabel griff nach dem Brief und las ihn erneut. »Sie sollte nicht alleine sein.«

»Lenker ist doch bei ihr.«

»Ein Mann, den wir kaum kennen«, warf Martin abschätzig ein. Selbst wenn sie nun wussten, dass Caroline augenscheinlich wohlauf war, konnte er ihren Entschluss, mit einem Fremden fortzugehen, nach wie vor nicht gutheißen. Er war entschlossen, den Brief Vater und Mutter zu zeigen, da er wusste, dass die beiden sich nicht wenig um Caroline sorgten.

Der feine Klang einer Glocke riss die drei aus ihren Überlegungen und rief sie hinunter ins Speisezimmer. Sofia biss sich auf die Lippen und taxierte Martin mit einem verstohlenen Blick. Ihre Mutter war fort, und sie fühlte sich allein und von der Welt verlassen. Selbst die innige Beziehung zu ihrer Zwillingsschwester war nicht mehr dieselbe. Es war deshalb fast eine Erleichterung, als ihr Entschluss feststand. Heute Nacht wollte sie es wagen.

Sofia wartete, bis es im Haus still geworden war und die Nacht sich wie eine weiche Decke über Augsburg herabgesenkt hatte. Erst als sie sicher sein konnte, dass die Dienstboten sich ebenso niedergelegt hatten wie ihre Herrschaft, stand sie auf. Der Schein ihrer Kerze strich über Wände und Decken. Sofia zitterte, so unheimlich waren ihr die schlafenden Räume. Im verlassenen Gemach ihrer Mutter fand sie ein besticktes Nachtgewand, das sie andächtig gegen ihr eigenes, schmuckloses Unterhemd austauschte. Auf blanken Sohlen machte sie sich auf zu Martins Kammer. Welch ein Glück, dass Marzan von Hohenfreyberg jeder der Schwestern einen eigenen Raum zugewiesen hatte, so dass Isabels nächtliche Wanderungen ihr nicht in die Quere kommen konnten.

Unter Martins Tür schimmerte Licht. Er war noch wach. Vielleicht las er. Damit hatte Sofia nicht gerechnet. Sie atmete tief durch und blies ihre Kerze aus. Die würde sie nicht mehr brauchen. Wie er wohl auf ihr Erscheinen reagieren würde? Ob er bereits erkannt hatte, dass sie ihn liebte? Das Mädchen seufzte und legte die Hand an den Türgriff. Sie erinnerte sich, wie Franziska kürzlich darüber geschimpft hatte, dass es in diesem Haus an Schlüsseln fehlte und viele Zimmer nicht versperrt werden konnten. Besaß Martin einen Schlüssel? Ein Moment des Zögerns folgte, ein Augenblick, in dem der Mut sie zu verlassen drohte. Dann drückte sie die Klinke langsam herab. Die Tür war unverschlossen. Sie schob sie einen Spalt breit auf.

Martin lag auf dem Rücken, die Decke bis ans Kinn hochgezogen, den Blick in die Ferne gerichtet. Seine Schultern waren nackt, seine Knie angewinkelt. Er bemerkte seine Besucherin nicht.

Sofia betrachtete ihn liebevoll. Plötzlich zuckte Martin leicht. Und wieder. Ein träges Lächeln spielte um seine Lippen.

»Kleine Foltermeisterin.« Seine Stimme klang gepresst, das Zucken wurde heftiger. Unter seiner Decke bewegte sich etwas, wippte auf und ab. Sofia verstand nicht, was da vor sich ging. Lediglich die Tatsache, dass er nicht in Not schien, hielt sie davon ab, zu ihm zu laufen. Gebannt wartete sie ab. Nach einer Weile stöhnte Martin auf und krümmte sich zusammen. Ein dunkler Kopf kam unter der Decke zum Vorschein. Der nackte Leib einer Frau.

»Du hast dich gewunden wie ein Wurm«, kicherte Martins Gespielin, woraufhin er sie knurrend packte und auf den Rücken drehte. Sein Mund wanderte zu ihren festen Brüsten und saugte daran. »Von wegen Wurm«, murmelte er, als sie sich unter ihm zu winden begann.

»Bitte nicht«, flehte Sofia stumm. »Bitte nicht.«

Die Frau auf dem Bett war ihre Schwester. Isabel.

Der Schock saß zu tief, als dass sie hätte weinen können. Sie schloss leise die Tür und tappte durch das dunkle Haus davon, weg von Martin und ihrer Schwester, immer mit dem Gefühl, neben sich zu stehen und sich selbst zu betrachten.

Am nächsten Morgen war Sofia verschwunden, zusammen mit Carolines Brief, dessen Fehlen nicht bemerkt wurde, und etwas Geld aus der Schatulle ihrer Mutter. Zurück blieben einige an Marzan von Hohenfreyberg gerichtete Zeilen, die ihm versicherten, dass er sich keine Sorgen um ihr Wohlergehen zu machen brauchte. Mehr nicht.

13

»Hildegard von Bingen.« Wie vor den Kopf gestoßen wiederholte Johannes Lenker langsam den Namen der Frau, die Caroline in ihrer Vision gesehen hatte. Ihm standen die Haare zu Berge. Diese Frau aus der Vergangenheit war kein Mensch aus Fleisch und Blut. Dennoch kämpfte er mit dem Gefühl, sie wolle ihm Caroline nehmen. Unfassbar, wie schnell das süße Erwachen ihm zum Albtraum geworden war.

»Ich habe den Namen schon einmal gehört.«

»So?« Lenker stieg aus dem Bett und wurde sich im gleichen Moment der Tatsache bewusst, dass er noch immer nackt war. Er war so froh gewesen über Carolines Nähe, über ihren Mut am Vorabend, ihn zu berühren. Da hatte ihre Vision seine heitere Stimmung fortgeweht wie ein Blatt, das von zu heftigem Wind erfasst und vom Baum gerissen wird. »Deine Hildegard lebte 1170, richtig?«

»In meiner Vision war sie zweiundsiebzig Jahre alt.«

»Das ist beinahe vierhundert Jahre her.« Lenker streifte sich sein Hemd über. Caroline zeigte, anders als er, keine Betroffenheit. Sie schien sich sogar zu freuen und konnte kaum erwarten, mehr herauszufinden. »Kannst du deine Visionen nicht bezwingen? Sie nur dann herbeiführen, wenn du selbst es wünschst?« Kontrolle hätte die Situation in seinen Augen etwas weniger angsteinflößend gemacht.

»Das habe ich nie versucht. Es schien mir nicht richtig, meine Gabe beherrschen zu wollen. Emma ist dazu in der Lage.«

Johannes ging zur Tür. Er musste allein sein. Dieses verfluchte Sternenmal. Ihre seltsame Fähigkeit, durch die Zeit zu sehen. Er wünschte wirklich, sie besäße die Gabe der Hellsichtigkeit nicht. Er konnte sich des Eindrucks nicht erwehren, dass sie sich in Dinge hineinziehen ließ, die ihr nicht guttun, ihr sogar schaden konnten. Was, wenn sie sich dadurch von ihm entfernte? Wenn er sie verlor?

»Johannes! Bitte, sei mir nicht böse!«

»Das bin ich nicht.« Er blickte sie ernst an, dann war er fort.

Carolines Hochgefühl war verflogen. Johannes' Verhalten bedrückte sie. Natürlich konnte sie verstehen, wie fremd und absonderlich ihre Gabe ihm scheinen musste. Im Gegensatz zu ihr hatte er die vergangenen Jahre nicht in einer Familie verbracht, in der die Kinder mit den Visionen der Mutter aufwuchsen.

Sie begab sich auf die Suche nach Burkhardt. Wie erhofft fand sie ihn in der kleinen Bibliothek. Ihr war nicht entgangen, wie häufig Johannes' Bruder an dem schmalen Lesepult saß und las.

Bei ihrem Eintreten blickte er lächelnd hoch. »Ich bin kein Mann der Jagd«, bemerkte er. »Mir liegt das Studium alter Schriften. Als mein Vater und mein Halbbruder mit dem Keiler heimkehrten, hat mir das wieder einmal deutlich gemacht, welch große Enttäuschung ich für Vater sein muss.«

»Das glaubt Ihr doch nicht wirklich. Euer Vater ist stolz auf Euch – und das wisst Ihr.«

»Vermutlich habt Ihr recht, Caroline.« Er klang wenig überzeugt. »Mich plagt das schlechte Gewissen, weil ich den alten Herrn nie auf die Jagd begleitet habe. Mir ist das Töten von Tieren zuwider.«

»Ihr seid zwar kein Jäger, Burkhardt, dafür habt Ihr andere Qualitäten. Bei all der Zeit, die Ihr über den Büchern verbringt, müsst Ihr sehr belesen sein.«

»Manches weiß ich wohl.« Burkhardt zuckte bescheiden mit den Schultern.

»Sagt, ist Euch bei Euren Studien je der Name einer Frau begegnet, die im zwölften Jahrhundert Äbtissin eines Klosters war? Auf dem Rupertsberg?«

»Hildegard von Bingen, aber ja.« Burkhardt brauchte nicht zu überlegen. »Wenn Ihr vom Rupertsberg sprecht, könnt Ihr nur diese bemerkenswerte Person meinen.«

»Was wisst Ihr über sie?«

»Hildegard war eine über die Maßen fromme und gebildete Frau. Sie beschäftigte sich mit Mathematik, Astrologie, Heilkunde und anderem mehr. Einige ihrer Werke sind uns bis in die heutige Zeit erhalten geblieben. Im Volksmund gilt sie als Heilige, obwohl ihre Heiligsprechung nie erfolgt ist.« Er lächelte. »Die Frau hatte, scheint es, zu allem eine Meinung. Sie predigte auf offener Straße, und sie empfing von Gott gesandte Visionen, wie es heißt.«

»Lieber Burkhardt, vielen Dank. Ihr habt mir sehr geholfen.« Caroline verließ eilig die Bibliothek, sie rannte fast. Ihr war endlich eingefallen, woher sie Hildegards Namen kannte. Emma von Eisenberg nannte eines der heilkundigen Werke der Äbtissin ihr Eigen, *Ursachen und Behandlung der Krankheiten*. Sie selbst hatte es schon in Händen gehalten. »Von Gott gesandte Visionen«, Burkhardts Worte hallten in ihrem Kopf.

Johannes war nirgendwo zu finden, so dass sie alleine nach Epfach aufbrach. Sie konnte es kaum erwarten, Salome zu berichten.

Am Abend war Caroline erschöpft. Die Entdeckung, dass eine berühmte Frau wie Hildegard von Bingen mit dem Stern gezeichnet gewesen war, ließ sie in tiefes Sinnieren verfallen. Wir sind auf dem richtigen Weg, davon war Salome überzeugt gewesen, nachdem sie ihr von Hildegard erzählt hatte. Welches Mysterium verbarg sich hinter dem feinen Mal, das sie seit dem Tag ihrer Geburt an ihrem Körper trug? Waren die Visionen tatsächlich, wie Hildegard geglaubt hatte, von Gott gesandt?

Obwohl sie nach Johannes Ausschau gehalten hatte, war sie ihm den ganzen Tag über nicht begegnet. Ob er ihr aus dem Weg ging? Hätte sie gewusst, dass er sich mit seinem Vater zu einem neuerlichen Jagdausflug aufgemacht hatte, dieses Mal gar aus eigenem Antrieb heraus, es hätte sie überrascht und erfreut. Die Gründe hingegen, weshalb er zur Jagd aufgebrochen war – um sich von Caroline abzulenken –, wären ihr weniger angenehm gewesen.

Als die Zeit verstrich und Lenker ihrer Kammer fernblieb, begann sie sich zu sorgen. Hatte die Vision ihm derart zugesetzt, dass er nicht länger bei ihr sein wollte? Die Vorstellung schmerzte. Ihre Überlegungen zu Hildegard traten in den Schatten, je mehr sie an Johannes dachte. Der Wunsch, ihm nahe zu sein, übermannte sie. Wenn sie ehrlich zu sich selbst war, hatte sie es geliebt, ihn zu berühren. Seine Nacktheit hatte sie nicht, wie befürchtet, abgestoßen. Große Leere überkam sie. Es ging auf Mitternacht zu, und er war nicht gekommen.

Caroline ertrug die Ungewissheit nicht länger, schlang sich eine Decke um die Schultern und verließ ihre Kammer. Sie fand Johannes in der Halle, wo er trübsinnig in einen Krug Bier starrte. Das Feuer im Kamin war erloschen.

»Da bist du.«

»Caroline«, sagte er nur.

Sie ging zu ihm und berührte seine Schulter. »Komm zu Bett, Lieber«, forderte sie ihn auf und fasste seine Hand. Er ließ sich von ihr fortführen, zurück in die Kammer, die längst zu ihrer gemeinsamen geworden war.

»Ich habe auf dich gewartet.« Caroline schluckte, ehe sie sich ihr Nachtgewand über den Kopf zog. Es kostete sie mannigfache Überwindung. Doch die stillen Stunden ohne ihn hatten ihr begreiflich gemacht, wie viel er ihr bedeutete. Sie legte sich auf das Bett.

»Berühre mich, wenn du willst«, flüsterte sie und schloss die Augen.

»Du musst das nicht tun.«

Sie blieb still. Ein Luftzug verriet ihr, dass er zu ihr kam.

»Lass mich wissen, wenn es genug ist.« Lenkers Stimme klang heiser. Caroline hatte die Öllampe auf dem Nachttisch brennen lassen. Warmer Lichtschein spielte auf ihrer Haut. Sie war nicht wie andere Frauen. Johannes begriff und verstand diese Tatsache, empfand sie wie köstliche Freude und tiefen Schmerz zugleich. Ihre Haut war rein und makellos, lediglich der sternförmige Leberfleck thronte wie eine Krönung ihres Leibes über dem Nabel. Das lockige Haar an ihrer Scham war dunkler als dasjenige auf ihrem Kopf. Lenker betrachtete den Stern. Seufzend beugte er sich vor und küsste ihn. Er gehörte zu ihr. Gehörte zu der Frau, die er mehr begehrte, als er auszudrücken vermochte. Konnte es wahr sein? Lag sie tatsächlich bei ihm und bot sich ihm dar?

Nahe daran, sich zu nehmen, was er so heiß begehrte, hielt ihn ihr leiser, erstickter Atem zurück. Er kannte die Leidenschaft, Caroline hingegen nicht. Sie hatte Angst.

»Hab keine Furcht«, bat er.

Sie blinzelte, hielt die Augen aber geschlossen.

Mit einer Ruhe, die ihm alles abverlangte, begann er sie zu küssen. Den Mund, das schöne Gesicht, nacheinander jede einzelne Fingerkuppe. Lange verweilte er bei ihren vollen Brüsten. Ihr Atem wurde schneller.

Lenker legte die Hand zwischen ihre Beine, tauchte seine Finger in die warme Hitze ihrer Scham. Caroline keuchte gequält auf, und er zog die Hand zurück, als hätte er sich verbrannt. Bei Gott, er wollte sie. Doch nicht um jeden Preis. Sie sollte sich ihm nicht opfern.

»Warum hörst du auf?« Caroline sah ihn an. Verwirrt und schutzlos ihr Blick.

»Ich möchte nicht ... Ich muss sicher sein, dass du es genauso willst wie ich. Vorher ist es nicht richtig.«

»Ich will es, Johannes. Hab keine Angst, mir weh zu tun. Komm.« Sie streckte die Arme nach ihm aus.

»Wenn es wirklich dein Wunsch ist.« Lenker entkleidete sich und legte sich zu ihr. Haut an Haut.

»Es ist mein Wunsch.« Ein erstickter Laut entfloh ihren Lippen, als er ihre Beine teilte und sich auf sie schob. Sein Eindringen tat nicht weh, ganz anders, als sie es in Erinnerung hatte. Tränen rollten ihr über die Wangen, während er sich sacht in ihr bewegte. Johannes küsste das Nass fort.

»Du machst mich glücklich«, hauchte sie und ließ sich mitreißen von der sengenden Hitze in ihrem Inneren.

Am Morgen erwachte sie in seinen Armen. Johannes streichelte ihr schlafmüdes Antlitz.

»Du bist ein Wunder, weißt du das? Ich hätte nie gedacht ...«

»Du dachtest, ich wollte dich nicht.«

»Ich hatte angenommen, du wärst noch nicht so weit.«

»Das war ich auch nie – bis ich dir begegnet bin.« Caroline lächelte verschämt. »So ist es also zwischen Mann und Frau, wenn sie einander ...« Sie unterbrach sich.

»Einander lieben?«, ergänzte Johannes. Er zog sie enger an sich. »Es mag nicht viel Zeit vergangen sein seit unserem Kennenlernen. Dennoch, wenn ich dir sage, dass ich dich liebe, könnte es wahrhaftiger nicht sein.«

Abermals traten ihr Tränen in die Augen.

»Und ich …«

Sie wurden von einem Klopfen an der Tür unterbrochen.

»Fräulein Gaiß? Ich bin es, Gundula. Seid Ihr wach?«

»Verflucht!« Johannes sprang aus dem Bett, die ohnehin widerspenstigen Locken standen ihm zu Berge.

»Seid Ihr wach?«, wiederholte die Stimme.

»Einen Moment, Gundula!«

»Ich will dich nicht kompromittieren«, flüsterte Lenker.

»Verzeiht die frühe Störung! Ich suche den jungen Herrn, und …«

»Als wüsste deine Familie nicht längst, wo du deine Nächte verbringst.« Caroline fühlte sich heiter und ausgelassen. Das Erschrecken in seinem Gesicht ließ sie an einen ertappten Lausebengel denken.

»Aber …«

»Sie sucht dich, Johannes. Warum gibst du ihr keine Antwort? Meinetwegen kann jeder von uns wissen.«

Lenker verdrehte die Augen. »Wir sind nicht verheiratet, und es … es …« Er funkelte sie an. »Caroline, es schickt sich nicht«, endete er lahm.

»Ich dachte, dir wäre an der Meinung deiner Familie nicht gelegen?« Caroline stieg nun ebenfalls aus dem Bett und kleidete sich an. Sie spürte seine Augen über ihren Körper gleiten.

»Mit wem sprecht Ihr da? Junger Herr, seid Ihr da drin?«

Johannes warf einen prüfenden Blick aus dem Fenster.

»Denk gar nicht daran«, schimpfte Caroline.

»Wie du willst. Es ist deine Entscheidung«, gab er nach.

»Junger Herr, es ist Besuch für Euch gekommen«, erklang wieder die hartnäckige Stimme der Magd. »Er kommt von einem Knopf, sagt der Mann. Es scheint wichtig zu sein.«

Kaum hatte sie den Namen Knopf ausgesprochen, wurde die Tür aufgerissen, und Caroline und Johannes standen vor Gundula. Die Haare wirr, die Kleider ungeordnet, die Gesichter voll gespannter Erregung.

»Warum sagst du das nicht gleich?«, knurrte Lenker.

»Gottlieb Langhans, alter Schurke!« Johannes schlug dem Besucher, der in der Halle vor einem Krug Bier wartete, kameradschaftlich auf die Schulter. »Danke, Gundula, du kannst gehen.« Die Magd hätte zu gerne gehört, was es mit dem Gast auf sich hatte. Widerwillig trollte sie sich in die Küche, das breite Becken hin und her schwingend, um dem übrigen Gesinde Bericht zu erstatten, in wessen Bett sie den jungen Herrn aufgefunden hatte. Sehr zu ihrem Wohlgefallen war ihr Verdacht bestätigt worden.

»Gut, dich zu sehen, Johannes. Der Knopf schickt mich. Du musst zurückkommen. Die Dinge spitzen sich zu ...« Langhans unterbrach sich und taxierte Caroline.

»Das ist Caroline Gaiß. Du kannst frei sprechen, mein Freund, sie gehört zu uns.«

»Ich vertraue auf dein Wort.« Der Bote verneigte sich knapp in Carolines Richtung. »Sei mir willkommen in unseren Reihen.«

»Die Dinge spitzen sich zu ... Rede, Gottlieb, was hat das zu bedeuten?«

»Ulrich Schmid und Sebastian Lotzer hatten die Seebauern und uns zu einer Zusammenkunft nach Memmingen eingeladen. Der Knopf fand sich nach kurzem Abwägen am sechsten März dort ein, zusammen mit Jörg Täuber und vier oder fünf Handvoll weiteren führenden Hauptleuten.«

»Eine Falle?«

»Nein, ganz im Gegenteil. Lotzer hat die von ihm und dem reformatorischen Prediger Christoph Schappeler zusammengetragenen grundlegenden und rechten Hauptartikel aller Bauernschaft vorgelegt, man nennt sie die Zwölf Artikel. Sie sind dort um Memmingen in aller Munde. Man wird sie drucken und verbreiten, damit ein jeder sie lesen kann. Johannes, ich wage es kaum auszusprechen, doch scheint sich Licht am Horizont abzuzeichnen. Die Hauptleute haben ein Bündnis geschlossen, die ›Christliche Vereinigung‹, um der Obrigkeit als geschlossener Bund entgegenzutreten, wir Allgäuer ziehen mit den Bodenseebauern und den Baltringern an einem Strang, um ein Zeichen zu setzen.« Langhans holte tief Luft. »Die nächste Memminger Zusammenkunft ist für den fünfzehnten März anberaumt. Der Knopf lagert mit einem unserer Fähnlein in der Nähe der Stadt und will dich an seiner Seite wissen. Wir haben keine Zeit zu verlieren.«

»Dann bleiben uns weniger als zwei Tage. Wir brechen zur Mittagsstunde auf«, entschied Lenker. »Behalte Platz, mein Freund, und stärke dich für den Ritt. Ich werde in Kürze bereit sein.«

Caroline eilte im Laufschritt neben Lenker aus der Halle. »Ich muss Salome von unserem Aufbruch wissen lassen.«

»Sie aufzusuchen ist keine Zeit.« Johannes blieb abrupt stehen und schloss sie fest in die Arme. »Du wirst deine Nachforschungen abbrechen müssen, außer … Du musst mich nicht begleiten, das weißt du. In der Obhut meines Vaters und meines Bruders wärst du sicher.«

»Kommt nicht in Frage.« Caroline kniff die Lippen zusammen. »Ich werde Burkhardt bitten, Salome Nachricht zu überbringen. Lass uns packen.«

Binnen Stundenfrist hatte sich die Kunde von der Abreise herumgesprochen. Lenker weigerte sich, seinem Vater oder Bruder den Grund für den hastigen Aufbruch zu nennen. Wolf von Denklingen stand zusammen mit Burkhardt und der kleinen Gesindeschar im Hof. Die Augen des alten Herrn glänzten feucht. Auf den Stock konnte er dank Carolines Behandlung gänzlich verzichten.

»Nimm dies, dein Erbe – und dazu nimm meinen Segen.«

Der Denklinger Ritter drückte Lenker einen schweren Beutel in die Hand, bei dessen Inhalt es sich nur um die versprochenen Münzen handeln konnte. Dann legte er die altersfleckigen Hände auf die Schultern des Sohnes. Johannes rührte sich nicht. »Ich möchte dir gerne meinen Rappen überlassen – meine Jahre erlauben mir nicht mehr, ein so feuriges Ross zu reiten. Dir hingegen wird mein treuer Kobold gute Dienste leisten, wohin auch immer dein Weg dich führen mag.«

»Ich nehme Euer Geld, aber nicht Euer Pferd, Wolf von Denklingen.« Lenker wandte sich ab, um sich in der schulterklopfenden Umarmung seines jüngeren Halbbruders wiederzufinden.

»Kommt zurück, wenn ihr könnt.« Burkhardt sprach laut und mit feierlichem Ernst. »Du und Caroline, ihr habt hier ein Zuhause.«

Wolf von Denklingen nickte wohlwollend.

»Du willst nicht, dass ich wiederkomme. Glaub nicht, ich hätte das nicht längst begriffen.« Johannes wahrte den Schein, indem er dem Halbbruder seinerseits auf die Schulter klopfte, während er ihm die Worte zuraunte.

»Lebt wohl, ihr Leute!«, rief er den Mägden und Knechten zu, die so eifrig winkten und Tücher schwenkten, als gälte es, einen Staatsbesuch zu verabschieden. Entschlossen schwang er sich in den Sattel seines Pferdes. Wolf von Denklingen stand verloren im Hof, den Hengst Kobold am Strick. Er war mit einem Mal unendlich müde.

Nacheinander trabten die drei Reiter durch das Tor. Auf Höhe einer in den Stein eingelassenen Altarnische bekreuzigte sich ein jeder von ihnen.

14

Am Morgen des fünfzehnten März bescherte die Sonne den Reisenden ein denkwürdiges Schauspiel: In zartem Violett, bluthellem Rot und schließlich gleißenden Goldtönen stieg der mächtige Feuerball im Osten gen Himmel. Eine solche Pracht, so empfand es Caroline, überstieg das Fassungsvermögen jeden menschlichen Verstandes. Sie hörte auf zu denken und genoss für wenige Minuten die reine und elementare Schönheit des Sonnenaufgangs. Während sie das Gefühl hatte, glitzernder Goldstaub riesle auf ihr Haupt hinab, schöpfte sie Kraft für all das, was noch kommen mochte.

Zur zehnten Stunde standen sie vor den Toren der freien Reichsstadt Memmingen. An diesem Ort war dem Zwinglischen Prediger Doktor Christoph Schappeler nach seinem Übertritt zum reformierten Glauben die Wundertat geglückt, den Stadtrat zur Aufhebung der Leibeigenschaft und zur Abschaffung des geistlichen Zehnts zu veranlassen. Die Stadt hatte sich für die Reformation entschieden und war ein idealer Nährboden für jenes zukunftsweisende Zusammentreffen, das die Führer der Christlichen Vereinigung an diesem Tage planten.

»Wir müssen uns sputen!« Gottlieb Langhans war von einer inneren Unruhe ergriffen worden, welche sich auf seinem rotgefleckten Gesicht widerspiegelte. »Der Knopf reißt mir den Kopf ab, wenn ich dich nicht rechtzeitig hinbringe, Johannes. Sie werden schon begonnen haben.«

Der Memminger Weinmarkt bot ein imposantes Bild, eingerahmt von den mehrstöckigen Häusern der Zünfte, viele davon in Fachwerkweise erbaut. An manchen von ihnen rankte sich wilder Wein, um diese Jahreszeit noch kahl und schmucklos, empor, die massigen Wurzelstöcke fest im Boden verankert und zum Teil mit dem Mauerwerk verwachsen. Neben den Metzgern, Webern, Merzlern, Zimmerleuten und Lodnern hatten die Kramersleute am Weinmarkt ihren Zunftsitz. Das Ziel der Reise.

Caroline beobachtete mit großen Augen einen buckligen Mann mit langem, um den Mund herum gelblich verfärbtem Bart, der sich mitten auf dem Platz auf eine Holzkiste gestellt hatte, von wo aus er lautstark seine Ansichten kundtat. Sie konnte kaum etwas davon verstehen, ein Vers des Predigers jedoch blieb ihr im Gedächtnis haften: »Wer 1523 nicht stirbt, 1524 nicht im Wasser verdirbt und im Jahr 1525 nicht wird erschlagen, der kann wohl von einem Wunder sagen!«

»Dort hinein«, wies Gottlieb Langhans Johannes den Weg in die Zunftstube der Kramer und tat einen langen Schritt zur Seite, um einem ungeduldigen Ochsentreiber und seinen bulligen Gefährten Platz zu machen. »Ich passe auf das Mädel auf«, bot er an, doch Johannes verneinte dies entschlossen, woraufhin Langhans die entkräfteten Pferde kopfschüttelnd mit sich fortführte. Seine Mission war getan, für ihn kam nicht in Frage, an der Zusammenkunft teilzunehmen, die den führenden Köpfen der Christlichen Vereinigung vorbehalten blieb. Nach einem letzten zögerlichen Blick zurück auf Caroline verschwand er um die nächste Ecke.

Als Lenker mit seiner Begleiterin auf die Wachen an der Tür zutrat, war ihm klar, dass Carolines Anwesenheit an diesem Ort nicht erwünscht sein würde. Doch sie war ihm in den letzten vier Wochen so sehr gleichberechtigte Kameradin und Freundin gewesen, dass er bewusst außer Acht ließ, was sie war: ein Weib. Sie war ein ganz besonderes

Weib. Und dies hier war ein ganz besonderer Tag. Er musste ihr ermöglichen, dabei zu sein.

»Nimm dein Haar zurück und zieh deine Kapuze über«, bat er sie, in der Hoffnung, sie möge dadurch weniger auffallen.

»Lenker, endlich wieder da«, wurde er herzlich begrüßt.

»Gerade noch rechtzeitig, wie mir scheint.« Johannes nickte in Richtung der Zunftstube, aus der lautstarke Stimmen zu hören waren. Er schritt an den Wachen vorbei, Caroline weiter am Arm haltend.

»Was ist mit der Frau? Willst du sie etwa …?« Die Wachen spähten auf das weibliche Antlitz unter dem Stoff der Kapuze.

»Caroline gehört zu mir«, erwiderte Johannes, und sie betraten die Stube, ehe jemand einen Einwand vorbringen konnte. Ihre Ankunft war den Anwesenden keinen Blick wert, was Lenker sehr zupasskam. An den vollbesetzten Tischen wurde auf das Heftigste diskutiert. Jemand hatte sich die Mühe gemacht, frische Schneeglöckchen zu schneiden, in hübsche Zinnbecher zu stellen und diese im Raum zu verteilen. Leider war der zarte Blumenduft längst verflogen. Die Luft war dick und roch nach abgestandenem Schweiß.

Johannes blickte suchend umher, bis ein Mann von schmalem, asketischem Äußeren seiner gewahr wurde und ihn zu sich winkte.

»Das ist Jörg Schmid, der Knopf«, raunte Lenker Caroline ins Ohr, ehe sie an seinem Tisch Platz nahmen, wo man auf den Bänken für sie zusammenrückte.

»Du bist zurück. Gut.« Schmid schien in dieser Situation kein Mann großer Worte. Er reichte Lenker ein schmales Bündel handschriftlicher Papiere. Dabei streifte sein Blick Caroline, ließ deren Anwesenheit jedoch unkommentiert. »Sebastian Lotzers Zwölf Artikel. Sie haben beim letzten Treffen die Verhandlungsgrundlage für die Gründung der

Christlichen Vereinigung gebildet. Eine Delegation überbrachte sie dem Schwäbischen Bund. Heute soll daraus eine Bundesordnung entstehen, in gemäßigter Form – wenn es nach den Baltringern geht. Wir hingegen fordern ein hartes Durchgreifen, ebenso die Seebauern.«

Caroline wartete ab, bis Johannes die Artikel studiert hatte, dann nahm sie die Dokumente an sich und las:

Die grundlegenden und rechten Hauptartikel aller Bauernschaft und Hintersassen der geistlichen und weltlichen Obrigkeiten, von welchen sie sich beschwert vermeinen.

Dem christlichen Leser Friede und die Gnade Gottes durch Christus. Es gibt viele Widerchristen, die jetzt und wegen der versammelten Bauernschaft als Vorwand nehmend das Evangelium schmähen, indem sie sagen: »Das sind die Früchte des neuen Evangeliums? Niemandem gehorsam sein, an allen Orten aufstehen und sich aufbäumen, mit großer Gewalt zuhauf laufen und sich zusammenrotten, geistliche und weltliche Obrigkeit zu reformieren, aufreizen, ja vielleicht sogar zu erschlagen?« Allen diesen gottlosen, frevelhaften Urteilen antworten diese nachfolgenden Artikel.

In den Artikeln waren die Forderungen der Christlichen Vereinigung formuliert und aus der Bibel heraus begründet. Das Recht auf freie Pfarrerswahl fand sich dort ebenso wie der Wegfall des kleinen Zehnts, die Aufhebung der Leibeigenschaft, die freie Nutzung von Wäldern und Flüssen, die Abschaffung der Todfallsteuer und andere bedeutsame Punkte mehr. Caroline nickte mehrmals, während sie die einzelnen Artikel studierte. Wie recht Lotzer und Schappeler doch hatten! Im letzten Artikel, dem Beschluss, erklärten sie ausdrücklich, von all jenen Artikeln absehen zu wollen, die dem Wort Gottes nicht gemäß seien. Die Rebellentochter war überzeugt davon, dass dies nie der Fall sein würde, dafür schien ihr jedes einzelne vorgebrachte Argument zu gründlich durchdacht. Die feste Verankerung in der Heiligen Schrift machte die Artikel in ihren Augen unangreifbar.

»Wir sind vollzählig. Gehen wir es an.« Nachdem Jörg Schmid Johannes die neuesten Ereignisse knapp dargelegt hatte, schien die Zeit gekommen, die Versammlung zur Ordnung zu rufen. Caroline legte die Dokumente beiseite. »Meine Herren!« Ein kurzer Blickkontakt des Knopfs mit den obersten Führern des Seehaufens und des Baltringer Haufens folgte, woraufhin auch Dietrich Hurlewagen und Ulrich Schmid ihre Hauptleute zum Schweigen aufforderten. Caroline fand es bemerkenswert, wie schnell die undiszipliniert wirkende Gesellschaft zu einer aufmerksamen Zuhörerschaft wurde.

Mit allgemeiner Zustimmung ergriff Jörg Schmid zuerst das Wort. »Wir sind heute in Memmingen zusammengekommen, um unser neu geschaffenes Bündnis auf feste Grundpfeiler zu stellen. Lasst mich euch zu Beginn eines sagen: Wir, die Allgäuer, sind der Meinung, es darf keine Mäßigung geben! Weder in unseren Schriften noch in unseren Taten! Wir fordern den bewaffneten Kampf gegen die Obrigkeit! Es ist notwendig und unumgänglich, das göttliche Recht zu untermauern! Der Adel muss begreifen, eher wird er nicht einlenken!«

»Da sind wir anderer Meinung!«, ließ sich der Baltringer Führer Ulrich Schmid vernehmen. »Sebastian Lotzer«, er wies auf einen kastenförmig gebauten Mann mit breitem Stiernacken, dessen wache, kluge Augen nicht recht zu seiner bulligen Erscheinung passen wollten, »ist ein Kürschnergeselle und unser Feldschreiber. Darüber hinaus ist er ein bibelkundiger Mann, der es verstanden hat, in gemeinschaftlicher Arbeit mit Christoph Schappeler unsere Forderungen in den Zwölf Artikeln nach dem göttlichen Recht zu formulieren. Aber, ihr Männer, lasst uns nicht vergessen, dass wir uns darauf geeinigt haben, in unserer Bundesordnung die geistliche und weltliche Obrigkeit anzuerkennen. Wir wollen keinen Umsturz! Wir wollen Gerechtigkeit!«

»Weil ihr zu feige seid, den Tyrannen einmal ordentlich in den Hintern zu treten«, warf ein Zwischenrufer aus den Reihen der Allgäuer ein.

»Ulrich Schmid spricht wahr, wenn er sich darauf beruft, dass wir bei der Gründung unserer Christlichen Vereinigung ein Verteidigungs-, kein Angriffsbündnis geschlossen haben. Dennoch werden wir zu den Waffen greifen, wenn es nottun sollte«, mischte sich der Seebauer Dietrich Hurlewagen ein.

»Ziehst du den Schwanz ein, Hurlewagen? *Wenn es nottun sollte?* Beim letzten Mal hast du noch nicht gesprochen wie ein greinendes Kleinkind!«, lachte der Knopf provozierend. »Seid ihr Männer oder Memmen?«, rief er in die Versammlung. »Wollen wir kämpfen oder untergehen?«

»Der Kampf wird unser Untergang sein«, prophezeite Ulrich Schmid düster. »Der Schwäbische Bund sitzt uns im Nacken, ihm voran der Truchsess Georg von Waldburg.«

»Hat denn der Truchsess bisher etwas unternommen? Nein! Weil er es nicht kann! Unsereins sammelt sich im ganzen Land – und die Obrigkeit sieht hilflos zu. Wir sind in der Übermacht!«

»Du sprichst unbedacht, Jörg Schmid, denn die Wahrheit ist – *noch* kann die Armee des Schwäbischen Bunds nichts tun. Was aber ist mit dem Heer des Georg von Frundsberg? Die Schlacht bei Pavia ist geschlagen, und Tausende von Söldnern kehren in naher Zukunft heim. Bewaffnete Landsknechte, die besoldet werden wollen. Was läge näher, als dass der Schwäbische Bund sie in seine Reihen aufnimmt, um uns zu vernichten, sollten wir es zum offenen Kampf kommen lassen? Die wenigen Krieger und kampferprobten Adelsmänner, die wir auf unserer Seite wissen, werden die Unerfahrenheit unserer Bauern und Handwerker nicht wettmachen können!«

»Ich bin Ulrich Schmids Meinung!«

»Hört auf den Knopf!«

»Wenn Frundsberg kommt, sind wir verloren!«

»Bei der lieben Jungfrau Maria, so nehmt Verstand an!«

Nachdem die Anführer gesprochen hatten, entspann sich eine stimmgewaltige Debatte zwischen den Anwesenden. Man ließ sich Zeit, bis die Mittagsstunde lange verstrichen war und die Stimmen der Männer heiser flüsterten. Dann erfolgte im Namen der Gerechtigkeit eine Abstimmung. Die Uneinigkeit der Männer erschreckte Caroline. In ihrer Naivität war sie davon ausgegangen, dass die Aufständischen – deren Sache sie sich mit ihrem Weggang von Eisenberg mit Leib und Seele verschrieben hatte – nach dem gleichen Ziel strebten und dies mit großer Klarheit zu erreichen trachteten. Stattdessen klafften die Ansichten weit auseinander. Das war nicht gut.

Die Baltringer trugen an diesem Tag den Sieg davon. Gemäßigtes Vorgehen wurde beschlossen und bestimmt. Die Christliche Vereinigung würde sich weiter verhandlungsbereit zeigen.

Es dauerte bis spät in den Abend hinein, dann ließen die Schneeglöckchen auf den Tischen ihre Köpfe hängen. Bundesordnung und Landesordnung waren niedergeschrieben, dazu eine Richterliste mit den Namen großer Männer darauf, Ulrich Zwingli und Martin Luther etwa, die von der Christlichen Vereinigung für fähig gehalten wurden, ihre Meinung in dem Disput zwischen Bauernschaft und Obrigkeit zu äußern.

Der Knopf zog die meiste Zeit über ein sinnendes Gesicht, aus dem nicht zu lesen war, was in ihm vorging. Die Landesordnung, begriff Caroline bald, sollte fortan das Lagerleben innerhalb der Haufen regeln, die Besetzung von Ämtern und die militärische Ordnung, so dass es nicht zu Uneinigkeit und Streitfällen innerhalb des Bündnisses kam.

Als sie die Kramerzunftstube verließen, wartete Langhans bereits mit den Pferden, die sich den Tag über in einem Mietstall hatten erholen dürfen. Carolines Glieder waren beim Ritt ins Lager des Allgäuer Haufens bleischwer. Ihr Kopf schmerzte von all dem Gehörten, doch noch war an Schlaf nicht zu denken. Vor den Toren Memmingens wartete ein ganzes Fähnlein gespannt auf die Neuigkeiten, die ihnen der Knopf und seine Männer überbrachten.

Feuer brannten im Lager, an denen die Allgäuer hockten und andächtig des Knopfs krächzender Stimme lauschten. Trotz ihrer Müdigkeit machte Caroline sich auf, einen Heiserkeit lindernden Trunk aus den Kräutern in ihren Satteltaschen zu bereiten, den sie Jörg Schmid reichte.

»Danke, Mädel.« Schmids Augen hefteten sich auf die junge Frau. Sein Blick schien ihr bis auf die Knochen zu dringen. Sie konnte verstehen, weshalb die Männer ihn zu ihrem Führer gemacht hatten. »Was ich mich schon den ganzen Tag frage – wer bist du und was, beim lieben Herrgott, tust du hier bei uns?«

Caroline schilderte ihre Geschichte. Sie war überrascht, wie leicht es ihr fiel, vor diesen Männern zu sprechen, die für die gleichen Überzeugungen kämpften, für die ihr Vater in den Tod gegangen war. Nachdem sie geendet hatte, schlug ihnen von den Allgäuern große Herzlichkeit entgegen. Als Tochter des Gaispeters war sie ihnen hochwillkommen.

Der Knopf nahm sie vor der versammelten Menge in den Reihen der Gemeinschaft auf, nicht ohne Lenker vorher beiseitezunehmen und streng zu ermahnen, dass Frauen bei einem Bauernparlament wie dem heutigen nichts zu suchen hatten.

»Was ist mit dem Treueschwur? Wann werde ich ihn leisten?«

»Das brauchst du nicht, Mädel«, erklärte Jörg Schmid, und die umstehenden Männer lachten.

»Weshalb nicht?« Caroline gefiel die Erheiterung nicht, die ihre Frage auslöste.

»Weil du eine Frau bist. Wir nehmen den Weibern keinen Schwur ab. Es genügt vollkommen, wenn ihre Väter, Männer und Brüder an unserer Seite kämpfen. Das versichert uns der Treue jeder Frau.«

»Mein Vater und meine Brüder sind tot, wie ihr alle wisst.« Die Empörung ließ Caroline ihre Zurückhaltung vergessen. »Ich spreche für mich selbst, und ich verlange, dass mir der Treueid abgenommen wird.«

»In Ordnung.« Der Knopf nickte. »Bringt eine Bibel, damit wir diese eigensinnige junge Dame hier zufriedenstellen können. Den Willen«, brummte er, »den wirst du wohl von deinem Vater haben.«

Später saß Caroline zufrieden neben Johannes und lauschte Schmids Stimme, der von Waffen, Geschützen und Münzen sprach. Wie es schien, war Lenker nicht der einzige Mann, der ausgesandt worden war, Geld für den Haufen heranzuschaffen und, wenn möglich, weitere Männer für die Sache anzuwerben.

»Fang!« Im Schein des Feuers warf Johannes dem Knopf den Beutel zu, den Wolf von Denklingen ihm überreicht hatte. Sein gesamtes Erbe.

»Ein Hoch auf unseren Lenker! Er hat uns soeben eine weitere Kanone beschert!« Schmid ließ die Münzen durch die Finger gleiten. »Wenn nicht gar zwei!« Die Männer johlten.

»Seht zu, dass ihr Lenker ein Zelt beschafft«, ordnete der Knopf an, ehe er sich zur Ruhe begab.

Caroline folgte Johannes in seine Unterkunft. Den grüblerischen Blick, welchen er ihr zuwarf, als sie nach ihm zwischen den Zeltplanen verschwand, konnte sie nicht recht deuten. Der Gedanke, er könnte sich um ihren Ruf sorgen, kam ihr nicht.

Lenker nahm sie in die Arme. Für Caroline fühlte es sich an, als wäre sie nach Hause gekommen. Wo zuvor in ihrer Brust nur Abscheu und Argwohn vor der Liebe zwischen Mann und Frau gewohnt hatten, war nun ein inniges Sehnen nach seiner Nähe erwacht.

Obwohl sie die Augenlider kaum noch offen zu halten vermochte, konnte sie nicht einschlafen.

»Frag nur, was dir unter den Nägeln brennt.« Johannes' Lippen schwebten über ihrer Stirn, ehe er sie zum Kuss niedersenkte. »Sobald wir aufhören, miteinander zu sprechen, werde ich schlafen wie ein Stein – nutze besser die Gelegenheit.«

»Ich möchte wissen, weshalb eine Landesordnung geschaffen wurde, wo ohnehin alles seinen geregelten Gang zu nehmen scheint?« Caroline dachte an die Hauptmänner und Fähnriche, die ihr vorgestellt worden waren. Den Rott- und den Geschützmeister, den Trossmeister und den Profos. An den Futtermeister, den Wagenburgmeister ... Sie hätte die Reihe endlos fortführen können, und dabei hatte sie es bisher nur mit einem kleinen Teil des großen Ganzen zu tun, des machtvollen Instruments, das sich Allgäuer Haufen nannte.

»Die Männer in der Kramerzunftstube, das waren die gewählten Hauptleute des Baltringer Haufens, der Seebauern und unseres Bündnisses. Jetzt, da sich alle zur Christlichen Vereinigung zusammengeschlossen haben, brauchte es eine gemeinsame Landesordnung, damit der Lageralltag allerorts auf den gleichen Grundlagen fußt. Die Burschen hier im Lager sind alle Mitglieder eines einzigen Fähnleins, das heißt einer Truppe von fünfhundert Mann innerhalb unserer Gemeinschaft. Obrist Schmid und sein Leutinger – diesen Titel führt der zweite Anführer, sozusagen die rechte Hand des Obristen – Jörg Täuber haben den Oberbefehl über den gesamten Allgäuer Haufen mit all seinen Fähnlein und Rotten. Sie haben wenig Zeit, sich um einzelne Belange zu kümmern. Aus diesem Grund gibt es die Hauptleute, die Führer der Fähnlein, denen ebenfalls Befehlsgewalt obliegt. Ich bin einer von ihnen, deshalb war es wichtig, dass ich der Versammlung heute beiwohnte und meine Unterschrift unter die gefassten Beschlüsse setzen konnte.«

»Du bist Hauptmann?«

»Das ist keine große Sache, Caroline. Das Lagerleben geht seinen geregelten Gang. Wie du siehst, hat meine Abwesenheit nicht geschadet. Erst, wenn es zum Kampf kommen sollte, gewinnt die Funktion eines Hauptmanns an Bedeutung.«

»Er führt seine Leute in den Krieg«, murmelte Caroline. »Wie viele Fähnlein zählt der Allgäuer Haufen, Johannes?«

»Sechzehn Fähnlein, insgesamt etwa achttausend Mann.«

»Und wo sind sie alle?«

»Viele Männer befinden sich bei ihren Familien, wo sie ihrer Arbeit nachgehen. Solange nicht gekämpft wird, gilt es, die Verpflichtungen des täglichen Lebens zu erfüllen. Nur gut die Hälfte der Truppen bleibt für den Ernstfall stets beisammen – und die wechseln sich ab, so dass jeder regelmäßig Gelegenheit hat, zu Hause nach dem Rechten zu sehen. Unsere Männer lagern bei Leubas und Raithenau, wohin wir morgen ebenfalls aufbrechen werden. Etwa einmal im Monat finden im Kemptner Wald dann alle Mitglieder des Haufens zusammen, beide Lager und die freigestellten Bauern, um Neuigkeiten auszutauschen und das weitere Vorgehen zu besprechen.«

»Solange es nicht zum Kampf kommt, hält sich ein Gutteil der Leute nicht beim Haufen auf, verstehe ich dich richtig?«

»So ist es. Man wechselt sich ab. Lediglich diejenigen, die kein Heim mehr haben oder dorthin nicht zurückkehren wollen oder können, bleiben die ganze Zeit über bei ihrem Fähnlein. Und die Hauptleute natürlich, die Amtsträger auch. Alle Übrigen kümmern sich um ihre Felder, um Frauen und Kinder.«

»Das scheint mir ein kompliziertes System.«

»Ein System, das funktioniert. Im Ernstfall können wir innerhalb kürzester Zeit achttausend Mann zusammenziehen.« Johannes gähnte. Carolines Auftritt vor den Männern, ihre Geschichte und ihr Beharren auf dem Treueid hatten ihn mit Stolz erfüllt. Wenn die Müdigkeit ihn nicht in den Klauen gehalten hätte, so hätte er gerne dort weitergemacht, wo sie auf der Denklinger Burg aufgehört hatten. Stattdessen begnügte er sich damit, ihren weichen Körper an seinem zu spüren.

»Eins noch«, ließ Caroline sich vernehmen. »Was hat es mit Georg von Frundsberg und seiner Armee auf sich? Mit der Schlacht bei Pavia?«

»Das bedeutet, dass sich ein Landsknechtsheer von gewaltiger Größe auf dem Rückmarsch von Italien befindet. Im ärgsten Fall könnte der Schwäbische Bund – das Heer der Obrigkeit – unter dem Truchsess von Waldburg, dem Bauernjörg, wie man ihn nennt, seine Reihen durch die käuflichen, kampferprobten Söldner aufstocken.«

»Wenn es dann zum Kampf käme ...«

»... stünden unsere Chancen sehr viel schlechter als noch im Moment. Solange der Zusammenhalt in der Christlichen Vereinigung anhält, können wir dennoch siegen. Gemeinsam mit den Seebauern und dem Baltringer Haufen steht uns die Welt offen, davon bin ich überzeugt. Wenn deren Führer nur nicht solche Zauderer ... Caroline?« Johannes lauschte auf den Atem der Frau in seinen Armen. Sie war eingeschlafen. »Nach dem heutigen Tag lautet die Parole ohnehin erst einmal: Abwarten«, flüsterte er zärtlich. »Wenn ich dich so ansehe … Solange es nicht zum Kampf kommt, bist du in Sicherheit.«

*

Marzan von Hohenfreyberg und Jakob Fugger saßen einander gegenüber. Fuggers Gesicht erzählte die abenteuerliche Geschichte eines bewegten Lebens: Die Wangen waren eingefallen, eine Landschaft aus Senken und Furchen. Um die schmal gewordenen Lippen sammelten sich die Runzeln und erinnerten an arme Weiber, die den Obsthändler nach einem langen Markttag wie Geier umkreisten, wenn er damit begann, die Reste seiner Waren zu verschenken. Bislang klammerte sich Jakob trotz seines körperlich schlechten Befindens hartnäckig ans Leben. Sein Durchhaltevermögen rührte zum Teil von dem geringen Vertrauen her, das er in seine Neffen und deren unvermeidliche Nachfolge setzte. Jakob hatte keine hohe Meinung von ihnen und hielt deshalb die Zügel eisern in der Hand – zu seinem Leidwesen hatte Marzan das Anerbieten abgelehnt, in die Geschäfte des Unternehmens einzusteigen –, und vermutlich würde sich das bis zu jenem Tag nicht ändern, an dem Gevatter Tod endgültig an die Tür klopfte.

»Was ist mit dem Mädchen, deiner Nichte? Hat man Sofia mittlerweile gefunden?« Jakob Fugger nahm regen Anteil an allem, was mit dem Grafen Hohenfreyberg zu tun hatte. Er brauchte es nicht offen auszusprechen, Marzan wusste auch so, wie froh der alte Lehrmeister über die langen Stunden war, die er an seiner Seite verbrachte.

»Gottlob, wir haben endlich Nachricht von ihr. Nicht auszudenken, wenn ihr etwas zugestoßen wäre! Der Vater tot, die Mutter in der Ferne … Meine Frau ist vor Sorge schier verrückt geworden, und Isabel hat sich Sofias wegen halb zu Tode gegrämt. Die Zwillinge waren seit dem Tag ihrer Geburt nie getrennt. Und dann verschwindet Sofia plötzlich. Ich verstehe nicht, was dieses törichte Kind dazu bewogen hat.«

»Der Verlust des Vaters mag sie verwirrt haben, dazu das Fortgehen der Mutter.« Fugger sprach mit Bedacht, verstand er doch, wie sehr Marzan, seinem Jungen, diese Menschen am Herzen lagen. Ihm selbst waren keine eigenen Kinder vergönnt gewesen. Erst im Alter hatte er begonnen, das zu bedauern.

»Wenn nicht der Vater des Knaben, mit dem Caroline auf und davon ist, an mich geschrieben hätte … Wir haben in Augsburg nach Sofia suchen lassen, ich wäre von selbst nie darauf gekommen, sie könnte den Mut haben, auf eigene Faust nach Caroline zu suchen. Welches Risiko sie eingegangen ist! Es läuft mir eiskalt den Rücken hinab, sobald ich anfange, darüber nachzudenken.«

»Hältst du den Mann für vertrauenswürdig?«

»Mir bleibt nichts anderes übrig. Zumindest schreibt er recht vernünftig. Caroline scheint derweil mit diesem Lenker ins Ungewisse aufgebrochen zu sein. Sofia hat sie auf der Denklinger Burg nicht mehr angetroffen. Das Mädchen droht dennoch damit, erneut fortzulaufen, sollten wir versuchen, sie zurückzuholen.«

»Hat ihren eigenen Kopf, das Kind.«

»Den hat sie von ihrer Mutter«, knurrte Marzan. Die Sorge um Emma lag seit dem Aufbruch der Halbschwester bleischwer in seinem Magen. »Der Ritter von Denklingen hat Sofia angeboten, so lange Gast auf seiner Burg zu sein, wie sie es wünscht. Er versicherte mir, dass sie sich in guter Obhut befinde und jedweder Anstand gewahrt werde.«

»Hoffen wir das Beste.« Fugger erhob sich ächzend aus

seinem Lehnstuhl. Obwohl die Glieder schmerzten, war es von Zeit zu Zeit notwendig, sich etwas Bewegung zu verschaffen. Marzan hakte sich bei ihm ein und stützte den Alten.

»Etwas anderes, Junge. Du hast mir von der Vermutung erzählt, die Angreifer des Grafen Eisenberg könnten aufständische Bauern gewesen sein.«

»Die Möglichkeit besteht.«

»Ich habe mit dem unbotmäßigen Verhalten dieser Leute keinerlei Einsehen, wie du weißt. Arbeitsscheu und faul sind sie, wollen den Betuchten das Geld aus der Tasche ziehen und sich bald selbst in den Häusern der Reichen heimisch fühlen.« Fugger atmete schwerer. Das Thema erregte ihn, dazu strengte ihn die Bewegung an.

»Wir wollen uns wieder setzen.« Marzan geleitete den Greis zurück zu seinem Stuhl.

»Nach ausführlicher Korrespondenz mit Kanzler Eck und einigen weiteren hochrangigen Persönlichkeiten habe ich entschieden, dem Schwäbischen Bund mit finanziellen Mitteln unter die Arme zu greifen. Die Landsknechte aus Frundsbergs Armee wollen besoldet werden. Der Truchsess von Waldburg braucht ein schlagkräftiges Heer, wenn er die Aufständischen eilends in ihre Schranken weisen soll.«

»Anders als Ihr, Jakob, halte ich die Aufmüpfigkeit der Bauern zum Teil für gerechtfertigt. Wohl ist ihr Weg nicht der richtige, doch müsst Ihr auch sehen, dass die einfachen Leute weit über jedes normale Maß hinaus zur Abgabe von Steuern und Zöllen gezwungen werden. Dazu kommen der große und der kleine Zehnt, die Frondienste, die ständig erweitert werden, die Todfallsteuer, die ihnen die Hälfte ihres Hab und Guts nimmt und mancherorts gar noch mehr. Wie sollen die Bauern ihre Frauen und Kinder ernähren, wenn sie nicht einmal das Hemd am Leib ihr Eigen nennen dürfen?«

»Deine Argumente sind mir nicht fremd, Junge. Dennoch, meine Entscheidung steht fest. Jeder Mensch hat seinen Platz in der Gesellschaft, wird dort hineingeboren, wohin er gehört. Daran sollte man nicht rütteln.«

Marzan dauerten die Bauern, die es dank Jakobs Geld mit einem gewaltigen Gegner zu tun bekommen würden. Eben wollte er zu einem weiteren Versuch ansetzen, dem Alten ins Gewissen zu reden, als Fuggers Frau Sibylle den Raum betrat.

»Verzeiht, wenn ich störe«, entschuldigte sie sich mit einem halben Lächeln, das die Faltenkränze um ihre Augen nicht erreichte. »Vergesst nicht, lieber Mann, wir erwarten Konrad Rehlinger zum Abendessen.«

»Wie könnte ich das vergessen«, erklärte Fugger gallig, woraufhin ein bittender Ausdruck in Sibylles Züge trat. »Schon gut, ich komme gleich«, beruhigte er seine Gemahlin, die sich eilig zurückzog.

»Rehlinger speist mit Euch?« Graf Hohenfreyberg war überrascht.

»Etwa einmal die Woche. Vermaledeiter Patrizier«, schimpfte Jakob. »Wenn die morschen Knochen es zuließen, ich würde nicht dulden, dass dieser Hundsfott mir Hörner aufsetzt. So aber – was soll es letztendlich schon schaden, wenn sich das Weib sein Vergnügen anderswo holt. Ich für meinen Teil ziehe es seit langem vor, die Nachtruhe ungestört zu genießen.«

15

Begleitet vom zögerlichen Sonnenlicht des frühen Tages marschierte Knopfs Fähnlein am Morgen gen Raithenau. Da nur die wenigsten Mitglieder des Allgäuer Haufens über ein eigenes Reitpferd verfügten, war der Beschluss erlassen worden, dass – ausgenommen im Kampf – lediglich die Hauptleute zu Pferde sitzen durften. Gleich und gleich, keiner besser oder schlechter, Menschen unter Menschen, so das Kredo der Aufständischen. Was wären sie schließlich für Verfechter der Gerechtigkeit gewesen, hätten sie sich selbst nicht an ihre eigenen Glaubensgrundsätze gehalten.

Caroline war in sich gekehrt und schweigsam. Sie dachte nach über das, was Lenker ihr über den Haufen berichtet hatte. Johannes schritt neben ihr und beantwortete geduldig die Fragen, die sie ihm von Zeit zu Zeit stellte. Ihre Pferde hatte der Rossmeister am Ende des Trosses in seiner Obhut, da Lenker zugunsten Carolines gerne auf das Privileg des Reitens verzichtete.

Es war finstere Nacht, als sie sich nach langem Marsch müde und ermattet dem Raithenauer Lager näherten. Heller Fackelschein wies ihnen von weitem den Weg.

Am nächsten Tag wurden sie von Geräuschen geweckt, die Johannes sehr vertraut, Caroline jedoch völlig fremd waren. Das Gähnen und Strecken eines erwachenden Lagers brachte durch die Luft fliegende Stimmen mit sich, morgendliche Scherze, die von manch übermüdetem Geist derb abgewehrt wurden. Das Klappern von Eimern und Kochgeschirr war zu hören, Gelächter und Gezänk, das Hämmern von Äxten, mit denen die Männer Holz für Palisaden schlugen, welche im Kriegsfall nötig würden, um die Wagenburg rund um das Lager zu verstärken.

Die Intimität der um sie gespannten Zeltwände erschien dem jungen Paar wie ein Hort der Zuflucht. Sie liebten einander zärtlich, jede Berührung das weiche Schlagen eines Schmetterlingsflügels auf der Haut. Die Art und Weise, wie sich Caroline ihm mit Herz und Seele öffnete, wirkte auf Johannes wie das erfrischendste Labsal. Erfüllt von einem Gefühl der vollkommenen Lebendigkeit machte er sich auf, um sich dem Kreis um Jörg Schmid anzuschließen. Besprechungen standen an, Entscheidungen mussten gefällt werden – auch im Hinblick darauf, dass die Ergebnisse der Verhandlungen mit dem Schwäbischen Bund noch abzuwarten blieben. Caroline begleitete ihn, entschlossen, den Männern ihre Dienste anzubieten. Er brachte es nicht über das Herz, sie zurückzuhalten, auch wenn er wusste, dass sie im inneren Zirkel der Führerschaft nicht willkommen sein würde. Wahrscheinlich ahnte sie es auch.

War Caroline das Fähnlein, welches den Knopf nach Memmingen begleitet hatte, schon groß erschienen, so fand sie für das Raithenauer Lager mit seinen zweitausend Mann kein anderes Wort als gewaltig. Johannes hatte ihr klargemacht, dass der verträgliche Eindruck, den der Haufen auf den ersten Blick bieten mochte, täuschte. Bei so vielen Menschen auf engem Raum blieben Unstimmigkeiten nicht aus. Raufereien und Prügeleien waren an der Tagesordnung, Versuche, einen ungeliebten Kameraden in Misskredit zu bringen, kamen häufig vor. Selbst Vergewaltigung und Totschlag hatte es schon gegeben. Gerade deshalb waren strenge Regeln wichtig. Caroline dachte an die Landesordnung der Christlichen Vereinigung, deren Nutzen ihr nicht sogleich aufgegangen war. Nun begriff sie, dass es – um eine

Einheit zu schaffen – sinnvoll war, Verbrechen im Baltringer Haufen und bei den Seebauern nach einem festgelegten Strafmaß zu ahnden, das ebenso im Allgäuer Haufen seine Gültigkeit besaß.

Als Knopfs Unterkunft und Ort der Versammlungen diente ein drei auf drei Manneslängen messendes, auf Pflöcken ruhendes Zelt. Im Inneren fanden sich neben einer Schlafstätte mehrere dreibeinige Hocker, dazu ein übergroßer Tisch, darauf ausgebreitet Bücher und Dokumente. Rechter Hand des Zelteingangs lagerte ein ansehnliches Waffenarsenal, neben Bidenhändern, Äxten, Arkebusen und Hinterladern auch Speere und Armbrüste.

Jörg Schmid war in Gesellschaft seines Leutingers Jörg Täuber sowie des Hauptmanns Walther Bach von Oy und einer Handvoll weiterer Männer.

»Ah, Lenker, einen guten Morgen«, wandte sich der Knopf an Johannes, ohne vorerst von seiner Begleiterin Notiz zu nehmen. »Ich möchte dir Paulin Probst vorstellen. Er ist heute noch vor Sonnenaufgang zu uns gestoßen.«

»Hab mich abseits der Straßen durch die Wälder geschlagen, um zu euch zu gelangen«, übernahm Probst das Wort. »Gibt einige, die mir nicht wohlgesinnt sind dieser Tage.«

»Euren Namen habe ich schon gehört.« Lenker grübelte.

»Ihr seid der Mann, der das Oberdorfer Schloss gestürmt und geplündert hat«, sprach Caroline ihre Gedanken laut aus und dachte zurück an die Begegnung mit Babstin Knaus und dessen verkrüppelten Zeh.

»Ganz richtig.« Paulin Probst schüttelte Johannes und Caroline die Hand. Seine Finger waren weich und gepflegt, kein Dreckrand war unter den Nägeln zu finden.

»Was tut die Frau hier?« Jörg Täuber legte offenbar keinen Wert auf gutes Benehmen, als er die Vorstellung und Begrüßung grob unterbrach. »Sie soll zusehen, dass sie hinauskommt.«

Caroline zuckte zusammen.

»Täuber hat recht, was willst du, Mädel?«, erkundigte sich Jörg Schmid freundlich, als wäre ihm Carolines Gegenwart gerade erst bewusst geworden.

»Sie ist gekommen, ihre Hilfe anzubieten«, sprang Johannes für Caroline in die Bresche, der die Barschheit des Leutingers einen Moment lang die Sprache verschlagen hatte. Dankbar für Johannes' starke, aufrechte Gestalt an ihrer Seite hob sie zu sprechen an: »Aus gutem Grund habe ich dem Haufen meinen Treueid geleistet. Ich bin eine Heilkundige.« Caroline reckte das Kinn vor. »Ich möchte helfen.«

»Eine Heilerin?« Der Knopf fasste sich ans schmale Kinn.

»Die ist doch noch grün hinter den Ohren«, warf Täuber böse ein. »Sie soll sich zu den Weibern scheren, wo sie hingehört«, forderte er erbost.

»Sie ist auf unserer Seite, Freund Täuber«, wandte Neuankömmling Paulin Probst ein. »Wir sollten uns freuen, eine Heilkundige in unserer Mitte zu haben. Im besten Falle können wir alle von ihrem Wissen profitieren.«

»Ich stimme Probst zu«, ließ sich der Knopf vernehmen, seine Augen ruhten auf Caroline. »Du wirst dem Haufen von Nutzen sein können – für eine Heilerin gibt es bei uns stets zu tun.«

»Du solltest gehen, Frau.« Walther Bach von Oy hatte genug. »Wir müssen uns um wichtige Angelegenheiten kümmern«, erklärte er bestimmt, wenn auch nicht unfreundlich.

Caroline tauschte einen langen Blick mit Johannes, ehe sie Knopfs Zelt verließ. Die Unterredung hatte ihr aufgezeigt, welch großes Glück es gewesen war, dass man sie der Sitzung in der Memminger Kramerzunftstube hatte beiwohnen lassen. Sie gehörte nicht zum inneren Kreis der Hauptleute, noch dazu war sie eine Frau, wie Täuber mehr als ein Mal betont hatte. Zumindest schien der Knopf ihr wohlgesonnen, ebenso die Bauern und Handwerker, die ihren Beitritt zum Haufen bei Memmingen bejubelt hatten.

Trotz ihrer Enttäuschung wollte sich Caroline ihren ersten Tag im Raithenauer Schlupfwinkel des Allgäuer Haufens nicht verderben lassen. Weitere dreitausend Männer, hatte sie erfahren, lagerten bei Leubas, die übrigen dreitausend standen auf Abruf bereit. Kurz flammte das Bild ihres Vaters vor ihr auf. Ob er wohl stolz auf sie wäre? Interessiert begann sie sich umzusehen. Das Lager war kreisförmig angeordnet, in Richtung Süden und Westen schlossen sich Wälder an. Die Begrenzung des unüberschaubaren Platzes bildeten abgestellte Wagen und Fuhrwerke, davor wuchsen kleine Zelte wie Pilze in die Höhe. Mittendrin waren stämmige, kurzbeinige Ochsen angepflockt, Zug- und Reitpferde weideten in Sichtweite des Lagerplatzes. Caroline erspähte eine Vielzahl ordentlich verschnürter, an die Wagen gelehnter Schlafrollen. Ein schmaler Bachlauf teilte den Lagerplatz in zwei unregelmäßige Halbkreise.

Auf der rechten Seite fanden sich, streng bewacht, die Katapulte und die Geschütze mit ihren mächtigen Rohrläufen. Sie hatte noch nie mit eigenen Augen eine Kanone gesehen, trotzdem erkannte Caroline die monströsen Gerätschaften auf Anhieb. In der Nähe der Geschütze übten sich wohl an die fünfzig Mann im Kampf, während auf der linken Seite des Lagers ein Kochfeuer von enormen Ausmaßen knackte und rauchte. Einige Frauen waren dort mit der Zubereitung der Mittagsmahlzeit zugange. Es gab ein großes Gemeinschaftszelt, zumindest hielt Caroline es für ein solches, denn es herrschte dort ein reges Kommen und Gehen.

Sie hatte Gottlieb Langhans bereits häufiger erspäht. Als sie den Mann auf ihrem Erkundungsgang durch das Lager abermals in ihrer Nähe entdeckte, begriff sie, dass es sich nicht um Zufall handelte. Vermutlich hatte Johannes ihn gebeten, ein Auge auf sie zu haben. Sie wusste nicht recht zu sagen, ob ihr das gefiel, doch gewiss konnte ein Beschützer nicht schaden, solange sie sich allein inmitten der vielen Männer bewegte.

Caroline wollte nicht untätig bleiben und beschloss, den Frauen am Kochfeuer zur Hand zu gehen. Die Fähnlein des Allgäuer Haufens, so hatte Johannes ihr erklärt, wurden an ihren Lagerplätzen von den umliegenden Dörfern mit Nahrungsmitteln wie Brot, Käse und Bier versorgt. Die Menschen waren voller Hoffnung und gaben für die gute Sache, was sie zu geben hatten. Selbst wenn sie sich dem Haufen nicht aktiv anschließen konnten oder wollten, so bestand die Möglichkeit, der Christlichen Vereinigung als stilles Mitglied beizutreten. Im Augenblick, überlegte Caroline, schien diese Art einer Versorgungskette auszureichen, aber sicher würde es den Dörflern nicht ewig möglich sein, eine solch große Anzahl hungriger Mäuler zu stopfen, darbten sie doch für gewöhnlich selbst.

Während sie in Richtung der Frauen schlenderte, wurde sie von den Männern, die ihr über den Weg liefen, freundlich gegrüßt. Denjenigen, welche die Geschichte Carolines und ihres Vaters, des weithin gerühmten Gaispeters, in Memmingen nicht selbst gehört hatten, war sie mittlerweile von den Kameraden zugetragen worden. »Gaispeters Mädel« nannte man die Rebellentochter.

Mit einem zwanglosen Lächeln begrüßte Caroline die werkelnden Frauen. In der Erwartung, freundlich aufgenommen zu werden, stellte sie sich vor. Die eben noch munteren Unterhaltungen endeten abrupt. Sie konnte sich des Gefühls nicht erwehren, in eine verschworene Gemeinschaft eindringen zu wollen.

»Wir wissen, wer du bist«, erklang die schroffe Erwiderung aus mehreren Kehlen. Caroline sah sich knapp zwei

Handvoll Frauen, eine von ihnen hochschwanger, mit ausnahmslos feindseligem Blick gegenüber.

»Dann wisst ihr auch, dass ich fortan zu euch gehöre.« Caroline spähte zu den über dem Feuer hängenden und auf Dreifüßen stehenden Töpfen hinüber. Sie meinte, Pastinak und grobgeschroteten Dinkel in den köchelnden Eintöpfen zu erkennen. Aus der rötlich grau glimmenden Glut spitzten gefüllte, zum Schutz vor zu großer Hitze fest umwickelte Brotfladen heraus. »Was gibt es zu tun?«

»Nichts. Während du die Zeit für ein Schäferstündchen mit Hauptmann Lenker genutzt hast, waren wir schon lange auf den Beinen.«

»Keine von euch Frauen hat die Männer nach Memmingen begleitet«, fiel ihr auf. »Weshalb?« Noch glaubte Caroline, den Argwohn der Frauen zerstreuen zu können.

»Was will ein Weib zwischen all den Kerlen? Das Bauernparlament ist unsere Sache nicht. Deren Debatten gehen uns nichts an. Wir sorgen für das leibliche Wohl – dafür sind wir da.«

»Dort drüben werden sie dich brauchen können.« Ein Fleischberg von einem Weib zeigte in Richtung eines Wagens am Rand des Lagers. Die Bergerin, so wurde die dicke Matrone gerufen, nickte aufmunternd. Die erste freundliche Geste.

Erst zögerlich, dann immer forscher marschierte Caroline zu dem Wagen hinüber. Ihrer Meinung nach hatte sie nichts getan, was das unfeine Verhalten dieser Frauen ihr gegenüber gerechtfertigt hätte. Gottlob war sie keine Person, die erpicht war auf Klatsch und Tratsch. Es machte ihr keineswegs etwas aus – so redete sie sich zumindest ein –, auf derartige Gesellschaft zu verzichten.

Bei dem Wagen regte sich nichts. Lediglich ein Topf mit Suppe stand dort verlassen und vergessen. Offensichtlich speiste man hier getrennt von der Gemeinschaft.

»Guten Tag?«, rief sie fragend.

»Guten Tag, meine Liebe. Möchtest du zu uns?« Ein Kopf streckte sich ihr aus dem hinteren Wagenteil neugierig entgegen. Die Frau war grell geschminkt, was ihre Falten deutlicher zu Tage treten ließ, als das ohne all die Farbe der Fall gewesen wäre. Ihre Lippen hingen fahl und verbraucht in ihrem Gesicht.

»Man sagte mir, ihr könntet Hilfe gebrauchen.«

»Fragt sich nur, wobei«, kicherte die Fremde. »Mit all den Kerlen im Lager lässt sich gutes Geld verdienen. Viel zahlen können die nicht, dafür gibt es jede Menge von ihnen.« Das Kichern wandelte sich zu einem tiefen Glucksen. »Wenn du dich uns anschließen möchtest, straff und jung wie du bist …«

»O nein!« Caroline konnte ihre Bestürzung nicht verbergen. »Deshalb bin ich nicht hergekommen.«

»Würdest uns eh nur das Geschäft verderben.« Die alte Trosshure kletterte schwerfällig aus dem Wagen, gefolgt von flinken, jüngeren Frauen, die die Besucherin neugierig in Augenschein nahmen. Zwei der drei Huren hatten ausladende Hüften und hübsche Schmollmünder. Die dritte war recht mager. Ihre Figur erinnerte an ein junges, noch nicht zur Frau erblühtes Mädchen. Lediglich die kantigen, erwachsenen Gesichtszüge verrieten das wahre Alter der Hure.

»Die dort haben mich hergeschickt.« Caroline wies auf die Frauen, die in ihrer Arbeit innegehalten hatten und hämisch herübergrinsten.

»Das ehrenwerte Weibervolk, na, kein Wunder.« Die stark geschminkte Hure mit den Falten tätschelte Carolines Hand. »Du warst in der Kramerzunft dabei, was denen gegen den Strich geht. Sie selbst sind bei solchen Zusammenkünften nicht erwünscht, deshalb gönnen sie die Ehre auch keiner anderen. Das bist doch du, nicht wahr, die Kleine vom Gaispeter?«

»Caroline Gaiß heiße ich.«

»Ich bin Hede. Das sind Anne und Annmarie, zwei Schwestern.« Die Alte zeigte auf die beiden drallen Frauen. »Und unsere Auster, Augusta heißt sie, ein ganz schön hochtrabender Name, nicht wahr? Aber recht passend. Ich hatte einmal eine Auster zwischen den Fingern, und ich sage dir, unsere Auster hier kann genauso verschlossen sein.« Dieses Mal galt Hedes Fingerzeig der dürren Hure. »Außerdem ist den Krähen da drüben natürlich nicht entgangen, dass du aus dem Zelt des Hauptmanns Lenker gekrochen bist«, nahm sie den Gesprächsfaden wieder auf. »Den Lockenkopf schmachten sie alle an, obschon ein Großteil von ihnen längst unter der Haube steckt. Sie halten sich für was Besseres – nicht, dass sie es wären – und sehen auf unsereins herab.«

»Es kompromittiert dich, mit uns zusammen gesehen zu werden«, warnte Augusta.

»Unsere Auster ist sehr klug, und sie hat ganz recht.« Noch einmal tätschelte die Alte Carolines Hand. »Du solltest besser wieder gehen, Kleine, ehe noch das ganze Lager von deiner Bekanntschaft mit den Trosshuren spricht.«

»Das schert mich nicht«, erwiderte Caroline inbrünstig. »Ihr seid mir hundertfach freundlicher begegnet als diese Weiber.«

»Mit Männern ist da oft leichter auszukommen«, gaben die Dirnen ihr mit auf den Weg. »Die sind nicht so beißend in ihrem Spott und haben gar nicht selten das weichere Herz.«

In den folgenden Tagen regnete es Häme auf die Tochter des Gaispeters, obwohl sie, soweit es möglich war, einen großen Bogen um die garstigen Weiber machte. Die Frauen schimpften sie ein leichtes Mädchen und noch Schlimmeres, wann immer sich ihnen die Gelegenheit bot, und brachten die üblen Verleumdungen gewissenlos in Umlauf. Zu Carolines Leidwesen änderte sich auch das Verhalten der Männer ihr gegenüber. Sie wusste nicht zu beurteilen, ob man im Lager den wilden Gerüchten Glauben schenkte. Kaum grüßten die Allgäuer sie noch, meist blickten sie zu Boden, wenn sie vorüberkam.

Langhans blieb in ihrer Nähe, derweil Johannes von den Hauptleuten in Beschlag genommen wurde und kaum von Knopfs Seite wich. Boten kamen und gingen, mittlerweile hatte der Schwäbische Bund bereits die zweite vorgeschlagene Richterliste abgeschmettert. Nachts, wenn Caroline Johannes endlich für sich hatte, berichtete er ihr ausführlich von den Verhandlungen, die nicht vorangehen wollten. In diesen Stunden blühte sie auf, in langen Gesprächen ebenso wie in friedlichem Schweigen. Doch schon am Morgen war er wieder fort und ließ sie zurück. Sie nahm an, ja, sie war überzeugt davon, dass er nichts von der Behandlung wusste, die man ihr angedeihen ließ. Um ihn nicht zu beunruhigen, schwieg sie über die Ränkespiele der Frauen. Das wollte sie mit sich selbst ausmachen.

Im Grunde genoss sie das Alleinsein, wie sie es immer genossen hatte. Wenn die Einsamkeit sich dennoch drückend auf ihre Brust senkte, unternahm sie lange Wanderungen in den umliegenden Wäldern oder ritt mit ihrem Pferd über Wiesen und Weiden – auch wenn sie wusste, dass es nicht gerne gesehen wurde, wenn man sich zum eigenen Vergnügen vom Lagerplatz entfernte. Selbst Langhans folgte ihr auf ihren Ausflügen nicht. Einmal kam sie mit ihrem Ross bis in die Nähe der Stadt Kempten, die zu den ältesten im ganzen Reich zählte. Beim Anblick der wehrhaften Mauern machte sie kehrt, wohl wissend, dass es für eine Frau nie ratsam war, sich ohne Begleitung allzu weit vorzuwagen. Selbst im Allgäuer Lager konnte sich ein Weib allein nicht vollkommen sicher fühlen. Zu groß war die Gefahr, den Weg eines übel gesinnten Gesellen zu kreuzen. Wenn sie eines in den frühen Jahren nach dem Tod ihres Vaters gelernt hatte, so war das, Vorsicht walten zu lassen und ihre Umgebung stets wachsam im Blick zu haben.

Caroline nutzte auf ihren Wanderungen Flecks Körbchen, um nützliches Grün darin zu sammeln, das um diese Jahreszeit vorwitzig aus der Erde zu sprießen begann. Mehr als ein Mal ertappte sie sich dabei, wie ihre Hand in den Korb fuhr, um den kleinen Kater zu liebkosen. Immerhin wusste sie ihn bei Salome und deren Ziehtochter in besten Händen. Die Abgeschiedenheit ließ ihr viel Zeit, ausgiebig nachzudenken. Sie vermisste ihre Ziehfamilie auf Eisenberg schmerzlich. Emma, die Zwillinge, Stefan, Johanna und die Nachbarn drüben auf Hohenfreyberg. Oft träumte sie von ihnen und betete beim Erwachen ein ums andere Mal darum, dass es ihnen gut ging und Emma tief in sich die Kraft fand, ohne Erik weiterzumachen.

Sie sann auch über das Rätsel des Sternenmals nach. Wenn erst das alte Recht wiederhergestellt wäre, für das ihr Vater so hart gekämpft hatte, würde sie in die Hütte der Epfacher Heilerin zurückkehren und nicht eher fortgehen, als bis das Geheimnis gelöst wäre.

Manchmal unterhielt sich Caroline ein Weilchen mit den Dirnen – den Warnungen zum Trotz. Das Los der Trosshuren war hart, ihr Leben bitter. Die Rebellentochter bewunderte die Frauen, in deren Gesprächen trotz des gnadenlosen Schicksals so manches Mal leiser Humor aufklang. Lediglich die alte Hede machte ihr Sorgen. Manchmal murmelte sie zusammenhanglose Dinge vor sich hin und wirkte dann eine Zeit lang nicht recht bei Sinnen.

»Sie meiden mich«, klagte Caroline den neu gewonnenen Freundinnen eines Nachmittags, während sie beobachtete, wie die fette Bergerin sich ungeschickt an die Verarztung eines angeknacksten Handgelenks machte. »Wegen dieser törichten Weiber sind mir die Hände gebunden, dabei gibt es im ganzen Lager niemanden, der wirklich etwas von der Heilkunst versteht. Seht euch das nur an.« Ihr Kopfnicken ging in Richtung des verletzten Mannes, der die unbeholfene Behandlung stumm über sich ergehen ließ.

»Wende dich an den Knopf«, riet Anne. »Die Leute hören auf ihn.«

Caroline griff den erteilten Rat auf und bat Jörg Schmid um eine Unterredung. Es war ein schwieriges Unterfangen, unter vier Augen mit dem Obristen zu sprechen, doch schließlich gelang es ihr trotz Täubers Protest. Kaum sah sie sich dem Knopf gegenüber, hatte sie den Eindruck, ihm wäre an nichts mehr gelegen, als ihrer Schilderung zu lauschen. Jörg Schmid hatte ein erstaunliches Talent, seinem Gegenüber den Eindruck zu vermitteln, ausschließlich für ihn alleine da zu sein.

»Ich kann nur helfen, wenn die Leute mich gewähren lassen«, schilderte sie ihm, und er spürte die Betroffenheit hinter ihren Worten.

Ohne viel Federlesens rief er daraufhin den Ring ein, eine Zusammenkunft des gesamten Lagers, selbst der Frauen, und forderte die Leute auf, sich Caroline Gaiß' Heilkunst anzuvertrauen.

Danach blieb Caroline keine Zeit mehr für einsame Wanderungen. Zwar verspritzten die Frauen weiter ihr Gift, doch mehr und mehr Männer ließen sich davon nicht länger beeindrucken.

Johannes Lenker glühte vor Stolz auf die Frau, die er für sich als die seine betrachtete. Er liebte Caroline, daran bestand für ihn kein Zweifel, derlei machtvolle und unumstößliche Zuneigung hatte er nie zuvor empfunden. Entgegen ihrer Annahme war er sehr wohl im Bilde darüber, wie die Frauen sie in Misskredit zu bringen suchten. Er hatte nichts unternommen, so schwer es ihm fiel, weil sie ihn nicht darum gebeten hatte. Lenker glaubte zu wissen, dass sie eine Einmischung von seiner Seite nicht schätzen würde. Sein Magen grimmte schon beim Gedanken daran, dass er Langhans ohne ihr Wissen dazu abgestellt hatte, auf sie aufzupassen.

Stattdessen hatte er in eine andere Richtung agiert, die ebenfalls Caroline betraf. Die Idee war aus dem Bauch heraus geboren worden, als er Josef Semmlinger unter einem Baum hocken gesehen hatte, einen feisten Mann mit erstaunlich feingliedrigen Fingern, der auf seiner Flöte spielte. Von da an hatte ihn ein Gedanke nicht mehr losgelassen.

Eines Nachts entschlüpfte Caroline vorsichtig Lenkers Armen und verließ das Zelt, um sich zu erleichtern. Die Wachen auf ihren Posten, in leise Gespräche vertieft, schenkten ihr keine Beachtung. Im wolkenumflorten Mondschein begegnete sie dem Knopf, den das Leid der Schlaflosigkeit plagte. Jörg Schmid konnte sich kaum noch an die Zeit erinnern, in der dies anders gewesen war. Der Verlust eines Mannes, der nie mehr heimgekehrt war, raubte ihm den Schlaf – doch davon sollte Caroline erst später erfahren.

Sie nickten einander im weichen Schimmer des Mondes zu, zwei dunkle Umrisse in der Nacht, ehe Caroline in Richtung Wald verschwand – sie mied Latrinen und Abortgruben, eine Angewohnheit, die sie von ihrer Lehrmeisterin übernommen hatte. Die Erinnerung an die Gräfin versetzte ihr einen Stich. Emma hatte ihr so vieles beigebracht.

Caroline hörte das sanfte Schnauben von Pferden und das Knacken von Zweigen unter ihren Füßen. Der Tag war kühl gewesen, die Sonne hatte sich in unerbittlicher Hoheit kaum aus ihrem Wolkenkleid geschält. Dagegen war die Nacht unerwartet mild. Statt umzukehren, nachdem sie sich Erleichterung verschafft hatte, tat sie einige weitere Schritte in das Walddickicht hinein. Sie dachte an Johannes, den sie in friedlichem Schlummer wusste, während sie selbst keine Ruhe fand. Zu vieles schwirrte ihr im Kopf herum. Die Stunde der stillen Gedanken, so nannte sie dieses Nicht-loslassen-Wollen des Tages bei sich. Auf einem Baumstumpf hockend lauschte sie dem Rascheln der Blätter und Äste, den Mäusen, Füchsen und Dachsen. Hoch über ihr sprang ein Eichhörnchen unsichtbar durch die Nacht. Wind kam auf, den sie selbst im Schutz des Waldes noch zu spüren vermochte. Caroline fröstelte und stand auf. Mit einem Mal meinte sie, Gesang zu hören. Zarten, hohen Gesang. Gebannt stand sie eine Weile ganz still. Dann folgte sie der Stimme.

Der Gesang führte sie weiter fort vom Lager, bis sie an den Rand einer Wiese gelangte. Verborgen zwischen dunklen Baumstämmen beobachtete sie die Gestalt einer Frau, die ihre Arme in wiegendem Tanzschritt zum Himmel emporreckte. Dabei gab sie die uralte Formel einer Beschwörung von sich. Gegen ihren Willen – Caroline glaubte nicht an die Wirksamkeit von Zauberformeln und hielt derlei Wunschdenken für gefährlich – sog sie die Schönheit des Bildes in sich auf. Die tanzende Fremde in einem weiten, wallenden Hemd. Wer mochte die Frau sein, deren Gesicht sie nicht erkennen konnte? Vermutlich gehörte sie zum Lager des Allgäuer Haufens, gehörte zum Kreis der garstigen Weiber, die Caroline schmähten. Als der Tanz endete, machte sich die Unbekannte an einem Gegenstand zu schaffen, den sie vom Boden aufhob und beinahe liebevoll in der Armbeuge wiegte. Caroline, die nicht weiter in den ureigenen Bereich der anderen vordringen wollte, zog sich leise zurück.

Kaum lag sie an Johannes' Seite im Zelt, schlief sie auch schon ein. Die Stunde der stillen Gedanken war vorüber.

16

Am zwanzigsten März trafen sich die Bündnisparteien der Christlichen Vereinigung ein letztes Mal in der Memminger Kramerzunftstube, um der Bundes- sowie der Landesordnung den letzten Schliff zu geben. Caroline verbrachte eine einsame Nacht, denn Johannes war unter den Hauptleuten, die den Knopf zusammen mit einem Fähnlein begleiteten. Der Schwäbische Bund hatte unterdessen auch die dritte Richterliste abgelehnt und zudem auf die Zwölf Artikel reagiert, indem er die Auflösung der Haufen forderte und die Beilegung der »Unstimmigkeiten« mithilfe eines Schiedsgerichts zu erreichen trachtete. Neben den Allgäuern weigerten sich gottlob auch die Baltringer und die Seebauern, auf diesen Vorschlag einzugehen, der so offensichtlich auf erneute Unterdrückung durch die Obrigkeit hinauslief.

Da die Christliche Vereinigung sich freilich auf das Aussitzen der Verhandlungen festgelegt hatte, waren auch dem Knopf weiterhin die Hände gebunden. Und so wartete man und wartete. Zu allem Überfluss geriet den Bauern ein Dokument in die Hände – und war fortan in aller Munde –, verfasst von einem der führenden Köpfe des Schwäbischen Bundes, dem Kanzler Leonhard von Eck.

Aus dem Begehren der Bauernschaft sieht man, was die lutherische Lehre wirkt: Wildbret und Fische frei und niemand nichts geben! Dieser Teufel ist nicht zu bannen ohne den Henker.

Damit zielte Kanzler Eck auf den Reformator Martin Luther ab, dessen neuzeitliche Denkansätze, insbesondere seine zwölfseitige Broschur »Von der Freiheit eines Christenmenschen«, nach Meinung vieler wesentlich dazu beigetragen hatten, dass eine Erhebung der Bauern erst möglich geworden war. Seine Argumente, erdacht, um die christliche Freiheit zu untermauern, ließen sich mühelos auf die weltliche Freiheit ummünzen und gegen die Geisel der Leibeigenschaft vorbringen.

An einem der letzten Märztage – die Sonne brannte heiß wie lange nicht mehr, wärmte die Glieder und säte Vorfreude auf den Sommer in den Herzen der Menschen – fand Johannes die Zeit und den Mut, mit Caroline über sein Vorhaben zu sprechen. Sie wanderten durch den Wald und entdeckten nach geraumer Zeit ein hübsches Fleckchen auf einer Wiese. Rings um sie herum wuchsen Schlüsselblumen, während die Märzenbecher bereits verblüht waren und ihre grünen Blätterkelche verwaist zurückgelassen hatten.

Lenker legte sich auf dem Rücken ins Gras, ohne sich um die Feuchtigkeit zu scheren, die vom kühlen Erdreich aufstieg. Er wusste nicht recht, wie er es anfangen sollte, daher schwieg er vorerst und genoss die seltene Zweisamkeit. Caroline war dicht neben ihm, er konnte sie atmen hören. Eine frühe Hummel summte über das Paar hinweg, zwei schillernde Libellen tanzten einen Reigen über ihren Köpfen, ihre herrlichen Farben changierten im Licht. Mit geschlossenen Augen tastete er nach Carolines Hand. Er dachte an die gemeinsame Reise nach Denklingen und den Aufenthalt auf der Burg seines Vaters. Da hatte er noch kaum zu hoffen gewagt, ihr Vertrauen und ihre Liebe zu erringen.

»Du wolltest mir etwas sagen, Johannes.« Sie klang neugierig und ein wenig angespannt.

»Das würde ich gerne, wenn mir nur einfiele ... Ich weiß nicht, wie ich beginnen soll«, gestand er aufrichtig.

»Ich habe schreckliche Sorge, dass etwas Fürchterliches

geschehen sein könnte oder geschehen wird. Bitte, rede mit mir.«

»Es hat nichts mit dem Haufen zu tun, keine Bange. Vielmehr mit uns.« Lenker stand auf und zog sie mit sich hoch. Was jetzt kam, sollte seinem Dafürhalten nach nicht im Liegen oder Sitzen geschehen, dafür war es zu wichtig. »Die Weiber im Lager hacken auf dir herum, weil ich deine Ehrbarkeit in den Dreck ziehe«, begann er ernst.

»Du tust nichts ...«

»Pst.« Ein Finger legte sich auf Carolines Lippen. »Lass mich ausreden. Ich bin nicht so blind, als dass mir entgehen könnte, wie tapfer du dich schlägst. Ich liebe dich und bin mir dessen so gewiss, wie es ein Mensch nur sein kann.« Lenkers Worte wirkten gerade so, als hätte er nächtelang darüber nachgegrübelt – was wohl auch der Wahrheit entsprach. Gerade die Steifheit, mit der sie daherkamen, machte sie aufrichtig. »Wenn auch du mich liebst ...«

»Ich liebe dich auch«, flüsterte Caroline.

»Wenn ... falls ...« Sie brachte ihn aus dem Konzept. Er klammerte sich an ihren Händen fest. »Caroline Gaiß, hättest du etwas dagegen, dass wir dich zu einer anständigen Frau machen?«

Sie starrte ihn an, wie vom Donner gerührt. Ihre Finger entschlüpften seinen, sie drehte sich weg und tat einige Schritte von ihm fort. Ihre Schultern zuckten, so leicht, dass er es gar nicht bemerkt hätte, wenn nicht seine Augen unendlich aufmerksam auf ihr geruht hätten.

»Tut mir leid. Ich will dich heiraten, Caroline, aber meine Frage kommt zu früh. Ich hätte es wissen müssen. Bitte, verzeih mir.«

Das Beben ihrer Schultern nahm zu.

»Caroline ...« Er wagte nicht, zu ihr zu gehen oder sie gar zu berühren. Der Hals schnürte sich ihm zu.

Doch dann blickte sie sich zu ihm um, und er entdeckte

das Glück, tanzend und funkelnd in ihren tränenumflorten Augen. Ehe er sich versah, warf sie die Arme um ihn. »Ich weine, weil ich so glücklich bin, war ich doch felsenfest überzeugt davon, mir wäre ein Leben in Einsamkeit bestimmt. Ich liebe dich, Johannes.« Sie ließ ihn los und sah ihm tief in die Augen. Ihr Lächeln ließ die Grübchen auf ihren Wangen spielen. »Es wäre mir eine Ehre, deine Frau zu werden.«

Lenker stieß einen lauten Triumphschrei aus, der die Vögel in den Bäumen aufscheuchte, packte Caroline um die Hüften und wirbelte sie durch die Luft. Dabei fiel ein Gegenstand aus seiner Tasche, den er selbst dort nicht hineingesteckt hatte.

Caroline fand das bizarre Ding, nachdem sie freudentaumelnd voneinander abgelassen hatten. Sie hob es auf und drehte es in den Händen. Es war umwickelt mit einem schmalen, fein geflochtenen Seidenband, das lichtblau, blassgrün und leuchtend gelb schimmerte. Daran befestigt war eine Haarlocke.

»Was ist das?« Angeekelt starrte Johannes darauf. Er empfand einen Widerwillen gegen den Fund, dessen Heftigkeit er sich nicht erklären konnte.

»Galgenwurz.«

»Die Wurzel, die aus der Pisse von Gehenkten wächst?« Lenkers Gesicht verzerrte sich. »Leg es weg.«

»Urin hat mit dem Wachsen der Galgenwurz nichts zu tun. Das ist eine Legende. Allerdings wird ihr Zauberkraft zugeschrieben, und wenn du einmal herkommst und dir das Ding ansiehst, wirst du merken, dass dein eigenes Haar in diesen speziellen Zauber eingebunden ist. Siehst du, es ist eine braune Locke, die silbrig schimmert. Sie stammt von dir.«

»Meinst du?« Johannes warf einen Blick voller Abscheu auf die Wurzel.

»Wenn ich mich nicht täusche, handelt es sich um einen Liebeszauber.« Caroline dachte an die tanzende Frau auf der Wiese, und das vormals schöne Bild wurde überlagert von Zorn. Die Fremde hatte nicht das Recht, ihr Johannes wegzunehmen, selbst wenn Caroline nicht an die Wirksamkeit eines solchen Zaubers glaubte. »Deine Verehrerin muss irgendwie an dein Haar gekommen sein. Hast du nicht bemerkt, wie man dir die Galgenwurz zusteckte?«

»Nein. Ich konnte ohnehin kaum einen klaren Gedanken fassen, wegen dem, was ich dich fragen wollte.«

»Ein Teil der Wurzel fehlt, wurde sauber abgeschnitten. Merkwürdig ... Wir sollten das Ding vergraben und vergessen.«

»Aus den Augen, aus dem Sinn.« Lenker strahlte Caroline an und konnte es kaum erwarten, die Wurzel loszuwerden. »Du hast recht, so machen wir es. Meine kluge Frau.«

Elisa Täuber, das Weib des Leutingers, der Caroline so wenig schätzte, lag seit der Nacht in den Wehen. Ihr Mann hatte sie in der Obhut des Weibervolks zurückgelassen, um seinen Verpflichtungen nachzukommen. Ihm blieb ohnehin nicht mehr zu tun, als abzuwarten – von den Vorgängen einer Geburt blieben die Männer ausgeschlossen. Caroline sorgte sich um Elisa, die mit ihren sechsundzwanzig Jahren eine späte Erstgebärende war, wie sie von den Huren erfahren hatte. Diese Frauen wussten bestens über die Vorgänge im Lager Bescheid. Es waren alltägliche, oftmals aufschlussreiche Dinge, welche die Männer, die unter dem Deckmantel der Nacht zu den Hübschlerinnen kamen, ihnen zuflüsterten.

Obschon Caroline klar war, dass man ihr Erscheinen nicht begrüßen würde, trugen ihre Füße sie zu Elisa hin. Die Gebärende hatte tiefe Ringe unter den Augen. Ihr helles Haar war mit einem Band zurückgenommen. Sie kniete in der Hocke, gehalten von stützenden Händen, ohne die sie vor Schwäche gefallen wäre.

»Was will die freche Weibsperson hier?«

Kaum hatte man Caroline bemerkt, ging das Gekeife los.

»Sieh zu, dass du verschwindest!«

»Du hast hier nichts zu suchen!«

»Verdrück dich zu deinen Hurenfreundinnen!«

Caroline ließ sich nicht aus der Ruhe bringen und tastete mit ihren Blicken Elisas Leib ab. Nach den langen Stunden zu schließen, die Täubers Weib nun schon in den Wehen lag, stimmte etwas nicht.

»Habt ihr eine Hebamme unter euch?«, erkundigte sie sich bei den Frauen, die ihr mit verbissenem Schweigen antworteten. »Wisst ihr, was ihr da tut?«

»Das ist keineswegs die erste Geburt, der wir beiwohnen«, wetterte die fette Bergerin.

»Es sieht mir ganz danach aus, als bräuchte Frau Täuber Hilfe, die ihr offensichtlich nicht geben könnt.« Sie sah die Weiber reihum vorwurfsvoll an. »Wollt ihr Elisa sterben lassen?«

Eine der Frauen, Gerlind, hielt ein Büchlein umklammert, das Caroline als Rößlins »Der Schwangeren Frauen und Hebammen Rosengarten« erkannte. Ein revolutionäres Werk zur Geburtshilfe, das erste gedruckte Buch seiner Art, 1513 erschienen und seither in vielen Haushalten von Müttern und Töchtern wie ein Schatz gehütet.

Caroline schätzte Eucharius Rößlins Buch, in dem neben den Kapiteln über Fehl- und Frühgeburten, Lage und Haltung des Ungeborenen und Säuglingspflege auch praktische Ratschläge für die Mutter vor, während und nach der Geburt enthalten waren sowie erstmals abgebildete Holzschnitte von ungeborenen Kindlein im Mutterleib. Allerdings musste sie eingestehen, dass es in schwierigen Fällen eher erfahrenen Hebammen zur Hilfe diente als jenen

Frauen, die lediglich das ein oder andere Mal Geburtshilfe geleistet hatten.

»Sie muss sich herumwälzen«, empfahl Gerlind und blickte von den bedruckten Seiten hoch.

»Als täte sie das nicht schon seit Stunden«, erwiderte die Bergerin in ätzendem Tonfall.

»Wenn das Kind nicht kommt und gar nichts mehr hilft ... Hier steht: ›Die Hebamme soll das Haupt zerbrechen, zerdrücken, zerspalten.‹«

»Nein!«, kreischte Elisa, die sich aus der Hockstellung heraus zurück auf das Lager fallen ließ. Um ihr linkes Bein war ein Kranz aus Beifuß gewunden, der die Geburt erleichtern sollte.

»Der Beifuß allein wird sie nicht retten«, verkündete Caroline rebellisch. »Und dass ihr versucht, das Kindlein zu zerstückeln, kommt nicht in Frage!«

»Ich will nicht sterben«, schluchzte Elisa am Ende ihrer Kräfte.

»Dann schau sie dir halt an, wenn du meinst«, entschied die Bergerin, worauf die Weiber Platz machten und die Heilerin zu der Schwangeren treten ließen.

»Sei ganz ruhig. Ich helfe dir.« Behutsam tastete Caroline Elisas geschwollenen Leib ab und fluchte leise in sich hinein. Wie sie befürchtet hatte, lag das Kind verkehrt. Vor dem Einsetzen der Wehen hätte sie Mittel und Wege gekannt, das Ungeborene zu drehen. Dafür war es nun zu spät.

Dennoch ließ sie es auf einen Versuch ankommen, den Po des Kindes durch die Bauchdecke der Mutter nach oben zu drücken. Gleichzeitig ertastete sie den Kopf und übte sanften Druck darauf aus. Nichts geschah, außer dass Elisa während der Prozedur zum Gotterbarmen schluchzte.

»Hat eine von euch versucht, das Ungeborene zu drehen? Außer, dass Elisa sich herumwälzen musste? Ich rede von der Hand *im* Mutterleib.«

Schweigen schlug Caroline entgegen.
»Habt ihr? Nun sprecht schon!«
»Keine von uns hat das je getan«, kam das leise Eingeständnis.
»Als ich mit meinem jüngsten Sohn niederkam, hat die Hebamme auch in mich hineingegriffen. Aber woher soll ich denn bloß wissen, wie man das anstellt?«
»Und trotzdem wart ihr euch zu fein, mich zu holen. Was seid ihr nur für grässliche Weiber!«, schimpfte Caroline.
Die Frauen ließen die Tirade stumm über sich ergehen, überhaupt waren sie, seit die Untersuchung begonnen hatte, ungewöhnlich still.
»Ich brauche etwas, um die Geburtswege zu salben. Heißes Wasser außerdem.« Die Heilerin blickte zornig um sich. Immerhin war man so weitsichtig gewesen, Binden und eine Fadenrolle zum Abbinden der Nabelschnur bereitzulegen.
Die Frauen sputeten sich, das Gewünschte herbeizuschaffen. Sie schienen froh, für eine kurze Weile der leidenden Elisa und der aufgebrachten Caroline zu entkommen. Diese beachtete sie nicht länger. Sie krempelte die Ärmel hoch und wusch sich Hände und Arme gründlich in dem heißen Wasser. Dann ließ sie sich den Salbtiegel reichen und roch daran. Ringelblumen.
Behutsam salbte sie erst Elisa, dann ihre eigene rechte Hand ein und führte schließlich die glitschigen Finger behutsam in den weit geöffneten Geburtskanal. Jede Wehe der Schwangeren presste die Knochen ihres Handgelenks schmerzlich zusammen. Ein Kind in einem solchen Stadium der Geburt zu drehen war ein Unterfangen, das ihr all ihr Können abverlangte. Sie führte sich Emmas Bild vor Augen und klammerte sich daran fest. Die Lehrmeisterin hatte im Umgang mit ihren Patienten stets eine bewundernswerte Ruhe ausgestrahlt.

»Was ist nun?«, verlangte die Bergerin ungeduldig zu wissen, während die übrigen Frauen gebannt zusahen.

»Halt den Mund«, verstieg sich Gerlind zu einer Rüge. »Sie muss sich doch konzentrieren.«

Als Caroline einen winzigen Fuß zu fassen bekam, atmete sie erleichtert auf. Eine weitere Wehe quetschte ihren Arm, doch sie ließ das zarte, unendlich wertvolle Glied nicht los, das sie mit dem Ungeborenen verband.

Es herrschte angespannte Stille. Die nutzlos gewordenen Geburtshelferinnen verfolgten wachsam Carolines Tun. Eine Ewigkeit später drehte sich der kleine Körper in dem engen Raum, der ihm zur Verfügung stand. Ein kleines Wunder, das war der jungen Heilerin bewusst, so schlecht, wie die Chancen gestanden hatten.

Caroline begleitete Elisa weiter durch die Geburt. Der Kopf des Kindleins konnte nun endlich in den Geburtskanal eintreten. Als dunkler Haarflaum sichtbar wurde, kämpfte die junge Heilerin mit den Tränen. Die starke Anspannung fiel von ihr ab, und kurze Zeit später konnte sie Elisa einen gesunden Knaben in die Arme legen.

Obwohl Caroline sich gerne zurückgezogen hätte, wagte sie noch nicht, Elisa allein zu lassen. Nachdem Mutter und Kind eingeschlafen waren, erklärte sie den Frauen einige grundlegende Dinge, die Pflege der Wöchnerin betreffend. Manches davon war ihnen bekannt, anderes völlig neu.

Sie sollte ihre Entscheidung, bei Mutter und Kind zu wachen, nicht bereuen. Im Morgengrauen fühlte Caroline das Mal über ihrem Nabel erglühen, gleichzeitig mit Elisas beginnendem Kindbettfieber.

Es sollte einen weiteren Tag und eine Nacht dauern, bis die Heilerin das Fieber zurückgedrängt hatte. Sie bezahlte den Einsatz ihrer Heilkräfte mit ihrer eigenen Kraft. Johannes, der mehrmals versucht hatte, nach der Geliebten zu sehen, war von den Frauen strikt abgewiesen worden.

Erst als Caroline sicher war, dass Elisa keine Gefahr mehr drohte, verließ sie taumelnd das Bett der Wöchnerin, die stützenden Hände der Frauen abwehrend. So drückend ihr das Alleinsein in den ersten Tagen nach ihrer Ankunft im Raithenauer Lager manches Mal erschienen war, so sehr sehnte sie sich nun danach.

Auf dem Weg zu ihrem Zelt rieb sich Caroline das schmerzende Handgelenk. Obwohl sie vor Schwindel kaum mehr klar sehen konnte, war sie zutiefst dankbar, dass es ihr gelungen war, Elisa zu helfen. Gleichzeitig empfand sie immer noch Verzweiflung darüber, wie spät und widerwillig die Frauen ihr Können in Anspruch genommen hatten.

Als die Schatten einer Vision über sie fielen, kam sie den Bildern dankbar entgegen – froh, den Grübeleien über die garstigen Weiber zu entfliehen.

Das Herz der Frau pochte. Lautes Klopfen hatte sie und die anderen aus dem Schlaf gerissen. Vor der Tür wartete schwer atmend ein Mann.

»Es ist so weit! Sie kommen!«

Seine Warnung dröhnte in ihren Ohren. Und tatsächlich, da war vom Haus aus schon der Schein der Fackeln zu sehen. Gesang klang zu ihnen herüber, erst leiser, dann immer lauter werdend. Kirchenlieder.

Die Frau versammelte die verängstigte Schar ihrer Gefährtinnen vor dem Haus. Sie drängten sich aneinander und blickten mit weit aufgerissenen Augen in Richtung des Fackelzugs, die Gesichter noch vom Schlaf gezeichnet, Fassungslosigkeit und Enttäuschung darin.

Die Menschen trugen neben ihren Fackeln Waffen mit sich. Zwischen die Stimmen der Erwachsenen mischten sich helle Kinderstimmen. Sie kamen, die weisen Frauen aus ihrer Mitte zu verjagen.

»Nieder mit den Hexen!«

»Tod den Zauberinnen!«

Das ganze Dorf schien auf den Beinen, um die Gemeinschaft der Sternträgerinnen zu zerstören.

»Beeilt Euch, Frau Herluka, bei Gottes Seel'«, flehte der Mann.

Leben kam in die Angesprochene. »Nehmt das Pferd und den Esel und geht. Los!« Die Seherin umarmte eilig die sechs Frauen, Tränen standen ihr in den Augen. Es blieb nicht mehr viel Zeit. »Gott mit euch.«

»Was ist mit dir? Kommst du nicht mit uns?«

»Ich komme nach. Geht jetzt!«

Herluka vergewisserte sich mit einem schnellen Blick, dass die Frauen auch wirklich in Richtung des Stalls liefen, dann winkte sie den Mann zurück ins Haus.

»Ihr tut, worum ich Euch gebeten habe?«

»Mein Wort darauf, Frau Herluka.«

Die Seherin drängte die Tränen zurück, schloss die Truhe auf und entnahm ihr den Schatz, den sie gezwungen war in fremde Hände zu geben. Sie musste Ruhe bewahren. Der Denklinger Ritter war vertrauenswürdig. Und sie hatte die Hinweise vorbereitet. Stein und Vers lagen in einem Eisenkästchen, vergraben unter der Türschwelle. Zusammen würden sie Wegweiser für die unbekannte Schwester einer künftigen Generation sein.

Herluka reichte dem Ritter ehrfürchtig das verschnürte Bündel. Dies, als Letztes, blieb ihr noch zu tun. Es tat ihr unsäglich weh, den Schatz zurückzulassen, doch so war es ihr geraten worden, und so sollte es geschehen. Es gab keine andere Möglichkeit, denn der wertvollste Besitz des Sternenbunds musste um jeden Preis geschützt werden. Das Versteck war ausgewählt, ihre Pflicht war getan.

Sie hatte von einem See geträumt. Einem See, an dem sie in den wenigen ihr noch verbleibenden Jahren Frieden finden würde.

Die Gemeinschaft der Sternträgerinnen aber, der Bund der sieben – und das schmerzte am meisten – würde mit der heutigen Nacht für lange Zeit zerbrechen.

Caroline lag auf dem nackten Boden und blinzelte hoch zu den sie umstehenden Frauen. Eine verirrte Ameise krabbelte ihr über den Arm. Die Gesichter der Weiber waren sorgenvoll auf sie gerichtet. Woher war die Vision nur gekommen, an einem Ort, der ihr so unendlich weit von Herluka entfernt schien?

Trotz ihres Protests half man ihr auf und führte sie in das Gemeinschaftszelt, wo an regnerischen Tagen die Mahlzeiten eingenommen wurden und viele der Männer schliefen, wenn sie Schutz vor Unwetter und Sturm suchten. Oben auf dem Zelt wehten bunte Wimpel.

»Du hattest einen Schwächeanfall«, ließ eine der Frauen, Gerlind, sie wissen. »Leg dich hin.«

Caroline glitt auf das ihr zugewiesene Lager und schloss die Augen. Wie überdrüssig war sie der heuchlerischen Gesellschaft. »Ich brauche eure Hilfe nicht«, erklärte sie und war doch nicht kräftig genug, um aufzustehen und einfach davonzuschreiten. Still lag sie da und dachte nach. Über die Seherin Herluka, den Ritter von Denklingen – Johannes' Vorfahr – und das Bündel, das sie in ihrer Vision gesehen hatte. Was befand sich darin? Konnte der Inhalt das Rätsel lösen, dessen Aufklärung sie so sehr herbeisehnte? Weshalb, wenn nicht aus diesem Grund, sollte Herluka ihr erschienen sein?

Endlich war Johannes da und fasste nach ihrer Hand.

»Ich bin wohlauf«, kam sie seiner Besorgnis zuvor. »Wollte nur eine Weile nichts hören und sehen.«

»Jeder im Lager weiß Bescheid über das, was du für Täubers Frau getan hast.«

»Keine große Sache.« Caroline winkte ab, und ein leises

Lächeln stahl sich auf ihre Lippen. »Hätte gar nicht erst so weit kommen müssen, wenn Elisa früher bei mir vorstellig geworden wäre.«

»Geht es dir wirklich gut?«

»Ich habe mich von einer Vision zu sehr in Bann ziehen lassen.« Sie setzte sich auf. »Johannes, stell dir vor«, wisperte sie. »Ich habe sie gesehen. Herluka.«

»Tatsächlich?« Lenker bemühte sich um aufrichtiges Interesse, dennoch blieb Caroline nicht verborgen, dass er sich keineswegs freute.

»Was ist?«

»Ich habe nicht geglaubt, dass sie dir folgt«, murmelte er.

»Herluka ist kein Geist, Johannes. Sie kann mir nicht folgen. Was ich gesehen habe, war ihr Leben. Ein Ereignis daraus.«

»Schhh.«

Caroline hatte lauter gesprochen als beabsichtigt. Fünf Frauen spähten neugierig in ihre Richtung.

»Ich glaube, sie wollen sich um dich kümmern. Eine Art Wiedergutmachung.« Lenker strich ihr mit dem Daumen über den Arm, sein Körper verbarg die zärtliche Geste vor den Blicken der anderen. »Sie haben mir rundheraus verboten, dich in unser Zelt zu bringen.«

Caroline seufzte. »Wenigstens hassen sie mich nicht länger.«

Die lange Wache an Elisas Bett forderte ihren Tribut, und Caroline schlummerte ein. Prasselnder Regen und laute Stimmen weckten sie. Amüsiert und wider Willen gerührt bemerkte sie das duftende Tuch auf ihrer Stirn. Es roch nach Lavendel und Melisse, beides Pflanzen, die einen tiefen und gesunden Schlaf förderten. Konnte es wahr sein? Bereuten die Frauen ihre Garstigkeit tatsächlich?

Eine Gestalt schlenderte zu ihr herüber, und Caroline setzte sich auf, um Jörg Schmid zu begrüßen.

»Ich beglückwünsche dich zu deiner Heldentat«, begann der Knopf und ließ sich auf der Kante ihres Lagers nieder. »Mutter und Kind sind wohlauf, darüber ist unser Täuber heilfroh. Auch wenn er es niemals zugeben würde, hat er sich Sorgen gemacht, weil Elisas erste Schwangerschaft so spät eingetreten ist.«

»Nicht ohne Grund. Kaum eine Geburt verläuft gänzlich ohne Komplikationen, aber bei Spätgebärenden sind derlei Dinge besonders häufig zu beobachten.«

Der Knopf lachte. »Du bist wahrlich eine Heilerin, Mädel, genau wie du es gesagt hast.«

Caroline schwieg und betrachtete zum ersten Mal aus nächster Nähe sein Gesicht. Die asketischen Züge verliehen seinem Antlitz Erhabenheit. Die Augen waren schmal und klar, die Nase groß und gebogen, das Kinn schmal und entschlossen. Wieder hatte sie den Eindruck, seine alleinige Aufmerksamkeit gelte ausnahmslos ihr.

»Du wolltest mich doch nicht etwa der Lüge bezichtigen?«, ließ sie sich schließlich vernehmen.

»Nein, das nicht. Aber die Früchte deines Könnens mit eigenen Augen zu sehen ist noch einmal etwas anderes, findest du nicht?«

»Vielleicht.«

»Es hat dich verletzt, wie man sich dir gegenüber benommen hat.«

»Nicht alle waren schlecht zu mir.«

»Und denjenigen, die es waren, hast du es gezeigt.« Der Knopf lächelte. Er hatte schlechte Zähne, was in diesen Tagen auf viele Leute zutraf, die Barbiere und Chirurgen mieden wie der Teufel das Weihwasser. Von Emma wusste Caroline um die Möglichkeiten der Zahnpflege und von welchem Nutzen regelmäßige Mundspülungen sein konnten oder das Abreiben der Zähne mit körnigem, in Leinensäckchen gefülltem Pulver. »Deine Geschichte hat mich beeindruckt. Der feste Glaube deines Vaters an Gerechtigkeit und dein Mut.« Jörg Schmid fuhr in der Luft die Kontur des blassen Kreuzes auf ihrer Stirn nach. »Vor vierunddreißig Jahren gab es im Land eine große Hungersnot. Die Menschen in der Gegend um das Fürststift Kempten litten unter erdrückender Steuerlast, und kaum einem gelang es noch, der Leibeigenschaft zu entgehen. Männer wurden mitsamt ihren Angehörigen erst zu Zinsern, schließlich zu Eigenleuten. Ein ähnliches Bild, wie wir es heute kennen. Die Bauern begehrten auf, woraufhin der Schwäbische Bund ihnen drohte und sie auf das Strengste zum Gehorsam ermahnte. In ihrer Not beschlossen die Unterdrückten, einen Boten gen Wien zu entsenden, wo sich damals Kaiser Maximilian I. aufhielt, um Hilfe und Beistand zu erflehen. Der Bote, Heinrich Schmid, kam niemals in Wien an. Er wurde hinterhältig ermordet. Man fand seinen Leichnam kaum eine halbe Tagesreise von Kempten entfernt. Von den Totschlägern fehlte jede Spur. Für mich bestand nie ein Zweifel daran, dass der Schwäbische Bund den Mann beseitigen ließ.«

»Den Mann – deinen Vater?«

»Ja, Mädel, Heinrich Schmid war mein Vater. Der Todfall trat ein, und wie die Obrigkeit es in einem solchen Fall als ihr gutes Recht ansieht, zog man die Hälfte unseres Hab und Guts ein. Wir besaßen ohnehin kaum etwas, nach dem Tod meines Vaters war es zum Leben zu wenig und zum Sterben zu viel. In den folgenden Jahren arbeitete ich für die Stadt Kempten als Bleichknecht und verbüßte mehrere Gefängnisstrafen. Ich war dem Kemptener Abt ein Dorn im Auge, weil ich kein Blatt vor den Mund nahm und die Häscher meines Vaters lautstark als Mörder verdammte. Es mag Glück im Unglück gewesen sein, dass sie mir das Leben ließen und ich heute hier sein kann.«

»Unsere Schicksale ähneln sich. Danke, dass du mir davon erzählt hast.«

»Ich fand, du solltest wissen, wer der Mann ist, dessen Führerschaft du dich angeschlossen hast. Die Obrigkeit war damals nicht zu Verhandlungen bereit, und ich bin überzeugt davon, sie ist es auch in diesen Tagen nicht. Man will uns hinhalten. Die Baltringer sind zu verbohrt in ihrer Hoffnung, als dass sie die Wahrheit erkennen könnten, die doch nur zu offensichtlich ist.«

»Bis eben war ich nicht sicher, ob es klug ist, einen offenen Kampf anzustreben. Jetzt bin ich es, denn ich vertraue dir.«

»Weißt du, Mädel, seitdem ich vergeblich auf die Heimkehr meines Vaters gewartet habe, schlafe ich schlecht. Habe mich von dem Schlag nie wieder so recht erholt.« Jörg Schmid erhob sich.

»Ich kenne Kräuter, die dir helfen werden«, versprach Caroline.

Der Knopf nickte. »Nun aber genug der alten Geschichten. Erhol dich rasch, Mädel. Ein Spatz flüsterte mir, dass unser Lenker und Pfarrer Semmlinger ununterbrochen die Köpfe zusammenstecken.«

17

Anfang April 1525 endete die Phase der Verhandlungen. Die Christliche Vereinigung, eben noch zum Zwecke des Zusammenhalts gegründet, verlor an Boden. Im Baltringer Haufen war Ulrich Schmid, der gemäßigte Hauptmann, seines Lebens nicht mehr sicher. Entschiedenere Kräfte übernahmen die Führung, und Schmid rettete seine Haut durch Flucht.

Die Zwölf Artikel erfuhren so rege Verbreitung, dass es selbst die kühnsten Hoffnungen übertraf. In Städten wie Augsburg, Breslau, Konstanz, Magdeburg, Nürnberg, Regensburg, Erfurt und gar Straßburg fanden sich die Drucke.

Waren die Tage im Raithenauer Lager zuvor in halbwegs friedlichen und geordneten Bahnen verlaufen, so verlor sich dieser beinahe gemütliche Rhythmus in dem Augenblick, als der Knopf im Ring verkündete: »Ich lasse die Truppen zusammenrufen. Wir harren nicht länger der Dinge – wir begehren auf!« Ohrenbetäubender Jubel folgte seinen Worten, und direkt im Anschluss brach hektisch Aktivität los. Die Zelte wurden abgebaut, Waffen, Pulverfässer, Pfähle, Pflöcke, Lebensmittel und anderes mehr verladen, die Wagen und Fuhrwerke vorbereitet.

Die Bauern ließen Mistgabeln und Aussaat fallen, sobald des Knopfs Ruf sie ereilte. Zum Treffpunkt wurde als bewährter Versammlungsort der Dengelstein im Kemptner Wald erkoren, dort sammelten sich in dunkler Nacht die Fähnlein des Leubaser und Raithenauer Lagers. Unter den

Männern aus Leubas war zu Carolines Freude Peter Christ, jener große Mann, dem zuerst die Kuh Berta und anschließend der neugeborene Sohn gestorben waren.

»Hab's nicht mehr ausgehalten daheim«, erklärte er. »Besser ist wohl, was gegen die Mörder und Halsabschneider da oben zu tun. Gerade jetzt, da mein Weib wieder ein Kind unter dem Herzen trägt.«

In kleinen Grüppchen trafen die herbeigerufenen Bauern ein. Caroline sah, wie Jörg Schmid, Walther Bach von Oy, Jörg Täuber, Johannes und Paulin Probst – der dank seines Rufes, den er sich beim Sturm auf das Oberdorfer Schloss erworben hatte, alsbald in die Führungsriege aufgestiegen war – die Männer begrüßten. Fackelschein spielte auf ernsten Gesichtern.

Währenddessen scharten sich die Weiber, von Feindinnen zu Freundinnen gewandelt, um Caroline. Mittlerweile kannte sie alle beim Namen. Da waren die hochgewachsene Gerlind, die kluge Egnathe und die gedrungene Lies, die über mehrere Ecken mit der runden Bergerin verwandt war. Nicht zu vergessen die zierliche Mina mit dem rötlichen Haarschopf und natürlich Ingeborg, die für jeden Kummer stets ein offenes Ohr hatte und Gefahr lief, sich in ihrer Gutmütigkeit ausnutzen zu lassen. Die Frauen hingen seit Elisas Rettung mit einer an Hingabe grenzenden Verehrung an Caroline, und die junge Heilerin hatte ihnen ihr früheres Verhalten längst verziehen. Die Gesellschaft der neuen Freundinnen hatte zudem den großen Vorteil, dass Gottlieb Langhans nicht länger dazu verdonnert schien, ihren unauffälligen Aufpasser zu spielen.

Der Dengelstein war ein mächtiger, von einem Graben umgebener Findling, gut fünf Manneslängen hoch. Verwittert und überwachsen von dunklen Moosflechten, vermittelte der Fels dem Betrachter den Eindruck schauriger Verlassenheit. Er lag nahe einem Fuhrweg durch den Kemptner

Wald, so dass die Allgäuer mit ihren Wagen bis dorthin vordringen konnten. Der Platz war gut gewählt, wurde er doch für gewöhnlich von Menschen gemieden.

»Was ist mit euch?« Caroline spürte, wie verängstigt die Frauen waren.

»Er wetzt hier seine Sense«, wisperte die Bergerin. »In Nächten wie dieser kann man ihn dengeln hören.«

»Schrill und klagend hört es sich an, wenn die Sense über den Stein fährt. Mich gruselt es an diesem Ort.« Elisa hatte die Strecke von Raithenau in den Kemptner Wald in einem geschlossenen Fuhrwerk zugebracht, wo man ihr und dem Säugling ein Lager gerichtet hatte. Kaum am Ziel angekommen hatte sie sich Carolines tadelnden Ermahnungen zum Trotz mit dem Kind zu den übrigen Frauen gesellt. Aus schierer Furcht, so nahe beim Dengelstein allein für sich zu bleiben.

»Von wem sprecht ihr?«

»Vom Sensenmann. Vom Tod«, raunten die Frauen.

»Ich kenne einen Vers«, verriet die Bergerin. »Ob ich es wagen soll …? Nun gut, hört mir zu:

> *Einst lauschte die Magd*
> *einem wunderlichen Klingen,*
> *gar seltsamem Singen.*
> *Mädchen fein, du bist mein.*
> *Der Wind brauste scharf,*
> *die Nacht war tiefschwarz.*
>
> *Das Herz der Magd so rein,*
> *zog es sie hin zum Dengelstein.*
> *Mädchen fein, du bist mein.*
> *Im tiefsten Wald, in tiefster Nacht*
> *probte der Teufel seine Macht.*

Gevatter Tod dengelte seine Sense,
das Mägdelein stand starr in tiefster Not,
beim Morgengrauen war es tot.
Mädchen fein, du bist mein.

Während eine Gänsehaut Carolines Rücken emporkroch und sich zwischen den Schulterblättern festsetzte, sah sie das Bild hingeschlachteter Pferdekörper vor sich, umtanzt von zuckenden Menschenleibern. Der Dengelstein musste vor langer Zeit eine Kultstätte ritueller Opfergaben gewesen sein. Es war nicht der Tod, den man an diesem Ort zu spüren glaubte und den der Vers der Bergerin beschwor, es war der Nachhall eines Echos aus längst vergangener Zeit.

»Ihr braucht nichts zu fürchten«, erklärte Caroline und konnte doch nichts gegen das bange Zittern ausrichten, welches die Frauen bis zum Morgengrauen in den Klauen hielt.

Am Nachmittag war der Allgäuer Haufen beinahe vollzählig, knapp achttausend Mann waren in den Wäldern um den Dengelstein versammelt. Caroline staunte, wie geschwind die Bauern herbeigekommen waren, um für ihre Überzeugungen in den Kampf zu ziehen. Der Knopf und seine Oberleute hatten die Angriffsziele festgelegt, Orte, an denen die Obrigkeit mit ihrer Macht besonders arg Schindluder trieb, und die ersten Fähnlein marschierten los. Viertausend Allgäuer zogen in Richtung Obergünzburg, wo sie am Karfreitag vor Burg Liebenthann Stellung bezogen. Das verhasste Fürststift in Kempten war der Bestimmungsort eines weiteren Fähnleins. Für den Knopf selbst, unterstützt von dreieinhalbtausend Mann, lautete das Ziel Burg Wolkenberg.

Zuvor jedoch, und das rechnete Lenker Jörg Schmid hoch an, gab es etwas zu erledigen. Herausgeputzt, so gut es die Umstände eben erlaubten, begab er sich auf die Suche nach

Caroline. Schon von weitem hörte er ihre Stimme. »Weshalb die Blumen im Haar?«, fragte sie. »Was habt ihr vor mit mir, dass ihr mir dieses Kleid anzieht?«

Die Weiber kicherten entzückt, als Johannes auf leisen Sohlen heranschlich, Caroline von hinten umfasste und sie eng an sich drückte. »Ich habe dich gebeten, meine Frau zu werden«, raunte er an ihrem Ohr. »Unterhalb des Dengelsteins steht eine kleine Kapelle. Pfarrer Semmlinger wartet dort auf uns. Komm.«

Lenker fasste ihre Hand und führte sie mit sich fort, gefolgt von den Frauen, deren leicht wehmütige Blicke auf Johannes' lockigem Hinterkopf ruhten. Alles fand seine Ordnung, die sündhafte Beziehung des Hauptmanns mit der Heilerin hatte ein Ende, selbst wenn das bedeutete, dass einer der begehrtesten Junggesellen fortan nicht länger frei sein würde. Trotz ihres unfreundlichen Verhaltens im Raithenauer Lager gönnten die Weiber Caroline ihr Glück nun von Herzen. Elisas Rettung hatte die Meinungen über die Rebellentochter so sehr gewandelt, wie es auch das strengste Wort des Knopfs nicht vermocht hätte. Lediglich ein Augenpaar ruhte starr und hasserfüllt auf der Braut.

»Was soll ich sagen?« Caroline fühlte ihr Herz wild pochen. »Mir fehlen die Worte. Ich wusste nicht, habe nicht geahnt …«

»Es sollte eine Überraschung sein.« Johannes drückte ihre Hand ganz fest, weil das Glück ihm schier die Luft abzuschnüren drohte. »Ich möchte, dass wir einander Mann und Frau werden, ehe … die Kämpfe beginnen. Jeder soll dich als mein Weib achten und ehren, was auch immer mit mir …«

»Sprich nicht so«, bat Caroline. »Sprich nicht, als fürchtetest du, dir könne etwas zustoßen. Dir wird nichts zustoßen«, beschwor sie ihn. »Dir nicht.«

»Ich liebe dich, und ich gehöre dir, mit Leib und Seele. Versprich mir, dass du – ganz gleich, was geschieht – dir dessen immer gewiss sein wirst.«

»Ich schwöre es.«

Pfarrer Semmlinger sprach den Trausegen über den Hauptmann und die Rebellentochter, der Knopf fungierte als Zeuge der Trauung. An Caroline glitt die kurze Zeit, in der sie als Braut vor dem Altar stand und mit Glückwünschen überhäuft wurde, wie im Traum vorüber. Lediglich Johannes' inniger Kuss schien ihr wirklich, genau wie das Flötenspiel Semmlingers, welches der Pfarrer zur Feier des Tages anstimmte. Sie bedauerte das Fehlen ihrer Ziehfamilie so sehr, dass ihr die Tränen kamen – was von den Übrigen als Zeichen ihrer Rührung verstanden wurde.

Weil der Aufbruch bevorstand, gab es weder ein Brautlager für die Frischvermählten noch einen Hochzeitsschmaus. Caroline kümmerte das nicht, als sie gemeinsam mit Lenker im dichten Wald verschwand, gefolgt von den lachenden und nicht wenig anzüglichen Rufen der Hochzeitsgesellschaft. Unter einer alten Linde, die fünfhundert Jahre oder mehr gesehen haben mochte, liebten sie einander zärtlich. Caroline hielt Johannes eng umschlungen, berauschte sich am Duft seiner Haut und dem Schlagen seines Herzens. Die Braut, die nie vorgehabt hatte, einen Mann zu lieben, begann, um ihr zerbrechliches Glück zu fürchten.

Burg Wolkenberg lag, weithin sichtbar, hoch auf einem unbewaldeten Hügel, so dass man an manchen Tagen den Eindruck gewinnen mochte, weiße Wolkenfetzen umgarnten den Bergfried und spielten Fangen im Burghof. Caroline begriff, wie die Burg zu ihrem Namen gekommen war. Zur Burganlage gehörte auch der unten am Hang gelegene Bauhof, um den sich umzäunte Viehweiden erstreckten, außerdem befanden sich dort reiche Fischteiche, die noch frei waren von Algen und Seerosen, was sich ändern würde, wenn der Sommer mit drückender Hitze Einzug hielt und das Wasser mit einer grünen, blubbernden Schaumschicht überzog, unter der die wild wuchernden Wasserpflanzen an die Oberfläche drängten.

Gut sechshundert Seelen lebten im Dorf Wildpoldsried, verteilt auf einhundert Hofstätten, die den Haufen euphorisch willkommen hießen, während sich der Stiftsvogt und Burgherr zu Wolkenberg eiligst hinter dicken Mauern verschanzte. Die Burg selbst, Mauer, Bergfried und Haupthaus, stammte aus dem dreizehnten Jahrhundert, während der Wirtschaftstrakt sowie ein Anbau am Turm deutlich jüngeren Datums waren. Damals hatte man den Zugang zur Burg an die andere Seite des Bergfrieds verlegt und den Zugang verschmälert.

Während sieben Fähnlein vor Burg Wolkenberg Stellung bezogen und die Zufahrtswege sperrten – mit besonderem Augenmerk auf den einzigen Burgzugang an der Südseite, denn überall sonst war der Burghügel so steil, dass ein Angriff unmöglich schien –, wurde jede helfende Hand gebraucht. Ein Feldlager für dreieinhalbtausend Menschen zu errichten erforderte durchdachte Organisation. Zelte mussten aufgebaut, Feuerstellen angelegt, Abortgruben ausgehoben, ein sicherer und trockener Platz für Waffen und Munition gefunden werden. Hinzu kamen die aus Italien heimkehrenden Landsknechte aus der Armee des Georg von Frundsberg. Einige von ihnen hatten sich vorzeitig von ihrem Tross getrennt, die Alpenpässe in kürzerer Zeit als das nur langsam vorankommende Hauptheer überquert und waren zum Jubel der Allgäuer dem Haufen beigetreten. Zwar würde sich ein Gutteil der Söldner in den kommenden Tagen und Wochen vermutlich dem Schwäbischen Bund anschließen, doch war den Allgäuern Ansporn genug, dass es erfahrene Kämpfer gab, die ihr Können bereitwillig in den Dienst der Gemeinschaft stellten.

Caroline befand sich mit roten Wangen mittendrin in dem vermeintlichen Chaos, das sich erst auf den zweiten oder dritten Blick als ein geordneter Ablauf entpuppte. Zwischendurch unterbrach sie ihre Arbeit, um hinüber zur Burg zu schielen. Was ging wohl in den Menschen dort drinnen vor? Waren sie gut gerüstet? Waren die Vorratskammern gefüllt? Ängstigten sich die Tyrannen jetzt, da die kleinen Leute aufbegehrten?

Der Knopf hatte versucht, gleich zu Beginn der Belagerung mit dem Burgherrn zu sprechen. Obwohl er auf die Kanonen und Katapulte verwiesen hatte, die der Allgäuer Haufen mit sich führte, war der Vogt verstockt geblieben. Caroline vermutete, dass Jörg Schmids Langmut und damit die Schonfrist für die Leute auf der Burg nicht lange währen würde.

»Frau Lenker.« Starke Arme schlangen sich am frühen Nachmittag um Caroline. »Liebste.« Johannes küsste ihr Ohr. Seit ihrer Heirat hatte er die Angewohnheit entwickelt, sich an sie heranzuschleichen, so dass sie sich in seinen Armen fand, noch ehe sie recht begriff, wie ihr geschah. »Trommel das Weibervolk zusammen. Ihr werdet in der Wildpoldsrieder Badstube erwartet. Der Bader und seine Frau haben angeboten, die Frauen des Allgäuer Haufens dort ohne Bezahlung zu begrüßen. Ihre Art zu zeigen, auf wessen Seite sie stehen.«

»Das wäre wunderbar, bliebe nicht noch so viel zu tun.«

»Kein Widerspruch, Caroline. Glaubst du, mir ist entgangen, wie fleißig du warst? Wenn ich richtig hingesehen habe, hast du neben all der Arbeit Brüche geschient und zahllose kleine Verletzungen behandelt – und dir den Besuch in der Badstube redlich verdient, abgesehen davon, dass wir die Dörfler nicht beleidigen dürfen und unser Obrist Knopf euer Bad angeordnet hat. Die guten Wildpoldsrieder sind gerade dabei, unser Vorratszelt zu füllen.« Lenker blickte versonnen drein. »Wenn ich könnte, würde ich dich begleiten. Der Anblick deiner zarten Haut, weich und rosig vom heißen Wasser ...«

»Hör auf.« Caroline war sich sicher, dass ihm ihre glühenden Wangen nicht entgingen. Sie lächelte still in sich hinein, voller Freude darüber, dass Johannes dieses glückselige Kribbeln in ihrem Körper zu entfachen vermochte. »Ich mache mich ja schon auf den Weg.«

Obwohl Gerlind, die Bergerin und ein Großteil der anderen Frauen protestierten, forderte Caroline auch die Dirnen auf, sie in die Badstube zu begleiten. Ihrer Meinung nach waren die Huren ebenso Teil des Lagers und als solcher nicht minder berechtigt, der Einladung der Badersleute zu folgen. Elisa Täuber hingegen, deren Wochenfluss anhielt, musste – so leid es der Heilerin tat, die Enttäuschung auf dem Gesicht der jungen Mutter zu sehen – von der Unternehmung abgeraten werden. Das Risiko, durch die warme, feuchte Luft in der Badstube dem Kindbettfieber doch noch zu erliegen, war zu hoch.

Caroline verstand nicht recht, was genau vor sich gegangen war, aber es schien ganz so, als wäre nicht länger die Bergerin, sondern sie selbst Wortführerin der Weiberschar. Man hörte auf die Rebellentochter, weshalb die ehrbare Gesellschaft die Gegenwart der Hübschlerinnen am Ende in Kauf nahm, allerdings erst, nachdem Caroline einen flammenden Appell an die Frauen gerichtet und sie sacht an das frühere Verhalten ihr selbst gegenüber gemahnt hatte.

Das Badehaus verfügte über zwei weitläufige, niedrige Räume, beide ausgestattet mit Ofen und Kessel, und eine kleine Kammer, die dem Ablegen der Kleider diente. Im ersten Badegemach befanden sich Bänke, auf denen man sitzen, die Hitze genießen und dabei tratschen konnte. Im anderen Raum standen eichene Badetröge. Caroline konnte der Versuchung nicht widerstehen und ließ sich in eine der heißen Wannen hineingleiten. Die Badersfrau war zur Stelle und streute wohlduftende Badezusätze ins Wasser.

»Wir haben schon lange genug von denen da oben auf der Burg«, erklärte sie. »Zerschießt die Mauern, und wir werden jubeln. Bloß zieht nicht wieder ab und überlasst uns erneut der Willkür des Burgherrn zu Wolkenberg.«

»Das werden wir nicht«, versprach Caroline, schloss die Augen und überließ sich ihren Gedanken, durch die Herluka und Salome ebenso geisterten wie Johannes und Emma von Eisenberg.

Nach ihrem Bad gesellte sie sich zu den Frauen auf den Schwitzbänken. Die Verheirateten unter ihnen präsentierten sich wie die Ledigen im Evakostüm und trugen dennoch – was für den Betrachter auf den ersten Blick befremdlich wirken mochte – sittsame Hauben über den hochgesteckten Haaren. Auch Caroline verzichtete seit der Vermählung mit Johannes nicht mehr auf ihre Haube, ein Geschenk Egnathes, allerdings schloss sie sich der vorherrschenden Meinung an, dass ein zusätzlicher Schleier für einfache Frauen zu viel des Guten sei.

Die Dirnen hockten im Schwitzbad abseits wie Aussätzige und sprachen kein Wort, während die Übrigen angeregt miteinander plauschten. Caroline staunte über Hede, die ohne die grelle Bemalung in ihrem Gesicht um Jahre jünger und weniger verbraucht wirkte. Ihr offenes Haar reichte hinab bis zu den Hüften und war an den Spitzen dünn und fransig.

Anne, Annmarie und Augusta sahen bar der Schminke und den bunten Kleidern rein und unschuldig aus. Man hätte nicht geglaubt, auf welche Art und Weise sie sich ihren Lebensunterhalt verdienten.

Als die Zeit zum Aufbruch gekommen war, gingen die Frauen mit leisem Bedauern. So angenehm sie den Aufenthalt in der Badstube auch empfinden mochten, konnte man doch die Großzügigkeit der guten Badersleute nicht über die Maßen strapazieren. In dem Kämmerchen, das dem Aus- und Ankleiden diente, war wenig Platz, und das eine oder andere Kleidungsstück musste seiner Besitzerin aus dem Kleiderhaufen erst mühsam zugeordnet werden. Caroline half Lies bei der Suche nach deren unauffälligem braunen Rock, und als er schließlich gefunden war, stach ihr die Flickerei darauf ins Auge. Ausgeführt mit einem feinen Flechtband in herrlichem Lichtblau, Blassgrün und Leuchtgelb.

Bei der Rückkehr ins Feldlager herrschte dort heller Aufruhr.

»Lasst mich durch.« Caroline schob sich durch die Menschenmassen, die sich um den Mittelpunkt des Geschehens scharten.

»Was ist passiert?« Sie entdeckte Peter Christ, dessen dunkle Augenringe noch immer seine Trauer um den neugeborenen Sohn verrieten. »Weißt du, wo ich meinen Mann finden kann?«

»Dort findet Ihr den Hauptmann, Frau Lenker.« Christ zeigte hilfsbereit nach vorne, und Caroline kämpfte sich weiter, bis sie den Knopf und seine Männer erspähte, die bei den Katapulten und Geschützen standen. Johannes war unter ihnen und raufte sich die Haare, seinen Blick auf die geöffneten Pulverfässer geheftet.

»Himmelherrgott, ich habe die Fässer vor unserem Aufbruch im Kemptner Wald persönlich kontrolliert. Seither war das Pulver keinen Augenblick lang unbeaufsichtigt!«, schimpfte Paulin Probst in höchster Erregung.

»Wir haben die Fässer gehütet wie unsere Augäpfel«, beteuerte ein junger, bleichgesichtiger Mann. »Ich schwöre es beim Herrn Jesus Christus.«

»Alles nass.« Der Knopf schritt prüfend von einem Fass zum nächsten. »Alles verdorben. Da drohe ich dem Burgherrn mit unseren Kanonen – und dann so etwas. Dafür wird der Schurke büßen, hört ihr!«, rief er laut. »Dafür schneiden wir dem Verantwortlichen die Eier ab!«

»Gottlob bleiben uns die Katapulte«, versuchte Johannes der Situation die Spitze zu nehmen. »Schlagkräftig sind sie allemal.«

»Da sprichst du ein wahres Wort, falls nicht auch an den Katapulten herumgepfuscht wurde«, griff Jörg Schmid Lenkers Worte auf. »Wir überprüfen sie auf der Stelle.«

Sogleich wurden die Planen von den mächtigen Waffen gezogen.

Caroline hielt den Atem an. Die Katapulte waren intakt.

Solange die Männer zornig und wütend nach einem Verdächtigen fahndeten, würde im Lager keine Ruhe einkehren. Deshalb verließen die Frauen den summenden Bienenstock, zu dem das Lager geworden war, und machten sich auf, gemeinsam die Wälder zu Füßen des Burghügels zu erkunden.

»Besser, außer Reichweite abwarten, bis sich die erhitzten Gemüter beruhigen«, fasste die dicke Bergerin es in Worte.

Nach Norden hin waren die Mauern Burg Wolkenbergs mit dichtem, immergrünem Efeu berankt. Aus der Ferne konnte Caroline die Wachen erkennen, welche entlang der Wehrgänge patrouillierten.

»Was tun die Weiber hier?«

»Sollten die nicht besser im Lager bleiben?«

Caroline und ihre Freundinnen waren auf eine der Zweiergruppen des Allgäuer Haufens gestoßen, die rund um Burg Wolkenberg Wache gingen für den unwahrscheinlichen Fall, dass die Burgbewohner einen Ausbruch nach hinten wagten. Einer der Männer trug einen Strick mit Glocken bei sich, deren Geläut die Allgäuer im Fall des Falles warnen sollte.

»Ihr braucht nicht über unsere Köpfe hinweg zu sprechen«, erklärte Caroline forsch. Sie hasste es, übergangen zu werden. »Wir sammeln Heilkräuter.«

»Ihr habt die Erlaubnis Eures Mannes eingeholt, Frau Lenker, nehme ich an?«

»Natürlich.« Sie unterließ es zu erwähnen, dass bei all dem im Lager herrschenden Aufruhr vermutlich niemand das Fehlen der Frauen bemerken würde.

»Haltet Abstand zur Burg«, warnten die Männer. »Ihr würdet nicht glauben, wie weit solch ein Pfeil zu fliegen vermag. Und achtet vor allem darauf, euch nicht zu verlaufen. Nicht, dass wir hinterher einen Suchtrupp losschicken müssen, weil ihr Weiber den Rückweg nicht mehr findet.«

Caroline winkte den Frauen, sich auf den Weg zu machen, ehe den rechthaberischen Kerlen noch weitere mahnende Worte einfielen.

Sie entdeckten reichlich Pflanzen wie Taubnesseln, Waldhabichtskraut und Waldsauerklee, deren Blütezeit noch nicht gekommen war, die aber nichtsdestotrotz wertvolle Helfer in der Heilkunde sein würden. In Anbetracht der schieren Größe des Allgäuer Haufens hielt Caroline es für ratsam, die Frauen in den Grundzügen der Heilkunst zu unterweisen. Während sie Pflanzen benannte, Blätter und Stängel zwischen den Fingern zerrieb, um den charakteristischen Duft eines Krautes zu verdeutlichen, und dabei dessen Anwendung erklärte, fühlte sie sich zurückversetzt in die Zeit, als sie mit geschürzten Röcken in Emmas Kräutergarten gekniet und andächtig den Worten der Gräfin gelauscht hatte. Damals war sie der Lehrling gewesen. Ob sie jemals wieder gemeinsam mit Emma in feuchter Erde graben würde?

»Es ist höchste Zeit.« Caroline beendete ihre Lehrstunde, als sie merkte, wie tief die Sonne bereits stand. Ein guter Teil der Allgäuer versorgte sich selbst, aber blieben genügend übrig, die sich auf die gemeinschaftliche Essensausgabe verließen. Da das Kochen für eine solch große Anzahl an Personen unmöglich allein von den Weibern zu bewältigen gewesen wäre, hatte der Knopf bereits in Raithenau einige Männer als Küchenhelfer eingeteilt. Ihnen musste man genaue Anweisungen geben, welches Gemüse kleinzuschneiden und welche Kräuter zu hacken waren. Andernfalls käme nicht mehr heraus als eine geschmacklose Suppe.

Auf dem Rückweg ins Allgäuer Lager glaubte Caroline, einen Schatten über die Felder in Richtung der Burg huschen zu sehen. Sie kniff die Augen zusammen und öffnete sie wieder. Spielte das Dämmerlicht ihr einen Streich?

Eben wollte sie die übrigen Frauen auf das Geschehen hinweisen, da verschmolz die Gestalt – so sie denn da gewesen war – mit dem dichten Efeubehang der Burg.

»Probst hat einen Mann nach neuem Pulver ausgeschickt. Gott weiß, wie lange es dauern kann.« Johannes seufzte, den Kopf an Carolines Brust geschmiegt. »Derweil müssen wir uns mit den Katapulten behelfen. Der Knopf überlegt außerdem, einen hölzernen Wehrturm zu errichten, von dem aus unsere Pfeile bis über die gegnerische Burgmauer dringen würden.«

»Wenn unsere Pfeile bis über die feindlichen Mauern reichen, so müssten es die des Gegners umgekehrt auch«, überlegte Caroline. »Brennende Pfeile, meine ich.«

»Deshalb behängt man einen solchen Turm mit nassen Fellen und Tüchern.« Lenker runzelte die Stirn. »Vorzugsweise getränkt mit Urin – das behauptet zumindest Walther Bach von Oy, der sich auf seine frühere Kampferfahrung beruft.«

»Ich will mir den Gestank gar nicht vorstellen.« Caroline wickelte sich eine von Johannes' Locken um den Finger und begann, ihm von dem Nachmittag in der Badstube, der anschließenden Kräuterexkursion und ihren wehmütigen Gedanken an Emma zu berichten.

Später, die Lenkers lagen in tiefem Schlaf, fanden eine Handvoll Männer im Allgäuer Feldlager einen schnellen und unrühmlichen Tod. Nicht lange danach brannten die Katapulte lichterloh.

18

Seit Beginn ihrer Reise blieb der geisterhafte Besuch des Grafen Eisenberg aus. Für Emma fraglos ein Zeichen: Was sie tat, war richtig. Die als Nonne getarnte Gräfin hatte den Weg nach Rostock in Begleitung einer Kaufmannskolonne zurückgelegt, die in Geschäften des Handelshauses Fugger unterwegs war. Es war ihr unermesslich schwergefallen, ihre Kinder zurückzulassen. Allein die Vorstellung, dass sie sich schon bald weiter und weiter von ihnen entfernen würde ... Emma wischte die Tränen mit dem Ärmel fort.

Das dunkle Habit der Benediktinerinnen erinnerte Gräfin Eisenberg an eine kühne Flucht, die sie – gemeinsam mit Marzan – in ihrer Jugend gewagt hatte. Damals hatte gleichermaßen wie heute die Tracht der Geistlichkeit ihre Identität verschleiert. Dank ihrer Verkleidung hatte Franziska sie beide bei ihrer ersten Begegnung tatsächlich für Ordensbrüder gehalten – ein Umstand, über den in späteren Jahren viel gelacht worden war.

Die Hansestadt Rostock lag am Fluss Warnow, umgeben von einer imposanten Mauer, in die zweiundzwanzig Tore eingelassen waren. Rund elftausend Menschen lebten hier. Emma hatte es Marzans Protest zum Trotz abgelehnt, einen bewaffneten Begleiter für die Reise über das Meer zu engagieren. Die Schwesternkutte schien ihr Schutz genug. Obendrein war die Reise zu Eriks Wurzeln eine Herzensangelegenheit, die danach verlangte, allein getan zu werden, wie Emma gegenüber den Hohenfreybergs mehrmals betont hatte. Aus diesem Grund hatte der Abschied von den Kaufleuten zugleich bedeutet, dass sie von nun an auf sich allein gestellt sein würde. Sie bezog ein Herbergszimmer mit Blick auf den Hafen, der ihr fürwahr als Tummelplatz der Begehrlichkeiten erschien. Tag für Tag verfolgte Gräfin Eisenberg aufmerksam das Be- und Entladen der Waren. Die Hafenarbeiter waren muskelbepackt und trotz Wind und Wetter in Schweiß gebadet. Kaum war eine Ladung gelöscht, legte schon das nächste Schiff, häufig mit dem Rostocker Greifen am Bug, im Hafen an. Dementsprechend gewaltig waren die Ausmaße der Lagerhäuser. Emma beobachtete, wie Dutzende Ellen guten Flanderntuchs einen der Schiffsbäuche verließen, gefolgt von randvollen Klippfischtrögen.

Der liebevollen Fürsorge der Hohenfreybergs entronnen, trank die Gräfin kaum etwas und aß noch weniger. Die bevorstehende Schiffsreise und der Gedanke an ihren verstorbenen Mann vereinnahmten sie neben der Sehnsucht nach ihren Kindern ganz und gar. Inzwischen quälte sie sich selbst mit heftigen Vorwürfen, wann immer sie an ihr Auftreten Caroline gegenüber dachte. In ihrem Schmerz hatte sie den bitteren Fehler begangen, die geliebte junge Frau aus ihrem Heim zu vertreiben.

Die Wartungsarbeiten an dem Dreimaster, der Emma nach Schweden bringen würde, dauerten an. Von Stockholm aus würde sie sehen müssen, wie sie nach Finnland und in Eriks Heimatdorf gelangen konnte. Jeden Morgen fragte die Gräfin beim Kapitän nach, wann das Schiff in See stechen würde, und starrte hinterher lange in das trübe Wasser der Warnow. Bisher war sie stets abschlägig beschieden worden, so auch an diesem wolkenverhangenen Tag, als sie sich auf dem Rückweg zu ihrem Herbergsquartier befand. Ihr Magen hatte das Knurren längst aufgegeben, da sie ohnehin zu essen vergaß. Taumel und Schwäche ignorierend stapfte die Gräfin vorbei an Zollbeamten, Kaufleuten und barfüßigen Kindern, die auf schmalem Grat wanderten – jeder entdeckte Diebstahl zog peinliche Strafen nach sich, etwa die Blendung eines oder beider Augen oder den Verlust einer Hand.

Einer Verkettung der Umstände war es zu verdanken, dass Emma einem alten Bekannten begegnete. Der junge Mann war am Morgen in seine besten Kleider geschlüpft, denn er war an die Universität zu Rostock geladen, um dort einige bedeutsame Gelehrte zu treffen. Der Name seines Vaters öffnete Türen, die ihm andernfalls verschlossen geblieben wären.

Nach dem Besuch der Universität, den Kopf gefüllt mit anregenden und geistvollen Unterhaltungen, entschloss er sich zu einem Besuch im Hafen. Geistesabwesend schlenderte er umher, die guten Kleider am Leib, und dabei entging ihm die kleine schmutzige Hand, die ihm flink unter das Hemd fuhr und nach seiner Geldkatze griff. Der reiche Herr präsentierte sich als ergiebiges Opfer.

Der warnende Ruf einer Ordensschwester schreckte ihn auf, ehe es dem Dieb gelang, das Lederband zu durchtrennen, an dem das pralle Münzbeutelchen hing.

Er packte den Gauner am Hals und schüttelte ihn kräftig, ehe er sich hinkniete und den Burschen, nun etwas zarter, bei den Schultern nahm. »Ich nehme an, du hast Hunger?«

Das Kind nickte scheu.

»Du weißt, Stehlen ist keine Lösung? Wenn du an den Falschen gerätst, bist du die Hand los.«

Der magere Körper des Buben begann zu schlottern, woraufhin der junge Mann in seine Geldkatze griff und ihr eine Münze entnahm. »Hier. Das sollte reichen, deinen Magen zu füllen. Wahrscheinlich werden meine Worte dich in Zukunft nicht vom Klauen abhalten – tu mir den Gefallen, Kleiner, und lass dich nicht erwischen.«

»Ja, Herr. Vielen Dank!« Der Junge stob erleichtert davon, woraufhin die Nonne zu ihm trat.

»Es war freundlich, was Ihr getan habt. Ich halte nichts davon, hungrigen Kindern die Gliedmaßen abzuschlagen.«

»Das sehe ich genauso.« Der junge Mann wandte sich zu der Schwester um. »Nehmt meinen Dank dafür, dass Ihr mich gewarnt habt. Der Bub hätte mich andernfalls um ...« Er stockte, und die Gesichtszüge drohten ihm zu entgleisen. »Gräfin Eisenberg«, quäkte er mit einer Stimme, die ihm nicht gehorchen wollte. »Seid Ihr es wirklich?«

Emma starrte den jungen Mann nun ihrerseits entgeistert an und forschte in seinem Antlitz nach vertrauten Zügen.

»Georg«, lächelte sie schließlich. »Der kleine Georg von Hegnenberg. Ich freue mich, Euch wiederzusehen. Aber sagt, weshalb seht Ihr drein, als wäre Euch die Muttergottes höchstselbst erschienen?«

»Ich kann nicht fassen, dass Ihr ... nun, dass Ihr ...«, stammelte er und wies auf ihre Ordenstracht.

»Eine lange Geschichte, Georg. Wollen wir einige Schritte gehen?« Sie hakte sich bei ihm unter, und der Knabe von einst wurde vor ihren Augen lebendig. Georg von Hegnenberg war der uneheliche Sohn des bayerischen Herzogs Wilhelm und hatte mit neun Jahren davon geträumt, ein großer Ritter zu werden. Er ähnelte seinem Vater – nicht nur des rostroten Schimmers in seinem Bart wegen.

»Ich bin unlängst aus Italien heimgekehrt«, berichtete der junge Mann auf ihre Nachfrage hin. »Habt Ihr von der Schlacht bei Pavia gehört? Es gelang mir, den Franzosenkönig Franz im Kampfgeschehen zu erkennen und so zu seiner Gefangennahme beizutragen.«

»Dann seid Ihr ein edler Ritter geworden. Ruhm und Ehre sind Euer.«

»Wie Ihr es mir prophezeit habt.«

Emma und Georg tauschten ein warmes Lächeln.

»Mein Vater war angetan von dem Ruf, den ich mir erworben habe, und hat mich damit beauftragt, im Zuge der

Vorbereitungen für den Augsburger Reichstag im nächsten Jahr durch die Lande zu reisen. Er spielt mit dem Gedanken an ein kolossales Gemälde der Alexanderschlacht, inspiriert von meiner Heldentat – behauptet er.« Georg zwinkerte verschmitzt.

»Euer Vater hat sich vermählt, nicht wahr?« Emma erinnerte sich daran, die Einladung zu den Hochzeitsfeierlichkeiten abgelehnt zu haben. Dafür hatte ihre Familie zu viel Übel am Münchner Hof erlebt.

»Vor drei Jahren ehelichte er Prinzessin Maria Jakobäa von Baden«, bestätigte Hegnenberg. »Eine liebenswürdige Frau, die sich nie, wie manch anderer, an dem Makel meiner Geburt gestört hat. Jüngst kam der kleine Theodo zur Welt, ein wonniger Knabe.«

»Wie schön zu hören, Georg. Wollt Ihr mich in meine Herberge begleiten? Wir könnten in der Gaststube einen Happen zu uns nehmen.« Emma fühlte sich schwach, das Fasten der letzten Tage machte sich nun doch bemerkbar.

Der junge Mann war gerade dabei, ihr zu versichern, wie gerne er mit ihr speisen würde, als sie vor seinen Füßen zusammensackte.

»Ihr seid wach.«

»Georg?« Emma öffnete die Augen und fand sich in ihrem Herbergszimmer wieder. Der junge Mann musterte sie besorgt.

»Ich habe mich vor den Herbergsleuten als Euer Verwandter ausgegeben. Ich wusste nicht … Braucht Ihr einen Arzt?«

»Nein, es geht schon. Etwas Suppe wäre sicher gut.«

Georg von Hegnenberg sprang auf und kehrte in kürzester Zeit mit einer dampfenden Schüssel zurück.

»Erzählt Ihr mir, was Euch widerfahren ist?«, fragte er sie, während sie löffelte.

Da begannen die Worte aus Emma herauszuströmen. Zum ersten Mal redete sie offen über ihre Gefühle. Über Eriks Tod, über ihre bitteren Gewissensbisse gegenüber Caroline und über ihre bevorstehende Reise. Es war auch das erste Mal, dass sie von sich selbst als Witwe sprach. Emma bemerkte es nicht, wohl aber Georg, der ihrem Bericht gespannt lauschte. Er war ein guter Zuhörer, unterbrach sie nicht und brachte sie an den richtigen Stellen durch sanfte Nachfrage dazu, immer weiter zu sprechen.

»Es sind schwere Zeiten für Euch.« Mitgefühl glänzte in Georgs Augen. »Wenn ich könnte, wie gerne würde ich auf der Reise über das Meer an Eurer Seite sein.«

»Lieber Georg. Ihr habt mir bereits sehr geholfen. Ich sehe die Dinge jetzt um vieles klarer – und ich bin, wenn ich es so sagen darf, stolz auf den Mann, der Ihr geworden seid.«

Emma schlummerte ein, während Hegnenberg noch an ihrem Bett saß.

Beim Erwachen war sie allein. Nicht ahnend, welchen Aufruhr sie in der Brust des jungen Mannes verursacht hatte, in dessen Augen sie trotz ihrer Jahre, trotz Kummer und Leid die schönste Frau der Welt war.

19

Der Morgen des vierten April dämmerte verhangen herauf, die Luft war geschwängert vom feinen Aschenebel der Nacht. Wo man sich anderswo noch gähnend auf der Bettstatt streckte, hob man im Feldlager der Allgäuer Gräber für die Wachen aus, die in der Nacht ermordet worden waren. Etliche, die keine Schaufel in Händen hielten, standen wie versteinert und stierten fassungslos auf die verkohlten Reste der Katapulte. Nebelfetzen trieben dicht über dem Boden, hingen zwischen den Zelten und verliehen der Szenerie eine unwirkliche Atmosphäre. Es war, als habe sich ein Leichentuch über die Allgäuer gesenkt, das Stimmen und Klänge zu einem furchtsamen Flüstern dämpfte.

Von einem Wehrturm, wie Oy ihn vorgeschlagen hatte, war nicht mehr die Rede. Stattdessen sollten schon bald die ersten Befragungen beginnen, von denen man sich erhoffte, dem Übeltäter auf die Schliche zu kommen – jenem Saboteur, der das Pulver unbrauchbar gemacht, die Wachleute ermordet und die Katapulte angezündet hatte. Die Wolkenberger beobachteten hoch oben von den Burgmauern aus den Tumult im Allgäuer Lager, während die Sonne in den Himmel stieg, den Tau auf den Gräsern trocknete und den Nebel verbannte. Zu Recht fürchteten sie in dieser Stunde weder Pfeil und Bogen, weder Rammbock noch Sturmleitern, denn ihren aufmerksamen Spähern war das Pech der Belagerer nicht entgangen. Obwohl es auf die Entfernung unmöglich dünkte, glaubte Caroline, hämische Schadenfreude auf den Gesichtern der Feinde zu lesen. Und was war das? Führten die Burgbewohner dort auf den Zinnen tatsächlich ein Tänzchen auf?

Versunken in den Anblick der ausgelassenen Wolkenberger, erfasste mit einem Mal heftiges Unwohlsein Carolines Körper. Sie taumelte und rief nach ihrem Mann, der nicht weit entfernt stand und eben mit bitterer Miene etwas Asche durch seine Finger rieseln ließ.

»Johannes! Bitte komm …«

Lenker tat einige lange Sätze und war Augenblicke später bei seiner Frau. Er sah ihre Augen glasig werden und hielt die Schwankende fest, langsam begreifend, langsam akzeptierend, was ein solcher Ruf Carolines bedeuten mochte.

Umgeben von Wald, Wasser und Moor stand eine Armee auf einer Anhöhe. Nach der offenen Seite hin hatte man eine Wagenburg errichtet. Die Männer schienen gut gerüstet. Doch über den Köpfen brauten sich die Wolken unheilverkündend zusammen und verhüllten die aufsteigende Sonne.

»Der Truchsess!«

»Er ist es!«

»Der Bauernjörg mit seinem Heer!«

Georg Truchsess von Waldburg. Panik machte sich breit, und ohne erkenntlichen Grund wurde die überlegene Stellung in wilder Hast aufgegeben. Die Kämpfer rannten davon, einige von ihnen stürzten zu Boden. Die Kameraden achteten nicht auf die Gestrauchelten, niemand half ihnen auf.

»Wir müssen uns mit den übrigen Fähnlein vereinen!«, schrillte eine Stimme über die Köpfe hinweg.

»Nein! Bleibt, Männer! Haltet eure Stellung!«, brüllten die Hauptmänner die Fliehenden an. »Bleibt, Baltringer, wenn eure Torheit euch nicht das Leben kosten soll!« Die Warnungen verklangen ungehört.

Es half nichts. Himmelangst breitete sich aus, als hätte der Teufel selbst sie in die Herzen der Menschen gesät. Män-

ner rannten umher wie aufgeschreckte Hühner, gejagt von der scharfen Klinge einer Axt.

Die berittene Armee des Gegners lachte über die törichten Baltringer, die ihnen direkt in die Arme liefen. Rote Kreuze waren ihnen auf Höhe der Schultern an die Kleider genäht. Sie kannten keine Gnade, stachen die Männer ab wie Schweine oder scheuchten die Unglückseligen in einen breiten Fluss, in dem sie jämmerlich ersoffen. Diejenigen, die es zurück ans Ufer schafften, nass und erschöpft bis ins Mark, erwartete der Tod durch die Handlanger des Truchsesses.

Am Ende verzogen sich die Wolken, und die Sonne brannte herab auf blutgetränkte Felder, leblose Leiber und den Sieg des Bauernjörgs, der diesem mit unverschämter Leichtigkeit in den Schoß gefallen war.

»Wir müssen zum Knopf!« Kaum war Caroline wieder bei sich, zerrte sie an Johannes' Arm.

»Was hast du, Liebste?« Lenker hielt sie zurück. »Erklär mir, was geschehen ist.«

»Dafür bleibt keine Zeit.« Sie rannte voran, und Johannes folgte seiner Frau mit einem flauen Gefühl, das wie ein schmerzender Knoten in seinem Magen saß.

Jörg Schmid besprach sich mit seinen Männern, als das Ehepaar Lenker heranstürmte und Caroline schwer atmend vor ihm stehen blieb.

»Da bringt er uns einmal mehr sein Weib«, stänkerte Jörg Täuber, dessen Verhalten gegenüber Caroline sich auch nach Elisas Rettung keinen Deut gebessert hatte.

»Die Baltringer stehen gegen den Bauernjörg«, stieß die Rebellentochter hervor, die Anfeindung des Leutingers übergehend. »Der Truchsess ist dabei, sie zu vernichten!«

»Was redest du, Mädel?« Der Knopf nahm sie fest bei den Schultern und führte sie zu einem Hocker. »Setz dich, atme tief durch, und dann berichte!«

Caroline schnappte nach Luft. »Ich habe den Kampf gesehen. Und die Niederlage der Baltringer.«

»Ist dein Weib dem Wahnsinn anheimgefallen?«

»Halt den Mund, Täuber«, fuhr Lenker die rechte Hand des Obristen schroff an. »Meine Frau ist eine Seherin«, ließ er die Katze aus dem Sack, selbst unsicher, was davon zu halten war. Wenn Caroline Herluka sah oder ihn selbst als kleinen Jungen, schön und gut, diese Dinge lagen weit zurück. Das hier war etwas anderes. Dringlicher und gegenwärtiger. Johannes fürchtete um die Sache der Bauern. Und nicht minder fürchtete er um seine Frau.

»Versteht ihr nicht? Wir müssen ihnen helfen!«, flehte Caroline. »Sie sterben – und ich glaube, es geschieht gerade jetzt!«

»Eine Seherin, ja?« Der Knopf forschte in ihrem Gesicht nach der Wahrheit. »Bist du dir sicher?«

»Ich schwöre, bei allem was mir lieb und teuer ist. Bitte, vertraut mir!«

»Pah!«, schnaubte Jörg Täuber. »Du sprichst von Hexenwerk, Weib, und wünschst auch noch, darin von uns bestätigt zu werden.«

»Halt dich zurück, Jörg!« Knopfs Ermahnung brachte den Leutinger endlich zum Schweigen. »Ich halte große Stücke auf deinen Mann und dich, Mädel. Was du behauptest, klingt ungeheuerlich, und dennoch … Wo findet die Schlacht statt? Kannst du uns den Ort nennen?«

»Nein. Aber ich habe einen breiten Fluss gesehen. Und die Männer des Truchsesses trugen aufgenähte Kreuze.«

»Welche Farbe hatten die Kreuze?«, mischte sich Walther Bach von Oy ein.

»Sie waren rot.«

»Gottverdammich, wenn sie von den Kreuzen weiß, spricht sie wahrhaftig von der Armee des Truchsesses!« Paulin Probst schlug sich gegen die Brust.

»Angenommen, wir schenken Frau Lenkers Behauptung Glauben – unser Beistand käme dessen ungeachtet zu spät«, erklärte Oy besonnen. Auf seinen unscheinbaren Zügen malte sich tiefes Bedauern, das von Weitsicht und Mitgefühl zeugte. »Wir wissen nicht, wo die Baltringer gegen den Truchsess kämpfen. Der breite Fluss könnte die Donau sein, aber auch das hilft uns nicht weiter.«

»Sehr richtig, mein Freund.« Der Knopf blickte die Anwesenden reihum ernst an. »Ich vertraue Caroline. Wir lassen vorerst nichts von dieser Sache verlauten. Unsere Männer dürfen zum jetzigen Zeitpunkt auf gar keinen Fall von der möglichen Niederlage der Baltringer erfahren. Der Verrat im eigenen Lager setzt ihnen zu, der Verlust der Geschütze und des Pulvers. Sie verlieren ihren Siegesmut, wenn wir sie über den Baltringer Haufen in Kenntnis setzen.«

»Kein Wort zu niemandem«, schloss sich Paulin Probst dem Allgäuer Obristen an. »Sind wir uns einig?«

Die Männer nickten, während Caroline auf ihrem Hocker gegen das wilde Schluchzen ankämpfte, welches ihren Körper zu beuteln drohte. Wenn sie geglaubt hatte, den Baltringern helfen zu können, so war die Einsicht wie ein kalter Guss Wasser über ihr ausgeschüttet worden. Die Bauern waren verloren.

»Verzeiht, Frau Lenker, wenn ich Euch in Eurem Zustand behelligen muss«, entschuldigte sich Paulin Probst. »Heute Nacht, als ich zu den brennenden Katapulten eilte, bin ich übel gestürzt. Vielleicht hättet Ihr die Güte …«

»Verarzte unseren Probst, Mädel, das wird dich ablenken vom Unglück der Baltringer«, riet der Knopf.

Wenn es so einfach wäre. Wenn es hier nicht um Menschenleben ginge. Caroline wischte sich über die feuchten Augen. »Natürlich.« Sie spürte Johannes' sorgenvollen Blick auf sich ruhen und straffte die Schultern. Noch war sie nicht geschlagen.

Probsts linkes Bein war stark geschwollen und sah übel aus. Caroline untersuchte ihn behutsam und konnte dennoch nicht verhindern, dass er bei jeder ihrer Berührungen leicht zusammenzuckte. Ein merkwürdiger Gestank haftete ihm an, der nicht recht zuzuordnen war.

»Eine Verstauchung, Herr Probst«, erklärte sie ihrem Patienten, während die Toten der Nacht am Rande des Lagers in ihre Gräber gesenkt wurden. »Ihr hattet Glück, dass der Knochen heil geblieben ist. Ich lege Euch einen Umschlag an, der die Schwellung lindern wird. Ihr solltet Euer Bein in den nächsten Tagen schonen. Vielleicht denkt Ihr darüber nach, vorläufig einen Stock zu benutzen.«

»Das werde ich«, versprach Probst und verließ Caroline eilig. »Habt vielen Dank, Freundin Lenker.«

Wie sie den Humpelnden inmitten der ruhelosen Menschen im Lager verschwinden sah, überkam die Rebellentochter der Drang nach dem Alleinsein so stark, wie sie ihn lange nicht mehr verspürt hatte.

»Caroline!«

Beim Klang von Johannes' Stimme drehte sie sich um. Ihr Mann trat zu ihr und schloss sie fest in die Arme.

»Es tut mir leid, was du ertragen musst, Liebste«, raunte er tröstend an ihrem Ohr und küsste sie auf die Stirn. Einige Momente lang ruhte Carolines Wange an seiner Brust. Sein Herzschlag war fest und sicher. »Kommst du zurecht?«

»Ja.« Sie hielt ihn umklammert, bis er sich sacht von ihr löste.

»Ich muss gehen, Caroline. Der Knopf wird nicht ruhen, bis wir herausgefunden haben, wie der Name des Verräters lautet. Wir beginnen gleich mit den Befragungen.« Das schlechte Gewissen, seine Frau in einem solchen Augenblick allein zu lassen, quälte Lenker. »Schau, dort drüben ist Egnathe. Vielleicht möchtest du mit ihr sprechen? Aber du weißt, kein Wort von den Baltringern, auch nicht zu einer der Frauen.«

»Gewiss werde ich schweigen. Geh jetzt, sie warten auf dich.«

Kaum war Johannes aus ihrem Sichtfeld verschwunden, flüchtete Caroline aus dem Lager, sicheren Abstand zur Burg haltend, und kauerte sich schließlich hinter einen Busch, wo sich ihre Tränen Bahn brachen.

Zur Vernehmung wurden diejenigen Allgäuer herangezogen, die in der Nacht zuerst bei den brennenden Katapulten gewesen waren. Unter Umständen hatte einer von ihnen eine verdächtige Beobachtung gemacht.

Derweil flüsterten im Schatten eines Wagens zwei Männer miteinander.

»Enttäusche mich nicht«, verlangte der eine und machte sich hurtig davon, während sich um den anderen schon bald eine Gruppe aufmerksamer Allgäuer scharte. Der Redner verstand es, seine Zuhörer zu fesseln. Er sprach zu ihnen von niederschmetternden Verlusten – er sprach von der Zerstörung des Baltringer Haufens durch das Heer des Truchsesses von Waldburg.

»Ich stehe treu zu unserer Sache«, verkündete er inbrünstig. »Ich werde weder Kampf noch Tod scheuen. Doch bedenkt, dass die Baltringer vernichtet wurden, weil sie zu lange dem falschen Hirten folgten. Ulrich Schmids Zaghaftigkeit brachte den Baltringern das Ende. Sind auch wir zu zaghaft? Was haben unsere Anführer unternommen, seit wir diese Burg belagern? Haben wir einen Angriff gewagt? Haben wir unseren Ängsten und Zweifeln getrotzt und die Mauern Wolkenbergs erklommen? Nein! Stattdessen wurden unsere Katapulte zerstört und unser Pulver unbrauchbar gemacht. Das hätte niemals geschehen dürfen! Wem ist dieses anzukreiden? Das frage ich euch. Seid ihr selbst es, Allgäuer, die unsere missliche Lage zu verantworten haben? Oder sind es nicht vielmehr Männer wie Walther Bach von Oy, Männer wie Jörg Täuber, und ja, selbst der Knopf? Sie tragen die Verantwortung für das, was geschehen ist und noch geschehen wird. Wollt ihr eure Zukunft in die Hände einer Führerschaft legen, die einen Rückschlag nach dem anderen einfach hinnimmt? Einer Führerschaft, die euch selbst die Niederlage der Baltringer scheinheilig verschweigt?«

Geraume Zeit später wischte Caroline sich entschieden die Tränen fort und musterte mit rotgeränderten Augen ihre Umgebung. Die Büsche, die ihr Zuflucht boten, lagen am Rand einer mit Blütenstaub bedeckten Wiese, an deren Ende der Burghügel sich steil gen Himmel reckte. Sie hatte die Finger in die feuchte Erde gegraben, so dass die in der Nähe beheimateten Ameisen das ärgerliche Hindernis kurzerhand umgingen, indem sie sich unter einem entwurzelten Baumstamm hindurchschlängelten, ein Brennnesselnest passierten und so den sicheren Bau erreichten.

»Wir sind an der Reihe, Kameraden.«

Caroline hörte, verborgen in ihrem Versteck, fremde Stimmen und spitzte die Ohren.

»Schon? Wir sollten doch bis Sonnenuntergang ...«

»Befehl von oben.«

Das Bimmeln von Glocken erklang.

»Gib schon her, Holzkopf, ehe du unsere Leute völlig umsonst auf den Plan rufst.«

Ganz in der Nähe fand offenbar eine Wachablösung der Allgäuer statt. Die Männer trugen die Glocken und Glöckchen bei sich, deren Geläut im Lager als Warnung dienen sollte, falls die Wachleute eine verdächtige Beobachtung machten.

»Man würde nicht glauben, wie schwer manch einem das Tragen von Kuhschellen fallen kann.«

Leises Lachen ertönte.

»Es ist nicht jedem gegeben, nicht wahr, Josef?«

Während die Männer miteinander plänkelten, blieb Caroline still und reglos. Sie war nicht begierig darauf, in ihrem aufgelösten Zustand von den Wachen entdeckt zu werden, die Augen verquollen und rot vom Weinen.

»Ihr sollt euch dichter an der Burg postieren, Kameraden. Folgt uns!«

Davonstapfende Schritte zeigten Caroline an, dass die Wachen von hinnen zogen. Sie setzte sich auf und spähte vorsichtig um sich, zuversichtlich, sich ungesehen davonstehlen zu können, da bewegte sich der Efeubehang der Burg. Er bewegte sich an jener Stelle, an der sie schon einmal geglaubt hatte eine Gestalt wahrzunehmen. Caroline schlug sich in Gedanken gegen die Stirn. Natürlich! Der Efeu verbarg eine Tür, die eben geöffnet und wieder geschlossen worden war. Aber weshalb kam niemand zum Vorschein?

Die jähe Erkenntnis fuhr ihr wie der Blitz in die Glieder. Caroline rappelte sich hoch, raffte die hinderlichen Röcke und rannte los, so schnell ihre Beine sie trugen. Zu ihrem Leidwesen fehlte von den Wachleuten jetzt jede Spur, obwohl sie sich eine Begegnung nun geradezu herbeiwünschte.

»Ist da noch wer?«, rief sie laut und erhielt keine Antwort.

Ihr blieb nichts anderes übrig, als zurück ins Lager zu stürmen.

Was sie dort erwartete, überstieg jede Vorstellungskraft. Trotz aller Vorsicht schien die Nachricht von der Baltringer Niederlage die Runde gemacht zu haben – und das, wo lediglich eine Handvoll Eingeweihter davon Kenntnis besessen hatte. Waren die Menschen zuvor aufgewühlt gewesen, verwirrt und empört über den Mord an den Wachleuten und den Brand der Katapulte, so herrschte mittlerweile heilloses Chaos. Ein Durchkommen war kaum möglich. Caroline musste die Ellbogen einsetzen, um bis zum Zelt des Hauptmanns zu gelangen. Während sie sich durch die Masse schob, schnappte sie mehrmals die Worte »Bauernjörg«, »vernichtet« und »Lüge« auf.

Als sie ihr Ziel endlich erreichte, fühlte ihr Herz sich an, als wolle es zerspringen.

»Lasst mich durch«, forderte sie von den Männern, die Schulter an Schulter standen und einen Ring um Knopfs Zelt geschlossen hatten. »Ich muss dringend mit dem Hauptmann sprechen!« Sie kannte die Wachleute, die sich ihre Zeit für gewöhnlich mit Würfeln vertrieben und dem Obristen die Ankunft von Besuchern meldeten. Im Moment jedoch war an Würfelspiel nicht zu denken.

»Obrist Schmid ist beschäftigt. Man vernimmt die Leute wegen der Katapulte.«

»Ich bringe wichtige Neuigkeiten«, japste Caroline, die noch immer außer Atem war.

»Was für Neuigkeiten?«

»Oben in der Burg gibt es eine Tür.«

»Eine Tür.« Die nächststehenden Wachleute tauschten vielsagende Blicke. »Nicht so ungewöhnlich, eine Tür, nicht wahr, Frau Lenker? Ihr könnt jetzt nicht zum Knopf. Eure Tür wird warten müssen.«

»Meine Tür kann nicht warten.« Carolines Antwort glich dem Fauchen einer gereizten Katze.

»Seht Ihr nicht, was vor sich geht?« Ein Wachmann nickte mit dem Kinn in Richtung seiner Kumpane, die ihre liebe Mühe damit hatten, die Horde zorniger Allgäuer abzuwehren.

»Der Obrist wird mit euch sprechen! Habt ein wenig Geduld!«, beteuerten sie der aufgebrachten Menge mehrmals.

»Geduld mit Hauptleuten, die uns belügen?«

Caroline wurde heiß und kalt zugleich. Das bedeutete nichts Gutes. Trotzdem, diese Tür war wichtig, davon war sie überzeugt ... Johannes und die anderen dort drinnen sollten davon wissen.

»Ich muss hinein«, wiederholte sie störrisch.

»Wir haben unsere Anordnungen«, versuchte es ein anderer Wachmann besänftigend. »Dies ist im Moment kein sicherer Ort für Frauen. Besser, Ihr haltet Euch bedeckt – ratet dies im Übrigen der gesamten Weiberschar.«

»Ich scherze nicht, zum Donnerwetter! Was ich zu sagen habe, ist wichtig! Ihr lasst mich auf der Stelle durch!«

»Wir scherzen ebenfalls nicht.« Die Mienen der Wachleute verfinsterten sich. Ihre Geduld war erschöpft. »Fort mit dir, jetzt ist es genug!«, riefen sie erbost. »Für eine Frau ist hier kein Platz!«

»Schert Euch fort, Lenkerin, dahin, wo Ihr hingehört!«

Caroline, die keinen anderen Ausweg mehr sah, begann zu rufen. Sie rief den Namen ihres Mannes, so laut, dass es in der Kehle wehtat, in der inständigen Hoffnung, er möge sie hören. Doch der Lärmpegel war hoch, und ehe sie sich versah, landete eine schallende Ohrfeige in ihrem Gesicht.

»Pah!« Sie spuckte vor den Männern auf die Erde. »Verdammte Narren! Wenn ihr das nicht noch bereut!« Mit wirbelnden Röcken stürmte sie davon, entschlossener denn je.

Johannes Lenker, der kurz darauf aus dem Zelt trat, konnte seine Frau nirgendwo entdecken. Seltsam, einen Moment lang hatte er geglaubt, ihren Ruf zu vernehmen. Was sich vor dem Zelt abspielte, ließ seine Sorge um Caroline einen Augenblick in den Hintergrund treten. Es entsetzte ihn.

»Wir wollen den Obristen!«, skandierten die Allgäuer, sobald sie Lenkers ansichtig wurden.

»Der Knopf sollte bald mit ihnen sprechen«, riet einer der Wachmänner. »Im ganzen Lager brodelt es.«

»Das wird er«, versprach Johannes. Sein Magen schien ein einziger Knoten zu sein.

*

Der Wolkenberger Burghof und alle ebenerdigen Räumlichkeiten waren voll von Vieh. Man hatte so viele Tiere von den Weiden rund um den Bauhof geholt, wie es möglich gewesen war, und die übrigen Ziegen, Kühe und Schafe schweren Herzens der Willkür der Allgäuer überlassen. Die Belagerung forderte ihren Tribut.

Selbst der Vogt passte sich gezwungenermaßen den neuen Gegebenheiten an. Das Frauengemach über der Halle war der einzige Ort, an dem weiterhin ein Mindestmaß an Privatsphäre gewährleistet blieb, weshalb er seine Angehörigen dort versammelte.

»Ich stelle die Herrin und ihren Sohn unter euren Schutz. Ihr werdet sie mir hüten wie eure Augäpfel«, wies er die drei jungen Männer an, deren Augen vor Abenteuerlust glänzten. Seine wohlgeratenen Söhne, allesamt dunkelhaarig und breitschultrig, wenn auch nicht ehelich gezeugt.

»Natürlich, Herr Vogt«, erwiderte der Älteste, der seinen Vater um gut einen Kopf überragte.

»Dass ihr mir keinen Schabernack mit der vermeintlichen Freiheit treibt. Ihr begebt euch auf direktem Weg zu meinen Verwandten und wartet dort, bis ihr Nachricht von mir erhaltet.«

»Selbstredend, Herr Vogt«, bejahte der mittlere Sohn, gerade mit dem richtigen Maß an Ehrerbietung, wie es dem Vater gefiel.

»Ihr werdet von mir hören, sobald die Sache ausgestanden ist.« Der Burgvogt ließ ein tiefes Räuspern hören. »Enttäuscht mich nicht. Euch dürften keine Schwierigkeiten erwarten, dafür hat unser Freund gesorgt. Die Allgäuer Horde dort unten ist mit ihren eigenen Problemen beschäftigt. Dennoch – seid wachsam. Haltet die Augen offen.«

Die drei Burschen nickten und zogen sich zurück. Bald schon würden sie auf Geheiß des Vaters die sicheren Mauern Wolkenbergs verlassen. Sie brannten darauf, der väterlichen Fuchtel zu entkommen, und begrüßten sogar die Gegenwart des verhassten Weibs. Sicherlich würde sich die eine oder andere Gelegenheit bieten, der Frau des Vaters die offen zur Schau getragene Abneigung heimzuzahlen, die sie gegen die unehelichen Söhne ihres Mannes hegte.

»Die Jungen werden dir und unserem Sohn treue Beschützer sein«, versprach der Vogt seiner Gattin, die daraufhin in Tränen ausbrach.

»Sie werden die Misere zum Anlass nehmen, mich unentwegt zu schikanieren. Siehst du denn nicht, wie sehr sie mich verabscheuen?« Das Weinen der Vogtin ging in Wimmern über. »Warum schickst du *sie* nicht mit uns fort?« Anklagend wies sie auf die langjährige Geliebte ihres Gemahls, die sich im Schatten des Frauengemachs herumdrückte, wie sie es seit Jahren und Jahrzehnten tat.

Der Vogt schwieg.

»Ich werde dir sagen, warum!«, keifte daraufhin seine Frau. »Von deinem Weib und deinem Sohn vermagst du dich zu trennen, selbst von deinen Bastarden. Von deiner Hure hingegen nicht!«

»Red nicht so töricht daher. Ich will euch in Sicherheit wissen«, mahnte der Vogt und küsste seine Gemahlin zum Abschied keusch auf die Stirn. »Es wird alles gut gehen. Wir sind bald wieder beisammen.«

Kaum hatte die Vogtin das Gemach verlassen, kaum waren sie unter sich, trat die Geliebte aus dem Schatten hervor und schmiegte sich an ihren Herrn.

»Sie spricht die Wahrheit. Selbst wenn es dich in Gefahr bringt – ich kann nicht von dir lassen«, gestand er leise.

20

»Caroline!« Egnathe stand im Kreis der Frauen, an denen Caroline grußlos vorüberstürmte.

»Was hat sie denn?«, meinte Mina verwundert.

»Vielleicht hat sie uns nicht gesehen.« Lies zuckte die Schultern.

Keine konnte sich einen Reim auf das seltsame Verhalten der Rebellentochter machen.

»Ich finde es heraus.« Mit diesen Worten rannte Egnathe der Freundin hinterher und bekam sie schließlich am Ärmel zu fassen. »Du schäumst ja vor Wut«, bemerkte sie nach einem kurzen Blick in Carolines erregtes Gesicht.

»Ich habe etwas entdeckt, aber man will mich nicht zum Knopf lassen. Auch nicht zu Johannes. Man hat mich hingestellt, als hätte ich meine Sinne nicht recht beisammen. Die Kerle glauben wohl, das Anhängsel zwischen ihren Beinen mache klügere Köpfe aus ihnen. Aber da irren sie sich. Sie irren sich gewaltig.«

»Die Kerle?«

»Die Wachleute vor Knopfs Zelt.«

»Bitte, beruhige dich und komm mit mir, meine Liebe, damit auch die anderen deine Geschichte anhören können.«

Caroline ließ sich von Egnathe zu den gespannt wartenden Frauen führen. Ärger und Enttäuschung nur mühsam unterdrückend berichtete sie ihnen von der Tür und der Ignoranz der Wachleute, die sie daran hinderte, die Hauptmänner zu informieren. In ihrem Zorn wetterte sie haltlos über das andere Geschlecht und dessen Dummheit, wie sie es sonst nie getan hätte. Sie hatte in ihrem Leben genügend kluge und einfühlsame Männer kennengelernt, um zu wissen, dass man sie nicht über einen Kamm scheren durfte. Erik von Eisenberg war ein solcher Mann gewesen, Marzan von Hohenfreyberg zählte dazu und ebenso Johannes, ihr Gatte. Verblüfft stellte Caroline fest, dass die Frauen überaus bereitwillig in ihre Klage einstimmten.

»Die halten sich für was Besseres, dabei sind wir es, die ihre Kinder gebären, sie versorgen und nebenbei noch den ganzen Tag über auf den Feldern stehen«, verkündete Egnathe, deren Gemahl ihre Leistung und ihre außergewöhnliche Klugheit nicht zu schätzen wusste und sie nach einem langen Tag oft voller Herablassung behandelte.

»Mein Mann misst mir weder Wert noch Stimme bei«, gestand Elisa Täuber, was niemanden in der Runde überraschen konnte.

»Ihr habt mir einmal im Brustton tiefster Überzeugung erklärt, eure Männer machten die Politik und ihr unterstützt sie in all ihren Unternehmungen.« Die Rebellentochter runzelte die Stirn. »Wenn ich mich recht entsinne, sagtet ihr damals etwas in der Richtung wie, euer Platz sei bei den Kochfeuern.«

»Wir haben uns dir gegenüber abscheulich verhalten.« Egnathe strich Caroline entschuldigend über den Arm. »Weil wir dich nicht einschätzen konnten, waren wir so garstig. Natürlich stehen wir hinter unseren Männern, aber das bedeutet noch lange nicht, dass wir stets mit ihren Handlungen einverstanden sind.«

»Der Ehrlichkeit halber sei hinzugefügt: Wir alle wären nur zu gerne an jenem Tag in der Kramerzunftstube dabei gewesen«, gestand Gerlind.

»Das verstehe ich«, lenkte Caroline ein. »Lasst uns nicht mehr darüber sprechen. Viel wichtiger ist, dass die geheime

Tür eine Bedeutung hat. Das spüre ich mit jeder Faser meines Körpers. Etwas geht da vor sich. Wenn man mir nicht zuhören will, mir keinen Glauben schenken mag, werde ich die Sache selbst in die Hand nehmen und die Vorgänge auf der Burg aus dem Verborgenen heraus beobachten.«

»Das wirst du nicht, meine Liebe.« Die Bergerin schüttelte kräftig den Kopf, so dass ihre feisten Bäckchen schwangen. »Zumindest nicht alleine. Ich werde dir beistehen.«

»Ich auch.«

»Ich komme ebenfalls mit dir.«

»Wir bewachen die Tür gemeinsam«, rief Egnathe begeistert aus. »Zusammen sind wir stark!«

»Was, wenn die Wolkenberger tatsächlich einen Ausfall wagen?«, warf Lies zaghaft ein. »Wir sollten mehrere sein, so viele wie möglich.«

Caroline schickte einen vielsagenden Blick in die Richtung, in der sie den Lagerplatz der Huren wusste. »Wir könnten sie fragen. Hede, Augusta, Anne und Annmarie. Es sind gute Frauen, wie auch immer sie ihr Brot verdienen. Sie wollen für unsere Sache nur das Beste – genau wie wir. Vielleicht helfen sie uns.«

Die Frauen gingen bedächtig zu Werke. Eine unnötige Vorsichtsmaßnahme, da niemand ihrem Tun die geringste Beachtung schenkte. Elisa, die wegen ihres Söhnchens zurückbleiben musste, machte sich auf ihre Art und Weise nützlich. Die Freundinnen benötigten Schutz. Niemand konnte wissen, was sie auf ihrem Wachposten erwarten mochte. Da die Kochmesser keine Scheiden hatten, um sie sicher zu verstauen, kamen sie nicht in Frage. Die Frauen hätten mit blanken Klingen durch den Wald spazieren müssen, was Elisa als zu gefährlich abtat. So vergriff sie sich in einem Anflug von Verwegenheit an der Sammlung ihres Mannes. Jörg

Täuber hegte eine Leidenschaft für Prügel verschiedenster Art und Größe, er besaß mehrere Exemplare, gefertigt aus seltenen Hölzern. Seine Frau war angehalten, die Knüppel mit einem weichen Tuch regelmäßig auf Hochglanz zu polieren, weshalb ihr die Waffen sehr vertraut waren. Sie schienen Elisa für den Zweck gerade recht. Außerdem entwendete sie aus dem Gemeinschaftszelt Stricke und Seile, die hauptsächlich zum Spannen der Zelte benötigt wurden, und für den Fall des Falles mehrere Fackeln, selbst wenn ihr nicht recht klar war, wie die Freundinnen diese eigentlich entzünden sollten.

Währenddessen nahm der Tumult im Lager zu. Es war, als wäre die Unruhe wie ein böser Geist in die Allgäuer gefahren. Immer lauter wurden die Rufe, die eine Stellungnahme der Hauptleute forderten.

Caroline war besorgt. »Warum tun sie nichts?«, murmelte sie. »Weshalb reden sie nicht mit den Leuten?«

Neben der Bergerin, Lies und Egnathe schlossen sich Gerlind, Mina und Ingeborg der Rebellentochter an. Die Huren zögerten ebenfalls nicht, ihr zu folgen. Caroline war ergriffen. Alle standen hinter ihr. Auch wenn sie die kluge Egnathe am liebsten mochte, waren die anderen ihr ebenfalls ans Herz gewachsen. Die vorlaute Bergerin, die sich den Mund nicht verbieten ließ, die gewitzte Lies, die rothaarige Mina ...

»Was tun wir nun?«, fragte Egnathe, sobald sie das Lager hinter sich gelassen hatten. Sie wandte sich wie selbstverständlich an Caroline, deren Entdeckung das Abenteuer der Frauen erst losgetreten hatte.

»Ich führe euch zu der Stelle, von der aus man die Tür sehen kann. Zumindest erahnen kann man sie hinter dem dichten Efeu. Dort gibt es Ginstersträucher, zwischen denen wir uns verbergen können.«

»Seht ...« Die Bergerin stand mit einem Mal stocksteif

und wies mit zittrigem Finger zu Boden. Dort lagen zwei Wachmänner, vielleicht jene, die Caroline über die Glocken hatte scherzen hören. Augenblicklich kniete die Heilerin sich nieder.

»Sie sind tot, oder?«, wisperte Mina.

»Man hat sie niedergestochen.« Das Blut hatte die Hemden der Männer und den moosigen Boden darunter dunkel gefärbt. Die Frauen bekreuzigten sich angstvoll.

»Du hattest recht. Irgendetwas geht hier vor sich.« Egnathe blickte angespannt umher. »Vielleicht sind die Mörder noch in der Nähe.«

»Seid wachsam.«

»Sollen wir umkehren?«

»Nein, wir müssen nur vorsichtig sein.«

So leise, wie es ihnen möglich war, zogen sie weiter. Selbst das Brechen eines spröden Astes reichte aus, um die Gruppe zusammenfahren zu lassen, trotzdem behielten alle die Nerven. Die Situation war eigentümlich, der vertraute Schutz durch die Ehegatten, Väter und Brüder fehlte. Die Frauen verständigten sich flüsternd und mit Gesten, bis sie ihr Ziel erreichten und sich aufatmend inmitten der Ginsterbüsche verbargen.

»Dort.« Caroline wies auf den Efeubehang der Burg.

Egnathe, die von allen die schärfsten Augen hatte, heftete ihren Blick auf die angegebene Stelle. »Ich kann Umrisse erkennen«, bestätigte sie.

Schweigend warteten sie. Allein Hede murmelte von Zeit zu Zeit: »Verrat, allenthalben Verrat.«

Caroline begann zu fürchten, die Unternehmung könne zu viel für die alte Hure sein.

»Da.« Mina reagierte als Erste auf die Bewegung hinter dem grünen Vorhang. »Ich sehe etwas.«

»Ich auch.« Die Bergerin legte eine Hand auf den voluminösen Busen. »Ach du lieber Gott.«

»Die Tür steht offen, aber allem Anschein nach kommt niemand heraus«, fasste Gerlind zusammen.

»Wahrscheinlich spähen sie aus, ob die Luft rein ist«, vermutete Lies. Einige Zeit später, gerade als leichter Nieselregen einsetzte, verließen mehrere Gestalten die Burg und kämpften sich mühsam den steilen, unbewaldeten Abhang hinab.

»Sie sind zu viert.«

»Nein, seht genau hin, sie führen noch jemanden mit sich. Ein Kind.« Erneut war es Egnathe, deren scharfe Augen der Gruppe zunutze kamen.

Die Flüchtenden strebten auf den Wald und damit direkt auf das Gebüsch zu, in dem sich die Frauen verbargen. Beim Näherkommen entpuppten sich die Fremden als drei junge Männer, die ein Weib und ein Kind mit sich führten. Die Frau stolperte mehrmals. Niemand half ihr.

»Was immer wir jetzt tun – wir sollten uns schnell entscheiden«, wisperte Egnathe voller Anspannung.

»Wir halten sie fest.« Caroline sprach lauter als beabsichtigt, um ihren pochenden Herzschlag zu übertönen. »Diese Leute wurden wohl kaum ausgesandt, um Hilfe zu holen. Die Männer sind jung, halbe Knaben noch, und sie haben die Frau und das Kind bei sich. Es könnte sich um Anverwandte des Burgvogts handeln ...«

»Damit wären sie ein unschätzbar wertvolles Druckmittel für uns«, ergänzte die Bergerin.

»Die Vogtsfamilie«, spekulierte Lies. »Dem Burgherrn muss jedenfalls einiges an den Leuten liegen, wenn er das Risiko eingeht, sie aus der Burg herauszubringen. Zumal ein Kind dabei ist und unsere Leute im Wald patrouillieren.«

»Vergesst nicht die toten Wachmänner. Wer immer für ihre Ermordung verantwortlich ist, steht vermutlich mit dem Vogt in Verbindung. Ich kann mir nicht vorstellen, dass es da keinen Zusammenhang gibt.«

»Das würde bedeuten, die Wolkenberger nehmen an, sie können gefahrlos flüchten.«

»Genau.«

»Wir dürfen sie auf keinen Fall entkommen lassen.« Die Bergerin setzte den Überlegungen entschieden ein Ende. »Wie können wir es anstellen?«

Die Frauen steckten die Köpfe zusammen und beratschlagten.

»Verrat. Allenthalben Verrat«, murmelte die alte Hure.

»So hört mir zu, Männer!« Jörg Schmid schrie gegen die Buhrufe und Schmähungen an, die ihm und seinen Hauptleuten um die Ohren flogen. Jener Aufwiegler, dem es gelungen war, das Samenkorn des Misstrauens in die Herzen der Allgäuer zu säen, hatte ganze Arbeit geleistet. In Windeseile hatte sich das Flämmchen in einen hell lodernden Flächenbrand verwandelt. Man zweifelte an den Fähigkeiten der Führerschaft – und man wartete nicht gerne. Die Vernehmungen hatten lange gedauert, und die Männer fühlten sich von ihrem Obristen missachtet. Ihr Stolz war eines der wenigen Dinge, die man den Bauern nicht nehmen konnte, und ihn zu wahren deshalb eine umso kostbarere Pflicht.

»Was ist mit den Baltringern?«, brüllte eine Stimme. »Sind sie wirklich geschlagen?«

»Die Wahrheit, Schmid!«

»Redet endlich!«

»Wir haben keine Nachricht von unseren Baltringer Brüdern, und das ist nichts als die Wahrheit!«, gab der Knopf fest zur Antwort. »Hört ihr? Wir haben keine Nachricht!«

»Du lügst!«

Die Menge rückte weiter vor, und die Wachleute waren gezwungen, die Fäuste einzusetzen, um die Bauern davon abzuhalten, den Hauptleuten ihr Missfallen tätlich zu verstehen zu geben – was die Stimmung noch weiter aufheizte.

Schmid und Lenker tauschten einen Blick. Johannes nickte unmerklich. »Ja, erzähl es ihnen.« *Aber halte um Gottes willen den Namen meiner Frau heraus.*

»Wir haben eine hellsichtige Person in unserer Mitte«, verkündete Jörg Schmid daraufhin. »Diese behauptet, den Untergang unserer Verbündeten gesehen zu haben. Wir wissen nicht, ob das der Wahrheit entspricht.«

»Wer ist es?«

»Nennt uns den Namen!«

»Wir wollen selbst mit dem Seher sprechen!«

»Wo ist Caroline?« Johannes las von Schmids Lippen. Er trat sehr nahe an den Obristen heran. »Den Teufel werde ich tun und meine Frau der aufgebrachten Meute zum Fraß vorwerfen. Die Männer würden sie zerpflücken«, stieß er zwischen zusammengebissenen Zähnen hervor. »Ich stehe mit Leib und Leben für unsere Sache ein – einzig die Sicherheit Carolines steht nicht zur Debatte.«

»Was gibt es zu tuscheln, Schmid?«

»Wir haben in unserer Vereinigung keine Geheimnisse voreinander, ist es nicht so?«

»Verrate uns endlich den Namen!«

Lenkers Blick ging geradewegs durch die Menge hindurch. Er betete lautlos, dass ihm nicht anzumerken war, wie sehr ihn die Sorge um Caroline umtrieb. Wo war sie? Hatte sie sich mit den übrigen Frauen zurückgezogen und hielt sich im Hintergrund, wie es ratsam gewesen wäre? In der Menge konnte er ihr Gesicht nirgendwo entdecken. Zu seinem Erschrecken wurde ihm klar, dass sie längst vorgetreten wäre, um ihre seherische Gabe zu offenbaren, hätte sie die Forderung der Männer gehört. Peter Gaiß' Tochter war kein Mensch, der sich versteckte, wenn es auch noch so triftige Gründe dafür geben mochte.

»Wir sollten dem Wunsch der Männer willfahren und nach Freundin Lenker suchen lassen, wenn wir ihre Achtung und ihr Vertrauen nicht verlieren wollen«, riet Paulin Probst leise.

»Was immer wir tun, wir müssen schnell entscheiden.« Jörg Täuber war blass. Mit einer Erhebung in den eigenen Reihen, einer Erhebung, die sich in solch kurzer Zeit formierte, war trotz der schwierigen Situation nicht zu rechnen gewesen.

»Wir machen es anders.« Walther Bach von Oy reckte beide Arme in die Luft. Der ruhige, besonnene Denker, den Lenker und die anderen zu schätzen gelernt hatten, war nicht mehr wiederzuerkennen.

»Hört mir zu!«, rief er wild entschlossen, alle Aufmerksamkeit auf sich ziehend. »Ich bin es, der vom Niedergang der Baltringer geträumt hat. Ja, ganz recht, Freunde, denn mehr war es nicht: ein Traum. Was wäre der Knopf für ein Anführer, hätte er mein nächtliches Hirngespinst für bare Münze genommen und als solche an euch weitergegeben? War es da nicht vernünftiger, so lange abzuwarten, bis wir aus sicherer Quelle von unseren Verbündeten Kunde erhalten?« Oy holte tief Luft. »Wenn ihr einen Verantwortlichen sucht, so sucht ihn nicht in unserem Obristen. Sucht ihn in mir!«

»Das ist doch gelogen.« Paulin Probst starrte wie vor den Kopf gestoßen auf Walther Bach von Oy, der sich soeben demütig in die richtenden Hände der Allgäuer begab. »Weshalb erzählt der Mann solchen Mist?«

»Walther ist gerade dabei, sich für uns und den Fortbestand unserer Bewegung zu opfern. Er hält uns den Rücken frei. Wenn Caroline Lenker gesprochen hätte – sie hätte den Männern den Niedergang der Baltringer nicht verschwiegen, davon können wir ausgehen.« Der Knopf ballte die Hände zu Fäusten, während man Oy die Kleider vom Leib riss. »Ein wahrhaft mutiger Mann. Besser als wir, die wir hier stehen.«

»Du solltest ihnen Einhalt gebieten. Jetzt, da Walther deinen Namen reingewaschen hat, werden sie wieder auf dich hören, Jörg«, riet Täuber, der durch seine ausdruckslose Miene seinen Ekel vor dem in seinen Augen völlig absurden Schauspiel zu verbergen suchte. Schließlich war es Lenkers vermaledeite Frau gewesen, die das Baltringer Gerücht erst in die Welt gesetzt und damit den Anstoß zu all dem gegeben hatte.

»Noch nicht. Walther soll das nicht umsonst getan haben. Die Männer müssen erst zur Ruhe kommen, ihr Mütchen kühlen. Genau das bezweckt Oy.« Gequält sah Schmid mit an, wie der Freund getreten und geprügelt wurde. Man schreckte nicht einmal davor zurück, die Hosen herunterzulassen und auf ihn zu urinieren. Dann steckten die Bauern ihren degradierten Hauptmann in das gröbste Flickzeug, das zu finden war, und hetzten ihn aus dem Lager. Ein wahrer Spießrutenlauf für Oy, die Allgäuer dicht an seine Fersen geheftet wie die Meute dem Fuchs.

»Johannes. Kümmere dich darum, dass er gefunden wird.«

»Selbstverständlich.«

»Eure Fragen sind beantwortet, Männer! Eure Zweifel sind ausgeräumt! Geht zurück an eure Aufgaben! Wir haben eine Burg zu erobern. Lasst nicht zu, dass unsere große Sache an Unstimmigkeit untereinander scheitert, an Kleingeistigkeit zerschellt!« Jörg Schmids Stimme schwoll an. »Wir dürfen eines nie tun: unser Ziel aus den Augen verlieren! Unsere Freiheit!«

Schon bald war die Menge in der Auflösung begriffen, und Johannes verlor keine Zeit, den vertrauenswürdigen Peter Christ damit zu beauftragen, sich auf die Suche nach Oy zu machen. Er selbst forschte nach dem Verbleib seiner

Frau. Etwas stimmte nicht. Caroline hätte sich dem Aufruhr niemals ferngehalten, woraus er schloss, dass sie sich nicht mehr im Lager befand – und vermutlich war sie an einem solchen Tag nicht zum Sammeln von Kräutern aufgebrochen. Etwas anderes musste hinter ihrem Verschwinden stecken, zumal Lenker auch die anderen Frauen nirgendwo finden konnte. Die schlimmsten Befürchtungen kochten in ihm hoch. Seine Nerven waren zum Zerreißen gespannt. Da erregte ein Geräusch seine Aufmerksamkeit. Das Plärren eines Säuglings führte ihn zu Elisa – und ersten Antworten.

»Ich muss pinkeln.« Der zarte Knabe zerrte am Rock der Frau, die sich gehetzt umsah und ihm keine Beachtung schenkte. Woraufhin der Kleine stehen blieb, den Hosenlatz öffnete und seiner Not Linderung verschaffte.

»Du dämliches Blag.« Einer der drei jungen Männer gab dem Kind einen Schubs in den Rücken. »Sieh zu, dass du weiterkommst. Zum Wasserlassen …«

In dem Moment traten vier grell gekleidete Gestalten der kleinen Gruppe in den Weg.

»Was zum …?«

»Ihr Herren, helft uns!«, flehte die alte Hede händeringend und fiel auf die Knie. Sie war wieder ganz bei sich und füllte ihre Rolle meisterlich aus – keine Spur mehr von dem zusammenhanglosen Gefasel, das Caroline kurz zuvor noch Sorge bereitet hatte. »Wir haben es bei den Allgäuern nicht mehr ausgehalten. Die Hurensöhne besteigen uns ohne Unterlass und bezahlen für die ganze Schinderei, die wir mit ihnen haben, nicht einen Pfennig. Bitte, nehmt uns mit euch, bis wir außerhalb der Reichweite der Allgäuer sind.«

»Wir sorgen auch dafür, dass ihr des Nachts keine kalten Füße haben werdet«, versprach Augusta mit einem verheißungsvollen Augenaufschlag.

»Na, das ist doch mal was.« Die Bastardsöhne des Burgvogts rieben sich die Hände. Die hilfesuchenden Blicke der vier Hübschlerinnen schmeichelten ihrer Eitelkeit. Oben auf der Burg hatten sie ihre liebe Mühe, die Mägde zu einem Abstecher ins Heu zu überreden. Wohingegen der eheliche Sohn des Vaters, erst ins richtige Alter gekommen, mit der Willigkeit der Frauen keine Probleme haben würde.

»Wir sollten die Bereitschaft der Weiber testen«, riet der älteste Bruder und schielte nach Anne und Annmarie, den drallen Schwestern. »Die Alte muss ich nicht besitzen, aber der Rest ...«

»Seid ihr von Sinnen?« Die Frau des Vogts hatte das Schauspiel mit offenem Mund angesehen und fand erst jetzt ihre Sprache wieder. »Habt ihr die Worte eures Herrn vergessen? Ihr müsst mich und meinen Sohn auf schnellstem Wege ...«

»Haltet den Mund, Frau!«, fuhr der jüngste Bruder sie grob an, woraufhin der Knabe zu greinen begann. »Wir müssen gar nichts. Ihr seid meinem Vater nicht mehr als eine lästige Notwendigkeit. Und hier draußen habt Ihr zu gehorchen. Uns zu gehorchen.«

Die Vogtsgattin presste, erschrocken über die ungehörige Ansprache, ihren Sohn an sich.

»Wie steht es, meine Damen? Unseren Schutz gegen eure Bereitwilligkeit.« Der älteste Vogtsohn grinste breit, ohne die verhasste Stiefmutter länger zu beachten. »Für Jeremias ist es ohnehin an der Zeit, seinen Stab zu erproben. Nicht wahr, kleiner Bruder?«

Der Angesprochene errötete. Kurze Zeit später waren die drei Brüder mit den auserkorenen Huren im Dickicht verschwunden. Zurück blieb die alte Hede.

»Meine Mädchen bringen das Blut der Männer in Wallung«, bemerkte sie und lachte rau, es klang wie das Rieseln von Kieselsteinen, während Gerlind und die Bergerin auf leisen Sohlen herankamen.

Unterdessen umfassten die übrigen Frauen des Allgäuer Haufens Täubers Knüppel fester und pirschten sich an die jungen Männer heran, die in der Hitze des Gefechts ihre Pflicht und die Welt um sich herum vergaßen. Lies und Egnathe übernahmen den ältesten Sohn, der eilig zur Sache gekommen war und auf Augusta schwitzte und schnaufte. Mina und Ingeborg hefteten sich dem mittleren Burschen an die Fersen. Caroline pirschte sich an den Jüngsten heran, der vollauf damit beschäftigt war, Annmaries Brüste zu betatschen. Beinahe schämte sie sich, dem Jungen diese offensichtlich erste Erfahrung verleiden zu müssen, doch Annmaries Blinzeln ließ an Deutlichkeit nichts zu wünschen übrig. Caroline wog das Holz in ihren Händen. Unvermittelt stand ihr Eriks Tod vor Augen. Sie zögerte. War der Schlag zu hart, die Stelle verkehrt, konnte dies tödlich für den Burschen enden. Andererseits war er beileibe nicht der Erste, der einen Knüppel über den Schädel gezogen bekam.

Caroline fasste sich ein Herz, ehe Annmarie mit ihrem ermutigenden Blinzeln noch das ganze Vorhaben verriet. Der Junge mochte abgelenkt sein, dumm war er vermutlich nicht. Beherzt tat sie die letzten Schritte auf das Paar zu. Der Schlag auf den Hinterkopf saß, der junge Mann kippte vornüber.

»Da hatte ich wahrlich Glück mit dem Kleinen«, kicherte Annmarie und rollte sich unter dem Bewusstlosen hervor. Die Frauen lösten die Seile an ihren Gürteln – Elisa sei Dank – und fesselten den Ohnmächtigen. »Den hat allein das Grapschen nach meinen Goldstücken schon völlig aus der Fassung gebracht.«

Carolines Gewissen ließ sie die Körperfunktionen des Jungen überprüfen. Atem und Herzschlag gingen normal. Vermutlich würde er in nicht allzu ferner Zukunft die Augen aufschlagen und sich gehörig wundern. »Bleib du bei ihm. Ich sehe nach, wie es den anderen ergangen ist.«

Annmarie nickte.

Laut nach den Freundinnen zu rufen schien Caroline ein zu großes Wagnis, solange sie nicht wusste, ob der Plan bei allen geglückt war. Sie brauchte nicht lange, um Lies, Egnathe und Augusta zu finden, die beim Erscheinen der Rebellentochter triumphierend auf ihren verschnürten Gefangenen zeigten. Mina, Ingeborg und Anne war das Vorhaben ebenfalls gelungen, wie sie kurz darauf feststellte.

Die Bergerin, Gerlind und Hede erwarteten sie gespannt. Carolines erleichtertes Lächeln verriet ihnen, was sie wissen mussten.

»Wir lagen richtig mit unserer Vermutung – die Frau ist die Gattin des Vogts«, verriet die Bergerin, was sie bereits in Erfahrung gebracht hatten.

»Was wollt ihr von uns?«, verlangte die Vogtsgattin zum wiederholten Male zu wissen.

»Keine Angst, wir tun euch nichts«, suchte Caroline sie zu beruhigen. »Am besten, wir sammeln uns wieder hier. Ich gebe den anderen Bescheid. Es wird allerdings ein Weilchen dauern, bis wir die Männer hergeschleppt haben.«

»Wir warten so lange«, lachte die alte Hure. Sie hatte Spaß an dem Schelmenstück.

Caroline teilte den wartenden Frauen reihum den Entschluss mit. »Wir sammeln uns bei der Bergerin. Sobald wir die Gefangenen dort haben, sehen wir weiter.«

Als sie eben zu Annmarie zurückkehren wollte, bemerkte sie erstmals, wie düster es im Wald geworden war. Unerklärliche Nervosität überkam die Rebellentochter. Es war sehr still, kein Rascheln im Gebüsch, kein Vogelzwitschern im Geäst.

»Annmarie?«, flüsterte sie unsicher. Die eigene Stimme schien ihr zu laut. Da hörte sie Schritte hinter sich und atmete erleichtert auf. »Da bist du ja. Ich dachte schon, ich hätte den Weg ...« Ein scharfer Schmerz riss sie zu Boden und raubte ihr das Bewusstsein.

Ihr schlaffer Körper wurde bei den Händen gepackt, in eine Senke geschleift und sorgsam mit Zweigen, Moos und Nadeln bedeckt.

21

Der Knopf war für Johannes die erste Anlaufstelle. Er fand ihn allein in seinem Zelt, das schmale Gesicht grau vor Erschöpfung. Weder Täuber noch Probst waren anwesend, auch nicht Walther Bach von Oy, dessen Name mit dem heutigen Tag aus der Geschichte des Allgäuer Haufens getilgt worden war. Mittlerweile hatte sich der zuverlässige Peter Christ auf die Suche nach ihm gemacht.

Lenker war nach seinem Gespräch mit Elisa wie betäubt. Er berichtete dem Obristen in knappen Worten vom Plan der Frauen. »Ich traue Caroline vieles zu, aber eine solche Dummheit ...«

»Man wird das Mädel nicht zu uns vorgelassen haben. Vergiss nicht, wir waren für niemanden zu sprechen, während wir die Männer verhörten. Rede mit den Wachleuten vor dem Zelt – vermutlich bestätigen sie dir, dass Caroline versucht hat, uns aufzusuchen.«

»Dafür bleibt keine Zeit.«

Johannes wirkte ebenso erschöpft wie der Obrist. Das Grau in seinen Locken ließ ihn nun älter als seine Jahre aussehen.

»Zieh los und suche deine Frau. Ich schicke dir einen Suchtrupp hinterher.« Jörg Schmid unterdrückte den Drang, sich die schmerzenden Schläfen zu reiben. »Caroline und die anderen sind wohlauf, du wirst sehen«, versprach er mit einer Zuversicht, die er nach den fatalen Ereignissen im Moment eigentlich nicht empfand.

Lenker sandte seinen Blick gen Himmel. Graue Wolken und feiner Nieselregen. Der Tag neigte sich. Eile war geboten, wenn er die Frauen noch vor Einbruch der Dunkelheit finden wollte.

Zügig ausschreitend durchkämmte er die Wiesen und Wäldchen rund um die Burg. Wolkenberg lag friedlich da, vereinzelt patrouillierten Wachen auf den Mauern. Nichts deutete darauf hin, dass von dort Unheil drohen könnte. Johannes sann kurz nach und entschloss sich, das Risiko einzugehen. Lauthals nach Caroline zu rufen war sicherlich am wirkungsvollsten. Er wusste um die nahende Verstärkung, er war bewaffnet und zu allem entschlossen.

Lenker erhielt keine Antwort.

»Himmel Herrgott!« Wie die Frauen vor ihm stieß auch er nach einer Weile auf Tote. Seines Wissens waren sechs Wachgruppen zu je zwei Mann eingeteilt gewesen. Bedeuteten die leblosen Körper vor ihm, dass sie alle das gleiche Schicksal ereilt hatte? Fieberhaft suchte er weiter, während das letzte Tageslicht nach und nach von nächtlicher Schwärze absorbiert wurde.

»Caroline! Caroline!«

»Hauptmann Lenker!«

»Wir sind hier!«

Weibliche Stimmen. Johannes konnte sich nicht erinnern, je so erleichtert gewesen zu sein.

»Ruft weiter! Ich bin gleich bei euch!«

Die Rufe der Frauen wiesen ihm den Weg, und bald darauf stieß er auf die Gesuchten – mitsamt ihren Gefangenen. Seine Verblüffung hätte größer nicht sein können. Die jungen Männer waren bei Bewusstsein, bunte Stofffetzen – die Huren hatten ihre schillernden Unterröcke zu diesem Zweck entzweigerissen – hinderten sie daran, ihre Frustration laut herauszuschreien. Dem Weib, das sich bei ihnen befand, waren lediglich die Arme auf den Rücken gebunden worden, der kleine Junge konnte sich frei bewegen. Er drückte sich mit großen Augen in der Nähe seiner Mutter herum, schien sich aber nicht zu ängstigen. Dafür verband er die Gegenwart von Frauen zu sehr mit weichen Armen und sanften Worten.

»Das darf nicht wahr sein!« Lenker starrte auf die Geiseln, deren Gesichter im Dämmerlicht nur undeutlich zu erkennen waren.

»Die Gattin des Burgvogts und ihr kleiner Sohn«, verriet die Bergerin stolz. Neben ihr entdeckte Johannes Gerlind, Egnathe, Lies, Ingeborg und Mina, außerdem die Lagerhuren, deren Namen er nicht kannte. Einen Moment lang blitzte beim Anblick der grellen Frauen ein Bild aus der Vergangenheit vor ihm auf, das er sogleich beiseiteschob.

Sein Puls, gerade dabei sich zu normalisieren, schoss erneut in die Höhe. Eine fehlte. »Wo ist Caroline?«

»Sie ist nicht hier. Wir hatten angenommen, sie wäre zurück ins Lager gelaufen, um den Obristen zu informieren.«

»Ist sie nicht dort?«

»Nein.« Lenkers Lippen wurden schmal. »Wie lange ist es her, seit ihr sie gesehen habt?«

»Schon eine ganze Weile. Sie hätte in der Zeit dreimal hin und zurück laufen können, Hauptmann.«

»Der Knopf schickt Unterstützung. Bleibt zusammen und wartet ab, bis die Männer bei euch sind.« Damit machte er sich erneut auf die Suche.

Caroline spürte Bewegungen auf ihrem Körper. Es zwickte und krabbelte überall. Ruckartig setzte sie sich auf, Äste und Zweige beiseiteschiebend, einen stechenden Schmerz im Kopf. Ameisen, Käfer und kleine Spinnen waren auf ihren Schulterblättern, ihren Schenkeln, am Bauch und an den Zehen. Anstatt die Plagegeister abzuschütteln, blieb sie benommen sitzen, während ihr Denken aufklarte. Behutsam betastete sie sich den Hinterkopf. Weshalb auch immer – sie hatte offensichtlich das gleiche Schicksal erlitten wie die drei jungen Wolkenberger.

Aber wer hatte sie niedergeschlagen? Und warum?

»Caroline! Caroline!«

Sie hörte das Rufen ihres Mannes, es kam näher, wurde lauter und wieder leiser, doch ihre Zunge lag schwer und taub im Mund. War es der Schock, der sie nicht sprechen ließ?

Weil ihre Stimme ihr den Dienst versagte, griff Caroline nach einem der dickeren Äste, die beim Erwachen auf ihr gelegen hatten. Schwankend kam sie auf die Beine und taumelte ein, zwei Schritte auf eine Buche zu. Mit aller Kraft, die sie aufzubringen vermochte, schlug sie den Ast gegen den Stamm. Der entstehende Missklang erinnerte entfernt an das Schleifen eines Mühlsteins.

»Johannes«, krächzte sie.

Was, um Gottes willen, war Caroline zugestoßen?

Lenkers Stimme war heiser, so oft hatte er ihren Namen gerufen. Längst war es so dunkel, dass er Mühe hatte, einen Schritt vor den anderen zu setzen.

In der Ferne hörte er Geräusche. Männerstimmen, dazwischen hellere Frauenstimmen. Fackelschein leuchtete zwischen den Bäumen. Der Hilfstrupp.

Johannes war keineswegs sicher, ob er nicht im Kreis lief. Er versuchte, sich an den Mauern der Burg zu orientieren, wann immer er aus dem Wald hervortrat. Die Sorge um Caroline ließ ihm den Hals eng werden. Sein Herz schlug so hart, dass es schmerzte. Sollte er umkehren, sich eine der Fackeln borgen und die Männer um Beistand bei der Suche bitten?

Unschlüssig tastete er sich weiter durch die Nacht, stolperte über Wurzelwerk und fiel der Länge nach hin. Er spürte weiches Moos an seiner Wange und bemerkte ein schleifendes Geräusch, das er nicht zuordnen konnte.

»Caroline!«

Das Geräusch nahm an Intensität zu.

»Caroline!«

Wenig später fand Johannes Lenker seine Frau – und Caroline fand ihre Stimme wieder. Er trug sie den ganzen Weg zurück ins Lager auf den Armen. Selbst wenn seine Lunge geplatzt und seine Muskeln erschlafft wären, hätte er sie nicht abgesetzt.

Noch in der Nacht vom vierten auf den fünften April 1525 öffnete der Vogt die Tore Wolkenbergs im Austausch für das Leben seiner Familie.

Caroline verfolgte den Auszug der Burgherrschaft an Johannes' Arm. Sie bestand darauf, es trotz ihrer Kopfschmerzen anzusehen. Begleitet von den Schmährufen der Allgäuer und der Wildpoldsrieder Dorfbevölkerung verließ die Vogtsfamilie ihr Heim und zog zu Fuß in die Dunkelheit, hinein ins Ungewisse. Dicht neben dem Vogt hielt sich eine Frau. Sie fiel Caroline auf, weil es den Anschein hatte, als wolle die Fremde ihren Herrn stützen.

Die Allgäuer durchstöberten jeden Winkel der Burg, die Fischteiche in der Nähe des Bauhofs wurden im Schein von zahllosen Fackeln geplündert, Vieh wurde geschlachtet und röstete über den Feuern. Am Ende wurde Wolkenberg niedergebrannt. Der leichte Regen reichte nicht aus, das Feuer zu löschen. Das Gebälk der Stallungen ging ebenso in Flammen auf wie der hölzerne Zwischenboden und alles schwere Mobiliar des Frauengemachs, das die Allgäuer nicht fortgeschleppt hatten.

Der Knopf entschied entgegen dem Protest einiger weniger Männer, dass die Kühe, Schafe und Ziegen, die sich in der Burg befunden hatten, den Wildpoldsriedern gehören sollten, da diese lange genug unter der Geißel des Vogts gelitten hatten. Da war es kein Wunder, dass die Dörfler begeistert mit dem Haufen feierten und so mancher Allgäuer in dieser Nacht einen weichen Frauenkörper fand, der sich ihm zum Dank für die Rettung bereitwillig darbot.

Das Ehepaar Lenker nahm nicht an dem rauschenden Fest teil. Carolines Schmerzen klangen bereits ab, dennoch war ihr nicht nach Geselligkeit zumute. Jemand hatte sie niedergeschlagen und ihren Körper mit Ästen, Zweigen und Moos bedeckt – womöglich in der Hoffnung, sie möge dort unentdeckt verrotten. Der Triumph über die Wolkenberger schmeckte bitter.

»Wie konntet ihr nur so töricht sein?«, schalt Lenker seine Frau, beileibe nicht zum ersten Mal in dieser Nacht.

»Wir haben Wolkenberg eingenommen. Ich kann daran nichts Törichtes erkennen«, erwiderte Caroline bissig. Auf der Stelle tat es ihr leid. Johannes war vor Sorge um sie fast vergangen, da war es kein Wunder, dass er ihr Vorwürfe machte. »Verzeih bitte«, entschuldigte sie sich. »Wenn ich nur begreifen könnte, wer …«

»Wir finden heraus, wer dir das angetan hat«, versprach Johannes. Im Stillen nahm er sich vor, fortan besser für die Sicherheit der Geliebten zu sorgen. Gleich morgen würde er zu Gottlieb Langhans gehen und veranlassen, dass dieser Caroline nicht mehr aus den Augen ließ. Er hätte den Mann niemals von seiner Aufgabe, sie zu bewachen, abziehen dürfen.

»Sag, die Männer waren so aufgebracht heute Nachmittag – wie habt ihr sie beruhigen können?«

Lenker zögerte. Die Wahrheit würde ihr nicht gefallen. Walther Bach von Oy hatte sich den Allgäuern immerhin wegen einer Sache entgegengestellt, deren Auslöser Caroline gewesen war. »Sie feiern ihren Sieg, den sie euch Frauen zu verdanken haben«, erwiderte er ausweichend und streichelte ihr übers Haar, sorgsam darauf bedacht, die Schwellung nicht zu berühren.

Caroline küsste ihn auf die Lippen. Er schmeckte nach Wald und Rauch. Sie entkleidete sich zwischen den engen Zeltwänden.

»Berühre mich«, bat sie und seufzte tief, als seine warmen Hände ihre Brüste umspannten.

»Was ist mit deinen Kopfschmerzen? Solltest du nicht ruhen?« Seine Finger umkreisten ihren Nabel.

»Eine bessere Erholung gibt es nicht.« Caroline hantierte am Bund seiner Hose. »Komm zu mir.« Das Verlangen, ihn tief in sich zu spüren, war übermächtig. Die Beule an ihrem Schädel pochte und ließ ihr die eigene Verletzlichkeit, die eigene Sterblichkeit deutlich werden. Sie brauchte ihn, um sich lebendig zu fühlen.

Johannes schob sich auf sie, sein Mund auf ihrem. Sein Kuss war lange und innig, leidenschaftlich und zärtlich. Ein Versprechen, das besiegelt wurde, als die beiden Körper bebend zur Ruhe fanden, die Glieder ineinander verschlungen.

Der Entschluss, sich nach der erfolgreichen Einnahme Burg Wolkenbergs der Belagerung Burg Liebenthanns bei Obergünzburg anzuschließen, stand am nächsten Morgen fest. Durch den regen Botenverkehr war der Knopf darüber im Bilde, dass dort Verstärkung benötigt wurde.

Bei Sonnenaufgang waren die Lagerfeuer erloschen, graue Rauchfetzen hingen über der Burg. Die Allgäuer durchkämmten die Wälder und fanden die erschlagenen Wachleute. Kein Einziger der Männer, die rund um Wolkenberg patrouilliert hatten, war am Leben geblieben. Man begrub sie neben jenen Toten, die in der Nacht der Katapultbrände ihr Leben gelassen hatten. Pfarrer Semmlinger sprach wenige ergreifende Worte, dann wurden die Gruben zugeschaufelt und das Lager abgebrochen. Am sechsten April zog der Allgäuer Haufen weiter, der Jubel der Wildpoldsrieder hallte ihm nach.

Wenn nicht Oys mutiger Einsatz die Aufrührer bereits zum Schweigen gebracht hätte – die Einnahme Burg Wolkenbergs hätte es mit Sicherheit getan. Man marschierte geeint, die Hauptleute ritten an der Spitze vorweg. Darüber allerdings, dass es die Weiber gewesen waren, denen der Sieg zu verdanken war, herrschte eisernes Schweigen.

Jörg Schmid machte in diesen Tagen gute Miene zum bösen Spiel, doch die ungeklärten Vorfälle rund um die Belagerung Wolkenbergs nagten an ihm. Er hatte nicht herausfinden können, wer die vermeintliche Wachablösung inszeniert hatte, deren Zeugin Caroline geworden war. Lenkers Frau hatte den Hauptleuten den – angeblich von oben angeordneten – Wachwechsel geschildert. In Wahrheit waren wohl die Mordbuben in die Rolle von Allgäuer Kameraden geschlüpft, um so leichtes Spiel mit den arglosen Wachleuten zu haben. Auch was den Brand der Katapulte, das verdorbene Pulver und den unerwarteten Aufruhr im Lager betraf, tappte der Knopf nach wie vor im Dunkeln. Waren sie belauscht worden, als die Lenkerin von ihrer Vision und der Niederlage der Baltringer gesprochen hatte? Konnte der Verantwortliche, der die Information bewusst hatte durchsickern lassen, in den Reihen der Zeltwachen gefunden werden? Jörg Schmid kratzte sich am Kinn. Er wagte es kaum zu denken, geschweige denn laut auszusprechen, doch der bittere Verdacht, dass der Schuldige im engsten Kreis seiner Vertrauten zu finden war, nahm Gestalt an.

Nachdem sie ihr Abenteuer wohlbehalten überstanden hatten, schien eine tiefe Erschöpfung von den Frauen des Allgäuer Haufens Besitz ergriffen zu haben. So mancher wurde erst nach und nach bewusst, was sie riskiert hatte.

Das Anerbieten der alten Hede, gemeinsam auf dem Wagen der Huren gen Burg Liebenthann zu reisen, war – vor kurzer Zeit noch gänzlich undenkbar – vom ehrbaren Weibsvolk gerne angenommen worden. Trotz der Enge fanden alle Platz.

»Es lässt mir keine Ruhe, dass wir nicht herausfinden konnten, wer Caroline niedergeschlagen hat.« Egnathe schirmte die Augen mit der Hand ab. Die Sonne war wieder zum Vorschein gekommen und brannte heiß auf die Reisenden herunter. Der Tross kam nur langsam voran.

»Vermutlich diejenigen, die auch für die Ermordung der Wachmänner verantwortlich sind. Sie haben sich noch in den Wäldern herumgetrieben, während wir dort waren.«

»Mir läuft ein Schauder über den Rücken.« Ingeborg schüttelte sich. »Wenn ich mir vorstelle …«

»Wir schwebten in großer Gefahr, so viel steht fest.« Der Bergerin gelang es nicht, ihre Erschütterung zu verbergen.

»Meinem Mann passt es nicht, in welcher Gesellschaft ich mich befinde«, bemerkte Elisa unerwartet. »Ich werde nicht bei euch bleiben können. Sobald wir angekommen sind, schickt er mich fort.« Sie blickte auf den schlafenden Säugling in ihrem Arm.

»Wohin?«

»Ins Haus seiner Eltern. Er hält meine Anwesenheit im Lager für nicht länger tragbar.«

»Dabei warst du gar nicht mit uns im Wald.«

»Ihm reicht völlig aus, dass ich ihm seine Prügel entwendet habe.« Die Blutergüsse auf Elisas Schenkeln schmerzten. Täuber hatte sie hart bestraft.

»Er nimmt wohl an, wir setzen seiner braven Gemahlin Flausen in den Kopf«, riet Caroline aufs Geratewohl.

Elisa schwieg.

»Mein Gatte hat mir ebenfalls ins Gewissen geredet.« Das für gewöhnlich unumstößliche Selbstvertrauen der Bergerin war ins Wanken geraten. »Er hat mir begreiflich gemacht, wie unentschuldbar ich gehandelt habe. Wenn mir etwas zugestoßen wäre, wenn ich mein Leben verloren hätte ... Meine Töchter und Söhne stünden ohne Mutter da, meine Enkelchen ...« Sie brach ab. »Versteht ihr, was ich sagen will?«

»Ich glaube schon. Wir Frauen sind es, die die Verantwortung für den Fortbestand der Familie tragen«, ließ sich Elisa leise vernehmen. »Deshalb ist es nur recht und billig, wenn die Männer das Sagen haben. Sie beschützen und behüten uns.«

»Ihr bereut, was wir getan haben?«, fragte Caroline ungläubig. »Nur unseretwegen konnte Burg Wolkenberg eingenommen werden. Wenn wir nicht so mutig gehandelt hätten, stünden wir noch immer vor ...«

»Es war gedankenlos von uns, Caroline«, unterbrach Egnathe. »Uns allen hätte Schlimmes widerfahren können«, fügte sie besänftigend hinzu. »Ich bin der Meinung, die Männer haben nicht ganz unrecht, uns zu schelten. Ein solches Wagnis einzugehen war unbedacht und töricht.«

»Gott, wie ich meine Kinder vermisse«, platzte Lies heraus, in der die Sehnsucht nach ihrem Heim und der vertrauten Umgebung geweckt worden war. »Ich weiß sie bei meiner Schwägerin in guter Obhut – und trotzdem beneide ich Elisa, die ihr Söhnchen weiter Tag und Nacht bei sich haben wird.«

»Mein Kind«, flüsterte mit einem Mal die faltige Hede, so dass Caroline genau hinhören musste, um sie zu verstehen. »Was ist mit deinem Kind?«, hakte sie sanft nach und fasste die Hand der alten Hure.

»Vor vielen Jahren habe ich selbst eine Tochter geboren«, gestand Hede. Tränen rannen ihr über die Wangen und ließen die bunte Bemalung zerlaufen. Die übrigen Frauen unterbrachen ihre Gespräche und lauschten der Alten. »Was hätte ich darum gegeben, sie aufwachsen zu sehen. Sie war so zart, mein kleines Mädchen, wunderschön und vollkommen – aber durfte ich ihr deshalb das schlimmste aller Schicksale zumuten? Sie wäre mit dem Älterwerden meinen Weg noch einmal gegangen. Ich hätte sie zu einem Leben als Hure verdammt, sie zum Abschaum der Gesellschaft gemacht. Stattdessen war das Glück mir hold und führte mich zu einer Kaufmannsfamilie nach Basel. Die Hausfrau, obwohl jung an Jahren, konnte nicht empfangen, ihr Schoß war vertrocknet. Dennoch wünschte sie sich sehnlichst ein Kind. Die Familie nahm meine Tochter an Kindes statt an.«

»Hast du sie je wiedergesehen?«

»Ich habe Geld von den Leuten bekommen und geschworen, mich meiner Tochter niemals wieder zu nähern.«

»Du hast Geld für dein Kind angenommen?«, rief Lies entsetzt aus. »Du hast es ... verkauft?«

Egnathe stieß Lies den Ellbogen in die Seite. »Sei still«, schalt sie.

»Und wenn schon.« Die alte Hure zuckte mit den Schultern und wischte sich die Tränen fort. »Dafür schäme ich mich nicht. Meine Tochter hat jetzt einen guten Namen, ein Dach über dem Kopf, warme Kleider und jeden Tag nahrhafte Mahlzeiten auf ...« Plötzlich jagte ein gehetzter Ausdruck über Hedes Gesicht, sie blickte panisch umher und wirkte nicht mehr recht bei Sinnen. Niemand nahm es ernst, als sie wisperte: »Ihr werdet schon sehen. Ihr werdet sehen, zu welchem Ende das alles führt.«

In der Nacht, ehe sie Burg Liebenthann erreichten, schliefen die Allgäuer unter freiem Himmel. Caroline und Johannes blickten, eingewickelt in Lenkers Mantel, hoch zum Sternenzelt. Hand in Hand.

Caroline dachte an die Gespräche, die sie am heutigen Tag mit den Frauen geführt hatte. Sie dachte an Kinder.

»Johannes?«

»Hmm?«

»Es gibt Mittel und Wege, um eine Empfängnis zu verhüten, weißt du das?«

»Wie kommst du darauf? Hast du etwa …?« Lenkers Finger pressten schmerzhaft ihre Hand.

»Nein. Du tust mir weh.«

Carolines in Sternenlicht gebadetes Gesicht, in dem all ihre Verletzlichkeit lag, die sie so gerne vor der Welt verbarg, veranlasste ihn, sie auf der Stelle loszulassen.

»Habe ich nicht. Ich wollte nur … Es ist kein guter Zeitpunkt, um ein Kind zu bekommen, nicht?«

»Ich wusste davon, dass heilkundige Frauen diese bestimmten Kräuter kennen. Aber ich finde, man sollte dem lieben Gott nicht ins Handwerk pfuschen. Wenn er da oben es für richtig befindet, uns mit einem Kind zu segnen, dann … Ich liebe dich, Line. Egal, was kommt.«

»Line?«

»So nenne ich dich, in meinen Gedanken.«

»Gefällt mir.«

*

»Endlich! Da oben hat jemand Erbarmen mit uns!«

Emma von Eisenberg musste die Augen nicht erst öffnen, um zu wissen, wie freudig der Matrose die ersten Sonnenstrahlen seit Tagen begrüßte. Still wartete sie, während das Schiff den Fängen der drückenden Nebelschwaden entglitt.

»Schwester, habt Ihr fleißig gebetet, damit die Sonne uns wieder scheint, ja?« Der Schiffsjunge kam, Besen und Eimer schwenkend, auf sie zu und lächelte sie breit an.

Die Gräfin nickte zögernd. Mit jedem Tag, den sie auf See verbrachte, hatte sie das Gefühl, Erik näher zu kommen.

Ihre Reise führte sie mitten hinein in das Zentrum ihres Schmerzes – so, wie sie es gewollt hatte.

»Berchtold, Junge, halt keine Maulaffen feil und lass die Nonne in Frieden! Jetzt, da der Wettergott uns wieder gewogen ist!«

»Ich muss mich sputen, Schwester. Solange der Nebel anhielt, konnte mir Friedrich nicht so genau auf die Finger sehen.« Er eilte in Richtung des Rufenden davon, drehte sich dann aber noch einmal zu ihr um. »Ich bin froh, dass Eure Gebete geholfen haben!«

Emma trat an die Reling. Der Junge hatte recht – sie betete tatsächlich. Um die Seele ihres Mannes und dafür, dass ihre Kraft ausreiche, zu tun, was immer ihr abverlangt werden würde.

22

Burkhardt von Denklingen war einem Zauber erlegen. Sofias Zauber. Seit die junge Frau mit zitternder Unterlippe im Hof gestanden und nach Caroline verlangt hatte, war auf der Burg eine Veränderung vor sich gegangen. Der blasse Gast war wie Caroline vor wenigen Wochen in der Mägdekammer einquartiert worden. Dort vergrub sich Sofia in den ersten Tagen – nachdem sie nur schwer akzeptiert hatte, dass sie Caroline und Johannes zu deren unbekanntem Ziel unmöglich hinterherreisen konnte.

Vom ersten Augenblick an übte das schöne Mädchen eine unerklärliche Faszination auf Burkhardt aus. Feingliedrig mit einer Flut dunkler Haare, inspirierte sie ihn zu Vergleichen mit einer anmutigen Waldelfe, geboren aus einem Sonnenstrahl, die in duftenden, sattgrünen Wäldern und auf taugetränkten Wiesen ihren leichtfüßigen Reigen tanzt. Ihre Gegenwart ließ ihn zur Feder greifen und Gedichte verfassen, die er nachts heimlich unter ihrer Tür hindurchschob.

Es dauerte über eine Woche, bis sie zum ersten Mal an einer gemeinsamen Mahlzeit in der Halle teilnahm. Von da an speiste sie regelmäßig mit Vater und Sohn. Wolf von Denklingen erwies sich als großer Charmeur, reichte dem Gast das Brot und schenkte eigenhändig nach.

»Ihr müsst mehr essen, meine Liebe. Mager, wie Ihr seid, fällt Euch noch das Fleisch von den Knochen.«

Sofia nickte unverbindlich. »Caroline hat mir von der Heilerin Salome geschrieben. Ich würde die Frau gerne kennenlernen. Ob das wohl möglich ist?«

Die Andeutung eines Lächelns auf ihrem Gesicht ließ Burkhardts Herz höher schlagen. Er war dankbar dafür, dass sie sich nicht länger in der Mägdekammer verkroch.

»Was ist dran an dieser Heilerin, dass alle sie sehen wollen? Erst Caroline, jetzt Ihr ...« Wolf von Denklingens Frage war rhetorisch gemeint und bedurfte keiner Antwort.

»Ich begleite Euch zu Salome, wann immer Ihr wünscht«, versprach Burkhardt.

Salome mochte Sofia, wie sie auch Caroline vom Moment ihrer ersten Begegnung an gemocht hatte, obwohl die beiden jungen Frauen sich nicht nur äußerlich unterschieden. Anders als Caroline, über die die harte Realität des Lebens bereits in frühen Jahren hereingebrochen war, war Sofia von einer verträumten Unschuld, die das Herz anrührte. Sie hatte sich nicht gescheut, den Grund ihres Hierseins, das Sternenmal, direkt anzusprechen. Nachdem Salome das Mädchen auf einen Stuhl gedrückt und darum gebeten hatte, das Gesagte noch einmal langsam zu wiederholen, war ihr klar geworden, wen sie vor sich sah: die Tochter von Carolines Mentorin, der Gräfin Emma von Eisenberg.

Sofia legte eine solche Begeisterung an den Tag, das Rätsel um das Sternenmal zu lösen, dass Salome bald nicht anders konnte, als ihre Anwesenheit als Wink des Schicksals anzunehmen und Sofia alles zu berichten, was diese noch nicht aus Carolines Brief wusste. Seither brachte Burkhardt Sofia an jedem Vormittag in das Haus der Heilerin und holte sie rechtzeitig zum Abendbrot auf der Burg wieder ab. Mehr als einmal fühlte sich Salome durch dieses Arrangement an Caroline und Johannes erinnert, obwohl dieser – anders als sein Halbbruder – in das Geheimnis eingeweiht war.

»Ich bin gestern über den Aufzeichnungen von Burkhardts Ahn eingeschlafen.« Sofia zwirbelte ihre langen Haarsträhnen.

»Du hast wieder in ihnen gelesen? Zum wievielten Mal?«
Salome lächelte über den Eifer der jungen Frau.

»Es muss einen Hinweis geben. Es muss einfach. Darf ich das Kästchen noch einmal sehen, in dem Stein und Vers verwahrt lagen?«

»Du hast es zwar schon hundertmal betrachtet«, schmunzelte Salome, »aber warum nicht.« Sie holte Sofia das Gewünschte herbei und wurde dann von ihrer Tochter Barbara unterbrochen, die ins Haus gestürmt kam, den Kater Fleck auf den Fersen.

»Mutter!« Die Kleine war außer sich. »Draußen liegt ein kranker Vogel. Er ist winzig.« Sie deutete es mit der hohlen Hand an. »Kannst du ihm helfen, bitte?«

»Ich komme.« Salome strich ihrem Ziehkind über das rote Haar und ging mit ihm hinaus.

Sofia blieb zurück, das Kästchen nachdenklich in Händen drehend. Sie dachte an Emma und daran, was es für sie bedeuten würde, wenn es gelang, das Rätsel um den Stern zu lösen, der die Mutter schon ein ganzes Leben lang begleitete. Vielleicht vermochte es dieses Geheimnis, die Leere aus Emmas Augen zu bannen, die sich seit Eriks Tod dort festgesetzt hatte.

Sofias Geist flog zurück in ihre Kindheit. Sie sah sich selbst mit Isabel herumtollen, beide eine Süßigkeit in den klebrigen Händen. Es war Markttag in Pfronten. Die Mädchen hatten Vater und Mutter so lange bekniet, bis die Eltern ihnen den Besuch auf dem Markt gestattet hatten.

Die Vielfalt der feilgehaltenen Waren faszinierte Sofia nicht minder als die Vielfalt der Marktbesucher. Bauern, Knechte und Leibeigene schlenderten zwischen adretten Bürgersmädchen, ernst dreinblickenden Zunftmeistern und von Kopf bis Fuß fein geleckten Adelsbürschlein einher.

»Sieh mal, dort drüben – ein Gaukler«, machte Erik von Eisenberg seine Tochter auf ein mageres Männlein mit verkniffenen Augen aufmerksam, das einen ebenso mageren Hasen aus einem Hut zauberte. Vater und Tochter sahen ihm eine Weile zu, während Isabel neben ihrer Einkäufe erledigenden Mutter herhüpfte. Der Magier zeigte seinem Publikum eine leere Truhe.

»Junges Fräulein, komm einmal her zu mir.« Er winkte Sofia zu sich.

»Geh nur«, ermunterte der Vater.

Sofia bewegte sich vorsichtig auf den Gaukler zu.

»Nur nicht schüchtern! So ein liebes Kind. Ein Mädchen mit reinem Herzen, meine Damen und Herren! Sieh einmal in die Truhe hinein, mein Fräulein. Was siehst du?«

»Nichts, mein Herr«, antwortete Sofia ernst.

»Nichts? Dann fasse hinein, liebes Kind.«

Sofia steckte die Hand in die Kiste.

»Die Truhe ist leer«, verkündete sie, langsam Gefallen an der Sache findend.

»Die Truhe ist leer. Hab vielen Dank.«

Unter dem Applaus der Menge wurde sie zu ihrem Vater zurückgeschickt.

»Pass genau auf«, flüsterte Erik seiner Tochter ins Ohr.

Und das Aufpassen lohnte sich. Wenig später holte der Gaukler eine ganze Handvoll abgegriffener Münzen aus der leeren Truhe. Sofia war fassungslos.

Erst abends, vor dem Zubettgehen, verriet ihr der Vater den Trick. Die Münzen in der Truhe hatten unter einem sogenannten zweiten Boden versteckt gelegen.

Daran erinnerte Sofia sich nun, das rostige Kästchen auf dem Schoß. Konnte es möglich sein? Fieberhaft begann sie, nach einem versteckten Mechanismus zu suchen. Eine leichte Einkerbung vielleicht, eine Ritze oder ein Spalt. Nichts.

Da traten Salome und Barbara ins Haus. Burkhardt folgte ihnen.

»Ist es schon Zeit?« Sofia erwiderte das Lächeln des treusorgenden Burkhardt, der sie zurück auf die Burg begleiten würde.

»Ich störe Euch«, entschuldigte er sich verlegen. »Soll ich warten? Später wiederkommen? Allerdings, mein Vater wäre froh über Eure Gegenwart beim Essen ... und ich auch.«

»Natürlich. Wir können aufbrechen. Ich komme morgen wieder. Das heißt, wenn Burkhardt die Zeit findet, mich herzubringen?«

»Wann immer Ihr wünscht.«

Eine unübersehbare Röte zeigte sich auf Sofias Gesicht, als sie sich erhob und Salome das Kästchen reichte.

Die Heilerin brachte die Gäste zur Tür und empfand um Sofias willen eine große Freude. Die junge Frau hatte ihr die vergebliche Liebe zu Martin von Hohenfreyberg und den tiefen Kummer darüber geschildert. Bisher schien sie nicht zu begreifen, dass ein Herz manchmal schneller heilte, als man es sich selbst eingestand.

»Hattet Ihr einen angenehmen Tag?« Burkhardt war begierig auf jedes Wort aus dem Mund der angebeteten Sofia.

Sie schilderte ihm während des Heimwegs lebhaft ihre Erinnerung an jenen mit den Eltern und der Schwester verbrachten Markttag. Dabei gestand sie sich ein, dass sie die Aufmerksamkeit, mit der Burkhardt sie bedachte, genoss. Im Vergleich mit seinem Halbbruder Johannes wirkte er weicher, fröhlicher – und ein wenig verletzlicher. Sofia mochte besonders seine Locken und die verständnisvollen Augen, die bewundernd auf ihrem Gesicht ruhten, wann immer er sich unbeobachtet glaubte. Mit jedem Tag wurde der Schmerz, der sie aus Augsburg fortgetrieben hatte, leiser. Sie hatte ihre Zwillingsschwester niemals im Leben wiedersehen wollen. Jetzt begann Isabel ihr zu fehlen.

»Ich mag Eure Gedichte. Besonders dasjenige von heute Morgen.«

Sie blickten einander scheu an. Bisher war zwischen ihnen weder die Existenz der Gedichte angesprochen worden noch die Tatsache, dass Sofia den Verfasser zu kennen glaubte.

»Das freut mich.« Burkhardts Vers hatte von einer Haut so rein und weiß wie Schnee zu erzählen gewusst. Von einem Mund, herrlicher als die Blüte der schönsten Rose. Die Worte und Zeilen seiner Gedichte waren nicht neu, waren lange vor ihm von anderen Poeten, in anderen Zeiten, oftmals bis zum Überdruss verwendet worden, und manchmal etwas steif. Gerade deshalb berührten sie Sofia umso mehr.

»Ich gehe zu Bett«, verkündete Wolf von Denklingen nach dem Abendbrot recht frühzeitig. »Bleibt sitzen«, bat er, als Sofia und Burkhardt sich mit ihm erhoben. »Meine morschen Knochen sind es, die der Ruhe bedürfen. Nicht die euren.« Dem alten Herrn war die aufkeimende Zuneigung zwischen den jungen Leuten nicht entgangen. Sein Sohn war augenscheinlich verliebt, und auch Sofias Augen ruhten in den letzten Tagen auffällig oft auf Burkhardt. Er begrüßte diese Entwicklung über die Maßen, weshalb er beschlossen hatte, sie im Rahmen seiner Möglichkeiten zu fördern, indem er sich zeitig zurückzog.

»Wollen wir uns noch ein wenig unterhalten?« Burkhardt saß Sofia gegenüber. Sie kam um den Tisch herum und setzte sich neben ihn.

»Weshalb schreibt Ihr mir solch schöne Gedichte?«

»Ich mag Euch. Wenn ich ehrlich sein darf – Ihr bezaubert mich.« Er zögerte, ob er noch etwas hinzufügen sollte. Hinzufügen durfte. »Ihr bezaubert mich wie keine Frau zuvor.« Eine einzelne Schweißperle schimmerte auf seiner Stirn.

»Ihr schmeichelt mir.« Sofia kicherte, entzückt darüber, dass er nicht ein Mädchen, sondern die erwachsene Frau in ihr sah.

»Weshalb wart Ihr so elend bei Eurer Ankunft?«, wagte Burkhardt die Frage zu stellen, die ihm auf der Seele brannte.

»Meine Schwester hat mir den Mann geraubt, den ich liebe.« Ihre Antwort kam ruhig. Sie hatte das Gefühl, durch ihr Leiden sehr reif und erfahren zu wirken.

»Den Mann, den Ihr liebt?« Der maßlose Schmerz auf Burkhardts Antlitz erschreckte sie. Sie hatte ihn nicht verletzen wollen.

»Der Mann, den ich zu lieben glaubte«, korrigierte sie sich eilends. Woraufhin Burkhardt ihr Gesicht zwischen seine Hände nahm und sie küsste wie ein Ertrinkender.

»Sprecht nicht von der Liebe zu einem anderen«, bat er heiser. »Sprecht von der Liebe zu mir, wenn es Euch möglich ist.«

Sofia blieb still.

»Verzeiht. Ich bin zu weit gegangen. Meine Leidenschaft für Euch hat mich ... Ich wollte Euch nicht ...«

»Du musst dich nicht entschuldigen.« Sofia hob ihre Hand und legte sie langsam an seine Wange. Trotz seiner morgendlichen Rasur fühlte sie feine Stoppeln unter ihren Fingern. »Das war der erste Kuss meines Lebens.«

»Dieser andere Mann ...?«

»Hat sich mir nie auf solche Art genähert.«

»Ist es Unrecht, ihn zu hassen, ohne ihn zu kennen?«

»Du musst ihn nicht hassen. Ich verzehre mich nicht länger nach ihm. Das ist vorbei. Jetzt bin ich hier, bei dir.« Sofia, die in unzähligen Nächten von Martins Berührungen geträumt hatte, sehnte sich nach nichts anderem als Burkhardts Lippen. »Küss mich noch einmal.«

Mit dem Morgen kam die Verlegenheit. Sofia und Burkhardt hatten bis spät in die Nacht hinein in der Halle beisammengesessen, sich an den Händen gehalten und liebkost, bis ihre Wangen heiß und ihre Münder rot und feucht gewesen waren. Beim Morgenmahl spürte Sofia das leise Knistern des Papiers in der Tasche ihres Kleides mehr, als dass sie es hörte. Ein weiteres von Burkhardts Gedichten.

»Ich nehme an, mein Kind, Ihr plant für den Tag wie gewohnt Euren Besuch bei der Heilerin?« Wolf von Denklingen griff nach einer dicken Scheibe Brot. Sein Plan schien gefruchtet zu haben. Die beiden waren sich nähergekommen. Das verrieten sowohl Sofias lebhaft gerötete Bäckchen als auch Burkhardts ungewöhnliche Schweigsamkeit. Insgeheim rieb er sich die Hände und nahm sich vor, seinen alten Knochen zukünftig noch reichlicheren Schlaf zu bescheren. Es war überfällig, dass sein Sohn eine Schwiegertochter ins Haus brachte und für Enkelkinder sorgte. Zwar wirkte Sofia mit ihren zarten Gliedern und den schmalen Schultern arg zerbrechlich, doch machte ihr liebes und freundliches Wesen den körperlichen Mangel wett. Ja, in Wolfs Augen war sie für Burkhardt gerade die Richtige. Über sein Versprechen, Sofias Tugend zu hüten, welches er dem Grafen Hohenfreyberg in seinem Schreiben gegeben hatte, sah er großzügig hinweg. Sollte der Junge das Mädel ruhig schwängern. Er würde dem Paar mit Vergnügen die Hochzeit ausrichten – und somit die Ehre der Braut wiederherstellen.

»Vater?«

»Hm?« Tief in Gedanken versunken, hatte er sowohl Sofias Antwort als auch die Äußerung seines Sohnes überhört.

»Wir brechen hinüber nach Epfach auf, wenn es dir recht ist«, wiederholte Burkhardt geduldig.

»Freilich.« Wolf von Denklingen sah äußerst zufrieden

drein. »Mir obliegt die Verantwortung für die junge Dame. Da ist mir wohler, wenn du sie begleitest.«

»Ihr seid sehr freundlich.« Ehe der alte Herr sich versah, hatte Sofia ihn auf die Wange geküsst und war übermütig aus der Halle getänzelt.

»Na, geh schon«, ermunterte er seinen Sohn. »Sie wartet auf dich.«

»Ich habe unseren Abend sehr genossen.« Burkhardt war unsicher, ob er sich erlauben durfte, sie erneut zu küssen. Im hellen Schein des Tages war die Vertrautheit verflogen.

»Ich auch.« Sofia zauderte. Mehrere Lidschläge lang bewunderte er ihre dichten, schwarzen Wimpern. »Wollen wir uns ins Gras setzen?« Sie zeigte auf einen Flecken tiefgrüner Wiese. »Ich möchte mehr über dich erfahren.« Die Art, wie sie mit ihm sprach, leiser als für gewöhnlich, jedes Wort mit Bedacht gewählt, ließ ihn ihre Unsicherheit erahnen.

»Wo soll ich anfangen?«, fragte er und hockte sich neben sie ins Gras. Er ließ gerade so viel Abstand, dass ihre Knie ständig Gefahr liefen, einander unabsichtlich oder absichtlich zu berühren.

»Erzähl einfach. Über dein Leben. Was dir in den Sinn kommt.«

»Meine Mutter ist gestorben, da war ich noch ein Kind. Sie hat häufig geweint und meinem Vater Vorwürfe gemacht, daran erinnere ich mich. Seit ich denken kann, spricht mein Vater von Johannes. Er hat uns seine Existenz nie vorenthalten. Im Nachhinein vermute ich, meine Mutter war deshalb so trübsinnig – weil sie von Vaters Gefühlen für eine andere Frau wusste. Vater hat Johannes und dessen Mutter – eine Magd – fortgeschickt, ehe er heiratete. Ein Fehler, den er sich bis zum heutigen Tag nicht verzeihen kann.«

»Dann war die Magd, Johannes' Mutter, seine große Liebe?«

»Meine Mutter war es jedenfalls nicht. Wenn sie sich nicht gerade schluchzend in ihren Räumen einschloss, gingen die beiden betont höflich miteinander um. Nach ihrem Tod, auf dem Begräbnis, war er völlig ruhig. Wahrscheinlich hat er ihren Verlust nicht übermäßig bedauert. Von dem Tag an sprach er noch häufiger von Johannes.«

»Deine Stimme wird bitter, wenn es um deinen Halbbruder geht. Du bist eifersüchtig«, stellte Sofia nüchtern fest.

»Ich ...«

»Nein, streite es nicht ab! Das brauchst du nicht. Eifersucht ist normal. Sie ist menschlich. Vor allem unter Geschwistern.«

»Vielleicht stimmt es, und ich bin eifersüchtig.« Burkhardt hatte nicht vorgehabt, so offen zu sprechen. Doch Sofias Gegenwart brachte ihn dazu, sich etwas einzugestehen, was er nie hatte wahrhaben wollen. »Vater hebt Johannes in den Himmel, obwohl der ihm während seines Besuchs deutlich zu verstehen gegeben hat, dass er nichts – rein gar nichts – von ihm wissen will. Für mich hingegen hat er oft nur Spott übrig, weil ich meine Nase in Bücher stecke, anstatt auf die Jagd zu gehen. Ich verabscheue das Töten. Er hält mich deshalb für einen Weichling.«

»Das bist du nicht.« Sofia drückte ihre kleine Nase an seine, und augenblicklich verflog die Kälte, die in ihm aufgestiegen war. »Ich finde es mutig von dir, gegen den Strom zu schwimmen. Gerade weil du nicht bist wie die anderen, mag ich dich.«

Burkhardt zog sie an sich. Die Vertrautheit war zurück, und er küsste sie innig.

In Salomes Häuschen erzählte Sofia mit glänzenden Augen von Burkhardt. Das Kästchen musste warten.

»Du kannst dir nicht vorstellen, welch wundervolle Lippen er hat«, schwärmte sie. »Weich wie Samt. Mir war, als wandelte ich nicht länger auf Erden, als trügen mich seine Küsse weit fort, hoch hinauf in die Lüfte.«

»Die erste Liebe.« Salome sah voller Zuneigung auf die junge Frau, die innerlich zu leuchten schien.

»Burkhardt ist nicht meine erste Liebe. Das war Martin ...«

»Ich glaube doch.« Die Heilerin drückte Sofia einen Becher Tee in die Hand. So sehr sie sich mit ihr freute – es gab Neuigkeiten, mit denen sie nicht länger hinter dem Berg halten wollte. »Gestern Abend, als du mit dem Kopf zwischen den Wolken warst, hatte ich eine Vision. Zum ersten Mal zeigten sich mir Herluka und ihre Frauen. Sie speisten gemeinsam vor dem Haus. Ich habe all das hier in seinem früheren Erscheinungsbild gesehen. Es war unglaublich.«

»Salome!« Wie vom Donner gerührt fuhr Sofia auf und verschüttete dabei ihren Tee. »Was genau hast du gesehen? Bitte, erzähle mir und lass mich alles erfahren.«

»Wenn du aus dem Haus trittst und nach links siehst ... auf den Zaun, der hinter den Beeten beginnt ...«

»Ja«, ermunterte Sofia atemlos.

»Etwa dort stand ein Tisch. Er war von enormen Ausmaßen, wie ich ihn eher im Saal einer Burg erwarten würde. Ein Tischbein war schief, das Holz gesprungen und morsch, die Platte hatte tiefe Risse, und an unzähligen Stellen blätterte Farbe ab. Ich glaube, der Tisch wurde nicht bewegt – er stand dort draußen vor dem Haus, egal ob der Regen auf ihn prasselte oder die Sonne ihn wärmte.«

»Und Herluka?«

»Ruhig Blut, Sofia. Ich erwähne den Tisch in solcher Ausführlichkeit, weil ich glaube, dass er für Herluka und die Frauen wichtig war. Wahrscheinlich nahmen sie ihre Mahlzeiten draußen ein, wann immer das Wetter es zuließ.«

»Der Tisch als Ort der Zusammenkunft und als Symbol für ihre Zusammengehörigkeit«, sagte Sofia.

»Jetzt verstehst du.« Salome nickte zustimmend. »In meiner Vision saßen sieben Frauen um den Tisch. Ich habe Herluka erkannt, weil sie sie beim Namen nannten – und weil der Stern auf ihrer Stirn nicht zu übersehen war. Das Gespräch wirkte auf mich sehr unbeschwert. Es drehte sich um einen schrulligen Kranken, der regelmäßig um Behandlung nachsuchte, um den Nutzen und die dienliche Anwendung von Kräuterwickeln und um das aufbrausende Temperament einer Frau namens Judith. Es wurde viel gelacht, Sofia, so viel, dass mir warm ums Herz wurde.«

»Deine Vision kommt in meinen Augen einem Wunder gleich. Gerade jetzt, da wir uns so gründlich mit Herluka beschäftigen.«

»Da lebe ich seit Jahren an diesem Ort und habe doch längst nicht mehr zu hoffen gewagt, dass mir diese Gnade einmal zuteilwird.«

»Gib mir bitte noch einmal das Kästchen.« Die Kindheitserinnerung an den mageren Gaukler und die Möglichkeit eines doppelten Bodens ließ Sofia keine Ruhe. Abermals untersuchte sie das Kästchen gründlich. Mit einem Mal entglitt es ihren fahrigen Händen und fiel polternd zu Boden.

»Pass auf!« Salomes Aufschrei kam zu spät. Auf der Stelle kniete sie nieder, um das ihr so überaus wertvolle Fundstück aufzuheben.

»Der Boden! Sieh hin!« Sofia zeigte weder Erschrecken noch Bedauern. Vielmehr nahm sie das Kästchen an sich. Mit den Fingernägeln tastete sie nach den Kanten des locker gewordenen Bodens und löste ihn heraus. »Da! Ich wusste es!«

23

Caroline umarmte Elisa zum Abschied und drückte die Lippen auf das weiche, duftende Gesicht des Säuglings, der in den Armen seiner Mutter friedlich gluckste. Ein wenig Speichel lief aus dem winzigen Mündchen, das sich noch nicht mitzuteilen vermochte, auch wenn der Junge schon regen Anteil an allem nahm, was rundherum geschah. Pfarrer Semmlinger hatte den Knaben auf den Namen des Vaters getauft.

Während der kleine Jörg mit seiner Mutter das Lager des Allgäuer Haufens verließ, besprach sich Jörg Täuber mit dem Knopf und den Hauptleuten, allen voran Hauptmann Conz Wirt, der den Oberbefehl während der andauernden Belagerung Burg Liebenthanns führte. Elisas Fortgehen war für ihn bereits Vergangenheit. Er wusste sie fortan in Sicherheit und nicht länger dem giftigen Einfluss einiger der Frauen ausgesetzt. Das war es, was für ihn zählte.

Unter dem guten Dutzend Männer in der Runde war auch Lenker. Conz Wirt schilderte eben den Verlauf der Baltringer Schlacht, wie er ihnen durch einen Überlebenden zu Ohren gekommen war. Die Männer, die Caroline Lenkers Vision gelauscht hatten, konnten sich des Schauderns nicht erwehren. Ihre Worte deckten sich mit denen Conz', auch wenn dieser die Geschehnisse inzwischen weitaus detaillierter benennen konnte.

»Die Bürger der Stadt Leipheim hatten sich den Baltringern angeschlossen. Leipheim steht, wie ihr wahrscheinlich wisst, unter der Herrschaft Ulms. Die Menschen dort leben von Flachs- und Hopfenanbau – und zu einem guten Teil von der Weberei, die durch einen Erlass aus dem Jahr 1512 empfindlich getroffen wurde. Statt mehreren Webstühlen, zweien oder dreien, so viele eben notwendig sind, ist ihnen heute nurmehr einer erlaubt.«

»Was nicht ausreicht.«

»Bei weitem nicht ausreicht.« Conz sah seinen Obristen an, das Antlitz beider Männer spiegelte Mitgefühl und Verständnis. »So weit zu den Beweggründen der Leipheimer, den Baltringern beizustehen. Vereint stand die Armee im Schutz moorigen Gebiets, der Vorteil lag auf Seiten der Baltringer. Man hätte es, so wurde mir glaubhaft versichert, mit dem Truchsess durchaus aufnehmen können. Trotzdem gelang es dem Schwäbischen Bund offenbar mühelos, die Baltringer – die völlig ungeordnet den Rückzug antraten – auf die Donauwiesen abzudrängen. Wer dort nicht den Tod fand, wurde in den Fluss gejagt und ersäuft. Der Truchsess nahm vier Fähnlein und vier Falkonetts gefangen. Die Überlebenden versprengten sich in alle Richtungen. Der Leipheimer Prediger und glühende Revolutionär Hans Jakob Wehe wurde zum Tode verurteilt, und am Tag nach der Schlacht ...«

»Am Tag nach dem Gemetzel trifft es wohl eher!«, warf Täuber ein.

»Er wurde hingerichtet, das jedenfalls steht fest«, endete Conz. »Der Truchsess lagert weiterhin bei Leipheim. Späher berichten uns, es gäbe Probleme mit der Besoldung.«

»Ich bin Wehe einmal begegnet. Er war ein beeindruckender Mann.« Johannes Lenker senkte den Kopf.

»Ich desgleichen. Gott sei seiner Seele gnädig«, sprach der Knopf, um sich anschließend wiederum Conz Wirt zuzuwenden. »Wie steht es um den Verlauf der Belagerung Liebenthanns?« »Der Fürstabt gibt sich stur. Zu Verhandlungen ist er nicht bereit.« Conz zählte auf, was bisher unternommen worden war. Man hatte einen engen Belagerungsring gezogen und die Burg vollständig von der Außenwelt abgeschnitten. Weitere Vorgehensweisen wurden festgelegt. In den nächsten Tagen sollten die Geschütze und Katapulte, welche dem Haufen noch zur Verfügung standen, zum Einsatz kommen. »Wenn nötig, stehen die Bauern aus Obergünzburg uns bei. Wir haben ihr Wort«, erklärte Conz Wirt.

Anschließend wandte man sich dem feindlichen Truchsess zu und stellte Mutmaßungen über die Treue und Standfestigkeit seiner Kämpfer an. Es war schwer abzuschätzen, was das Ausbleiben des Soldes in den gegnerischen Reihen auslösen könnte. Natürlich hätte den Allgäuern nichts Besseres passieren können, als dass dem Schwäbischen Bund die Landsknechte davonliefen.

Nach einer kleinen Stärkung, welche die Bergerin den Männern unaufgefordert brachte, machte sich der Knopf daran, die Wolkenberger Belagerung für diejenigen nachzuerzählen, die nicht vor Ort gewesen waren, weil sie zu den Teilhaufen der Allgäuer zählten, die entweder das – inzwischen eroberte – Fürststift Kempten oder aber Liebenthann belagert hatten.

»An unserem Lagerplatz vor Burg Wolkenberg ging das Gerücht der Baltringer Niederlage, dabei wussten wir nicht, ob und was wirklich geschehen war«, schilderte der Knopf.

»Allein das hätte um ein Haar zum Aufstand in den eigenen Reihen geführt.« Paulin Probst blickte finster drein, es schien, als habe er an der Erinnerung nach wie vor zu knabbern.

Täuber verzog das Gesicht.

»Allein die vermutete Niederlage demoralisierte unsere Männer in einem Ausmaß, wie wir es uns niemals hätten vorstellen können. Hinzu kamen das verdorbene Pulver und die Brandschatzung der Katapulte. Wenn nicht Walther Bach von Oy den Kopf für uns hingehalten hätte – ich weiß nicht, wie die Sache ausgegangen wäre«, gestand der Knopf ehrlich ein.

»Woher stammte das Baltringer Gerücht zu einem so frühen Zeitpunkt?« Conz runzelte die Stirn. »In den Tagen, von denen Ihr sprecht, hat der Zusammenstoß der Baltringer mit dem Truchsess doch gerade erst stattgefunden.«

»Johannes Lenkers Eheweib ist eine Seherin. Obwohl wir eisernes Stillschweigen über Carolines Vision geschworen hatten, drang etwas davon nach außen.«

Einige der Anwesenden sogen scharf die Luft ein. Ungläubiges Schweigen senkte sich über die Runde.

»Es ist, wie es ist. Caroline Lenker sah die Baltringer Niederlage mit an. Ich fordere von euch, diesen Umstand zu akzeptieren – es steht euch hingegen frei zu …« Ein schiefes Lächeln malte sich auf Jörg Schmids Gesicht. »Nun, es steht euch frei zu glauben.«

Conz Wirt nickte versonnen, räusperte sich und fuhr mit der Besprechung fort. »Offenbar gibt es einen oder mehrere Verräter, die in unserer Mitte taktieren und agieren«, kam er zur gleichen Schlussfolgerung wie sein Obrist. »Männer, die zu denjenigen Fähnlein gehören, die mit euch Burg Wolkenberg belagert haben.«

»Davon müssen wir ausgehen.« Paulin Probst rieb sich die Nase.

»Die Seherin – können wir sie kennenlernen?«, warf einer der Männer unvermittelt in die Runde.

»Vermutlich seid ihr Caroline schon über den Weg gelaufen. Sie ist seit den Memminger Artikeln bei uns.«

»Wir sprechen von der Heilerin?«, ließ sich ein Hauptmann vernehmen, der neben Lenker stand. »Die mit den Huren angebändelt hat?«

»Wir sprechen von meiner Frau«, knurrte Lenker.

»Schon gut.« Der Mann winkte ab. »Ich wollte dein Weib nicht beleidigen. Gaispeters Tochter, nicht wahr?«

Lenker nickte knapp.

»Ich schätze Caroline als fähige Heilerin. Sie ist uns von großem Nutzen.« Der Knopf blickte in die Runde, um sich zu vergewissern, dass er die Aufmerksamkeit genoss.

»Von großem Nutzen, um einen Aufstand auszulösen.« Obwohl Täuber leise sprach, waren seine Worte gut zu vernehmen.

»Wir wissen nicht, wer die Nachricht von den Baltringern an die Männer verraten hat, Freund Täuber«, besänftigte Paulin Probst.

»Wie steht es mit den Pulvervorräten?«, lenkte Jörg Schmid die Unterredung in eine andere Richtung. Das Thema brannte ihm unter den Nägeln. »Wir haben vergeblich auf neue Fässer gewartet. Unser Bote muss euch doch übermittelt haben, wie dringlich …«

»Was soll das heißen? Wir wussten bis zu eurer Ankunft nichts von dem verdorbenen Pulver.«

»Dabei hat …« Der Knopf richtete sein Augenmerk auf Paulin Probst. »Freund Probst.« Er sprach gedehnt, mit drohendem Unterton, und verwendete dabei jene Anrede, die Paulin Probst so gerne im Umgang mit seinen Mitmenschen benutzte. »Du hast mir berichtet, einen vertrauenswürdigen Mann ausgesandt zu haben.«

»Natürlich habe ich das.« Probst streckte dem Obristen die geöffneten Handflächen hin, wie um seine Unschuld zu beteuern. »Den Bleicher-Werner habe ich losgeschickt.«

»Hat der Mann sich zurückgemeldet?«

»Nein.« Probst zuckte die Schultern.

»Ich möchte, dass er gefunden wird.«

»Selbstverständlich. Ich kümmere mich darum.«

»Das will ich hoffen.« Damit war die Angelegenheit vorerst zu des Knopfs Zufriedenheit geregelt.

»Wenn Freund Wirt und die übrigen Herren die Seherin treffen möchten, gehe ich los und suche Freundin Lenker.« Probsts Anerbieten war aus seinem Unwohlsein heraus geboren. Das Misstrauen in Jörg Schmids Augen gefiel ihm nicht.

»Ich kann sie selbst ...« Johannes witterte die Chance, für einen gestohlenen Moment lang mit Caroline allein zu sein, für eine kurze Weile ihre Hand zu halten und einen Kuss auf ihre weichen Lippen zu pressen. Doch da war Probst schon mit energischen Schritten davongeeilt.

Caroline behandelte gerade einen Patienten. Geduldig wartete Probst, bis die Schnittwunden des Mannes versorgt waren, ehe er ihr sein Anliegen vortrug. Er hatte es nicht eilig damit, wieder zur Versammlung des Obristen zu stoßen.

»Der bedauernswerte Oy«, rief Probst aus, als Caroline ihm gerade erst ein kurzes Stück gefolgt war. »Das Gesicht zugeschwollen drückt er sich verhuscht im Schatten herum. Habt Ihr ihn nicht gesehen?«

»Wovon sprecht Ihr? Ich bin davon ausgegangen, dass Oy wie gewohnt an der Besprechung teilnimmt.«

»Ach, habt Ihr nicht davon gehört? Ich dachte, Euer Gatte hätte wohl ... Eine schlimme Sache ist das.« Paulin Probst wiegte den Kopf und nahm sich die Zeit, Caroline haarklein über den vereitelten Aufstand und Oys Rolle darin ins Bild zu setzen. Bis dahin waren die Ereignisse um Walther Bach von Oy, die sich zeitgleich mit dem Erlebnis der Frauen im Wald bei Wolkenberg abgespielt hatten, noch nicht bis zu ihr vorgedrungen gewesen. Fast war es so, als hätte sich ein Mantel des Schweigens um Oys Niedergang gelegt, ein Mantel aus Verlegenheit, Scham und Reue. Die meisten bedauerten inzwischen, was geschehen war.

Unvermeidbar senkte sich nach Probsts Offenbarung die Schuld wie ein schwerer Stein auf Carolines Brust.

»… Erfolg, was das Fürststift Kempten betrifft. Leider war der Fürstabt bereits auf die hiesige Burg geflohen. Seither hockt er hinter den Mauern Liebenthanns wie eine finstere Krähe. Zu Verhandlungen ist er nicht bereit. Gerüchten zufolge führten die Kemptener zwischenzeitlich Gespräche darüber, dem Fürstabt alle Rechte abzukaufen, die er in der Stadt noch innehat. Wenn das gelingen sollte, wäre der Rat frei, fürderhin seine eigenen Entscheidungen zu treffen. Bedauerlicherweise ist, was das Zustandekommen dieses Geschäfts anbelangt, von gut dreißigtausend Gulden die Rede.« Der Sprecher bemerkte das Eintreten Probsts in Begleitung der Seherin.

»Wir wollten nicht unterbrechen.« Caroline kannte den Namen des Hauptmanns nicht. Wegen des häufigen Aufsplitterns des Haufens war es ein schwieriges Unterfangen, die Namen aller Hauptleute im Gedächtnis zu behalten. Vertraut, im Guten wie im Schlechten, waren ihr bisher Jörg Täuber, Paulin Probst und natürlich Jörg Schmid.

»Ich bin gerade fertig.«

»Ah, da ist ja das Mädel.« Der Knopf schüttelte ihr die Hand. »Meine Hauptleute sind neugierig.«

»Unser Obrist hält, wie wir hörten, große Stücke auf Euch, Frau Lenker, da wollten wir Euch einmal von Angesicht zu Angesicht gegenüberstehen.« Wirt Conz gab ihr ebenfalls die Hand und dachte bei sich, dass diese Caroline weitaus jünger und mädchenhafter wirkte, als er sich eine Frau ihres Schlages vorgestellt hatte. Jetzt, da sie vor ihm stand, erinnerte er sich mit einem Mal wieder, ihr bereits früher begegnet zu sein.

»Sehr freundlich.« Caroline war nicht recht bei der Sache. Ihr Blick suchte und fand Johannes. »Weshalb habe ich nicht von Oy erfahren, der an meiner Stelle den Kopf hinhalten musste?«, verlangte sie zu wissen, ohne auf die Anwesenheit der übrigen Männer Rücksicht zu nehmen.

»Du hast ihr nichts gesagt?« Jörg Schmid sah mitleidig auf Lenker, der zornig von seiner Frau angestarrt wurde.

»Es fehlte nicht viel, und meine Vision hätte einen Aufstand verursacht. Da wäre es an mir gewesen, mit den Leuten zu sprechen.«

»Nun merkt Ihr es selbst – Ihr bringt nur Unglück«, nahm Jörg Täuber Carolines Selbstanklage nur zu gerne auf.

»Lass das Mädel in Ruhe«, rügte der Knopf. »Es war ganz richtig, mit ihrem Wissen zu uns zu kommen. Wäre es dir lieber, sie verschwiege absichtlich wichtige Neuigkeiten allein deshalb, weil sie uns nicht genehm sind?«

»Der Meinung bin ich allerdings auch«, schloss sich Conz Wirt an. »Ihr müsst uns unverzüglich aufsuchen, Frau Lenker, sollte Euch nochmals eine wichtige Vision zuteilwerden.«

»Das wird sie«, versprach Johannes an Carolines Stelle und fasste seine Frau beim Arm. »Entschuldigt uns.«

»Schwach sind die, die einem Weib die Oberhand lassen«, rief Täuber den Eheleuten spöttisch hinterher.

»Mach dir keine Vorwürfe.«

»Du findest, ich sollte mir Vorwürfe machen?« Caroline riss sich von ihrem Mann los und verschränkte die Arme vor der Brust.

»So habe ich es nicht gemeint.« Er berührte sie an der Schulter. »Line, bitte. Warte doch.«

»Ich bin deiner Meinung. Es ist meine Schuld.« Sie fuhr zu ihm herum.

»Du bist deinem Gewissen gefolgt in der Hoffnung, die Baltringer retten zu können.«

»Dabei war es längst zu spät.« Die Verbitterung in ihrer Stimme machte ihm Angst.

»Wir haben heute erfahren, dass unser Bote – derjenige, der neues Pulver beschaffen sollte – nie hier angekommen ist«, unternahm Johannes den verzagten Versuch, seine Frau abzulenken. »Probst, du erinnerst dich, hatte ihn …«

»Ich muss eine Weile für mich sein«, unterbrach ihn Caroline und stapfte davon, ohne einen Blick zurückzuwerfen.

Voll des schlechten Gewissens kehrte Johannes Lenker zurück zu den Hauptleuten. Sie nahm es ihm übel, ihr die Sache mit Walther verschwiegen zu haben. Wie würde sie erst reagieren, sollte sie von jener Angelegenheit erfahren, die seine Seelenruhe noch weitaus mehr belastete? Er hatte Caroline selten so schroff erlebt wie eben. Lenker fröstelte – weniger vor Kälte als vielmehr aus Angst, die Geliebte zu verlieren.

Caroline machte sich auf die Suche nach Walther Bach von Oy. Wenn er so übel zugerichtet war, wie Probst behauptete, wollte sie ihm ihre Hilfe anbieten, es war das Mindeste, was sie für den Mann tun konnte. Nachdem sie eine gute Stunde vergeblich herumgefragt hatte, dämmerte ihr, dass sie den einstigen Hauptmann nicht finden würde. Keine Menschenseele hatte von Oys Anwesenheit im Lager gehört, geschweige denn ihn mit eigenen Augen erblickt. Man sprach offenbar nicht gerne über seine Degradierung, aber der einhelligen Meinung nach war er gleich nach seiner Absetzung vor Burg Wolkenberg fortgeschafft worden. Weshalb Paulin Probst annahm, Oy gesehen zu haben, blieb ihr ein Rätsel.

Um an diesem Tag wenigstens noch etwas Nützliches zu tun, unternahm sie einen Abstecher zur alten Hede, deren Verwirrtheitszustände besorgniserregend zunahmen. Am Lagerplatz der Huren flatterte frische Wäsche an einer Leine im Wind.

»Caroline!«, rief Anne ihr schon von weitem entgegen. »Setz dich zu uns.«

»Wenigstens du bist nicht so eine, Mädchen«, brummte

Hede, kaum dass Caroline sich niedergelassen hatte. »Da siehst du es. Die Welt ändert sich nicht.«

»Wovon sprichst du?«

Die alte Dirne schwieg.

»Was hat sie denn?« Caroline blickte ratlos zu den anderen.

»Seitdem wir vor Burg Liebenthann lagern ...«, begann Anne.

»... und der Haufen geeint ist«, fuhr ihre Schwester fort, »behandeln sie uns wieder schlecht.«

»Wie Abschaum.«

»Wer behandelt euch schlecht?«

»Die Frauen. Diese garstigen Weiber.«

Caroline dachte an das gute Dutzend Frauen, welches hinzugekommen war, seit der Allgäuer Haufen sich zu seiner vollen Stärke vereint hatte. »Das sind Fremde. Sie kennen euch nicht wie ...«

»Wir reden nicht von den neuen Frauen. Die Bergerin und ihresgleichen meinen wir. Jene, die mit uns auf dem Wagen gereist sind.« Im Gegensatz zu ihren Gefährtinnen, deren runde Backen vor Empörung glühten, wirkte Augusta gelassen.

»Das kann ich nicht glauben.« Caroline mochte sich nicht vorstellen, die Freundinnen könnten wahrhaftig derart rückgratlos sein.

»So ist es aber.« Augusta lächelte schmal. »Wir haben angeboten, bei der Essensausgabe zu helfen, wollten uns mit ihnen unterhalten, wie wir es zuvor taten. Nichts. Sie sahen durch uns hindurch, als wären wir Luft.«

»Dabei hatte ich wirklich daran geglaubt, unser Erlebnis im Wald hätte uns Frauen – ob ehrbar oder nicht – in Freundschaft zusammengeschmiedet. Wie man sich doch irren kann.«

»Du kannst ja nichts dafür«, tröstete Annmarie. »Du bist

nicht so wie diese Weiber. Erinnere dich nur einmal daran, wie sie dir das Leben im Lager anfangs zur Hölle gemacht haben.«

Caroline wusste nicht recht, was sie sagen sollte. Ihr Blick wanderte unstet umher und blieb an der frischen Wäsche hängen. Auf einem der schrill bunten Kleider entdeckte sie ein schimmerndes, geflochtenes Seidenband. Es sprang ihr förmlich ins Auge und ließ sie an die Galgenwurz und Lies' Kleid denken.

Im Zwielicht der Dämmerung verzichtete sie auf ihr Abendbrot und suchte die Zuflucht der Zeltwände. Um sie herum klangen Stimmen, laute und leise, die erst sehr viel später verstummen würden, wenn auch die letzten Lagerfeuer zu aschgrauer Glut niedergebrannt waren. Etwa um die Zeit würde auch Johannes' langer Tag zu Ende gehen, und sie durfte mit seiner Rückkehr rechnen.

Caroline legte sich auf den Rücken und verschränkte die Arme unter dem Kopf. Der Zorn auf ihren Mann war verraucht, und ihr kam seine Bemerkung über die Pulverfässer in den Sinn. Paulin Probst hatte jemanden entsandt, um für Nachschub zu sorgen. Dieser Bote war nicht bei Conz Wirt und dessen Leuten vorstellig geworden. Sie kam ins Grübeln. Ein Gedanke zwickte hartnäckig in ihrem Kopf. Eine Erinnerung, die mit Probst zu tun hatte ... Was war es bloß?

Caroline schloss die Augen und blendete die Unterhaltungen und Geräusche rundum aus. Langsam dämmerte sie in den Halbschlaf hinüber, das Rätsel um Probst weiter im Hinterkopf. Dann lag die Lösung mit einem Mal auf der Hand, und sie setzte sich auf. Der seltsame Geruch, der Probst am Tag nach den Katapultbränden angehangen hatte. Ein Geruch, vertraut und dennoch fehl am Platz, so dass sie ihn damals nicht einzuordnen vermocht hatte.

Jetzt wusste sie es.

Öl. Paulin Probst hatte nach Lampenöl gerochen.

»Haltet sie!«

Ehe Caroline Gelegenheit bekam, über die Bedeutung ihrer Entdeckung nachzusinnen, ging ein Aufschrei durch das Lager. Eilig verließ sie das Zelt und rannte dorthin, wo die Rufe am lautesten gellten. Dorthin, wo Hede splitterfasernackt zwischen den gaffenden Allgäuern umherspazierte. Viele von ihnen hielten Schüsseln mit dampfendem Inhalt in den Händen, den sie vor lauter Schauen völlig vergaßen.

Hede wirkte keineswegs so, als wäre sie sich ihrer Nacktheit bewusst. Von Zeit zu Zeit hob sie die Hand, als wolle sie jemanden grüßen. Die Haut ihrer Brüste war faltig, die Brustwarzen groß. Ihr Bauch war erstaunlich straff für eine Frau ihres Alters.

»Hede!« Anne und Annmarie waren ihr bereits auf den Fersen. Annmarie hatte sich eine Decke unter den linken Arm geklemmt. Caroline erkannte Lies und Gerlind in Begleitung einiger fremder Frauen unter den Zuschauern. Sie hörte empörtes Murmeln und laute Proteste.

»Eine Schande ist das!«

Immer mehr Menschen fanden sich ein.

»Hede! Bleib stehen!« Caroline erreichte die Nackte zeitgleich mit den Schwestern.

»Hede.« Annmaries Stimme war sehr sanft. Die Alte wehrte sich nicht, als ihr die Decke um die Schultern gelegt und sie fortgeführt wurde. Ihr Blick war verklärt.

Caroline fühlte entsetzliche Wut auf die Leute, die weiterhin Stielaugen machten und gar nicht daran dachten, sich zu zerstreuen. »Das Schauspiel ist zu Ende!«, rief sie laut und legte einen Arm schützend um Hede. Gemeinsam mit den Schwestern brachte sie die Verwirrte zurück zum Lagerplatz der Dirnen. Augusta kam ihnen entgegengeschlendert und grinste.

»Warum hast du uns nicht geholfen?«, schimpfte Anne.

Augusta ging nicht darauf ein. »Kaum zu glauben, aber die gute Hede hat noch immer ihren festen Kundenstamm.«

Hede lächelte unschuldig wie ein Kind.

Wie aus dem Nichts baute sich der Leutinger Jörg Täuber vor den Frauen auf. Voller Abscheu glitt sein Blick über die Huren, ehe er an der Lenkerin haften blieb. In den Händen hielt er ein gedrucktes Büchlein, das er an markierter Stelle aufschlug. Caroline schwante nichts Gutes.

»Schon der große Doktor Albertus Magnus schrieb Folgendes«, sprach Täuber mit Donnerstimme. »*Die Frauen sind lügenhaft, unbeständig, ängstlich, schamlos, geschwätzig und betrügerisch und kurz gesagt: Die Frau ist nichts anderes als das Abbild des Teufels. Die Beschaffenheit der Frau besteht aus zu viel Flüssigkeit, und es ist die Eigenschaft des* humidum, *leicht anzunehmen und schlecht zu behalten. Es ist leicht bewegbar, darum sind die Frauen unbeständig und neugierig. Wenn sie mit einem Mann Verkehr hat, möchte sie zur gleichen Zeit unter einem anderen sein. Die Frau kennt keine Zuverlässigkeit. Kluge Männer teilen ihren Frauen ihre Pläne und Taten nicht mit. Die Frau ist ein missratener Mann und hat im Vergleich zu ihm eine defekte und fehlerhafte Natur.«* Täuber hatte laut und schnell vorgelesen und schwieg jetzt. Entweder, um Atem zu schöpfen, oder, um dem Vorgetragenen das nötige Gewicht zu verleihen.

Augustas schallendes Lachen durchbrach die Stille.

»Lach nur, elendes Weib«, knurrte Täuber und reichte Caroline das Büchlein. »Seht hin und überzeugt Euch selbst. Eine wie Ihr ist des Lesens sicherlich mächtig.« Er meinte es nicht als Kompliment.

Sie warf einen Blick in das Machwerk. Die nachfolgenden Passagen waren in ähnlichem Wortlaut gehalten. Als sie dem Leutinger das Buch zurückreichte, musste sie sich beherrschen, es nicht auf die Erde zu pfeffern. »Ihr müsst von überaus gutgläubiger und einfältiger Natur sein, wenn Ihr es solch hanebüchenem Unfug gestattet, Euer Denken zu beeinflussen. Glaubt mir, ich verstehe langsam die Abschiedstränen Eurer Frau. Sie weinte vor Freude, Eurer Gesellschaft zu entrinnen.«

»Ihr ...«

»Lass ihn, er versteht ja doch nicht«, warnte Anne.

Aber Caroline konnte nicht schweigen. »Was bringt Ihr mir als Nächstes?«, fuhr sie Täuber an. »Den Hexenhammer?«

»Caroline!« Annmarie riss an ihrem Arm.

Der Leutinger war bleich vor Zorn.

»Scher dich zum Teufel«, empfahl Augusta ihm und nahm die Ohrfeige, die sie sich einfing, gelassen hin.

»Wo versteckt Ihr bloß Euer Herz, Täuber?« Kopfschüttelnd stapfte Caroline davon und ließ den rot angelaufenen Mann einfach stehen.

Aufgebracht lief Caroline Egnathe, Mina und der Bergerin in die Arme, die sich lautstark über Hedes Auftritt unterhielten.

»Kaum zu glauben, dass eine wie sie noch weiter sinken kann.« Das war Mina.

»Hede war durcheinander«, verteidigte Egnathe die alte Hure. »Wir haben sie selbst in diesem Zustand schon erlebt.«

»Stellt euch vor«, ereiferte sich die Bergerin, als hätte es Egnathes Einwand nicht gegeben, »sie hätte sich im Wald vor den Wolkenberger Knaben so entblößt – die wären davongelaufen, anstatt in unsere Falle zu tappen.«

»Ich finde euch abscheulich.« Caroline trat zornentbrannt hinzu.

»Wie sprichst du denn ...?«

»Die Huren haben uns beigestanden, uns allen, als wir ihre Hilfe brauchten. Sie waren uns Freunde und Verbündete. Habt ihr das vergessen, da ihr nun eine alte Frau in den Dreck tretet?«

»Caroline«, versuchte Egnathe einzulenken, doch die Angesprochene schüttelte betrübt den Kopf und schritt mit bleischweren Gliedern von dannen. Sie ließ schweigende Frauen zurück.

Im Zelt kämpfte Caroline gegen die Tränen. Sie verstand, dass die Freundinnen um ihren Ruf fürchteten. Aber zählten nicht Zusammenhalt und Freundschaft gerade in Zeiten wie diesen weitaus mehr?

Als der Schlaf sie einholte, war es eine Erlösung. Ihr Mann, der sich einige Zeit später neben ihr niederlegte, fand sie träumend vor.

Am Morgen war Johannes bereits fort. Als sie die Hand ausstreckte, spürte sie noch seine Wärme unter der Decke. Es schmerzte, dass sie noch keine Gelegenheit gehabt hatten, sich auszusprechen.

Gemeinsam mit der aufsteigenden Sonne erschien an diesem Morgen, dem neunten April, der Kemptner Rat vor Burg Liebenthann und brachte Leben in den Verlauf der Belagerung, auch wenn der Fürstabt weiterhin hinter den dicken Burgmauern verschanzt blieb.

Paulin Probst bewies großes Geschick darin, mit den hohen Herren zu feilschen, und es zeigte sich, dass die Unterstützung durch die Obergünzburger Bauern gar nicht erst nötig werden würde. Rat und Haufen einigten sich schlussendlich auf freien Abzug für den Fürstabt, der im Gegenzug Burg Liebenthann aufgeben würde. Offenbar rechneten die geistlichen Herren nicht mit baldiger Hilfe, was den Schluss nahelegte, dass entweder dem Schwäbischen Bund aufgrund von Besoldungsproblemen nach wie vor die Hände gebunden waren oder die Armee des Truchsesses anderweitig zum Einsatz kam.

Am zehnten April wurde die Burg übergeben. Der darauffolgende Beutezug geriet zum bislang größten Triumph der Allgäuer. Das wertvolle Stiftsarchiv fiel ebenso in die Hände des Haufens wie Silbergeschirr, Reliquienschreine und der Stab des Abts. Jörg Schmid sah keine Veranlassung, seine Leute in die Schranken zu weisen. Das Fürststift Kempten hatte seine Familie einst ins Unglück gestürzt – daher galt ihm der Sieg mehr noch als den meisten anderen. Die Vorräte der Burg wanderten aus den Lagerräumen auf die Versorgungswagen der Allgäuer, insgesamt erbeutete man Schätze im Wert von mehreren zehntausend Gulden. Das Burginventar überließ man samt und sonders den Bewohnern der umliegenden Dörfer, die dem Haufen von ihren Lebensmitteln gegeben hatten, was sie nur eben geben konnten.

Zum Ausklang des glorreichen Tages berief der Knopf den Ring ein. Er sprach von Zusammenhalt und festem Glauben an die gemeinsame Sache, und er verstand es, die Herzen der Allgäuer neuerlich zu entflammen. Ein weiterer Aufstand in den eigenen Reihen schien im hellen Schein der Freudenfeuer undenkbar.

»Ein großer Tag.« Johannes trat neben Caroline. Ihre Hände fanden einander.

»Es tut mir …«, begannen beide.

Auflachend, mit Tränen in den Augenwinkeln, vergrub sie ihr Gesicht an seiner Brust. Er streichelte ihr Haar.

»Wir wollen fortan immer ehrlich zueinander sein«, flüsterte sie. »Du brauchst mich nicht zu schonen. Ich bin stark genug, an deiner Seite zu stehen. Deshalb bin ich hier, nicht wahr?«

Während Johannes nahe daran war, sein Gewissen zu erleichtern, wurde im Ring der Vorschlag gemacht, Paulin Probst, der so gekonnt verhandelt hatte, zum zweiten Leutinger zu ernennen. Die Allgäuer schätzten ihn und vertrauten ihm, weil er sich oft und gerne unter sie mischte und immer dann ein offenes Ohr hatte, wenn der Obrist Jörg Schmid zu beschäftigt war, sich die Sorgen seiner Leute anzuhören.

Probst wurde mit großer Mehrheit gewählt.

24

Schwestern ferner Tage,
Schwestern alter Linie.
Was im Verborgenen liegt,
sollt ihr betrachten,
sollen eure Augen schauen.
Glauben, Heimkehr und Verstehen.
Findet die Wurzeln.
Findet SIE.

Der heilige Laurentius
gebe euch den Segenskuss.

Salome hielt die bebenden Hände vor der Brust gefaltet. Ihr Herz schlug rasch und hart.

»Wir haben die Gravur im Boden des Kästchens mit zerstoßener Kreide leserlich gemacht. Die Kreide war Burkhardts Vorschlag. Natürlich weiß er nicht, worum es uns geht.« Sofia holte tief Luft. »Einige Silben und Wörter konnten wir nicht entziffern. Sie beruhen auf Vermutungen. Aber so ergibt es einen Sinn. Denkst du nicht?«

»Lieber Herr Jesus Christus. Kann es sein? Will uns Herluka über die Jahrhunderte hinweg wahrhaftig eine Botschaft übermitteln? Mir, der ewig Heimatlosen, der einfachen Kräuterfrau?«

»Der Stern zeichnet dich«, zitierte Sofia mit tiefem Ernst aus dem ersten papiernen Vers, der sich in dem Kästchen befunden hatte. »Erkorene. Erwählte.«

»Ich fürchte mich vor dem, was wir mit unseren Nachforschungen lostreten könnten. Nenn mich einen Feigling, aber denkst du wirklich, es ist uns auferlegt, dieses Rätsel zu lösen? Was geschieht, wenn das Mysterium um Herluka größer ist, als wir es ertragen können? Größer vielleicht, als es meine kleine Barbara zu ertragen vermag?«

»Wenn es jemandes Geburtsrecht ist, das Geheimnis zu erfahren, so ist es deines und das deiner Tochter. Das Carolines und das meiner Mutter. Ihr alle seid großartige Menschen und der Sache würdig.«

Salome zögerte.

»Du bist unsicher, ob du mich mit hineinziehen darfst?«, riet Sofia aufs Geratewohl.

»Du weißt so viel über Barbara und mich. Über Caroline. Trotzdem ist das alles im Grunde nicht deine Angelegenheit. Ich frage mich, ob es recht ist.«

Ein Schatten zog über das Gesicht der jungen Frau.

»Tut mir leid. Ich wollte nur ehrlich sein. Ich mag dich sehr, doch mit Caroline war es … Sie trägt den Stern. Du nicht. Ehe du gestern den zweiten Boden entdeckt hast, glaubte ich nicht daran, dass wir etwas finden würden.« Salome schien ratlos.

»Ich finde, es sollte meine Entscheidung sein. Falls ich unwürdig bin, mich auf die Spuren Herlukas zu begeben, wird sie mich das spüren lassen. So abwegig das klingen mag: Ich bin es meiner Mutter schuldig, Salome. Vaters Verlust hat sie furchtbar getroffen. Wenn es eine Möglichkeit gibt, ihr den Lebenssinn zurückzugeben, werde ich es versuchen.«

»Das war klug gesprochen.« Salome erhob sich und ließ die Hand einen Augenblick lang auf Sofias Haupt ruhen. »Lass uns hinausgehen. Ich brauche frische Luft.«

Die Frauen setzten sich auf die kleine Bank vor dem Haus. Sofia legte den Kopf in den Nacken. Warme Sonnenstrahlen streichelten ihre Haut. »Ich darf dir also helfen?«, fragte sie mit geschlossenen Augen.

»Wenn du dir sicher bist. Die Entscheidung liegt bei dir.«

»Gut«, erwiderte Sofia.

In stiller Übereinkunft ließen sie Herluka und ihr Geheimnis für diesen Tag ruhen und saßen in friedlichem Schweigen nebeneinander.

Erst gegen Abend kam wieder Leben in die Epfacher Heilerin. Bald würde Barbara vom Spiel mit den Dorfkindern heimkehren. Es war Zeit, der Tochter das Abendbrot zu bereiten.

»Burkhardt wird vermutlich gleich hier sein. Ich weiß es zu schätzen, dass er den Weg meinetwegen so häufig auf sich nimmt.« Sofia lächelte. »Du warst ein wenig eingenickt, nicht wahr?«

»Ich fühle mich wieder wie ich selbst. Und du freust dich mit jedem Tag mehr auf Burkhardt, wie ich sehe.«

»Ja. Ich mag ihn sehr. Bei unserem ersten Kuss hatte ich noch das Gefühl, Martin zu verraten. Doch dann sagte ich mir, da er mit Isabel ...«

»Mit der Zeit wirst du deiner Schwester vergeben«, prophezeite Salome. »Sie ahnte ja nichts von deinen Gefühlen für Martin.«

»Wahrscheinlich. Ich hätte mit Isabel sprechen sollen. Und sie mit mir. Es war das erste Mal, dass wir einander etwas verheimlichten. Man sieht ja, wohin es uns geführt hat.«

»Womöglich musste es so kommen. Sonst wärst du Burkhardt nicht begegnet.«

Beim Abendbrot auf der Burg dachte Sofia wieder an die Gravur. »Wird der heilige Laurentius hier in der Gegend besonders verehrt?«, fragte sie schließlich.

»Er ist der Schutzpatron der Kapelle auf dem Epfacher Lorenzberg.« Burkhardt war klar, dass ihr Interesse von dem Kästchen herrührte. Auch auf ihn übte die Schatulle eine gewisse Faszination aus, seit er die Inschrift zusammen mit Sofia entschlüsselt hatte. »Seinen Tod fand er als Märtyrer in Rom. Seither gilt er als Schutzpatron der Armen, der Bäcker und Bibliothekare, der Glasbläser, Köche und Köhler. Und als Helfer bei Verbrennungen.«

»Da bist du an den Richtigen geraten, Mädel«, warf Wolf von Denklingen ein und hob seinen Becher, auf dass die Magd Gundula ihm nachschenke. »Während sein Bruder als Knabe nichts lieber tat, als die Umgebung zu erkunden, steckte Burkhardt die Nase in die Bücher. Einen überheblichen Hauslehrer habe ich bezahlt, der ihm das Lateinische beibrachte, weil der Junge seine Studien unbedingt fortsetzen wollte. Wenn ihr mich fragt, braucht kein Mensch so viel Bildung. Höchstens die Pfaffen.« Er rülpste leise. Seit Carolines Fortgehen plagte sein Bein ihn aufs Neue und bescherte ihm schlechte Laune.

»Können wir die Kapelle des Laurentius besuchen?« Sofia wippte aufgeregt mit den Füßen.

»Du willst dich auf Spurensuche begeben?« Burkhardt sprach leise, so dass sein Vater seine Worte – und somit auch die vertrauliche Anrede – nicht hörte.

»Sicher doch«, tönte der alte Herr. »Meinem Sohn wird es guttun, wenn er einmal aus seiner geliebten Bibliothek herauskommt.«

Er bemerkte nicht, wie Sofia die Lippen fest aufeinanderpresste und ihre Augen schmal wurden. »Auf ein Wort«, hielt sie ihn zurück, als er sich nach dem Essen früh zu Bett begeben wollte. »Lasst Ihr uns einen Moment alleine?«

Burkhardt nickte langsam, die Stirn gerunzelt, eine steile Falte zwischen den Augenbrauen. »Ich warte in der Bibliothek«, formte er mit den Lippen.

Nachdem auch die Magd den Saal verlassen hatte, kam Sofia ohne Umschweife auf ihr Anliegen zu sprechen. »Ich kenne Euren Sohn inzwischen ein wenig. Er leidet darunter, dass Ihr ständig von Johannes schwärmt und ihn mit ihm vergleicht. Ihr würdigt ihn herab, dabei ist Burkhardt ein bemerkenswerter Mann. Statt ihn zu schmähen, solltet Ihr stolz darauf sein, wie gut er geraten ist.« Sie hatte sich in Rage geredet. »Er fürchtet, Euch nicht zu genügen. Habt Ihr das nie bemerkt? Wolltet Ihr es nicht bemerken? Das hat er nicht verdient. Ihr schürt ja geradezu die Eifersucht auf seinen Bruder!«

Der Ritter starrte konsterniert auf seinen jungen Gast, der ihn derartig unverfroren tadelte. Schwer atmend, die Hände in die Hüften gestemmt, stand Sofia vor ihm.

»Denkt einmal darüber nach.« Damit beendete sie ihre Strafpredigt, drehte sich auf dem Absatz um und ließ ihn mit dem Nachhall ihrer Worte allein.

»War wohl an der Zeit, mir den Kopf zurechtzurücken«, brummte Wolf in seinen Bart, zwischen Zorn und Amüsement schwankend. Das Mädel, so zart es war, hatte Feuer – das musste man ihm lassen. Sein Mund verzog sich zu einem schiefen Lächeln. Wie sie ihn verteidigte, verriet ihm, wie sehr sie Burkhardt mochte.

Der Lorenzberg lag in einer Talaue am linken Ufer des Lech. Von Salomes Haus aus war er zu Fuß gut zu erreichen. An seinem höchsten Punkt stand die Kapelle des heiligen Laurentius. Die Lorenzkapelle, wie die Einheimischen sie nannten.

»Ich bin schon häufig allein bei dem Kirchlein gewesen.« Barbara hatte instinktiv Vertrauen zu Burkhardt gefasst. Sie hüpfte neben ihm her und griff immer wieder nach seiner Hand. »Es ist ein alter Ort«, erwähnte sie mit großer Selbstverständlichkeit.

Ihre Ziehmutter sog die Luft ein und tauschte einen Blick mit Caroline. Salome war strikt dagegen gewesen, dass Burkhardt sie begleitete. Doch Sofia hatte es nicht übers Herz gebracht, ihn abzuweisen.

»Das stimmt. Wahrscheinlich lebten hier schon vor Christi Geburt Menschen. So mancher Fund wurde in den vergangenen Jahren dort oben gemacht.«

»Was hat man denn gefunden?«

Die Wissbegierde des Kindes beeindruckte Burkhardt. Er lächelte. »Eine Münzwaage zum Beispiel, goldene Ohrringe, einige Goldblechanhänger, eine Fibel und ein Langschwert. Bestimmt liegt tief in der Erde noch sehr viel mehr verborgen«, mutmaßte er.

»Die Dinge aus den Gräbern.«

»Du weißt von den Gräbern?« Er hatte die Funde menschlicher Knochen nicht erwähnt, um das Mädchen nicht zu verschrecken.

Barbara nickte und zuckte lächelnd mit den Schultern. »Männer, Frauen und Kinder. Aber die sind alle schon lange tot.«

»Barbara! Komm her!« Der harsche Ruf ihrer Mutter holte die Kleine von Burkhardts Seite, ehe er nachfragen konnte. Stattdessen gesellte sich Sofia zu ihm. Sie blieben ein wenig hinter Mutter und Tochter zurück und gingen dicht nebeneinander her. Der Tag war diesig, der Himmel wolkenbedeckt, als könne sich das Wetter nicht zwischen Sonne und Regen entscheiden.

Sobald das Kirchlein in Sicht kam, schritt die Gruppe zügiger aus. Die Kapelle war ein rechteckiger Bau mit drei Fensterachsen. Über dem Eingang spannte sich ein runder Bogen. Ein Dachreitertürmlein wachte über das Gebäude.

Beim Betreten des Gotteshauses schlug Sofia ehrfürchtig das Kreuz. Das Innere der Kapelle war unauffällig. Gebetsbänke, vom Holzwurm zerfressen, Heiligenbilder an den Wänden, von denen einige den Schutzpatron Laurentius zeigten. Frische Blumen schmückten den Altar, zu beiden Seiten brannten Kerzen auf schlanken Ständern. In einer Nische hinter dem Taufstein entdeckte Sofia eine ganze Reihe Votivtafeln verschiedenen Alters, viele über die Jahre hinweg verblasst. Manchen waren Haarlocken oder Ketten beigegeben worden.

Sie kniete sich in eine Kirchenbank und ließ den stillen Frieden der Kapelle auf sich wirken. Ihre Gedanken schweiften zu ihrer Mutter. Wo mochte sie gerade sein? Emma hatte ihr erzählt, dass sie in Gotteshäusern den Widerhall vergangener Zeiten, das Flüstern vor ihr gegangener Seelen, zu spüren vermeinte. Sofia hingegen empfand nichts dergleichen. Obwohl sie und Isabel sich als Kinder manches Mal gewünscht hatten, ebenfalls den Stern zu tragen und etwas Besonderes wie ihre Mutter und Caroline zu sein, war sie mittlerweile dankbar dafür, diese Bürde nicht erdulden zu müssen.

Sofia sprach ein Gebet für ihre weit verstreuten Lieben, ehe sie wieder an den Grund ihres Hierseins dachte. Sie hoffte, dass die Kapelle tatsächlich einen weiteren Hinweis auf Herluka verbarg und sie ihn finden würden.

Von draußen erklangen Stimmen. Laute Stimmen. Das Weinen eines Kindes. Barbaras Weinen. Sofia eilte hinaus.

Das Mädchen hing in Salomes Armen, Burkhardt stand ratlos daneben.

»Was hat sie?«

»Sie war ganz in unserer Nähe, als sie plötzlich heftig zu schluchzen begann – ohne hingefallen zu sein oder sich verletzt zu haben.«

»Es macht mich immer traurig, wenn sie die Kinder begraben.« Barbara schniefte und löste sich von ihrer Mutter.

»Von welchen Kindern sprichst du?« Burkhardt erbleichte.

»Die Kinder vom Berg.« Das Mädchen zeigte auf eine Stelle seitlich der Kapelle. »Ich weiß nicht, wer sie sind.«

»Barbara!«

Die Strenge in Salomes Stimme ließ Barbara zusammenfahren und sich die Hand vor den Mund schlagen, ehe Burkhardt weitere Fragen stellen konnte. »Ich habe eine lebhafte Phantasie«, sagte sie, und die Erklärung klang nicht nur in Sofias Ohren wie auswendig gelernt.

Salome bestand darauf, auf der Stelle den Rückweg anzutreten. Zu groß schien ihr die Gefahr, Barbara könnte erneut von den Kindern sprechen, die vor sehr langer Zeit von einer Seuche dahingerafft worden waren. Von Kindern, die Burkhardt nicht sehen konnte.

Sofia ging neben Burkhardt, der in Gedanken versunken schien. Sie begriff nun, weshalb die Epfacher Heilerin sich so vehement gegen Burkhardts Begleitung ausgesprochen hatte. Und doch reifte in ihr die Überlegung heran, ob es nicht vernünftig und an der Zeit wäre, ihn in das Geheimnis einzuweihen.

25

Die Allgäuer befanden sich nun wahrhaftig im Krieg, das wurde in den folgenden Tagen deutlich. Nach der Eroberung des Fürststifts Kempten und der Burgen Wolkenberg und Liebenthann schien es nur eine Frage der Zeit, wann man sich dem Schwäbischen Bund in Form der Armee des Georg von Frundsberg gegenübersehen würde.

Caroline Lenker bekam Johannes kaum zu Gesicht. Das Kommen und Gehen der einzelnen Fähnlein zu koordinieren bedingte den unaufhörlichen Einsatz der Hauptleute. Der Allgäuer Haufen war gewillt, seine Schlagkraft an mehreren Fronten zugleich zu beweisen, und stieß dabei nicht selten auf erbitterte Gegenwehr. Für die Heilerin bedeutete das, nunmehr schwerere Verletzungen zu behandeln als Verbrühungen oder verstauchte Glieder. Caroline wirkte im Haupthaufen, der weiterhin vor den Ruinen Burg Liebenthanns lagerte. Die Schatten der rußgeschwärzten Mauern schienen sich manches Mal wie dunkle Krähenflügel über die Allgäuer zu legen.

Zwischenzeitlich waren drei Ärzte zum Haufen gestoßen, gut ausgebildete, studierte Männer, doch an Caroline zeigten die Doktoren kein Interesse. Sie nahm es hin – Patienten blieben ihr allemal genug, und wenn einmal nichts für sie zu tun war, wurde sie ganz und gar von der Sorge um Johannes vereinnahmt, die wie ein giftiger Pfeil in ihrem Herzen steckte. Immer häufiger geschah es, dass er das Hauptlager an der Spitze eines Fähnleins verließ und seine Frau voller Angst und Ungewissheit zurückblieb.

Dagegen taten die Verluste, welche die Allgäuer hinzunehmen hatten, dem Mut und der Willenskraft der Männer keinen Abbruch. Vielmehr schien es Caroline, als begrüßten sie jedes noch so kleine Scharmützel, froh darum, dass die lange Periode des Abwartens und Ausharrens ein Ende gefunden hatte und sie nicht länger in untätiger Starre verbleiben mussten. Selbst der Knopf wirkte entspannter und gelassener. Seit der Haufen vor Burg Liebenthann lagerte, hatte es keine Anschläge in den eigenen Reihen mehr gegeben, und man merkte dem Obristen die Erleichterung darüber an. Hinzu kam, dass im Allgäuer Lager zwischenzeitlich einige Druckexemplare der Memminger Artikel existierten, die stolz von Hand zu Hand weitergereicht wurden.

Eines Nachmittags, die Sonne stand tief und wärmte Carolines Nacken, verabreichte sie einem älteren Allgäuer, der sich das rechte Bein gezerrt hatte, eine Medizin aus Baldrian und der Rinde der Silberweide.

»Nimm morgens, mittags und abends einen kräftigen Schluck davon. Das lindert den Schmerz, bis dein Bein sich erholt hat.«

»Wie lange wird es dauern, bis ich wieder gesund bin?« Dem Mann schien die Vorstellung, wegen seiner Verletzung außer Gefecht gesetzt zu sein, nicht zu behagen.

»Mit einigen Tagen Schonung ist es nicht getan, wenn du eine ehrliche Antwort von mir willst. Der Heilungsprozess wird Wochen in Anspruch nehmen.«

»Das hört keiner gern. Danke trotzdem für die Hilfe.«

»Nichts zu danken. Ein schönes Kreuz hast du da um den Hals hängen. Nur schade, dass es gesprungen ist. Hast du vor, es richten zu lassen?«

»Für mich tut die kleine Beschädigung nichts zur Sache. Ist ein Familienerbstück, weißt du.«

»Natürlich.« Caroline schüttelte dem Allgäuer die Hand, der humpelnd seiner Wege zog.

Später saß sie mit den Huren beisammen. In der letzten Zeit mied sie die ehrbaren Frauen, deren unlauteres und hochnäsiges Verhalten Hede und den anderen gegenüber sie Abstand suchen ließ. Selbst mit Egnathe war ihr eine unbeschwerte Unterhaltung im Moment kaum möglich. Zudem war es seit Beginn der Kampfhandlungen undenkbar geworden, das Lager zu verlassen, um eine Weile für sich zu sein. Inmitten all der Menschen suchte sie vergebens nach Einsamkeit und Abgeschiedenheit. Selbst nachts, während der kostbaren Stunden, in denen Johannes an ihrer Seite war, geschah es nicht selten, dass der eine oder andere Allgäuer seine Schlafrolle gleich neben dem Zelt der Lenkers ausrollte. Dann lauschte Caroline dem Schnarchen fremder Männer, und die Illusion ungestörter Zweisamkeit verflog.

Seit jenem Abend, an dem Paulin Probst zum zweiten Leutinger ernannt worden war, ging er ihr nicht mehr aus dem Kopf. Sie war überzeugt davon, dass der Geruch, der ihm nach den Katapultbränden angehaftet hatte, tatsächlich von Lampenöl herrührte. Obwohl es sie danach drängte, mit Johannes zu sprechen, fand sich keine ruhige Minute dafür. Der Verdacht brannte ihr auf der Seele, sie konnte ihn nicht mehr für sich behalten. Daher schilderte sie schließlich den Huren, was ihr aufgefallen war.

»Als ich Probst zum ersten Mal begegnete, behauptete er, sich aus Furcht vor Verfolgung durch die Wälder geschlagen zu haben.«

»Dein Argwohn gegen den Mann scheint dich ganz schön zu fesseln«, warf Augusta ein.

»Ich habe einfach ein ungutes Gefühl. Obwohl er angeblich aus den Wäldern kam, war kein Schmutzrand unter seinen Nägeln zu finden. Die Hände waren so rein, als wäre er eben noch im Badhaus gewesen. Und ich bin sicher, dass er nach Lampenöl roch. Außerdem ist der Bote, den er vermeintlich entsandt hat, nie bei Conz Wirt angekommen.«

»Du solltest leiser sprechen, Caroline«, riet Annmarie. »Vergiss nicht, jemand hat dich im Wald niedergeschlagen und versucht, dich wie Aas zu verscharren.«

»Sie hat recht. Mit Feinden, Kindchen, ist nicht zu spaßen.« Die alte Hede nickte. Seit ihrem nackten Lauf durch das Lager schien sie ihre Sinne wieder beisammenzuhaben. »Falls dieser Probst von deinen Verdächtigungen weiß ...«

»Das kann er nicht wissen. Ich habe nicht einmal mit Johannes darüber gesprochen. Nur mit euch.«

»Trotzdem, du solltest versuchen herauszufinden, wer dir übel will.«

»Ich kann mir nicht vorstellen, dass jemand danach trachten könnte, mir etwas anzutun. Seit unserem Erlebnis im Wald hat sich überdies Gottlieb Langhans wieder an meine Fersen geheftet. Er hält sich stets in meiner Nähe auf.«

»Dafür hat dein Mann gesorgt.«

»Ja.« Caroline blickte Augusta an. »Ich nehme es hin. Er schläft dann ruhiger.«

»Du solltest dankbar sein.«

»Ich habe gelernt, auf mich selbst aufzupassen.«

»Das hat man gesehen«, flachste Augusta, doch ihre Augen blieben ernst.

»Wenn Probst, ob er nun ein Verräter ist oder nicht, von deinen Verdächtigungen nichts ahnt – wer hat dann etwas gegen dich?«

Caroline dachte an Jörg Täuber. Allerdings konnte sie ihn nicht mit dem Angriff im Wald in Verbindung bringen, hatte der um diese Zeit doch alle Hände voll damit zu tun gehabt, die aufgebrachten Allgäuer zur Räson zu bringen.

»Da drüben ist dein Beschützer.« Augusta hatte Langhans entdeckt und winkte spöttisch zu ihm hinüber, woraufhin der Mann mit starrem Blick auf seine Füße stierte.

»Meinetwegen bleibt er von den Kampfhandlungen ausgeschlossen«, bedauerte Caroline.

»Vielleicht ist ja er derjenige, der dir an den Kragen will.«

»Das glaube ich kaum. Keine der Überlegungen leuchtet mir ein. Als ich niedergeschlagen wurde, waren bloß wir Frauen und die Wolkenberger im Wald, die Männer waren im Lager unabkömmlich. Wenn wir davon ausgehen, dass unsere Wachleute rund um Burg Wolkenberg zu dem Zeitpunkt bereits tot waren – wir sind schließlich selbst auf zwei der Leichname gestoßen –, dann …«

»Vermutlich haben sich die Mordbuben noch dort herumgetrieben. Das scheint die einzige Erklärung«, mutmaßte Annmarie.

»Aber weshalb haben sie Caroline am Leben gelassen? Und warum machten sie sich die Mühe, ihren Körper mit Blattwerk zu bedecken?«

Caroline hatte genug davon, über mögliche Gefahren für ihr Leben nachzudenken. Stattdessen erinnerte sie sich an etwas anderes. »Auf eurer Leine hing kürzlich ein Kleid, das hübsch geflickt war mit einem schmalen Seidenband. Die Farben waren wunderbar, hellblau, grün und …«

Hede kicherte.

»Das ist eigentlich nicht lustig.« Annmaries Mundwinkel zuckten.

»Wovon sprecht …?«

»Ehe wir uns den Allgäuern anschlossen, um einerseits der Sache zu dienen und andererseits unser täglich Brot zu verdienen, haben wir ein gutes Geschäft gemacht. Ein Memminger Ratsherr und Kaufmann vernarrte sich derart in Anne und Annmarie, dass er seiner Frau eine geschäftliche Reise vortäuschte und sich mit den Schwestern eine ganze Woche lang in einer Herberge einmietete. Dumm nur, dass das Weib des Kaufmanns ihm die Bücher führte und daher über die Finanzen genauestens informiert war. So erhielten wir als Bezahlung eine große Menge feiner Seidenbänder in ungewöhnlich schönen Farben – das Abhandenkommen einer georderten Ladung war für den Herrn daheim leichter zu erklären als das Fehlen von Geld.« Augusta kicherte. »Die ehrbaren Weiber haben Wind von den Bändern bekommen. Seither schleichen sie sich nachts an unseren Wagen und feilschen wie die Marktweiber um jede Rolle.«

»Da scheint die Tatsache, welchem Erwerb wir nachgehen, mit einem Mal keine Rolle mehr zu spielen.«

»Wisst ihr noch, welche Frauen bei euch waren?«

»Natürlich. Lies, Gerlind und die Bergerin waren da«, zählte Hede an ihren Fingern auf. »Egnathe hat ebenfalls von dem Band gekauft, wenn ich mich recht entsinne.«

Caroline seufzte. Ihr Blick hing gedankenverloren in der Luft. Nach dem, was die Huren erzählten, verlor sich die Spur im Sand. So gut wie jede Frau im Lager kam dafür in Frage, den Galgenwurzzauber ausgeführt zu haben. Dabei hätte sie nur zu gerne gewusst, welche von ihnen danach trachtete, ihr Johannes fortzunehmen.

*

In finsterster Nacht sah sich Paulin Probst durch einen unliebsamen Besucher gestört, der ihn grob an der Schulter rüttelte.

»Verschwinde«, brummte er schlaftrunken, noch ehe ihm die Situation recht zu Bewusstsein kam. Das Rütteln hörte nicht auf. Paulin Probst erwachte vollends, öffnete die von Schlaf verklebten Augen und blinzelte in die Dunkelheit. Die fremde Hand ruhte auf seiner Schulter, warmer Atem streifte seine Haut. Probst bekam es mit der Angst zu tun.

»Mit Verlaub, Herr Probst, hört mich an. Es wird Euer Schaden nicht sein«, flüsterte eine Stimme. Probst atmete auf. Zwar konnte er den Eindringling nach wie vor nicht erkennen, dennoch fiel die Furcht so schnell von ihm ab, wie sie gekommen war. »Oder ist es etwa nicht so, dass Ihr es wart, der die Katapulte in Brand gesteckt hat?«

»Was fällt dir ein!«

»Pst, seid kein Narr. Mich anzuschreien nutzt Euch nicht. Ihr weckt bloß die Schlafenden.«

»Wie kommst du dazu, einen solch infamen Verdacht zu äußern?« Der zweite Leutinger sprach jetzt leiser.

»Weil dieser Verdacht der Wahrheit entspricht, wie ich glaube. Ich will Euch warnen, Herr Probst. Caroline Lenker misstraut Euch. Noch kann sie sich lediglich auf Vermutungen stützen, doch früher oder später wird sie ausreichend Beweise gesammelt haben, um Euch an den Pranger zu stellen. Ihr solltet etwas gegen sie unternehmen, ehe es Euch schlecht ergeht. Aber vergesst dabei um Himmels willen nicht Langhans, ihren Wachhund.«

*

Etwa um dieselbe Stunde, zu der Probst über die ausgesprochene Warnung nachsann, lag Caroline schlafend auf dem Bauch und träumte von einem Berg aus Federn. Warme Hände streichelten ihren Nacken und krauten ihren Haaransatz.

»Line, bist du wach?«

»Bis eben habe ich geschlafen.«

»Ich wollte dich nicht wecken.«

»Wolltest du nicht?« Blind suchten und fanden ihre Lippen seinen Mund.

»Vielleicht doch. Endlich einmal habe ich dich für mich.« Johannes' Stimme war ungewohnt rau. »Gott, wie ich es hasse, dass uns kaum Zeit füreinander bleibt.«

»Jetzt haben wir Zeit.« Sie knabberte und saugte an seiner Unterlippe. »Lass sie uns nutzen.«

»Komm.« Von heftiger Erregung gepackt, befreiten sie

einander von den Kleidern, die sie vor der Nachtkälte schützten. Johannes zog seine Frau auf sich, ihre schlafwarme Haut glühte auf seiner, und er wurde im Moment des Eindringens mit einem kleinen, atemlosen Keuchen belohnt, das ihn vor Lust beben ließ.

Bald darauf vergrub Caroline ihr Gesicht in seiner Achselhöhle. »Du riechst so gut«, murmelte sie.

»Ich würde meinen, ich stinke wie ein Bär.« Er schmunzelte.

»Tust du nicht.« Sie streckte sich wohlig. »Wir sollten zusehen, noch ein wenig Schlaf zu bekommen.«

»Line?«

»Hmm?«

»Ich weiß, du lässt dir nicht gerne etwas vorschreiben. Das verlange ich gar nicht. Jedoch ... könntest du mir zuliebe noch einmal über deinen regen Umgang mit den Huren nachdenken? Es ist mir nicht recht. Tust du das für mich? Bitte?« Johannes hörte die verräterische Verlegenheit in der eigenen Stimme. »Line?«

»Hm?«

»Schläfst du?«

»Hm.«

»Hast du mich gehört?«

»Schmutz«, brabbelte sie und rollte sich zur Seite. »Schmutz unter den Federn ...«

»Schlaf schön, liebe Line.« Er küsste seine Frau aufs Haar, schmiegte sich an ihren Rücken und legte seinen Arm beschützend um ihren Leib.

»Frau Lenker! Habe ich Euch endlich gefunden!« Der Mann bedachte die Huren mit einer Mischung aus Ablehnung und Faszination. »Man schickt nach Euch. Bitte seid so gut, mir zu folgen.«

»Ist jemand verletzt?« Caroline war schon auf den Beinen, Gottlieb Langhans folgte ihr in einiger Entfernung wie ein Schatten.

»Kein Verletzter. Unser Obrist und die Hauptleute wollen mit Euch sprechen.«

»Du scheinst ja sehr wichtig zu sein!«, rief Augusta ihr hinterher. »Ständig bestellt man dich zum Knopf!«

»Worum geht es?«, fragte Caroline den Mann.

»Das weiß ich nicht.«

»Ist mein Gatte dort?«

»Ich vermute es, Frau Lenker.«

Beim Gedanken an Johannes und die leidenschaftliche Zweisamkeit in der vergangenen Nacht wurden ihr die Knie weich. So selten, wie sie einander in der letzten Zeit sahen, kam ihr jede Begegnung beinahe wie die erste vor.

»Freundin Lenker.« Die Anwesenden, selbst Täuber, begrüßten Caroline mit einem höflichen Nicken. Johannes' Blick ruhte auf seiner Frau.

»Wir haben Neuigkeiten«, begann der Knopf. »Es geht um den Truchsess. Lass mich die Geschehnisse kurz zusammenfassen, ehe ich zu unserem eigentlichen Anliegen komme.«

Caroline nickte zustimmend.

»Der Seehaufen steht nahe dem Kloster Weingarten gegen den Truchsess. Es ist zu ersten Kampfhandlungen gekommen. Unsere Bündnisbrüder erbitten unseren Beistand. Ich habe mich entschlossen, drei Fähnlein zu entsenden, unter der Führung von Täuber, Probst und deinem Gatten. Die Lage muss von fähigen Männern sondiert werden, ehe wir uns an der Seite des Seehaufens gegen den Schwäbischen Bund stellen. Du sollst die Männer begleiten, Mädel. Zwar haben sich uns einige Ärzte angeschlossen, doch wäre mir lieb, dich dort an Ort und Stelle zu wissen. Ich vertraue auf dich, nicht zuletzt im Hinblick auf deine seherische Begabung.«

Während der Knopf sprach, starrte Täuber Caroline düster an.

»Und mir wäre lieb, wenn ein gewisser Jemand versprechen würde, mir nicht mit seinem Geschwätz über die Verderbtheit der Frauen in den Ohren zu liegen.« Die Worte waren heraus, ehe Caroline darüber nachgedacht hatte.

»Was erlaubt Ihr Euch!« Täuber hatte keinen Zweifel daran, auf wen die Beschwerde der Lenkerin gemünzt war.

»Ich erwarte Zusammenhalt, der über persönliche Abneigungen und kleinlichen Zank hinausgeht«, ermahnte Jörg Schmid seinen Leutinger und Caroline streng. »Wer diese Zusicherung nicht geben kann, ist fehl am Platz. Verstanden?«

»Verstanden.«

»Kannst dich auf mich verlassen, Jörg«, knurrte Täuber.

Womit der Aufbruch nach dem Kloster Weingarten beschlossene Sache war.

Tausendfünfhundert Mann stark erreichte die Allgäuer Abordnung die Stellung ihres Bündnispartners am Ostersonntag, dem sechzehnten April. Caroline fühlte sich seit Verlassen des Allgäuer Lagers wie befreit, denn da Johannes bei ihr war, begleitete ihr Beschützer Gottlieb Langhans den Trupp nicht. Erst jetzt erkannte sie, wie sehr die ständige Beobachtung – so gut und sinnvoll diese auch sein mochte – an ihren Nerven gezerrt hatte.

Frühnebel hing über der Landschaft und vermengte sich mit dunklem Rauch, der Caroline stutzig werden ließ. Aufkommender Wind wirbelte Aschefetzen durch die Luft.

Die Bodenseebauern bildeten eine Gasse für die Ankömmlinge. Keine Begrüßungsrufe wurden laut, alles ging schweigend vor sich.

Die Allgäuer tauschten beunruhigte Blicke.

»Was ist geschehen?«, fragte Caroline beklommen, als

sie die Stille nicht mehr ertrug. Sie fühlte einen schweren Druck auf ihrer Brust. Obwohl sie nicht laut gesprochen hatte, trug der Wind ihre Stimme weit. Die Seebauern spitzten die Ohren. Einer von ihnen trat vor.

»Freunde«, begann er. »Es ist Sache unseres Obristen, euch die Ereignisse zu schildern. Doch lasst mich eines vorwegnehmen, denn ich sehe den Schrecken auf euren Gesichtern. Der Truchsess, dieser vermaledeite Hund, hat in der Nacht das Dorf Gaisbeuren anzünden lassen, da er fürchtete, wir könnten ihm in nächtlicher Schwärze seine Geschütze wegführen.«

Lenker wurde bleich, als er die Bedeutung des Gesagten begriff. »Verstehe ich recht – das Dorf hat ihm sozusagen als übergroße Fackel gedient?«

»Meiner Treu, so ist es.« Der Seebauer schüttelte den Kopf. »Ich habe es mit eigenen Augen gesehen. So recht zu fassen ist es dennoch nicht. Doch jetzt bringe ich euch erst einmal zu Obrist Hurlewagen, während eure Leute ihr Lager aufschlagen und sich stärken können.« Der Mann wandte sich an Lenker, der in vorderster Reihe stand. »Wer sind eure Anführer?«

Johannes stellte sich vor, anschließend nannten Täuber und Probst ihren Namen und Rang. Der Seebauer nickte. »Dann folgt mir.«

»Ich möchte dabei sein.« Caroline war flugs neben Johannes getreten und drückte auffordernd seinen Arm.

Lenker beugte sich zu ihr. Für die Dauer eines Augenblicks streifte seine bärtige Wange ihr Gesicht. »Halte dich an meiner Seite. Wir vertrauen darauf, dass Schmids Donnerwetter gewirkt hat und Täuber dir ausnahmsweise keinen Strich durch die Rechnung macht.«

»Vergelt's Gott, Liebster.« Ihr geflüsterter Dank kam aus tiefstem Herzen. Es war alles andere als selbstverständlich, dass er ihren Wunsch akzeptierte und unterstützte. Ein anderer Mann an seiner Stelle … Caroline mochte sich gar nicht vorstellen, wie es wäre, mit jemandem wie Täuber verheiratet zu sein. Stattdessen führte ihre Erinnerung sie zurück in die Memminger Kramerzunftstube. Schon damals hatte Johannes ihre Anwesenheit möglich gemacht. Seither brannte die Überzeugung in ihr, in Memmingen etwas Großem, etwas ganz und gar Schicksalsträchtigem beigewohnt zu haben. Sie war Zeugin eines Aufbruchs geworden, der – so Gott wollte – sie alle in ein neues Zeitalter führen würde.

»Line.« Johannes hatte den abwesenden Blick seiner Frau bemerkt. »Dort, siehst du? Die Scheune scheint Hurlewagens Hauptquartier zu sein. Später will ich wissen, was du von den Leuten dort drinnen hältst.«

Caroline nickte. Sie besaß ein feines, wenn auch nicht unfehlbares Gespür, was die Einschätzung von Menschen und das Heraushören versteckter Untertöne anbelangte. Ihr Mann hatte das längst erkannt.

»Hurlewagen, alter Halunke.« Kurz darauf umhalste Jörg Täuber den Obristen der Seebauern mit einer an ihm selten gesehenen Herzlichkeit, ehe die Männer dazu übergingen, einander die Schultern zu klopfen.

»Gut, euch zu sehen, Freunde.« Dietrich Hurlewagen musterte die Neuankömmlinge reihum. »Ich fürchtete schon, ihr würdet es nicht mehr rechtzeitig schaffen.«

»Wir haben reagiert, sobald …«

»Ihr seid da. Das zählt«, wischte Hurlewagen Probsts Einwand beiseite. »Allerdings wohl kaum vollzählig, wie ich höre?«

»Drei Fähnlein stehen dir zur Seite, Freund Hurlewagen.«

»Wir können weitere Unterstützung anfordern, sollte es nötig werden«, erklärte Täuber. »Das ist im Übrigen Paulin Probst, er wurde im Ring zu unserem zweiten Leutinger ernannt. Hauptmann Lenker kennst du bereits.« Carolines Anwesenheit überging er völlig.

»Wir kennen uns«, bestätigte Hurlewagen und drückte Lenker an sich, ohne die Gegenwart der Frau an seiner Seite zu hinterfragen. »Spielst du noch die Laute, mein Freund? Es würde mich freuen, wenn sich irgendwann die Gelegenheit fände, deiner Musik noch einmal zu lauschen.«

»Die Gelegenheit wird sich finden, davon bin ich überzeugt«, erwiderte Johannes ernst.

Anschließend trat Paulin Probst vor und schüttelte dem Seeobristen kurz und fest die Hand. »Wir haben von dem nächtlichen Feuer gehört und sind gespannt darauf zu hören, was vor sich gegangen ist, Freund Hurlewagen.«

»Natürlich, ihr sollt alles erfahren. Bitte folgt mir. Im hinteren Bereich der Scheune sind Sitzgelegenheiten, ein heißer Trunk und meine Hauptleute.«

Neben den von Hurlewagen angekündigten Annehmlichkeiten wartete noch eine weitaus größere Überraschung auf die Gäste. Die Hauptleute des Seehaufens hockten im Kreis auf grob gezimmerten Stühlen. Ein Mann stach Caroline sogleich ins Auge. Zwar saß er mit dem Rücken zu ihnen, doch waren ihr die schmalen, eckigen Schultern auf merkwürdige Weise vertraut. Noch während sie darüber nachsann, unterbrach Johannes ihren Gedankengang.

»Himmel, ich fasse es nicht! Ich dachte, du wärst …«

»Nur keine Aufregung, Junge.« Walther Bach von Oy erhob sich mit einem breiten Lächeln. »Hurlewagen hatte Verwendung für mich, und da ich im Allgäuer Lager augenblicklich nicht gerne gesehen bin, mache ich mich anderweitig nützlich. Hauptsache, ich muss mich nicht still heraushalten – das bekommt mir nicht gut.«

Während Oy sprach, brannte die Scham auf Carolines Gesicht. Dieser Mann hatte seinen Posten und seine Ehre ihretwegen geopfert – und sie hatte bisher noch nicht einmal

Gelegenheit gehabt, ihm für seine Selbstlosigkeit zu danken. Froh um Johannes' breiten Rücken, der sie den meisten Blicken entzog, musterte sie Oy verstohlen. Tiefe Linien hatten sich in sein Gesicht gegraben und ließen seine früher unscheinbaren Züge härter und interessanter wirken. Seine Schläfen waren grau geworden.

»Wie ihr den guten Walther vergraulen konntet, das verstehe, wer mag«, mischte sich Obrist Hurlewagen in das Wiedersehen. »Nehmt es mir nicht übel, wenn ich euch unterbrechen und bitten muss, unverzüglich Platz zu nehmen. Zur Mittagsstunde lesen unsere Geistlichen die Ostermesse – der Truchsess hat zugestimmt, an diesem hohen Festtag jedwede Kampfhandlung ruhen zu lassen. Am Nachmittag stehen zahllose Besprechungen bevor. Uns bleibt demnach nur der Vormittag, euch, liebe Freunde, ins Bild zu setzen.«

»Natürlich.« Die Allgäuer nahmen Platz, und so blieb Caroline ein Gespräch mit Oy verwehrt.

»Ich hatte noch keine Gelegenheit, mir einen genauen Überblick zu verschaffen, doch der erste Eindruck vermittelt den Anschein, als wärt ihr gut gerüstet«, tat Jörg Täuber seine Überlegung kund.

»In der Tat. Wir haben alles aufgeboten, was Spieß und Stangen tragen kann. Unser Heer hat eine Stärke von über zehntausend Mann, wir verfügen über Geschütze und dazu eine ganze Reihe Handfeuerwaffen. Dennoch ist die Lage kritisch, und eine Entscheidung steht auf Messers Schneide. Aber lasst mich von vorne beginnen.« Die Zuhörer nickten. »Am gestrigen Tag, die Sonne war noch nicht aufgestiegen, stand uns die Armee des Truchsesses zum ersten Mal gegenüber. Natürlich wussten die Bündischen um unsere vorteilhaftere Stellung und unsere militärische Stärke. Wohl deshalb wagten sie keinen direkten Angriff, sondern begannen, uns aus der Ferne unter Feuer zu nehmen. Wir antworteten ihnen auf gleichem Weg – unsere Geschütze schießen nicht schlechter als die des Feindes –, und tatsächlich, der Herrgott im Himmel hatte ein Einsehen. Dem Truchsess ging das Pulver aus, und er zog seine Leute zwei Büchsenschüsse weit zurück. Beflügelt von unserem Erfolg planten wir, noch in der Nacht das gegnerische Lager zu überfallen und ihnen ihre Geschütze zu rauben. Leider bekam der Truchsess Wind von unserem Vorhaben und hielt seine Reiterfähnlein und Landsknechtsregimenter Stunde um Stunde in Bereitschaft. Und als wäre das nicht genug …«

»Ließ er das Dorf anzünden«, vollendete Täuber.

»So ist es.«

»Der Rauch machte uns stutzig. Es wäre wohl selbst einem Blinden nicht entgangen, dass mehr als nur einige Lagerfeuer gebrannt haben mussten.«

Lenker sah sich während Jörg Täubers Erklärung nach Caroline um, die abseits des Kreises an der Scheunenwand lehnte.

»Die Schreie der Opfer gellten bis ins Lager. Es war schauderhaft. Die Dörfler stürzten aus ihren Häusern und rannten als brennende Fackeln durch das Inferno. Ich weiß nicht, ob es dem Truchsess bewusst ist, doch mit der Zerstörung Gaisbeurens hat er die Entschlossenheit meiner Männer weit mehr ins Wanken gebracht, als es Tausende von Geschützen vermocht hätten.«

»Was willst du damit sagen, Freund Hurlewagen?«, hakte Probst nach.

»Der Brand des Dorfes hat die Furcht um die zurückgelassenen Familien geschürt. Natürlich kannten wir alle von Anfang an die Gefahr. Doch ein mögliches Ende so drastisch vor Augen geführt zu bekommen, sich die eigene Frau, das eigene Kind als lodernde Fackel vorzustellen – das war entsetzlich.«

Eine Gänsehaut kroch über Carolines Rücken, und sie verschränkte die Arme vor der Brust.

»Um es kurz zu machen: Nicht wenige unserer Männer drängen auf Verhandlung und gütliche Einigung mit dem Truchsess. So weit hat uns eine einzige Nacht gebracht – sie wollen nicht mehr kämpfen.«

»Und dir bleiben die Hände gebunden, Freund Hurlewagen, solange die Mehrzahl deiner Männer sich gegen den offenen Kampf ausspricht. Verstehe ich dich richtig?«

Beim Klang von Probsts Stimme, der sich zu Wort meldete, fuhr Caroline zusammen. Hurlewagens Bericht hatte sie derart in Bann gezogen ... Dabei war ihr Plan gewesen, den zweiten Leutinger nicht aus den Augen zu lassen, damit ihr keine seiner Gesten und nicht das geringste verräterische Zeichen an ihm entging.

»Genauso verhält es sich.«

»Das sind unerwartete Neuigkeiten.« Paulin Probst musterte sein Gegenüber. »Haben bereits Verhandlungen mit dem Truchsess stattgefunden, Freund Hurlewagen?« Er schien sich in der Rolle des Wortführers zu gefallen.

»Gezwungenermaßen«, bestätigte der Seeobrist, und das Eingeständnis stieß ihm sauer auf. »In der Tat ist die Angelegenheit schon so weit fortgeschritten, dass mir inzwischen die Abschrift eines Vertrags vorliegt, der – angeblich – die friedliche Beendigung der Kampfhandlungen zum Ziel hat. In Wahrheit versucht der Truchsess lediglich, uns in unsere alten Rollen zurückzudrängen und weiter am Gängelband zu führen. Mit unserer Zustimmung.« Hurlewagen lachte kurz und bitter. »Hol mich der Teufel, unsere Position könnte besser nicht sein! Wir sind gut gerüstet, wir haben den Kanonen des Feindes unsere eigenen entgegenzusetzen. Dennoch drängt man mich dazu, schon morgen den verdammten Vertrag zu unterzeichnen.«

»Das dürft Ihr nicht!«, rief Caroline impulsiv aus. »Alles wäre vergebens, und eine solche Gelegenheit kehrt vielleicht nicht wieder!«

Hurlewagen ballte die Hände zu Fäusten. »Da sprecht Ihr die Wahrheit, Frau …«

»Frau Lenker.«

Die Augen des Seebauernführers huschten von Caroline zu Johannes. »Du hast geheiratet. Meinen Glückwunsch, Hauptmann.« Die Gratulation wurde ohne echtes Interesse vorgebracht. Hurlewagens innerer Kampf spiegelte sich auf seinem von Wind und Wetter gegerbten Gesicht. Seine Sorge galt einzig und allein dem feindlichen Heer, das listig im Begriff stand, eine unabwendbar scheinende Niederlage in einen strahlenden Triumph zu verwandeln. »Wir müssen diesen Kampf ausfechten, sonst ist alles verloren.«

»Das Weib soll schweigen in Gegenwart des Mannes«, zischte Täuber.

»Jörg«, mahnte Lenker. »Sie hat bloß kundgetan, was wir alle denken. Mehr nicht.«

»Mein Schreiber soll euch die wichtigsten Punkte vortragen, die in dem vermaledeiten Vertrag zu finden sind.« Hurlewagen überging den kurzen Austausch zwischen Täuber und Lenker. »Joachim?« Er winkte einen Mann mit schütterem, blondem Haar heran.

Der Schreiber stieß mit dem Kopf gegen eine herabbaumelnde Öllampe, ehe er sich darunter postierte, sich tief räusperte und mit der Verlesung des Vertrags begann: »*Die beiden Haufen vom Allgäu und vom Bodensee sollen ihre Vertrags- und Bündnisurkunden, die sie miteinander errichtet und ausgetauscht haben, dem Schwäbischen Bund ausliefern.*«

»Was soll das! Wir haben mit diesem Vertrag nichts zu schaffen!« Täubers Empörung folgte auf den Fuß, und Caroline stimmte ihm ausnahmsweise von Herzen zu.

»Wie kommt es, dass wir Bestandteil des Vertrags sind?« Lenker blieb äußerlich ruhig. Seine Frau bemerkte dennoch die Anspannung in seiner Stimme.

»Glaubt mir«, Hurlewagen rang die Hände, »diese Dreitigkeit ist nicht auf unserem Mist gewachsen. Vermutlich hat der Truchsess Wind davon bekommen, dass unsere Bündnispartner uns zu Hilfe eilen.«

»Bündnispartner«, schnaubte Täuber. »Da bleiben ohnehin nur noch wir. Die Baltringer sind längst in alle Winde zerstreut.«

»Fahr fort, Freund Joachim«, bat Probst den Schreiber.

»Sie sollen einander aller Verpflichtungen, die sie wegen der genannten Bündnisse und Vereinigungen auf sich genommen haben, freisprechen, und keiner soll deswegen Forderungen an den anderen stellen. Da Empörung und Aufruhr, auch die Aufkündigung des schuldigen Gehorsams an ihre Obrigkeit und Herrschaften, im Widerspruch zum kaiserlichen Reichslandfrieden, der Goldenen Bulle und dem allgemeinen Landrecht stand, soll die Bauernschaft geloben und schwören, künftig weder Vertrag, Bündnis noch Aufruhr zu machen. Sie sollen schwören, dass sie auseinandergehen und nach Hause zurückkehren werden. Ihren Obrigkeiten, von denen sie abgefallen seien, sollen sie wiederum ihre Pflicht tun, ihnen getreu, gewärtig und gehorsam sein, ihre Zinsen, Gülten, Zehnten und anderen Gerechtigkeiten wie vor dem Aufstand wieder tun und leisten, und zwar so lange, bis diese ganz oder teilweise durch ein nachfolgendes Schiedsgericht oder das ordentliche Recht widerlegt worden sind.«

»Man kann sich denken, wie ein solches Schiedsgericht urteilen wird.« Johannes legte die Hand auf Carolines Rücken, die zu ihm getreten war. Er spürte das Beben ihres Körpers als Echo dessen, was in ihm selbst vorging. Das Vorgetragene war ungeheuerlich.

»Ganz ähnlich geht es weiter. Und dennoch glauben meine Männer wahrhaftig den Beteuerungen des Truchsesses.«

»Eine Sauerei!«

»Der Bauernjörg hat kein Druckmittel in der Hand, und

dennoch wagt er den Schurkenstreich.« Täuber knirschte mit den Zähnen.

»Sein Druckmittel ist die Angst der Männer um die Zukunft ihrer Familien. Der Brand des Dorfes war eine ebenso grausame wie geniale Inszenierung.«

»Die Soldaten des Schwäbischen Bunds sind erprobte Kämpfer, Freunde«, gab Probst zu bedenken. »Was, wenn Freund Hurlewagen sich irrt, was die eigene Überlegenheit anbelangt? So ungern ich das tue, muss ich mir dennoch die Frage stellen, ob ein einfacher Brand wirklich der Grund für die Zurückhaltung der Seebauern sein kann?«

»Ich spreche die Wahrheit«, erklärte der Seeobrist schlicht. »Sei es, wie es sei – bleibt zu hoffen, dass die Entschlossenen unter meinen Männern die Zauderer zum Schweigen bringen. Andernfalls werde ich schon morgen in die Verlegenheit kommen, meinen Namen unter den Teufelspakt des Truchsesses setzen zu müssen.«

»Wir für unseren Teil werden keinesfalls unterzeichnen«, stellte Täuber im Namen der Allgäuer klar. »Wenn ihr aber unsere Hilfe im Kampf braucht, stehen wir an eurer Seite.«

Zur Mittagsstunde hatte der Rauch sich verzogen, und die Ostermesse fand unter klarem Himmel statt. Caroline hörte kaum auf die Worte des Predigers. So viele Gedanken nagten an ihr, dass sie das Gefühl hatte, keine Luft mehr zu bekommen.

Vergangenheit, Gegenwart und Zukunft. Während die Gläubigen den Ostersegen empfingen, war für Caroline einen Atemzug lang alles eins.

26

Martin von Hohenfreyberg lehnte im Türbogen zur Küche und betrachtete seine Mutter, die mit Köchin und Hausdame über den Vorratslisten saß. Hätte er es nicht mit Sicherheit gewusst, er wäre nie auf den Gedanken verfallen, Franziska von Hohenfreyberg könnte ursprünglich aus ärmlichsten Verhältnissen stammen. Sie wirkte elegant und vollkommen natürlich, fest verschmolzen mit ihrem Umfeld. Als Herrin dirigierte sie den Haushalt mit sicherer Hand. Über die Jahre war ihr blondes Haar noch heller geworden. An diesem Tag trug sie es zu Zöpfen geflochten und im Nacken ordentlich aufgedreht. Das lange, hellblaue Kleid war an den Armsäumen mit Zierbändern in der Farbe von Glockenblumen geschmückt und betonte ihre blauen Augen.

»Guten Tag.«

Die Frauen blickten hoch.

»Martin.« Franziska lächelte ihren Ältesten voller Zuneigung an. »Was führt dich zu uns? Hast du Hunger?«

»Nein. Ich wollte dich sprechen.« Martin war mit dem Erwachsenwerden ein wenig auf Abstand zu seinen Eltern gegangen. Nicht, dass er sie weniger liebte. Das nicht. Aber andernfalls hätte die Mutter ihn bis auf den heutigen Tag weiter umhegt und umsorgt, als wäre er noch immer der kleine Junge von einst.

»Wir sind gerade fertig. Komm mit.«

Der fraulich gestaltete Salon war die Alltagszuflucht seiner Mutter. An manchem Abend zog sie sich mit dem Vater hierher zurück. In den Vasen standen frische Blumen, an den Wänden hingen Bilder. Darunter waren Drucke des Nürnbergers Albrecht Dürer, dessen Werke Gräfin Hohenfreyberg nicht zuletzt deshalb sehr schätzte, weil er ihr in jungen Jahren ein Freund und Helfer gewesen war.

»Was gibt es, mein Lieber?«

»Nun, ich ... Meine Frage wird dir merkwürdig erscheinen. Ich möchte wissen – als du damals mit mir in anderen Umständen warst, hast du dich da sehr verändert?«

Franziska musterte ihren Sohn. Er wirkte verlegen. Sein Hals war bis hinauf zu den Ohrläppchen gerötet, was als Kind meist dann geschehen war, wenn er etwas angestellt hatte.

»In der ersten Zeit war mir häufig übel und schwindelig. Es gelüstete mich nach Speisen, die ich bis dahin nie angerührt hatte. Mein Nervenkleid war äußerst dünn, was sicherlich an ...« Sie stockte.

»Ich verstehe schon.« Auf die Vergewaltigungen hatte er sie nicht zu sprechen bringen wollen. Das Thema wurde im Hause Hohenfreyberg gemieden. Die Erinnerung schmerzte auch nach all den Jahren noch.

»Wie war es bei Jakob Konstantin? Als du mit ihm guter Hoffnung warst?«

»Dein Vater hat mich verwöhnt, mir – wie man so schön sagt – die Wünsche von den Augen abgelesen. Ich konnte die Schwangerschaft in vollen Zügen genießen.«

Genießen, wie sie es bei ihm nicht gekonnt hatte, dachte Martin. »Vater liebt dich sehr.« Er fuhr sich durchs Haar.

»Was bedrückt dich, mein Sohn? Du brauchst bei mir nicht um den heißen Brei herumzureden, das weißt du.«

»Es handelt sich um Isabel. Sie hat sich in letzter Zeit verändert. Ständig weint sie ...«

»Sie vermisst ihre Mutter und natürlich Sofia. Glaub mir, ein solch enges Band wie das zwischen den beiden Schwestern zu zerschneiden zieht zwangsläufig Tränen nach sich.

Vor allem bei jungen Frauen. Hast du etwa angenommen, Isabel könnte in anderen Umständen sein?«

»Ja. Nein. Das ist nicht alles. Sie isst schlecht, kaum mehr als ein Spatz ...«

»Mir ist ihr mangelnder Appetit ebenfalls aufgefallen. Es ist anständig von dir, dich um deine Jugendfreundin zu sorgen. Du bist ein lieber Bursche.« Gräfin Hohenfreyberg küsste ihren Sohn auf die Wange, stolz darauf, wie aufmerksam er mit seinen Mitmenschen umging. »Glaub mir, ich sorge mich genauso um Isabel. Wo du sie wie eine Schwester liebst, liebe ich sie wie eine Tochter. Dennoch wird sie uns trotz ihres schlechten Appetits nicht gleich verhungern.«

»Es ist doch nicht normal, dass man kaum etwas isst und der Bauch dennoch wächst«, stieß Martin zwischen zusammengepressten Zähnen hervor. Seine Mutter machte es ihm nicht gerade leicht.

Franziska runzelte die Stirn. »Mir scheint sie so schmal wie eh und je zu sein. Junge, wir haben doch gerade darüber gesprochen, dass sie ...«

Martin war, seinen glühenden Ohren zum Trotz, gezwungen, ihr auf die Sprünge zu helfen. Er hob die Augen und sah Franziska direkt an, sein Blick eine Mischung aus Trotz und Verzweiflung. »Man sieht es nicht, wenn sie angezogen ist. Dazu musst du sie schon nackt sehen, Mutter.«

Isabel saß in ihrem Zimmer am Fenster, ohne das Leben auf der Straße wahrzunehmen. Als es klopfte, wischte sie sich hastig über das nasse Gesicht.

»Isabel, mein Mädchen.« Gräfin Hohenfreyberg trat zu der jungen Frau. Dunkle Schatten auf Isabels Gesicht zeugten von ihrem Leid. »Es ist an der Zeit, dass wir beide uns unterhalten. Ich habe Emma versprochen, euch wie eine Mutter zu hüten. Natürlich bin ich nicht Emma, und natürlich wünschst du dir, sie wäre hier.«

»Es schmerzt, so vermisse ich sie.«

»Martin ist zu mir gekommen, Isabel.«

»Nein!«

»Er vermutet dich in anderen Umständen. Du streitest es ab?«

»Du darfst ihm nicht glauben, Franziska. Ich bin nicht schwanger!« Tränen perlten über Isabels Wangen.

»Schau, Liebes, Martin hat mir verraten, wie sehr ihr einander liebt. Ich gebe zu, sein Geständnis hat mich im ersten Moment ein bisschen aus der Bahn geworfen – wir hatten ja keine Ahnung –, aber im Grunde ist es doch etwas ganz und gar Wunderbares, dass ihr beide zueinandergefunden habt.«

»Wenn ich guter Hoffnung wäre, müssten wir heiraten, nicht wahr?«

»Und das willst du nicht?«

»Nicht jetzt, da Vater tot ist und meine Mutter und meine Schwester weit fort.«

»Wie lange ist deine Blutung ausgeblieben?« Franziska reichte der jungen Frau ein Taschentuch. Isabel schnäuzte sich kräftig und zuckte mit den Achseln. »Das weiß ich nicht.«

»Mach mir nichts vor.« Gräfin Hohenfreyberg fasste das Mädchen bei den Schultern. »Du bist die Tochter deiner Mutter. Emma hat dich alles gelehrt, was du über die Vorgänge im Körper einer Frau wissen musst. Es ist kaum vorstellbar, dass du nicht darauf geachtet hast.«

»Zum dritten Mal! Meine Blutung ist zum dritten Mal nicht gekommen!« Isabel warf sich Franziska schluchzend an die Brust. »Ich habe so lange von dem perfekten Tag geträumt, an dem wir es euch sagen würden. Habe mir die Freude und Überraschung auf euren Gesichtern ausgemalt. Alle sollten zusammen sein, alle sollten jubeln …«

»Schhh, schon gut, Liebes. Leider hält sich das Leben

nicht immer an den Plan, den man sich selbst zurechtgelegt hat. Glaub mir, Isabel – die Trauer um deinen Vater wird leichter, wird erträglicher werden, auch wenn sie nie ganz vergeht. Deine Mutter und Sofia werden früher oder später heimkehren. Und bis dahin sind wir alle für dich da. Schau, du hast Martin an deiner Seite, der sich deinetwegen im Moment fürchterlich grämt. Und denk an deine jüngeren Geschwister. Stefan und Johanna hängen an dir, und gerade jetzt brauchen sie ihre große Schwester besonders.«

»Dann heiraten wir, Martin und ich?« Isabel zog geräuschvoll die Nase hoch.

»Ich spreche mit meinem Mann. Besser, ihr steht vor dem Traualtar, ehe man von dem süßen Geheimnis in deinem Bauch etwas sieht.«

»Denkst du, Sofia wird zur Hochzeit kommen? Ich verstehe nicht, weshalb sie uns verlassen hat. Keine Zeile an mich, dabei waren wir uns so nahe.«

»Ich weiß es nicht. Es bleibt ein Rätsel, was sie zum Fortgehen veranlasst hat. Wir werden ihr schreiben.«

»Kannst du Martin zu mir schicken? Er soll erfahren, dass er Vater wird.«

»Natürlich, Liebes.« Gräfin Hohenfreyberg küsste Isabel auf die Stirn und wandte sich zum Gehen.

»Franziska!«

»Ja?«

»Danke.«

27

Caroline Lenker träumte schlecht im Lager der Seebauern. Der Truchsess von Waldburg spukte durch ihren Geist. Hohnlachend entrollte er ein Schriftstück, die Unterschriften darauf glänzten blutrot, genau wie seine verzerrten Lippen. Es handelte sich um den Vertrag von Weingarten, unterzeichnet von allen Parteien. Obschon sie dem Bauernjörg nie begegnet war, waren ihr seine Züge in der Phantasie längst vertraut.

Mit einem langgezogenen Klagelaut schreckte sie aus dem Schlaf hoch und rieb sich die verklebten Augen. Ihr Herz hämmerte, sie fühlte das Blut in ihren Adern pochen.

Es war mitten in der Nacht, der Morgen noch fern. Das Feuer glomm matt. Caroline legte frische Scheite nach und starrte auf die Glut, bis die Flammen krachend und knackend am Holz zu lecken begannen. Die Schläfer rundum wachten nicht auf. Ein Gutteil der Allgäuer schnarchte laut.

Sie kroch zurück unter die Decken und schmiegte sich an ihren Mann. Vom Erdboden kroch die Kälte empor, nur leidlich gemildert von den Reiseumhängen, die ihnen als Polster dienten. Johannes ächzte leise, küsste seine Frau auf den Hals und schlief weiter.

Caroline blickte hoch zu den Sternen. Flackernde Kerzen auf einem nachtblauen Tischtuch. Als ihr die Augen schwer wurden, war der böse Traum zum Glück verblasst. Sie nahm Trost und Hoffnung mit in ihre Träume, Geschenke des verschwiegenen Nachthimmels.

»Kommt hoch! Ihr müsst aufstehen!«

Noch vor Sonnenaufgang wurden die Lenkers und Jörg Täuber unsanft geweckt. Caroline blinzelte und sah, wie ein Mann den ersten Leutinger bei den Schultern rüttelte. Das junge Gesicht des Fremden glänzte, das Weiß seiner Augen war von roten Äderchen durchzogen. Auffällig an ihm war eine Warze, die in Form und Größe an eine Linse erinnerte und fest mit dem linken Nasenflügel verwachsen war. Um den Hals trug er ein hölzernes Kreuz, dessen Längsbalken durch einen hässlichen Sprung verunziert wurde.

»Was zum Henker soll das, Bursche?«, schnauzte Täuber.

»Dietrich Hurlewagen will mit dir sprechen.«

»Mit mir?«

»Jawohl, mit dir.« Es war schwer zu sagen, ob das leichte Schlottern des warzennasigen Mannes auf die frühmorgendliche Kälte, seine jugendliche Unschuld oder auf Täubers ruppige Art zurückzuführen war. »Außerdem mit den Herren Lenker und Probst. Und die Heilerin, soll ich ausrichten, muss auch mitkommen. Es handelt sich um eine dringliche Angelegenheit.«

»Probst ist nicht hier«, stellte Johannes fest. »Ist vermutlich dem Ruf seiner vollen Blase gefolgt.«

»Muss der ausgerechnet jetzt pissen?« Jörg Täuber brummelte einen undeutlichen Fluch. »Bring uns zu Hurlewagen«, forderte er den jungen Mann auf. »Hernach kannst du dich meinethalben auf die Suche nach Probst machen und ihn uns hinterherschicken.«

Im grauen Dämmerlicht des frühen Tages folgten Caroline, Johannes und Täuber ihrem Führer.

»Das ist nicht der Weg zu Hurlewagen«, stutzte Johannes, als sie das Lager der Seebauern zügig hinter sich ließen.

»Der Obrist erwartet euch nicht in der Scheune. Was zu besprechen ist, muss geheim bleiben, deshalb wurde ein abgelegener Ort für das Treffen gewählt. Ich habe aufgeschnappt, dass sich ein Teil unserer Leute über Nacht klammheimlich verdrückt hat.«

»Verstehe.«

Nachdem das Lager ein gutes Stück hinter ihnen lag, ging es eine Anhöhe hinauf. Der Pfad, dem sie folgten, mochte früher einmal ein gangbarer Weg gewesen sein, nun war er von Gestrüpp und Unkraut überwuchert. Auf den Blättern des üppig wachsenden Frauenschuhs schimmerte der Morgentau wie matte Perlen. Wagenradgroße Spinnennetze offenbarten sich in weißsilbriger Perfektion.

»Ist dir nicht gut? Soll ich dir helfen?« Johannes wurde darauf aufmerksam, dass Carolines Atem kurz und heftig ging. Er nahm den Arm seiner Frau, um ihr den Anstieg zu erleichtern. Sie blieben ein wenig hinter den anderen zurück. »Line?« Ihr unsteter Blick verunsicherte ihn. »Sag etwas, bitte.«

»Sie will nicht warten.« Die Worte kamen mühsam über Carolines Lippen. Es erforderte all ihre Kraft und Konzentration, sich nicht von dem gewaltigen Sog fortreißen zu lassen, der an ihr zerrte.

»Sie?«

»Die Vision ... Herluka.«

»Lieber Gott, Line. Nicht jetzt. Nicht ausgerechnet jetzt.« Johannes schüttelte sie leicht. »Nimm dich zusammen. Bitte. Schick sie fort. Du kannst sie doch fortschicken, oder?«

»Ich glaube ... ich schaffe es nicht.«

»Wie weit ist es noch?«, rief Johannes fragend nach vorne, seine taumelnde Frau festhaltend und darum bemüht, die wachsende Furcht aus seiner Stimme zu verbannen.

»Auf der anderen Seite des Hügels wieder hinab, dann sind wir da«, gab der junge Seebauer zur Antwort und schritt weiter forsch aus. »Der Obrist erwartet euch im Winzerhäusl.«

»Winzerhäusl?«, wiederholte Täuber fragend.

»So nennt man es hier in der Gegend. Es handelt sich um ein steinernes, fensterloses Gebäude, das zum Besitz des Klosters Weingarten gehört und einst einem korrupten Abt als Lager für seine Schmuggelware diente.«

»So.« Täuber schien schon längst nicht mehr zuzuhören, was den Mann allerdings nicht davon abhielt, weiter auszuholen.

»Ja, tatsächlich. Der Abt zweigte schamlos Klostergüter ab – die besten Weine, Stoffe und dergleichen mehr – und wirtschaftete in die eigene Tasche. Judith von Flandern überließ dem Kloster 1094 die Heilig-Blut-Reliquie, sie enthält einen Tropfen vom Blut Christi.«

»Was du nicht sagst«, gnatzte Täuber.

»Zu Ehren der Reliquie wird seither am Tag nach Christi Himmelfahrt eine festliche Reiterprozession begangen«, fuhr der Warzennasige fort, ohne auf den Einwurf des Leutingers einzugehen. »Der Legende nach nutzte der Abt diesen Feiertag, um den Großteil seiner Geschäfte unauffällig über die Bühne gehen zu lassen.«

»Tu mir einen Gefallen, Bursche, und halte den Mund. Genug mit dem Geschwafel. Mir steht der Sinn beileibe nicht nach einer Märchenstunde.«

Der junge Seebauer verstummte beleidigt.

Täuber verkniff sich ein zufriedenes Grinsen und sah sich nach den zurückgebliebenen Lenkers um. »Was fehlt deiner Frau?«

»Ihr ist nicht wohl.« Entschlossen hob Johannes Caroline auf die Arme. »Ich werde sie das letzte Stück tragen«, erklärte er und raunte leise an ihrem Ohr: »Du bist stark. Kämpfe dagegen an.«

»Ich kann sie sehen«, wisperte Caroline.

»Herluka muss warten.« Lenker fühlte unbändigen Zorn. Zorn auf eine Frau, die seit Jahrhunderten tot und begraben war und deren Körper nach all der Zeit längst zu Staub und Asche zerfallen sein musste. Verflucht, er brauchte dringend alle seine Sinne für die Zusammenkunft mit Hurlewagen – und er brauchte vor allem Carolines wachen Geist an seiner Seite. »Line?«

Die geliebte Frau auf seinen Armen antwortete ihm nicht mehr.

»Gottes Segen sendet dir, Schwester im Geiste, Herluka von Epfach nebst der Gemeinschaft der Sternenträgerinnen im Jahre unseres Herrn 1090.«

»Herluka, darf ich dich stören?«

»Du darfst. Ich habe meinen Brief eben vollendet.« Die ältere Frau verflüssigte das bereitgelegte Wachs und siegelte das Schreiben mit ruhiger Hand. »Weshalb die Aufregung, Judith? Ich sehe es dir an, dass etwas geschehen ist.«

»Pfarrer Richard hat es wieder getan. Von seiner Kanzel herab gegen uns gepredigt.«

»Wir besuchen seinen Gottesdienst nicht mehr.« Herluka lächelte fein. »Das geht dem stolzen Gockel gegen den Strich.«

»Dennoch! Es macht mich wütend! Dieser Mann macht mich so wütend!« Judith trommelte mit den Nägeln auf die Tischplatte.

»Du musst ruhiger werden, Liebes. Gelassenheit ist eine unterschätzte Tugend.« Herluka deutete auf den gesiegelten Brief. »Denke einmal an Diemut, die Wessobrunner Inklusin, an die meine heutigen Zeilen gerichtet sind.«

»Das ist die, die sich als Mädchen einmauern ließ? Verzeih, aber die Vorstellung ist mir zuwider.«

»Diemut hat sich, abgeschieden von der Welt, dem Dienst an Gott verschrieben. Sie verdient dafür unsere Bewunderung und unsere Liebe.«

»Bewunderung und Liebe kann sie haben, aber nicht mein Verständnis. Überdies stimmt es nicht – von der Welt abge-

schieden. Soweit ich weiß, unterhält Diemut nicht nur mit dir eine rege Korrespondenz.«

»Sie korrespondiert schriftlich, liebe Judith, ohne die Möglichkeit, den Menschen hinter den Worten und Zeilen jemals persönlich zu begegnen. Diemuts Herzblut gehört der Wessobrunner Bibliothek, die sie zu vervollkommnen trachtet.«

»Meinetwegen«, murrte Judith und holte tief Luft, um erneut zornig aufzubegehren: »Ich verstehe nicht, weshalb du mir ständig Vorbilder wie Diemut vor Augen führen musst. Ich folge dir demütig und bescheiden, genau wie die anderen auch.«

»Man hat dich gesehen.« Ein Schatten legte sich über Herlukas Antlitz, und Sorge kräuselte die hohe Stirn mit dem sternenförmigen Mal darauf. »Gemeinsam mit dem Lehrling des Bäckers. Eigentlich wollte ich dich erst Sonnabend darauf ansprechen.«

»Du glaubst, ich bin unkeusch gewesen?«

»Ich bete, dass es nicht so ist.«

»Und selbst wenn?« Judith hatte ihre Stimme erhoben und schritt erregt vor Herluka auf und ab. »Du bist doch schließlich diejenige, die uns Enthaltsamkeit befiehlt, du allein deutest IHR Wort! Was, wenn die Fleischeslust so schlimm gar nicht ...«

»Schweig.« Mit einem einzigen Wort ließ Herluka ihren Schützling verstummen. Sie stellte sich der jüngeren Frau gegenüber, fasste deren Hände und sprach mit tiefem Ernst: »Unser Glaube, unsere Gebete und unsere Regeln sind die Pfeiler, auf denen unsere Gemeinschaft ruht. Zweifle sie nicht an. Unser jungfräuliches Bündnis macht uns stark. Du darfst es nicht unbedacht zerstören.«

»Verzeih mir.« Eine Verwandlung ging mit Judith vor. Sie sank auf die Knie und küsste den Rocksaum der älteren Frau. »Verzeih meine Aufmüpfigkeit. In Wahrheit würde es mir nicht im Traum einfallen, ein unkeusches Leben außerhalb der Gemeinschaft zu wählen.«

»Steh auf.« Herluka streckte Judith die Hand hin und half ihr hoch. »Begleite mich nach draußen. Dort kannst du Douda zur Hand gehen.«

Im hellen Sonnenschein versorgten die übrigen Frauen die Kranken im Schatten eines Pavillons aus Weidenflechten. Heilsuchende kamen von weither nach Epfach, um von den Sternenträgerinnen Heilung zu erflehen.

Herluka betrachtete sinnend das Geschehen. Wie so oft wurde sie von tiefer Ehrfurcht ergriffen.

»Luikarda,
Judith,
Charopolis,
Douda,
Domina Hadwiga,
Douda, die Jüngere«,
nannte sie die Frauen in einem leisen Singsang, der wie ein Gebet klang, beim Namen. »Der Bund der Jungfrauen«, hauchte sie. »Das Bündnis der sieben.« Der Boden unter ihren Füßen begann zu beben, als die Vision sie einhüllte wie ein mächtiger Gewittersturm.

SIE, von der alles ausgeht, sprach wieder zu Herluka. SIE, die heilige Frau und erste Trägerin des Sternenmals, befahl ihr, ins Haus zurückzukehren und IHRE Worte niederzuschreiben.

»Da sind wir. Drinnen könnt ihr die Frau hinlegen.« Der junge Seebauer betrachtete Caroline, die auffallende Röte seines Gesichts schien sich noch zu vertiefen.

Täuber unterzog das Winzerhäusl einer knappen Musterung. In der Tat hatte das aus Stein erbaute Gebäude keine Fenster, lediglich schmale Luftschächte waren hoch oben, knapp unter dem Dach, eingelassen. Die angelehnte Holztür mochte gut und gerne die Dicke mehrerer starker Männerfäuste haben.

»Sollte damals vermutlich für niemanden einsehbar sein«, bemerkte Hurlewagens warzennasiger Bote, der dem prüfenden Blick des Allgäuer Leutingers gefolgt war. »Bitte, tretet ein. Der Obrist erwartet euch. Ich verabschiede mich, um Paulin Probst zu suchen.« Damit machte er kehrt. Kaum hatte er sich abgewandt, schickte er ein inbrünstiges Stoßgebet zum Himmel.

Drinnen empfing Dämmerlicht die Männer. Caroline war nach wie vor ohne Bewusstsein. Zudem fehlte von Hurlewagen und seinen Hauptleuten jede Spur.

»Niemand da.« Johannes scheute sich davor, seine Frau auf den kalten Boden zu legen, der aus nichts weiter als festgestampfter Erde bestand. Während er noch überlegte, fiel die schwere Holztür des ehemaligen Schmugglerlagers ins Schloss. Von außen wurde ein Riegel vorgeschoben. Sie waren eingesperrt.

»Verdammt! Was soll das jetzt?« Täuber starrte auf die geschlossene Tür, eine Mischung aus Unglauben und Empörung im Blick. »Der Bursche hat gelogen, dieser Lump! Da treibt offenbar jemand ganz gewaltig Schindluder mit uns.«

»Sieht so aus, als säßen wir gehörig in der Tinte«, stimmte Lenker zu und entschied sich, Caroline nun doch auf den Boden zu betten. Seine Arme wurden langsam schwer, und die Sorge um die andauernde Ohnmacht der Geliebten lastete als zusätzliches Gewicht auf seiner Brust.

»Was ist denn nun mit ihr?« Täuber nickte fragend in Carolines Richtung. »Ist die große Heilerin plötzlich krank geworden?«

»Sprich nicht so abfällig, Jörg. Sie hat eine Vision. Du kannst dir nicht vorstellen, wie sehr ich mir wünschte, ihr das ersparen zu können.«

»Vielleicht sieht sie etwas, was uns betrifft. Eine Möglichkeit, wie wir hier herauskommen.« Der Leutinger schritt zur Tür und rüttelte daran. »Hängt fest in den Angeln. Da haben wir keine Chance.«

»Versuchen wir es trotzdem.« Johannes war nicht bereit, so schnell klein beizugeben. Dietrich Hurlewagen brauchte sie an seiner Seite, wenn er sich weiter erfolgreich gegen die Unterzeichnung des Vertrags zur Wehr setzen wollte. »Stemmen wir uns gemeinsam gegen die Tür. Möglicherweise reicht unser beider Gewicht aus.«

Die Männer warfen sich gegen das Holz. Einmal. Zweimal. Dreimal. Es tat sich nichts.

»Es funktioniert nicht«, gab Lenker sich geschlagen.

Doch nun war es der Leutinger, der zum Aufgeben nicht bereit war. »Lassen wir es auf einen letzten Versuch ankommen, Johannes.«

Sie rannten erneut gegen die Tür an. Vergebens.

»Was geht hier vor?« Caroline setzte sich benommen auf. Berauscht von dem miterlebten Gespräch zwischen Herluka und Judith fand sie sich zurück in der Wirklichkeit nicht gleich zurecht.

»Geht es dir gut?« Johannes nahm sie in den Arm.

»Es existierte ein Bündnis.« Caroline konnte es nicht erwarten, ihrem Mann zu berichten. Täubers Anwesenheit schien sie vergessen zu haben – oder war ihr gleichgültig. »Ein jungfräuliches Bündnis. Die Gemeinschaft der Sternenträgerinnen, so nannten sie sich. Sieben Frauen. Wieder die Zahl Sieben. Denk einmal an die Zeichen auf dem Stein oder die Anzahl der Verszeilen, erinnerst du dich?«

Johannes bekam keine Gelegenheit, seiner Frau zu antworten, denn Täuber trat heran und versetzte ihr eine Ohrfeige.

»Komm zur Vernunft, Weib«, schnauzte er. »Wir wurden zum Narren gehalten und wie die Schwachköpfe weggeschlossen. Was auch immer du gesehen hast – solange es nicht unsere Sache betrifft, ist jetzt nicht der rechte Zeitpunkt, darüber zu sprechen. Denk an deinen Vater – und verhalte dich wie eine Tochter, die seiner würdig ist.«

»Was erlaubst du dir!« Johannes meinte, den Schmerz in Carolines Innerstem auflodern zu fühlen. Ein Schmerz, der mitnichten von der Ohrfeige herrührte. Wutentbrannt stürzte er sich auf den Leutinger und versetzte ihm einen gesalzenen Hieb in den Magen.

»Hör auf!« Caroline kam auf die Beine und hielt ihren Mann zurück. »Wir mögen keine Freunde sein, aber der Leutinger hat recht daran getan, mich zur Vernunft zu bringen. Ich war aufgewühlt und verschwendete keinen Gedanken an das, was wirklich zählt. Es tut mir leid.«

»Lasst uns gemeinsam überlegen, was wir tun können.« Täuber ging weder auf den Magenschwinger noch auf Carolines Entschuldigung ein. »Offenbar hat der junge Seebauer seinen Obristen nur als Vorwand genommen, um uns herzulocken.«

»Das liegt auf der Hand.« Johannes konnte Täubers Übergriff auf die Geliebte nicht so schnell verzeihen.

»Habt ihr schon an Probst gedacht? Er sollte mit uns gefangen gesetzt werden. Entweder haben sie ihn anderswo weggesperrt …« Täuber fasste sich an die Stirn.

»Oder ihn gleich um die Ecke gebracht«, warf Johannes ein.

»Oder aber er ist noch in Freiheit und somit unsere Chance auf Rettung.«

Caroline unterdrückte eine bissige Bemerkung. Es schien ihr nicht der rechte Zeitpunkt, den Männern ihren Verdacht gegen Paulin Probst zu offenbaren.

»Ob Probst oder sonst wer – unser Gefängnis liegt nicht derart abgeschieden, als dass uns nicht früher oder später jemand finden und befreien würde.« Johannes wusste allerdings, dass der Zeitpunkt der Rettung ausschlaggebend sein mochte für die Unterzeichnung oder Nichtunterzeichnung des Vertrags. Wie würde Hurlewagen sich ohne ihren Beistand entscheiden?

Stunden verstrichen. Seitdem die Sonne aufgegangen war, fiel ein wenig mehr Licht durch die Luftschächte des Winzerhäusls. Jörg Täuber brütete, stumm in einer Ecke hockend, vor sich hin.
Caroline und Johannes unterhielten sich indes im Flüsterton, um den bärbeißigen Leutinger nicht unnötig zu reizen. Dank des guten Zuredens seiner Frau hatte Johannes Täuber die Ohrfeige inzwischen verziehen. Wenn Caroline ihm so schnell vergeben konnte, fand er, sollte er das wohl ebenfalls versuchen.
»Der Mann war kein Seebauer!« Carolines Aufschrei ließ beide Männer zusammenfahren.
»Um Himmels willen, Frau, mir stehen die Haare zu Berge«, beschwerte sich Täuber prompt.
»Halt den Mund, Jörg. Wie meinst du das, Line?«
»Seine Ausdrucksweise. Er hat nicht im Dialekt der Seebauern gesprochen.«
»Sakrament, das stimmt. Wenn ich es mir recht überlege, klang er ganz und gar nicht nach einem vom See – und seine Geschichte von der Heilig-Blut-Reliquie wurde ohne echte Begeisterung vorgetragen, ja, sie klang wie auswendig gelernt.« Mit einem Mal war der Leutinger die Umgänglichkeit in Person. »Im Nachhinein kommt mir seine Mundart sehr vertraut vor.« Täuber zog ein langes Gesicht. »Unmöglich, jede Schnauze zu kennen, die in unseren Fähnlein und Rotten anheuert. Es ist durchaus möglich.«
»Nicht nur möglich«, verbesserte Johannes und sprach aus, was alle dachten. »Wir wissen spätestens seit den Katapultanschlägen von den Verrätern im Haufen. Offenbar haben wir die Gefahr unterschätzt und uns leichtgläubig in

Sicherheit gewiegt. Der Schuft sprach unsere Mundart, da sind wir uns nun einig, nicht?«

Täuber nickte Caroline zu, einen Hauch von Anerkennung im Blick. Das genügte ihr, näher würde der Leutinger einem Lob für sie nicht kommen.

»Du hast uns auf das entscheidende Detail hingewiesen«, zollte auch Johannes seiner Frau Lob und küsste sie, Jörg Täubers Anwesenheit ignorierend, innig auf den Mund. »Gut gemacht.«

»Dann steht es also fest.« Caroline reckte das Kinn. »Der Mann mit der Warze stammte aus unseren Reihen. Weshalb man allerdings jemand so Auffälligen gewählt hat …?«

»Vielleicht seiner Jugend wegen. Der Kerl war keiner, den man schnell ins Herz schließt. Aber womöglich haben wir alle uns durch den letzten Rest von Unschuld narren lassen, der ihm anhaftete.«

*

Auf Anordnung des Truchsesses von Waldburg war auf freiem Feld zwischen den gegnerischen Heerlagern ein Zelt errichtet worden. Vor diesem türmten sich die abgelegten Waffen der Vertragsparteien – Spieße, Hellebarden, Armbrüste und Katzbalger.

Paulin Probst, zweiter Leutinger des Allgäuer Haufens und Beauftragter des Obristen Jörg Schmid, sah sich vor der Vertragsunterzeichnung wohl mehr als ein Dutzend Mal um. Keine Spur von den Verschwundenen. Er tauschte einen Blick mit Dietrich Hurlewagen. Die Entscheidung war gefallen.

Beide Männer setzten am siebzehnten April im Jahre des Herrn 1525 ihre Unterschrift unter das Abkommen mit dem Schwäbischen Bund.

Doch nur einer von ihnen unterzeichnete den Weingartner Vertrag aus freiem Willen und voller Triumph. Der andere tat es, weil ihm keine Wahl blieb, mit bleischwerem Herzen.

*

Gegen Abend hörten die drei Gefangenen im Winzerhäusl herannahende Stimmen.

»Endlich!« Schon legte Jörg Täuber die Hände in Form eines Trichters an den Mund, um laut zu rufen.

»Warte, Jörg. Wir wissen nicht, ob es sich um unsere Leute handelt«, warnte Johannes.

»Natürlich, um wen denn sonst. Probst hat die Suche veranlasst, die Freiheit wartet«, erklärte der Leutinger und seufzte tief. »Glaubst du etwa nicht?«

»Ich hoffe es. Jedoch wird es besser sein, uns vorher davon zu überzeugen.«

»Und wie willst du das anstellen? Wenn wir sie nicht auf uns aufmerksam machen, werden sie womöglich umkehren.«

»Line, versuche bitte, auf meine Schultern zu klettern. Jörg kann dir mit den Händen eine Trittstufe formen.«

»Kann ich?«

»Kannst du und wirst du«, mahnte Lenker streng. »Hilf ihr hinauf, dann gelingt es ihr vielleicht, einen Blick nach draußen zu werfen. Oder willst du etwa versuchen, auf meine Schultern zu steigen?«

Täuber grummelte in seinen Bart.

»Dann los.« Caroline schenkte dem Leutinger ein süffisantes Lächeln, schwang sich mit seiner Hilfe nach oben und spähte durch einen der Luftschächte nach draußen. »Sie sind es!«

Kurz darauf wurde die schwere Tür von außen entriegelt.

»Meine Freunde!« Paulin Probst betrat das Winzerhäusl – und mit ihm kam der Geruch nach verbranntem Fleisch. Sein Hemd war zerfleddert, sein Gesicht aschgrau. »Gottlob seid ihr wohlauf!«

28

»Wir sind da. Das ist Lapvesi. *War* Lapvesi. Ein gottverlassener Ort. Ich hatte Euch gewarnt.«

Die Nonne ließ sich nicht beirren. Sie hatte reichlich Mühe gehabt, einen Führer zu finden, der ihre Sprache nicht nur verstand, sondern sie auch sprach. Odors Mutter stammte aus dem Heiligen Römischen Reich, aus der Stadt Köln, daher rührten die Sprachkenntnisse des griesgrämigen Mannes.

»Keine Spur von Leben.« Emma von Eisenberg ließ den Blick umherwandern. Sie war am Ziel.

»Der letzte und verheerendste Schwedenüberfall liegt Jahrzehnte zurück.« Odor fröstelte und rieb sich die Arme. »Die Toten wurden begraben und das Dorf aufgegeben. Die Erde unter unseren Füßen ist blutgetränkt. Meiner Ansicht nach haben die Leute richtig gehandelt, als sie damals wegzogen. Lapvesi ist kein Ort mehr zum Leben.«

Emmas Gedanken schweiften ab. Fort von Odor und den Ruinen des Dorfes. Einst hatte sie Eriks tragischen Verlust in einer Vision gesehen. Er war auf dem Heimweg gewesen, drei Wildhasen für den heimischen Kochtopf über die linke Schulter geworfen, als ihm der Rauch in die Nase stieg. Er kam zu spät. Ein Mann namens Tebal vergewaltigte und ermordete seine Frau. »Tarja.« Emma flüsterte den Namen der Toten. Auch Eriks Sohn und seine Tochter waren dem Gemetzel zum Opfer gefallen. »Katriina und Tore«, wisperte sie. Die Halbgeschwister ihrer Kinder.

Emma trug Tores Kette, verborgen unter ihrer Kutte, auf

der Haut. Ein Holzschwert hing daran, einst von Erik für den geliebten Sohn gefertigt. Erik hatte es zeitlebens wie einen wertvollen Schatz gehütet – es war das Einzige, was ihm von seiner Familie noch blieb, nachdem sein altes Leben in Flammen und Rauch aufgegangen war.

»Schwester?«

Emma blinzelte. Ihre Augen waren geschlossen gewesen, während sie den Erinnerungen in ihrem Kopf lauschte. »Kannst du Feuer machen?«

»Ein Feuer? Hier?« Ihr Führer schüttelte den Kopf. »Unmöglich.«

»Weshalb? Der Boden ringsum ist trocken. Vermutlich hat es seit Tagen nicht geregnet. Ich möchte die Nacht in Lapvesi verbringen.«

»Das könnt Ihr nicht! Davon war nicht die Rede, als ich Euch herbrachte!« Odor hielt mit seinem Unwillen nicht hinter dem Berg. Er fühlte sich, obwohl heller Tag, reichlich unwohl in dem verlassenen Dorf.

»Es ist mein Wunsch. Ich verlange nicht, dass du bleibst. Entzünde das Feuer, dann nimm die Pferde und such dir einen angenehmen Platz für die Nacht.«

»Ihr wisst nicht, was Ihr sagt. Nach Einbruch der Dunkelheit lauern die Geister der Ermordeten. Niemand, der seine Sinne halbwegs beisammenhat, würde freiwillig auf sich nehmen, was Ihr da vorhabt.«

»Entzünde ein Feuer«, wiederholte Emma, »dort drüben.« Sie wies auf eine Stelle, die sich nicht vom Rest der Umgebung unterschied. »Und sorge mir für ausreichend Brennholz. Dann geh. Du brauchst erst morgen Vormittag zurückzukommen.« Sie war erschöpft und deshalb dankbar, als Odor ihrer Bitte endlich willfahrte. Die Schiffsreise, die Ankunft in der Fremde und ihre lange Suche nach einem Führer hatten sie ermüdet. Dennoch kribbelte ihr Magen beim Gedanken an die bevorstehende Nacht.

»Seid Ihr sicher, Schwester, dass Ihr mich nicht begleiten wollt?«, gab Odor ihr eine letzte Gelegenheit, ihr Vorhaben zu überdenken.

»Das bin ich.« Emma nickte dem Mann zu und wandte sich ab. »Ein Sohn dieses Dorfes möchte heimkehren«, erklärte sie leise, und ihre gemurmelten Worte jagten Schauer über Odors Rücken. Obwohl er ihr Gesicht nicht länger sehen konnte, ahnte er, was sie tat. Sie hielt Ausschau nach etwas, was nicht in diese Welt gehörte. Nicht mehr.

Nur weg, beschloss er, ehe ihm neben dem Ort auch noch die Frau unheimlich wurde.

Emma saß still am Feuer. Orangerote Funken stoben in den Nachthimmel. In sicherem Abstand zu Glut und Hitze tanzten zwei Glühwürmchen. Mit den Fingern zeichnete sie Linien in den sandigen Boden. Hier hatte Eriks Haus gestanden. Hier hatte er glücklich mit seiner Familie gelebt.

Sie war nicht sicher, was nun geschehen sollte. Entgegen Odors Befürchtungen war das verlassene Lapvesi friedvoll. Das entsetzliche, haltlose Grauen war mit der Zeit ebenso verschwunden wie das Dorf selbst.

Unsicherheit stieg in ihr auf. Sie suchte Halt im Gebet. Ihre Lippen formten das Glaubensbekenntnis. Sooft sie Erik in Augsburg gesehen hatte – geglaubt hatte, ihn zu sehen –, in Lapvesi spürte sie ihn bisher nicht. Wo war er? Wo war der Geist ihres Geliebten, um dessentwillen sie auf diese verzweifelte Reise gegangen war?

Emmas Tränen begannen zu fließen. Nie hatte sie sich so einsam gefühlt, und nie war das Weinen ihr eine solche Erleichterung gewesen. »Ich will bei dir sein«, schluchzte sie erstickt. »Ich will … ja gar nichts anderes … als wieder bei dir sein, deine Stimme … hören, dich spüren.« Ihre Worte kamen abgehackt, die Heftigkeit ihrer Trauer nahm ihr die Luft.

Später, die Glühwürmchen waren fort, fielen Emma die blutunterlaufenen Augen zu. Sie hatte sich in den Schlaf geweint.

»*Outo tytöö.*« Seine Stimme.

Emma fuhr auf, ihr Gesicht eine Mischung aus Jubel und Erschrecken. Ihr Herz pochte so stark, dass sie meinte, es gegen den Brustkorb schlagen zu fühlen.

Im matten Schein des herabgebrannten Feuers spielten zwei hellblonde Kinder. Katriina und Tore. Das Mädchen kicherte. Nahe bei ihnen stand eine zierliche Frau. Emma kämpfte gegen starke, widerstreitende Gefühle. Da war sie – Eriks erste Frau. Die drei Erscheinungen schienen nicht weniger wirklich, als Erik es in ihren Augsburger Visionen gewesen war.

Tarja bewegte die Lippen. Kein Laut drang an Emmas Ohren, dennoch begriff sie. Die Güte, die wie warme Sonnenstrahlen von der Frau ausging, machte die Botschaft begreiflich. »Wir passen auf ihn auf.« Nicht mehr und nicht weniger wollte der Geist ihr mitteilen.

Mit einem Mal war Emma in Eriks Umarmung gehüllt. Sein Duft war in ihrer Nase, seine Lippen streichelten ihre. »Bis zum Wiedersehen.« Die Worte schwebten durch die Nachtluft.

»Nein!« Sie griff seine Hand, presste sie fest und wollte ihn mit aller Macht bei sich halten. Doch schon im nächsten Augenblick sah sie ihn bei seinen Kindern stehen, die Arme um Katriina und Tore gelegt. Tarja lächelte warm und schritt den dreien voran in die Dunkelheit. Erik folgte ihr mit dem Mädchen und dem Jungen.

»Bis zum Wiedersehen, *outo tytöö*.« Emma fühlte noch seine Hand in ihrem Haar, seinen Atem auf ihrer Haut, als er und seine Familie längst verschwunden waren.

Sie weinte bis zum Morgengrauen, dann begriff und akzeptierte sie, dass an Tarja kein Falsch gewesen war. Eriks erste Frau bot ihm dort eine Heimat, wohin Emma nicht gehen konnte. Noch nicht.

Doch wenn die Zeit gekommen war, würde er sie erwarten.

Im hellen Schein des Vormittags fand Odor die Nonne reglos neben dem erkalteten Feuer vor. Er zögerte, sich der Bewegungslosen zu nähern. Lebte sie noch? Seine abergläubische Furcht hielt ihn fest im Griff.

Er sammelte einige fingernagelgroße Steinchen vom Boden auf und warf sie in Emmas Richtung. Sie rührte sich nicht.

Da fasste er sich ein Herz und trat zu ihr.

Zu seiner grenzenlosen Erleichterung schlief sie bloß tief und fest.

Odor drängte zum Aufbruch. Ehe sie Lapvesi verließen, vergrub Emma Tores Holzschwert im Boden neben dem Feuer.

Eriks Schicksal war erfüllt, und sie hatte Abschied genommen.

*

»Du brauchst mich nicht zu begleiten, wenn du nicht möchtest.« Isabels Stimme klang herausfordernd und weinerlich zugleich. Sie und ihr Begleiter hatten das Stadthaus der Hohenfreybergs eben erst hinter sich gelassen. »Mir macht das schlechte Wetter nichts aus«, erklärte sie trotzig.

»Ich bin froh, dich einmal draußen zu sehen.« Martin musste an sich halten, um nicht mit den Augen zu rollen. Tief durchatmen und geduldig bleiben, so sagte er sich, und das beileibe nicht zum ersten Mal in letzter Zeit. »Die frische Luft wird euch guttun, dir und dem Kind.«

»Pah! Frische Luft, was du nicht sagst.« Die junge Frau rümpfte die Nase. »In ganz Augsburg gibt es keine Straße oder Gasse, die nicht abscheulich stinkt.«

»Du kannst die Stadtluft nicht mit der Luft auf Eisenberg vergleichen.«

»Kann ich nicht?«

»Es wäre zumindest töricht. In Augsburg leben …«

»Töricht! Das bin ich für dich, nicht wahr!« Abrupt blieb Isabel stehen, ihre tränennassen Augen zeigten eine ungesunde Röte. Zweifellos eine Folge ihrer häufigen Gefühlsausbrüche. »Wenn du mich nicht liebst, weshalb hast du dir überhaupt erst die Mühe gemacht, mich zu verführen?«

»Dich zu verführen?« Martin schüttelte ratlos den Kopf. »Isabel, was redest du bloß? Ich liebe dich, das weißt du. Wir werden schon bald heiraten.« Er kannte seine Verlobte seit ihrer Geburt – und war bisher durch und durch davon überzeugt gewesen, dass ihn an ihr nichts mehr überraschen konnte. Er schnaubte. Weit gefehlt. Die Schwangerschaft verwandelte seine lebenshungrige Liebste immer häufiger in ein unzufriedenes, greinendes Kleinkind – wenigstens seinem Empfinden nach. Da konnte seine Mutter noch so häufig betonen, wie normal und natürlich Isabels überbordende Emotionen in ihrem Zustand waren.

»Wirklich?« Sie schniefte und schien ihr Benehmen schon zu bereuen.

»Wirklich«, erklärte Martin und reichte ihr ein Tuch, in das sie sich geräuschvoll schnäuzte. Hinterher lächelte sie ihn zaghaft an, und ihr Anblick wärmte sein Herz. Noch war ihr die Schwangerschaft dank vorteilhaft geschnittener Kleider von außen nicht anzusehen.

Der Himmel über Augsburg bescherte der Stadt an diesem Tag steten Regen. Kaum ein Mensch war auf der Straße, so dass er es wagte, sich einen flüchtigen Kuss von ihren Lippen zu stehlen. »Lass uns die Gelegenheit nutzen«, schlug er vor. »Ich möchte dir schon lange einmal die Fuggerei zeigen. Du erinnerst dich, dass mein Vater damals an den Plänen mitgearbeitet hat?«

»Ja.« Isabel nickte und hakte sich bei ihm unter. »Lass uns hingehen.«

In einträchtigem Schweigen liefen sie nebeneinanderher, bis sie die Fuggerei erreichten.

»Ein Heim für die Ärmsten der Armen, daran dachte Jakob Fugger bei Baubeginn. Und genauso ist es gekommen.«

»Jakob Fugger ist mit ein Grund, weshalb wir hier in Augsburg sind, nicht wahr? Wegen ihm und wegen der Gefahr durch die aufständischen Bauern.«

»Fugger ist sogar der Hauptgrund«, bestätigte Martin. »Es geht zu Ende mit ihm, und da möchte mein Vater bei ihm sein.«

»Das kann ich verstehen. Der alte Herr muss ein gutes Herz haben, wenn er die glücklosen Augsburger hier in der Fuggerei leben lässt.«

»Für einen Rheinischen Gulden im Jahr und drei tägliche Gebete für die Stifterfamilie. Komm.« Er führte Isabel durch eines der drei Tore, die in die Mauer rund um die Fuggerei eingelassen waren. »Anders als mein Vater kenne ich Jakob Fugger kaum«, fuhr er fort, während Isabel sich interessiert umsah. »Aber ich habe mehrfach von seiner Härte reden hören. Nicht nur ... Liebes?« Martin blickte sich um. Isabel hatte sich auf eine der regennassen Bänke gesetzt, von denen mehrere zum Ausruhen einluden. An ihrem Gesichtsausdruck erkannte er, dass sie wieder den Tränen nahe war. Schnell ging er zu ihr, pfiff auf das feuchte Hinterteil, das die Bank ihm bescheren würde, und nahm neben ihr Platz. Er griff nach ihrer Hand.

»Mir jagen ständig Gedanken durch den Kopf«, begann sie leise. »So viele Gedanken.«

»Was sind das für Gedanken, Liebes?«

»Es kommt mir so vor, als hätte ich mich selbst verloren und fände mich nicht mehr wieder. Wenn ich nach dem Kirchgang die Bettler auf den Stufen des Doms sehe und nichts bei mir habe, das ich ihnen geben könnte – dann fürchte ich, dass die armen Leute meinetwegen elend zugrunde gehen, während es mir an nichts mangelt. Ich denke außerdem viel an Vater, weil ich fürchte zu vergessen, wie er ausgesehen hat. Und ich denke an Mutter und Sofia, die einfach fortgegangen sind. Aber am meisten denke ich an das Kind in meinem Bauch.«

»Das ist aber doch ein schöner Gedanke.« Isabels offensichtliche Verlorenheit ängstigte Martin.

»Nein.« Sie schüttelte den Kopf. »Von meiner Mutter weiß ich, wie häufig es geschieht, dass Frauen ihre ungeborenen Kinder vor der Zeit verlieren. Und selbst, wenn sie zur rechten Zeit kommen … Weshalb hat meine Mutter mich ausgerechnet jetzt im Stich lassen müssen, wo ich sie so sehr brauche? Es kann sein, dass ich sterben werde. Oder unser Kind.«

»Das reicht!« Martin zog Isabel von der Bank hoch. »Wir gehen nach Hause. Meine Mutter soll dir etwas geben, was dich ruhiger werden lässt. Wein, Baldrian – oder was auch immer. Mit solchen Überlegungen im Kopf würde ich auch verrückt werden.« Er nahm sie fest bei der Hand und ließ Zorn, Tränen und Widerspruch an sich abprallen. »Hauptsache, es wirkt«, murmelte er und schob die Angst fort, die sie in ihm geweckt hatte.

Im gepflegten Empfangssalon des Stadthauses waren Marzan und Franziska von Hohenfreyberg ins Gespräch mit einem jungen Mann vertieft, der gekommen war, sich nach Gräfin Emma zu erkundigen. Der Gast, gut gewandet und von gewinnendem Äußeren, blickte bei Isabels und Martins Eintreten hoch.

Wenn der Besucher bereits mit dem Gedanken gespielt hatte, die verwitwete Emma von Eisenberg – ihren Jahren zum Trotz – um ihre Hand zu bitten, so erlangte er bei Isabels Anblick schlagartig Klarheit. Sie wirkte blass und unglücklich. Und sie sah aus wie eine jüngere Version ihrer Mutter.

Georg von Hegnenberg wünschte sich, sie einmal zum Lächeln zu bringen, denn er hatte in diesem Moment beschlossen, dass diese Frau um jeden Preis die Seine werden sollte.

29

»Wir haben inzwischen mehrfach Kunde von den Seebauern erhalten. Man berichtet einhellig von der Auflösung des Bodenseehaufens – und angeblich drängt Dietrich Hurlewagen zusammen mit wenigen Getreuen trotz des Weingartner Vertrags weiter auf Widerstand.«

»Eine Lüge!« Paulin Probst, der mit bloßer Brust im Zelt des Allgäuer Obristen saß, bewegte sich so ruckartig, dass er den Salbentiegel vom Tisch fegte. Er hatte Caroline Lenker gebeten, ihn während der Unterredung mit den Hauptleuten zu behandeln, damit keine Zeit verloren ging.

»Vorsicht!« Caroline hob das Behältnis auf und überprüfte mit kritischem Blick, ob Schmutz hineingelangt war.

»Verzeihung, Freundin Lenker.« Probst legte ihr die Hand auf die Schulter. »Ich bin über die frechen Lügen, die über Hurlewagen verbreitet werden, in Rage geraten. Weiter wird er als furchtloser Kämpfer für die Gerechtigkeit angesehen – dabei ist er nichts weiter als ein schmutziger Verräter, der mich durch Folter gefügig machte und dazu zwang, den Teufelspakt mit dem Truchsess zu unterzeichnen.«

»Reg dich nicht auf, Probst, der Knopf hat deine Unterschrift doch längst für nichtig erklären lassen. Unsere Ausführungen werden den führenden Köpfen des Schwäbischen Bunds mittlerweile vorliegen.« Jörg Täuber deutete freimütig auf die Brandmale, die Bauch und Brust des zweiten Allgäuer Leutingers zierten. »Das mag jetzt brennen und zwicken, aber glaub mir, hinterher wird es die Schmach sein, die dir am meisten zu schaffen macht.«

»Meine Frau meint, die Wunden werden gut verheilen. Wahrscheinlich bleiben nicht einmal Narben zurück.«

Caroline nickte bestätigend zu den Worten ihres Mannes. »Wenigstens wurdet Ihr nicht für das ganze Leben entstellt.«

»Dafür muss ich wohl dankbar sein«, stimmte Probst zu. »Wäre ich nur besser auf der Hut gewesen und hätte etwas mehr Besonnenheit an den Tag gelegt, dann wäre ich dem Jungspund mit der Warze nicht so leicht in die Falle gegangen.«

»Wir sind alle auf ihn hereingefallen«, seufzte Lenker. »Keiner von uns hätte Hurlewagen einen solchen Schurkenstreich zugetraut.«

»Weiß Gott nicht.« Jörg Schmid verschränkte die Arme vor der Brust. »Wenigstens seid ihr alle mit heiler …« Sein Blick streifte Probst. »Nun, mit leidlich heiler Haut zurückgekehrt. Aber genug von Hurlewagen. Ich möchte euch von einer Begebenheit erzählen, die sich im württembergischen Land zugetragen hat. Unsere Bauernbrüder dort, geeint zum Neckartal-Odenwälder Haufen, errangen unter der Führung eines Mannes namens Jäcklein Rohrbach den Sieg über Burg und Stadt Weinsberg.«

»Hoch lebe die Freiheit!«

»Still, Jörg, noch bin ich nicht am Ende. Schon jetzt nennen die Leute Jäckleins Triumph nur noch das ›blutige Ostern‹ oder ›Blutostern‹ von Weinsberg. Der Obrist der Neckartal-Odenwälder sprach gewissermaßen, nun, er sprach Recht über den gefangen genommenen Grafen Helfenstein.«

»Noch nie von dem Mann gehört.«

Dieses Mal beließ der Knopf es bei einem mahnenden Blick in Täubers Richtung.

»Helfenstein ist, nein, er war der Amtmann von Weinsberg und zugleich Obervogt über die württembergischen

Bauern. Jäcklein verurteilte ihn zum Lauf durch die Spieße, zusammen mit seinen Reisigen und einigen Adligen. Ich dachte, ihr solltet davon wissen.«

»Du willst unsere Meinung zu dem Vorfall hören?« Jörg Täuber stand auf und streckte sich. »Das geht uns im Grunde nichts an.«

»Für gerecht und menschlich halte ich es nicht«, ließ Lenker verlauten.

»Ganz und gar nicht«, stimmte Paulin Probst ihm zu.

Caroline räusperte sich und zeigte Probst mit einem Nicken an, dass seine Behandlung beendet war. »Was ist das?«, fragte sie laut in die Runde, »ein Lauf durch die Spieße?«

»Der Spießrutenlauf, Mädel, ist eine Strafe, die für gewöhnlich bei besonders schweren Vergehen an verurteilten Landsknechten vollzogen wird. Die Vollstrecker stellen sich einander in zwei Reihen gegenüber und bilden mit ihren Spießen eine Gasse – in dieser kommt der Verurteilte brutal zu Tode. Glaubt man den Gerüchten, dann spielte der herrschaftliche Pfeifer Melchior Nonnenmacher dem Grafen Helfenstein zum letzten Tanz auf.«

»Das ist wahrhaft unmenschlich.« Caroline schnappte sich ihren Salbentiegel und verließ das Zelt des Obristen, ehe sie sich draußen zitternd und würgend übergab.

Eine Weile später fühlte sie sich wieder wohler in ihrer Haut und konnte in Ruhe nachdenken. Es gelang ihr einfach nicht, sich einen Reim auf Paulin Probst zu machen. Instinktiv war sie von seiner Schuld überzeugt, so dass es ihr schwerfiel, seine Verletzungen mit gleichmütiger Miene zu behandeln. Außer den Huren wusste nach wie vor niemand von ihrem Verdacht, den zu rechtfertigen ihr im Hinblick auf die neuesten Ereignisse so gut wie unmöglich schien. Wer würde ihr schon glauben, dass Probst sich die Brandverletzungen auch selbst zugefügt haben konnte?

In den folgenden Tagen und Wochen begriffen auch diejenigen Adligen und Kleriker, welche die Bauernerhebungen bislang mit Skepsis verfolgt oder gänzlich ignoriert hatten, die gewaltige Tragweite des Aufstands. Im Land gärte und brodelte es. Neben Jäcklein Rohrbachs Neckartal-Odenwäldern erhoben sich die Bauern im Frankenland zum Taubertaler und zum Bildhäuser Haufen, in Thüringen entstanden der Fuldaer, der Arnstädter, der Saalfelder und der Frankenhäuser Haufen, und auch am Oberrhein und im Schwarzwald formierten sich die Volksmassen.

Der Schwäbische Bund hatte nicht auf die Rücktrittserklärung des Allgäuer Haufens vom bei Weingarten geschlossenen Vertrag reagiert. So setzten die Allgäuer ihre Streifzüge ins Umland fort – gestürmt und erobert wurden jene Burgen und Liegenschaften, deren Herren sich in der Vergangenheit Freveltaten gegen ihre Untertanen schuldig gemacht hatten. Immer häufiger ließ die Splittung des Haupthaufens in einzelne Fähnlein und Rotten die Führerschaft Hauptmann Lenkers notwendig werden, was eine mehrtägige Abwesenheit mit sich brachte.

Caroline hätte alles gegeben, Johannes in die Gefahr begleiten zu dürfen. Einzig, weil sie im Hauptlager dringlich gebraucht wurde, blieb sie zurück, wenn der Geliebte in den Kampf zog – mit bebenden Gliedern und kalter Angst im Leib. Obwohl sie reichlich mit den verletzten Rückkehrern zu tun hatte, weilten ihre Gedanken unentwegt bei Johannes. Bei jedem Knochenbruch, jedem ausgerenkten Glied und jeder blutenden Wunde, die sie versorgte, verzehrte sie sich innerlich vor Sorge und Sehnsucht. Ihr Unwohlsein ging an manchen Tagen so weit, dass sie körperliche Übelkeit verspürte, ihren Dienst als Heilerin lustlos verrichtete und noch nicht einmal über Paulin Probst oder die Seherin Herluka nachgrübelte.

Nach neun langen Tagen und Nächten der Abwesenheit marschierten an einem grautrüben Nachmittag fünf Fähnlein im Allgäuer Lager ein. Viele der Männer trugen erbeutete Güter mit sich – und so war der Jubel groß. Carolines flackernder Blick glitt eilig über die Gesichter hinweg. Wo war Johannes?

Gleich darauf entdeckte sie ihn an der Spitze seiner Truppe. Die Erleichterung ließ ihr die Knie weich werden. Offenbar hatte er ebenfalls nach ihr Ausschau gehalten, denn ihre Augen fanden einander über all die Menschen hinweg.

Lenker verschwand im Zelt des Obristen, noch ehe er Gelegenheit gehabt hatte, seine Ehefrau richtig zu begrüßen. Caroline kannte das Prozedere inzwischen. Dem Knopf Bericht zu erstatten war Johannes' oberste Pflicht. Es würde eine Weile dauern, bis er wieder zum Vorschein kam. Ihr blieb nichts anderes übrig, als sich in Geduld zu fassen. Sie zwang sich deshalb zu einer gemächlichen Gangart und schlenderte in Richtung des Obristenzelts, um ihren Mann dort zu erwarten.

Auf halbem Weg schnappte sie die Wortfetzen einer Unterhaltung auf und spitzte unwillkürlich die Ohren.

»Der hängt sein Fähnlein sorglos nach dem Wind, das sollte mittlerweile ein jeder begriffen haben.«

»Jetzt will er sogar eine entlaufene Nonne heiraten. Diese Katharina von Bora wird ihm hübsch ein Balg nach dem anderen gebären – und dann ist es vorbei mit seiner angeblich freien Denkerstirn, auf die er so stolz ist. Die kann er sich mit lauter hungrigen Mäulern im Haus nicht mehr leisten.«

Offenbar sprachen die beiden Männer über Martin Luther, der erst in diesem Monat seine neueste Abhandlung veröffentlicht hatte. Der Titel lautete: *Wider die räuberischen und mörderischen Rotten der Bauern*. Damit bezog der Theologe öffentlich Stellung gegen die Bauernhaufen und trat deren Respekt und Verehrung für ihn in den Dreck. Auch Caroline empfand Luthers Vorgehensweise wie einen Schlag ins Gesicht. Mit dem Anflug eines schlechten Gewissens lauschte sie weiter.

»Recht hast du! Wenn das Traktat gegen uns Bauern ihm nicht Wort für Wort von der Obrigkeit eingeflüstert wurde, fresse ich einen Besen. Der Luther lässt doch längst keinen Furz mehr ohne die Zustimmung der hohen Herren.«

Caroline nickte beipflichtend. Nach allem, was man hörte, lagen die Männer mit ihrer Einschätzung ganz richtig. Den furchtlosen Freigeist Martin Luther gab es nicht mehr.

»Wusstest du, dass seine Nonne eigentlich einem anderen Kerl den Vorzug gegeben hat, einem Studierten? Der durfte sie nicht zum Weib nehmen, sonst müsste der Luther sich jetzt mit langem Gesicht nach einer neuen Braut umsehen.«

»Wer weiß, was die Nonne und der Studierte miteinander getrieben haben. Womöglich schätzt der Doktor gebrauchte Ware.«

Caroline konnte den Männern den Hauch von Gehässigkeit, der in ihrem Gelächter mitschwang, nicht krummnehmen.

Als sie kurz darauf mit sehnsuchtsschwerem Herzen vor dem Zelt des Obristen ankam, um Johannes in Empfang zu nehmen, war ihr Mann bereits fort.

*

Johannes Lenker hielt Ausschau nach Caroline, als sich ihm eine warme Hand auf den Unterarm legte.

»Warte«, zischelte eine Stimme an seinem Ohr.

Er erstarrte, und sein großer Körper versteifte sich. Da war sie wieder. Die Frau, deretwegen er sein Gewissen belastete und Caroline belog. Er spürte, wie sich die feinen

Härchen in seinem Nacken aufrichteten, und verfluchte den Tag, an dem ihre Wege sich gekreuzt und er Hanna wiedererkannt hatte.

»Verschwinde.« Lenker wischte ihre Hand von seinem Arm.

»Warum sollte ich?« Sie lächelte lasziv und stemmte die Arme in die sich herausfordernd wiegenden Hüften. »Vielleicht, weil du nicht mit mir gesehen werden willst? Weil dein liebes Weib von unserer Bekanntschaft nichts erfahren soll?« Ihr Lächeln vertiefte sich.

»Verschwinde einfach!« Ihr aufdringliches Parfüm verursachte ihm Übelkeit. »Ich will nichts von dir wissen! Du hast genug Schaden angerichtet!« Lenker hatte, ohne es zu merken, die Stimme erhoben. Forschende Augenpaare richteten sich neugierig auf ihn und seine Begleitung.

»Pst, nicht doch. Nicht so laut, Lieber.« Die tiefroten Lippen der Frau verzogen sich missbilligend. »Du schreist noch das ganze Lager herbei.«

»Sei froh, wenn ich dir nicht den Hals umdrehe.« Johannes spuckte zu Füßen der Frau aus und stapfte wutschäumend davon. Das Wiedersehen mit Caroline, auf das er sich unbändig gefreut hatte, war ihm dank dieses Weibsstücks gründlich verdorben.

*

So hatte Caroline sich die kostbaren Stunden der Zweisamkeit nach der langen Abwesenheit ihres Mannes nicht vorgestellt. Johannes küsste sie zur Begrüßung nur flüchtig auf die Wange und berührte sie ansonsten kaum. Sein Blick war leer.

»Was ist vorgefallen, Liebster?«

»Keine Sorge, mir fehlt nichts.« Johannes streichelte ihre Hand. Halbherzig, wie ihr schien. »Ich habe dich vermisst.«

»Und ich dich.« Caroline schmiegte sich an ihn und lauschte dem Schlag seines Herzens. Was war nur los?

»Erzählst du mir, was ihr erlebt habt?«

»Nicht jetzt. Ein anderes Mal, Line, in Ordnung?«

»Wie du willst.« Sie überlegte. Wenn sie die Gelegenheit nutzte, Johannes ihren Verdacht gegen Probst zu beichten, so drang sie auf diese Art und Weise möglicherweise zu ihm durch. Ohnehin hätte sie ja schon längst mit ihm darüber reden sollen. Endlich berichtete sie von ihren Beobachtungen und ihrem Argwohn, ohne etwas von dem Lauscher an der Zeltwand zu ahnen.

»Was soll das, Line?« Zu ihrer maßlosen Enttäuschung nahm er sie nicht ernst. »Was du da vorbringst, ist lächerlich. Das sind keine Beweise. Hast du vergessen, dass Probst das Oberdorfer Schloss stürmte, ehe er sich uns anschloss? Der Mann ist ein Held. Die Leute vertrauen ihm, er wurde schließlich nicht umsonst zum zweiten Leutinger erwählt.«

»Etwas stimmt nicht mit ihm«, beharrte Caroline.

»Probst hat uns darüber hinaus aus dem Winzerhäusl gerettet. Wenn er unser Feind wäre – weshalb hat er uns dort drinnen nicht verrecken lassen?«

Bald nach der fruchtlosen Unterredung schlief Johannes ein. Caroline lauschte seinem Schnarchen und fand selbst keine Ruhe. Ihr war übel. Was hatte ihren Mann bloß in diese düstere Stimmung versetzt? So abweisend und kalt kannte sie ihn nicht.

Die Abendmahlzeit war lange beendet, die meisten hatten sich bereits hingelegt, als Caroline es im stickigen Zelt nicht mehr aushielt, leise hinausschlich und tief durchatmete. Zwischen den schwarzen Umrissen der Zelte tanzten Leuchtpunkte – der warme Schein glühender Lagerfeuer. Gierig sog sie die frische Nachtluft ein und fühlte die Anspannung von sich abfallen. Erstmals nach geraumer Zeit fiel ihr auf, dass Gottlieb Langhans, an dessen stille, unauffällige Anwesenheit in ihrer Nähe sie sich inzwischen gewöhnt hatte, fehlte. Natürlich, der Mann hatte damit gerechnet, dass sie sich bis zum Morgen in Johannes' Gesellschaft befinden würde und somit keinen Aufpasser brauchte.

»Frau Lenker?« Die Frage kam aus dem Nichts.

»Ja?« Sie konnte niemanden sehen. »Wer ist da?« Ein mulmiges Gefühl machte sich in ihrer Magengegend breit.

»Hier«, sagte die Stimme.

»Wo?« Caroline begann zu zittern, und noch im selben Moment wurde sie gepackt und jählings nach hinten gerissen. Grobe Finger bohrten sich in ihr Fleisch und hielten sie fest, eine Hand presste sich ihr auf den Mund. Das Tuch, das ihr hastig über die Augen gelegt und am Hinterkopf verknotet wurde, fühlte sich an wie ein rauer, alter Putzlappen. Ein schwacher Uringestank haftete ihm an.

»Mach schon! Wir haben keine Zeit. Gleich könnte wer kommen.«

»Schon gut, ich mach ja. Bin es nicht gewohnt, Frauen zu Brei zu schlagen.«

»Brauchst sie ja nicht gleich umzubringen.«

Caroline hörte den kurzen Austausch mit an, ohne einen klaren Gedanken fassen zu können. Zwar wehrte sie sich, ihrem angeborenen Überlebensinstinkt folgend, erbittert gegen den harten Griff, doch ihre Kraft reichte nicht aus.

Dann trommelten auch schon die Hiebe auf sie ein. Auf Bauch und Oberschenkel, auf Brust und Oberarme. Nie gekannte Schmerzen wollten ihren Leib schier zerreißen. Die Tortur währte endlos – oder waren es in Wahrheit nur wenige Augenblicke?

Es fehlte nicht viel, und der letzte brutale Schlag ins Gesicht hätte ihr die Besinnung geraubt. Als sie losgelassen wurde, schlug sie kraftlos auf den Boden und schmeckte Blut.

»Hör auf, den Namen unseres zweiten Leutingers zu verunglimpfen. Du sprichst mit niemandem mehr über Probst. Unsere Augen und Ohren sind überall. Wir wissen, dass du deinen Mann gegen Probst aufhetzen wolltest. Lass das bleiben. Andernfalls kommen wir wieder.«

»Ob sie uns verstanden hat?«

»Hast du gehört?« Ein Fuß bohrte sich in ihre Seite.

Sie nickte schwach.

»Gut, wir haben es ihr deutlich gemacht. Lass uns abhauen.«

Nachdem die Angreifer fort waren, lag Caroline noch lange wimmernd auf der kalten Erde, unfähig, aufzustehen oder um Hilfe zu rufen. Stattdessen schlang sie die Arme so fest um ihre Leibesmitte, wie sie nur konnte.

30

Johannes tastete neben sich. Caroline war nicht da, ihre Decken fühlten sich kühl an. Er fuhr sich über die schlafverklebten Augen. Wo war sie? Er hatte von ihr geträumt und war mit dem festen Vorsatz aufgewacht, sich für sein schroffes Benehmen zu entschuldigen. Hatte ihre volle Blase sie geweckt, und sie war losgezogen, um sich zu erleichtern? Das passierte ihr in letzter Zeit häufiger.

»Jessas Maria! Die arme Frau!«

»Eine Schande ist das!«

Lenker hörte den Aufruhr draußen, und die leichte Beklommenheit verwandelte sich in tiefe Besorgnis. Barfuß, nur mit seinem langen Hemd am Leib, kroch er aus dem Zelt. Die aufgebrachten Stimmen wiesen ihm den Weg.

Auf dem Boden, umringt von mehreren Dutzend Allgäuern, lag ein Mensch. Eine Frau.

»Mein Gott, das hat sie nicht verdient.«

Johannes erkannte die Bergerin in der Menge. Daneben verbarg Mina ihr Gesicht verstört an Egnathes Brust. Die wirren, gelösten Haare der Frauen, ansonsten tugendhaft unter den Hauben verborgen, verdeutlichten die Bedrohlichkeit der Lage.

»Geht zur Seite!«, brüllte er. »Fort mit euch!« Seine Stimme erschütterte alle bis ins Mark.

»Lasst ihn schon durch!«, forderte jemand.

Johannes schob und stieß blind jeden zur Seite, der ihm im Weg stand.

»Macht schon! Lasst ihn durch – das ist ihr Mann!«

»Line.« Sie lag in sich zusammengekrümmt, das geschwollene Gesicht zur Seite gewandt. Er wagte kaum, sie zu berühren. »Ich bin da.« Seine Hand streichelte federleicht ihr Haar.

»Meine Haut brennt. Sie sollen das Feuer fortnehmen.« Die Worte drangen nur schleppend über Carolines Lippen. Qualvoll und mühsam.

Johannes begriff sofort, denn sobald sie es ausgesprochen hatte, spürte er die Hitze ebenfalls. »Weg mit den Fackeln! Ihr tut ihr weh!«

»Ihr geht alle ein Stück zurück!« Die Weisung kam von Jörg Schmid. Offenbar hatte man den Obristen über den Vorfall informiert. Der verlor keine Zeit und machte der stetig wachsenden Menge Neugieriger Beine. »Wir brauchen einen Arzt für Frau Lenker!«

»Ich hole ihn«, erbot sich die Bergerin und watschelte im Laufschritt los, so schnell die fleischigen Beine sie trugen.

»Gleich kommt Hilfe.« Lenker fühlte sich ohnmächtig. Vergebens blinzelte er gegen die Tränen an, die über seine Augenränder quollen und heiß in seinem Bart versickerten.

»Das Kind«, formte Carolines Mund.

»Welches Kind, Liebste?«

»Unser Kind.« Ein trockenes Schluchzen stieg in ihrer Kehle hoch und schüttelte sie. »Sie haben mich so hart in den Bauch getreten … Ich bin nicht sicher, ob es noch lebt.«

Alle Farbe wich aus Johannes' Gesicht, und er wurde blasser als ein wachsbleiches Grabtuch.

Die drei Doktoren im Allgäuer Haufen hatten sich schon vor geraumer Zeit zusammengetan und für die verletzten Kämpfer der Allgäuer ein Lazarettzelt errichtet. Caroline Lenker war der Zutritt bisher stets verwehrt gewesen, doch nun ruhte sie selbst auf einer der dicken Strohmatten, die den Ärzten als Lager für die Patienten dienten. Um Caroline vor den Blicken der übrigen Verletzten zu schützen, war ihre Statt mit Tüchern abgehängt worden. So war eine Art Zelt im Zelt entstanden.

»Bedaure, Herr Lenker, aber ich kann Euch weder sagen, ob Eure Gattin guter Hoffnung ist, noch, ob sie es je war.«

»Ihr seid der Doktor, Ihr müsst ja wohl …« Johannes sah sorgenvoll auf Caroline, die sich den Tag über in unruhigem Halbschlaf hin- und hergeworfen hatte. Obwohl sie, anders als er, im Schlaf für gewöhnlich nicht sprach, rief sie seit dem Überfall immer wieder laut nach ihrem ungeborenen Kind und fasste sich dabei wimmernd an den Bauch. Dank einigen kurzen Wachphasen wusste er inzwischen in groben Zügen, was ihr widerfahren war. Im Moment waren ihre Augen zwar geschlossen, dennoch war er fast sicher, dass sie nicht mehr schlief. Ihre veränderte Atmung verriet sie. Ob sie dem Gespräch folgte?

»Was ihre Verletzungen betrifft, bin ich zuversichtlich. Die Blutergüsse werden abheilen, und soweit ich feststellen konnte – letzte Gewissheit gewähren Euch in dieser Hinsicht nur die Zeit und der liebe Gott –, hat sie keine inneren Schädigungen oder Blutungen erlitten.«

»Und das Kind?«

»Wie ich schon darlegte, vermag ich momentan keine Schwangerschaft zu erkennen. Allein Eure Frau wird wissen, ob und wie häufig ihr Monatsfluss ausgeblieben ist. Ihr müsst geduldig abwarten – die folgenden Wochen werden früh genug zeigen, ob ihr Leib anschwillt.«

»Trotzdem …«

»Lass ihn.« Caroline blinzelte. »Dem Mann fehlt der dicke Bauch. Wie soll er eine Schwangerschaft bestimmen, wenn er die Vorgänge im weiblichen Körper dafür vermutlich nicht gut genug kennt?«

Johannes griff ihre Hand und drückte sie, froh und erleichtert, weil sie sich gut genug fühlte, um sich einzumischen.

»Ich vergaß, Herr Lenker, dass Eure Gemahlin ... Wie nennt sie sich noch gleich? Eine Heilerin, nicht wahr? Ich vermute, darunter darf man wohl eine Art, nun ... Hebamme verstehen.« Die Aussage des Arztes hatte einen galligen Unterton.

»Ihr braucht nicht beleidigt zu sein, denn Ihr könnt ja nichts für die Dinge, die man versäumt hat Euch beizubringen.«

Ein schmutziges Lachen, bei dem nicht recht klar wurde, woher es kam und wem es galt, ließ die Verletzte zusammenfahren. Als der Obrist, gefolgt von seinen beiden Leutingern und Hauptmann Conz, die Tücher teilte und an Carolines Lager trat, begriff sie. Natürlich – Täuber, wer sonst. Dann sah sie Paulin Probst.

»Er soll verschwinden!«, forderte sie in scharfem Ton. Trotz der tapferen Fassade zitterte ihre Unterlippe, und ihr angeschwollenes Gesicht wirkte derart ängstlich und verschreckt, dass sie kaum wiederzuerkennen war. »Er soll verschwinden!«, wiederholte sie, und ihre Stimme wurde schrill.

»Wer soll verschwinden, Mädel?« Der Knopf betrachtete Caroline forschend. »Welchen der Anwesenden meinst du? Den guten alten Jörg? Unseren Probst? Oder etwa Conz Wirt? Wenn du eine Ahnung hast, wer dir das angetan hat ...« Sein durchdringender Blick wanderte zu den eben genannten Männern. »Eigentlich haben die Herren mich nur begleitet, um dich nach den Übeltätern zu befragen. Falls du allerdings etwas zu ihrer Person zu sagen hast ... Du bist jetzt in Sicherheit, das weißt du hoffentlich.«

Caroline schwieg. Wieder hatte sie die Arme um den Leib geschlungen.

Lenker, dem die Reaktion seiner Frau zu denken gab,

räusperte sich. »Ich will niemanden grundlos verdächtigen«, begann er zögernd. »Dennoch kann es nicht schaden, die Fakten beim Namen zu nennen. Caroline ist Täuber ein Dorn im Auge, daraus hat er nie einen Hehl gemacht. Du hast sie im Winzerhäusl geschlagen, Jörg. Und sie hat mir anvertraut, gegenüber Probst ein gewisses Misstrauen zu hegen.«

»Wenn es nötig war, habe ich mein Weib Elisa in der Vergangenheit gezüchtigt.« Täuber baute sich, Nasenspitze an Nasenspitze, vor Johannes auf. »Und es stimmt, ich habe in meinem Leben auch schon so manche Ohrfeige verteilt.« Er packte sein Gegenüber am Kragen und schüttelte ihn, bebend vor Grimm. »Deshalb neige ich jedoch noch lange nicht dazu, hilflose Weiber in tiefster Nacht zu überfallen und sie grün und blau zu prügeln.« Der Leutinger atmete tief durch und löste seinen Griff. »Ich verstehe, dass du nach dem Angriff auf Caroline durcheinander bist. Aber bitte, sei vernünftig.«

»Ich glaube dir, Jörg, doch es musste gesagt werden.«

»Da spricht Johannes ein wahres Wort, finde ich.« Obrist Schmid hatte das Geschehen so aufmerksam verfolgt, als könnten ihm die Vorgänge einen Hinweis auf das liefern, was Caroline Lenker womöglich nicht auszusprechen wagte. »Wie es scheint, wurde Caroline gezielt angegriffen. Zumindest hatten es die Übeltäter nicht auf die Tugend des Mädels abgesehen.«

»Weiß man das mit Sicherheit?«, hakte Conz Wirt nach, der sich bisher im Hintergrund gehalten hatte. »Hat die Frau sich jemandem anvertraut?«

»Das hat sie. Ich habe mich meinem Mann anvertraut.« Trotz ihrer Angst und ihres schlechten Zustands konnte Caroline es nicht ertragen, wie über ihren Kopf hinweg gesprochen wurde. »Mir wurde keine Gewalt angetan. Nicht auf die Art und Weise, von der Ihr sprecht.«

»Wenn das so ist ...« Conz Wirt hustete trocken hinter vorgehobener Hand. Carolines freimütige Antwort war unerwartet gekommen und verunsicherte ihn.

»Was mich betrifft«, nutzte Paulin Probst die entstandene Gesprächspause, »so entspringt das angebliche Misstrauen Freundin Lenkers gegen meine Person mit Sicherheit einem Trugschluss.« Der zweite Leutinger streckte Caroline die Hand hin. »Da hat Freund Johannes Euch falsch verstanden. Ist es nicht so, meine Liebe?«

Sie ließ sich Zeit mit einer Entgegnung. Das Schweigen zog sich in die Länge.

»Nun?« Die Drohung auf dem Gesicht des zweiten Leutingers war allein für Caroline bestimmt und für die hinter ihm stehenden Personen unmöglich zu erahnen.

»Zweifellos, Herr Probst.« Sie reichte ihm die schweißnasse Hand.

Johannes verfolgte den Handschlag zwischen Probst und seiner Frau und konnte sich dabei eines ungSeiten Gefühls nicht erwehren. Obwohl er ihren Anschuldigungen gegen den Mann keinen Glauben schenkte, meinte er, ihre Angst in der Luft greifen zu können.

»Trotzdem möchte ich den Obristen gerne unter vier Augen sprechen«, nahm Caroline ihren Mut zusammen und wich dem flammenden Blick des zweiten Leutingers aus.

»Natürlich.« Jörg Schmid nickte zustimmend, woraufhin Paulin Probst sich ächzend an die Brust fasste und in sich zusammenfiel.

Probsts Herzanfall hatte zur Folge, dass die Unterredung zwischen Caroline und dem Knopf auf den nächsten Tag verlegt wurde. Zwar glaubte der sich alsbald von seiner Schwäche erholt, dessen ungeachtet befahl der Obrist ihm streng, sich einer gründlichen Untersuchung zu unterziehen.

Während Probst in der Obhut der Mediziner blieb, führte

Johannes seine Frau aus dem Lazarettzelt. Die Sonne tauchte die Landschaft im Westen in goldenes Licht. Caroline verweigerte jede weitere Behandlung, und die Ärzte waren erkennbar froh, wieder für sich zu sein. Unter Männern.

Die Geschehnisse der Nacht hatten sich herumgesprochen. Jene, die dort gewesen waren und die zerschundene Gestalt der Lenkerin mit eigenen Augen gesehen hatten, waren um eine genaue Schilderung der Ereignisse nicht herumgekommen, so dass inzwischen die meisten Menschen im Lager Bescheid wussten.

Von manchen wurde Caroline, auf deren dick geschwollenem Gesicht sich erste schillernde Verfärbungen zeigten, offen angestarrt. Johannes musste an sich halten, um nicht mit den Fäusten auf die gaffenden Leute loszugehen. Er war Carolines Mann, und er fühlte sich verantwortlich für das Wohlergehen der Geliebten. Sein Gewissen quälte ihn ohnehin schon unablässig, weil sie dem Angriff schutzlos ausgeliefert gewesen war. Da half es ihm nicht, dass er zu dem Zeitpunkt tief und fest geschlafen hatte.

Der Drang, die Geliebte zu schützen, war übermächtig. Es nagte an ihm, die Schuldigen nicht zu kennen und sie nicht strafen zu können. Trotz Carolines Argwohn im Bezug auf Probst traute er Paulin eine derartige Tat nicht zu. Jörg Täuber ebenso wenig. Allerdings, wer könnte Grund haben, einen solchen Hass gegen seine Line zu hegen? Außer vielleicht – er wagte den Gedanken kaum zu vollenden – dieses verfluchte Weib.

Die Rückkehr in das gemeinsame Zelt, den gaffenden Blicken entzogen, war eine Erlösung. Johannes stopfte die Decken um Caroline behutsam fest und legte sich dicht neben sie.

»Sag ehrlich, wie geht es dir?«

»Ich blute nicht.« Sie lehnte ihren Kopf gegen seinen.

»Was meinst du damit, Liebes?«

»Zwischen den Beinen – da blute ich nicht. Ich glaube, das Kind ist noch am Leben.«

»Das Kind ... Weshalb hast du es mir nicht eher gesagt?« Johannes hob die Hand, um die Konturen ihres Gesichts mit den Fingern nachzufahren, wie er es in gemeinsamen Stunden zärtlichen Beisammenseins häufig tat. Gerade noch rechtzeitig hielt er sich zurück, nahm stattdessen ihre Hand und küsste ihr Handgelenk an der Stelle, wo sich – wie er ohne hinzusehen wusste – zwei feine Adern unter der durchschimmernden Haut gabelten.

»Es mag sich seltsam anhören, aber ich habe die Anzeichen nicht wahrgenommen. Ständig gibt es zu tun, dazu die Sorge um dich ... Mir blieb einfach keine Zeit für mich. Wohl deshalb hat mein Verstand lange nicht begriffen, was mein Herz längst wusste.«

»Ich wünschte, die Umstände wären andere. Aber du sollst wissen und immer daran denken, wie glücklich du mich machst.« Lenker spürte, wie ihm die Augen feucht wurden. »Du trägst ein Kind unter dem Herzen, Liebste. Unser Kind.«

Daraufhin drückte Caroline ihren Mund sacht auf seinen. Trotz ihrer geschwollenen Lippen war es ein wundervoller, ein besonderer Kuss. Ein Kuss, den sie in ihrer Erinnerung bewahren wollte wie einen wertvollen Schatz.

Caroline erwachte noch vor dem Morgengrauen. Die Schmerzen weckten sie. Wenn sie mit Daumen und Zeigefinger behutsam von der Nasenwurzel abwärts fuhr, bemerkte sie eine leichte Neigung des Nasenrückens nach links. Ganz zu schweigen von den Prellungen am ganzen Körper. Die Tinktur der Ärzte – die man ihr verabreicht hatte, als sie zu schwach gewesen war, sich zu wehren – hatte zwar nicht geschadet, aber auch nicht geholfen.

Sie war im Zwiespalt. Einerseits verlangte es sie danach,

ihre Verletzungen mit eigenen, wirksameren Mitteln zu behandeln, andererseits war es zu verlockend, einfach liegen zu bleiben. Das Gespräch mit dem Knopf würde sie noch genug anstrengen und aufwühlen, vor allem, weil seine Reaktion auf ihre Anschuldigungen gegen Probst schwer vorhersehbar war. Und wenn sie erst daran dachte, was Paulin Probst ihr antun mochte, wenn sie die Wahrheit sagte und er erfuhr, dass sie sein schändliches Tun offengelegt hatte ... Wahrscheinlich hatte schon sein vermeintlicher Herzanfall dem alleinigen Zweck gedient, sie davon abzuhalten, auf der Stelle zu reden.

»Sie ist nicht schief.«

»Oh, du bist wach?« Caroline nahm die Hand von ihrer geschwollenen Nase.

»Ich habe von unserem Sohn geträumt.« Johannes verschränkte seine Finger fest in ihren.

»Wirklich?« Sie schob den Gedanken an Probst mit aller Gewalt von sich und lächelte. »Dann wird es also ein Junge.«

»Das weiß ich nicht. Meine Träume haben keine tiefere Bedeutung. Könnte genauso gut ein Mädchen ...«

Ein schriller Pfiff unterbrach ihn.

»Was war das?«

Ein zweiter und ein dritter Pfiff folgten.

»Hört sich an, als stünde der Pfeifende gleich neben uns«, flüsterte Caroline.

»Zumindest sehr nahe beim Zelt. Ich sehe nach.«

»Sei bitte vorsichtig.«

Lenker nickte und griff nach seinem Schwert. »Keine Bange«, erklärte er mit einem Anflug von Humor. »Ich werde die Pfeife schon finden.«

»Herrgott!«, ertönte es Augenblicke später von draußen.

»Was ist geschehen? Johannes?« Caroline kam unter Schmerzen auf die Beine.

»Bleib drinnen!«, befahl er.

»Weshalb, was ist denn …?«

»Tu bitte, was ich sage, und rühr dich nicht vom Fleck.«

Doch da streckte Caroline bereits den Kopf aus dem Zelt und sah, was er ihr hatte ersparen wollen: Gottlieb Langhans, ihr treuer Beschützer, lag blicklos auf dem Rücken. Sein Hals wies ein ringförmiges Mal auf.

»Man hat ihn erdrosselt.«

Johannes nickte.

Caroline schwieg erschüttert. Die Warnung hätte deutlicher nicht sein können.

*

Das Handelsschiff *Kriemhild* gehörte zur Flotte des Kaufmannsunternehmens Fugger. Wie die überwiegende Anzahl der Seeleute in den Häfen von Kiel bis Palermo hielt auch die Mannschaft der *Kriemhild*, altem Aberglauben gemäß, wenig von Frauen an Bord.

Man ging nicht so weit, dass man sich geweigert hätte, die Nonne auf die Fahrt von Rostock nach Stockholm mitzunehmen – aber es wurde über den dunklen Engel geflüstert, bei dessen kummervollem Anblick selbst das Herz gestandener Seebären bange zuckte.

Dementsprechend groß war die Verwunderung der Besatzung, als die Betschwester sich auf der Rückreise völlig verändert zeigte. Sie schien ihr zurückhaltendes, in sich gekehrtes Wesen im Ausland abgestreift und zurückgelassen zu haben. Unermüdlich fegte die Nonne über das Deck der *Kriemhild* und machte sich nützlich, wo immer sie konnte. Gleich ob Kratzer, Schürfwunden oder krätzige Ausschläge – Schwester Emma kümmerte sich gerne darum. Als der Kapitän, der Wert auf ein gepflegtes Äußeres legte, sich die Hand unglücklich verstauchte, rasierte sie ihn kurzentschlossen selbst.

Vom Schiffsjungen über Steuermann und Maat – die Männer vergaßen ihren Aberglauben und begannen sich zu wünschen, die Reise möge niemals enden.

Bis eines Nachts ein Sturm über das Meer fegte, der die Wellen hochschlagen ließ und das Lüsterweibchen in der Kapitänskajüte von der Decke riss. Erst im Morgengrauen erhörte der Allmächtige das Flehen der Mannschaft. Das Unwetter verzog sich, und die Wolkendecke riss auf. Ein neuer Tag brach an, dessen klares Licht sich wie Strahlenkränze um die Häupter der Menschen an Deck legte.

»Kommt, Schwester, betet mit uns und lasst uns Gott und all seinen Engeln für die Rettung danken«, wandte sich der Schiffsjunge mit glänzenden Augen an die Nonne. Kaum war sein Vorschlag ausgesprochen, entgleisten Emmas Gesichtszüge, und die Gräfin Eisenberg sackte in sich zusammen. Wie von unsichtbaren Spießen und Speeren gepeinigt, wand sie sich in wilder Qual auf den nassen Holzplanken. Von ihren Lippen hallte ein einziger stummer Schrei.

Bei diesem Anblick kehrte die abergläubische Furcht der Seeleute jäh zurück. Stärker denn je.

Was Emmas Geist, gewaltsam fortgerissen über die weite See, in jenen Augenblicken miterlebte, war die Zerstörung Burg Eisenbergs. Sie sah Flammen. Sie sah Rauch. Sie sah Mord und Totschlag.

Der Krieg, den die Bauern losgebrochen hatten, kannte kein Halten. Eine Gruppe Aufständischer ohne Zugehörigkeit stürmte die Burg und scherte sich nicht um das Leben guter Männer und Frauen. Emmas Zuhause, der Ort ihrer Wurzeln, an dem ihre Kinder zur Welt gekommen waren und sie die glücklichsten Jahre mit Erik verlebt hatte, war dahin. Von Stund an schmeckte der Gedanke an die Heimat dunkel und bitter wie feuchte Grabeserde.

31

An einem Tag, an dem die kommende Sommerhitze verheißungsvoll über die Felder und Wiesen rund um Denklingen flimmerte, entschloss sich Sofia, einen entscheidenden Schritt zu tun: Ohne Salomes Wissen offenbarte sie Burkhardt im Schatten einer Buche den Grund, weswegen sie so sehr gefesselt war von der Seherin Herluka und der alten Legende um das Sternenmal. Während sie sprach, zwickte das schlechte Gewissen sie derart, dass sie hinter jedem Baumstamm Salomes Gestalt zu erahnen glaubte, in jeder Baumkrone Barbaras altkluges Gesichtchen. Ihre Stimme war rau, und der Kloß in ihrem Hals schwoll immer noch weiter an, als sie zum Ende kam und Schweigen sich herniedersenkte. Kaum einen Steinwurf weit entfernt begannen zwei Rehe zu äsen.

»Glaubst du mir?«, platzte Sofia heraus, als sie es nicht mehr aushielt.

Die Tiere ergriffen beim Klang der menschlichen Stimme die Flucht.

»Du würdest mich nicht belügen.« Burkhardt starrte angestrengt auf seine Hände und vermied eine direkte Antwort.

»Das bedeutet, du glaubst mir? Weich mir bitte nicht aus.«

Er zögerte lange. »Ja«, nickte er zu guter Letzt und hob den Blick. »Ich bin mit dem Mythos der Seherin groß geworden, selbst wenn meine Vorstellungskraft für etwas Derartiges nicht ausreicht. Vermutlich ahnen so einige Leute in der Gegend, dass ein Fünkchen Wahrheit in der alten Geschichte steckt. Zumindest ist vielen bekannt, dass die kleine Barbara ein Sternenmal trägt.«

»Danke.« Sofia schlang die Arme um Burkhardts Hals. Die Vertrautheit zwischen ihnen war gewachsen, auch wenn sie bislang nichts weiter taten, als Küsse und Liebkosungen miteinander zu tauschen. Mehrmals hatte sie mit zärtlicher Sehnsucht an ihre Schwester gedacht und sich gefragt, ob das Zusammensein zwischen Isabel und Martin von Hohenfreyberg ähnlich wundervoll war – und wie es sich darüber hinaus wohl anfühlen würde, das zu tun, was sie die beiden miteinander hatte tun sehen. Vielleicht sollte sie Isabel endlich schreiben. Es war nicht fair gewesen, ohne Abschied aus Augsburg zu verschwinden, das war ihr mittlerweile klar geworden. Sie schuldete Isabel eine Erklärung. »Danke, dass du zugehört hast.« Sie streichelte Burkhardts stoppelige Wange. »Salome war dagegen, dich einzuweihen. Ehrlich gesagt ist sie es noch. Sie fürchtet sich vor Mitwissern.«

»Kein Wunder. Diese seltsame Gabe kann sie und ihre Tochter ins Verderben reißen. Jetzt verstehe ich auch, weshalb das Mädchen bei der Lorenzkapelle von den Toten gesprochen hat, die dort bestattet liegen.«

»Ein Segen und ein Fluch zur gleichen Zeit – so nennt es meine Mutter.«

»Und du ... du bist dir sicher, dass du nicht ...«

Sofia lachte befreit auf, als sie verstand, worauf er hinauswollte. »Völlig sicher. Weder ich noch meine Geschwister haben Mutters Fähigkeiten geerbt.« Übermütig küsste sie Burkhardt auf die Lippen, so froh war sie, sich ihm anvertraut zu haben.

»Sofia.« Er machte sich von ihr los und stand auf. »Du darfst nicht ...«

»Was darf ich nicht? Was hast du?« Ihre Erleichterung zerstob.

»Geh ein Stückchen mit mir«, forderte er sie auf.

»Wie du möchtest.« Sofia ging neben ihm her, ohne nach seiner Hand zu fassen, wie sie es für gewöhnlich tat.

»Du warst offen zu mir – und ich möchte es ebenso halten. Es gibt zwei Dinge, die du erfahren sollst. Ich habe etwas getan, worauf ich nicht stolz bin.«

Sie konnte sich keinen Reim auf seine Worte machen. Burkhardt war einer der gutherzigsten und liebenswürdigsten Menschen, die sie kannte. »Sprich nur«, forderte sie ihn leise auf, und ihr Herz pochte ängstlich. »Ich werde dir zuhören.« Angesichts der Bitternis auf seinem Gesicht wagte sie nun, ihre Finger tröstend mit seinen zu verschränken.

»Dank dir begreife ich jetzt, aus welchem Grund mein Bruder Caroline die Aufzeichnungen unseres Ahnherrn zeigte – und insbesondere nach jenen Textpassagen suchte, die sich auf die Seherin Herluka bezogen. Damals sah ich lediglich seine Begeisterung und seinen Stolz, seiner Liebsten eine Freude bereiten zu können – und ich vermutete ein Geheimnis, das die beiden lieber für sich behielten. Obwohl ich rein gar nichts verstand, entwendete ich eines der Jahrbücher, von dem ich sicher wusste, dass darin von Herluka die Rede war. Ich weiß nicht«, er zuckte mit den Schultern, »vermutlich liebäugelte ich mit dem Gedanken, auf Wissen zu stoßen, mit dem ich vor Vater prunken konnte. Ich wollte Eindruck schinden.«

»Das bedeutet«, stammelte Sofia, »wir könnten in dem Jahrbuch möglicherweise auf bislang unentdecktes Wissen stoßen?«

»Was ist mit dem Diebstahl? Du bist gar nicht entsetzt.«

»Du hast Johannes das Buch vorenthalten, aber ich sehe nicht, dass dabei von Stehlen die Rede sein muss. Schließlich befindet es sich nach wie vor im Besitz deiner Familie, nicht wahr?«

Burkhardt nickte beklommen.

»Du verurteilst dich selbst, dabei sind Neid und Missgunst häufige Begleiter auf des Menschen Lebensweg, ob man will oder nicht. Niemand ist davor gefeit.«

»Du sprichst weise.«

»Nicht ich.« Sofia lächelte sanft. »Ich bin jung und unerfahren. Die Worte stammen von meinem Vater. Er war ein kluger Mann.«

»Ich hätte ihn gerne kennengelernt – und ihm eine Frage gestellt.« Burkhardt erschrak im nächsten Moment vor seinem eigenen Schneid. Der Augenblick, über den er in den letzten Wochen vielfach nachgedacht hatte – nun war er da.

»Welche Frage meinst du?«

»Die Frage, ob er mich für würdig hält, seine Tochter zum Weib zu nehmen.«

Sofia sah entgeistert drein.

»Ich liebe dich aufrichtig, Sofia. Mit ganzem Herzen bin ich dein.« Seine Handflächen waren feucht, zwischen seinen Schulterblättern sammelte sich der Schweiß. Die Anspannung drohte ihn zu zerreißen. »Seit unserer ersten Begegnung gehören dir meine Gedanken. All meine Sehnsucht gilt dir. Würdest du mir die Ehre erweisen? Möchtest du meine Frau werden?«

Allmählich verwandelte sich ihre Überraschung in ungläubiges Entzücken. »*Das* ist die zweite Sache, über die du mit mir sprechen wolltest?«

Burkhardt kniete sich vor ihr nieder. »Diese Geste soll dir zeigen, wie sehr ich dich schätze und respektiere. Ich will dir dienen und für dich sorgen. Will dir Freund, Beschützer und Gefährte sein«, sprach er die hundertfach zurechtgelegten Sätze mit bebender Stimme. Dabei suchten und fanden seine Finger den wohlgehüteten Gegenstand in seiner Tasche. »Der Ring gehörte meiner Mutter. Wenn du einwilligst, soll er Zeichen unseres Verlöbnisses sein.«

Sofia konnte nicht länger an sich halten. Sie schluchzte so heftig, dass die Tränen in Strömen über die heißen Backen rannen. Gegen Burkhardts Liebesworte war sie nicht gefeit. Als sie weinend einwilligte, mit ihm in den heiligen Stand der Ehe zu treten, war es so, als hätten ihre Gefühle für Martin von Hohenfreyberg nie existiert.

Der alte Herr, der am Abendbrottisch von der Neuigkeit erfuhr, war derart selig vor Glück, dass er sich ohne Hemmungen betrank. Burkhardt, der den berauschten Vater in seine Kammer begleitete, musste ihn fast tragen.

»Gleich morgen möchte ich das fehlende Jahrbuch sehen«, bat Sofia Burkhardt bei seiner Rückkehr in die Halle. Dann schmiegte sie sich eng an ihn und hauchte kleine Küsse auf seinen Hals. Der Wein hatte sie mutig werden lassen. »Wo wir einander nun anverlobt sind«, flüsterte sie und presste ihre schamrote Wange an seine Brust, »lass uns die Nacht miteinander verbringen.«

»Sofia!« Ein derartiges Ansinnen aus ihrem Mund zu hören – damit hatte er nicht gerechnet. »Wir können nicht … Ich kann doch nicht … deine Tugend …«, stotterte er lahm.

»Weshalb nicht?« Sofia wusste mit einem Mal genau, was sie wollte. »Keiner wird es erfahren. Wir müssen nicht warten, bis wir den Bund der Ehe geschlossen haben. Wo wir einander doch lieben.«

»Es ist nicht so, dass ich nicht wollte.« Burkhardt zögerte, dabei stand ihm sein Begehren ins Gesicht geschrieben.

Sofia blieb hartnäckig. Ihre Schwester hatte, was Martin betraf, nicht gezaudert. Sie sah keinen Grund, es anders zu halten. Mit einem Lächeln, das ebenso unschuldig wie verführerisch war, drückte sie ihre Lippen auf die Innenfläche seiner Hand und ließ ihre Zunge den feinen Linien darauf folgen. Burkhardts heiseres Stöhnen ermunterte sie, seine andere Hand zu ihrer Brust zu führen. Fest schlossen sich seine Finger um die weiche Fülle.

»Mir wird furchtbar heiß«, wisperte sie. »Ich glühe.«

Da riss er sie mit einem gequälten Aufschrei an sich. Wie von selbst begannen seine Hände den Verschluss ihres Kleides zu öffnen. »Ich liebe und begehre dich so sehr«, murmelte er. »Komm. Ich bringe dich zu Bett – und bleibe bei dir.«

Am Morgen erwachte Sofia selig und betrachtete versonnen lächelnd den winzigen Flecken Blut auf dem Laken. Das Zusammenkommen mit Burkhardt war anders gewesen als in ihrer Phantasie. Rauer und inniger zugleich. Schmerzhafter und näher. Sie fand keine passenderen Worte dafür.

»Nun bin ich eine Frau«, wisperte sie. »Deine Frau.«

Burkhardts Hand tätschelte ihr das Hinterteil.

»Oh, du bist ja wach!«, rief sie verdattert aus und war augenblicklich verlegen.

»Meine kleine, ungeduldige Frau«, bestätigte er lächelnd. Nackt neben ihr zu liegen machte ihn atemberaubend glücklich. »Ich danke dir für die letzte Nacht.«

Sofia zögerte. »Ich bin vielmehr dir dankbar«, entgegnete sie leise und schwelgte in der Erinnerung daran, an welchen Stellen ihres Körpers er sie berührt hatte. Wenn sie recht überlegte, gab es wohl kaum einen Flecken Haut, der ihm noch fremd war.

»Du wolltest das Jahrbuch sehen«, weckte Burkhardt sie aus ihren Träumereien. Seine Finger kraulten ihren Nacken. »Ich kann es holen«, bot er an, »allerdings wird das wohl nicht nötig sein.«

»Nicht nötig?«

»Da ich das Buch, nachdem Johannes und Caroline meine Neugierde geweckt hatten, genau studiert habe, kenne ich die Textpassagen bereits, die für dich von Interesse sind. Ich hatte damals überlegt, Caroline zu berichten – doch dann hätte ich ihr das Entwenden des Jahrbuchs gestehen müssen ... Die Aufzeichnungen beinhalten in der Tat einige aufschlussreiche Stellen. So schreibt mein Vorfahr etwa von einer Weisung Herlukas, deretwegen er sich seinerzeit auf den Lorenzberg begab.«

»Das bedeutet, es gibt dort oben vielleicht etwas, was wir übersehen haben.« Sofia setzte sich senkrecht im Bett auf, und die Decke rutschte von ihren Schultern. »Lass uns hingehen.«

»Das werden wir«, versprach Burkhardt. Seine Hände schlossen sich um ihre nackten Brüste. »Später.«

Es war heller Vormittag und so warm, dass der Aufstieg zur Kapelle ihnen den Schweiß auf die Stirn trieb. Sie gingen Hand in Hand. In stiller Übereinkunft hatten sie vorläufig darauf verzichtet, Salome über die Neuigkeiten zu informieren. Sofia fürchtete die Reaktion der Heilerin, wenn diese erfuhr, dass das Geheimnis an Burkhardt verraten war. Eilig schob sie den Gedanken beiseite.

Das Kirchlein bot noch einen weitaus hübscheren Anblick, wenn es von blauem Himmel überspannt wurde. »Lass uns zuerst hineingehen und ein Gebet sprechen«, schlug sie vor.

»Ein Dankesgebet.« Burkhardt schwebte auf Wolken. Kaum merkte er, wie seine Füße den Boden berührten, so sehr verzauberte ihn die Frau an seiner Seite. »Weil wir einander finden durften.«

In der Kapelle war es kühler. Kein Epfacher hatte sich zu dieser Stunde auf den Lorenzberg verirrt. Nachdem sie die Finger mit Weihwasser aus dem Becken beim Eingang benetzt, das Kreuzzeichen geschlagen und Gott vor dem Altar für seine Gnade gedankt hatten, begannen sie mit der gezielten Suche nach versteckten Hinweisen.

Bis in die Mittagsstunden hinein blieben ihre Bemühungen fruchtlos. »Ich kann nichts finden«, klagte Sofia. »Dabei habe ich inzwischen jede Votivtafel, jedes Heiligengemälde und jede Statue genau studiert.«

»Mir geht es genauso. Nichts deutet auf Herluka hin – weder in der Kapelle noch außerhalb. Vielleicht sollten wir die Heilerin und ihre Tochter bitten, sich hier abermals umzusehen. Womöglich wird ihnen bei der Suche mehr Glück beschieden sein.«

»Ich hatte gehofft, Salome mit einer Entdeckung milde stimmen zu können. Sie wird wenig erfreut darüber sein, dass ich dich ins Vertrauen gezogen habe. Aber es nützt ja niemandem, wenn wir bei aller Mühe nicht weiterkommen.«

»Dann wollen wir gehen?«

»Gleich.« Sie seufzte. »Lass mich noch geschwind einen Strauß frischer Blumen pflücken. Die Margeriten auf dem Altar sind ein wenig welk.«

»Natürlich«, stimmte Burkhardt zu. »Ich drehe derweil eine weitere Runde um die Kapelle.« Er trat hinter Sofia ins Freie und küsste sie liebevoll auf die Stirn. »Es soll schon Zeichen und Wunder gegeben haben, weißt du.«

Sie zuckte hilflos mit den Schultern. »Das wäre wirklich schön.«

»Sofia!«, rief er wenig später. »Komm her!«

Augenblicklich hob sie den Kopf. Hastig lief sie zu ihm.

Burkhardt stand vor dem runden Bogen und zitterte am ganzen Körper. »Sieh hin«, forderte er sie auf und zeigte auf den keilförmigen Schlussstein in der Mitte des Bogens. »Du hast mir von den Zeichen auf dem Stein erzählt, den Salome gefunden hat. Das dort sind sie, nicht wahr?«

Sofia starrte angestrengt nach oben. Wahrhaftig! In den Stein gehauen, keines von ihnen länger als ein Fingerglied, prangten die sieben Zeichen.

»Das Sternenmal steht im Zentrum.« Burkhardt sprach voller Ehrfurcht. »Rundum angeordnet ein Auge, drei Linien in Form von Wellen, ein Kreuz, die römische Zahl Zwei und ein Dreieck. Darüber ein Kreis. Ihr erachtet das Auge als Symbol für Visionen, nicht?«

»Salome und Caroline tun das«, bestätigte Sofia. »Und wahrscheinlich haben sie recht. Ebenso, was die Deutung der Linien betrifft, die ihrer Annahme nach für die Heilkraft der Hände stehen.«

»Gut möglich. Auch bei dem Kreuz scheint die Auslegung nicht schwer – ein Zeichen für die heilige Kirche und die Gemeinschaft der Gläubigen. Weißt du, ob Herluka eine gottesfürchtige Frau, ob sie eine Christin war?«

»Ich nehme es an. Sicher bin ich nicht.«

»Bleiben die römische Zahl, das Dreieck und der Kreis.« Burkhardts Augen leuchteten vor Eifer. »Damit können wir nichts anfangen, oder?«

»Nein.« Nach und nach bahnte sich Sofias Enttäuschung den Weg. »Dank Salomes Stein kennen wir die Symbole bereits. Dass sie sich auf dem Schlussstein wiederholen, ist beeindruckend – aber es bringt uns nicht weiter.«

»In der Tat.« Burkhardts glatte Stirn legte sich in Falten. Unvermeidbar kam der Denker in ihm zum Vorschein. »Lass uns noch ein wenig überlegen«, schlug er vor und hockte sich vor der Kapelle ins Gras.

»Mein Gott! Jetzt weiß ich es!«

Sofia war, den Kopf in Burkhardts Schoß gebettet, eingenickt. Sein triumphierender Ausruf riss sie aus ihren Träumen. Die Nachmittagssonne stand tief.

»Was meinst du?«, fragte sie gespannt und rieb sich die Augen.

»Siehst du den Dachreiter über dem Torbogen? Das Türmlein?«

»Natürlich. Worauf willst du hinaus?« Ihr schlaftrunkener Verstand ließ nicht zu, dass sie ihm folgte.

»Warte einen Moment, ich erkläre es dir gleich. Aber zuerst sag mir bitte, was sich auf dem Türmlein befindet.«

»Eine Turmkugel und ein Kreuz.« Ihre Verwirrung wuchs.

»Eine Turmkugel, ganz genau. Eine Kugel.« Er betonte das letzte Wort.

Sie verstand ihn nicht.

»Das Symbol des Kreises ist in Wahrheit eine ...«, half er ihr auf die Sprünge.

»Eine Kugel!« Sofia schrie fast vor Begeisterung, als sie endlich begriff. »Und das Dreieck darunter ist das Dach!« Sie fiel Burkhardt um den Hals.

»Ist dir klar, was das bedeutet?« Er legte den Arm eng um ihre Schultern. »Wenn wir richtigliegen, befindet sich dort oben in der Turmkugel ...«

»Sofia!« Unerwartet kam Salomes Ziehtochter Barbara herangestürmt. Ihr rotes Haar leuchtete in der Abendsonne wie Flammen. »Ihr müsst zurück«, japste das Kind. »Die Burg ... der Ritter ... ehe es zu spät ist.«

32

Anfang Juli erhoben sich in Memmingen entschlossene Bürger gegen das Patriziat, woraufhin die Stadtväter die von ihnen befehligten bündischen Truppen gewaltsam gegen die Aufrührer der Opposition vorgehen ließen.

Nicht lange, da zog der Allgäuer Haufen vor die Stadt und begann mit der Belagerung, um auf seine Art und Weise Druck auf das städtische Patriziat auszuüben. Gerade Memmingen, Geburtsort der Zwölf Artikel, war von solch gewichtiger Bedeutung für die Bauern, dass man die Bürger nicht ohne Unterstützung lassen wollte.

Seit Beginn der Belagerung war Caroline allabendlich am Feuer der alten Hede zu finden, deren Gefährtinnen sich vor den Stadttoren ein erkleckliches Zubrot verdienten – die Nächte waren lau, und an zahlungswilligen Freiern mangelte es nicht.

Johannes, der nach wie vor gegen die Freundschaft seiner Frau mit den Dirnen war, fand augenblicklich kaum die Zeit, regelmäßig zu essen, geschweige denn, sich Sorgen um Carolines Umgang zu machen.

»Was fehlt dir, Kindchen?« Hede brach das Brot, das sie über dem Feuer geröstet hatte, und reichte Caroline das größere Stück. »Du starrst stumm wie ein Fisch vor dich hin.«

»Memmingen hat sich, bis wir kamen, einer langen Friedensperiode erfreuen dürfen. Einziger Wermutstropfen ist die Unterjochung der einfachen Städter durch die reichen Patrizierfamilien«, wiederholte Caroline, was Johannes ihr erklärt hatte. »Die Stadt liegt günstig, am Kreuz der Salzstraße, so dass der Handel wächst und gedeiht.«

»Die Memminger sind bekannt für ihre Leinwand- und Barchentherstellung, davon habe ich gehört«, bestätigte Hede.

»Und dennoch sind die Bürger mutig genug, gegen die ungerechte Reglementierung durch das Patriziat aufzubegehren. Sie riskieren dafür ihre Sicherheit.«

»Ist es nicht letztlich das Recht, freie Entscheidungen treffen zu dürfen, für das unsere Bauern genau wie diese Städter kämpfen?« Hede schmatzte laut und kämpfte mit der harten Kruste ihres Brotes. Die Zähne, die ihr geblieben waren, taugten längst nicht mehr so viel wie in jungen Jahren.

»Freiheit.« Caroline blickte ins Feuer. »Unser Zug vor die Stadt ist lediglich als Drohung zu verstehen. Wir werden Memmingen nicht einnehmen, dafür sind seine Mauern und Schanzanlagen zu wehrhaft. Noch keinem Angreifer ist die Eroberung jemals gelungen.«

»Woher weißt du das?«

»Von Johannes.«

»Ich dachte, du siehst deinen Mann kaum noch.«

»Letzte Nacht.« Feine Röte spielte über Carolines Wangen. »Wir haben letzte Nacht ein wenig miteinander sprechen können.«

»So so. Und deshalb also siehst du so bekümmert drein?«

Caroline zerbröckelte das Brot in ihrer Hand.

»Du sollst essen«, mahnte Hede. »Iss auf, und dann heraus damit. Was lastet dir auf dem Herzen? Ist es wegen des Überfalls? Wegen der Ermordung deines Beschützers? Schau, deine Verletzungen sind inzwischen geheilt, und dein Kindlein wächst und gedeiht. Daran solltest du denken.«

»Der Leutinger.« Caroline sprach mit einem Mal sehr leise, flüsterte beinahe. Seit sie auf so brutale Weise zusammengeschlagen worden war, wähnte sie in jeder dunklen Ecke einen Feind.

»Täuber? Elisas Mann? Hetzt er wieder gegen dich?«

»Es geht nicht um Täuber.«

»Sondern?«

»Um den zweiten Leutinger. Um Probst.« Sie legte die Hand schützend über die zarte Schwellung ihres Leibes und schielte zu Ferdinand hinüber. Der bullige Allgäuer hatte nach Gottlieb Langhans' Tötung dessen Platz eingenommen. Seither folgten seine kleinen, wachsamen Augen Caroline auf Schritt und Tritt, und manchmal gelang es dem Beschützer, ihr wenigstens für eine Weile ein Gefühl der Sicherheit zu vermitteln. »Ich wage es nicht, dem Obristen meinen Verdacht gegen Paulin Probst mitzuteilen. Niemand außer dir, Augusta und den beiden Schwestern weiß davon. Selbst Johannes war nicht überzeugt, als ich versuchte, ihn ins Vertrauen zu ziehen. Das war in der Nacht des Überfalls. Ich nehme an, unser Gespräch wurde damals belauscht. Seither warte ich unablässig auf eine Gelegenheit, noch einmal mit ihm zu sprechen. Aber wir sind so selten für uns … Und selbst dann kann ich nicht sicher sein, ob nicht ein fremdes Ohr an den Zeltwänden horcht. Glaub mir, Hede, ich will weiß Gott kein Feigling sein, aber ich denke ständig an das neue Leben in mir – und Gottliebs Tod hat mir entsetzliche Angst eingejagt.«

»Es zwingt dich keiner zu sprechen.« Die alte Hede hatte gelernt, stets den eigenen Vorteil im Auge zu haben.

»Das ist wahr. Doch wenn ich weiter schweige und Probst uns alle ins Verderben reißt, was dann?«

»Die Welt wirst du nicht retten, Kindchen. Aber dich selbst und die Deinen kannst du schützen, wenn du nur immer wachsam bleibst. Lass dir von niemandem in den Becher spucken.«

»Wie meinst du das?«

Hede lutschte den Rest ihres Brotes und gab keine Antwort mehr. Caroline, die das zuweilen wunderliche Verhalten der Alten kannte, maß dem keine Bedeutung bei.

Eine ganze Weile hockten die beiden Frauen in stiller Eintracht beisammen. Die Hure merkte es nicht, als Carolines Geist auf Reisen ging.

Nachdenklich stieg die Frau die in den Berg gehauenen Stufen empor. Dort oben warteten ihre Schwestern im Geiste auf sie, sechs an der Zahl. Die Sonne war untergegangen, und langsam wich die sengende Hitze versöhnlicher Abendluft, die zwar drückend, jedoch nicht länger unerträglich heiß war.

»Platonida! Du bist gekommen!«

Platonida nickte und streifte ihren hellen Überwurf ab. Darunter war sie wie die Übrigen nackt. Die Frauen fassten einander bei den Händen und bildeten einen Kreis.

Jede von ihnen hatte die Stelle ihres Körpers, welche von der Herrin gezeichnet war, besonders betont. Ranken und Muster aus roter Ockerfarbe schlängelten sich auf den Leibern und rahmten den siebenzackigen Stern.

Leiser Singsang hob an. Die Frauen begannen sich mit wiegendem Schritt im Kreis zu bewegen.

»Schwestern!«, rief Platonida. »Wir haben uns zusammengefunden, am ersten Tag des fünften Mondes, zweihundertundsiebzig Jahreskreise nach dem Erstrahlen des Sterns, um gemeinsam zu beten. IHR zu Ehren! IHR zur Huld!«

Der Gesang schwoll an.

»Die Gemeinschaft der sieben verleiht uns die Kraft und die Stärke, die notwendig sind, unser Schicksal anzuerkennen und ganz nach IHREM Willen zu leben.«

Die Tänzerinnen bewegten sich schneller.

»Lasst uns gemeinsam der großen Sternenträgerin huldigen, in deren allumfassender Liebe wir geborgen sind!«

Der Mond kam zum Vorschein und tauchte die Frauen in unwirkliches Licht.

»Kannst du haben. Wir müssen los.« Zwei Abende nachdem Caroline in ihrer Vision die tanzenden Frauen gesehen hatte, drückte die dürre Augusta ihr am Hurenfeuer einen randvollen Becher Würzwein in die Hand. »Vorsicht, heiß. Brenn dich nicht.«

»Danke.« Caroline fragte sich, wer die Herrin war, der zu Ehren die Frauen in ihrer letzten Vision getanzt hatten. War nicht auch in dem Spruch, der sich in Salomes Besitz befand, von ihr die Rede gewesen? Von der Herrin, der Prophetin des Lichts. Sie glaubte nicht länger, dass damit Herluka gemeint war. Abwesend winkte sie Augusta und den beiden Schwestern hinterher, die mit bunt bemalten Gesichtern ihrer Wege zogen.

Kaum waren sie gegangen, kam Hede mühsam aus dem Hurenwagen gekrochen. Im letzten Winter hatten die morschen Knochen ihr arge Probleme bereitet – und leider waren die Schmerzen mit der wärmenden Frühlingssonne nicht wieder abgeklungen.

»Ich werde dich einreiben«, bot Caroline an. »Das wird dein Weh lindern.«

»Woher hast du das?«, schnauzte Hede an Stelle einer Antwort. »Den Becher?«

»Von Augusta. Das ist bloß Würzwein.«

»So. Da bist du sicher? Habe ich dir nicht kürzlich erst geraten, vorsichtig zu sein?«

»Wie meinst du das? Ich bin vorsichtig. Gleich dort drüben steht Ferdinand und …«

»Setz dich«, unterbrach Hede schroff. »Setz dich hin. Ich muss nachdenken.« Schwerfällig ließ sie sich auf ihren angestammten Platz beim Feuer sinken. »Wir sind Gefährtinnen. Ich kann sie nicht verraten.«

»Wen kannst du nicht verraten?«

»Still. Hör mir zu. Ich werde dir keinen Namen nennen. Aber sie kennt Gifte, die bestenfalls schlimmes Magengrimmen bereiten. Deshalb meine Besorgnis wegen des Würzweins. Hast du denn nicht erkannt, dass es sie nach deinem Mann verlangt? Du darfst nicht glauben, dass sie sich nächtens wirklich mit den anderen vor den Toren der Stadt verdingt. Nein, Caroline. Sie spinnt ihre Fäden – und ich erfahre davon, weil sie auf mein Schweigen vertraut.«

»Ich verstehe dich nicht, Hede. Ich verstehe nicht, was das zu bedeuten hat.«

»Sie ist ungeduldig. Du musst deinen Mann suchen, hörst du? Sonst schlägt sie noch heute Nacht zu.«

Caroline sah die Hure mit großen Augen an.

»Glotz nicht wie ein Kalb, Kindchen, und hör auf, dich zu fragen, ob ich noch recht bei Trost bin. Für dich habe ich eine meiner Gefährtinnen verraten. Lass das nicht umsonst geschehen sein und lauf zu deinem Johannes, so schnell du kannst.«

Obwohl sie nach wie vor nicht begriff, rannte Caroline los. Die Sorge um Johannes verdrängte ihre Furcht vollständig. Ihr Verstand arbeitete fieberhaft, und noch im Laufen begannen die Galgenwurz und die Seidenbänder ihr durch den Kopf zu spuken.

»Stehen bleiben! Caroline! Caroooline!« Ferdinand spurtete ihr, die den Weg zum Zelt des Obristen eingeschlagen hatte, hinterdrein. »Was hat das Weib bloß?«, schimpfte er.

Sie hörte ihn nicht. Viel zu sehr beschäftigte sie die Frage, ob Hedes bruchstückhafte Andeutungen wahrhaftig darauf schließen ließen, dass die Hure Augusta es auf ihren Liebsten abgesehen hatte.

*

Etwa um dieselbe Stunde, zu der Caroline sich auf die Suche nach Johannes machte, war im Buxacher Wald ein einsamer Wanderer unterwegs. Mit langen, forschen Schritten strebte er dem Bauernlager vor Memmingen zu, frohen Mutes, sein Ziel vor Mitternacht zu erreichen.

Neben ihm gluckerte ein Bach, die Buxach, die dem Wald seinen Namen gegeben hatte und der er seit geraumer Zeit folgte. Weil die Nacht lind war und ihm der Schweiß auf der Stirn stand, gestattete der Mann sich eine kurze Rast. Er trank aus dem Bach und erfrischte sich mit dem Wasser Nacken und Stirn. Da er sich alleine und unbeobachtet wähnte, wagte der Wanderer es anschließend, den sicheren Sitz des Briefes in seiner Brusttasche zu überprüfen. Hurlewagen und Oy hatten ihrem Boten eingeschärft, dem Allgäuer Obristen die Nachricht unter allen Umständen zu überbringen. Die beiden Männer konnten nicht ahnen, wie mächtig der Verräter im Allgäuer Haufen bereits geworden war – wussten doch nicht einmal die Allgäuer selbst von der verderbten Schlange in ihrer Mitte, deren Späher den gesamten Umkreis des Bauernlagers kontrollierten und skrupellos kurzen Prozess mit jenen machten, die ihren Verdacht erregten.

Als der Wind um Mitternacht den Klang der Memminger Glocken vor sich herwehte, trieb der leblose Körper des Boten bäuchlings in der Buxach. Der Brief indessen lag, mitsamt seinem bedeutsamen Inhalt, in den falschen Händen.

*

»Ist mein Mann dort drinnen?« Caroline kam keuchend vor den beiden Wachposten zum Stehen. Die Schwangerschaft machte sich bemerkbar, schneller als gewöhnlich geriet sie außer Atem.

»Hauptmann Lenker hat sich vor einer knappen Stunde zurückgezogen.«

»Vermutlich ist er schon unter die Decken gekrochen.«

»Und wärmt sie für euch.« Die Männer stießen sich in die Rippen.

Ehe Caroline den frechen Einwürfen etwas entgegensetzen konnte, wurde sie grob am Handgelenk gepackt.

»Was soll das?« Ferdinand war sichtlich aufgebracht. »Wie soll ich auf dich aufpassen, wenn du mir absichtlich davonläufst?«

»Verzeihung.« Caroline erkannte, dass es klüger sein würde, den Beschützer auf ihre Seite zu ziehen. »Wir müssen dringend meinen Mann finden. Kannst du mich zu unserem Zelt begleiten? Dort will ich zuerst nachsehen.«

»So kommen wir miteinander aus«, begrüßte Ferdinand ihre Entschuldigung. »Und ihr beiden Hampelmänner reißt euch künftig am Riemen«, schnauzte er in Richtung der Wachleute.

»Wartet!« Die beiden Männer schienen ihre Respektlosigkeit zu bedauern. Die Lenkerin war eine gute Frau, da konnte keiner was gegen sagen. »Wird langsam stockduster. Nehmt den Kienspan mit, sonst seht ihr ja nichts.«

»Johannes ist nicht da. Das Zelt ist leer. Dabei habe ich so gehofft, ihn friedvoll schlafend aufzufinden.«

»Glaubst du, er ist in Gefahr?«

»Ich bin nicht sicher. Vielleicht. Wahrscheinlich.«

»Dann suchen wir weiter nach ihm.«

»Danke. Vielen Dank. Ohne deinen Schutz wüsste ich nicht …«

»Schon gut«, winkte Ferdinand ab. »Ich habe Weisung, auf dich aufzupassen, und das werde ich tun.«

Doch obwohl Caroline und Ferdinand rastlos nach Hauptmann Lenkers Verbleib fragten und forschten, war er weder in geselliger Runde am großen Lagerfeuer zu finden, noch trieb er sich hungrig bei den matt glühenden Essfeuern herum. Offenbar hatte ihn niemand mehr gesehen, seit er das Zelt des Obristen verlassen hatte.

»Scheint wie vom Erdboden verschluckt, dein Gatte. Schätze, wir müssen abwarten, bis er von selber wieder auftaucht.«

»Nein!« Caroline schüttelte heftig den Kopf. »Auf keinen Fall!«

»Aber was sollen wir noch tun, wo wir schon überall …«

»Moment! Mir fällt etwas ein. Komm mit.«

»Warte! Wo läufst du hin?« Zum zweiten Mal an diesem Tag hetzte Ferdinand Caroline hinterher, die zielstrebig der Dunkelheit jenseits der Lagergrenzen zustrebte.

»Wenn er nicht mehr im Lager ist«, erklärte sie leise, sobald er zu ihr aufgeschlossen hatte, »müssen wir eben außerhalb suchen.«

»Verflucht«, schimpfte Ferdinand, als der Kienspan erlosch.

»Der Mond wird uns leuchten«, besänftigte Caroline.

»Wenn er sich nicht gerade hinter den Wolken verbirgt. Langsam habe ich genug. Es ist gefährlich hier draußen. Betrüger, Gauner und dergleichen Gesindel treiben sich herum. Wir werden umkehren.«

»Nein, bitte. Ich möchte einmal das Lager in Richtung der Stadt abschreiten. Wenigstens ein kleines Stück noch.« Schritt für Schritt tastete sie sich durch die grauschwarze Finsternis vorwärts. Hin und wieder begegneten ihnen schemenhafte Gestalten, die in der Dunkelheit ihren vermutlich zwielichtigen Geschäften nachgingen und sich leise fluchend abwandten. Ihr Gefühl sagte ihr, dass sie auf dem richtigen Weg waren.

»Bleib stehen«, flüsterte Ferdinand kurz darauf. »Hörst du nicht die Stimmen?«

Caroline spitzte die Ohren. »Nein, ich höre nichts. Lass uns näher herangehen«, wisperte sie und war vorausgeeilt, ehe ihr Beschützer sie zurückhalten konnte – und tatsächlich entdeckte sie ihren Mann Augenblicke später.

»Was zum Teufel geht da vor sich?« Ferdinand trat leise hinter Caroline.

»Das will ich herausfinden.«

Johannes Lenker und die Frau im grellen Hurenkleid umkreisten sich wie gereizte Tiere. Der Mond kam zum Vorschein und tauchte die Szenerie in weiches Licht, als wolle er den Beobachtern eine bessere Sicht ermöglichen.

»Willst du mir drohen?«

»Nicht doch. Ich sage nur, dass du dich nicht mit Caroline hättest vermählen dürfen. Nicht, wo du längst an mich gebunden warst. Nun, da sie zwischen uns steht, werden wir eine Lösung finden müssen. Ich kenne Wege und Mittel. Sie wird nichts spüren.«

»Du seelenlose, erbarmungswürdige Kreatur«, brach es aus Lenker heraus. »Wie kannst du nur glauben, ich könnte ihr etwas antun wollen? Ich liebe meine Frau – und dir habe ich wieder und wieder gesagt, du sollst verschwinden!«

»Hör auf! Hör auf damit!«, kreischte die Hure.

»Dies ist unser letztes Treffen, verstehst du?«, erklärte Johannes kalt. »Du wirst mir nicht mehr auflauern, und, bei Gott, du wirst Caroline aus dem Weg gehen.«

»Du gehörst mir, verstehst du das nicht? Die Galgenwurz hat dich erneut an mich gebunden.«

»Pah!« Er spuckte aus. »Ich verabscheue dich – und daran werden weder deine Liebeszaubereien noch deine Verwünschungen etwas ändern.«

»Das werden wir sehen.« Die Frau lachte schrill. »Wenn du mich jetzt abweist, gehe ich schnurstracks zu deinem Weib – und glaub mir, Liebster, dieses Mal wird deine Caroline nicht mit einer Beule am Kopf und einem kuschligen Nest aus Blättern davonkommen.«

»Du …!« Rasend vor Zorn warf Lenker sich auf sein Gegenüber. Mann und Hure stürzten zu Boden.

»Bringt er sie um?« Ferdinand beobachtete fassungslos die Vorgänge.

»Das müssen wir verhindern.« Schon hastete Caroline los.

»Der Tod wäre noch viel zu gut für diese Hexe.« Johannes kam, grau im Gesicht, auf die Beine, während die Hure regungslos liegen blieb. Offenbar hatte er den kurzen Wortwechsel gehört. »Line.« Er streckte die Hand nach ihr aus und wirkte erschöpft bis ins Mark, zu erschöpft, um sich über die Gegenwart seiner Frau zu wundern.

Caroline wich vor ihm zurück.

»Line, bitte.« Kummer, so tief, dass es in der Seele wehtat, malte sich auf seinen Zügen.

»Was soll mit der Weibsperson geschehen?« Ferdinand fürchtete die unvermeidliche Auseinandersetzung zwischen den Eheleuten und wünschte sich weit fort.

Lenker blickte voller Widerwillen auf die bewusstlose Frau. »Tu mir den Gefallen und schaff sie für mich zum Hurenfeuer. Sie ist beim Fallen mit dem Kopf aufgeschlagen und dürfte bald aufwachen.«

»Geht in Ordnung, Hauptmann. Ich tue, wie mir geheißen – und kümmere mich ansonsten nicht weiter um deine Angelegenheiten. Geht mich nichts an, welchen Zwist du mit dem Weib ausfichst.«

Caroline war unterdessen neben der Hure in die Knie gegangen. Einen schwachen Moment lang zögerte sie, dann blickte sie die Frau an. Intensiver Parfümduft ging von ihr aus. Der tief dekolletierte Ausschnitt ihres fliederfarbenen Kleides war mit jenen Seidenbändern verziert, die auch um die Galgenwurz gewickelt gewesen waren. Trotz Carolines Nachforschungen war sie auf das Naheliegende nicht gekommen. Darauf, dass ihre Feindin in den Reihen der Huren zu finden war. Und darauf, dass ihr Name keineswegs Augusta, sondern Annmarie lautete, wie das Mondlicht zweifelsohne offenbarte.

»Sie war es, die mich im Wald bei Wolkenberg angegriffen hat.« Caroline konnte mit ihrer Anklage nicht länger hinter dem Berg halten, kaum war Ferdinand, Annmarie über die Schulter geworfen, in der Nacht verschwunden. »Und du wusstest davon!«

»Um Gottes willen, Caroline! Ich hatte keinen blassen Schimmer!«

»Weshalb sollte ich dir noch vertrauen?« Sie straffte die Schultern und biss sich in die Lippe, bis sie Blut schmeckte. Der Schmerz war nichts im Vergleich zu der Qual, die Johannes' Verrat ihr bereitete. Dennoch, weder schrie noch weinte sie. Jeder Muskel in ihrem Gesicht war zum Zerreißen gespannt, so sehr mühte sie sich, Herrin der Lage zu bleiben.

»Ich werde dir alles erklären.« Lenker berührte seine Frau zaghaft an der Schulter.

»Fass mich nicht an!«, schnaubte sie. »Ich will mir anhören, was du zu sagen hast – aber fass mich nicht an!«

Johannes blinzelte das Nass in seinen Augen fort und begann mit seiner Geschichte: »Ich lernte Annmarie kennen, nachdem meine Mutter und ich aus Denklingen fortgezogen waren und uns in einer Allgäuer Dorfgemeinschaft niedergelassen hatten. Hanna, so lautet Annmaries Taufname, war die Tochter unseres Nachbarn. Als Kinder spielten wir miteinander. Später, als meine Mutter krank wurde, blieb dafür keine Zeit mehr. In den folgenden Jahren bekam ich Hanna nur noch flüchtig zu Gesicht – lediglich auf den Dorffesten tanzten wir miteinander. In dem Jahr, als ich siebzehn Jahre alt wurde, fiel mir zum ersten Mal auf, wie hübsch sie geworden war. Sie presste sich beim Tanzen so eng an mich, dass die Dorftratschen ganz sicher über uns tuschelten – und dann machte sie mir einen Vorschlag. Sie wollte mich im Holzschuppen ihres Vaters treffen. Ich war jung, und es reizte mich, heimliche Küsse mit Hanna zu tauschen. Nur blieb es in jener Nacht nicht beim harmlosen Austausch von Zärtlichkeiten. Ehe ich recht begriff, war sie nackt und nestelte an meinen Beinkleidern. Und bald hörte ich auf zu denken.«

»Du hast dich in Hanna verliebt.« Carolines Stimme klang brüchig.

»Nein. Ich mochte sie, und noch mehr mochte ich ihren Körper, aber ich liebte sie nicht. Wir trafen uns einige weitere Male, doch als die ersten Liebesworte fielen, wehrte ich ab. Davon war nicht die Rede gewesen. Bei unserer nächsten Zusammenkunft stürmte die aufgebrachte Dorfgemeinschaft den Schuppen. Die Ältesten stellten mich vor die Wahl, für meine Untat ins Gefängnis zu gehen oder das Mädchen zu ehelichen. Da fiel es mir wie Schuppen von den Augen, und ich begriff, was Hanna getan hatte.«

»Hanna selbst war es, die eure Liebschaft verraten hat?«

»Sie hatte sich in den Kopf gesetzt, mich zum Mann zu nehmen, und dabei war ihr jedes Mittel recht.«

»Habt ihr … Hast du sie geheiratet? Ist es das, wovon sie gesprochen hat?« Caroline brachte die Worte kaum über die Lippen. Das würde bedeuten, dass ihre Ehe mit Johannes gar keine war.

»Ich bin wie ein Narr in ihre Falle getappt, und in meiner Not habe ich versprochen, sie zum Weib zu nehmen. Wortbrüchig zu werden sah ich als einzige Chance, der Misere zu entkommen. Wenn sie mich eingesperrt hätten … So aber schnürte ich mein Bündel, nahm die Beine in die Hand und floh vor Hanna und den Dorfältesten.«

»Sprich weiter.«

»Ich habe Hanna bis zu dem Tag nicht wiedergesehen, an dem ich im Wolkenberger Wald auf der Suche nach dir war und in der Dirne Annmarie das Mädchen Hanna wiederzuerkennen glaubte.«

»Warst du deshalb gegen meinen Umgang mit den Huren?«

»Ehrlich gesagt, ja. Ich wollte dir die Wahrheit sagen, doch der rechte Moment wollte nicht kommen. Und schon bald war es zu spät. Hanna fing an, mich heimlich abzupassen, mir um den Hals zu fallen und mich gleichzeitig wüst zu beschimpfen. Obwohl ich sie abwehrte, wollte sie nicht begreifen. Die Vorfälle häuften sich. Ich fand Disteln unter deinem Kissen, ein mit einer stinkenden Paste gefülltes Schneckenhaus in meinem Schuh – und begann zu ahnen, von wem die Galgenwurz stammte, die wir gemeinsam vergraben haben. Hanna drohte mir, dir und aller Welt von unserer ›Liebe‹ zu erzählen.«

»Wahrscheinlich hätte man ihr nicht geglaubt.«

»Und wenn schon, selbst wenn die Leute ihr geglaubt hätten, es wäre mir egal gewesen. Ich fürchtete einzig und allein, dich zu verlieren. Line … Wenn ich den Angriff im Wolkenberger Wald schon früher mit Hanna in Verbindung gebracht hätte, vielleicht wäre alles anders gekommen. Doch ich konnte mir einfach nicht vorstellen, dass sie … Sie war früher einmal so ein liebes Mädchen.«

»Weißt du, wie sie zu dem geworden ist, was sie ist?«

»Sie hat es mir vorgeworfen. Im zweiten Jahr nach meinem Fortgehen wurde sie von einem Wanderburschen schwanger, der längst über alle Berge war, als sie ihren Zustand bemerkte. Ihr Vater drückte ihr Geld in die Hand und schickte sie mit der Order los, das Problem beseitigen zu lassen. Es war wohl nicht das erste Mal, dass Hanna Probleme machte. Sie kehrte nicht in ihr Elternhaus zurück.«

»Als du mit ihr in dem Schuppen beisammen lagst ...« Caroline würgte regelrecht an der Frage. Allein die Vorstellung von Annmarie in Johannes' Armen drehte ihr den Magen um. »War sie da noch unberührt?«

»Nein. Sicher nicht. Sie wusste im Gegensatz zu mir genau, was wir da taten.«

»Verstehe. Dann ist alles gesagt, nicht wahr? Lass uns ins Lager zurückkehren.«

Lenker folgte seiner Frau, die zielstrebig losmarschierte. Er wusste nicht, woran er war. Würde sie ihm verzeihen? Konnte sie?

Caroline sprach erst wieder, als sie vor dem gemeinsamen Zelt standen. »Hol deine Schlafrolle und geh«, verlangte sie ruhig.

»Line, ich ...«

»Bitte«, unterbrach sie ihn. »Bitte, geh.«

Da tat Lenker, was sie von ihm verlangte. Er ließ seine kummervolle Frau zurück und schlich davon wie ein geprügelter Hund.

Seit ihrem nackten Lauf durch das Lager verließ Hede ihre Feuerstelle so gut wie nie. An diesem Morgen jedoch tat sie es, um Caroline aufzusuchen. Das reine, unschuldige Licht des frühen Tages war der Alten nicht wohlgesonnen. Es hob ihre Falten ebenso hervor wie die dicke Schicht Schminke auf ihrer Haut. Immerhin wurde das auffallende Rot ihres Kleides durch ein dunkles Tuch gemildert, das sie sich um die Schultern gelegt hatte.

»Du hättest mir sagen sollen, was du weißt, anstatt dich in Andeutungen zu ergehen.« Caroline hockte auf dem Boden vor ihrem Zelt. Sie sah blass und übernächtigt aus. In der Hand hielt sie einen Zweig, mit dem sie Furchen und Kuhlen in die Erde neben sich grub.

»Hast schlecht geschlafen?«, fragte Hede teilnahmsvoll.

»Gar nicht. Falls du dich setzen willst, nimm den Baumstumpf. Die blanke Erde ist nichts für deine Knochen.«

»Ich wusste selbst nicht alles. Annmarie ließ mich nur in Bruchstücken an ihren Gedanken teilhaben. Wohl erriet ich, dass sie mit deinem Mann liebäugelte und du ihr ein Dorn im Auge warst. Außerdem hatte ich von dem erzwungenen Treffen erfahren – da warnte ich dich. Ich nehme an, Johannes hat dir inzwischen seine und Annmaries – an Hanna werde ich mich auf meine alten Tage nicht mehr gewöhnen – Geschichte erzählt.«

»Bereut sie, was sie getan hat?«

»Nein«, erwiderte Hede nüchtern. »Das tut sie nicht. Sie ist eine Frau der Straße. Recht und Gesetz gelten für Annmarie nur bedingt.«

»Ich sollte sie hassen, nicht wahr? Wütend und zornig sein. Dabei empfinde ich nichts als Leere. Ich habe Johannes weggeschickt.«

»Eine reine Schutzreaktion, Kindchen. Du erhältst Gelegenheit, zuerst deine Gedanken zu ordnen, ehe du dich mit deinen Gefühlen befassen musst.«

»Möglich.«

»Es tut mir leid, wie unsere Bekanntschaft enden muss.«

»Enden? Was meinst du damit?« Caroline warf den Zweig fort.

»Ich bin gekommen, weil wir Huren das Lager verlassen werden, ehe Annmarie weiteres Unheil anrichten kann. Erinnerst du dich, wie ich einmal von meiner Tochter gesprochen habe? Ich habe mir vorgenommen, drüben im Württembergischen nach ihr zu forschen. Inzwischen bin ich ein greises Weiblein – die Leute werden mich nicht wiedererkennen. Wenn ich einmal einen Blick auf meine Kleine werfen könnte, ehe ich sterbe«, Hede lächelte versonnen, »das wäre ein Tod nach meinem Geschmack.«

»Eine gute Entscheidung.« Caroline stand auf und umarmte die Hure voller Abschiedsschmerz, während Ferdinand auf seinem Beobachterposten wachsam den Kopf hob. Die vergangene Nacht hatte ihm gehöriges Misstrauen gegen die Lagerhuren eingeflößt. »Nun hast du mich dazu gebracht, doch etwas zu fühlen«, flüsterte sie.

Hede tätschelte ihr die Wange.

»Richte Anne und Augusta meine Grüße aus. Vor allem Augusta, denn fälschlicherweise hielt ich zuerst sie für die Schuldige. Das tut mir leid.«

»Braucht es nicht, Kindchen. Augusta kann manchmal ein rechter Besen sein, aber sie hat ein weiches Herz. Und selbst Annmarie hat ihre guten Seiten, auch wenn sie dich davon nicht viel hat spüren lassen.«

»Sie sind gar keine Schwestern, oder? Anne und Annmarie?«

»Nein. Sie sehen sich bloß ähnlich. Manche Freier hegen eine Vorliebe für zwei Schwestern in ihrem Bett – sie zahlen dann besser.« Hede lächelte verschmitzt und winkte zum Abschied.

»Viel Glück bei deiner Suche«, wünschte Caroline leise und fühlte sich einsamer denn je.

33

Am späten Nachmittag des zwölften Juli stieg von den Flüssen und Seen der Umgebung Memmingens zarter Nebel auf, der sich mit den Farben der untergehenden Sonne vermengte und die Welt für einige Minuten wie ein rosenfarbenes Märchenland aussehen ließ. Rein und unverdorben.

»Ich habe mich hundertfach bei dir entschuldigt. Was soll ich noch tun? Ich weiß es einfach nicht.« Johannes fing Caroline in der Nähe der Kochfeuer ab und machte keinen Hehl aus seiner Verzweiflung. Obwohl er sie Tag für Tag um Verzeihung bat, zeigte seine Frau kein Einsehen. »Bitte, ich brauche dich, Line«, flehte er, doch sie kehrte ihm den Rücken zu.

Einige junge Männer hatten Johannes' Worte aufgeschnappt und lächelten spöttisch. Obwohl niemand in Erfahrung gebracht hatte, was wirklich vorgefallen war, waren Gerüchte nicht ausgeblieben – man flüsterte im Lager über den Hauptmann, die Heilerin und die Hure.

»Der Truchsess! Er rückt mit dem Bundesheer in Richtung Memmingen vor!« Die Nachricht verbreitete sich in Windeseile. Gleich einer Fackel wurde sie von Rufendem zu Rufendem weitergetragen und resultierte zuerst in Unglauben, dann in Jubel. Von einem Augenblick zum nächsten verwandelte sich das Allgäuer Lager in ein bewegtes Durcheinander. Endlich, nach Monaten des Wartens, würde man sich der Armee des Bauernjörgs gegenübersehen.

»Pass auf!« Johannes zog Caroline zur Seite, ehe sie in dem Aufruhr umgestoßen wurde.

»Danke.« Sie wand sich aus seinem Griff. »Du musst sicher zum Knopf. Geh ruhig.« Sie deutete auf Ferdinand, der sich eben zu ihr durchkämpfte. »Mir wird in seiner Obhut nichts geschehen.«

»Schön, wie behütet du dich bei ihm fühlst«, knurrte Johannes und stapfte davon, von Eifersucht und dem Schmerz über ihre Zurückweisung übermannt.

Auch im Zelt des Obristen war die Erregung spürbar, obwohl es gesitteter zuging als draußen auf dem Lagerplatz, wo sich die Männer um den Hals fielen und teilweise vor Begeisterung gegenseitig umwarfen.

»Wir marschieren nach Leubas und beziehen auf vertrautem Terrain Stellung«, traf Obrist Schmid nach kurzer Besprechung mit den Hauptleuten seine Entscheidung. Binnen kürzester Zeit wurden die Zelte abgebrochen, und noch in der gleichen Nacht endete die Belagerung der freien Reichsstadt Memmingen durch den Allgäuer Haufen.

»Geht es noch?« Ferdinand hielt sich unbeirrt an Carolines Seite, obwohl diese seit dem Aufbruch des Trosses sehr schweigsam war. »Du musst nicht die ganze Strecke laufen«, bot er an. »Wir könnten einen Platz für dich auf einem der Wagen finden.«

»Schon gut.« Caroline war in Gedanken versunken. Sie hatte bereits Johannes' Anerbieten, sie auf einem Wagen unterzubringen, abgelehnt und ihn mit großer Bestimmtheit zurück zu den Hauptleuten geschickt. Das Laufen schadete ihr nicht. Im Gegenteil, so konnte sie besser den Überlegungen nachhängen, die sie in den vergangenen Tagen dutzendfach angestellt hatte: Sollte sie es endlich wagen, den Knopf in ihren Verdacht gegen Probst einzuweihen, wie sie es bereits vor Gottlieb Langhans' Tod vorgehabt hatte? Bislang überwog noch immer die Furcht um ihr ungeborenes Kind, die sie im letzten Moment stets von der Ausführung ihres Vorhabens abgehalten hatte. Langhans' Leichnam vor ihrem Zelt war eine deutliche Warnung gewesen. Wenn ihr noch einmal etwas zustieße, ein weiterer Überfall der brutalen Schläger oder Schlimmeres ... Sie mochte es sich gar nicht ausmalen, gerade jetzt nicht, da sie immer häufiger meinte, die Bewegungen des Ungeborenen als zartes Klopfen an ihrer Bauchdecke zu spüren. Caroline liebte den Sohn oder die Tochter schon jetzt mit absoluter Bedingungslosigkeit.

»Was tun die bloß?«, rief Ferdinand plötzlich. Sie befanden sich etwa auf halber Strecke zwischen Memmingen und Leubas – und am Wegesrand ging Merkwürdiges vor sich. Vor einem mannshohen Marterl hatten sich die Frauen des Allgäuer Haufens versammelt. Caroline erkannte Egnathe, Mina, Lies und die Bergerin unter ihnen.

»Warte einen Augenblick«, bat sie ihren Begleiter und lief zu dem Kreuz hinüber.

»Du bist es.« Die Frauen schienen ihr Herankommen gespürt zu haben, denn sie hoben allesamt den Blick. Einige von ihnen hatten geweint, manche taten es noch.

»Was fehlt euch?«

»Wir wollen beten, Caroline. Für unsere Männer, für unsere Brüder und Söhne«, sprach die Bergerin, und es klang feierlich. »Nun, da die Stunde der Entscheidung naht.«

»Wir hätten Freundinnen sein sollen, stattdessen waren wir einander oftmals Bürde und Last«, bereute Egnathe. »Unsere Kleinlichkeit und unser Eigennutz haben uns vorschnelle Urteile fällen lassen. Doch wie unwichtig scheinen nun Zwist und Streit. Bald schon wird es dem Herrn droben im Himmel gefallen, über unser aller Schicksal zu entscheiden. Leben oder Sterben, Caroline. Bete mit uns, wenn du möchtest.«

»Das möchte ich.« Caroline kniete neben den Frauen im Dreck der Straße und faltete die Hände.

Ein letztes Mal waren sie so beisammen.

Im verblassenden Mondschein erreichten die Allgäuer Leubas. Es war die Nacht zum dreizehnten Juli, und an Schlaf war auch nach dem langen Marsch nicht zu denken. Die Bauern brachten ihr Heer taktisch klug in Stellung, indem sie jenseits des Flüsschens Leubas lagerten. Entlang des Wasserlaufs schützten sie sich durch Verhaue und richteten die Geschütze auf das gegenüberliegende Ufer, von wo aus sie die Armee des Truchsesses erwarteten. Die rechte Seite sicherte waldiges Gebirge, zur Linken strömte kraftvoll die Iller.

Nachdem die Stellung gesichert war, warteten sie ab. Mit müden Augen und zum Zerreißen gespannten Nerven. Der Vormittag zog sich zermürbend in die Länge. Nichts geschah. Erst am Mittag erreichte ein Kundschafter die Allgäuer, der einiges über das feindliche Heer zu berichten wusste. Der Knopf berief daraufhin den Ring ein. Die Allgäuer versammelten sich, und im Lager wurde es still wie in einer Kirche. Niemand flüsterte, es gab keine Zwischenrufe.

»Wir wissen nun von sechstausend Fußknechten, die dem Bauernjörg folgen«, verkündete Jörg Schmid laut. »Außerdem verfügt der Truchsess über gut und gerne drei Fähnlein Reisigen. Doch das wird ihm nicht helfen, denn wir kennen die Gegend, und er wird seine Reiterei in dem bergigen Gelände schwerlich zum Einsatz bringen können. Wir sind der Armee des Schwäbischen Bundes ebenbürtig, Männer! Mindestens ebenbürtig! Nie zuvor war uns der Sieg so nahe!«

Die Allgäuer stampften zustimmend mit den Füßen. Wer einen Schild besaß, schlug das Heft seiner Waffe dagegen.

Caroline hatte sich an den Rand des Geschehens zurückgezogen. Sie saß mit dem Rücken gegen einen Baumstamm gelehnt, Ferdinand blieb eine Armeslänge entfernt neben ihr. Um sie herum wogten die Köpfe der Allgäuer wie ein Meer.

Das gemeinsame Gebet mit den Frauen hatte Caroline Trost gespendet und sie Kraft schöpfen lassen. Leider hielt das Gefühl nicht lange an. Sie begann sich zu fragen, wie viele der Männer, die gerade euphorisch den Worten des Obristen lauschten, schon bald ihr Leben auf dem Schlachtfeld lassen würden.

»Ich habe häufig darüber nachgedacht, wie Gottlieb Langhans dazu stand, in die Rolle meines Beschützers gedrängt worden zu sein.« Sie sprach aus, was ihr in den Sinn kam, um sich von ihren trüben Gedanken abzulenken. »Meinetwegen hat er an keinem Kriegszug teilnehmen können. Vielleicht verabscheut er mich deswegen.«

»Das kann ich mir kaum vorstellen, obwohl ich den Mann nur vom Sehen kannte und nie mit ihm gesprochen habe.« Ferdinands Augen wirkten, weil die Sonne ihn blendete, noch kleiner als gewöhnlich. Er blinzelte, gleichzeitig gelang ihm ein aufmunterndes Lächeln. »In den Kampf ziehen kann jeder, der den Mut und das nötige Gottvertrauen besitzt. Sich als dein Leibwächter zu verdingen gelingt hingegen nicht vielen.«

»Du bist sehr freundlich.« Caroline war froh um den bulligen Mann an ihrer Seite. Anders als Langhans, der stets auf Abstand geblieben war, scheute er ihre Nähe nicht und schien sich gerne mit ihr zu unterhalten. Ehe sie sich versah, war sie dabei, sich ihm anzuvertrauen. »Ich habe inzwischen begriffen, wie verwerflich ich mich meinem Mann gegenüber verhalten habe, indem ich ihm sein früheres Leben zum Vorwurf machte«, gestand sie leise. »Ich hätte niemals so hart mit ihm ins Gericht gehen dürfen.«

»Weinst du etwa, Caroline?« Ferdinand beugte sich zu ihr.

»Meine Einsicht kommt zu spät.« Ihre Lippen zitterten. »Ich weiß nicht, wo er ist, und zwischen all den Menschen gibt es kaum ein Durchkommen. Wie soll ich ihn noch rechtzeitig finden? Die Streiter des Schwäbischen Bundes werden nicht mehr lange auf sich warten lassen. Der Feind rückt unaufhaltsam näher.«

»Komm.« Er streckte ihr die Hand hin und half ihr hoch. »Wir mögen uns in dem Gewimmel nicht recht auskennen, aber den Obristen finden wir allemal. Und wo der Knopf ist, wird auch Johannes nicht weit sein.«

»Du hilfst mir? Weshalb?«

»Weshalb nicht?« Sein Mund verzog sich zu einem breiten Lächeln. »Ich sehe keinen Grund, dich Trübsal blasen zu lassen, wo wir uns genauso gut auf die Suche machen können. Ich bin mit fünf Schwestern groß geworden. Du erinnerst mich an sie. Seit ich damit beauftragt bin, ständig ein Auge auf dich zu haben, fühle ich mich ein kleines Stück weit daheim.«

»Du musst mir einmal von ihnen erzählen.«

»Das werde ich«, versprach Ferdinand, und seine Augen leuchteten warm. »Halte dich neben mir.« Damit bahnte er sich und Caroline einen Weg durch die Menge.

Sie waren gerade ein kurzes Stück weit gekommen, als ihr unvermittelt schwindelte. Mit aller Gewalt versuchte sie, ihren Verstand im Jetzt zu halten, doch sie hatte nie gelernt, ihre Gabe zu bezwingen. Ferdinand hielt sie geistesgegenwärtig fest, als ihr die Sinne schwanden.

Die sieben badenden Frauen schöpften Wasser mit den Händen und gossen es sich über die erhitzten Häupter. Jeder der nassen Körper, auf denen Salzkristalle glänzten, war mit einem siebenzackigen Stern gezeichnet.

Die Bucht lag windgeschützt, so dass die Sonne womöglich noch heißer brannte. Niemand außer der Herrin und ihren Jüngerinnen kam hierher. Es war in der Gegend ungeschriebenes Gesetz, die Bucht nicht zu betreten. Einzig eine Herde Wildpferde hielt sich zum Entzücken der Frauen häufig dort auf.

»Ich habe erfahren, wie sie mich in der Gemeinde nennen. Die schwarze Sara.« In der Tat hatte die Sprecherin ungewöhnlich dunkle Haut, auf der der Stern nur zu erahnen war.

»Sie sprechen aus, was sie sehen. Sei stolz auf den Körper, Sara, den Gottvater dir gab. Sei stolz auf den Namen, den die Menschen dir erwählten.«

»Das bin ich.« Die Dunkelhäutige verbeugte sich ehrfürchtig vor der Frau, deren Sternenmal größer war als das der Übrigen. Es prangte auf der Stirn seiner Trägerin – und für Sara schien es stets ein wenig zu leuchten. »Seit du vor fünf Jahren mit deiner Mutter über das Meer gekommen bist, Herrin, diene ich dir voller Inbrunst und Liebe. Du hast mich gezeichnet und mich die Bedeutung des Sterns gelehrt. Nächstenliebe und Gottesfurcht, Heilkraft und Visionen. Erst in unserer Gemeinschaft fühle ich mich glücklich und geborgen.«

»Johannes ... endlich! Ich ... suche dich ... überall!«

Hauptmann Lenker war auf dem Weg zum Versammlungsplatz, als er seinen Namen hörte und abrupt zum Stehen kam. Kaum hatte er den Rufenden entdeckt, stürmte er zu ihm, ohne Rücksicht auf die Umstehenden zu nehmen.

»Pass doch auf!«, brüllte jemand erbost.

Johannes hörte gar nicht hin. »Mein Gott, was ist geschehen? Was fehlt ihr? Ist sie wieder angegriffen worden?«, bedrängte er Ferdinand mit Fragen. »Hast du nicht ...?«

Der atmete schwer, weil Caroline als lebloses Gewicht über seiner Schulter hing. »Niemand hat ... ihr ein Leid zugefügt«, versuchte er den aufgebrachten Hauptmann zu besänftigen. Zwischendurch holte er japsend Luft. »Sie ... lief munter neben mir her, als sie unvermittelt zu ... schwanken begann und kurz darauf das Bewusstsein verlor. Ich verstehe nicht recht, was ihr fehlt.«

»Gib sie mir.«

»Natürlich.« Caroline glitt in Johannes' Arme. »Ich werde in eurer Reichweite bleiben, wenn ihr mich braucht.« Ferdinand warf einen besorgten Blick auf die Ohnmächtige, ehe er sich zum Gehen wandte.

»Warte.« Johannes spürte, dass der Mann, dem er spätestens seit der Nacht auf der Lichtung seinen Dank schuldete, eine Erklärung verdient hatte. »Sie wird bald aufwachen, weißt du. Dergleichen geschieht ihr manchmal. Sie nimmt dabei keinen Schaden.«

»Was Schaden nimmt, ist ihr Herz, wenn sie noch länger mit dir im Streit liegt«, gab Ferdinand freimütig zur Antwort.

»Line, kannst du mich hören?«

Die Stimme ihres Mannes geleitete Caroline zurück in die Wirklichkeit. »Es hat mich wie eine Feder auf und davon gewirbelt«, erklärte sie verwundert und öffnete die Augen. »Weshalb nur um alles in der Welt? Ich habe eine dunkelhäutige Frau gesehen, und mir war so, als wären deren Gedanken die meinen.« Ihr Kopf lag weich und behaglich an Johannes' Brust gebettet. Im selben Moment fiel ihr ein, was sich zwischen ihnen ereignet hatte, und ein Schatten legte sich über ihre Züge. »Wo ist Ferdinand?«, stellte sie die erste Frage, die ihr in den Sinn kam.

»Er hat dich zu mir gebracht und sich zurückgezogen.« Johannes' Miene wurde finster. »Keine Sorge, er wollte in der Nähe bleiben. Kannst du stehen?«

»Ich denke schon.« Sie ließ sich von ihm vorsichtig auf die Füße stellen. »Mir geht es gut«, nickte sie und blickte ihn zaghaft an. »Du bist da.«

»Das bin ich. Wie ich höre, wolltest du zu mir?«

»Das stimmt. Johannes, ich ...« Das laute Pochen ihres Herzens störte ihren Gedankenfluss. »Ich möchte dich um Verzeihung bitten. Du hast einen Fehler gemacht, aber es war dennoch nicht recht von mir, dich wegen Annmarie – wegen Hanna – derart schlecht zu behandeln.«

»Du bist mir nicht länger gram?« Noch wagte Lenker nicht, seine Frau zu berühren. Sie wirkte klein und zerbrechlich, wie sie zerknirscht zu ihm aufblickte. Ihre Hände lagen auf ihrem Bauch.

»Wie könnte ich? Ich liebe dich und vergehe vor Angst davor, was dir zustoßen könnte.«

»Line, liebe Line.« Er zog sie aufstöhnend an sich und bedeckte ihre Hände mit seinen. »Deinen Zorn hatte ich mir wohl verdient, denn ich war nicht aufrichtig zu dir. Ich wollte dich schützen, dabei habe ich dich durch mein Schweigen in Gefahr gebracht und beinahe verloren. Dich und das Kind.« Seine Lippen suchten die ihren. »Deine Zurückweisung war mehr, als ich ertragen konnte. Ich will in Zukunft nie wieder etwas zwischen uns kommen lassen, das schwöre ich dir.«

»Niemals wieder«, bekräftigte Caroline, und dabei war ihr bewusst, dass sie mit Johannes über Probst reden musste, sobald sich das nächste Mal die Gelegenheit bot, unter vier Augen miteinander zu sprechen. Sie stellte sich auf die Zehenspitzen und küsste ihren Mann auf die Stirn. Zwar blieb die Angst um ihn, doch fühlte sie sich nicht mehr länger verloren.

Am Nachmittag meldeten Späher das Nahen der gegnerischen Armee, und wenig später bezog der Truchsess am anderen Ufer der Leubas Stellung. Mit ihm und seinem Heer kam, was von beiden Seiten als schlechtes Vorzeichen gewertet wurde, die Dunkelheit. Ein Gewitter zog auf, und Wolken verdunkelten die Sonne. Gegen Abend war es so finster geworden, dass man die eigene Hand vor Augen kaum mehr sehen, geschweige denn die Vorgänge im feindlichen Lager beobachten konnte.

Caroline saß an der Seite ihres Mannes in des Knopfs provisorisch errichteter Zeltunterkunft. Johannes war so froh über die Versöhnung mit seiner Frau, dass er sie keinesfalls von seiner Seite lassen wollte und sich nicht um die halbherzig vorgebrachten Einwände Täubers und einiger weiterer Hauptleute scherte. Jörg Schmid störte sich ohnehin nicht an Carolines Anwesenheit, zudem gab es an einem Tag wie diesem wahrlich Wichtigeres zu besprechen.

»Wenn wir den Gerüchten Glauben schenken – und ich bin geneigt, das zu tun –, hat der Truchsess Georg von Frundsberg befohlen, seinen Marsch nach Salzburg abzubrechen und sich ihm bei Leubas anzuschließen.« Der Obrist musste gegen den brausenden Wind anschreien, der am Zelt rüttelte. »Die Rede ist von dreitausend Kämpfern, die in Frundsbergs Sold stehen.« Draußen prasselte der Regen hart und dicht auf die Erde. Blitze erhellten die Landschaft, und Donner grollte über die Berge. Die Heftigkeit des Sturms erinnerte Caroline an Erik und die Nacht vor seinem Tod. Ob Emma jemals über diesen Verlust hinwegkommen würde? Ihr selbst brach schier das Herz, wenn sie an das viel zu frühe Ende des geliebten Ziehvaters dachte.

»Dreitausend erfahrene Landsknechte würden den Feind merklich stärken.« Jörg Täuber fuhr sich durch seinen Bart. »Nicht gut. Gar nicht gut.«

»Trotzdem sehe ich den Vorteil weiterhin auf unserer Seite«, tat Conz Wirt seine Meinung kund. »Wir kennen die Gegend und sind dadurch weitaus schlagkräftiger, als es der Truchsess je sein wird.«

»Vielleicht sollten wir mit List vorgehen und den Feind schwächen, noch ehe es zum offenen Kampf kommt«, schlug Johannes vor. Er dachte dabei an das Vorhaben der Bodenseebauern, die gegnerischen Geschütze zu rauben.

»Das ist ein kluger Vorschlag, mein Freund, inspiriert von unserem Erlebnis bei Weingarten, nicht wahr? Wir müssten allerdings dafür Sorge tragen, dass der Truchsess auf keinen Fall Wind von unserem Vorhaben bekommt – sonst greift er am Ende auf seine bewährte Methode zurück und zündet ein Dorf an«, gab Paulin Probst zu bedenken.

Die Gegenwart des Mannes verursachte Caroline Gänsehaut. Sie war sich sicher gewesen, es mit einem Verräter und Anstifter zum Mord zu tun zu haben. Doch als sie den zweiten Leutinger nun im Kreis der Hauptmänner sitzen sah, wo er ihrer aller Vertrauen genoss, begann Caroline an ihrem Verdacht zu zweifeln. Womöglich irrte sie, und eine Anklage würde ihn und seinen Ruf ganz zu Unrecht verunglimpfen? Sie betete inbrünstig darum, dass er unschuldig sein möge – denn die andere Möglichkeit führte auf direktem Weg ins Verderben.

»Lasst uns den morgigen Tag abwarten und dann gemeinsam entscheiden, ob wir die Finte wagen wollen, dem Bauernjörg die Kanonen zu rauben. Oder besser noch«, der Knopf lächelte schmal, »sie in der Leubas zu versenken.«

Der Sturm tobte die ganze Nacht lang. Niemand bemerkte die beiden Männer, die der Naturgewalt trotzten und über den Fluss schwammen, um die Botschaft des Verräters zu überbringen.

34

Der vierzehnte Juli brachte die Bestätigung des Gerüchts um den Heerführer Georg von Frundsberg. Gut und gerne dreitausend erfahrene Landsknechte, die sich zuletzt in der Schlacht bei Pavia bewährt hatten, verstärkten gegen Mittag die Reihen des Truchsesses von Waldburg. Dennoch schien der Feind gegen das Bauernheer keineswegs siegesgewiss, denn statt den offenen Kampf zu suchen, gab der Bauernjörg den Befehl zur Kanonade. Dem Angriff des Gegners setzte der Haufen die eigenen Kanonen entgegen. Schon bald hallte der Donner der Geschütze über die Leubas, und etliche Verhaue der Allgäuer barsten unter der Gewalt der Kanonenkugeln. Doch auch die Bündischen jenseits des Flusses blieben nicht ungeschoren. Jubel- und Entsetzensrufe hielten sich die Waage. Es stank nach Pulver und Rauch, der Himmel verdüsterte sich. Keine Spur mehr von der reinen, klaren Luft, die auf das heftige Gewitter des Vorabends gefolgt war.

»Es fühlt sich an wie der Untergang der Welt.« Caroline spürte den Boden unter den Füßen beben. Kieselsteine, Erdbrocken und Steinsplitter flogen durch die Luft.

»Wie der Tag des Jüngsten Gerichts.« Ferdinand nickte. Eine feine Ascheschicht ließ sein Gesicht grau wirken. Er hatte den Auftrag, an Carolines Seite zu bleiben, solange Hauptmann Lenker am Fluss bei den Kanonieren seinen Mann stand.

»Wenn ihm nur nichts zustößt.« Ihre Glieder zitterten unaufhörlich, seit sie Johannes Lebewohl gesagt hatte.

»Die Heilerin! Wo steckt die Heilerin?« Die Gestalt eines Mannes schälte sich aus dem Rauch. »Frau Lenker! Da seid Ihr! Ihr müsst auf der Stelle kommen und helfen. Die Verletzten ...« Dröhnender Kanonendonner unterbrach ihn. »Verdammt, mir brausen die Ohren! Der Einschlag war ganz nah!«

»Die Verletzten«, half Caroline dem Mann auf die Sprünge und sah sich suchend nach Ferdinand um. Wo war er bloß abgeblieben?

Dann entdeckte sie ihn. Ihr aufrechter Beschützer lag bäuchlings auf der Erde, ein fingerlanger Steinsplitter stak in seinem Hinterkopf.

Erst mit Einsetzen der Dämmerung endete der gegenseitige Beschuss.

»Johannes!« Caroline flog in die Arme ihres Mannes, sobald sie seiner gewahr wurde. Er sah müde aus, sein Schritt war schwer, und seine Schultern hingen kraftlos herab. Eine Woge wilder Zärtlichkeit durchströmte sie, und sie drückte ihn an sich, so fest sie konnte.

»Bist du wohlauf?« Trotz seiner Erschöpfung vergewisserte er sich als Erstes, ob es ihr gut ging.

»Das bin ich.« Caroline stockte. »Ferdinand ist tot.«

»Das tut mir so leid, Line. Hast du es mit ansehen müssen?« Johannes lehnte seine Stirn an ihre, seine Arme umschlangen ihren Leib.

»Nein, ich habe ihn erst kurz nach dem Einschlag gefunden. Es war zu spät – von vornherein war es zu spät. Diese Kanonen sind Teufelswerk, Johannes. Wenn die Kugeln auf Stein oder Holz schlagen, werden die herausbrechenden Splitter zu mörderischen Geschossen. Allein durch sie haben wir mehrere Männer verloren, dazu sind noch etliche verletzt.«

»Ich frage mich, was der Truchsess mit seiner Kanonade

bezweckt. Weshalb hat er nicht angegriffen? Warum mussten es die Geschütze sein anstelle eines offenen Kampfes?«

»Ich weiß es auch nicht. Gott sei Dank hat endlich der grauenvolle Geschützdonner aufgehört.«

»Du gibst mir Kraft.« Johannes streichelte die Wange seiner Frau. »Danke. Komm, begleite mich zum Knopf. Nach dem heutigen Tag scheint das Vorhaben, im Schutz der Dunkelheit ins feindliche Lager einzufallen und die verteufelten Geschütze zu rauben, umso verlockender.«

Im Obristenzelt erwartete sie eine Überraschung. Neben Täuber und dem Knopf erwartete sie ein alter Bekannter. »Ist wahrlich nicht leicht, sich zu euch durchzuschlagen. Beinahe hätte mir eine Horde übellauniger Burschen den Garaus gemacht. Denen schien meine Nase partout nicht zu gefallen.«

»Walther! Mit dir haben wir nicht gerechnet.« Langsam schlich sich ein Lächeln auf Johannes' müdes Gesicht.

»Ich werde doch meine Freunde in der Stunde der Wahrheit nicht im Stich lassen.« Trotz seiner dreckigen und zerrissenen Kleider strahlte Walther Bach von Oy wohltuende Zuversicht aus. »Aber sagt, wo steckt der Rest von euch?«

»Conz hat eine übel aussehende Verletzung am Arm davongetragen«, schilderte Jörg Schmid. »Vermutlich lässt er sich von einem der Ärzte behandeln. Was die anderen Hauptleute angeht – es war für alle ein harter Tag. Sicherlich werden sich die Männer bald einfinden, um die weitere Vorgehensweise zu besprechen. Erzähl du uns derweil, wie es dir ergangen ist. Hast du dich von Hurlewagen losgesagt?«

»Losgesagt?«, echote Oy ungläubig. »Weshalb, zum Teufel?«

»So, wie er unseren Probst zurichten ließ, haben wir angenommen, dass es dir ebenfalls nicht gut ergangen sein wird.«

»Wir sprechen von Paulins Brandmalen«, präzisierte Jörg Täuber. »Du wirst doch wohl erfahren haben, auf welche Weise der Gute gezwungen wurde, seine Unterschrift – in unser aller Namen – unter den Weingartener Vertrag zu setzen.«

»Ich verstehe.« Oy seufzte gequält. »Unser Bote, Dietrichs und meiner, ist nie bei euch angekommen, oder?«

»Nein«, bestätigte Jörg Schmid.

»Demnach habt ihr nach wie vor keinen blassen Schimmer, wie versessen Probst darauf war, den Vertrag zu unterzeichnen? Er hat Dietrich stundenlang bearbeitet.«

»Es gab keine Folter?«, fragte Täuber ungläubig.

»Die gab es nicht«, bestätigte Walther Bach von Oy. »Offenbar hat Paulin Probst einiges Geschick darin, seine Ränke zu schmieden.«

»Soll das heißen …?« In Lenkers Erinnerung glimmte jener Abend auf, an dem er eine unerfreuliche Begegnung mit Hanna gehabt hatte und anschließend dem Gespräch mit seiner Frau schlecht gelaunt aus dem Weg gegangen war. Er hatte ihren Anschuldigungen nicht geglaubt und sie beiseitegeschoben.

Caroline war inzwischen leichenblass aufgesprungen.

»Probst ist der Verräter, es ist wahr«, erklärte sie tonlos. »Er war es von Anfang an. Ich habe mich schuldig gemacht, indem ich zu lange zweifelte und zögerte. Wenn ich euch meinen Verdacht früher …«

»Aber, aber …«, tönte es da vom Zelteingang her. »Kasteit Euch nicht mit Selbstvorwürfen, Freundin Lenker. Mir kommt man nicht auf die Schliche – ein verschrecktes Weib schon gar nicht.«

»Paulin.« Jörg Schmid trat seinem zweiten Leutinger gegenüber. »Sag, dass es nicht wahr ist.«

»Du wunderst dich, mein Freund? Wo ihr alle mir so herrlich unbedarft vertraut habt?«

»Was redest du denn da, Paulin?«, mischte sich Täuber barsch ein. »Du warst Anführer bei der Erstürmung des Oberdorfer Schlosses und hast Seite an Seite mit den bischöflichen Untertanen gekämpft. Wir alle kannten deinen Namen bereits, ehe du zu uns kamst.«

»Eine wunderbare Empfehlung, nicht wahr?« Probst lächelte stolz. »Wie hättet ihr auch darauf kommen sollen, dass alles von Anfang an ein abgekartetes Spiel war. Der Schwäbische Bund hat das Oberdorfer Schloss bewusst verloren gegeben, nachdem alle Gegenstände von echtem Wert entfernt worden waren, um einen vertrauenswürdigen Mann in eure Reihen einzuschleusen. Mich.«

»Ihr wart es, der das Pulver unbrauchbar gemacht und die Katapulte in Brand gesteckt hat, nicht wahr? Ich habe eine Weile gebraucht, ehe ich begriff, welcher Geruch es war, der Euch nach dem Feuer anhaftete.« Caroline empfand es als Befreiung, ihr Wissen nicht mehr länger für sich zu behalten. »Lampenöl.«

»Nicht doch, meine Liebe, das ist zu viel des Lobes. Ich hatte durchaus meine Komplizen. Ihr wärt erstaunt, wenn Ihr wüsstet, wie viele der vermeintlich treuen Allgäuer in Wahrheit in den Diensten des Schwäbischen Bundes stehen. Vor Burg Wolkenberg wäre es meinen Männern um ein Haar geglückt, einen Aufstand auszulösen. Leider machte mir der gute Oy mit seinem dramatischen Auftritt einen Strich durch die Rechnung. Und Freundin Caroline vereitelte mit ihren Weibern die Flucht der Vogtsfamilie. Im Übrigen war es Eure kleine Hurenfreundin, meine Liebe, die mich vor Euch und Euren Verdächtigungen gewarnt hat, so dass ich ein Auge auf Euch haben konnte.«

Johannes sog scharf die Luft ein und stellte sich schützend vor Caroline.

»Es ist traurig, Freund Lenker«, höhnte Probst. »Da war deine Gemahlin die ganze Zeit über gezwungen, mit ihrem

Argwohn gegen mich zu leben, weil sie nichts in der Hand hatte. Wie schwer muss es da für sie erst gewesen sein, als nicht einmal der eigene Mann ihr Glauben schenkte.«

»Es waren deine Leute, die Caroline überfallen haben.« Johannes' Augen bohrten sich in die seines Gegenübers, doch Paulin Probst hielt dem Blick seelenruhig stand.

»Eine kleine Warnung, mehr nicht«, bestätigte er. »Leider war deine Gattin selbst im Lazarettzelt noch drauf und dran, mich an den Obristen zu verraten.«

»Der Herzanfall.« Jörg Täuber schlug sich vor die Stirn.

»Ich musste Zeit gewinnen«, nickte Probst und wandte sich wieder an Caroline. »Schließlich fand ich die Lösung – Gottlieb Langhans' Tod brachte Euch zuverlässig zum Schweigen.«

»Das Mädel wollte sich mir anvertrauen, doch ich war zu vernagelt, um Carolines Not zu erkennen«, meldete sich der Knopf zu Wort, nachdem er sich das Geständnis seines zweiten Leutingers schweigend angehört hatte. »Paulin hat uns hintergangen und schändlich verraten. Nun denn, lasst mich mein Urteil fällen.«

»Bitte, mein Lieber.« Probst winkte einladend. Weil er alleine war, der Übermacht der Allgäuer scheinbar chancenlos ausgeliefert, und seine Verbrechen bereitwillig gestand, kam niemand auf den Gedanken, den Verräter sogleich zu ergreifen und ihn in sicheren Gewahrsam zu nehmen.

»Du hast Unfrieden und Verwirrung gestiftet, und du hast das in dich gesetzte Vertrauen auf das Schändlichste missbraucht. Wir haben einen Toten zu beklagen – Gottlieb Langhans ist auf deinen Befehl hin ums Leben gekommen. Gehe ich recht in der Annahme, dass auch die Geschützwachen, die Wachleute im Wolkenberger Wald und Oys Bote durch deine Männer ermordet wurden?«

»Das streite ich nicht ab.« Probst schien die Situation zu genießen.

»Unsere Brüder und Gefährten, kaltblütig ermordet.« Jörg Schmid war schwer getroffen. »Dafür wirst du brennen, Paulin.«

»Die Liste meiner Vergehen mag lang sein, lieber Jörg, doch brennen werde ich kaum. Du hingegen solltest einmal über das Fernbleiben deiner Hauptleute nachdenken. Soll ich dir etwas verraten? Sie kommen nicht mehr.«

»Was willst du damit sagen?«

»Der Streich, euch mit den Kanonen so lange in Schach zu halten, bis wir zur Ausführung unseres Plans bereit waren, ist wunderbar geglückt. Inzwischen haben sich meine Leute unauffällig eurer Hauptmänner entledigt. Einer nach dem anderen.« Probst klatschte in die Hände. »Das Schönste ist, dass keiner der Bauern dort draußen Verdacht geschöpft hat. Dafür stehen sie noch viel zu sehr unter dem Eindruck des Kanonendonners. Die abgetrennten Köpfe eurer Freunde wurden dem Truchsess übergeben. Damit ist der Haufen ohne Führung, denn auch ihr werdet nicht mehr lange am Leben sein. Der Vergleich mit einem kopflosen Huhn drängt sich auf. Die Armee wird nach deinem Tod, Jörg Schmid, keinen Bestand mehr haben. Schon bald werden sich die Allgäuer in alle Winde zerstreuen. Das ist das Ende, meine Freunde.«

»Es reicht!«, donnerte Schmid. »Packt ihn!«

Lenker, Täuber und Oy sprangen gleichzeitig auf Probst los, doch da hatte dieser bereits einen lauten Pfiff abgegeben. Ein gutes Dutzend Männer kamen in das Zelt gestürmt, die leblosen Körper der beiden Zeltwachen als Schutzschilde mit sich zerrend.

Beim Anblick der Eindringlinge begriff Caroline schlagartig, was sie bislang übersehen hatte. Jeder der Verräter trug ein Holzkreuz um den Hals, dessen lotrechter Balken der Länge nach gesprungen war. Die Anhänger dienten ihnen untereinander als Erkennungszeichen.

»Zu Hilfe!«, brüllte Caroline in der Hoffnung, die Allgäuer draußen auf die Vorgänge im Zelt aufmerksam zu machen. »Zu Hilfe!«

»Still, meine Liebe.« Probst nutzte den kurzen Augenblick der Ablenkung, den er durch das Auftauchen seiner Kameraden gewann. Er stieß Johannes zur Seite, war im nächsten Moment hinter Caroline und hielt ihr ein Messer an die Kehle. »Genieße bitte einfach das Schauspiel«, schlug er vor.

Zwischen den Allgäuern und der Verräterbande war trotz des beengten Raums ein grimmiger Kampf entbrannt. Obwohl sich der Obrist und seine Leute mannhaft schlugen, gewannen die Gegner bald die Oberhand.

»Fesselt und knebelt sie«, befahl Probst. »Und dann holt das Fass.«

Caroline sah mit an, wie Johannes und die anderen mit Stricken gebunden wurden. Täuber blutete aus einer Wunde am Bein. Einer Eingebung folgend glitt ihre rechte Hand in die Tasche ihres Kleides, wo sie nach dem Splitter tastete, der Ferdinand das Leben gekostet hatte. Fest schlossen sich ihre Finger um den scharfen Stein, den sie eingesteckt hatte, weil es ihr verkehrt erschienen war, ihn einfach fortzuwerfen.

»Die Frau auch.« Paulin Probst nahm seine Klinge fort und stieß Caroline in Richtung seiner Männer. »Ah, da kommt mein Fass.«

Das Fass entpuppte sich eher als Fässlein, dessen Inhalt den Allgäuern die Schweißperlen auf die Stirn trieb. »Ich muss gestehen, dass ich die besondere Vorliebe des Truchsesses für die Brandschatzung teile.« Probst tauchte die Finger in die Flüssigkeit und versprengte sie wie Weihwasser über die Häupter der Gefangenen und hernach im ganzen Zelt. Dieses Mal erkannte Caroline den Geruch des Lampenöls auf Anhieb. »Ihr wartet ab, bis der Aufruhr in Gang gekommen ist«, gab er seinen Leuten Order. »Unsere Freunde sollen Gelegenheit bekommen, dem Ende zu lauschen und zu hören, wie ihr großes Vorhaben entzweibricht, ehe ihr das Feuer entzündet.« Der ehemalige zweite Leutinger nickte nacheinander dem Obristen, Jörg Täuber, Johannes Lenker und Walther Bach von Oy zu. Zuletzt verneigte er sich in Carolines Richtung, dann verließ er zufrieden pfeifend das Zelt.

Die Allgäuer wurden unruhig, denn bislang wusste niemand, wie es weitergehen sollte. Die schlimmsten Verletzungen waren versorgt, die Toten des Tages in eilig ausgehobenen Gräbern bestattet worden. Nun wartete man gespannt auf die Wortmeldung des Obristen und beobachtete derweil argwöhnisch die Vorgänge jenseits der Leubas.

Der Feind war am gegenüberliegenden Ufer damit befasst, mehrere Dutzend Fackeln zu entzünden.

»Was soll das werden?«, fragten sich die Bauern misstrauisch.

»Weshalb machen die dort drüben die Nacht zum Tag?«

Die Antwort ließ nicht lange auf sich warten. Als die Köpfe der Allgäuer Hauptmänner auf langen Spießen steckend in den Feuerschein getragen wurden, brach namenlose Panik aus.

35

Caroline erkannte den älteren Mann wieder, der sich anschickte, ihre Hand- und Fußgelenke zu binden. Sie hatte ihn einmal wegen einer hässlichen Zerrung des Beins behandelt und ihn bei dieser Gelegenheit nach dem Holzkreuz gefragt, das er um den Hals trug. Wie töricht und einfältig sie gewesen war.

»Hat dir die Rinde der Silberweide geholfen?«

»Ja.« Einen kurzen Augenblick sah ihr der Verräter ins Gesicht. »Sei still.«

»Dein Kreuz ist kein Erbstück.«

»Nein, ist es nicht. Mach den Mund auf.« Der Mann schob ihr grob den Knebel zwischen die Lippen und brachte sie damit zum Schweigen. Hinterher überprüfte er die angelegten Fesseln, doch er tat es fahrig und unkonzentriert. Vielleicht, weil er einen Anflug von Mitleid mit der jungen Lenkerin empfand? Caroline hielt die Hände zu Fäusten geballt, mit der Rechten umklammerte sie den Steinsplitter.

Probsts Männer folgten dem Geheiß ihres Herrn und ließen den Gefangenen ausreichend Gelegenheit, darauf zu horchen, wie die Welt außerhalb der Zeltbahnen im Chaos versank. Stimmen und Schreie schrillten durcheinander, einzelne Worte oder Sätze waren nicht zu verstehen. Bis jemand ganz in der Nähe rief: »Unseren Obristen haben sie aber nicht aufgespießt!«

»Richtig! Sein Haupt steckte auf keinem der Speere! Die Köpfe unserer beiden Leutinger und des Hauptmanns Lenker waren ebenfalls nicht dabei!«

»Zumindest Paulin Probst ist am Leben, das kann ich bezeugen. Ich habe ihn vorhin gesehen.«

»Dann lasst uns nach dem Knopf schauen! Womöglich ist es für ihn nicht zu spät!«

Die Gefesselten im Zelt lauschten dem Austausch und verständigten sich stumm mit Blicken, in denen vorsichtige Hoffnung keimte. Doch Probsts Leute handelten unmittelbar. Da gab es kein Zagen oder Zaudern. Eilig ließen sie die mitgebrachten Kienspäne fallen und suchten das Weite.

So ging das Obristenzelt bereits in Flammen auf, noch ehe die Allgäuer es auf der Suche nach ihrem Obristen betreten konnten.

»Haltet euch fern!«, rief ihnen ein Mann zu, um dessen Hals ein gespaltenes Kreuz baumelte. »Da ist keiner mehr drinnen!«

Paulin Probst wirkte auf den Bauernhaufen in all seiner Wirrnis wie der Retter in der Not. Nun gereichte es ihm zum Vorteil, dass er sich häufig unter die Allgäuer gemischt hatte, um ihren Sorgen und Nöten zu lauschen, denn dadurch genoss er ihr bedingungsloses Vertrauen, und auch nicht der Hauch eines Zweifels lastete ihm an.

»Meine Freunde und Brüder«, rief er mit weit ausgebreiteten Armen von einem Felsen herab, der hoch genug aufragte, dass Probst weithin zu sehen war. »Hört mich an! Wir haben durch übelste Schurkerei unsere Führer und Hauptleute verloren! Der Feind hat keinen von ihnen am Leben gelassen! Ich will euch eines ehrlich sagen: Wenn wir jetzt den Kampf aufnehmen, gehen wir elendig zugrunde!«

»Was sollen wir stattdessen tun?«

»Ja, Probst, was schlägst du vor?«

»Sollen wir etwa feige fliehen?«

»Von einem Tag auf den anderen alles aufgeben, wofür wir gekämpft und gelitten haben?«

»Es steht jedem frei, seine eigene Entscheidung zu treffen. Bleibt, wenn ihr wollt – und rennt offenen Auges in den sicheren Tod! Der Bauernjörg hat schon andere Heere als unseres niedergemäht, von Frundsberg und seinen kriegserprobten Landsknechten ganz zu schweigen! Vergesst nicht, dass wir ohne Führung sind!«

»Du könntest uns anführen!«

»Jawohl! Probst soll uns anführen!«

»Glaubt mir, Freunde, ich täte es, wenn ich den Hauch einer Chance sähe. Doch in dieser finsteren Stunde liegt unser Heil einzig und allein in der Flucht. Nur wenn wir uns auf der Stelle zerstreuen, werdet ihr lebend zu euren Frauen und Kindern heimkehren!«

Das laute Wehklagen einiger Weiber gab den Ausschlag – die ersten Allgäuer ergriffen ihre Bündel und zogen sich fluchtartig zurück. Zu ihnen gehörten die Bergerin, Lies und Mina.

Caroline schwindelte es, obwohl sie am Boden lag. Das schummerige Gefühl war vergleichbar mit demjenigen, das häufig ihren Visionen vorausging. Ihr Kopf hämmerte, und die Umrisse ihrer Freunde verschwammen vor ihren Augen. Waren Sekunden oder Minuten vergangen, seit das Zelt in Brand gesteckt worden war? Ihr Zeitgefühl schien abhandengekommen.

Mit aller Gewalt lenkte sie ihre Konzentration auf den Splitter. Ihre Hände waren an den Gelenken gefesselt. Allein um mit dem Splitter an den Strick heranzukommen, scheuerte sie ihre Haut blutig und verdrehte die gefesselte Hand schmerzhaft nach innen. Ihr war klar, dass die Zeit gegen sie arbeitete, dass die Ölsprenkel auf ihren Kleidern das Feuer schon bald freudig nähren würden. Ihre Augen tränten, und sie vermochte nicht einmal mehr, die Umrisse der anderen zu erkennen.

Endlich war es ihr gelungen, den Strick ganz durchzuwetzen. Caroline riss sich den Knebel aus dem Mund, um sich gleich darauf hustend und spuckend zu erbrechen. Der Qualm legte sich wie Pech über ihre Atemwege. »Johannes!«, schrie sie verzweifelt und brauchte mehrere Anläufe, bis sie auch die Fesseln um ihre Fußgelenke gelöst hatte. Hastig sprang sie auf – und strauchelte, denn ihre Beine wollten sie nicht recht tragen. Gleichwohl begriff ihr rauchumnebelter Verstand, dass sie in Bodennähe leichter Luft bekommen würde. So robbte sie auf allen vieren zu den Männern, während die Flammen an den Zeltwänden leckten, gierig der Spur des Lampenöls folgten und bereits Täubers Bein versengten.

Johannes entdeckte Caroline und blinzelte mehrmals zum Zeichen, dass er sie erkannte. Der Knopf und Walther Bach schienen ebenfalls bei Bewusstsein. Jörg Täuber hingegen hatte die Qual die Sinne geraubt.

Caroline riss ihrem Mann den Knebel aus dem Mund und löste ihm die Fesseln. Kaum war Johannes frei, warf sie sich ohne nachzudenken auf Täubers Bein und erstickte das Feuer mit ihren Röcken. Das Fleisch des Leutingers roch versengt, und die einstigen Zeltwände regneten in glühend heißen Funken herab. Es war höchste Zeit.

Inzwischen hatte Johannes Schmid und Oy befreit.

»Nichts wie raus!« Walther warf sich den ohnmächtigen Täuber ächzend über die Schultern. Das Gewicht des Freundes ließ ihn in die Knie gehen.

»Ich helfe dir.« Der Knopf taumelte herbei, und die beiden hustenden Männer teilten sich die Last.

Kaum waren sie an der frischen Luft, stürzte das Zeltgestänge in sich zusammen.

Draußen bot sich ein Bild des Schreckens. Fürwahr, es war Paulin Probst binnen kürzester Zeit gelungen, den starken und gut gerüsteten Allgäuer Haufen in alle Winde zu versprengen. Die Geschütze standen achtlos zurückgelassen am Ufer. Auf der anderen Seite des Flusses beleuchteten die Fackeln noch immer die grausige Szenerie. Im Flammenschein schienen die abgehauenen Köpfe den Überlebenden zuzublinzeln. Da zogen heiße Tränen ihre Spuren über die Gesichter der Geretteten.

Caroline sank ausgelaugt zu Boden. Johannes' Hand glitt haltgebend in ihre, und sie klammerte sich daran fest.

»Hol mich der Teufel, das ist doch …!«
»Unser Obrist!«
»Wahrhaftig!«

Eine ganze Schar Allgäuer kam aus dem bergigen Gelände herunter an den Fluss und bildete einen Kreis um die fünf Menschen, die sich aus dem brennenden Zelt in Sicherheit gebracht hatten.

»Ihr seid am Leben.« Ein kleiner Mann mit eng zusammenstehenden Augenbrauen streckte den Überlebenden nacheinander die Hand hin und half ihnen auf die Beine. »Was ist mit dem Leutinger? Ist er nur ohne Bewusstsein oder hat es ihn erwischt?«

»Erwischt schon«, krächzte Jörg Täuber, und seine Lider flatterten. »Aber nicht so, dass ihr meinen Grabgesang anstimmen müsstet.«

»Caroline hat uns gerettet. Ich weiß nicht, wie du es angestellt hast, Mädel, aber wir verdanken dir unser Leben.« Der Knopf wandte sich an die verbliebenen Allgäuer. »Alle Übrigen sind geflohen?«

»So ist es. Wir sind die Letzten. Ein Fähnlein, das seinem Obristen, wenn nötig, bis in den Tod folgen wird.«

Zustimmendes Raunen folgte dem Treuebekenntnis.

»Noch geben wir uns nicht geschlagen!« Johannes Lenker legte den Arm um seine Frau. Nicht nur für Caroline und das Kind lohnte es sich weiterzukämpfen. »Ihr müsst wissen, dass Paulin Probst uns hintergangen und verraten hat«, offenbarte er den Männern des verbliebenen Fähnleins, denen nach dieser Nachricht Entsetzen und Wut ins Gesicht geschrieben standen.

»Wir mögen am Boden liegen, doch am Ende sind wir nicht!«, rief Walther Bach von Oy mit kräftiger Stimme aus, um die Männer aus ihrer Starre zu reißen. Da reckten die Allgäuer die Fäuste in die Höhe und wiederholten entschlossen Oys Worte.

»Nun denn.« So etwas wie Hoffnung zeigte sich auf dem Gesicht des Obristen. »Lasst uns aufbrechen, ehe der Truchsess und Paulin Probst ihren Vernichtungszug vollenden. Wir beziehen Stellung auf dem Kohlenberg bei Sulzberg!«

»Ich komme nicht mit euch.«

»Du kannst uns nicht im Stich lassen, Jörg«, protestierte Walther Bach von Oy.

»Mein Bein ist verletzt. Es fühlt sich an, als fiele mir das Fleisch vom Knochen. Mein Schädel brummt, als hätte ihn der Truchsess tatsächlich dort drüben aufgespießt. In dem Zustand wäre ich euch bloß eine Last. Daher werde ich die Gelegenheit nutzen, meine Frau und meinen Sohn zu sehen, ehe ich wieder zu euch stoße. Ihr müsst wohl oder übel einige Tage ohne mich auskommen.« Täuber lächelte grimmig. »Und lasst euch bis zu meiner Rückkehr nicht einfallen, wie der Rest der feigen Bande einfach auf und davon zu gehen.«

»Ich verstehe dich, Jörg, aber ich heiße deinen Entschluss nicht gut«, gab der Knopf dem Freund zu verstehen. »Die Gegend wimmelt von Feinden. Wie willst du dich allein und verwundet nach Hause durchschlagen?«

»Das lass meine Sorge sein.« Täuber humpelte auf seinen Obristen zu und umarmte ihn fest. Hernach folgten Walther Bach und Johannes Lenker, die der raubeinige Leutinger ebenfalls herzlich an seine Brust drückte.

»Gib gut acht auf dich«, gab Johannes dem Scheidenden mit auf den Weg.

»Das werde ich.« Jörg Täuber nickte zustimmend und wandte sich nach kurzem Zögern an Caroline. »Frau Lenker, ich habe es Euch nicht immer leicht gemacht. Das bedauere ich inzwischen.« Schwang da Respekt in seinen Worten? »Ich habe mittlerweile etwas erkannt: Ihr seid schon ganz recht so, wie Ihr eben seid.«

Daraufhin ergriff Caroline Täubers Hand und schüttelte sie zum Abschied kräftig. »Bestellt Elisa und dem kleinen Jörg meine Grüße«, sagte sie schlicht.

Jörg Schmid hatte den Rückzugsort klug gewählt. Die steilen Hänge des Kohlenbergs waren voller Felsen und Geröll und nur an wenigen Stellen bewaldet. Mit dem ersten Tageslicht machten sich die Allgäuer an den mühsamen Aufstieg und hatten ihre liebe Mühe und Not damit, den Gipfel zu erklimmen. Gerne hätten die Männer ihre Geschütze von Leubas mitgeführt, doch die Kanonen auf den schwer zugänglichen Berg zu schaffen wäre selbst für den gesamten Haufen ein aussichtsloses Unterfangen gewesen – für das verbliebene Fähnlein war daran nicht einmal zu denken.

»Schaffst du es?« Hauptmann Lenker sah besorgt auf seine Frau, die trotz der morgendlichen Kühle stark schwitzte. Immer wieder musste sie innehalten und ausspucken. Der Ruß, den sie und die anderen während des Brandes eingeatmet hatten, färbte ihren Speichel gräulich.

»Es geht schon.« Caroline zeigte sich tapfer, wohl wissend, dass ihr keine Wahl blieb. »Hauptsache …« Ihr Atem ging schwer. »Hauptsache, der Truchsess und Probst kommen so schnell nicht mehr an uns heran.«

»Das werden sie nicht«, versprach Johannes, dabei betete er insgeheim flehentlich um Carolines Sicherheit. Tatsächlich würde es der Armee des Schwäbischen Bundes schwer werden, dort oben auf dem Berg einen Sieg zu erringen. Durch die schroffen Hänge und natürlichen Schanzen würden die Allgäuer Rebellen den Kohlenberg wahrscheinlich auch mit einem einzigen Fähnlein halten können. Zumindest hofften sie das.

Der Feind ließ nicht lange auf sich warten. Bereits am Vormittag marschierte die Armee des Schwäbischen Bundes vor dem Kohlenberg auf – nunmehr ohne die Verstärkung Frundsbergs, den der Truchsess bereits aus seinen Diensten entlassen hatte, offenbar in dem Glauben, die Unterstützung durch den Feldherrn und seine Söldner nicht mehr länger zu benötigen. Die Allgäuer hatten keine Gelegenheit mehr, sich in den umliegenden Dörfern mit Nahrungsmitteln zu versorgen.

Erste Versuche, den Berg zu stürmen, misslangen. Die Aufständischen sahen ihre Gegner schon von weitem herannahen. Natürliche Schanzen und Überhänge boten ihnen Deckung, und somit hatten sie kaum Mühe, den Feind abzuwehren. Mehr als einige Büchsenschüsse waren nicht nötig, um das Bergareal zu halten.

»Ein Wunder, dass wir es hier herauf geschafft haben. Und doch scheinen die mir jetzt nicht richtig bei der Sache.« Jörg Schmid saß am Feuer, das in einer Mulde brannte. Glücklicherweise trug Caroline neben dem Münzbeutel, den Gräfin Emma ihr überlassen hatte, Feuerstein und Zunderschwamm Tag und Nacht bei sich. Mit deren Hilfe war es gelungen, das Feuer zu entfachen. Allerdings gab es oben auf dem Berg – mit Ausnahme eines winzigen Wäldchens, in dem sie ihr Holz gesammelt hatten – nur freies Feld und felsiges Gelände.

»Weshalb sollten sie nicht recht bei der Sache sein?«, erkundigte sie sich.

»Das weiß der Himmel.« Walther Bach von Oy runzelte die Stirn. »Vielleicht haben sie es nicht nötig, uns mit Gewalt zu unterwerfen. Wir können den Berg nicht verlassen, um zu jagen. Genauso wenig können die Bauern der umliegenden Dörfer uns mit Nahrung versorgen, denn auch sie gelangen nicht den Berg herauf. Uns bleibt zum Verzehr demnach einzig das, was wir in unseren Taschen bei uns tragen – etwas hartes Brot und Käse.«

»Du meinst, der Truchsess will uns aushungern?«

»Ich fürchte, die Möglichkeit besteht.« Oy hatte aufgehört, Caroline förmlich anzusprechen. Er rief sie einfach »Mädel«, wie es der Knopf gerne tat, oder nannte sie beim Vornamen.

»Weshalb die bitteren Mienen?« Johannes trat hinzu und küsste seine Frau auf den Mund. »Ich gebe zu, ich bringe kein Festmahl, aber ihr könnt mir glauben – wir sind wahrhaft wie die Heuschrecken über das Wäldchen hergefallen. Selbst die Bauschwämme haben wir gesammelt, wie du es geraten hast, Line.«

»Ich muss die Baumpilze vor dem Verzehr durchsehen«, warnte die Heilerin in Caroline, ohne dass sie mit ihren Gedanken recht bei der Sache war. »Einige Arten dürfen nicht verspeist werden, wenn die Männer kein Bauchgrimmen bekommen sollen.«

»Wobei schlichtes Bauchgrimmen womöglich schon bald unser geringstes Problem sein wird.«

»Wie meinst du das, Walther? Heraus damit, was habt ihr alle?« Hauptmann Lenker ließ sich nicht in die Irre führen.

»Wir denken darüber nach, ob sie uns möglicherweise aushungern wollen«, erklärte Jörg Schmid. »In dem Fall hätten wir denkbar schlechte Karten.«

Oys Vermutung schien sich zu bewahrheiten, denn es gab in der Folgezeit keine weiteren Angriffe mehr. Der Feind lagerte seelenruhig am Fuß des Berges und wartete ab, während die Aufständischen hungerten. Innerhalb weniger Tage wurden die Gesichter schmal. Wenn auch die Entschlossenheit des verbliebenen Fähnleins nicht ins Wanken geriet, so war gleichwohl jedem bewusst, dass sie dem Hungertod früher oder später ins Auge sehen würden.

Vom neunzehnten Juli an regnete es in drei aufeinander folgenden Nächten. Einerseits ein Segen für die Allgäuer, denn das Regenwasser sammelte sich reichlich in den Mulden des Berges, und so konnten sie ihren Durst stillen. Andererseits schnupfte und hustete bald die Hälfte der Männer, da sie unter freiem Himmel schliefen und unter den Zweigen und Ästen des Wäldchens nur notdürftigen Schutz vor den Wolkenbrüchen fanden. Tagsüber trockneten die Kleider zwar, doch blieb stets ein wenig Restfeuchte an ihnen haften. Wie die Geschütze und Wagen waren auch die Zelte des Haufens bei dem hastigen Aufbruch von Leubas zurückgeblieben. So besaßen die Aufständischen lediglich noch ihre Handwaffen, dazu das, was sie am Leibe trugen, sowie einige Pulverfässchen, die sie mühevoll den Berg heraufgeschleppt hatten.

»Line?« Johannes nahm seine Frau beiseite. Ihm brannte eine Frage unter den Nägeln, die er kaum zu stellen wagte. Doch er sah, wie ihr Bauch wuchs, und die Angst, die ihm die Kehle verschnürte, wurde unerträglich. »Was ist mit unserem Kind? Wird es … Kann es das alles durchstehen? Den Hunger und die Mühsal?«

Caroline lächelte so verklärt, als sähe sie den Sohn oder die Tochter bereits gesund und munter vor sich. »Es ist stark«, antwortete sie schlicht. »Mach dir keine Sorgen.« Damit nahm sie ihm die quälendste Furcht, denn Probsts Verrat hatte Johannes Lenker gelehrt, seiner Frau rückhaltlos zu vertrauen.

Abends, als sie sich nebeneinander niederlegten, griff Caroline seine Hand und führte sie zu ihrem Bauch. »Meistens tritt es, sobald ich zur Ruhe komme«, flüsterte sie ihm zu. »Ich weiß nicht, ob du es schon fühlen kannst.«

Johannes wartete. Lange Zeit spürte er nichts außer der Wärme ihrer Haut. Doch dann flatterte eine Bewegung gegen die Innenfläche seiner Hand – und trotz aller Not war er glücklich.

*

Martin von Hohenfreyberg reüssierte im Handelsgeschäft. Zum Lohn richtete Graf Hohenfreyberg seinem Ältesten ein eigenes Kontor im Erdgeschoss des Augsburger Hauses ein. An einem trüben Nachmittag Mitte Juli nutzte Martins junge Verlobte in seiner Abwesenheit die Einsamkeit der Schreibstube und vergoss bittere Tränen über einem Brief an ihre Zwillingsschwester. Es war ihr gleich, dass die Tinte stellenweise verlief, dafür tat es einfach zu gut, sich Sofia endlich mitteilen zu können – wenn auch nur auf dem Papier. Isabel sparte zu Beginn nicht mit Vorwürfen, weil die Schwester sich ohne Abschied davongestohlen hatte. Doch bald schon ertappte sie sich mitten in der ausführlichen Schilderung, wie sie gebettelt und getobt hatte, um mit der bevorstehenden Hochzeit unter allen Umständen bis zur Heimkehr der Mutter und der Schwester warten zu dürfen – und dass all ihr Zetern und Flehen in Anbetracht ihres sich rundenden Bauches nicht mehr geholfen hatte. Die Familie Hohenfreyberg durfte auch Emma zuliebe nicht riskieren, dass Isabels Kind am Ende noch unehelich zur Welt kam.

Auf dem Weg zurück in ihr Zimmer begegnete Isabel Georg von Hegnenberg. Der schneidige junge Mann war seit einigen Wochen Gast im Hause der Hohenfreybergs und hatte sich schnell einiges Geschick darin erworben, ein Lächeln auf ihr Gesicht zu zaubern.

»Wenigstens meine Schwester Sofia muss dabei sein«, nutzte Isabel die Gelegenheit, sich zu beklagen. »Das können sie mir nicht verwehren.«

»Ihr habt wieder geweint«, schalt Georg sie daraufhin spielerisch, ohne auf die bevorstehende Heirat einzugehen. »Das sollt Ihr nicht tun, liebe Isabel, dafür seid Ihr viel zu hübsch.«

»Bin ich das?« Kokett schlug sie die Augen nieder.

»Natürlich.« Hegnenberg beugte sich zu ihr herab und küsste sie rasch auf die Wange. Noch wagte er nicht, ihr offen zu sagen, dass sie den Vater ihres Kindes nicht ehelichen durfte – da er sich längst mit Haut und Haaren in sie verliebt hatte und sie zum Weib begehrte.

»Singt mir noch einmal Euer Lied«, bat sie errötend.

Nur zu gerne stimmte Georg den Gesang an, der Frundsbergs Armee den ganzen Marsch vom italienischen Pavia, zurück über die rauen Berge in die Heimat, begleitet hatte:

Trommeln dröhnen durch das Land,
Krieg brennt allerwegen.
Himmel, Hölle, Mord und Brand,
hell blinkt unser Schwert.

Furchtlos ziehn wir durch die Nacht,
rau sind unsre Lieder,
blutig war so manche Schlacht,
doch wir blieben Sieger.

Frundsberg-Grenadiere,
Kerle kühn und stolz,
haben heiße Herzen,
sind aus hartem Holz.
Dran – drauf – und durch!

Würfelspiel und Becherklang,
dazu Zechkumpanen
und ein rechter Landsknechtsang
unter schwarzen Fahnen.

Mädel in dem roten Mohn,
lass das lange Zieren,
hörst du den Fanfarenton,
bald muss ich marschieren.

Frundsberg-Grenadiere,
Kerle kühn und stolz,
haben heiße Herzen,
sind aus hartem Holz.
Dran – drauf – und durch!

Frundsberg – du bist unser Mann,
deine Schlacht wir schlagen.
Nichts von dir uns trennen kann,
für dich wir alles wagen!

36

Am Gedenktag der heiligen Brigitta von Schweden, dem dreiundzwanzigsten Juli, erklomm ein Sendbote des Truchsesses den Kohlenberg. Die Allgäuer verfolgten wachsam jeden seiner Schritte. Mehrmals glitt er ab, und kleine Gerölllawinen rieselten ins Tal.

»Lasst mich durch!« Der Unterhändler war auf Hörweite herangekommen, und die Bauern bildeten eine Gasse, durch die er bis in ihre Mitte durchschreiten konnte. »Mein Herr fordert noch vor dem Mittagsläuten eure bedingungslose Aufgabe!«, rief der Mann.

»Soll er ruhig fordern! Er kann uns ja doch nicht ergreifen!«

»Ich warne euch! Eure Wangen sind hohl, ihr leidet Hunger und Durst. Liefert euch dem Truchsess aus – und macht der Qual ein Ende!«

»Verschwinde!« Wohl wahr, sie darbten und litten, doch ans Aufgeben dachte der letzte harte Kern der Allgäuer noch lange nicht.

»Scher dich davon!«

»Uns aus den Augen!«

Jörg Schmid und seine Anhänger blieben bei ihrem Wort. Die Mittagsstunde verstrich. Gespannt warteten die Rebellen ab, doch als bis in den Nachmittag hinein nichts weiter geschah, machte Caroline sich auf die Suche nach Essbarem. Viele der Männer hatten ihr während der vergangenen Tage großzügig von ihrem eigenen kargen Mahl abgegeben. »Hast es nötiger« – dieser schlichte Satz, der von

Menschlichkeit und Güte zeugte, war Caroline inzwischen vertraut. Sie hatte die Gaben angenommen, weil sie wusste, wie dringend ihr Kindlein Nahrung zum Wachsen brauchte. Mittlerweile waren die Taschen der Allgäuer leer, der letzte Ranken Käse, der letzte Zipfel Wurst waren verspeist. Von dem Wenigen, das die Männer mit auf den Berg gebracht hatten, war nichts mehr übrig.

Caroline wünschte sehnlichst, ihnen zum Dank etwas zurückgeben zu können. Leider waren auch die Vorratskammern der Natur geplündert, wenn man vom Moosboden des Wäldchens, der Rinde der Bäume und dergleichen absah, doch so verzweifelt war der Hunger noch nicht. Sie streifte eine Weile umher, ihr Blick glitt unstet über die Landschaft hinweg.

»O nein!« Im nächsten Moment brach ihr die Stimme. Was unten am Berg vor sich ging, ließ sie in unaussprechlichem Entsetzen die Hände vor das Gesicht schlagen und alle vierzehn Nothelfer um deren Beistand anflehen.

»Die Dörfer!«, brüllte Caroline und rannte in fliegender Hast zurück. »Schaut hin! Die Dörfer!«

Einige Männer wurden aufmerksam, andere hatten das Unglück bereits selbst bemerkt.

Johannes stand mit dem Knopf und Walther Bach von Oy beisammen, als Caroline heranstürmte. Alle drei blickten ins Tal.

»Line.« Lenker schloss seine zitternde Frau in die Arme. Sie lehnte sich an ihn und wartete, bis der Schmerz in ihrer linken Seite abklang, den der schnelle Lauf verursacht hatte. Dabei flossen Tränen des Mitgefühls und der Trauer über ihr bleiches Antlitz.

»Eine solche Gottlosigkeit.« Oys nicht enden wollendes Kopfschütteln war Ausdruck seiner Fassungslosigkeit.

Auch Jörg Schmids Augen glänzten. Schon meinte der Obrist, den Rauch in die Nase steigen zu fühlen. »Leubas.

Leupolz. Betzigau. Ursulasried.« Erschüttert nannte er die gebrandschatzten Dörfer. »In Leupolz lebt eine meiner jüngeren Basen mit ihrer Familie. Mein Gott, es müssen an die zweihundert Höfe sein, die lichterloh brennen.«

»Unschuldige Menschen.« Caroline wischte sich über das Gesicht. »Das sind unschuldige Menschen, die unseretwegen alles verlieren.« Jedes Wort wurde ihr zur Qual. »Wovon sollen sie in Zukunft leben?«

»Falls sie den Flammen entkommen«, ergänzte Oy. »Der Truchsess ist ein Teufel. Es ist nicht unsere Schuld – es ist seine! Anstatt sich die Mühe zu machen, den Berg zu stürmen, vergreift er sich an arglosen Bauern und stellt uns damit vor eine unmögliche Gewissensentscheidung.« Selten im Leben war ihm etwas so schwer über die Lippen gekommen wie das Folgende: »Uns bleibt keine Wahl, Freunde. Wir müssen die Waffen strecken, wenn wir nicht das Leben weiterer Menschen aufs Spiel setzen wollen.«

»Damit geht zu Ende, wofür wir unermüdlich gekämpft haben. Wofür wir zu sterben bereit waren.« Der Knopf nickte gramerfüllt. »Ich stimme dir zu, Walther. Wir dürfen nicht anders handeln.«

»Nein!«, begehrte Lenker unerwartet auf und hielt dabei seine Frau so fest im Arm, dass seine Finger Abdrücke auf ihrer Haut hinterließen. »Das dürfen wir nicht! Wir dürfen uns nicht ergeben! Seht ihr denn nicht die kaltblütige Grausamkeit des Truchsesses? Wenn wir in seine Hände fallen, wird er keine Gnade walten lassen.«

»Du musst uns nichts vormachen. Wir alle wissen, worum es dir tatsächlich geht, Johannes.« Der Knopf nickte verständnisvoll. »Dein eigenes Leben gilt dir wenig, solange für Carolines Sicherheit gesorgt ist, nicht wahr?«

»Himmel Herrgott, sie trägt mein Kind. Was denkt ihr wohl, werden sie mit ihr anstellen?« Lenker raufte sich die Haare.

»Schon gut.« Caroline nahm seine Hände und zwang ihn, sie anzusehen. »Du kannst nicht mein Leben gegen hunderte andere aufwiegen, Liebster«, erklärte sie ruhig. »Ich wusste wie alle anderen um die Gefahr.«

»Sag das nicht.« Johannes riss sie an sich. »Sag das bitte nicht!«

»Wir werden die Männer in den Ring rufen«, beschloss der Knopf. »Letztendlich liegt die Entscheidung bei keinem Einzelnen. Sie liegt bei uns allen.«

Im Ring wurde klar, wie uneinig sich die Allgäuer im Hinblick auf das weitere Vorgehen waren. Ein Teil der Männer schloss sich Jörg Schmid und Walther Bach von Oy an und plädierte dafür, sich trotz aller zu erwartenden Konsequenzen zu ergeben, um die Bauern der Gegend vor weiteren Übergriffen zu schützen. Die andere Hälfte hingegen wollte auf dem Berg ausharren und die ganze Angelegenheit bis zum bitteren Ende aussitzen.

»Wir sind keine Feiglinge!«

»Dürfen wir auf Kosten unschuldiger Bauernfamilien handeln?«

»Um der guten Sache willen müssen wir durchhalten! Der Zweck heiligt die Mittel!«

»Ist der Preis dafür nicht zu hoch angesetzt?«

»Jeder Krieg verlangt seine Opfer!«

»Denkt an die Frauen und Kinder dort unten! Glaubt ihr, der Truchsess belässt es bei einfacher Brandschatzung? Seid doch ehrlich! Wir sprechen von Raub, Plünderung, Vergewaltigung und Mord!«

Inmitten des heftigen Disputs wurde Caroline Lenker weiß wie ein Laken. Was sie während der wenige Augenblicke andauernden Vision sah, waren die Bilder einer Hinrichtung. Ein beinharter Klumpen formte sich in ihrem Magen.

»Line? Was fehlt dir?« Johannes stützte seine Frau. »Ist etwas mit dem Kind?«

»Nein.« Sie drückte seine Hand so fest, dass es sie schmerzte. »Sag ihnen, sie sollen ruhig sein. Ich habe etwas mitzuteilen.«

»Was denn bloß …?«

»Sag es ihnen. Bitte.«

Da tat Lenker, wie sie ihn geheißen. Es war kein leichtes Unterfangen, die aufgebrachten Gemüter zum Zuhören zu bewegen. Doch endlich kehrte Ruhe ein, und alle Augen richteten sich auf Caroline.

»Jörg Täuber ist tot«, verkündete diese ohne Vorrede. Der Verlust des streitlustigen Mannes traf sie tiefer, als sie es je für möglich gehalten hätte. »Sie haben unseren Leutinger gefangen genommen und ihn gehenkt.«

Die Nachricht von Täubers Hinrichtung, die erstaunlicherweise von niemandem bezweifelt wurde, gab den Ausschlag. Die Allgäuer fassten einen Entschluss. Mit Einbruch der Nacht würde der Haufen sich auflösen und ein jeder für sich die Flucht wagen. Auf diese Weise bliebe dem Truchsess keine Veranlassung mehr, sich weiter an arglosen Bauernfamilien zu vergreifen. Und mit Gottes Beistand, so hoffte man, gelänge es vielleicht dem einen oder anderen Allgäuer, mit heiler Haut davonzukommen.

Mit einsetzender Dämmerung machten sich die ersten Männer, allein oder in kleinen Gruppen, an den Abstieg. Damit hatte auch das letzte Fähnlein nicht länger Bestand, nach und nach strömten die verbliebenen fünfhundert Allgäuer in alle Himmelsrichtungen aus und schlitterten die steilen Hänge hinunter. Einige brachen sich in der Dunkelheit den Hals, ehe der Truchsess ihrer habhaft werden konnte. Viele gerieten in die Gefangenschaft – und wenigen gelang die Flucht.

Während die Allgäuer sich ihrem Schicksal stellten, hockten Caroline und Johannes zusammen mit Schmid und Oy um die ersterbende Glut des Feuers. Auch für sie nahte die Stunde der Entscheidung. Lange sprach niemand ein Wort.

»Wir müssen das Mädel in Sicherheit bringen, ehe es uns an den Kragen geht.« Walther Bach von Oy fand als Erster zur Sprache zurück. »Ich stimme mit Johannes darin überein, dass Caroline nicht in die Hände des Schwäbischen Bundes fallen darf. Allein ihrer Wurzeln wegen wäre sie ein gefundenes Fressen. Der Vater ein berüchtigter Rebellenführer, der Ehegatte ein Hauptmann des Allgäuer Haufens …«

»Womöglich trägt sie einen Sohn unter dem Herzen, der eines Tages zu Ende bringen wird, was wir begonnen haben«, ließ sich der Knopf nachdenklich vernehmen. Sein Gesicht war von den Geschehnissen des Tages gezeichnet. Die vergangenen Stunden hatten ihn sichtbar altern lassen.

»Redet bitte nicht über mich, als wäre ich nicht da.«

»Ich ertrage die Vorstellung einfach nicht, dir könnte etwas zustoßen.« Johannes küsste Carolines Stirn. »Glaube mir, wenn es einen Ausweg für dich gibt, meine liebste Line, so wirst du ihn nutzen. Ob mit oder gegen deinen Willen.«

»Das kannst du nicht …«, fuhr Caroline auf.

»Als Knabe hörte ich eine Geschichte«, begann der Knopf unvermittelt und scheinbar ohne jeden Zusammenhang zu erzählen – und brachte damit beide Lenkers verblüfft zum Schweigen. »Es mag dreihundert oder gar vierhundert Jahre her sein, da soll auf der Sulzberger Burg ein Geist umgegangen sein. Der machte den Leuten das Leben schwer. Nachts ließ er häufig das Vieh los und scheuchte es fort, nicht ohne hernach alle Pforten, Türen und Tore offen stehen zu lassen. Dazu rasselte er schauerlich mit seinen Ketten. Eine alte Magd, die den Geist in jungen Jahren einmal zu sehen bekommen hatte, nannte ihn das Kettenbuberl, denn ihren Worten nach handelte es sich bei dem Burggeist um ein zartes Büblein von durchscheinender Gestalt.

Eines Tages begab es sich, dass die Burg von üblem Pack überfallen und die braven Leute allesamt erschlagen wurden. Einzig der Herr der Burg überlebte auf wundersame Weise, denn er hatte es sich zur Gewohnheit gemacht, sich nach Sonnenuntergang im Stall zu verstecken, immer in der Hoffnung, eines Tages das Kettenbuberl mit eigenen Augen zu sehen zu bekommen. Der Burgherr war hartnäckig. Obwohl er stets in tiefen Schlaf sank, ehe der Geist erschien, jährte sich die Gepflogenheit, sich im Stall zu verbergen, in jener Nacht zum sechsten Mal. Man mag sich seinen Schrecken vorstellen, als das Gespenst in der Stunde des Überfalls urplötzlich doch noch vor ihm stand – mit bleichen Lippen, hellem Haar und einem engelsgleichen Unschuldsgesicht. Der zittrige Burgherr starrte gebannt auf den Geist, der immer näher kam, trotzdem er keinen Fuß vor den anderen setzte. Dann fühlte der Mann, wie eine unsichtbare Schwere über ihn gebreitet wurde, und das Buberl winkte ihm zu folgen.«

»Deine Gruselgeschichte ist ja ganz nett, Jörg«, unterbrach Oy den Knopf. »Doch worauf willst du hinaus, mein Freund?«

»Geduldet euch noch einen Moment und hört euch an, wohin der Geist den Burgherrn führte. Die Gestalt schwebte voran und geleitete den Mann sicher zu einer verborgenen Höhle – die sich im Nordhang des Kohlenbergs befand. Dort versteckte er sich, bis die Gefahr vorüber war. Das Buberl aber verschwand, sobald am Morgen die ersten Betglocken ertönten.«

»Eine Höhle?« Oy sog scharf die Luft ein. »Wirklich, Jörg, meinst du das ernst?«

»Es klingt wie eine alte Legende.« Der Knopf zuckte die hager gewordenen Schultern. »Doch mein seliger Vater hat zeitlebens behauptet, als Junge mit seinem guten Freund Magnus von daheim ausgerissen zu sein und die Höhle am Nordhang des Kohlenbergs entdeckt zu haben. Was soll ich sagen … Mein Vater war kein Lügner. Und dem Mädel zuliebe sollten wir jede noch so winzige Chance nutzen, denke ich.«

»In den meisten Legenden steckt ein Körnchen Wahrheit«, mischte sich Caroline ein und dachte an die Sage, welche sich um Herluka rankte.

»Ich verstehe.« Walther Bach von Oy nickte in Jörg Schmids Richtung und klopfte Johannes aufmunternd den Rücken. »Wir haben nichts zu verlieren. Kopf hoch, mein Junge. Wir werden alles daransetzen, deine Frau und dein Kind heil aus dieser Sache herauszubringen.«

Und so machten sich Johannes, Jörg und Walther auf die Suche. Behelfsmäßige Fackeln hätten das Vorhaben zwar erleichtert, zugleich aber auch den Feind unten im Tal aufmerksam werden lassen. So mussten die Männer sich auf das unstete Licht des Mondes verlassen, der häufig hinter dichten Wolken verschwand und den Kohlenberg in kohlrabenschwarze Nacht hüllte.

Caroline blieb, die Knie angezogen, bei der Feuerstelle zurück. Nachdem die anderen fort waren, drückte die Einsamkeit bleiern auf ihre Schultern. Wann war sie zuletzt so völlig für sich gewesen? Die erzwungene Untätigkeit kam sie hart an. Ihr blieb nichts, als für die Freunde zu beten, da ihre wachsende Leibesfülle den Männern die Unternehmung nur unnötig erschwert hätte.

Leise begann sie zu summen, eine Melodie, die ihr noch aus frühen Kindheitstagen vertraut war und Erinnerungen an die dahingegangenen Eltern und Geschwister weckte. Anscheinend mochte ihr Kind die alte Weise, denn es beglückte sie mit deutlich spürbaren Bewegungen. Carolines

Gedanken wanderten zu Emma, die ihr eine zweite Mutter gewesen war. Wie sehr sie wünschte und hoffte, ihr Kindlein irgendwann einmal stolz in die Arme der Gräfin legen zu können.

Nach und nach fiel die Anspannung von ihr ab, und ihr Herzschlag wurde ruhiger. Was auch immer in den nächsten Stunden geschehen würde – sie hatte es nicht länger in der Hand. So empfahl sie sich und das Kind Gott im Himmel an. Und wartete.

Im Morgengrauen hörte sie Stimmen. Von Johannes, Walther Bach und Jörg Schmid keine Spur, stattdessen kamen Fremde den Berg herauf.

»Wollen mal sehen, ob von dem Pack dort oben noch was übrig ist.«

»Ah! Verdammt!«

»Pass doch auf! Ist verflucht steil, dieser Hang.«

Caroline stand das Herz still. Wie lange noch, bis der Feind sie erreichen würde? Panisch sah sie sich nach einem Versteck um und rannte geduckt zu einer Erdschanze in der Nähe, hinter der sie sich zitternd verbarg.

»Pst. Line.«

Sie fuhr zusammen.

»Dreh dich um.« Hinter einer steilen Kante kam Johannes' Kopf zum Vorschein. »Sie sind inzwischen oben am Berg angelangt. Ich kann sie sehen. Kriech jetzt zu mir, so schnell du kannst.«

Caroline tat mit hämmerndem Herzen, wie ihr geheißen. Eine Ewigkeit schien zu verstreichen, bis sie ihren Mann erreichte.

Johannes schwang sich über die Kante und nahm seine zitternde Frau in Empfang. Den Arm fest um sie geschlungen zog er sie mit sich in den Abgrund. »Keine Bange, es ist nicht weit«, raunte er. »Sieh nicht nach unten und halte dich an mir fest. Die Höhle liegt am steilsten Hang des Berges, der Einstieg ist ein schmaler Spalt und von oben nur bei sehr genauem Hinsehen zu erkennen.«

»Ihr habt sie wahrhaftig gefunden?«

»Allerdings. Sieh hin.« Ein dunkles Loch tat sich vor Caroline und Johannes auf. »Und jetzt nichts wie hinein mit dir.«

»Ich bin sicher, da war etwas.« Momente später traten die Männer des Truchsesses an die schroffe Kante.

Die vier Menschen in der Höhle hielten den Atem an.

»Und wenn schon. Wer dort hinunterwollte, hat sich längst den Hals gebrochen.«

Qualvolle sechs Tage lang verbargen die Lenkers, Schmid und Oy sich in dem Felsenloch, das so niedrig war, dass keiner von ihnen aufrecht stehen oder sich mehr als wenige Schritte weit bewegen konnte. Um den stechenden Durst zu stillen, leckten sie an den feuchten Höhlenwänden.

In der vierten Nacht regnete es, und Johannes wagte sich hinaus auf die rutschigen Felsen, um die leeren Trinkschläuche zu füllen, die Walther und Jörg bei sich hatten.

Derweil hielt der Truchsess unten im Tal Gericht über die Gefangenen. Achtzehn Männer, darunter der Geschützmeister und der Profoss der Allgäuer, wurden zum Tode verurteilt. Nachdem der Allgäuer Haufen vollständig zersprengt und die Urteile vollstreckt waren, blieb dem Bauernjörg keine Muße mehr, sich weiter über das Entkommen des Allgäuer Obristen zu empören. Er setzte ein Kopfgeld auf die Flüchtigen aus und zog – einen hochgelobten Paulin Probst und das zuvor aus den niedergebrannten Dörfern geraubte Vieh im Tross mit sich führend – von dannen. Früher oder später würden auch der Rebell Jörg Schmid und seine aufrührerischen Komplizen ihrem gerechten Ende entgegensehen. Derweil warteten andere Aufgaben auf den Truchsess von Waldburg. Ein mächtiges Heer wie das des

Schwäbischen Bundes wollte beschäftigt werden, und es gab im Land einige letzte aufflackernde Bauernerhebungen, die ausgemerzt sein wollten. Doch im Grunde lag mit dem Triumph über die Allgäuer der Sieg bereits in des Truchsesses Schoß.

37

Mit dem Abzug der feindlichen Truppen stand der Weg aus der Höhle und in die Freiheit für Caroline und die drei Männer an ihrer Seite offen. Die ausgezehrten Wanderer machten einen Bogen um Dörfer und Ansiedlungen und rasteten trotz des nagenden Hungers erst, als sie auf ein einsam gelegenes Gehöft stießen. Dort tauschten sie einige Münzen aus Carolines Beutel gegen ein nahrhaftes Mahl aus knusprigem Mischbrot, gesottenem Fleisch, Erbsengrütze und frischer Milch.

»Nicht so schlingen«, warnte Caroline die Freunde. »Das bekommt dem Magen nach langem Fasten schlecht.« Doch sie konnte sich beim Anblick der herrlichen Speisen selbst kaum zurückhalten.

»Alle völlig ausgehungert«, bemerkte die Bauersfrau, in deren Stube sie saßen, und blickte vielsagend auf die sich rasch leerenden Schüsseln. »Ihr scheint es in letzter Zeit nicht besonders gut getroffen zu haben.«

»Harte Wochen liegen hinter uns, in der Tat«, gab der Knopf dürftige Auskunft. Obwohl er nichts von dem Kopfgeld wusste, war ihm klar, dass der Truchsess ihn und seine Begleiter so einfach nicht würde davonkommen lassen.

»Na, schon gut«, die Frau winkte ab. »Ihr braucht mir nichts zu erzählen.« Sie reichte den Gästen von dem Brot und dem Fleisch nach.

Kaum war alles verzehrt, verabschiedete die kleine Gruppe sich höflich und brach auf.

»Wie lange ist es her, dass du Thomas Wöß gesehen hast?«, erkundigte sich Caroline bei Walther Bach von Oy.

»Ich habe ihn vor Jahren in Rankweil besucht. Er war dort gerade sesshaft geworden, seine Frau erwartete das erste Kind. Der Junge ist der Sohn meiner Halbschwester und ein talentierter Lichtzieher. Er verkauft seine Kerzen, soweit ich weiß, mittlerweile festen Händlerstämmen nach Bregenz und Bludenz.«

»Und ihm können wir vertrauen?« Johannes kaute auf einem Fetzen Dörrfleisch, das die Bäuerin ihnen mit auf den Weg gegeben hatte. Obwohl sein Bauch schmerzte, hielt sein unbändiger Hunger weiter an.

»Unbedingt. Thomas ist ein braver Bursche. In seinem Haus gibt es wenig Platz – zumindest habe ich nicht mehr als die Stube und eine Schlafkammer in Erinnerung –, aber sicherlich werden wir trotz der räumlichen Enge Gelegenheit haben, uns zu erholen und unser weiteres Vorgehen in Ruhe zu überdenken und zu planen.«

»Es wäre wunderbar, wieder einmal unter einem Dach zu schlafen«, seufzte Caroline.

Johannes musterte sie besorgt. Fortwährend fürchtete er, sie zu überfordern und ihr etwas abzuverlangen, das über ihre Kraft ging.

»Keine Bange«, kam sie ihm zuvor. »Das Kleine strampelt lebhaft. Es geht ihm gut.«

»Was man von dir nicht sagen kann, Line.« Johannes fasste ihren Arm, und die Eheleute blieben ein wenig hinter Oy und Schmid zurück. »Ich mache mir Vorwürfe, dich überhaupt in diese Lage gebracht zu haben. Bis auf den Bauch bist du schrecklich mager geworden. Unter deinen Augen liegen Tag und Nacht bläuliche Schatten.«

»Du siehst selbst nicht aus wie das blühende Leben, Liebster. Und was mich betrifft: Während der Tage, an denen wir nichts zu essen hatten, hat mein Körper unser Kind weiter versorgt. Es wächst und gedeiht, aber meine Reserven sind erschöpft, Johannes. Das ist alles. Nur deshalb liegen Schatten um meine Augen. Du kannst nichts dafür, und ändern kannst du auch nichts. Sobald wir in Rankweil sind, brauche ich – brauchen wir alle – einfach etwas Ruhe und reichlich gutes Essen.«

Der Ort Röthenbach schien den Männern weit genug von Leubas und dem Kohlenberg entfernt, um sich erstmals wieder unter Menschen zu wagen. Kurzentschlossen kehrten sie in der Schenke gegenüber der Kirche ein, denn ihnen allen bereitete das schlechte Aussehen der schwangeren Caroline Kopfzerbrechen. Ihre Arme und Beine waren erschreckend mager, der schwellende Leib hingegen wurde immer augenfälliger.

»Zieht meinetwegen nicht solche Gesichter«, schalt Caroline ihre Begleiter und langte nach dem knusprigen Speck, der zuvor in Butterschmalz geschwenkt worden war. »Da predige ich meinem Mann fortwährend, er solle sich keine Sorgen machen – und nun fangt ihr beiden auch noch an.«

»Das Mädel hat recht.« Jörg Schmid verteilte unter dem Tisch mahnende Fußtritte an seine Kameraden. »An Appetit mangelt es ihr jedenfalls nicht.«

»Wenn wir gleich aufbrechen, sollten wir Bregenz bis zum Abendbrot erreichen. Nun, zu einem späten Abendbrot«, schränkte Oy ein. »Wir könnten in der Stadt rasten, ehe wir uns auf den Weg zu meinem Neffen machen.«

»Ein guter Vorschlag, Walther«, stimmte der Knopf sogleich zu. »Das heißt, falls das Mädel sich den zügigen Halbtagesmarsch zutraut?«

»Das tue ich«, beeilte sich Caroline zu versichern, ehe Johannes seine Bedenken äußern konnte.

»In der Stadt werden wir ausruhen«, versprach Jörg Schmid.

Auch wenn Caroline sich wacker schlug, war der mehrtägige Aufenthalt in Bregenz bitter nötig und tat ihr und dem Kind wohl. Leider verschlang der Herbergsaufenthalt, so angenehm er allen war, den Löwenanteil des noch vorhandenen Geldes, so dass sich die Gruppe Anfang August nach Rankweil aufmachte. Mit dem näher rückenden Ziel vor Augen wuchsen die Bedenken.

»Hoffentlich kippen uns dein Neffe und seine Familie nicht von den Stühlen, wenn wir so unerwartet vor deren Tür stehen«, brachte der Knopf seine Sorge zum Ausdruck.

Auch Walther Bach von Oy stellte sich die Frage, wie die Verwandten mit dem unerwarteten Besuchersegen umgehen würden. Jedoch war der Neffe ihm in solch guter Erinnerung geblieben, dass er von Thomas Wöß nur das Beste annehmen mochte.

»Womöglich hätten wir doch deinen Vater um Hilfe bitten sollen«, raunte Caroline ihrem Mann zu.

»Auf keinen Fall«, fuhr dieser auf. »Du weißt, ich werde vor dem alten Mann nicht zu Kreuze kriechen.«

»Ich bin überzeugt, das wäre gar nicht nötig.«

»Line.« Johannes streichelte ihr die Wange. »Wenn du ehrlich bist, verhält es sich mit dir und deiner Emma nicht anders. Du warst genauso wenig bereit, die Gräfin Eisenberg um Hilfe zu bitten, wie ich meinen Vater.«

»Schachmatt.« Sie lächelte aufmunternd. »Obwohl«, versonnen streichelte sie sich den Bauch, »vielleicht war das ein Fehler, und ich hätte gründlicher darüber nachdenken sollen ... So oder so, im Moment können wir nur auf die Gastfreundschaft des Kerzenmachers hoffen.«

»Onkel.« Das gutgeschnittene Gesicht des Thomas Wöß schien angesichts der unerwarteten Gäste um Fassung bemüht.

»Verzeih mir, Thomas.« Walther Bach von Oy streckte die Arme nach seinem Neffen aus, und die beiden Männer umarmten einander. »Ich komme ohne Ankündigung und in Begleitung.«

»Schon gut. Du …« Thomas geriet ins Stottern. »Du wirst selbstverständlich deine Gründe haben, Onkel.«

»Glaub mir, Thomas, die habe ich. Aber dazu später mehr. Sag, Junge, bist du mit deiner Familie umgezogen? Ich kann mich an kein solch geräumiges Haus erinnern.«

»Die Geschäfte laufen gut«, bestätigte Thomas Wöß. »Dem lieben Gott hat es gefallen, Brigitte und mich mit einer reichen Kinderschar zu segnen. Leider ist mein treues Weib im vergangenen Winter zum Herrn heimgegangen.«

»Du hast mein Mitgefühl, Thomas. Brigitte war ein so liebes und fröhliches Mädchen.«

»Danke, Onkel. Inzwischen habe ich mich erneut vermählt. Antonia ist den Kindern eine Mutter, und mir füllt sie die Einsamkeit, die Brigitte hinterlassen hat.«

»Das verstehe ich. Willst du uns deine Frau nicht vorstellen?« Oy spähte über die Schulter des Neffen ins Innere des Hauses.

»Ehrlich gesagt, Antonia ist ein wenig heikel, was unerwarteten Besuch anbelangt. Lasst mich euch ins Wirtshaus einladen – derweil kann meine Frau daheim werkeln und alles für eure Ankunft vorbereiten. Sie schämt sich, müsst ihr wissen, wenn nicht alles makellos sauber ist.«

»Das verstehen wir natürlich«, beeilte sich Walther Bach von Oy zu versichern und stellte Thomas und seine Freunde einander vor.

Bald darauf saß man, jeder einen Humpen Bier vor sich auf dem Tisch, im Wirtshaus beisammen.

Die Stube war gut gefüllt, am Nebentisch entdeckte Caroline gar einen rotbäckigen Geistlichen, in dem sie den Dorfpfarrer vermutete. Für Pater Alexandre, den treuen Seelsorger auf Eisenberg, wäre dergleichen nie in Frage gekommen, doch hier am Bodensee mochten die Sitten andere sein.

»Meine Älteste heißt Brigitte wie ihre Mutter. Nach dem Mädchen kamen drei Buben, allesamt kräftige Burschen mit hellen Köpfen.« Thomas Wöß erzählte mit solcher Begeisterung von seinen Kindern, dass niemandem auffiel, wie seine Finger nervös auf die Tischplatte trommelten. »Sie zeigen schon jetzt lebhaftes Interesse an der Kerzenmacherei.«

»Das freut mich zu hören.« Im Gespräch mit dem Neffen wirkte Oy aufgeräumt wie lange nicht. »Ich kann es kaum erwarten, deine Frau, die Jungen und die kleine Brigitte kennenzulernen.«

»Das wirst du, Onkel«, versprach Thomas und erhob sich. »Aber zuerst bestelle ich beim Wirt eine weitere Runde.«

»Ein Prachtkerl, dein Neffe«, lobte der Knopf, den der Alkohol zusehends entspannte.

Auch Johannes wirkte so zufrieden wie lange nicht. Caroline schenkte ihrem Mann ein liebevolles Lächeln und stand auf. »Mir dreht sich der Kopf von dem Bier. Besser, ich ordere statt des zweiten Krugs einen leichten Würzwein.«

»Einen Krug weniger für den Tisch vom Wöß!«, tönte der Wirt quer durch den Raum, nachdem sie ihre Bitte geäußert hatte. »Magst du den süßen oder den herben Wein?«, erkundigte er sich in normalem Tonfall bei seinem Gast, um gleich darauf erneut loszubrüllen: »Bring stattdessen den süßen Würz!«

»Danke.« Caroline drehte sich um und wollte an den Tisch zurückkehren. Zu ihrer Bestürzung waren die Freunde von grimmig dreinblickenden Männern umringt, bei denen es sich – schenkte man dem Flüstern und Raunen in der Gaststube Glauben – um den Dorfbüttel und seine Helfershelfer handelte. Caroline stand steif und starr, während Johannes, Jörg und Walther in Gewahrsam genommen wurden.

»Das hat der Wöß eingefädelt.«

»Kein Wunder, die Heirat mit dem Biest Antonia hat ihn ganz und gar verändert. Früher war der Thomas ein guter Kerl.«

»Früher, du sagst es. Inzwischen liefert er den eigenen Onkel ans Messer.« Die übrigen Wirtshausbesucher wurden immer unbekümmerter darin, das Geschehen zu kommentieren.

»Angeblich ist der Schwäbische Bund in die Sache verwickelt. Man soll ihm für den Verrat eine Menge Geld geboten haben.«

»Komm her. So komm doch!«

Endlich wurde Caroline auf den Geistlichen aufmerksam, der unauffällig versuchte, sie zu sich zu rufen. Zögernd tat sie einige Schritte auf ihn zu.

»Besser, du setzt dich her«, empfahl der Priester und fuhr sehr leise fort: »Offenbar wissen sie nichts von dir, sonst hätten sie dich längst ergriffen. Verhalte dich ruhig, damit das auch so bleibt.«

Sie brachte nicht mehr als ein schwaches Nicken zustande. Ein stummer Schrei steckte ihr in der Kehle fest. Hilflos musste sie mit ansehen, wie ihr geliebter Mann und die beiden Freunde abgeführt wurden. Obwohl die Büttel Johannes fest im Griff hatten, suchten seine Augen den Raum nach ihr ab. Als er sie wohlauf am Tisch des Pfarrers entdeckte, malte sich reine Erleichterung auf seinen Zügen.

Thomas Wöß kehrte in das Wirtshaus zurück, nachdem der Büttel mitsamt seinen Helfern und den Gefangenen abgezogen war. Bei seinem Erscheinen räusperte der Pfarrer sich, woraufhin laute Buhrufe ertönten, die den Kerzenzieher zum raschen Rückzug bewegten. Offenbar hatte der Geistliche – trotz oder vielleicht gerade wegen seiner mutmaßlichen Vorliebe für Wirtshäuser – seine Schäfchen fest im Griff.

»Begleite mich in die Kirche, mein Kind«, forderte der Priester Caroline auf, nachdem er seinen Humpen in aller Ruhe geleert hatte. »Sie ist dem heiligen Peter geweiht und sehr alt. Sicher wirst du nach dem Erlebten ein Gebet sprechen wollen.«

»Ich …« Sie wusste nicht recht, was von dem Geistlichen zu halten war. Er wirkte offen und freundlich, doch hinter den warmen, braunen Augen schien ein Geheimnis zu schlummern. »Womöglich kann ich helfen«, bot der Geistliche an – und das gab für Caroline den Ausschlag.

Im Beichtstuhl erzählte sie ihm, was ihr widerfahren war. Was hatte sie schon zu verlieren? Der Priester lauschte ihrer Geschichte ruhig und ließ sie anschließend zum Gebet allein.

Bei seiner Rückkehr war er in Begleitung einer zierlichen Frau, deren Alter schwer zu schätzen war. »Das ist meine Schwester Diane«, stellte er sie vor. »Sie führt mir seit Jahren getreulich den Haushalt. Wenn du möchtest, iss mit uns zu Abend und bleib über Nacht im Pfarrhaus.«

»Danke. Habt vielen Dank.« Caroline war ausgesprochen froh über die Großzügigkeit des Geschwisterpaares, ohne dessen Anerbieten sie die Nacht alleine unter freiem Himmel verbracht hätte.

»Keine Ursache«, lächelte Diane, legte den Arm um Caroline und führte sie aus der Kirche. »Das Pfarrhaus befindet sich gleich gegenüber. Es ist nicht weit. Mein Bruder hat mir ein wenig von dir und deiner Misere berichtet, meine Liebe. Du verzeihst, dass er es mir gegenüber mit dem Beichtgeheimnis nicht ganz so genau nimmt?«

Caroline zuckte mit den Schultern, weil sie nicht recht wusste, was sie darauf erwidern sollte. Sie hatte noch nie von einem Geistlichen gehört, der die Beichtgeheimnisse seiner Gemeinde mit der Schwester teilte.

Diane schien sich an der Schweigsamkeit ihres Gastes

nicht zu stören. Sie lotste den Bruder und Caroline in die Pfarrstube, wo der Abendbrottisch bereits gedeckt war.

»Greif zu, meine Liebe. Du kannst es ganz bestimmt brauchen.«

Während des Essens bestritt Diane die Unterhaltung alleine. Ihr ausufernder Monolog umfasste die Lieblingsgerichte des Pfarrers genauso wie den Blumenschmuck der Kirche, für den sie verantwortlich zeichnete. Erst als Caroline keinen Bissen mehr hinunterbrachte, endete das belanglose Geplauder.

»Der mit den Locken ist dein Mann?«

Die Frage kam unerwartet.

»Natürlich«, lächelte die Schwester des Pfarrers. »Jetzt überlegst du, wann ich deinen Liebsten gesehen haben könnte, wo ich gar nicht im Wirtshaus war. Ehrlich gesagt habe ich – neugieriges Weib, das ich bin – aus dem Fenster gespäht, als der Büttel die Männer abführte.«

»Weißt du, wohin man sie gebracht hat?«

»O ja.« Dianes Lächeln vertiefte sich. »Sie befinden sich im Haus des Büttels. Vermutlich wird man sie dort festhalten, bis sie ins Gefängnis überführt werden.«

»Wie lange wird das dauern?«

»Das lässt sich schwer sagen«, antwortete der Geistliche. »Wenn, wie wir glauben, der Schwäbische Bund bei dieser Sache seine Finger im Spiel hat, wohl nicht sehr lange.«

»Ein oder zwei Tage. Vielleicht auch nur wenige Stunden«, ergänzte Diane. »Du trägst ein Kind unter dem Herzen?«

Wieder kam ihre Frage völlig unvermittelt.

»So ist es.«

»Dann sollte dein Mann anstatt in den Klauen der Gerichtsbarkeit bei dir sein.« Sie langte über den Tisch nach Carolines Hand. »Ich muss dich bitten, mir und meinem Bruder bei dem, was nun folgt, unbedingt zu vertrauen.«

»Natürlich. Ich werde jede Chance ergreifen, die meinen Freunden die Aussicht auf Rettung verspricht.«

»Ich sehe tatsächlich eine Möglichkeit, deinen Gemahl zu retten. Allerdings«, schränkte der Priester sogleich ein, »birgt der Plan reichlich Risiken für mich, und – ich will ehrlich zu dir sein – den anderen beiden Männern werde ich nicht helfen können.«

»Lass uns nicht länger um den heißen Brei herumreden, lieber Bruder. Unser Gast hat es nicht verdient, von uns auf die Folter gespannt zu werden. Um der Wahrheit genüge zu tun, meine Liebe, will ich gestehen, dass wir ein besonderes Interesse an dir haben.«

»An mir?«, echote Caroline, und eine Gänsehaut überzog ihren Körper.

»An dir und dem Kind, das du unter dem Herzen trägst«, bestätigte Diane. »Bitte, erschrick nicht. Das mag sich jetzt schlimmer anhören, als es ist. Mein Bruder und ich frönen im Keller dieses Hauses seit Jahren einer geheimen Leidenschaft: der Bildhauerei. Natürlich ziemt sich ein solches Handwerk nicht für den Rankweiler Pfarrer, und schon gar nicht für seine Schwester. Hinzu kommt, dass unsere Werke ausnahmslos den Geschöpfen Evas nachempfunden sind. So, wie Gott sie erschaffen hat. Insgeheim träumten wir immer davon, einmal den schwangeren Leib einer Frau in Stein hauen zu können.

Doch dafür fehlte uns bisher die Vorlage. Wenn wir eine Skizze von dir anfertigen dürften …« Diane blickte Caroline scheu und zugleich hoffnungsfroh an. »Wenn du uns gestatten würdest …«

»Verstehe ich recht, ihr wollt mich … ohne Kleider zeichnen? Nackt, sozusagen?«

»Natürlich dürfte niemand etwas davon erfahren.« Dem Pfarrer schien seine bisherige Gemütsruhe vorübergehend abhanden zu kommen. »Wenn die Kirche von meinem Steckenpferd wüsste, ich wäre für die Pfarrei nicht länger tragbar.«

»Möchtest du unsere Werke sehen?«, bot Diane an. »Vielleicht kannst du dann besser verstehen, wovon wir sprechen.«

»Später. Zuerst verratet mir, wie ihr Johannes befreien wollt, falls ich euren Wunsch erfülle.«

»Aller Wahrscheinlichkeit nach wird man deinen Gatten und seine Freunde nach Bludenz schaffen, um sie dort bis zu ihrer Verurteilung einzusperren. So verfährt man für gewöhnlich mit den Übeltätern, die in unserer Gegend verhaftet werden«, erklärte der Geistliche.

»Mein Bruder wirkte in der Vergangenheit einige Male als Seelsorger bei den Gefangenen. Er kennt das Gefängnis.«

»Ich könnte deinen Mann aufsuchen, unter dem Vorwand, ihm die Beichte abnehmen zu wollen. Wenn ich ihm dann meine Kleider überließe ... Einem Priester sieht keiner so genau ins Gesicht. Wenn er mich dann niederschlüge ... Eine Beule am Kopf, und niemand würde auf den Gedanken verfallen, ich könnte ihm zur Flucht verholfen haben.«

38

Caroline Lenker erfüllte den ungewöhnlichen Wunsch der Geschwister und damit ihren Teil der Abmachung.

Am dritten Tag nach den Verhaftungen im Rankweiler Wirtshaus sprach der dortige Pfarrer im Gefängnis von Bludenz vor.

»Die Kerle sind kaum weggesperrt, geschweige denn verurteilt, da kommt Ihr schon angelaufen und sorgt Euch um ihr Seelenheil.« Der Wärter brachte es fertig, gleichzeitig belustigt und gelangweilt zu wirken.

»Zufällig war ich während der Gefangennahme der Herrschaften anwesend. Halte mich für töricht, aber dadurch sehe ich es als meine Pflicht, nach den Allgäuern zu schauen.«

»Vielleicht ist das richtig, wenn man bedenkt, was die Kerle erwartet. Bei einfachen Verhören wird es nicht bleiben, das wird zumindest auf den Gängen geflüstert. Die müssen drüben im Allgäuerischen einigen Aufruhr verursacht haben.«

»Davon weiß ich nichts«, blieb der Geistliche zurückhaltend, obwohl ihm die Neugierde unter den Nägeln brannte. Er schätzte sein Gegenüber als jemanden ein, der Vertraulichkeiten womöglich schon im nächsten Augenblick bereute. Da war es besser, nicht weiter nachzubohren und dafür die Würde und die Autorität seines Amtes zu wahren.

»Nun gut, einer meiner Männer wird Euch zu den Gefangenen führen.« Der Wärter stieß einen Pfiff aus, und kurz darauf erschien ein dienstbeflissener Untergebener. »Bring den Priester zu Lenker, anschließend zu Oy und Schmid.«

»Verzeihung, aber …«

»Was wollt Ihr noch? Habe ich einen übersehen?«

»Natürlich nicht, selbstredend kennt Ihr Eure Gefangenen«, befleißigte sich der Rankweiler eines lobenden Tonfalls. »Womöglich könnte ich zuerst den Anführer sprechen, diesen Knopf? Mir scheint, er bedarf meines Beistands noch dringlicher als seine Gefährten.«

»In welcher Reihenfolge Ihr die Kerle das Kreuz küssen lasst, Priester, ist mir gleich.«

»Wohlan.« Der Pfarrer trabte seinem Führer hinterdrein und verkniff sich ein listiges Lächeln. Bisher lief es ja wie am Schnürchen.

Jörg Schmid und Walther Bach von Oy teilten sich eine karge Zelle. Das Ruhelager bestand aus einer Pritsche an der Wand, die kaum breit und lang genug für einen einzigen Mann war. Durch eine schmale Scharte in der Außenmauer fiel ein Flecken Tageslicht. Ein Blecheimer in der Ecke diente, dem penetranten Gestank zufolge, als Nachttopf.

»Ihr wart in dem Wirtshaus.«

»Ich war in dem Wirtshaus, ja. Doch wenn Eure Worte als Anklage gemeint sind, so lasst Euch gesagt sein, dass ich nichts mit der Hinterlist zu tun hatte«, machte der Rankweiler Pfarrer deutlich. »Ihr seid Thomas Wöß' Oheim, nicht wahr? Sein Verrat muss Euch hart getroffen haben. Wir kennen uns nicht, doch könnt Ihr ruhig glauben, einen Freund vor Euch zu haben. Caroline schickt mich.«

»Geht es dem Mädel gut?«

»Sie ist Gast in meinem Haus. Meine Schwester Diane, eine treusorgende Seele, kümmert sich um sie.«

»So sind wir Euch zu Dank verpflichtet«, ließ sich der Knopf erstmals vernehmen.

»Sagt, weshalb ist Johannes Lenker nicht bei Euch?«

»Der Junge ist mit einem derben Wachmann aneinandergeraten. Gleich am ersten Tag. Da haben sie ihn weggeführt.«

»Wenn ich Euch verrate, dass ich Carolines Mann hier herausholen will, so darf ich Euch nicht verschweigen, dass ich für Euch keine Möglichkeit zur Flucht sehe. Nicht im Moment.«

Der Pfarrer musterte die beiden Gefangenen abwartend. Sie waren ihm fremd. Wie würden sie reagieren? Er war nur deshalb so offen zu ihnen, weil er sich auf Carolines Schilderung ihrer Charaktere verließ.

»Das ist gut. Ich weiß nicht, wie Ihr dazu kommt, ein solches Wagnis einzugehen, aber Euer Vorhaben macht mich froh. Caroline und Johannes haben die Chance auf eine Zukunft verdient.«

»Ich kenne Johannes Lenker nicht, doch so, wie ich seine Frau einschätze, wird sie nicht ruhen, ehe auch ihr beide auf freiem Fuß seid.«

»Das darf sie nicht. Davon müsst Ihr sie abhalten.«

»Walther hat recht. Niemand soll sich mehr um unseretwillen in Gefahr bringen. Schon gar nicht diese beiden. Wenn es Euch gelingt, Johannes herauszuholen, so bestellt ihm und seiner Frau unsere guten Wünsche. Versichert sie unserer Freundschaft und sagt ihnen, hochrangige Freunde seien auf den Plan getreten, und unsere Freilassung wäre nur eine Frage der Zeit.«

»Eine Lüge?«

»Eine barmherzige Lüge, Herr Pfarrer. Tut Ihr das für uns?«

»Ich richte es aus.« Der Rankweiler schlug das Kreuzzeichen über beiden Männern, als der Wächter sich näherte, ihn abzuholen. »Ego te absolvo. Gott mit euch.«

Johannes hockte in seiner Zelle und wiegte sich zur Melodie eines Wiegenlieds, das nur er allein hören konnte. Caroline hatte es ihrem ungeborenen Kind in den letzten Tagen oft vor dem Einschlafen vorgesungen.

*Schlafe ein, mein liebes Kind,
böse Träume fängt der Wind.*

Er sah auf, als die Zellentür entriegelt wurde. Kamen sie schon, ihm den Prozess zu machen?

»Da ist einer, der sich deines Sündenregisters annehmen will.«

»Will er das?« Anders als der Knopf und Oy erkannte Lenker den Geistlichen nicht sogleich wieder.

»So du dein Gewissen erleichtern willst, mein Sohn.« Der Pfarrer sah sich in der Zelle um, die sich in nichts von der zuvor gesehenen unterschied, und wartete darauf, dass der Wärter sich zurückzog. Dieser ließ sich Zeit. »Endlich. Ich fürchtete schon, der ginge gar nicht mehr.«

Johannes zog die Augenbrauen in die Höhe. Was da aus dem Mund des Geistlichen kam, schien ihm reichlich ungewöhnlich.

»Ihr müsst mir gut zuhören.«

»Warum sollte ich das?«

»Wenn Euch etwas daran liegt, Euer Weib wieder in die Arme zu schließen …«

»Ihr habt Nachricht von Caroline?« Lenker war wie ausgewechselt. Der verdrossene Gesichtsausdruck verschwand.

»Sie ist in Sicherheit, und es geht ihr gut. Meine Schwester ist bei ihr. Genau genommen warten die Frauen in der Nähe des Gefängnisses. Jetzt hört mir zu.« Flüsternd erläuterte der Rankweiler seinen Plan und überbrachte – mit schwerem Herzen – die Botschaft Jörg Schmids und Walther Bach von Oys.

»Weshalb tut Ihr das?« Bei aller Freude über die in Aussicht gestellte Flucht blieb Johannes misstrauisch.

»Das soll Euch Caroline selbst erzählen, wenn sie das möchte. Lasst uns nun die Kleider tauschen, und hernach verpasst Ihr mir eine anständige Beule. Habt Ihr verstanden? Es muss eine eindrucksvolle Schwellung geben, damit ich Euren Angriff glaubhaft machen kann.«

»Verstanden«, bestätigte Johannes. Es fiel ihm schwer, einen Unschuldigen niederzuschlagen. Doch er war bereit, alles zu tun, was getan werden musste.

*

Die Wachleute des Bludenzer Gefängnisses entließen den Geistlichen, der betend und mit gesenktem Kopf an ihnen vorüberkam, hinaus auf die Straße. Kaum außer Sichtweite war er so gut wie vergessen. Die Beichte gehörte zum Gefängnisalltag und war nicht ungewöhnlich.

Der Gefangene hingegen schien sich den Besuch zu Herzen genommen zu haben. Er lag reglos mit dem Rücken zur Zellentür. Vermutlich bat er Gott um Gnade. Oder er weinte nach seiner Mutter. Oder beides. Das kümmerte niemanden.

Wie der Pfarrer ihn angewiesen hatte, machte sich Johannes, kaum an der frischen Luft, auf die Suche nach dem Oberen Tor. Erst nach und nach verebbte das Zittern seiner Hände. Gebückt war er aus dem Gefängnis geschlichen, um seine Körperlänge zu verbergen. Gottlob hatte niemand etwas bemerkt.

Da die Wegbeschreibung des Priesters an Genauigkeit zu wünschen übrig ließ, war er mehrmals zur Nachfrage gezwungen. So erfuhr er von den treuen Bürgern, dass die Bludenzer ihr Oberes Tor auch das Herzog-Friedrich-Tor nannten, weil sich besagter Herzog vor über einhundert

Jahren durch ebendieses in die Stadt geflüchtet hatte. Die Anekdote wurde mit stolzgeschwellter Brust vorgetragen.

Erst nach Einbruch der Dämmerung fand er sich am vereinbarten Treffpunkt ein. Sein Herz setzte einen Satz lang aus, als die Gestalten zweier Frauen sich aus dem Halbdunkel schälten.

»Line!«, rief er leise.

Sie wandte den Kopf, erkannte ihn und eilte auf ihn zu. Ihre Umarmung war so innig, wie es nur die Berührung zweier Liebenden sein konnte, die hatten fürchten müssen, einander in diesem Leben nicht mehr wiederzusehen.

»Du bist frei.« Sie streichelte sein Gesicht. »Du bist wahrhaftig frei.«

»Weil du mich gerettet hast, Liebste.«

»Vergesst nicht meinen Bruder«, mischte sich Diane mit einem schiefen Lächeln ein und schüttelte Johannes die Hand. »Ich habe einfache Kleider für euch mitgebracht. Dort drüben ist es finster. Ihr müsst euch umziehen und zusehen, dass ihr vor der Schließung der Tore die Stadt verlasst.«

»Diane bleibt in Bludenz, bis der Pfarrer wieder frei ist.«

»Ich bete, dass sie ihm seine Geschichte glauben.«

»Das werden sie.« Caroline drückte Dianes Hand, während Johannes mit dem Kleiderbündel verschwand. »Ich finde keine Worte für das, was Ihr für meinen Mann und mich getan habt.«

»Schon recht. Thomas Wöß besucht mit seiner Familie regelmäßig den Gottesdienst in Rankweil – und dennoch hat er sich für Geld zu einem solchen Schurkenstück verstiegen. Mein Bruder musste etwas unternehmen, er hätte sonst keine Ruhe mehr gefunden.«

Caroline und Johannes fanden Zuflucht in einem leeren Heuschober. Eng aneinandergeschmiegt genossen sie Wärme und Trost des anderen.

»Ich muss beständig an Walther und den Knopf denken«, vertraute Caroline ihrem Mann an.

Johannes küsste sie aufs Haar. »Da kann ich dich beruhigen, Liebste. Es gibt gute Nachrichten. Der Priester hatte Gelegenheit, mit unseren Freunden zu sprechen. Ihre Freilassung wird zwar noch dauern, wurde aber von hochrangigen Persönlichkeiten bereits in die Wege geleitet.«

»Dann dürfen wir hoffen, sie bei guter Gesundheit wiederzusehen?«

»Das dürfen wir.«

»Dem Herrn im Himmel sei Dank!« Caroline stieß einen tiefen Seufzer der Erleichterung aus. »Ich wusste, der Knopf hat Einfluss, aber dass ihm das gelingen würde ... Trotz allen Schreckens scheint sich das Schicksal uns zum Wohl zu wenden. Wir sind beisammen, und unsere Freunde schweben nicht länger in Lebensgefahr. Wie bin ich froh!«

»Und ich erst«, lachte Johannes. »Aber sag, wie hast du den Pfarrer dazu gebracht, dir zu helfen? Wo es alles andere als selbstverständlich ist, ein solches Wagnis einzugehen.«

Caroline schwieg verschämt.

»Weshalb glühen deine Wangen? Du hast doch nicht ... Er hat dich doch hoffentlich nicht gezwungen, mit ihm ...«

»Nein! Um Gottes willen, Johannes, wo denkst du hin! Es mag ein wenig ... ungebührlich gewesen sein, aber ich wurde in keiner Weise behelligt. Außerdem glaube ich bestimmt, dass sie mir auch ohne diesen kleinen Gefallen geholfen hätten.«

Und so erfuhr Lenker von der geheimen Leidenschaft des Geschwisterpaares.

»Line?«

»Was ist?« Caroline blinzelte verschlafen. Ringsum war es stockfinster. Sie waren noch immer in dem leeren Schober, in dem der Duft der letzten Heuernte hing.

»Ich habe mir überlegt, was wir jetzt tun.«

»Wie meinst du das?«

»Wir müssen irgendwo hin. Eine Zuflucht finden, meine ich. Wir brauchen ein Dach über dem Kopf. Bald wirst du so rund sein, dass du dich nurmehr schwerlich bewegen kannst.«

»Augenblicklich geht es noch recht gut«, brummte Caroline.

»Im Ernst, Line. Wenn du nichts dagegen hast, möchte ich dich nach Hause bringen.«

»Nach Hause?«

»Zurück nach Denklingen. Dort habe ich eine Familie. Einen Vater und einen Bruder.«

Caroline setzte sich auf, mit einem Schlag war sie vollends wach. »Das bedeutet, du willst deinem Vater verzeihen?«

»Ich weiß, ich habe mich allzu lange dagegen gesträubt. Doch nun denke ich anders darüber. Der alte Herr bereut, wie er meine Mutter und mich vor vielen Jahren behandelt hat. Und ich bereue es, aus eigener Schuld keinen Vater gehabt zu haben.«

»Du hast eben einen sturen Schädel.« Caroline tastete in der Dunkelheit nach seinem Gesicht, küsste ihn erst auf die Stirn, dann auf den Mund. »Natürlich gehen wir nach Denklingen. Es ist die richtige Entscheidung. Ich bin stolz auf dich, mein Gemahl.«

39

Die Angst vor Verfolgung ließ mit jedem Schritt nach, den Caroline und Johannes taten – und blieb auf der Strecke zwischen Bludenz und Denklingen nahezu vollständig zurück. Die wachsende Vorfreude auf das Wiedersehen ließ keinen Raum für Furcht.

Bei Nacht erreichte das erschöpfte Paar den Vogelherd und erklomm den Weg hinauf zur Burg.

»Warte!« Caroline gewahrte vor Johannes, was geschehen war. Die Denklinger Burg gab es nicht mehr. Barmherzig lag die Dunkelheit über gepeinigten Mauerresten, Schutt und Trümmern. So wurde das ganze Ausmaß des Schadens erst auf den zweiten Blick offenbar.

»Nein!«, schrie Johannes auf, als er begriff. »Vater! Burkhardt! Nicht das! Bitte nicht das!« Er taumelte auf die zerstörte Burg zu, kletterte achtlos über die Trümmer hinweg und rief wieder und wieder nach seiner Familie. »Vater! O lieber Gott, bitte, Vater!«

Es war vergebens. Johannes fiel auf die Knie und grub seine Hände in die kalte Erde, die statt nach Heimat nach Tod und Verderben roch. »Ich bin zu spät gekommen, Line«, klagte er. »Von jetzt an und in alle Ewigkeit bin ich zu spät.«

Caroline ging zu ihm, umfing ihn so fest sie konnte mit den Armen, drückte seinen Kopf an ihre Brust und ließ ihn weinen. Im Angesicht des Unheils fand sie keine Worte. Was sie ihm geben konnte, war stiller Trost, während ihre Tränen auf sein Haar tropften.

Die Wende von der Nacht zum Tag vollzog sich grau in grau. Johannes stieß einen leisen Laut des Wehklagens aus, als das erste Morgenlicht federleicht auf die Trümmer fiel.

»Glaubst du …« Er sprach zum ersten Mal seit Stunden. »Glaubst du, wir finden ihre Leichen unter dem Schutt?«

»Wir wissen nicht, ob sie wirklich tot sind, Liebster. Womöglich haben die Angreifer sie am Leben gelassen.«

»Wecke keine falschen Hoffnungen, Line. Du brauchst dir das Werk der Zerstörung bloß anzusehen, um zu wissen, dass man hier keine Gnade walten ließ.«

»Weshalb nur?« Caroline strich sich müde eine Haarsträhne aus der Stirn. »Wir sollten ins Dorf gehen«, schlug sie vor. »Dort werden sie wissen, was geschehen ist.«

»Auf keinen Fall.« Johannes klang barsch. »Womöglich waren sie beteiligt, sind mitverantwortlich für das, was geschehen ist. Ich muss auf der Stelle nachsehen, ob ich Vater und Burkhardt finde. Es ist meine Pflicht als Sohn und Bruder.«

Wie gerne hätte sie ihm den schweren Gang erspart.

Johannes fand keine Toten. Stattdessen entdeckte er ein rothaariges Mädchen, das mit einer erstaunlichen Selbstverständlichkeit auf den Überresten des ehemaligen Torbogens hockte und ihm zuwinkte.

»Line!«, rief er nach seiner Frau. »Komm bitte her!«

»Barbara!« Kaum hatte Caroline sie entdeckt, stürzte sie dem Mädchen auch schon entgegen.

»Mutter sagte, ihr würdet kommen.« Die Kleine sprang auf und kletterte Caroline über die Trümmer hinweg behände entgegen. »Sie erwartet euch, soll ich ausrichten.«

Johannes verkniff sich die Frage, woher Salome von ihrer Ankunft wusste. Schließlich war er selbst mit einer Seherin verheiratet.

»Kommt ihr?« Barbara schmiegte sich an Carolines Rock.

»Gewiss.« Lenker warf einen letzten Blick auf die zerstörte Burg und wandte sich mit einem Gefühl der Erleichterung ab.

Salomes Häuschen lag in der Morgensonne. Ein Hort der Zuflucht. Barbara lief voran ins Haus, doch es war nicht die Epfacher Heilerin, die ihnen kurz darauf entgegentrat. Stattdessen humpelte ein Mann über die Schwelle. Wolf von Denklingen.

»Vater. Mein Gott.« Johannes hätte nicht bleicher werden können, wäre er einem leibhaftigen Gespenst begegnet. »Du bist am Leben?«

»Das hoffe ich doch.« Der alte Ritter wagte ein vorsichtiges Lächeln. Caroline nickte ihm ermunternd zu. Da streckte er die Arme nach seinem Sohn aus.

Lenker tat einen Schritt. Und noch einen. Langsam und zögerlich, als überquere er die Brücke über einen reißenden Fluss, überwand er die Kluft der verlorenen Jahre. »Vater, bitte verzeih mir!«

»Es gibt nichts, was ich dir verzeihen müsste, Johannes.« Tränen standen in Wolf von Denklingens Augen, als er seinen Sohn in die Arme nahm und ihm zum ersten Mal nach allzu langer Zeit über das lockige Haar strich.

»Mein Sohn ist zurückgekehrt!«, verkündete er laut. »Lob und Ehre sei dem Herrn!«

»Lob und Ehre!«, erklang es von der Tür. Im Türrahmen stand Burkhardt. »Willkommen, Johannes. Willkommen, Caroline.«

»Lass mich durch!« Hinter Burkhardt regte sich etwas. »Ich kann nicht mehr warten.«

»Schon gut«, lachte Burkhardt und ließ eine zierliche junge Frau vortreten.

»Isabel? Nein, Sofia!« Caroline stand wie vom Donner gerührt. »Was tust du hier? Weshalb bist du nicht auf Eisenberg? Und wo sind deine Mutter und deine Geschwister?«

»Da wunderst du dich«, freute sich Sofia und umarmte Caroline stürmisch. »Eigentlich bin ich hierhergekommen, um dich zu finden.«

»Aber dann ist sie bei mir geblieben. Als meine Verlobte«, ergänzte Burkhardt, und seine Augen leuchteten voller Stolz und Zuneigung.

»Liebe Freunde!« Da kam endlich auch Salome zum Vorschein. »Kommt herein, kommt herein! Wir haben vieles zu bereden.«

»Wir verstecken uns bei Salome«, eröffnete Sofia. »Womöglich ist es nicht gut, wenn wir uns so lange im Freien aufhalten. Man könnte uns sehen.«

Drinnen dauerte es eine Weile, bis Platz geschaffen war. Barbaras Bett musste zur Sitzgelegenheit umfunktioniert werden, denn für so zahlreiche Gäste war das Häuschen nicht geschaffen. Dennoch saß am Ende jeder vor einem dampfenden Becher Würzwein.

»Du bist ja in Erwartung, Caroline«, stellte Sofia fest, nachdem sie die Freundin eingehend gemustert hatte.

»Und mit mir vermählt obendrein.«

»Aber das ist ja …«

»Wundervoll«, ergänzte Burkhardt seine Verlobte.

»Und du wirst ebenfalls heiraten, Liebes. Emma freut sich sicherlich über die Maßen, und erst Isabel …«

»Das ist nicht einfach zu erklären. Aber ich will es versuchen.« Sofia machte sich daran, Emmas Reise nach Finnland und ihre eigene Flucht aus Augsburg zu schildern.

»Isabel und Martin … Ich fasse es nicht.« Caroline glückte es nicht auf Anhieb, das Bild zweier unschuldig spielender Kinder mit dem eines liebenden Paares zu vereinen. »Du musst heimkehren, Sofia, unbedingt. Was glaubst du, wie sich alle um dich sorgen, wo sie noch nicht einmal einen persönlichen Brief von dir erhalten haben.«

»Ich konnte nicht …«

»Graf Hohenfreyberg weiß, wo die junge Dame sich aufhält«, mischte sich Wolf von Denklingen ein. »Ich habe ihm geschrieben, dass sie unter meinem Schutz steht.« Seine Züge verfinsterten sich. »Und dabei wäre ihr um ein Haar schlimmes Leid geschehen.«

»Die Burg wurde angegriffen«, nahm es Burkhardt auf sich, Caroline und Johannes ins Bild zu setzen.

»Wir haben das Zerstörungswerk gesehen«, nickte Johannes. »Und fürchteten schon, ihr wärt bei dem Sturm auf die Burg ums Leben gekommen.«

»Wir wurden rechtzeitig gewarnt. Unser Entkommen haben wir Salome und Barbara zu verdanken. Diese Aufständischen kennen keine Gnade.«

»Wer waren diese Aufständischen, Burkhardt?« Caroline wurde es flau im Magen.

»Bauern.« Burkhardt sprach voller Abscheu.

»Ein Bauernhaufen? Wisst ihr, welcher Haufen? Welches Fähnlein oder Rotte? Wie nannten die Angreifer sich?« Johannes stand das Entsetzen ins Gesicht geschrieben. Sein Vater war gewiss kein schlechter Herr, weshalb also hätten die Bauern ihn angreifen sollen?

»Im Dorf gehen die Leute von keinem offiziellen Zusammenschluss aus. Wahrscheinlich waren es namenlose Plünderer. Sie trugen keine Fahne bei sich und auch sonst kein Erkennungsmerkmal«, schilderte Salome.

»Wir hatten schon befürchtet, die Dörfler könnten beteiligt gewesen sein.«

»Nein, die stehen auf unserer Seite. Sonst hätten sie uns längst verraten. Wir verstecken uns zwar, doch wissen die Denklinger fraglos, wo wir uns aufhalten.«

»Da ist ja Fleck!«, rief Caroline und unterbrach das Tischgespräch, um den Kater zu streicheln, der sich zu einem robusten Jungtier entwickelt hatte. »Wie ich erwartet habe, hast du gut für ihn gesorgt, Barbara.«

Die Backen des Mädchens glühten vor Freude über das Lob.

Erst am Abend, als Barbara auf Carolines Schoß eingeschlafen war, kam das Gespräch auf Herluka. Sofia berichtete von ihren Nachforschungen und erzählte von den Zeichen auf dem Schlussstein der Lorenzkapelle. »Es sind die gleichen Symbole wie auf dem Stein. Wir nehmen an, das Dreieck steht für das Dach des Kirchleins. Versteht ihr?«

Caroline und Johannes sahen sie fragend an.

»Was Sofia sagen will: Wenn wir richtigliegen, ist das Geheimnis der Herluka in der Turmkugel der Kapelle zu finden.«

»Und da habt ihr noch nicht nachgesehen?«

»Wir konnten nicht. Gerade als wir die Lösung gefunden hatten, kam Barbara angerannt und warnte uns vor dem drohenden Sturm auf die Burg. Seither haben wir Salomes Häuschen kaum verlassen.«

»Ich glaube zwar nicht, dass Gefahr droht, doch kann eine gute Portion Vorsicht nie schaden.« Die Epfacher Heilerin blickte auf ihre schlafende Tochter. »Für etwas, was sie als Schändung ihrer Kapelle ansehen würden, hätten die Dörfler kein Verständnis.«

»So müssen wir in aller Heimlichkeit nachsehen.« Carolines und Sofias Blick trafen sich.

»Meinethalben.« Burkhardt nickte zögerlich. »Ich gebe zu, auch mich plagt die Neugierde. Allerdings bestehe ich darauf, alleine mit Johannes zu gehen. Ihr Frauen bleibt hier bei Vater. Was denkst du ... Bruder?«

»Ich denke, ich stimme dir voll und ganz zu.« Lenker streckte Burkhardt die Hand hin. »Bruder.«

In der darauffolgenden Nacht brachen Johannes und Burkhardt in Richtung des Lorenzbergs auf. Sie trugen die Leiter mit sich, die Salome zum Apfelpflücken verwendete.

Sofias trotzige Einwände und Carolines massive Proteste waren auf taube Ohren gestoßen. Die Brüder hatten sie vor die Wahl gestellt: Entweder sie blieben zurück oder sie würden eben nicht erfahren, was sich in der Turmkugel befand.

Caroline vertrieb sich die Zeit des Wartens, indem sie zusammen mit Salome das wehe Bein des alten Ritters behandelte. Sofia spielte mit Fleck.

Die Zeit wollte nicht verstreichen.

»Hoffentlich hat man sie nicht erwischt.« Sofia wurde immer banger zumute.

»Sicher nicht«, tröstete Salome. »Eure Männer sind findige Burschen.«

»Meint ihr, sie werden etwas finden?«

»Ich wage gar nicht darüber nachzudenken, was Herlukas Vermächtnis für uns bedeuten könnte.«

»Wenn es sich denn um Herlukas Vermächtnis handelt. Wir wissen nicht, was der Denklinger Ritter seinerzeit für sie verwahren oder verstecken sollte.«

»Endlich!« Als vor dem Haus Stimmen erklangen, stürzten die drei Frauen zur Tür.

»Wie die Hühner, wenn es ans Futtern geht«, sprach Wolf von Denklingen leise zu sich. Es war kaum verwunderlich, dass er der ganzen Aufregung nicht folgen konnte. Niemand hatte ihn in die verborgenen Kräfte des Sternenmals eingeweiht.

»Ihr sollt ja alles erfahren, aber lasst uns bitte erst hereinkommen, ihr Holden«, lachte Burkhardt fröhlich.

»Habt ihr etwas gefunden?«

»Das haben wir.« Johannes küsste Caroline auf den Mund und legte ihr die Hand auf den runden Bauch.

»In der Turmkugel befand sich ein Tonkrug von der Größe einer Hand. Darin ...« Burkhardt machte eine Kunstpause.

»Burkhardt!«, schimpfte Sofia.

»Ein weiterer Vers.«

»Ein weiterer Vers? Noch einer?«

»Das Pergament weist kaum schadhafte Stellen auf. Allerdings ließen sich die einzelnen Worte draußen im Mondschein nicht entziffern.«

»Burkhardt wollte unseren Fund unbedingt an Ort und Stelle untersuchen. Deshalb sind wir so lange ausgeblieben. Doch wir brauchen besseres Licht.«

Daraufhin wurde Salomes gute Öllampe entzündet, und die Runde versammelte sich um den Tisch. Burkhardt las vor:

»Das Denklinger Loch dient als Hort
für der HERRIN mächtig Wort.«

»Ich weiß, was mit dem Loch gemeint ist. Vater, erinnerst du dich? Als Knabe bin ich hineingeklettert, was dir gar nicht recht war, als du davon erfuhrst.« Johannes sah auffordernd zu Wolf von Denklingen hinüber, doch der alte Herr war eingenickt. Das Kinn lag auf der Brust, und er schnarchte ein wenig.

»Wovon sprichst du?«, fragte Burkhardt.

»Vom Denklinger Loch. Eigentlich handelt es sich um eine Höhle.«

»Anders als Johannes habe ich mich nie hineingewagt, aber ich hörte davon, dass es recht weit reichen muss.«

»Der Ort bringt Unglück«, schnaubte Wolf von Denklingen.

Niemand hatte bemerkt, dass er aufgewacht und dem letzten Teil des Gesprächs gefolgt war. »Deshalb habe ich meinen Jungen verboten, sich dort herumzutreiben. Niemand, der recht bei Verstand ist, geht dorthin.« Damit klappten seine Augen zu, und kurz darauf war er wieder eingeschlafen.

»*Wir* werden hingehen«, verkündete Caroline entschlossen. »Dieses Mal bleibe ich nicht zurück und drehe Däumchen. Das kannst du nicht verlangen, Johannes, das akzeptiere ich nicht.«

»Solange du nicht in das Loch steigen willst«, beruhigte Lenker seine aufgebrachte Frau, »habe ich nichts dagegen. Eine solche Unternehmung können wir nur bei Tageslicht wagen. Und wenn die Leute den Ort ohnehin meiden, werden wir wohl hoffentlich unsere Ruhe haben.«

40

Am folgenden Morgen war es bei Sonnenaufgang warm und stickig. Wolf von Denklingen blieb mit Barbara in Salomes Haus zurück, während sie zum Denklinger Loch aufbrachen. Zwar war es dem alten Herrn nicht recht, wohin die fünf sich aufmachten, doch abhalten konnte er sie nicht. Insgeheim war er dankbar für etwas Ruhe, denn er brauchte Zeit für sich, um den Angriff auf seine Besitztümer zu begreifen. Vor seinen Söhnen nahm er sich zusammen, dabei war der Verlust der Burg, die seit Generationen im Besitz der Familie gewesen war, für ihn kaum zu verkraften. Was ihn aufrechterhielt, war Johannes' Rückkehr in den Schoß der Familie.

Die Wanderer hielten sich abseits der bekannten Wege und ausgetretenen Pfade. Nach kurzer Zeit standen ihnen Schweißperlen auf der Stirn. Caroline litt besonders unter der Schwüle, ihre Beine fühlten sich schwer an, und das Kind in ihrem Leib schien ihr Becken mit wachsendem Gewicht förmlich nach unten zu ziehen. Gerade weil Johannes ein wachsames Auge auf ihr Befinden hatte, gab sie sich große Mühe, sich nicht anmerken zu lassen, wie anstrengend die Wanderung für sie war.

»Sag bitte, wenn du eine Rast brauchst.« Salomes erfahrenem Blick entging Carolines Zustand nicht. »Ich habe zwar nie ein Kind getragen, und doch kenne ich die mit einer Schwangerschaft einhergehenden Zipperlein gut.«

»Danke, Salome, es geht schon. Wir müssten doch bald da sein, oder?«

»Wie weit ist es noch?«, erkundigte sich Sofia, die Carolines Frage aufgeschnappt hatte, laut bei den Männern.

»Wir haben es so gut wie geschafft«, versicherte Burkhardt.

Tatsächlich tauchten sie bald darauf in die lindernde Kühle des Waldes ein und standen kurze Zeit später vor dem Loch. Der Höhleneingang maß in der Länge gut und gerne sieben weite Schritte – und war nicht mehr als kniehoch.

»So niedrig hatte ich den Einstieg nicht in Erinnerung.«

»Du warst ein Kind.« Caroline konnte sich ein Lächeln nicht verkneifen. Ein Kind war Johannes gewesen – und in ihrer Vorstellung dazu ein rechter Lausbub.

»Wohl wahr. Aber eines weiß ich sicher: Das Loch wird immer schmaler, je weiter man vordringt. Ich kann mir kaum vorstellen, dass etwas, was dort vor Jahrhunderten hinterlegt wurde, bis heute einer Entdeckung entgangen ist.«

»Vielleicht hat man nichts gefunden, weil man nicht danach gesucht hat«, überlegte Sofia.

»Ich werde nachsehen.« Burkhardt ging in die Hocke und äugte in das Loch. »Ziemlich düster da drinnen.«

»Pass gut auf.«

»Was kann schon geschehen?« Er gab sich unbekümmert, tatsächlich aber saßen ihm die Worte des Vaters im Nacken. *Ein verwunschener Ort.*

Die Umstehenden beobachteten mit angehaltenem Atem, wie Burkhardt im Loch verschwand. Ein Stück entfernt ruhte ein weiteres Augenpaar aufmerksam auf dem Geschehen.

Schmutzig und mit Spinnweben im Haar kam Burkhardt wieder zum Vorschein – mit leeren Händen.

»Man gewöhnt sich an das Dämmerlicht. Umrisse konnte ich nach einer Weile gut erkennen, überdies habe ich mit den Händen alles abgetastet. Nichts, was nicht in die Höhle gehören würde. Allerdings kommt man nicht weit hinein.«

»Weil du zu groß bist.« Sofia musterte ihren Verlobten und sah anschließend an sich selbst herab. »Ich versuche es.«

Burkhardt sah keinen Grund, Einwände zu erheben. In dem Loch drohte Sofia keine größere Gefahr, als dreckig zu werden.

Doch auch der jungen Frau war kein Glück beschert. »Man könnte eine Kerze mitbringen und die Höhle ausleuchten – leider kann ich mir kaum vorstellen, etwas übersehen zu haben. Wenn man nur weiter vordringen könnte ... Vielleicht war der Gang zu Herlukas Zeiten noch breiter.«

»Es hilft nichts, wir kommen nicht tiefer hinein.« Johannes sah reihum in enttäuschte Gesichter. »So findet unsere Suche nach Herlukas Vermächtnis ein unerwartet rasches Ende«, bedauerte er. Seine Erleichterung darüber, dass das Geheimnis – was auch immer es war – nun keinen Schaden anrichten würde, gestand er sich nicht ein.

»Nein!« Wieselflink kam eine kleine rothaarige Person angelaufen und verschwand im Loch, ehe jemand reagieren konnte.

»Barbara!« Salome sah verdutzt auf den Höhleneingang, in dem ihre Ziehtochter verschwunden war. »Wo kam das Kind jetzt bloß her?«

»Wahrscheinlich ist sie dem alten Herrn ausgebüxt und uns gefolgt. Immerhin, auf gewisse Art und Weise zählt sie zu den Hauptbetroffenen der ganzen Geschichte. Schließlich trägt sie wie Caroline und Salome das Mal.«

»Ihr wird doch nichts geschehen?« Die Epfacher Heilerin trat unruhig auf der Stelle. »Und wenn das Loch einstürzt?«

»Keine Bange, sie wird bald wieder zum Vorschein kommen«, versprach Sofia. »Wahrscheinlich bekommt sie Angst vor der Dunkelheit, noch ehe sie weiter vorgedrungen ist.«

»Nein.« Burkhardt glaubte das kleine Mädchen inzwischen ein wenig einschätzen zu können. »Barbara ist wahrscheinlich mutiger als wir alle miteinander.«

»Wie lange dauert das denn noch?« Salome lauschte mit wachsender Unruhe auf jedes verdächtige Geräusch, das auf einen Erdrutsch oder Steinschlag hinweisen konnte.

»Ich habe, was ihr sucht!«

Die Umstehenden schraken zusammen, als die Stimme des Kindes dumpf aus dem Loch tönte.

»Barbara!« Salome kauerte sich dicht an den Höhleneingang und nahm ihr Kind in Empfang.

»Dummes Ding«, schalt sie zärtlich und zog ihre Tochter an sich. »Ich habe mich um dich gesorgt.«

»Sieh doch, Mutter.« Die Kleine wies hinter sich, wo ein Tonkrug, lang wie ein Arm, im Dreck lag.

»Heilige Maria Muttergottes!«

»Barbara hat es gefunden«, jubelte Sofia.

Johannes fischte den Tonkrug aus dem Loch. »In seiner Machart ähnlich wie der, den wir in der Turmkugel gefunden haben. Nur viel größer.« Er schüttelte den Krug. Horchte. »Nichts Schweres wohl. Aber etwas ist darin.«

»Lasst uns nachsehen.« Carolines gespannte Aufregung übertrug sich auf ihr Kind, das heftig zu strampeln begann. »Oh bitte, lasst uns auf der Stelle nachsehen.«

»Dann sind es keine Knochen?« Sofia atmete tief durch. Insgeheim hatte sie befürchtet, auf menschliche Überreste zu stoßen.

»Nein«, bestätigte Johannes, stellte den Krug vorsichtig auf den Kopf und entnahm ihm eine dicke, eng verschnürte Rolle. »Keine Knochen. Stattdessen zahllose Seiten Pergament, würde ich sagen.« Er reichte den Fund an seinen Bruder weiter. »Besser, du siehst dir das an.«

Burkhardt griff geradezu begierig nach der geheimnisvollen Rolle. Er konnte sich kaum eine faszinierendere Entdeckung vorstellen. Dennoch zögerte er.

»Was hast du?«

»Wäre es nicht – ich weiß nicht – auf gewisse Weise ziemlicher, erst in Salomes Haus nachzusehen? An einem ordentlichen Tisch?«

»Auf keinen Fall. Das dauert zu lange«, entgegnete Sofia entschieden.

Caroline, Johannes und die kleine Barbara nickten. Selbst Salome schien ihre Ungeduld kaum noch zügeln zu können.

»Wie ihr wollt.« Ehrfürchtig machte Burkhardt sich daran, den Fund zu entrollen. Nach kurzer Überlegung trat er beiseite und überließ Caroline und Salome den Vortritt. Instinktiv fühlte er, dass es Sache der beiden Frauen – der Sternträgerinnen – war, die Entdeckung zuerst in Augenschein zu nehmen.

»Ich verstehe das nicht.« Wenig später warf Caroline einen ratlosen Blick in Burkhardts Richtung, woraufhin dieser seine Zurückhaltung aufgab und sich selbst über die Rolle beugte. »Die Schrift ist, ähnlich dem letzten Vers, noch gut leserlich«, bemerkte er. »Weshalb …?« Er unterbrach sich, um im nächsten Moment auszurufen: »Das kann nicht sein! *Das kann nicht sein!*«

»Was kann nicht sein, Burkhardt?«

Betroffen wandte sich der junge Mann an seine Freunde. »Ich vermag die Schrift nicht zu lesen. Wenn ich mit meiner Vermutung richtig liege, handelt es sich um … Nun, ich schätze, es handelt sich um Aramäisch.«

»Aramäisch? Wie alt ist die aramäische Sprache?«

Burkhardt fuhr sich mit den Händen durch die Locken und schüttelte betreten den Kopf. »Sie wurde bereits zu Lebzeiten Jesu Christi gesprochen.«

Wolf von Denklingen schlief, als sie zurückkehrten. Barbaras Verschwinden war ihm nicht aufgefallen. Wie erschlagen ließen die Freunde sich rund um den Tisch nieder.

»Herluka hat eine Niederschrift angefertigt. Ich habe es in einer Vision gesehen«, dachte Caroline laut nach. »Wenn aber die Schrift so alt ist, wie Burkhardt glaubt, so kann sie nicht von Herluka stammen.«

»Kann sie nicht«, bekräftigte Sofia.

»Außer …« Salome zögerte. »Wir wissen um die Kraft des Sternenmals. Was, wenn Herlukas Hand von einer, sagen wir, höheren Macht geführt wurde?«

»Das ist eine ungeheuerliche Vorstellung.« Johannes griff nach Carolines Hand.

»Ungeheuerlich, mag sein – aber sind wir nicht inzwischen alle überzeugt davon, dass es mehr gibt auf dieser Welt, als wir mit dem reinen Verstand zu begreifen vermögen? Wir folgten den Spuren Herlukas und stießen auf die Schriften. Sie muss damit in engem Zusammenhang stehen. Wie hieß es noch gleich? *Findet die Wurzeln. Findet SIE.*«

»Was bedeutet das bloß, findet SIE? Wer ist SIE?« Sofia schauderte und dachte an ihre Phantasie von den Knochen. »Wenn nicht Herluka gemeint ist, nach welcher Frau suchen wir dann?«

»Ich kenne einen Augsburger Gelehrten, der die alten Schriften studiert hat. Wir korrespondieren von Zeit zu Zeit.« Burkhardt räusperte sich. »Wenn ihr einverstanden seid, so werde ich ihm die Schriften vorlegen. Hernach wissen wir mehr. Da Sofia und ich ohnehin planen …«

»Das ist ein guter Vorschlag!«, unterbrach ihn Sofia. »Burkhardt und ich gehen mit seinem Vater nach Augsburg, so hatten wir es beschlossen. Wir können Salome nicht ewig auf der Tasche liegen – und ich möchte meine Geschwister wiedersehen, Mutter vor allem. Hoffentlich ist sie von ihrer Reise zurück. Ich vermisse sie so sehr.«

»Ich habe einen Teil von Vaters Geld in der Stadt angelegt. So stehen wir gottlob nicht völlig mittellos da«, erklärte Burkhardt seinem Bruder. »Auch deshalb muss ich nach Augsburg.«

Caroline drückte Johannes' Hand, woraufhin er zustimmend nickte.

»Wir begleiten euch, wenn wir dürfen?«

»Ihr kommt mit zurück nach Hause?« Sofia umarmte Caroline herzlich. »Oh, wie mich das freut!«

»Mutter.« Barbara glitt von Salomes Schoß. »Lass uns mitgehen in die Stadt.«

»Das geht nicht, Liebes.«

»Lass uns mitgehen in die Stadt«, wiederholte das Mädchen. Seine Worte klangen dringlich.

»Das hier ist unser Heim, Barbara. Wie kommst du darauf, wir könnten es einfach verlassen?«

»Ihr müsstet ja nicht ewig fortbleiben«, sprang Sofia dem Kind bei. »Vielleicht denkst du noch einmal über Barbaras Bitte nach, Salome? Du könntest deiner Tochter die Stadt zeigen und meine Mutter kennenlernen. Falls sie noch nicht heimgekehrt ist, so wird sie es gewiss bald tun. Sie ist eine bemerkenswerte Frau, genau wie du. Es würde mir viel bedeuten, dass ihr einander begegnet. Ihr hättet euch viel zu erzählen. Außerdem willst du sicher wissen, was Burkhardts Freund über die Schriften herausfindet, nicht wahr?«

»Ich weiß nicht …« Salome zögerte.

»Wir müssen mitgehen.« Das Kind wirkte abwesend. »Wir müssen mitgehen.«

41

Im Augsburger Haushalt der Hohenfreybergs lag Isabel in ihrem Bett hinter verdunkelten Fenstern. Seit der Bote mit dem Brief zurückgekehrt war, den sie an ihre Schwester geschrieben hatte, war sie nicht mehr aufgestanden. Ihre Gedanken kreisten beständig um die zerstörte Denklinger Burg und den Verlust Sofias.

Es kümmerte sie nicht, wer an ihrem Bett saß, und auch nicht, dass Georg von Hegnenberg aufgebrochen war, um Emma in Rostock in Empfang zu nehmen und die Gräfin auf schnellstem Wege ans Bett der Tochter zu geleiten.

Franziska, Stefan, Johanna und Martin, immer wieder Martin. Die Gesichter zogen in ewigem Gleichklang vorbei. An die geplante Vermählung war in Isabels Zustand unmöglich zu denken. Nicht einmal die zarten Bewegungen ihres Kindes vermochten es, sie aus ihrer Apathie zu reißen.

»Sprich mit mir, Liebste«, flehte Martin ein ums andere Mal, doch Isabel presste stumm die Lippen aufeinander.

Sie konnte nicht einmal weinen. Sofia war tot. Was kümmerte sie da die Welt.

*

Als Emma von Eisenberg im Rostocker Hafen von Bord ging, hinterließ die rätselhafte Gräfin der Mannschaft mehr als genug Stoff, ihr Seemannsgarn zu spinnen.

Georg von Hegnenberg eilte ihr entgegen. Die Zeit drängte, wenn er das Begehrte nicht verlieren wollte.

»Gräfin Eisenberg!«

Sie musterte ihn erstaunt. Dann lächelte sie. »Georg.«

»Verzeiht, dass ich Euch gleich nach Eurer Ankunft überfalle, doch es gibt schlimme Nachrichten.«

»Eisenberg.« Emma nickte gefasst, wenn auch ihr Blick von Trauer umflort war. Auf Hegnenberg wirkte sie verändert. Sie war immer eine starke Frau gewesen, nun schien sie wieder in sich zu ruhen.

»Die Burg wurde angegriffen und stark beschädigt, in der Tat.« Georg erinnerte sich, als Knabe am Hof seines Vaters vom zweiten Gesicht der Gräfin gehört zu haben. »Begleitet mich und nehmt eine Stärkung zu Euch.« Er bot Emma seinen Arm, um sie in dem Gedränge am Hafen nicht zu verlieren, und führte sie in eine Schenke. »Ich habe, als ich geschäftlich in Augsburg war, Eure Familie besucht, um mich nach dem Verlauf Eurer Reise zu erkundigen.«

»Oh.« Die Gräfin gab einen erstickten Laut von sich, der die gewaltige Sehnsucht nach ihren Lieben zu Tage treten ließ. »Dann habt Ihr meine Kinder gesehen? Wie geht es allen? Wie sehr sie mir fehlen. Ich kann gar nicht erwarten …«

»Verzeiht.« Hegnenberg fühlte einen dicken Knoten im Magen, als er sie unterbrach. »Ich bin nicht wegen Burg Eisenberg hier … Eure Tochter Sofia, sie kam während eines Bauernangriffs ums Leben. Isabel ist in anderen Umständen, und sie erträgt den Verlust nicht. Deshalb bin ich nach Rostock gereist – um Euch auf schnellstem Weg nach Augsburg zu bringen. Sie braucht ihre Mutter, ehe sie an der Tragödie zerbricht.«

*

Seit Georg von Hegnenberg sich nach Rostock aufgemacht hatte, um Emma in Empfang zu nehmen, waren viele Tage vergangen. Sorge und Trauer hingen wie eine dunkle Wolke über dem Augsburger Haus der Familie Hohenfreyberg. Gräfin Franziska haderte mit der Welt. Der Verlust Sofias war entsetzlich, hinzu kam Isabels besorgniserregender Zustand. Sie mochte sich gar nicht vorstellen, wie Emma auf die neuerlichen Schicksalsschläge reagieren würde. Daher war es kein Wunder, dass sie sprachlos und völlig überwältigt auf die totgeglaubte Sofia starrte, die eines Nachmittags plötzlich vor ihr stand. Begleitet wurde Sofia von der schwangeren Caroline und Johannes Lenker, mit dem diese damals kurzentschlossen fortgegangen war. Dazu ein älterer Herr, der sich nicht ganz wohl in seiner Haut zu fühlen schien, eine hochgewachsene Frau mit einem rothaarigen Kind und ein Mann, der Lenker auffallend ähnlich sah.

»Ach du lieber Himmel«, stöhnte Franziska. »Ich muss mich setzen.« Erst als das Blut langsam in ihr Gesicht zurückkehrte und ihre Wangen rot färbte, begann sie unter Tränen zu lächeln. »Marzan wird mir das nicht glauben«, sprach sie mehr zu sich selbst als zu den Gästen. »Kommt her.« Sie winkte Sofia und Caroline zu sich heran, umarmte zuerst die eine, dann die andere. »Ich habe nicht die geringste Ahnung, was vor sich geht. Mag sein, ich träume. Und ich danke Gott für diesen Tag.«

»Ist Mutter heimgekehrt? Wie geht es euch allen? Wie Isabel? Wie Stefan und Johanna?« Sofia konnte mit ihren Fragen nicht länger hinter dem Berg halten.

»Wir glaubten dich tot, liebes Mädchen, bis du vor wenigen Augenblicken leibhaftig vor mir standest.«

»Tot?«

»Wir erfuhren, dass die Denklinger Burg dem Erdboden gleichgemacht wurde. Marzan ließ Nachforschungen anstellen, doch die Leute schweigen eisern.«

»Die guten Menschen. Sie wollten Euch schützen«, nickte

Salome Wolf von Denklingen zu, der in der fremden Halle verloren wirkte.

»Wir erwarten Emma bald zurück«, erklärte Franziska. »Doch im Moment ist eine Angelegenheit weit dringlicher als alles andere. Du musst zu Isabel gehen, Sofia. Deine Schwester erwartet ein Kind von ...«

»Von Martin?«

»Du weißt ...?«

»Ja.« Sofia winkte ab. »Was fehlt ihr? Die Schwangerschaft kann kaum der Grund sein, aus dem du so besorgt dreinblickst.«

»Deine Schwester ist der Schwermut verfallen. Seit sie dich nicht mehr am Leben glaubt, hat sie ihr Bett nicht mehr verlassen.«

»Ich will sie sehen. Auf der Stelle.«

»Soll ich sie vorbereiten?« Franziska machte Anstalten, sich zu erheben.

»Ich mache das schon«, lehnte Sofia ab. »Keine Sorge, sie ist meine Zwillingsschwester.«

Während Gräfin Hohenfreyberg sich auf ihre Pflichten als Hausherrin besann, die unerwarteten Besucher in den Gasträumen des Anwesens unterbrachte und in der Küche ein opulentes Mahl in Auftrag gab, öffnete Sofia die Tür zum Zimmer ihrer Schwester. Um ein Haar hätte sie ihren Zwilling in dem abgemagerten Mädchen mit dem mächtig geschwollenen Bauch nicht wiedererkannt.

»Isabel?«, hauchte sie. »Du musst dich nicht länger grämen, liebste Schwester. Ich bin am Leben und heimgekehrt.«

Ein fiebriger Glanz lag in Isabels Augen. Ihr hohlwangiges Lächeln knisterte wie trockenes Papier. »Ich weiß schon, ich phantasiere, doch ist es mir gleich. Hauptsache, du bist bei mir.«

»Das ist keine Phantasie, Liebes. Ich bin leibhaftig hier.« Sofia kniete sich ans Bett der Kranken und griff ihre Hand.

»Du lebst? Das glaube ich nicht.«

»Glaub es ruhig. Ich bin aus Augsburg geflohen, weil ich eifersüchtig auf Martins Liebe zu dir war. Weil ich die Vorstellung von euch beiden als Liebespaar nicht ertragen konnte. Wie dumm ich war. In Zukunft lasse ich dich nie wieder im Stich, das verspreche ich.«

»Schwöre es«, verlangte Isabel.

Sofia tat den Schwur, doch ehe sie ihn zu Ende gebracht hatte, stieß ihre Schwester einen gellenden Schrei aus und krümmte sich zusammen. Zwischen ihren Beinen begann das Blut zu laufen und färbte die Decken rot.

Isabel verlor das Kind. Sofia nahm es auf sich, es fortzuschaffen. Mit großer Vorsicht wickelte sie den winzigen, durchscheinenden Leib in Decken und ertappte sich dabei, wie sie die Totgeburt unter Tränen in ihren Armen wiegte.

Als Emma und Georg in Augsburg eintrafen, herrschte heller Aufruhr im Haus der Hohenfreybergs. Hebammen, Ärzte und Apotheker kamen – und gingen unverrichteter Dinge wieder. Isabel blutete seit drei Tagen unentwegt, und niemand konnte ihr helfen. Franziskas Kräuterarzneien wirkten ebenso wenig wie die Medikation der Ärzte oder die erfahrenen Ratschläge der Hebammen. Auch Caroline und Salome vermochten nicht mehr auszurichten, als der Gepeinigten ein wenig Linderung zu verschaffen. Inzwischen bestand kaum mehr Hoffnung.

Graf Hohenfreyberg nahm seine Halbschwester in Empfang und brachte ihr so behutsam als möglich bei, dass das Leben ihrer Tochter am seidenen Faden hing – und damit beschönigte er die Lage noch. Emma durchlebte ein grausames Wechselbad der Gefühle. Zuerst hatte sie Sofia verloren glauben müssen. Nun, da sie dieses Kind gesund und wohlauf an ihr Herz drücken durfte, stand zu befürchten, dass Isabel nicht mehr lange unter ihnen weilen würde.

Georg von Hegnenberg brach zusammen, als er die Nachricht erfuhr, und ähnelte in seiner Haltung fortan dem verzweifelten Martin, der Stunde um Stunde am Bett seiner Liebsten ausharrte und sich seiner Tränen nicht schämte.

Emma blieb kaum Zeit, auch ihre jüngeren Kinder kurz und innig zu herzen, ehe sie an Isabels Seite eilte. Es schmerzte sie, die beiden Kleinen nach ihrer langen Abwesenheit nicht richtig begrüßen zu können, doch im Moment zählte allein Isabel.

Gräfin Hohenfreyberg schob Emma einen Stuhl ans Bett der Kranken und schilderte ihr, was zur Rettung Isabels unternommen worden war. Obwohl diese nichts um sich herum wahrnahm, sprach Franziska leise. »Ich weiß nicht weiter, Emma«, gestand sie. »Ich habe jedes Mittel angewandt, das ich kenne. Wir haben Gebete gesprochen, einen Priester kommen lassen, dazu die besten Ärzte der Stadt.« Sie rang die Hände.

»Ich danke euch von Herzen.« Gräfin Eisenberg strich Martin kurz über die Wange. Hegnenbergs großer Besorgnis wegen hatte sie ihn für Isabels Liebsten gehalten und nicht gleich begriffen, dass das Kind in Wahrheit von Franziskas Sohn gewesen war. »Bitte, lasst mich jetzt mit meiner Tochter allein.«

»Natürlich.« Gräfin Hohenfreyberg nahm Martin bei den Schultern und brachte ihn dazu, sich zu erheben. Schwankend wie ein alter Mann kam er auf die Beine. »Komm, mein Lieber. Trotz deiner Sorge darfst du dich nicht zu Tode hungern«, redete sie sacht auf ihn ein. »Damit ist Isabel nicht geholfen. In der Küche wartet eine heiße Suppe. Die wird dir wohltun.«

Emma wartete, bis Mutter und Sohn die Türe hinter sich geschlossen hatten, dann konzentrierte sie sich auf ihr Sternenmal, spürte die Energie fließen. Ihre Heilkräfte hatten nicht ausgereicht, Erik zu retten. Sie sah auf ihre leichenblasse Tochter herab und begriff, dass sie auch Isabel nicht mehr würde helfen können.

»Sie wird sterben, nicht wahr?« Die Lenkers lagen zusammen im Bett, die Gesichter einander zugewandt. Carolines Leibesfülle war weiter gewachsen, und die Tritte des Kindes waren von außen deutlich zu sehen.

»Ich weiß nicht, Line. Wenn nicht ein Wunder geschieht, fürchte ich ...« Er legte ihr die Hand auf den Bauch. Es war eine beschützende Geste.

»Das ist nicht gerecht. Emma ist zurückgekehrt, wir haben Salome im Haus, und doch vermag keine von uns, ihr zu helfen. All das Blut, ich verstehe nicht, wie es immer noch weiterfließen kann.«

Johannes fuhr auf und schlug sich an die Stirn. »Deine Visionen!«

»Was ist damit?«

»Sie waren zu siebent. Die Frauen in deinen Visionen. Du hast immer wieder die Zahl Sieben erwähnt. Verstehst du?«

»Du glaubst, wenn wir zu siebent wären, könnten wir Isabel retten?«

»Es wäre möglich, oder nicht?«

Caroline hatte bei Johannes' Worten förmlich zu leuchten begonnen, doch dann sackte sie wieder in sich zusammen. »Es wäre möglich, ich halte es sogar für wahrscheinlich. Trotzdem sind wir nicht genug. Wir finden niemals weitere Frauen wie uns.«

Es klopfte an der Tür, und Barbara trat ein, ohne eine Aufforderung abzuwarten. »Ich habe gelauscht«, ließ sie das

Ehepaar unverblümt wissen. »Du musst mit mir mitkommen.« Das Mädchen zeigte auf Caroline. Ergreifende Ernsthaftigkeit lag auf seinem Gesicht.

»Wohin denn, Liebes?«

»Komm«, wiederholte das Kind.

Johannes und Caroline sahen sich fragend an und erhoben sich. Barbara fasste Caroline bei der Hand und führte sie entschlossen durch das Haus und an Isabels Bett. »Setz dich bitte. Ich komme gleich wieder. Johannes muss draußen warten.«

Ratlos blickten die Erwachsenen auf die Kleine.

»Ein merkwürdiges Kind.«

»Tu, was sie sagt«, bat Caroline.

»Wie du willst.« Johannes küsste seine Frau auf die Wange und ging hinaus.

Nicht lange danach führte Barbara Sofia herein und hieß sie, neben Caroline Platz zu nehmen. Salome und Emma folgten.

»Was soll das werden, Barbara?«

»Gut«, nickte das Kind statt einer Antwort zufrieden. »Wir müssen uns im Kreis um Isabels Bett aufstellen und uns bei den Händen fassen.«

»Jetzt reicht es, Barbara«, schimpfte Salome. »Du bist groß genug, um zu begreifen, wie ernst es um Isabel steht. Du kannst in ihrem Krankenzimmer kein solches Narrenspiel veranstalten.«

»Bitte«, Emma streckte die Hände nach Salome und Sofia aus. »Lasst uns tun, was die junge Dame sich wünscht.«

Da fassten die drei Frauen und das kleine Mädchen einander bei den Händen und schlossen den Kreis.

Die Verzweiflung stand dem Mann ins Gesicht geschrieben. »Wie konnte das geschehen?« Hilflos starrte er auf die beiden neugeborenen Kinder in der Krippe. Der Knabe lag ruhig und friedlich inmitten von Heu und Stroh, während seine Schwester unruhig das zerknitterte Gesichtchen verzog. Auf der Stirn des Zwillingskindes prangte ein großes Muttermal in Form eines Sterns. »Ein Junge wurde uns prophezeit. Das Mädchen nicht.«

»Bitte«, wimmerte die Frau. Vor Leid und Erschöpfung begann sie zu weinen, während hoch über dem Stall ein Stern strahlte, so hell, wie es niemals zuvor gesehen ward.

»Versteh doch!« Die Stimme des Mannes offenbarte seine Qual. »Es geht um den Jungen. Niemand weiß bisher von der Tochter. Um ihretwillen müssen wir schnell handeln. Sie soll in Ruhe und Frieden aufwachsen. Bei guten Leuten.« Er nahm das Kind aus der Krippe. »Um ihretwillen«, wiederholte er und verschloss die Ohren vor der Klage der verzweifelten Mutter und dem einsetzenden Geplärr des Knaben.

Viele Jahre später heilte ein junger Prediger eine Kranke von ihren Dämonen. Sieben Mal bäumte sie sich auf, als er ihr das Übel aus dem Körper trieb.

Die Mutter des Predigers erkannte in der Frau das verlorene Zwillingskind wieder, über dessen Verbleib sie all die Jahre im Ungewissen geblieben war. Sie offenbarte Sohn und Tochter die wahre Geschichte der Geburt im Stall. Fortan schien von dem Mal auf der Stirn der Wiedergefundenen ein warmes Glühen auszugehen.

Gleich ihrem Bruder, der seine Jünger um sich scharte, so unternahm auch sie es, sechs erwählte Frauen zum Zeichen des Bundes mit jenem Stern zu zeichnen, den sie selbst am Körper trug. Das Mal verlieh ihren Anhängerinnen Treue, Kraft und Glauben.

Ihrem Willen nach sollte der Bund der Jüngerinnen, das Bündnis der Jungfrauen, wie sie sich benannten, fortbestehen in alle Zeit.

Draußen auf den Straßen blieben die Menschen verwundert und ergriffen stehen und sahen hoch zum Himmel. Solange die Frauen an Isabels Bett sich an den Händen hielten, strahlte über dem Stadthaus der Hohenfreybergs ein Stern, hell und klar, wie man ihn sich schöner nicht erträumen konnte.

Das Wunder geschah. Isabel hörte auf zu bluten, und ihr Geist verließ den nebligen Ort, an dem er wunschlos dahingetrieben war. »Was tut ihr?« Sie schlug die Augen auf. »Was tut ihr bloß?«

Da schluchzten Emma und Sofia auf vor Glück, Salome wischte sich die Augen, und Caroline drückte die kleine Barbara an sich.

»Du wusstest, was zu tun war.«

Das Mädchen lächelte zurückhaltend und berührte das Mal auf ihrer Stirn. »Ich wusste es von der Frau. Ihr Stern sitzt an der gleichen Stelle wie meiner. Nur ist ihrer viel größer. Ihr habt nach ihr gesucht, nicht wahr? Nach dieser Frau?«

»Ich glaube schon«, stimmte Caroline zu. »Ja, Barbara, das glaube ich wirklich.«

Eine Woche war vergangen, als Martin Isabel erstmals hinunter in die Halle trug, um ihr ein wenig Gesellschaft zu ermöglichen. Eine Woche, gefüllt mit Gesprächen und Erzählungen, mit Fragen und Antworten, mit Schuldeingeständnissen und Versöhnungen. Es gab so vieles zu sagen. Emma hatte Caroline um Entschuldigung für ihr ungerechtes Verhalten nach Eriks Tod gebeten, und die beiden Frauen waren einander lachend und weinend in die Arme gesunken.

Mit Ausnahme Burkhardts waren an diesem Abend alle Mitglieder der Familie Hohenfreyberg sowie die Gäste des Hauses versammelt.

Trotzdem sie trauerte, gelang der Kranken ein schwaches

Lächeln. Es war ihr Wunsch gewesen, das Bett eine Weile verlassen zu dürfen, um sich nicht unentwegt mit den Gedanken an das verlorene Kind quälen zu müssen. Sofia hatte ihrer Schwester den wunderschönen, totgeborenen Sohn beschrieben, und Martin teilte den Schmerz um ihn bedingungslos mit seiner Verlobten. Gemeinsam schulterten sie die Bürde des Verlusts – was ihnen die Nähe zurückbrachte, die sie in den Tagen der Schwangerschaft zeitweise verloren geglaubt hatten.

Georg von Hegnenberg klatschte bei Isabels Anblick in die Hände. Noch immer war er überzeugt davon, sie sollte die Seine werden. Gleichwohl war er an diesem Abend ehrlich gegen sich und spürte dem Stechen seines Herzens nach, das ihm verriet: Isabels Liebe gehörte Martin von Hohenfreyberg – und er wusste nicht, wie er das ändern sollte.

»Du brauchst nicht traurig zu sein.« Barbara kletterte ohne Scheu auf seinen Schoß und wühlte mit der Hand in seinem Haar. Hegnenberg war der Kleinen dankbar, denn auf irgendeine Art und Weise – die er nicht recht begriff – hatte sie zu Isabels Rettung beigetragen.

»Traurig?« Er hob krampfhaft die Mundwinkel. »Ich doch nicht. Nun gut«, verbesserte er sich, nachdem er den wissenden Blick des Kindes aufgefangen hatte, »ein wenig vielleicht.«

»Soll ich dich trösten?«

»Bitte.« Nun war sein Lächeln echt.

»Jetzt schmerzt es dich noch.« Barbara klang wie eine Erwachsene. Ihr rotes Haar leuchtete im Feuerschein. Kurz legte sie die weiche Wange an Georgs. »Aber bald wird alles anders sein.«

»Weshalb?« Das Kind hatte Neugier und eine vage Hoffnung geweckt.

»Später einmal, wenn ich eine Frau bin, wirst du mich

lieben«, erklärte die Kleine mit großer Selbstverständlichkeit. Sprach es und sprang leichtfüßig davon, Georg von Hegnenberg verdutzt zurücklassend.

Während Johannes und Georg mit Isabel und den Hohenfreybergs würfelten, saßen Emma, Sofia und Caroline beisammen und unterhielten sich leise. Salome stieß zu ihnen, nachdem sie Barbara zu Bett gebracht hatte.

»Wir waren nicht genug. Es lässt mir keine Ruhe, dass wir – nach allem, was wir wissen – zu siebent hätten sein müssen«, grübelte die Epfacher Heilerin.

»Ich denke, ich kenne die Antwort.«

Die Köpfe fuhren zu Emma herum.

»Du hast etwas gesehen?«

»Wollt ihr's hören?«

»Natürlich.«

»Bitte sprich, Mutter.«

»Caroline trägt ein Sternenkind unter dem Herzen.« Gräfin Eisenberg griff nach Carolines Hand. »Zusammen mit Salome, Barbara und mir selbst ...«

»... sind wir erst zu fünft.«

»Es geht noch weiter.« Sie wandte sich mit zärtlichem Lächeln an Sofia und streichelte ihre Wange. »Du weißt es noch nicht, Liebes, doch auch du bist guter Hoffnung. Es scheint in unserer Familie eine Veranlagung zu geben, denn unter deinem Herzen wachsen Zwillingsmädchen heran. Zwei winzige Sternträgerinnen.«

»Das ist alles sehr seltsam«, überlegte Sofia laut, nachdem sie ihre Sprache wiedergefunden hatte.

»Ein solch reicher Kindersegen, drei ungeborene Mädchen, mit dem Sternenmal gezeichnet ...« Carolines Hand ruhte auf ihrem runden Leib.

»Seltsam, ja«, nickte Emma. »Und augenscheinlich der Wille einer höheren Macht.«

»Welcher …?«

In dem Augenblick polterte Burkhardt herein. »Ihr werdet es nicht glauben«, verkündete er erregt, ohne zu merken, dass er in ein wichtiges Gespräch platzte. »Ich habe die Pergamentbögen aus dem Denklinger Loch einem befreundeten Schriftgelehrten vorgelegt. Sie stammen seiner Einschätzung nach aus unterschiedlichen Epochen, die jüngsten sind wahrscheinlich zu Zeiten Herlukas entstanden. Was die Sprache betraf, lag ich richtig. Es handelt sich in der Tat um Aramäisch.«

»Und dein Bekannter kann das lesen?«

»Er hat mit der Übersetzung begonnen.« Burkhardt legte die Hand ans Herz. »Es beginnt mit folgenden Worten: Das Evangelium der Maria Magdalena.«

Epilog

»Wie geht es dir?« Johannes betrachtete seine Frau. Caroline stillte die gemeinsame Tochter und wirkte etwas ruhiger. Die Vision hatte sie sehr mitgenommen.

»Ob der Rankweiler Pfarrer dich damals absichtlich belogen hat?«

»Vielleicht. Wenn es so sein sollte, geschah es sicherlich aus dem Wunsch unserer Freunde heraus. Sie wussten von dem Kind und wollten uns eine Zukunft ermöglichen.«

»Glaubst du? Ich hoffe es. Die Vorstellung, sie im Stich gelassen zu haben, quält mich.«

»Sie hätten nicht gewollt, dass du dir Vorwürfe machst. Womöglich erwiesen sich auch die Verbindungen, auf die sie ihre Hoffnungen setzten, nicht als mächtig genug.«

Caroline nickte und klopfte ihrer Tochter sacht den Rücken. »Es war schauderhaft, Johannes. Zu sehen, wie Jörg und Walther an diesem Baum aufgeknüpft wurden ...« Sie sprach nicht weiter.

»Wir wollen für sie beten. Wir beide, du und ich, werden sie niemals vergessen.«

»Niemals«, nickte Caroline.

»Wir sollten uns langsam auf den Weg machen.« Johannes nahm seiner Frau das Kind aus den Armen, damit sie sich zurechtmachen konnte. Das Mädchen verzog beim Anblick des Vaters das Mündchen zu einem Lächeln. »Es ehrt das Andenken unserer Freunde, dass wir unseren Glauben an die Gerechtigkeit nicht aufgeben. Die Täufergemeinschaft kann etwas bewegen, davon bin ich überzeugt. Ihnen gilt die Freiheit im Glauben als hohes Gut. Es ist richtig, sich ihnen anzuschließen – und eines Tages, wenn wir uns dafür entscheiden, könnten sie Wegbereiter sein für das Evangelium Maria Magdalenas.«

»Aber zuvor, Liebster, feiern wir Isabels und Martins Hochzeit. Die beiden mussten wegen Isabels schlechtem Befinden und Fuggers Tod lange genug warten. Niemand konnte ahnen, wie sehr das Ableben des alten Kaufherrn Marzan mitnehmen würde.«

»Gottlob ist er wieder auf dem Damm.«

»Ja«, nickte Caroline. »Obwohl Burg Eisenberg nicht mehr steht, freue ich mich auf die Rückkehr. Alle unsere Lieben werden da sein. Es fühlt sich an … wie eine Heimkehr.«

»Du hast es verdient, nach Hause zu kommen, Liebste.« Johannes zog Caroline an sich, und sie hielten das Kind in ihrer Mitte. Frieden senkte sich über die kleine Familie.

»Das bin ich längst.«

Nachwort

In den Jahren 1524 bis 1526 begehrten die Bauern in Deutschland, der Schweiz und in Österreich auf gegen eine Obrigkeit, die immer höhere Abgaben forderte und ihnen noch das letzte Stückchen Freiheit nahm. Das Maß war voll.

Thomas Müntzer oder auch Götz von Berlichingen sind Namen, die man mit dem Bauernkrieg in Verbindung bringt. Im Allgäu hingegen waren es Männer wie der Bleichknecht Jörg Schmid, Jörg Täuber und Walther Bach von Oy, die sich tapfer für die Rechte der einfachen Menschen einsetzten und sich um die große Sache verdient machten. Allesamt sind sie historisch belegt, jedoch fast in Vergessenheit geratene Persönlichkeiten.

Carolines Geschichte schildert das aufwühlende Leben einer jungen Frau inmitten des Allgäuer Haufens. Eine Geschichte darüber, wie es hätte gewesen sein können.

In Büchern und Nachschlagewerken zum Thema werden die Frauen in der Regel nicht oder höchstens am Rande erwähnt. Dabei betraf der Aufstand sie nicht minder als ihre Männer und Väter, ihre Brüder und Söhne. Die Revolution entschied über das Schicksal ihrer Familien – und ich bin sicher, sie gaben ihr Herzblut dafür.

Caroline Gaiß und Johannes Lenker sind die fiktiven Hauptfiguren im *Bündnis der Jungfrauen*. Als Mitglieder des Allgäuer Haufens erleben sie die Geschehnisse im Jahre 1525 hautnah mit. Die Geschichtsschreibung weiß stellenweise zwischen einem Unterallgäuer und einem Oberallgäuer Haufen zu unterscheiden. Im Roman habe ich es beim großen Ganzen, dem Allgäuer Haufen, belassen. Die Angaben über die tatsächliche Truppenstärke der Allgäuer variieren von Quelle zu Quelle stark. Von sieben-, neun- und zwölftausend Mann ist die Rede – bis hin zu dreißig Tausendschaften.

Wenn man dem Verlauf des Bauernkriegs folgt, tun sich unweigerlich Fragen auf. Man stößt beispielsweise auf taktisch nicht nachvollziehbare Rückzüge der Bauernheere. Gerade da, wo die Bauern gegenüber dem Feind klar im Vorteil gewesen wären. Das Warum wird ein Rätsel bleiben. Womöglich war Verrat im Spiel. Im Roman wird Paulin Probst der schwarze Peter zugeschoben. Dabei lässt sich über seine Person nur spekulieren – genau wie über die wahren Charaktere und Motivationen der übrigen Anführer. Bei Friedrich Engels findet sich allerdings eine kurze Bemerkung über den Knopf (der mir während des Schreibens wie Täuber und Oy ans Herz gewachsen ist): »… der einzige Führer dieses Haufens, der seine Fahne nicht verraten hatte …«

Der Bauernkrieg im Allgäu ist ein ebenso reichhaltiges wie faszinierendes Thema. Caroline und Johannes werden Zeugen weitreichender Ereignisse. In der Memminger Kramerzunftstube erleben sie die Gründung der Christlichen Vereinigung und die Verabschiedung der Zwölf Artikel mit. Die Artikel gelten, das ist mir wichtig zu unterstreichen, als erste niedergeschriebene Menschenrechtserklärung Europas.

Im *Bündnis der Jungfrauen* fädelt Paulin Probst den Abschluss des Vertrags von Weingarten mit List und Tücke ein. In Wahrheit lassen sich im Rückblick nur Mutmaßungen darüber anstellen, weshalb die Bauern ihre Truppenstärke, ihre hervorragende Stellung und ihre gute Bewaffnung nicht nutzten, um dem feindlichen Bundesheer im Kampf gegenüberzutreten. War es die Furcht vor den Konsequenzen im Falle einer Niederlage? Oder am Ende doch Verrat?

Die Weinsberger Bluttat war einer der wenigen Fälle, in denen die Bauern wahrhaftig grausam über die Stränge schlugen. Unter anderem deshalb findet sie kurz Erwähnung, denn im darauffolgenden Monat veröffentlichte Martin Luther prompt seine Hetzschrift *Wider die mörderischen und räuberischen Rotten der Bauern*. Fortan predigte er scharf gegen die Aufständischen, dabei hatten nicht zuletzt seine Schriften als Stein des Anstoßes zum Ausbruch der Bauernrevolution gedient.

Nach der Kanonade an der Leubas verschanzen sich Caroline und Johannes zusammen mit dem letzten Allgäuer Fähnlein auf dem Kohlenberg (auch Kohlberg oder Kollenberg). Doch wie viele Bauern waren es wirklich, die dort Zuflucht suchten? Auch hier gehen die Zahlen stark auseinander. Bis zu zwölftausend Bauern sollen es gewesen sein, die letztendlich durch das Abbrennen von zwanzig Dörfern (teilweise ist sogar von zweihundert die Rede) zur Aufgabe bewegt wurden.

Dank

Mein herzlicher Dank geht an alle, die auf vielfältigste Art und Weise zur Entstehung des vorliegenden Romans beigetragen haben.

Ohne euch wäre der Traum vom Schreiben nicht möglich!

Für alle Interessierten nachfolgend ein kurzer Abriss zu den Persönlichkeiten im Buch, den erwähnten Burgen, die Artikel der Bauern in voller Länge sowie ein buntes Sammelsurium weiterführender Literatur, das während der Entstehung des Romans meinen Schreibtisch »belagerte«.

Ich freue mich auf Meinungen, Fragen und Anregungen zum *Bündnis der Jungfrauen*.

Gerne per E-Mail: kasper_stefanie@web.de
oder auf dem Postweg:
Verlagsgruppe Random House
Neumarkter Straße 28
Autorenkontakt S. Kasper
81673 München

Anhang

Historische Personen

Herluka (von Epfach bzw. Bernried): Um 1085 ließ sich die fromme Frau in Epfach nieder und versammelte um sich einen kleinen Kreis gläubiger Frauen. Herluka, die einfacher Herkunft war, stand mit hochgelehrten Persönlichkeiten in Verbindung. Zum Teil sind Inhalte ihrer Visionen erhalten geblieben. Wenige Jahre vor ihrem Tod verließ Herluka Epfach und zog nach Bernried.

von Bingen, Hildegard (1098–1179): Denkerin, Mystikerin, Klostergründerin, Verfasserin zahlreicher Schriften. Ihr Wirken ist bis zum heutigen Tag unvergessen. Anders als im Fall der Epfacher Seherin Herluka begegnet man Hildegards Namen in Thermalbädern, Bibliotheken und Supermärkten. Die Benediktinerin sprach offen über ihre Visionen, ließ diese sogar niederschreiben, weshalb sie im Roman zu einer der Sternträgerinnen wird.

von Eck, Leonhard (1480–1550): Kanzler des Bayernherzogs, der sich immer wieder harsch gegen die Bauern aussprach und mit Drohungen nicht hinter dem Berg hielt. »Wir werden gegen die Bauern bald solchen Ernst gebrauchen, dass ihr höllisch Evangelium in kurzen Tagen erlöschen wird«, schrieb er 1525 an seinen Herzog.

von Frundsberg, Georg (auch Fronsberg oder Freundsberg, Jörg, 1473–1528): Heerführer, schlug u. a. die Schlacht bei Pavia und eilte dem Truchsess auch während der Bauernrevolution zu Hilfe. Einige seiner Landsknechte liefen nach der Rückkehr aus Italien zu den Bauern über.

Fugger, Jakob (1459–1525): Der berühmte Kaufmann und Handelsherr ließ die Augsburger Fuggerei erbauen, die als älteste Sozialsiedlung der Welt gilt. Während des Bauernkriegs ergriff er Partei und unterstützte den Schwäbischen Bund im Kampf gegen die Aufständischen mit erheblichen finanziellen Mitteln – zehntausend Goldgulden sollen es mindestens gewesen sein.

von Hegnenberg, Georg (um 1509–1589 oder 1596): Unehelicher Sohn des bayerischen Herzogs Wilhelm IV., zeichnete sich bei der Schlacht bei Pavia durch seine Beihilfe zur Gefangennahme des Franzosenkönigs aus. Fortan nannte er sich Ritter Georg von Hegnenberg-Dux.

Hurlewagen, Dietrich: Er war Obrist des (Boden-)Seehaufens, oftmals wird neben ihm ein Jakob Hompis/Jacob Humpis als einer der obersten Hauptleute erwähnt. Hurlewagen stammte aus Gitzenweiler bei Lindau. Er war Patrizier und Kaufmann (also nicht prädestiniert für die Rolle, die er während des Bauernaufstands spielte). Oftmals wird ihm Schuld oder Mitschuld am Zustandekommen des Vertrags von Weingarten zugesprochen. Gerüchtehalber soll er den Feind bei Weingarten sogar auf Knien gebeten haben, nicht anzugreifen.

Lotzer, Sebastian (1490–?): Bibelkundiger Kürschnergeselle und Laienprediger. Schreiber des Baltringer Haufens und maßgeblicher Verfasser der Zwölf Artikel. Ihm gelang die Flucht in die Schweiz, sein Sterbedatum ist nicht bekannt.

Luther, Martin (1483–1546): Doktor der Theologie, Augustinermönch, Priester und Reformator. Übersetzte die Bibel ins Deutsche, veröffentlichte die 95 Thesen. Auf ihn geht die reformatorische Wende zurück. Hielt er zuerst noch mit einem Urteil über die Aufständischen hinter dem Berg, so fiel es später umso vernichtender aus. Er hetzte gegen die Bauern, die bis dahin große Stücke auf ihn gehalten hatten. Im Juni 1525 heiratete er die entflohene Nonne Katharina von Bora, die ihm sechs Kinder gebar.

von Oy, Walther Bach: Ein Mann mit Armee-Erfahrung, soll unter Georg von Frundsberg gedient haben. Stellenweise wird er als Führer des Allgäuer Haufens genannt, der allerdings recht bald in Ungnade fiel und seines Amtes beraubt wurde.

Probst (von oder aus Ettwiesen), Paulin: Im Februar 1525 soll er zusammen mit achttausend bischöflichen Untertanen das Oberdorfer Schloss gestürmt und geplündert haben. Im Buch fällt ihm die undankbare Rolle eines Verräters zu, tatsächlich gibt es dafür keine Belege. Immer wieder findet sich der Hinweis darauf, dass er zeitweise Heerführer der Allgäuer war.

Schappeler, Dr. Christoph (ca. 1470–1551): Pfarrer in Memmingen, predigte ab 1522 evangelisch, gilt neben dem hauptverantwortlichen Sebastian Lotzer als Urheber der Zwölf Artikel. Flüchtete nach der Niederschlagung der Aufstände in die Schweiz.

Schmid, Jörg (auch Schmidt oder Schmied, Jorg oder Jorgen): Der Knopf zu Luibas / der Knopf von Leubas, wie man ihn nannte, war ein Bleichknecht und der Anführer des Allgäuer Haufens. Als Mitobristen werden wahlweise

Walther Bach von Oy oder Jörg Täuber genannt. Schmid stammte aus Kempten/Leubas, sein Geburtsjahr ist unbekannt. Geprägt hat ihn der Verlust des Vaters, Heinrich Schmid, der Mutmaßungen zufolge vom Schwäbischen Bund beseitigt wurde. Nach der endgültigen Auflösung des Allgäuer Haufens flüchtete der Knopf nach Vorarlberg, vermutlich nach Rankweil. Auch Bludenz und Bregenz werden als Orte der möglichen Verhaftung genannt. Fest steht, dass Jörg Schmid 1525 oder Anfang 1526 hingerichtet wurde.

Schmid, Ulrich: Schmied aus Sulmingen, der von den Baltringern zum Anführer gewählt wurde. Beim Memminger Bauernparlament nahm er eine gemäßigte Haltung ein. Später, als entschiedenere Kräfte im Baltringer Haufen die Führung übernahmen, war Schmid angeblich seines Lebens nicht mehr sicher. Ihm gelang die Flucht in die Schweiz.

Täuber, Jörg: Stammte aus Heising und war neben Jörg Schmid Hauptmann der Allgäuer. Nach der Kanonade an der Leubas geriet er in Gefangenschaft und wurde gemeinsam mit anderen Aufständischen von Männern des Schwäbischen Bundes enthauptet.

Truchsess von Waldburg(-Zeil), Georg (1488 o. 1489–1531): Der Truchsess, genannt Bauernjörg, war seit 1519 oberster Feldhauptmann des Schwäbischen Bundes und mit der Zerschlagung der aufständischen Bauernhaufen betraut. Er war bekannt für seine grausame Vorgehensweise gegen die Bauern.

Wirt, Conz: Vertrauter Jörg Schmids und Mitglied des Allgäuer Haufens. Einigen Quellen zufolge wurde er zusammen mit dem Knopf an einer Eiche gehängt.

Die Burgen

Die vermutlich Ende des 12. Jahrhunderts erbaute **Burg Wolkenberg** bei Wildpoldsried wurde nach dem Sturm durch die Allgäuer wieder aufgebaut, jedoch bereits 1642 (weil sie bis 1642 Sitz eines Landvogts des Kemptener Stifts war) erneut niedergebrannt und Ende des siebzehnten Jahrhunderts endgültig aufgegeben. Eine Gedenktafel erinnert heute an die Zerstörung während des Bauernkriegs. Der Verein »Burgfreunde Wolkenberg« kümmert sich in Zusammenarbeit mit dem Amt für Denkmalpflege um Erhalt, Pflege und anfallende Sanierungsmaßnahmen. Nähere Informationen dazu finden sich auf www.burgfreunde-wolkenberg.de.

Burg (auch Schloss) Liebenthann bei Obergünzburg, erstmals 1245 erwähnt, wurde nach Plünderung und Brandschatzung während des Bauernkriegs von 1526 bis 1530 wieder aufgebaut. Im siebzehnten Jahrhundert setzten die Schweden dem Gemäuer arg zu, bald darauf wurde es zum Pflegeamt umfunktioniert und im neunzehnten Jahrhundert schließlich abgerissen. Noch heute legt der tiefe Graben Zeugnis von der einstigen Existenz der Burg ab.

Die **Burg auf dem Sulzberg**, 1170 zuerst genannt, findet in der Legende um das Kettenbuberl Erwähnung. Diese ist – im Gegensatz zur Burg – frei erfunden. Die Burgruine Sulzberg (zeitweise umbenannt in Schloss Sigmundsruh) wurde bereits in weiten Teilen saniert und lohnt einen Besuch.

Im Turm befindet sich ein Burgmuseum, das von Mai bis Oktober an Sonn- und Feiertagen von 13.30 bis 16.30 Uhr geöffnet hat. Weitere Informationen bei den Burgfreunden Sulzberg www.burgfreunde-sulzberg.de.

Die **Denklinger Burg**, die ihren Ursprung im 14. Jahrhundert als Besitz des Grafen von Berg hatte, existiert nicht mehr. Im Archäologie-Führer Bayern von Hermann Bierl findet sich folgende Eintragung: »… wird am höchsten Punkt des Höhenrückens … der Burgstall erreicht. Ein Wall mit Graben von insgesamt ca. 3 m Höhendifferenz trennt das Refugium … vom Plateau in leichtem Bogen ab. Nach den übrigen Seiten fällt das Gelände steil ab.«

Die Burgruinen **Eisenberg**, vermutlich im 12. Jahrhundert gegründet (im Gegensatz zur Nachbarburg wurde Eisenberg während des Bauernkriegs beschädigt), und **Hohenfreyberg** in der Nähe Pfrontens sind ein wunderbares, überaus empfehlenswertes Ausflugsziel. Hohenfreyberg wurde 1418 auf den Resten einer älteren Anlage neu erbaut und ist nun einheitlich spätgotisch. Im Dreißigjährigen Krieg wurde sie zerstört. Der Anstieg ist in rund zehn Minuten zu bewältigen – und er ist es wert! In Eisenberg-Zell öffnet an Samstagen, Sonntagen und Feiertagen das Burgenmuseum seine Pforten jeweils von 14 bis 17 Uhr. Der Eintritt ist frei. Übrigens – den Burgenverein Eisenberg e. V. gibt es seit 1980. Ein Besuch auf der Homepage www.burgenmuseum-eisenberg.de lohnt sich.

Die Zwölf Artikel

Die grundlegenden und rechten Hauptartikel aller Bauernschaft und Hintersassen der geistlichen und weltlichen Obrigkeiten, von welchen sie sich beschwert vermeinen.

Dem christlichen Leser Friede und die Gnade Gottes durch Christus. Es gibt viele Widerchristen, die jetzt und wegen der versammelten Bauernschaft als Vorwand nehmend das Evangelium schmähen, indem sie sagen: »Das sind die Früchte des neuen Evangeliums? Niemandem gehorsam sein, an allen Orten aufstehen und sich aufbäumen, mit großer Gewalt zuhauf laufen und sich zusammenrotten, geistliche und weltliche Obrigkeit zu reformieren, aufreizen, ja vielleicht sogar zu erschlagen?« Allen diesen gottlosen, frevelhaften Urteilen antworten diese nachfolgenden Artikel. Zum Ersten, dass sie diese Schmach Gottes beenden. Zum andern den Ungehorsam, ja, die Empörung aller Bauern, christlich begründen. Zunächst ist das Evangelium keine Ursache der Empörung oder des Aufruhrs, denn es ist das Wort Christi, des verheißenen Messias, dessen Wort und Leben nichts außer Liebe, Friede, Geduld und Einigkeit lehren, so dass alle, die an Christus glauben, lieben, friedlich, geduldig und einig werden. Wie denn auch die Grundlage aller Artikel der Bauern (wie dann klar geschehen wird), das Evangelium zu hören und demgemäß zu leben, dahin gerichtet ist. Wie können denn die Widerchristen das Evangelium eine Ursache der Empörung und des Ungehorsams nennen? Dass aber etliche Widerchristen und Feinde des Evangeliums sich gegen eine solche Anmutung und solches Begehren auflehnen und aufbäumen, ist nicht das Evangelium die Ursache, sondern der Teufel, der schädlichste Feind des Evangeliums, der solches durch den Unglauben in den Seinen erweckt, wodurch das Wort Gottes (Liebe, Friede und Einigkeit lehrend) unterdrückt und weggenommen wurde. Zum anderen daraus klar und eindeutig folgt, dass die Bauern, in ihren Artikeln dieses Evangelium als Lehre und Leben begehrend, nicht ungehorsam oder aufrührerisch genannt werden können. Ob aber Gott die Bauern (die nach seinem Wort in Furcht zu leben rufen) erhören will, wer will den Willen Gottes tadeln? Wer will in sein Gericht eingreifen? Ja, wer will Seiner Majestät widerstreben? Hat er die Kinder Israels, die ihn riefen, erhört und aus der Hand des Pharaos befreit, kann er nicht auch heute die Seinen erretten? Ja, er wird sie erretten! Und bald! Deshalb, christlicher Leser, lies die nachfolgenden Artikel genau und urteile danach!

Der erste Artikel
Zum Ersten ist unsere demütige Bitte und Begehren, auch unser aller Wille und Meinung, dass wir nun und in Zukunft Gewalt und Macht haben wollen. Die ganze Gemeinde soll ihren Pfarrer selbst wählen und einsetzen und auch die Macht haben, denselben wieder abzusetzen, wenn er sich ungebührlich verhält. Derselbe gewählte Pfarrer soll uns das Evangelium klar und eindeutig predigen, ohne alle menschlichen Zufügungen, Lehren und Gebote, denn uns den wahren Glauben stets zu verkündigen, gibt uns Ursache, Gott um seine Gnade zu bitten, uns denselben wahren Glauben einzuprägen und in uns zu befestigen. Denn wenn seine Gnade in uns nicht eingeprägt wird, so bleiben wir stets Fleisch und Blut, das zu nichts nütze ist, wie klar in der Schrift steht, dass wir nur allein durch den wahren Glauben zu Gott kommen können und allein durch seine

Barmherzigkeit selig werden können. Darum ist uns ein solcher Vorsteher und Pfarrer vonnöten und in dieser Gestalt und Schrift begründet.

Der andere Artikel
Zum andern: Nachdem der rechte Zehnt aufgesetzt ist im Alten Testament und im Neuen allso erfüllt, nichtsdestominder wollen wir den rechten Kornzehnt gern geben. Doch wie sich gebührt: Demnach soll man ihn Gott geben und mit den Seinen teilen, gebührt es einem Pfarrer, so klar das Wort Gottes verkündet. Wir sind des Willens, hinfort diesen Zehnt unsere Kirch-Pröpst, so dann eine Gemeinde setzt, sollen einsammeln und einnehmen, davon einem Pfarrer, so von einer ganzen Gemeinde erwählt wird, sein angemessen genügsam Aufenthalt geben; ihm und den Seinen nach Erkenntnis einer ganzen Gemeinde. Und was über bleibt, soll man mit armen Bedürftigen (so im selben Dorf vorhanden sind) teilen, nach Gestalt der Sache und Erkenntnis einer Gemeinde. Was über bleibt, soll man behalten, falls man zu Felde ziehen müsst von Landsnot wegen. Damit man keine Landessteuer auf den armen Mann legen darf, soll man es von diesem Überschuss ausrichten. Auch ob Sache wäre, dass eins oder mehr Dörfer wären, die den Zehnten selbst verkauft hätten aus etlicher Not halben, dieselbigen so darum zu zeigen in der Gesthaben von einem ganzen Dorf, der soll es nicht entgelten, sondern wir wollen und ziemlicherweis nach Gestalt der Sache mit ihm vergleichen, ihm solches wieder mit ziemlicher Frist und Zeit ablösen. Aber wer von keinem Dorf solches erkauft hat und ihre Vorfahren sich selbst solches angeeignet haben, wollen und sollen und sind ihnen nichts weiter schuldig zu geben, allein, wie oben steht, unsern erwählten Pfarrer damit zu unterhalten. Nachmalen ablösen oder mit den Bedürftigen teilen, wie die Heilige Schrift einhält, seien sie geistlich oder weltlich.

Den kleinen Zehnt wollen wir gar nicht geben, denn Gott der Herr hat das Vieh frei dem Menschen erschaffen, so dass wir für einen unziemlichen Zehnt schätzen, den die Menschen erdacht haben. Darum wollen wir ihn nicht weiter geben.

Der dritte Artikel
Zum Dritten ist der Brauch bisher gewesen, dass man uns für ihr Leibeigenleut gehalten haben, welches zu erbarmen ist, angesehen, dass uns Christus all mit seinem kostbarlichen Blutvergüssen erlöst und freigekauft hat, den Hirten gleich als wohl als den Höchsten, keiner ausgenommen. Darum findet sich mit der Schrift, dass wir frei seien und es auch sein wollen. Nicht dass wir gar frei sein wollen, keine Obrigkeit haben wollen, lernet uns Gott nicht. Wir sollen in Geboten leben, nicht in freiem fleischlichem Mutwillen, sondern Gott lieben, ihn als unsern Herren in unsern Nächsten erkennen und alles das tun, so wir auch gern hätten, das uns Gott am Abendmahl geboten hat zu einem Vermächtnis. Darum sollen wir nach seinem Gebot leben. Zeigt und weist uns dies Gebot an, dass wir der Obrigkeit nicht gehorsam seien? Nicht allein der Obrigkeit, sondern wir sollen uns gegen jedermann demütig zeigen, dass wir auch gern gegen unser erwählten und gesetzten Obrigkeit (so uns von Gott gesetzt) in allen ziemlichen und christlichen Sachen gern gehorsam sein. Wir sind auch ohne Zweifel, ihr werdet uns der Leibeigenschaft als wahre und rechte Christen gern entlassen oder uns im Evangelium des berichten, dass wir es seien.

Der vierte Artikel
Zum Vierten ist bisher im Brauch gewesen, dass kein armer Mann nicht Gewalt gehabt hat, das Wildbret, Geflügel oder Fische in fließendem Wasser nicht zu fangen zugelas-

sen werden, welches uns ganz unziemlich und unbrüderlich dünkt, besonders eigennützig und dem Wort Gottes nicht gemäß sein. Auch in etlichen Orten die Obrigkeit uns das Wild zu Trotz und mächtigem Schaden haben, wir, uns das Unser (so Gott dem Menschen zu Nutz wachsen hat lassen) die unvernünftigen Tiere zu Unnutz verfressen mutwilliglich, leiden müssen, dazu stillschweigen, das wider Gott und dem Nächsten ist. Denn als Gott der Herr den Menschen erschuf, hat er ihm Gewalt gegeben über alle Tiere, über den Vogel in der Luft und über den Fisch im Wasser. Darum ist unser Begehren: Wenn einer Wasser hätte, dass er es mit gnügsamer Schrift beweisen mag, dass man das Wasser ihm wissentlich also verkauft hätte, begehren wir es ihm nicht mit Gewalt zu nehmen, sondern man müsste ein christliches Einsehen darinnen haben von wegen brüderlicher Liebe. Aber wer nicht gnügsam Anzeigen darum kann tun, soll es einer Gemeinde ziemlicherweis mitteilen.

Der fünfte Artikel
Zum Fünften sind wir auch beschwert der Wälder halben, denn unsere Herrschaften haben sich die Hölzer alle allein angeeignet, und wenn der arme Mann etwas bedarf, muss er es für doppeltes Geld kaufen, ist unser Meinung: Was für Hölzer seien, es haben es geistlich oder weltlich innen, die es nicht gekauft haben, sollen einer ganzen Gemeinde wieder anheimfallen und einer Gemeinde ziemlicherweis frei sein, einem jeglichen sein Notwendigstes ins Haus zu bringen umsonst lassen nehmen, auch wann vonnöten sein würde zu zimmern, auch umsonst nehmen, doch mit Wissen derer, so von der Gemeinde dazu erwählt werden. So aber keins vorhanden war dann das, so redlich gekauft worden ist, soll man sich mit denselbigen Besitzern brüderlich und christlich vergleichen. Wenn aber das Gut am Anfang aus ihnen sich selbst angeeignet war worden und nachmals

verkauft worden, soll man sich vergleichen nach Gestalt der Sache und Erkenntnis brüderlicher Liebe und Heiliger Schrift.

Der sechste Artikel
Zum Sechsten ist unser hart Beschwerung der Dienste halben, welche von Tag zu Tag gemehrt werden und täglich zunehmen. Begehren wir, dass man ein ziemlich Einsehen darein tue, uns dermaßen nicht so hart beschweren, sondern uns gnädig hierinnen ansehen, wie unser Eltern gedient haben, allein nach Laut des Wortes Gottes.

Der siebente Artikel
Zum Siebenten: dass wir hinfüro uns von der Herrschaft nicht weiter wollen lassen beschweren, sondern wie es ein Herrschaft ziemlicherweis einverleibt, also soll er es besitzen laut der Vereinbarung des Herren und Bauern. Der Herr soll ihn nicht weiter zwingen noch dringen, mehr Dienst noch anders von ihm umsonst begehren, damit der Bauer solches Gut unbeschwert, also ruhig brauchen und genießen möge. Ob aber dem Herren Dienste vonnöten wären, soll ihm der Bauer willig und gehorsam wie bisher sein, doch zu Stund und Zeit, das dem Bauern nicht zu Nachteil diene, und ihm um einen ziemlichen Pfennig Dienst tun.

Der achte Artikel
Zum Achten sind wir beschwert und derer viel, so Güter inne haben, dass dieselbigen Güter die Pacht nicht ertragen können und die Bauern das Ihre darauf einbüßen und verderben. Wir wollen, dass die Herrschaft dieselbigen Güter ehrbar Leut besichtigen lassen und nach der Billigkeit eine Pacht schöpfe, damit der Bauer seine Arbeit nicht umsonst tue, denn ein jedlicher Tagwerker ist seines Lohns würdig.

Der neunte Artikel
Zum Neunten seien wir beschwert der großen Frevel, so man stets neue Gesetze macht, nicht dass man uns straft nach Gestalt der Sache, sondern zuzeiten aus großem Neid und zuzeiten aus großer Gunst. Ist unser Meinung, uns bei alter geschriebener Strafe strafen, danach die Sache verhandelt ist, und nicht nach Gunst.

Der zehent Artikel
Zum Zehenten sind wir beschwert, dass etliche sich haben Wiesen angeeignet, desgleichen Äcker, die aber zu einer Gemeinde gehören. Dieselbigen werden wir wieder zu unsern gemeinsamen Händen nehmen. Es sei denn Sache, dass man es redlich gekauft habe. Wenn man es aber unbilligerweis gekauft hätte, soll man sich gütlich und brüderlich miteinander vergleichen nach Gestalt der Sache.

Der eilft Artikel
Zum Eilften wollen wir den Brauch, genannt die Todesfallsteuer, ganz und gar abgeschafft haben und nimmer leiden noch gestatten, dass man Witwen und Waisen das Ihrige wider Gott und Ehren also schändlich nehmen, berauben soll, wie es an vielen Orten (in vielfältiger Gestalt) geschehen ist. Und von denen, die sie beschützen und beschirmen sollten, haben sie uns geschunden und geschadet. Und wenn sie wenig Fug gehabt hätten, hätten sie es gar genommen. Das Gott nicht mehr leiden will, sondern soll ganz ab sein, kein Mensch nichts hinfür schuldig sein zu geben, weder wenig noch viel.

Beschluss
Zum Zwölften ist unser Beschluss und endliche Meinung: Wenn einer oder mehrere Artikel, allhier gestellt (so dem Wort Gottes nicht gemäß) wären, als wir dann nicht ver-

meinen, dieselbigen Artikel wolle man uns mit dem Wort Gottes für unziemlich anzeigen, wollten wir davon abstehen, wenn man es uns aufgrund der Schrift erklärt. Ob man uns schon etliche Artikel jetzt zuließ und hernach sich befänd, dass sie unrecht wären, sollen sie von Stund an tot und ab sein, nichts mehr gelten. Desgleichen, ob sich in der Schrift mit der Wahrheit mehr Artikel finden, die wider Gott und Beschwernis des Nächsten wären, wollen wir uns auch vorbehalten und beschlossen haben und uns in aller christlicher Lehre üben und brauchen. Darum wir Gott den Herren bitten wollen, der uns dasselbige geben kann und sonst niemand. Der Friede Christi sei mit uns allen.

Weiterführende Literatur

»Der Bauernkrieg. Die Revolution des Gemeinen Mannes«, Peter Blickle, München 2006

»Aufsässige Töchter Gottes. Frauen im Bauernkrieg und in den Täuferbewegungen«, Marion Kobelt-Groch, Frankfurt 1998

»Der deutsche Bauernkrieg«, Friedrich Engels, Münster 2004

»Der deutsche Bauernkrieg 1524–1526«, Manfred Bensing und Siegfried Hoyer, Berlin 1970

»Nichts als die Freiheit«, München 2004 *(Geschichtsbuch für den Schulunterricht)*

»Lexikon des Mittelalters«, München 2003

»Fundort Geschichte Oberbayern. Ausflüge in die Vergangenheit«, Cadolzburg 2003

»Archäologie-Führer Bayern. Führer zu Bodendenkmälern aus Vor- und Frühzeit, zu Museen und neuzeitlichen Schanzen«, Hermann Bierl, Treuchtlingen; Berlin 1998

»2000 Jahre Epfach«, Gemeinde Denklingen (Hg.)

»Essen und Trinken im Mittelalter«, Ernst Schubert, Darmstadt 2006

»Der schwangeren Frauen und Hebammen Rosengarten«, Eucharius Rößlin, Hannover, Reprint 1982

»Geheimwissen des Mittelalters. Verbotenes, Verschollenes, Rätselhaftes«, München 1988

»Frauenlieder des Mittelalters«, Stuttgart 1990

»Kleidung & Mode im Mittelalter«, Margaret Scott, Stuttgart 2009

»Henker, Huren, Handelsherren. Alltag in einer mittelalterlichen Stadt«, Kay P. Jankrift, Stuttgart 2008 *(Hierin bin ich auf Emmas Vision der eingesperrten Männer am Augsburger Perlachturm gestoßen.)*

»Liebe und Sex im Mittelalter«, Alexander Ballhaus, Köln 2009

»Die Welt des Mittelalters. Barbaren, Ketzer und Artisten«, Arno Borst, Hamburg 2007

»Der Alltag im Mittelalter«, Maike Vogt-Lüerssen, Norderstedt, Books on Demand 2006

Historische Zeiten

544 Seiten
ISBN 978-3-442-46581-1

608 Seiten
ISBN 978-3-442-46667-2

576 Seiten
ISBN 978-3-442-46816-4

448 Seiten
ISBN 978-3-442-46971-0

GOLDMANN

Überall, wo es Bücher gibt und unter www.goldmann-verlag.de